W9-CKL-489

# Baudolino

Colección dirigida por
**Antonio Vilanova**

*nSegundo*

*Moro '01*

# Baudolino

## Umberto Eco

Traducción de
Helena Lozano Miralles

Lumen
*Palabra
en el Tiempo*

Título original: *Baudolino*

Diseño gráfico: Ferran Cartes / Montse Plass

Publicado por Editorial Lumen, S.A.,
Ramon Miquel i Planas, 10 - 08034 Bacelona.

Reservados los derechos de edición en lengua castellana
para todo el mundo.

Primera edición en Palabra en el Tiempo: 2001

© R.C.S. Libri S.p.A. – Milán, Bompiani, 2000

© de la traducción: Helena Lozano Miralles, 2001

Impreso en A & M Gràfic, S. L.,
Santa Perpètua de Mogoda (Barcelona)

Depósito legal: B. 38.081 - 2001
ISBN: 84-264-1309-9
Printed in Spain

# 1

# Baudolino empieza a escribir

*Ratispone Anno ~~Dommini~~ Domini mense decembri mclv kronica Baudolini apelido de Aulario*

*Ego io Baudolino de Galiaudo de los Aulari con ena cabeza ke semblat uno lione alleluja sien dadas Gratias al sinior ke me perdone*

*~~a yo face~~ habeo facto la robadura más grant de la mia vida, o sea e cogido de uno escrinio del obispo Oto muchos folii ke a lo mellor sont cosas dela ~~kancel~~ cancilleria imperial et elos raspado kasi todos menos ke donde non ýbase et agora teneo tanta Pergamina per eschrevir lo ke quiero, osea la mia chrónika aunque non la se escrevire en latino*

*si dende descubren ke los folii non estan más kien sabde ke cafarnaum se monta et pensant ke a lo mellor est una Espia de los obispos romanos ke quieren mal al emperator federico*

*Pero quiçab non le importa a nadie*

*en chancellería eschrivont tot incluso quando non sirve et kien los encuentra [isti folii] ~~se los mete en el ollete del ku~~ non se faz negotium*

*ncipit prologus de duabus civitatibus historiae AD mcxliii conscript*

*saepe multumque volvendo mecum de rerum temporalium motu ancipitq*

*istas sont líneas que las eran antea et non e podido rascarlas bien ke devo saltarlas*

*si luego los encuentran isti Folii despues ke los e escrito non los entiende nin siquiera un cancilliere por a ke ista est una len-*

gva ke la falan estotros de la Frasketa, mas ninguno la eschrito
nunca

mas si est una lengva ke naide entiend adivinan en seguida ke
so yo porque todos dizen ke en la frasketa falamos na Lengva
ke non est de christianos por o debo asconderlos bien

fistiorbus ke cansedad eskrevir, me facen ya tant mal todos los
dedos

yo al myo padre Galiaudo a le dicho siempre ke deue ser un
don de Sancta maria de Roboreto ke dende que era párvulo a
pena odia uno ke dezía ~~cincue~~ ~~quinkue~~ V palauras enseguida le
refazía su parlamento ke fuere de Terdona ho de Gavi et incluso
ke venía de Mediolanum ke fablan un Ydioma ke nin los perros
et fin incluso quando encontré los primeros alamanos dela mi
vida ke erant elos ke tovieron en çerca Terdona, todos 𝕿𝖎𝖚𝖘𝖈𝖍𝖊 et
villanos et dezían 𝖗𝖆𝖚𝖘𝖟 et 𝖒𝖎𝖓 𝖌𝖔𝖙 dende mitat jornada dezía raus
et Maingot yo tanbien et ellos dezíanme 𝕾𝖎𝖓𝖙 vade a nos hallar
una buena 𝕱𝖗𝖔𝖚𝖜𝖊 ke fazemos fikifuki, non importa si ella est
dacuerdo basta ke nos dizes dont estat et postea nos tenémosla
quieta

pero ke est una 𝕱𝖗𝖔𝖚𝖜𝖊 dezía yo

et ellos dezían una dómina una duenna una mulier, 𝖉𝖚 𝖛𝖊𝖗𝖘𝖙𝖆𝖓
et fazían el sinno de las Tettas gruessas porke en aquesta çerca nos
de mulieres estamos en escarsitate, las de Terdona estan drentro et
quando entramos dexa fazer a nos pero por hora aquellotras de
fora non se fan veer, et venga balfemias de fazer entrar la caro de
galina incluso a mi

bravos suabos de Mierda, dicho isto figuravos si uos digo dont
estan las 𝕱𝖗𝖔𝖚𝖜𝖊, soy non et non na spia fazevos las punietas

mama mia momento me amastaban

amastaban o mataban o necabant agora quasi schrivo Latino
non est que non entiendo el latino porke aprendié a legere en un
librum latino et quando me ffablan latino entiendo, mas est e skrevir ke non sabdo como se escriven las verba

deoenporretas non se nunqua si est equus o equum et yerro sempre, mientra intra nos un cavallo est siempre un chival et non yerro nunqua porke nemo escriue Kavallo o meyor non escriue nada
de nada porque non sabe legere

*mas aquessa veç est andada bien et los tudescos non me han rretorçido nin sequier un pelo porke proprio en esse puncto plegaron unos milites ke grytauan vamos vamos ke se ataca de novo et despues ha se armado un chadello de los mil demonios et yo non entendeua ya un ficus con los escudieri ke andauan de qua et fantes con las labardas ke andauan de alla et sones de trompeta et torres de lenna altas commo los arbores de la Burmia ke se mouían como carretiellas con balistari et fundibulari supra et otros ke lleuavan las escalas et a essos plovean desuso tantas saítas como si era el graniso et aquellotros ke lançauan petruskos con un especie de Cucharo gros et sifoláuanme desuso la kabeça todas las sagittas ke los derthonesi buitauan de los muros, que batalla*

*et yo heme puesto por dos oras so un matarral diziendo virgine sancta ayudam tu, despues tuto ase calmado et correuan yunto me estotros con el fablar de Papía ke grytauan que auíen amastado tantos derthoneses ke semblaua un rrio tanaro de Sangre et eran khontentos como na kalenda maia porke assi Terdona aprend a estar cum mediolanenses*

*commo dende tornauan redro tanbien los todescos de la* 𝕱𝖗𝖔𝖚𝖜𝖊, *quiçab un poco menos ke enantes porke tan bien los derthonesos non se auien quedados mancos yo heme dicho miior ke me las guillo avante*

*et camina camina soy rregressado a casa ke era quasi los matinos a racontar todo al myo padre Galiaudo ke hame dicho brabvo brabo veste a meter emmedio de los Asedii ke un dia te llevas una pica en tel kulo, pero lo sabes ke aquessas son cosas para los sennyores, déxalos coçer en el su caldo ke nos deuemos pensar en las ~~vakkas~~ wakas et semos gent seria et non iste Fredericus ke enantes viene dende va dende torna et non fuelga una hostia*

*mas despues Terdona non est cahida porke an tomado solo el burgum pero non el Arce et a continuado todavia, ke despues viene la fin de la mia krónica quando hanles tollido el agua et aquellotros con tal de non bever el suo pisio han dicho a Fridericus que eran fidelissimi, elle halos deixado salir mas la cibtat enantes hala kemada et dende fecha a tockos, o meyor han fecho todo estotros de Papía ke los derthonesos los tienen en aborrezimiento como un diente invenenado*

*aqui intra nos non est commo los alamanos ke quierense*

*bien todos el uno con el otro et son sempre como istos duo de-
dos en veç intra nos estotros de Gamondio si vemus a uno de
Bergolio nos toka ya los coxones*

*pero agora reannudo a departir la chronica ke quando vo por
los boskes dela frasketa sobre todo si estat la Nebula de aquessa
buena ke non te ves la punta de las nnefas, osea la nariç et las
cosas saltan fora de un rrepente ke non las auíes visto venir, yo
tengo las vyssiones como esotra veç ke vi el lioncorno et la oltra veç
ke vi el Santo Baudolino ke me fablaua et me dezía hideputa andar has al infierno*

*porke la estoria del lioncorno est acaesçida assi ke bien se sabe ke
para caçar el Lioncorno es menester poner una rapaza non desvir-
ginata al piede del álvol et la bestia sient la olor de virgo et viene a
meterle la cabeça en la su pansa et entoz yo e tomado a la Nena de
~~b~~Bergolio que auía venido dallá con el so padre a comprar la
~~wakka~~ vaka del myo padre et ele dicho ven al bosque ke caçamos el
lioncorno, despues hela puesto so el Arvor porke estaua securo ke
ella era virgine et ele decho estate bellida assi et alonga las piernas
ke fazes lugar por dont la bestia mete la cabeça, et ella dezía alongo
que et yo dezía iliç en esse puncto si si alonga bien, et la tocaua et ella
ase puesto a fazer unas bozes ke paresçia una cavra ke paría et non
he visto mas et en suma hame venido como una apocalypsin, e dende
non era ya pura como un lilio et estonz ella a dicho Jesumariaetjo-
seph agora como fazemos por a fazer venir el lioncorno et en esse
puncto yo he oydo una boz del Cielo ke me ha dicho ke el lioncornus
qui tollit peccata mundis erat ego yo, et saltaua por los matarrales
et gritaua hip hiii frr frr porke estaua mas con tento ke un lioncorno verus ca a la virgine auíe puesto el corno en la pansa, por esso el
Sancto Baudolino ame dicho hidepu et coetera pero dende ame perdonado et elo visto todavia oltras veçes intra el lubricán et la freska,
mas solo si estat tanta niebra o a menos si escarniebra non quando
el sol açicharrat oves et Boves*

*mas quando ge lo he contado al myo padre Galiaudo ke auia
visto a Sanct Baudolino ame dado trenta lennaços en los espalda-
res dizendo Osinyur a mi, a mi auia de caeçer un fijo ke vee las
vyssiones et non sabet nin sequier esmuir una ~~vaka~~ Vakka, ora le
parto la cabeça a palos ora gelo do a uno de aquellotros que van
por las feiras et los mercados faziendo dançar la mona dáfrica et
la mia sancta mamma ame grytado faragan trasoguero ke eres*

*pior ke los piores, ke le he fecho yo al sennor por a auer un fijo ke*
*vee los sancti et el myo padre Galiaudo a dicho non est verdad*
*ke vee los santi, aquest rapaç est mas mentirero ke judas et sinven-*
*ta todo por a non fazer nada*

*conto aquesta Chronica, si nno non se entend commo est anda-*
*da aquessa noch ke auia una nieblaça ke se tajaua con el cochillo*
*et dezir ke era ya abril, mas intra nos faz niebla tanbien de agos-*
*to et si uno non est de estotras partes, bien se entiend ke se pierde*
*entre la Burmia et la Frasketa sobre tot si non tiene un sancto que*
*lo lleva por el freno ed hete ke yo ýbame a casa ke me veo de lant*
*un barón en un kavallo tuto de fierro*

*el barón non el kabvallo era tuto de fierro con el espada que*
*semejaua el rrey de Aragon*

*et hame venido un rrebato, mamma mia vas a veer ke est dav-*
*vero San Baudolino ke me lleua al infierno pero elle a dicho* **Klei-**
**ne kint Bitte** *et yo he entendido de un rrepente ke era un sennyor*
*todesco ke por la niebra érase perdido en el bosque et non trovaua*
*más los sos amigos et era hya qvasi noch et ame fecho veer una*
*Moneda ke yo nunqua non auia visto Monetas, dende estaba con-*
*tento ke yo rispondia en el suo fablar et dezíale en* **Diutsch** *si vas*
*adelant assi acabas en el tremedal vellido como el sol*

*ke non debia dezilde vellido como el sol con una niebra ke se*
*tajaua con el Cochillo pero elle a entendito igual*

*et despues hele dicho lo sé que los toescos vienen de una encon-*
*trada do est siempre primavera et quiçab floresçen los citri del*
*Libanus, mas intra nos en la Palea está la niebra et en ista niebra*
*giran muchos de bastardos ke son todavia los nietos de los nietos*
*de los arabitz ke los auíe combatido carlomanio et son gente bru-*
*ta ke como veen un Peregrino le dan na basarrotada en los dien-*
*tes ke apartanles lexos hasta los cavellos ke tienent en la so cabeça,*
*ergo si venite ala cabanna del myo padre Galiaudo, una escudie-*
*lla de caldibaldo calento la hallades et un jergón por a dormir la*
*noch en el estábulo dende mannana con la lucencia uos ensenno el*
*Camino sobre tot si tenedes aquellotra moneta, gratias benedicite*
*seemos pobre gente pero honesta*

*assi helo lleuado dont el myo padre* ~~*Gaiaudo*~~ *Galiaudo ke se ha*
*puesto a gritar cabeça de pixa ke non hedes nada en la mollera*
*porke has dicho el myo nonbre a uno ke passa e con estotra gente*

*non se sabet nunqua, maguer est un vasallo del markión de Mont-*
*ferato ke despues me pide todavia una dézima de frúctibus et de*
*feno et legumínibus o un fodro o el recuático o la bovateria y hete*
*ke estamos arruinados et yba a assir el Basto*

*yo hele dicho que el sennyor era un alamano et non del Mon*
*Ferato*

*elle a dicho peyor ke andar de noch, mas despues qvando le he*
*dicho de la Moneda hase calmado porke esotros de Marengo tie-*
*nen la cabeça dura como el buoy pero fina como un kavallo et a*
*entendido ke podia sacar alguna cosa buena et a me dicho tu ke*
*fablas todo diz ista cosa*

*item, ke semos pobre gente pero honesta*

*aquesto ya gelo e dicho yo*

*non importa, miyor ke repites item gratias por el soldo, mas*
*está tanbien el Heno por a el kauallo item la escudiella calenta*
*enadio un formage et el pan et un baucal de el bueno item ke lo*
*ponno a dormir do duermes tu justa el ~~fuog folko~~ foco et tu por a*
*ista noch vas a la establia item ke me faga veer la Moneta ke yo*
*quisiere una genoviska, et fiat como uno de la familia porke para*
*nos otros de Marengo el ospedado est sagrado*

*el sennyor a dicho 𝔥𝔞𝔥𝔞 soys ladinos fos de Marincum pero un*
*negotio est un negotio, yo fos do dos de istas monetas e tu non*
*quaeres si est una genopiska porke con una genopisca yo fos 𝔨𝔞𝔲-*
*𝔣𝔬 la casa e totas las fostras bestias, pero tu toma e kalla ke sales*
*ganando*

*siempre el myo padre est estado sin dezir oxte ni moxte et a*
*tomado las dos monedas que el sennor hale esnacado sobre la ta-*
*bla porke esotros de Marengo tienen la cabeça dura pero fina et a*
*yantado como un lupus (el sennor) o miior como duo (lupi), den-*
*de mientras el myo patre et la mya matre andauan a dormir ke se*
*auíen sakannado los Lomos todo el dia mientra yo andaua per la*
*frasketa, el 𝔥𝔢𝔯𝔯𝔢 a dicho bueno isto vino, bever he todavia un poco*
*aqui iunto al fuekko, conta me 𝔨𝔦𝔫𝔱 conta me commo es que fablas*
*tant bien la mya lengva*

*ad petitionem tuam frater Ysingrine carissime primos*
*libros chronicae meae missur*
*ne humane pravitate*

*tan bien aqvi non he logrado a rascunnar*

*ora reprincipio la chrónica de aqeussa noch con aqueste sennyor alamano ke qvería saver commo era ke fablauo la so lengua et yo he le contado ke tengo el don de las lingue como los sanctos apóstolos et ke tengo el don de la Vyssio como las madalenas porke vo por la silva et veo el santo Baudolino a cauallo de un lioncorno color de la leche con el so Cuorno en hespiral allá dont los chivallos tienen isto ke por a nos est la Nariz*

*pero un chauallo non tenet la nariç, si non debaxo tenrauía los biGotts como los de esse sennyor ke auíe una barba vellida de la color de una olla de cobre demientras los otros alamanos ke auia visto auíen los pelos guados guados hasta en las orejas*

*et elle ame dicho, va bien tu ves lo ke klamas el lioncorno et quiçab quieres dezir el Monokeros, mas dont has sabido ke sunt unicorni en aquesto mundo et yo hele dicho ke lo auia leydo en un libro ke auíe el heremita de la Frasketa et elle con dos oios abiertos que semejaba una lechuça dezía Pero cómmo tu sabes tanbien leer*

*crispulina h ele dicho agora cuento la Estoria*

*conque la estoria est andada ke y era un sancto heremita cerca del Bosque ke cada veç la gente traíale una galina o una liebre et elle estaua a orar de suso un libro escrito et quando pasa la gente bátese los pechos con una Pietra, mas yo digo ke est un batarón id est tota tierra assi fazse menos danno*

*conque aquesse dia nos auíen traydo dos uebos et yo demientras elle leia he me dicho uno por a mi uno por a ti como los buenos christianos basta ke elle non vee pero elle non se como ha fecho porke leía pero ame assido por la Collada, yo he le dicho diviserunt vestimenta mea et elle ase puesto a reyr et dezía sabes ke eres un puerulo intelligente ven aqvi cada dia ke tensenno a leer*

*assi a mensennado las Léteras eschrittas al son de buenas Méspulas en la cabeça solo ke dende ke erauamos en confiança ase puesto a dezir ke iovine fermoso et robusto ke eres, ke cabeça bellida de Lione pero haz me veer si los braços son fuertes et como sunt los pechos, haz me tocar aqui do empieçan las Gambas por a veer si eres sano*

*al ora e entendido do andaua a parar et e le dado un golpe con los hinojos en las volas osea los Testícula et elle ase plegado*

*en dos dicendo válameundeofalsso yo vo da esotros de Marengo
et digo que eres endemoniato assi te keman, et va bien fago yo
pero enantes digo yo ke hete visto la noch ke ge lo metias en Buc-
ca a una striga vel masca vel bruxa dende vemos kien piensan ke
est el endemoniato et entoz elle a dicho pero aguarda ke yo dezía
por a reyr et quería veer si eras timorato del sennor non fable-
mos más, ven mannana ke empieço ansennarte a skrevir porke
legere est una cosa ke non cuesta nada, basta mirar et mover los
labios pero si escriues en el libro dentro son menester los folii et
la Tinta et el cálamus ke alba pratalia arabat et nigrum semen
seminabat, que elle fablaua semper los latines*

*et yo hele dicho basta saber leer ke aprendes esso ke non sauías
todavia demientras si eschrives escrives solo aquello ke sabes hya
entonç patientia miyor ke me quede sin saber eskrevir pero el kulo
est el kulo*

*cuando ke ge lo contaua, el sennyor alamano reía como un
Loco et dezía bravo pekenno kauallero los heremiti son **alle-
sammt Sodomiten** pero dizme dizme ke has visto todavia en el
bosque et yo pensando ke era uno de esotros ke querían pren-
der Terdona detrás de Federicus Imperator he me dicho miyor
ke lo complazgo et maguer me da un otre Moneta et hele dicho
ke dos notches enantes érame aperecido el Sancto Baudolino et
auíeme dicto ke el imperator faz una grand victoria en Terdona porke Fridericus era el sennyor único et verdadero de toda
la Longobardia inchluida la Frasketa*

*et estoz el sennyor a dicho tu **kint** eres enbiado del Caelo, quieres venir al campo imperial a dezir lo ke te a dicho San Baudolino et yo e dicho ke si quería dezía tan bien ke San Baudolino auíeme dicho que a la çerca veniban los Sanctos Pedripablo a guiar los
imperiales et elle a dicho **Ach wie Wunderbar**, abastarme auiesse Pe-
tro solo*

***kint** ven con migo et la tua fortuna est facta*

*illico et es dezir quasi illico, et es dezir la mannana despues
aquesse sennor dice al myo padre ke me toma con sigo et me lleua
a un lugar dont aprendo a legere et a schrivere et quiçab un dia
soy Ministerialis*

*el myo padre Galiaudo non savía bien ke cosa qveria dezir, mas
a entendido ke se quitaua de casa un comepan a trahizion et non*

*auía más de cuitar porke ýbame por las ciuendas pero pensaua ke
aquest sennyor podía esser maguer uno de aquellotros ke va por
ferias et mercata con la Mona et dende maguer oviésseme puesto
las manos en cima et isto non era de so grado pero aqueste sennor
a dicto ke elle era un gran comos palatinus et ke entre los alamanos non auíen* 𝔖𝔬𝔡𝔬𝔪𝔦𝔱𝔢𝔫

*ke son aquestas sodomitas a dicho el myo padre et ele esplica-
do ke son los kypiones o meyor los buxarrones*

*figuremonos a dicho Galiaudo los kypiones estan por do quie-
ra, mas visto ke el sennyor sacaua otras cinko Monedas más las
dos de la noch enantes estonz non y a visto más et hame dicho fijo
myo anda que por a ti est una fortuna et quiçab tan bien por a nos
pero visto ke estotros alamanos dalle ke dalle estan siempre por
aquende, isto quiere dezir ke de veç en quando vienes a nos ver et
yo he dicho juro et media buelta pero un poco dábame la Congoxa
porke veía ala mi madre plorando como si andaua a muerte*

*et assi fuímonos et el sennor dezíame ke lo lleuasse dont está el
Castro de los imperiales, facilíssimo digo yo basta seguir el sol osea
andar hazia ke elle viene*

*et mientra vamos ke hya veíanse los campamentos llega una
compannía de caualleros todos bardados ke en el momento ke nos
veen ponense de hinojos et abaxan las astas et las ensennas et
cinxen los espadas, pero ke ha de ser heme dicho et esotros a grytar
~~Chaiser~~ 𝔎𝔞𝔦𝔰𝔞𝔯 de acá et* 𝔎𝔢𝔦𝔰𝔢𝔯 *de allá et* 𝔖𝔞𝔫𝔠𝔱𝔦𝔰𝔰𝔦𝔪𝔲𝔰 𝔑𝔢𝔵 *et bésanle
la mano a qvel sennor et yo qasi váseme la mandíbula fuera del so
lugar por esso de la boca abierta como un forno porke solo al ora
enteindo ke aquest sennor barbirrojo era el imperator Fridericus
en karne et huesso et yo auiale contado bolas tuta la noch como si
fuere un Chulandario qual quiera*

*agora me faz tajar la cabeça dígome et bien que le he costado
VII monetas ke si qvería la cabeça me la tajaua ahier por la noch
gratis et amoredei*

*et elle diz non sobrecoxevos, va todo bien traygo grandes noti-
cias de una Vysion, pekenno puer di nos a todos la vysion ke has
auido en el bosque et yo tírome por elos suelos como si ouiere el
mal caduco et estrabículo los oios et fágome eixir la baua de la
boca et grito yo vidi yo vidi et cuento toda la estoria de San Baudolino ke me faz el vaticinio et todos laudan ~~domineddio~~ Domine
Dios et dizen Milagro milagro* 𝔤𝔬𝔱𝔱𝔰𝔱𝔢𝔥𝔪𝔦𝔯𝔟𝔢𝔦

*et estauan allí tanbien los enbiados de Terdona ke non se eran decididos todavia si se rendeuan o non, mas quando hanme oydo echáuanse largos et tendidos por tierra et dezían ke si tan bien los santi se ponían contra de ellos miior rendirse ke tanto non podebat durar*

*et dende veia los derthonesi ke eixian todos da la Cibtat, homini donne ninnos et vetuli de los sos oios tan fuertemientre lorando et los alamanos ge los lleuauan como si fueren beeejas o sea berbices et universa ovícula et aquellotros de Papía ke arre arre entrauan en Turtona como enaxenados con faxinas et martillos et mazas et picos ca a ellos derriuar una cibtat desde los fundamenta los fazía eiaculare*

*et cayda la tarde he visto en la colina tuto un gran fumo et Terdona o Derthona non erat quasi más, la guerra est fecha assi, como dice el myo padre Galiaudo est una gran mala Bestia*

*mas miior ellos ke nos*

*et por la noche el emperador regressa todo contento a las Tabernácula et me faz una carrilladita como nunqua me fazía el myo padre et despues klama un sennyor ke va a seer el buen calónigo Rahewinus et dízele que quería ke yo aprendiesse a schrivere et el abacus et tan bien la gramatica ke estonz non sabía qve era pero agora poco a poco lo se et el myo padre Galiaudo nin siquera ge lo auíe imaginado*

*ke fermoso ser un sabidor, kien dezillo auerie nunqua*

*gratias agamus ~~domini dominus~~ en summa demos gratias al Sennor*

*agora ke a escrevir una chronica faz venir las kaluras in cluso de hinverno et tengo tanbien temor porke se apaga la luzerna et como dezía esetal el pulgar me duele*

# 2

# Baudolino se encuentra
# con Nicetas Coniates

–¿Qué es esto? –preguntó Nicetas, después de darle unas vueltas entre las manos al pergamino e intentar leer algunas líneas.

–Es mi primer ejercicio de escritura –contestó Baudolino–, y desde que lo escribí (tenía, creo yo, catorce años, y todavía era una criatura del bosque), desde entonces lo he llevado encima como un amuleto. Después he rellenado muchos pergaminos más, algunas veces día a día. Tenía la impresión de existir sólo porque por la noche podía relatar lo que me había pasado por la mañana. Más tarde, me conformaba con epítomes mensuales, pocas líneas, para acordarme de los acontecimientos principales. Y, me decía, cuando esté entrado en años (que a saber, sería ahora), extenderé las *Gesta Baudolini* sobre la base de estas notas. De esa manera, en el transcurso de mis viajes, llevaba conmigo la historia de mi vida. Pero en la huida del reino del Preste Juan...

–¿Preste Juan? Nunca he oído hablar de él.

–Ya te hablaré yo de él, quizá incluso demasiado. Te estaba diciendo: al huir perdí aquellos papeles. Fue como perder la vida misma.

–Pues entonces ya me contarás a mí lo que recuerdes. A mí me llegan fragmentos de hechos, retazos de acontecimientos, y yo saco de ellos una historia, entretejida de designio providencial. Tú, al salvarme, me has regalado el poco futuro que me queda, y yo te corresponderé devolviéndote el pasado que has perdido.

–Pero quizá mi historia es un sinsentido...

–No hay historias sin sentido. Y yo soy uno de esos hombres que saben encontrarlo allá donde los demás no lo ven. Después de lo cual la historia se convierte en el libro de los vivos, como una trompeta brillante que hace resurgir de su sepulcro a los que son polvo desde hace siglos... Sólo que se necesita tiempo, hay que considerar los acontecimientos, vincularlos, descubrir los nexos, incluso los menos visibles. Claro que tampoco tenemos nada más que hacer, tus genoveses dicen que tendremos que esperar hasta que la rabia de esos perros se haya calmado.

Nicetas Coniates, ya orador de corte, juez supremo del imperio, juez del Velo, logoteta de los secretos, es decir –como habrían dicho los latinos– canciller del basileo de Bizancio, además de historiador de muchos Comnenos y de los Ángelos, miraba con curiosidad al hombre que tenía delante. Baudolino le había dicho que se habían visto en Gallípoli, en los tiempos del emperador Federico, pero si Baudolino estaba, estaba confundido entre muchos ministeriales, mientras que Nicetas, que negociaba en nombre del basileo, era mucho más visible. ¿Mentía? En cualquier caso, era él quien lo había sustraído a la furia de los invasores, lo había conducido a un lugar seguro, lo había reunido con su familia y le prometía sacarle de Constantinopla...

Nicetas observaba a su salvador. Más que un cristiano, parecía un sarraceno. Un rostro quemado por el sol, una cicatriz pálida que atravesaba toda la mejilla, una corona de cabellos todavía rojizos, que le otorgaba un cariz leonino. Nicetas se habría sorprendido, más tarde, al saber que ese hombre tenía más de sesenta años. Las manos eran gruesas; cuando las tenía recogidas en el regazo, se notaban en el acto sus nudosos nudillos. Manos de campesino, hechas más para la azada que para la espada.

Y, aun así, hablaba un griego fluido, sin escupir saliva en cada palabra como solían hacer los extranjeros, y Nicetas acababa de oírle dirigirse a algunos invasores en uno de sus erizados idiomas, que hablaba rápido y seco, como quien sabe usar esa lengua también para el insulto. Por otra parte, la noche antes le había dicho que poseía un don: le bastaba oír a dos hablando una lengua cualquiera, y al cabo de poco era capaz de hablar como ellos. Don singular, que Nicetas creía había sido concedido sólo a los apóstoles.

Vivir en la corte, y qué corte, le había enseñado a Nicetas a valorar a las personas con reposada desconfianza. Lo que llamaba la atención en Baudolino era que, dijera lo que dijese, miraba de soslayo a su interlocutor, como para advertirle de que no lo tomara en serio. Costumbre que se le podía consentir a todo el mundo, menos a alguien de quien te esperas un testimonio veraz, que habrá de traducirse en Estoria. Por otra parte, Nicetas era curioso por naturaleza. Amaba oír relatar a los demás, y no sólo de cosas que no conocía. Incluso lo que ya había visto con sus propios ojos, cuando alguien se lo repetía le parecía estar mirándolo desde otro punto de vista, como si se encontrara en la cima de una de esas montañas de los iconos, y viera las piedras tal como las veían los apóstoles desde el monte, y no como las veía el fiel desde abajo. Además, le gustaba interrogar a los latinos, tan distintos de los griegos, empezando por esas lenguas suyas novísimas, cada una distinta de la otra.

Nicetas y Baudolino estaban sentados uno enfrente del otro, en la habitación de una torrecilla, con ajimeces que se abrían sobre tres lados. Uno mostraba el Cuerno de Oro y la orilla opuesta de Pera, con la torre de Galata que sobresalía de su séquito de rabales y casuchas; por el otro, se veía desembocar el canal del puerto en el Brazo de San Jorge; y, por fin, el tercero miraba hacia occidente, y desde ahí habría debido verse toda Constantinopla. Pero aquella mañana el color tierno del cielo estaba ofuscado por el humo denso de los palacios y de las basílicas consumidas por el fuego.

Era el tercer incendio que estallaba en la ciudad en los últimos nueve meses; el primero había destruido almacenes y reservas de la corte, desde las Blaquernas hasta los muros de Constantino; el segundo había devorado las alhóndigas de venecianos, amalfitanos, pisanos y judíos, desde Perama hasta casi la costa, salvando sólo ese barrio de genoveses casi a los pies de la Acrópolis, y el tercero estaba propagándose ahora por doquier.

Abajo, un verdadero río de llamas: caían por tierra los soportales, se derrumbaban los palacios, se quebraban las columnas, los globos de fuego que salían despedidos del centro de esa deflagración consumían las casas lejanas y las llamas, empujadas por los vientos que alimentaban caprichosamente ese infierno, regresaban para devorar lo que antes habían perdonado. Arriba, se levantaban nubes densas, todavía rojeantes en su base por los reflejos del fuego, pero de colores distintos, no se entiende si por un engaño de los rayos del sol naciente o por la naturaleza de las especias, o de las maderas, o de cualquier otra materia combusta de las que nacían. Según cómo soplara el viento, desde puntos distintos de la ciudad, llegaban aromas de nuez moscada, de canela, de pimienta y de azafrán, de mostaza o de jengibre, de suerte que la ciudad más bella del mundo ardía, sí, pero como un pebetero de perfumados aromas.

Baudolino daba la espalda al tercer ajimez, y parecía una sombra oscura aureolada por la doble claridad tanto del día como del incendio. Nicetas en parte lo escuchaba y en parte volvía a las vicisitudes de los días precedentes.

Desgraciadamente, aquella mañana del miércoles 14 de abril del año del Señor 1204, es decir, seismilsetecientosdoce desde el principio del mundo, como se usaba calcular en Bizancio, hacía dos días que los bárbaros se habían apoderado definitivamente de Constantinopla. El ejército bizantino, tan rutilante de armaduras y de escudos y de yelmos cuando desfilaba, y la guardia imperial de los mercenarios ingleses y daneses, armados con sus terribles segures, que todavía el viernes habían resistido batiéndose con arrojo, cedieron el lunes, cuando los enemigos, por fin, habían violado las murallas. Fue una victoria tan repentina que los vencedores mismos se detuvieron, atemorizados, al caer la tarde, esperándose una respuesta; y, para mantener alejados a los defensores, provocaron el nuevo incendio. La mañana del martes toda la ciudad se dio cuenta de que, con nocturnidad, el usurpador Alejo Ducas Murzuflo había huido tierras adentro. Los ciudadanos, huérfanos ya y derrotados, maldijeron a ese ladrón de tronos a quien habían alabado hasta la noche anterior, a quien habían cubierto de parabienes cuando había estrangulado a su predecesor, y no sabiendo qué hacer (pávidos, pávidos, pávidos, qué vergüenza, se quejaba Nicetas ante la afrenta de aquella rendición), se reunieron en un gran cortejo. Con el patriarca y curas de todas las razas en sus vestiduras rituales, con los monjes voceando piedad, listos para venderse a los nuevos poderosos como siempre se habían vendido a los viejos, con las cruces y las imágenes de Nuestro Señor levantadas por las alturas tanto como sus gritos y lamentos, salieron al encuentro de los conquistadores confiando en amansarlos.

Qué locura, esperar piedad de esos bárbaros, que no tenían necesidad alguna de que el enemigo se rindiera para hacer lo que llevaban meses soñando: destruir la ciudad más extensa, más poblada, más rica, más noble del mundo y repartirse sus despojos. La inmensa comitiva de los plañideros se encontraba ante descreídos con el ceño airado, con la espada todavía roja de sangre, y sus caballos piafando. Como si el cortejo nunca hubiera existido, se había dado inicio al saqueo.

Oh Cristo Señor y Dios, ¡cuáles fueron entonces nuestras angustias y nuestras tribulaciones! ¿Cómo y por qué el fragor del mar, la ofuscación y la total oscuridad del sol, la roja aureola de la luna, los movimientos de las estrellas no nos habían presagiado aquella última desventura? Así lloraba Nicetas, la tarde del martes, extraviados sus pasos en la que había sido la capital de los últimos romanos, intentando evitar, por un lado, las hordas de los infieles; por el otro, encontrándose con el camino cerrado por renovados focos de incendio, desesperado por no poder tomar el camino de casa y temeroso de que, mientras tanto, algunos de aquellos canallas amenazaran a su familia.

Por fin, al oscurecer, no osando atravesar los jardines y los espacios abiertos entre Santa Sofía y el Hipódromo, corrió hacia el templo al ver abiertas sus grandes puertas, y sin sospechar que la furia de los bárbaros habría llegado a profanar también aquel lugar.

Pero nada más entrar, palidecía ya de horror. Aquel gran espacio estaba sembrado de cadáveres, entre los cuales caracoleaban caballeros enemigos obscenamente borrachos. Allá la patulea se dedicaba a abatir a mazazos la verja de plata de la tribuna, rebordeada de oro. El magnífico púlpito había sido atado con cuerdas para que una hilera de mulos arrastrándolo lo arrancara. Una mesnada beoda zahería imprecando a los animales, pero los cascos resbalaban en el suelo pulido, los soldados incitaban primero con la punta luego con el filo de sus espadas a las desgraciadas bestias que prorrumpían por el temor en ráfagas de heces; algunas se caían y se rompían una pata, de suerte que todo el espacio en torno al púlpito era un cieno de sangre y mierda.

Grupos de esa vanguardia del Anticristo se ensañaban contra los altares, Nicetas vio a unos que abrían de par en par el tabernáculo, agarraban los cálices, arrojaban al suelo las sagradas formas, hacían saltar con el puñal las piedras que adornaban la copa, se las escondían entre la ropa y tiraban el cáliz a un montón común, destinado a la fusión. Otros, antes y a carcajadas, tomaban de la silla de su caballo una bota llena, vertían el vino en el vaso sagrado y bebían de él, parodiando los gestos de un celebrante. Peor aún, en el altar mayor, ya expoliado, una prostituta medio desvestida, alterada por algún licor, bailaba descalza sobre la mesa eucarística, haciendo parodias de ritos sagrados, mientras los hombres se reían y la incitaban a que se quitara las últimas prendas; la prostituta, desnudándose poco a poco, se había puesto a bailar ante el altar la antigua y pecaminosa danza del córdax, y por último se había tirado, eructando cansada, en el sitial del Patriarca.

Llorando por lo que veía, Nicetas se apresuró hacia el fondo del templo, donde se erguía la que la piedad popular llamaba Columna Sudante; y que, en efecto, al tocarla exhibía un místico y continuo sudor propio, pero no era por razones místicas por lo que Nicetas quería alcanzarla. A medio camino se había encontrado con el paso cortado por dos invasores de gran estatura –a él le parecieron gigantes– que le gritaban algo con tono imperioso. No era necesario conocer su lengua para entender que por sus indumentos de hombre de corte presumían que iba cargado de oro, o podía decir dónde lo había escondido. Y Nicetas, en aquel momento, se sintió perdido porque, como ya había visto en su afanosa carrera por las calles de la ciudad invadida, no bastaba con mostrar que se tenían pocas monedas, o con negar tener escondido un tesoro en alguna parte; nobles deshonrados, ancianos llorosos, propietarios expropiados: o los torturaban hasta la muerte para que revelaran dónde habían escondido sus bienes, o los mataban pues, no teniéndolos ya, no conseguían revelarlo. Y cuando lo revelaban, los abandonaban por los suelos, tras haber soportado tales y tantas torturas que no podían sino morir, mientras sus verdugos levantaban una losa, tiraban una pared falsa, hacían que se derrumbara un contratecho e hincaban sus manos rapaces entre vajillas preciosas, con un crujir de sedas y terciopelos, acariciando pieles, desgranando entre los dedos piedras y joyas, oliendo tarros y saquitos de drogas raras.

Así, en aquel instante, Nicetas se vio muerto, lloró a su familia que lo había perdido y pidió perdón a Dios todopoderoso por sus pecados. Y fue entonces cuando entró en Santa Sofía Baudolino.

Apareció galano como un Saladino, con su caballo engualdrapado, una gran cruz roja sobre el pecho, la espada desenvainada, gritando:

–Vientrededióz, virgenloba, muertededióz, asquerosos blasfemadores, cerdos simoníacos, ¿es ésta la manera de tratar las cosas de nuestroseñor?

Y venga a darles cimbronazos a todos aquellos blasfemos crucíferos como él, con la diferencia de que él no estaba borracho sino furibundo. Y llegado a la ramera despatarrada en la silla patriarcal, se inclinó, la agarró por los cabellos y ya la estaba arrastrando entre la bosta de los mulos, gritándole cosas horribles sobre la madre que la había generado. Pero, a su alrededor, todos los que él creía castigar estaban tan borrachos, o tan ocupados en quitar piedras de cualquier materia que las engastara, que no se daban cuenta de lo que hacía.

Haciéndolo, llegó ante los dos gigantes que iban a torturar a Nicetas, miró al miserable que imploraba piedad, soltó la cabellera de la cortesana, que rodó por los suelos baldada, y dijo en excelente griego:

–¡Por los doce Reyes Magos, pero si tú eres el señor Nicetas, ministro del basileo! ¿Qué puedo hacer por ti?

–¡Hermano en Cristo, seas quien seas –gritó Nicetas–, líbrame de estos bárbaros latinos que me quieren muerto, salva mi cuerpo y salvarás tu alma!

De este intercambio de vocalizaciones orientales los dos peregrinos no habían entendido mucho y le pedían razón a Baudolino, que parecía de los suyos, expresándose en provenzal. Y en excelente provenzal, Baudolino les gritó que aquel hombre era prisionero del conde Balduino de Flandes, por cuya orden lo estaba buscando, precisamente, y por *arcana imperii* que dos miserables sargentos como ellos nunca habrían entendido. Los dos se quedaron pasmados un instante, luego decidieron que discutiendo perdían tiempo, mientras podían buscar otros tesoros sin esfuerzo, y se alejaron en dirección del altar mayor.

Nicetas no se inclinó a besar los pies de su salvador, entre otras cosas porque estaba ya por los suelos, pero estaba demasiado trastornado para comportarse con la dignidad que su rango habría requerido:

–Mi buen señor, gracias por tu ayuda; así pues, no todos los latinos son fieras desmandadas con el rostro desencajado por el odio. ¡No se portaron así ni siquiera los sarracenos al reconquistar Jerusalén, cuando el Saladino se conformó con pocas monedas para dejar que los habitantes se fueran sanos y salvos! ¡Qué vergüenza para toda la cristiandad, hermanos contra hermanos armados, peregrinos que debían ir a reconquistar el Santo Sepulcro y que se han dejado apartar de su camino por la codicia y por la envidia, y destruyen el imperio romano! ¡Oh Constantinopla, Constantinopla, madre de las iglesias, princesa de la religión, guía de las perfectas opiniones, nodriza de todas las ciencias, reposo de toda belleza, así pues has bebido de la mano de Dios el cáliz del furor, y has ardido de un fuego mucho mayor que el que quemó la Pentápolis! ¿Qué envidiosos e implacables demonios derramaron sobre ti la intemperancia de su ebriedad?, ¿qué locos y odiosos pretendientes te encendieron la antorcha nupcial? ¡Oh madre ya vestida del oro y de la púrpura imperiales, ahora sucia y macilenta, y privada de tus hijos, que no encontramos la vía, cual pájaros enjaulados, para abandonar esta ciudad que era nuestra, ni la entereza para quedarnos, y arrollados por muchos errores como estrellas vagantes erramos!

–Señor Nicetas –dijo Baudolino–, me habían dicho que vosotros los griegos habláis demasiado y de todo, pero no creía que hasta este punto. Por de pronto, la cuestión está en cómo sacar el culo de aquí. Yo puedo ponerte a salvo en el barrio de los genoveses, pero tú tienes que sugerirme el camino más rápido y seguro para el Neorio, porque esta cruz que llevo en el pecho me protege a mí pero no a ti: esta gente que nos rodea ha perdido las entendederas, si me ven con un griego prisionero piensan que vale algo y se me lo llevan.

–Un camino bueno lo conozco, pero no sigue las calles –dijo Nicetas–, y deberías abandonar el caballo...

–Pues abandonémoslo –dijo Baudolino, con una indiferencia que asombró a Nicetas, que todavía no sabía lo barato que le había salido a Baudolino su corcel.

Entonces Nicetas le pidió que lo ayudara a levantarse, lo tomó de la mano y se acercó furtivo a la Columna Sudante. Miró a su alrededor: en toda la amplitud del templo, los peregrinos, que vistos de lejos se movían como hormigas, estaban ocupados en alguna dilapidación, y no les prestaban atención. Se arrodilló detrás de la columna e introdujo los dedos en la hendidura un poco desunida de una losa del suelo.

–Ayúdame –le dijo a Baudolino–, que quizá entre los dos lo consigamos.

Y, en efecto, después de algunos esfuerzos la losa se levantó, mostrando una abertura oscura.

–Hay unos escalones –dijo Nicetas–, yo entro primero porque sé dónde poner los pies. Tú luego cierras la losa sobre ti.

–¿Y qué hacemos? –preguntó Baudolino.

–Bajamos –dijo Nicetas–, y luego ya encontraremos a tientas un nicho, dentro hay unas antorchas y un pedernal.

–Lo que se dice una gran ciudad, esta Constantinopla, hermosa y llena de sorpresas –comentó Baudolino mientras bajaba por aquella escalera de caracol–. Qué pena que estos cerdos no vayan a dejar piedra sobre piedra.

–¿Estos cerdos? –preguntó Nicetas–. ¿Pero no eres uno de ellos?

–¿Yo? –se asombró Baudolino–. Yo no. Si te refieres a la ropa, la he tomado prestada. Cuando ésos entraron en la ciudad, yo ya estaba dentro de las murallas. Pero ¿dónde están esas antorchas?

–Calma, unos escalones más. ¿Quién eres, cómo te llamas?

–Baudolino de Alejandría, no la de Egipto, sino la que ahora se llama Cesarea, o mejor, quizá ya no se llame nada y alguien la haya quemado como Constantinopla. Allá arriba, entre las montañas del norte y el mar, cerca de Mediolano, ¿sabes?

–Algo sé de Mediolano. Una vez sus murallas fueron destruidas por el rey de los tudescos. Y más tarde nuestro basileo les dio dinero para ayudarles a que las reconstruyeran.

–Pues bien, yo estaba con el emperador de los tudescos, antes de que muriera. Tú lo encontraste cuando estaba atravesando la Propóntide, hace casi quince años.

–Federico el Enobarbo. Un grande y nobilísimo príncipe, clemente y misericordioso. Nunca se hubiera comportado como ésos...

–Cuando conquistaba una ciudad tampoco él era tierno.

Por fin llegaron a los pies de la escalera. Nicetas encontró las antorchas y los dos, manteniéndolas altas por encima de la cabeza, recorrieron un largo conducto, hasta que Baudolino vio el vientre mismo de Constantinopla, allá donde, casi debajo de la iglesia más grande del mundo, se extendía oculta a la vista otra basílica, una selva de columnas que se perdían en la oscuridad como árboles de una floresta lacustre que surgían de las aguas. Basílica o iglesia colegial completamente invertida, porque incluso la luz, que acariciaba apenas los capiteles que se desvanecían en la sombra de las bóvedas altísimas, no procedía de rosetones o vidrieras, sino del acuátil suelo, que reflejaba la llama movida por los visitantes.

–La ciudad está horadada de cisternas –dijo Nicetas–. Los jardines de Constantinopla no son un don de la naturaleza sino efecto del arte. Pero mira, ahora el agua nos llega sólo a media pierna porque la han usado casi toda para apagar los incendios. Si los conquistadores destruyen también los acueductos, todos morirán de sed. Normalmente no se puede ir a pie, se necesita una barca.

–¿Y sigue hasta el puerto?

–No, se detiene mucho antes, pero conozco pasadizos y escaleras que hacen que se conecte con otras cisternas, y otras galerías, de modo que, si no en el Neorio Neorio, podríamos andar bajo tierra hasta el Prosforio. Aunque –dijo angustiado, y como si se acordara sólo en ese momento de otro asunto–, yo no puedo ir contigo. Te enseño el camino, pero luego debo volver atrás. Debo poner a salvo a mi familia, que está escondida en una casita detrás de Santa Irene. Sabes –pareció excusarse–, mi palacio quedó destruido en el segundo incendio, el de agosto…

–Señor Nicetas, tú estás loco. Primero, me haces bajar hasta aquí y abandonar a mi caballo, mientras que yo sin ti podía llegar al Neorio incluso yendo a pie por las calles. Segundo, ¿piensas alcanzar a tu familia antes de que te paren otros dos sargentos como ésos con los que te he encontrado? Y aun si lo consigues, luego, ¿qué harás? Antes o después alguien os descubrirá, y si estás pensando en coger a los tuyos e irte, ¿adónde irás?

–Tengo amigos en Selimbria –dijo Nicetas perplejo.

–No sé dónde está, pero antes de llegar tendrás que salir de la ciudad. Escúchame, tú a tu familia no le sirves de nada. En cambio, donde yo te llevo encontraremos a unos amigos genoveses que en esta ciudad son los que cortan el abadejo, están acostumbrados a tratar con los sarracenos, con los judíos, con los monjes, con la guardia imperial, con los mercaderes persas y ahora con los peregrinos latinos. Es gente astuta, tú les dices dónde está tu familia y mañana te la traen a donde estemos; cómo lo harán, no lo sé, pero lo harán. Lo harían en cualquier caso por mí, que soy un antiguo amigo, y por amor de Dios, pero, aun así, siguen siendo genoveses y si les regalas algo, mejor que mejor. Luego nos quedamos allí hasta que las cosas se tranquilicen, un saqueo no suele durar más de unos días, créeme a mí que he visto muchos. Y después, a Selimbria o a donde quieras.

Nicetas dio las gracias convencido. Y mientras proseguían, le preguntó por qué estaba en la ciudad si no era un peregrino crucífero.

–Llegué cuando los latinos habían desembarcado ya en la otra orilla, con otras personas... que ahora ya no están. Veníamos de muy lejos.

–¿Por qué no habéis dejado la ciudad mientras estabais a tiempo?

Baudolino vaciló antes de contestar:

–Porque... porque tenía que quedarme aquí para entender una cosa.

–¿La has entendido?

–Desgraciadamente sí, pero sólo hoy.

–Otra pregunta. ¿Por qué te ocupas tanto de mí?

–¿Qué debería hacer, si no, un buen cristiano? Aunque en el fondo tienes razón. Habría podido liberarte de esos dos y dejarte huir por tu cuenta, y mírame, aquí estoy pegado a ti como una sanguijuela. Ves, señor Nicetas, yo sé que tú eres un escritor de historias, como lo era el obispo Otón de Fresinga. Pero cuando frecuentaba al obispo Otón, antes de que él muriera, yo era un muchacho, y no tenía una historia, sólo quería conocer las historias de los demás. Ahora podría tener una historia mía, pero no sólo he perdido todo lo que había escrito sobre mi pasado, sino que, si intento recordarlo, se me confunden las ideas. No es que no recuerde los hechos, soy incapaz de darles un sentido. Después de lo que me ha pasado hoy, tengo que hablar con alguien, si no, me vuelvo loco.

–¿Qué te ha pasado hoy? –preguntó Nicetas renqueando con esfuerzo en el agua.

Era más joven que Baudolino, pero su vida de estudioso y cortesano había hecho que engordara y se volviera flojo y perezoso.

–He matado a un hombre. Era la persona que hace casi quince años asesinó a mi padre adoptivo, al mejor de los reyes, al emperador Federico.

–¡Pero Federico se ahogó en Cilicia!

–Así lo creyeron todos. En cambio, fue asesinado. Señor Nicetas, esta tarde en Santa Sofía tú me has visto furibundo tirar de espada, pero debes saber que jamás en mi vida había derramado la sangre de nadie. Soy un hombre de paz. Esta vez he tenido que matar, era el único que podía hacer justicia.

–Ya me contarás. Pero dime cómo es que has llegado tan providencialmente a Santa Sofía para salvarme la vida.

–Mientras los peregrinos empezaban a saquear la ciudad, yo entraba en un lugar oscuro. He salido cuando ya había oscurecido, hace una hora, y me he encontrado cerca del Hipódromo. Casi me atropella una muchedumbre de griegos que huían gritando. Me he metido en el zaguán de una casa semiquemada, para dejarles pasar, y, una vez pasados, he visto a los peregrinos persiguiéndoles. He entendido qué estaba pasando, y en un instante he parado mientes en esta bella verdad: que yo era, sí, un latino y no un griego, pero antes de que esos latinos embrutecidos se dieran cuenta, entre un griego muerto y yo no habría ya diferencia alguna. Pero no es posible, me decía, éstos no querrán destruir la mayor ciudad de la cristiandad precisamente ahora que la han conquistado... Luego reflexionaba que cuando sus antepasados entraron en Jerusalén, en los tiempos de Godofredo de Bouillón, aunque luego la ciudad iba a convertirse en su ciudad, mataron a todos, mujeres, niños y animales domésticos, y Jesús mil y mil veces si no queman por error el Santo Sepulcro. Es verdad que aquéllos eran cristianos que estaban entrando en una ciudad de infieles, pero precisamente en mi viaje he visto las escabechinas que los cristianos pueden hacerse unos a otros por una palabrita, y bien se sabe que nuestros señores curas llevan años peleándose con los vuestros por el asunto del *Filioque*. Y vamos, no nos engañemos, cuando el guerrero entra en una ciudad no hay hermano para hermano, y mucho menos religión.

–¿Y entonces qué has hecho?

–He salido del zaguán, he andado pegado a las paredes, hasta llegar al Hipódromo. Y allí he visto la belleza desflorecer y trasformarse en algo pesado. Sabes, desde que he llegado a la ciudad, he ido de vez en cuando allá a contemplar la estatua de esa joven, la de los pies bien torneados, la de los brazos de nieve y los labios rojos, esa sonrisa, y esos senos, y la ropa y los cabellos danzando en el viento, que si la veías de lejos no podías creerte que fuera de bronce, porque parecía de carne viva...

–Es la estatua de Helena de Troya. Pero ¿qué ha pasado?

–En poquísimos segundos he visto doblarse la columna sobre la que se erguía como un árbol talado por su base; y por los suelos una gran polvareda. En trozos, allá el cuerpo, a pocos pasos de mí la cabeza, y entonces me he dado cuenta de lo grande que era esa estatua. La cabeza no habría podido abrazarse con los dos brazos extendidos; y me estaba mirando fija y torcida, como una persona acostada, con la nariz horizontal y los labios verticales que, perdóname, me parecían los que tienen las mujeres en medio de las piernas. De los ojos se le habían saltado las pupilas, y parecía haberse vuelto ciega de golpe, ¡Jesús santísimo!, ¡igual que ésta!

Y dio un salto hacia atrás salpicando por doquier, porque en el agua la antorcha había iluminado de repente una cabeza de piedra, del tamaño de diez cabezas humanas, que se dedicaba a sujetar una columna, y también esta cabeza estaba acostada, la boca, aún más vulva, entreabierta, muchas serpientes en la cabeza como si de rizos se tratara y una palidez mortífera de viejo marfil.

Nicetas sonrió:

–Ésta lleva aquí siglos, son cabezas de Medusa que vienen no se sabe de dónde y las usaron los constructores como zócalos. Te asustas por poco...

–No me asusto. Es que este rostro lo he visto ya. En otro lugar.

Viendo a Baudolino turbado, Nicetas cambió de tema:

–Me estabas diciendo que han abatido la estatua de Helena...

–Ojalá fuera la única. Todas, todas las que estaban entre el Hipódromo y el Foro, todas las de metal, por lo menos. Montaban encima, les ataban unas sogas o unas cadenas al cuello, y desde el suelo tiraban de ellas con dos o tres yuntas de bueyes. He visto caer todas las estatuas de los aurigas, una esfinge, un hipopótamo y un cocodrilo egipcios, una gran loba con Rómulo y Remo enganchados de sus pechos, y la estatua de Hércules, también esa, he descubierto que era tan grande que el pulgar era como el busto de un hombre normal... Y luego ese obelisco de bronce con todos esos relieves, el que tiene encima esa mujercita que se voltea según el viento...

–La Compañera del Viento. Qué desastre. Algunas eran obra de antiguos escultores paganos, las más antiguas de los romanos mismos. Pero ¿por qué, por qué?

–Para fundirlas. Lo primero que haces cuando saqueas una ciudad es fundir todo lo que no puedes transportar. Se forman crisoles por doquier, y figúrate aquí, con todas esas hermosas casas en llamas que son como hornos naturales. Y, además, ya los has visto, en la iglesia; desde luego no pueden ir por ahí dejando ver que han cogido las píxides y las patenas de los tabernáculos. Fundir, hay que fundir inmediatamente. Un saqueo –explicaba Baudolino como quien conoce bien el oficio– es como una vendimia, hay que repartirse las tareas, están los que pisan la uva, los que transportan el mosto en las cubas, los que preparan la comida para los que pisan, los que van a coger el vino bueno del año anterior... Un saqueo es un trabajo serio. Por lo menos si quieres que de la ciudad no quede piedra sobre piedra, como en mis tiempos con Mediolano. Pero para eso harían falta los pavianos, aquéllos sí que sabían cómo se hace desaparecer una ciudad. Éstos todavía tienen que aprenderlo todo; derribaban la estatua, luego se sentaban encima y se ponían a beber, luego llegaba uno arrastrando a una mujer del pelo y gritando que era virgen, y todos a meterle el dedo dentro para ver si valía la pena... En un saqueo bien hecho tienes que limpiarlo todo enseguida, casa por casa, y te diviertes después; si no, los más listos cogen lo mejor. Pero, en fin, mi problema era que con gente de esa calaña no me daba tiempo a contarles que había nacido yo también por los predios del marquión del Montferrato. Así es que sólo una cosa se podía hacer. Me he agazapado detrás de la esquina hasta que ha entrado en el callejón un caballero, que con todo lo que había bebido no sabía ni siquiera por dónde se andaba y se dejaba llevar por el caballo. Ha sido tirarle de una pierna, y caerse. Le he quitado el yelmo, le he dejado caer una piedra encima de la cabeza...

–¿Lo has matado?

–No, era una piedra de lo más quebradizo, lo justo para dejarlo desmayado. Me he dado ánimos, porque el caballero empezaba a vomitar cosas violáceas, le he quitado la sobreveste y la cota de malla, el yelmo, las armas, he cogido el caballo, y arre a atravesar barrios, hasta que he llegado ante la puerta de Santa Sofía; he visto que entraban con mulos, y ha pasado por delante de mí un grupo de soldados llevándose unos candelabros de plata con sus cadenas gruesas como un brazo, y hablaban como lombardos. Cuando he visto esa trapatiesta, esa infamia, ese vil comercio, he perdido la cabeza, porque los que estaban haciendo esos estragos eran hombres de mis tierras, hijos devotos del papa de Roma...

Discurriendo de este modo, justo cuando iban a acabarse las antorchas, emergieron de la cisterna en la noche ya plena, y por callejas desiertas alcanzaron la torrecilla de los genoveses.

Llamaron a la puerta, alguien bajó, se les acogió y alimentó, con áspera cordialidad. Baudolino parecía ser de la casa entre aquella gente, e inmediatamente recomendó a Nicetas. Uno de ellos dijo:

–Fácil, ya nos ocupamos nosotros, ahora id a dormir.

Y lo había dicho con tal seguridad que no sólo Baudolino, sino el mismo Nicetas, pasaron la noche tranquilos.

# 3

## Baudolino le explica a Nicetas
## qué escribía de pequeño

A la mañana siguiente, Baudolino convocó a los más prestos entre los genoveses, Pèvere, Boiamondo, Grillo y Taraburlo. Nicetas les había dicho dónde podían encontrar a su familia, y se fueron, tranquilizándolo una vez más. Nicetas entonces pidió vino, y le sirvió una copa a Baudolino:

–Mira si te gusta, aromatizado con resina. Muchos latinos lo encuentran asqueroso y dicen que sabe a moho.

Cuando Baudolino le garantizó que aquel néctar griego era su bebida preferida, Nicetas se dispuso a escuchar su historia.

Baudolino parecía ansioso de hablar con alguien, como para liberarse de cosas que llevaba dentro desde hacía quién sabe cuánto tiempo.

–Aquí está, señor Nicetas –dijo, abriendo una bolsita de piel que llevaba colgada del cuello y tendiéndole un pergamino–. Éste es el principio de mi historia.

Nicetas, aun sabiendo leer los caracteres latinos, había intentado descifrarlo pero no había entendido nada.

–¿Qué es esto? –preguntó–. Quiero decir, ¿en qué lengua está escrito?

–¿La lengua? No lo sé. Empecemos así, señor Nicetas. Tú tienes una idea de dónde están Ianua, es decir, Génova y Mediolano, o Mayland como dicen los teutónicos o germanos, o Alamanoi como decís vosotros. Pues bien, a medio camino entre estas dos ciudades hay dos ríos, el Tanaro y el Bórmida, y entre los dos hay una llanura donde, cuando no hace un calor como para freír unos huevos encima de una piedra, hay niebla, cuando no hay niebla, nieva, y cuando no nieva, hiela y cuando no hiela, hace frío igualmente. Allí nací yo, en una landa que se llama la Frascheta Marincana, que hay también una hermosa ciénaga entre los dos ríos. No es precisamente como las orillas de la Propóntide...

–Me lo imagino.

–Pero a mí me gustaba. Son unos aires que te hacen compañía. Yo he viajado mucho, señor Nicetas, quizá hasta la India Mayor...

–¿No estás seguro?

–No, no sé muy bien dónde he llegado; desde luego adonde están los hombres cornudos y los que tienen la boca en el vientre. He pasado semanas por desiertos interminables, por praderas que se extendían hasta donde no alcanzaba la vista, y siempre me he sentido como prisionero de algo que superaba los poderes de mi imaginación. En cambio, en mis tierras, cuando andas por los bosques en la niebla, te parece como si todavía estuvieras en la tripa de tu madre, no tienes miedo de nada y te sientes libre. E incluso cuando no hay niebla, cuando vas y, si tienes sed, arrancas un carámbano de los árboles, luego te soplas los dedos porque están llenos de sabañones...

–¿Y qué tienen que ver los... manteles con todo ese frío?

–¡No, no he dicho *sabanoi*! Vosotros no tenéis ni siquiera la palabra y he tenido que usar la mía. Son como unas llagas que se te forman en los dedos, y en los nudillos, por el gran frío, y pican y, si te las rascas, te duelen...

–Hablas de ellos como si guardaras un buen recuerdo...

–El frío es hermoso.

–Cada uno ama su tierra natal. Sigue.

–Bien, allí, una vez, estaban los romanos, los de Roma, los que hablaban latín, no los romanos que ahora decís ser vosotros que habláis griego, y que nosotros llamamos romeos, o grecanos, si me perdonas la palabra. Luego el imperio de los romanos de allá desapareció, y en Roma se quedó sólo el papa, y en toda Italia se vieron gentes distintas, que hablaban lenguas distintas. La gente de la Frascheta habla una lengua, pero ya en Terdona hablan otra. Viajando con Federico por Italia he oído lenguas muy dulces, que, en comparación, la nuestra de la Frascheta no llega ni a lengua, a ladrido de perro como mucho, y nadie escribe en esa lengua, porque todavía lo hacen en latín. Así pues, cuando yo emborronaba este pergamino quizá era el primero que intenta-

ba escribir como hablábamos. Después me convertí en hombre
de letras y escribía en latín.

–Y aquí, ¿qué dices?

–Como ves, viviendo entre gente docta sabía incluso en qué
año estábamos. Escribía en diciembre del anno domini 1155. No
sabía qué edad tenía, mi padre decía doce años, mi madre quería que fueran trece, porque quizá los esfuerzos para hacerme
crecer timorato de Dios habían hecho que le parecieran más largos. Cuando escribía, seguramente andaba por los catorce. De
abril a diciembre había aprendido a escribir. Me había aplicado
con fervor, después de que el emperador me llevara consigo, ingeniándomelas en todas las situaciones, en un campo, bajo una
tienda, apoyado en la pared de una casa destruida. Con tablillas
la mayoría de las veces, raramente en pergaminos. Me estaba
acostumbrando ya a vivir como Federico, que nunca se quedó
más de unos meses en el mismo lugar, siempre y sólo en invierno, y el resto del año, en camino, durmiendo cada noche en un
sitio distinto.

–Sí, pero aquí, ¿qué cuentas?

–A principios de aquel año, yo aún vivía con mi padre y mi
madre, algunas vacas y un huerto. Un ermitaño de aquellos predios me había enseñado a leer. Yo vagabundeaba por el bosque
y por la ciénaga, era un niño con mucha imaginación, veía unicornios, y, decía, se me aparecía en la niebla San Baudolino...

–Nunca he oído mencionar a ese santo varón. ¿Se te aparecía
de verdad?

–Es un santo de nuestras tierras, era obispo de Villa del Foro.
Que luego lo viera, eso es otro asunto. Señor Nicetas, el problema de mi vida es que siempre he confundido lo que veía y lo que
deseaba ver...

–Les pasa a muchos...

–Sí, pero a mí siempre me ha pasado que en cuanto decía he
visto esto, o he encontrado esta carta que dice tal o cual (que a
lo mejor la había escrito yo), parecía que los demás no estuvieran esperando otra cosa. Sabes, señor Nicetas, cuando tú dices
una cosa que has imaginado, y los demás te dicen que es precisamente así, acabas por creértelo tú también. Así pues, yo andaba por la Frascheta y veía santos y unicornios en el bosque, y
cuando me encontré con el emperador, sin saber quién era, y le

hablé en su lengua, le dije que a mí me había dicho San Baudolino que él habría conquistado Terdona. Yo lo decía, así, para
darle gusto, pero a él le convenía que se lo dijera a todo el mundo y, sobre todo, a los emisarios de Terdona, de modo que ellos
se convencieran de que también los santos estaban en su contra,
y por eso me compró a mi padre, que me vendió no tanto por las
pocas monedas que le dio sino por la boca que le quitó. Así cambió mi vida.

–¿Te convertiste en su familio?

–No, en parte de su familia: en su hijo. Por aquel entonces,
Federico todavía no había sido padre, creo que me había tomado afecto, a mí, que le decía lo que los demás le callaban por
respeto. Me trató como si fuera una criatura suya, me alababa
por mis garabatos, por las primeras cuentas que sabía hacer con
los dedos, por las nociones que estaba aprendiendo sobre su padre y sobre el padre de su padre... Pensando, quizá, que no entendía, a veces se confiaba conmigo.

–Pero a este padre, ¿lo amabas más que al carnal, o estabas
fascinado por su majestad?

–Señor Nicetas, hasta entonces nunca me había preguntado si
amaba a mi padre Gagliaudo. Prestaba sólo atención a no estar
al alcance de sus patadas o de sus bastonazos, y me parecía una
cosa normal para un hijo. Que luego lo amara... me di cuenta de
ello sólo cuando murió. Antes de entonces no creo haber abrazado nunca a mi padre. Más bien iba a llorar en el regazo de mi madre, pobre mujer, pero tenía tantos animales que cuidar que
tenía poco tiempo para consolarme. Federico era de buena
estatura, con la cara blanca y roja, y no color de cuero como la
de mis paisanos, los cabellos y la barba llameantes, las manos
largas, los dedos finos, las uñas bien cuidadas, estaba seguro de
sí e infundía seguridad, era alegre y decidido e infundía alegría
y decisión, era valiente e infundía valor... Cachorro de león yo,
león él. Sabía ser cruel, pero con las personas que amaba era
dulcísimo. Yo lo he amado. Era la primera persona que escuchaba
lo que yo decía.

–Te usaba como voz del pueblo... Buen señor el que no presta oídos sólo a los cortesanos sino que intenta entender cómo
piensan sus súbditos.

–Sí, pero yo ya no sabía quién era y dónde estaba. Desde que había encontrado al emperador, de abril a septiembre, el ejército imperial había recorrido dos veces Italia, una de Lombardía a Roma y la otra en dirección contraria, procediendo como una culebra desde Espoleto hasta Ancona, de allí a las Apulias, y luego otra vez a la Romania, y otra vez hacia Verona, y Tridentum, y Bauzano, atravesando las montañas y volviendo a Alemania. Después de doce años pasados apenas entre dos ríos, si llega, yo había sido arrojado al centro del universo.

–Eso es lo que te parecía a ti.

–Ya lo sé, señor Nicetas, que el centro del universo sois vosotros, pero el mundo es más vasto que vuestro imperio, están la Última Thule y el país de los Hibernios. Está claro que, ante Constantinopla, Roma es un amasijo de ruinas y París una aldea fangosa, pero también allá sucede algo de vez en cuando, por vastas y vastas tierras del mundo no se habla griego, y hay incluso gente que para decir que están de acuerdo dicen: *oc*.

–¿*Oc*?

–*Oc*.

–Extraño. Pero sigue.

–Sigo. Veía Italia entera, lugares y rostros nuevos, ropas que nunca había visto, damascos, bordados, capas doradas, espadas, armaduras, oía voces que me costaba imitar día tras día. Recuerdo sólo confusamente cuando Federico recibió la corona de hierro de rey de Italia en Pavía, luego la bajada hacia la Italia denominada Citerior, el recorrido a lo largo de la vía francígena, el emperador que se encuentra con el papa Adriano en Sutri, la coronación en Roma...

–Pero este basileo tuyo, o emperador como decís vosotros, fue coronado ¿en Pavía o en Roma? ¿Y por qué en Italia, si es basileo de los alamanoi?

–Vayamos por orden, señor Nicetas, entre nosotros los latinos no es fácil como entre vosotros los romeos. Aquí, uno le saca los ojos al basileo del momento, se convierte él en basileo, todos están de acuerdo e incluso el patriarca de Constantinopla hace lo que dice el basileo, si no, el basileo le saca los ojos también a él...

–Ahora no exageres.

–¿Exagero? Cuando llegué me explicaron enseguida que el basileo Alejo III había subido al trono porque había cegado al legítimo basileo, su hermano Isaac.

–En vuestras tierras, ¿ningún rey elimina al precedente para arrebatarle el trono?

–Sí, pero lo mata en batalla, o con un veneno, o con un puñal.

–Lo veis, sois unos bárbaros, no conseguís concebir una manera menos cruenta de acomodar los asuntos de gobierno. Y además, Isaac era hermano de Alejo, y no se mata a un hermano.

–Ya entiendo, fue un acto de benevolencia. Entre nosotros no pasa lo mismo. El emperador de los latinos, que no es latino, desde los tiempos de Carlomagno, es el sucesor de los emperadores romanos, los de Roma, quiero decir, no los de Constantinopla. Pero, para estar seguro de serlo, tiene que hacer que lo corone el papa, porque la ley de Cristo ha barrido la ley de los dioses falsos y mentirosos. Pero, para ser coronado por el papa, el emperador debe ser reconocido por las ciudades de Italia, que van cada una un poco a su aire, y entonces debe ser coronado rey de Italia. Naturalmente con tal de que lo hayan elegido los príncipes teutónicos. ¿Está claro?

Nicetas había aprendido desde hacía tiempo que los latinos, aun siendo bárbaros, eran complicadísimos, nulos en asuntos de sutilezas y de distingos si estaba en juego una cuestión teológica, pero capaces de encontrarle tres pies al gato en una cuestión de derecho. De suerte que, durante todos los siglos que los romeos de Bizancio habían empleado en fructuosos concilios para definir la naturaleza de Nuestro Señor, pero sin poner en discusión ese poder que todavía venía directamente de Constantino, los occidentales les habían dejado la teología a los señores curas de Roma y habían empleado su tiempo en envenenarse y darse marrazos unos a otros para establecer si todavía había un emperador, y quién era, con el gran resultado de que un emperador de verdad no lo habían vuelto a tener.

–Así pues, Federico necesitaba una coronación en Roma. Debe de haber sido una cosa solemne...

–Hasta cierto punto. Primero, porque San Pedro en Roma con respecto a Santa Sofía es una choza, y bastante deslucida. Segundo, porque la situación en Roma era muy confusa; en aquellos días el papa estaba parapetado cerca de San Pedro y de su castillo mientras que, al otro lado del río, los romanos parecían haberse convertido en los dueños de la ciudad. Tercero, porque no se entendía bien si el papa le hacía un feo al emperador o el emperador al papa.

–¿En qué sentido?

–En el sentido de que, si prestaba oídos a los príncipes y obispos de la corte, estaban furibundos por la manera en la que el papa estaba tratando al emperador. La coronación debe celebrarse el domingo, y la hicieron un sábado, el emperador debe ser ungido en el altar mayor, y Federico fue ungido en un altar lateral, y no en la cabeza como sucedía antaño, sino entre los brazos y los omóplatos, no con el crisma sino con el óleo de los catecúmenos. Es posible que no entiendas la diferencia, ni la entendía yo entonces, pero en la corte todos tenían el rostro sombrío. Yo me esperaba que también Federico estuviera rabioso como una onza parda, y, en cambio, se deshacía en cortesías con el papa, y el que tenía la cara sombría, más bien, era el papa, como si hubiera hecho un mal negocio. Le pregunté claramente a Federico por qué refunfuñaban los barones y él no, y me contestó que debía entender el valor de los símbolos litúrgicos, donde basta una nadería para cambiarlo todo. Él necesitaba que se celebrara la coronación, y que la hiciera el papa, pero no debía ser demasiado solemne, porque, si no, quería decir que él era emperador sólo por gracia del papa y, en cambio, lo era ya por voluntad de los príncipes germánicos. Le dije que era más listo que un zorro, porque era como si hubiera dicho: mira, papa, que tú aquí eres sólo el notario, los pactos ya los he firmado yo con el Padre Eterno. Federico se echó a reír dándome un coscorrón en la cabeza, y dijo, muy bien, muy bien, tú encuentras enseguida la manera adecuada de decir las cosas. Luego me preguntó qué había hecho en Roma aquellos días, porque él estaba tan ocupado con las ceremonias que me había perdido de vista. He visto qué grandes ceremonias habéis hecho, le dije. Es que a los romanos, me refiero a los de Roma, no les gustaba aquel asunto de la coronación en San Pedro, porque el senado romano, que quería ser más importante que el pontífice, quería coronar a Federico en el Capitolio. Federico, en cambio, se negó, porque, si luego iba a decir que había sido coronado por el pueblo, no sólo los príncipes germánicos, sino también los reyes de Francia y de Inglaterra le dirían pero qué gran unción, la que le ha hecho la sagrada plebe, mientras que si decía que lo había ungido el papa, todos se tomarían en serio el asunto. Pero la cosa era aún más complicada, y yo lo entendí sólo después. Los príncipes germánicos habían empezado a hablar desde hacía poco de la *translatio imperii*, esto es, como si dijéramos que la herencia de los emperadores de Roma había pasado a ellos. Ahora bien, si Federico dejaba que el papa lo coronara, era como decir que su derecho era reconocido también por el vicario de Cristo en la tierra, que tal sería aunque viviera, por poner una, en Edesa o en Ratisbona. Pero, si hacía que le coronara el senado y el *populusque* romano, era como decir que el imperio todavía estaba allí y no había existido la *translatio*. Pues bravo bonete, como decía mi padre Gagliaudo. Ni que decir tiene que eso el emperador no podía tolerarlo. Por eso, mientras se celebraba el gran banquete de la coronación, los romanos enfurecidos cruzaron el Tíber y mataron no sólo a algunos curas, que era cosa de todos los días, sino también a dos o tres imperiales. A Federico se le inflaron las narices, interrumpió el banquete y los quiso a todos bien muertos, después de lo cual en el Tíber había más cadáveres que peces, y al final de la jornada los romanos habían entendido quién era el amo, pero desde luego, como fiesta, no fue una gran fiesta. De ahí el mal humor de Federico con esos comunes de la Italia Citerior, y por eso cuando, a finales de julio, llega ante Espoleto, pide que le paguen la hospitalidad, y los espoletinos se arman un lío, se sulfura peor aún que en Roma y hace una matanza que ésta de Constantinopla es sólo un juego... Debes entender, señor Nicetas, que un emperador debe portarse como emperador, sin hacer caso de los sentimientos... Aprendí muchas cosas en aquellos meses; después de Espoleto se produjo el encuentro con los emisarios de Bizancio en Ancona, luego el regreso hacia la Italia Ulterior, hasta las laderas de los Alpes que Otón no sé por qué denominaba Pirineos, y era la primera vez que veía las cimas de las montañas cubiertas de nieve. Y mientras tanto, día tras día, el canónigo Rahewin me iniciaba en el arte de la escritura.

–Dura iniciación para un muchacho...

–No, no dura. Es verdad que, si no entendía algo, el canónigo Rahewin me daba un buen capón, pero a mí no me producía ni frío ni calor después de los sopapos de mi padre, pero para todo lo demás, todos estaban pendientes de mis labios. Si se me ocurría decir que había visto una sirena en el mar –después de que el emperador me había llevado allí como el que veía a los santos–, todos se lo creían y me decían, muy bien, muy bien...

–Eso te habrá enseñado a medir las palabras.

–Al contrario, eso me enseñó a no medirlas en absoluto. Total, pensaba yo, diga lo que diga, es verdad porque lo he dicho... Cuando íbamos camino de Roma, un cura que se llamaba Conrado me contaba las *mirabilia* de aquella urbe, de los siete autómatas del Capitolio que representaban los días de la semana y anunciaban, cada uno con una campanilla, una sublevación en una provincia del imperio, o de las estatuas de bronce que se movían solas, o de un palacio lleno de espejos encantados... Luego llegamos a Roma y, el día que se dedicaron a matarse a lo largo del Tíber, yo me escapé y vagabundeé por la ciudad. Y, anda por aquí, anda por allá, vi sólo rebaños de ovejas entre ruinas antiguas, y debajo de los soportales a lugareños que hablaban la lengua de los judíos y vendían pescado, pero *mirabilia* ni una, excepto una estatua a caballo en Letrán, y ni siquiera me pareció gran cosa. Y aun así, cuando en el camino de vuelta todos me preguntaban qué había visto, ¿qué podía decir?, ¿que en Roma había sólo ovejas entre ruinas y ruinas entre ovejas? No me habrían creído. Y entonces les contaba de las *mirabilia* de las que me habían contado, y añadía alguna más, por ejemplo, que en el palacio de Letrán había visto un relicario de oro adornado de diamantes, y dentro el ombligo y el prepucio de Nuestro Señor. Todos estaban pendientes de mis labios y decían qué pena que aquel día tuviéramos que dedicarnos a matar a los romanos y no viéramos todas esas *mirabilia*. Así, en todos estos años, he seguido oyendo fábulas sobre las maravillas de la ciudad de Roma, en Alemania, y en Borgoña, e incluso aquí, sólo porque yo las había contado.

Mientras tanto habían regresado los genoveses, vestidos de monjes, que precedían campanilleando a una brigada de seres envueltos en mugrientos ropajes blancuzcos que cubrían también sus rostros. Eran la mujer embarazada de Nicetas, con el último retoño todavía en brazos, y otros hijos e hijas, jovenzuelas graciosísimas, algún pariente y pocos siervos. Los genoveses les habían hecho cruzar la ciudad como si fueran una cuadrilla de leprosos, e incluso los peregrinos les habían abierto el paso.

–¿Cómo han podido tomaros en serio? –preguntaba riéndose

Baudolino–. ¡Pase por los leprosos, pero vosotros, incluso con esa ropa no tenéis pinta de monjes!

–Con perdón de vuestras barbas, los peregrinos son una banda de abelinados –había dicho Taraburlo–. Y además, con la de tiempo que llevamos aquí, el poco de griego que sirve lo sabemos incluso nosotros. Repetíamos *kyrieleison pigué pigué*, todos juntos en voz baja, como si fuera una letanía, y todos se apartaban, algunos santiguándose, otros enseñando cuernos y otros palpándose los cojones por si acaso.

Un siervo había llevado a Nicetas un cofrecillo, y Nicetas se retiró hacia el fondo del cuarto para abrirlo. Volvió con unas monedas de oro para los dueños de casa, los cuales se prodigaron en bendiciones y afirmaron que, hasta que se fuera, el amo allá dentro era él. Se distribuyó a la amplia familia en las casas cercanas, en callejones un poco guarros, donde a ningún latino se le habría ocurrido entrar a buscar botín.

Satisfecho ya, Nicetas llamó a Pèvere, que parecía el más calificado entre sus anfitriones, y le dijo que, si debía permanecer escondido, no por ello quería renunciar a sus placeres habituales. La ciudad ardía, pero en el puerto seguían arribando las naves de los mercaderes, y las barcas de los pescadores, que, es más, tenían que detenerse en el Cuerno de Oro sin poder descargar sus mercancías en las alhóndigas. Si uno tenía dinero, podía comprar barato todo lo necesario para una vida regalada. En cuanto a una cocina como Dios manda, entre los parientes recién salvados estaba su cuñado Teófilo que era un cocinero excelente, bastaba con que les dijera los ingredientes que necesitaba. Y de esta forma, hacia la tarde, Nicetas pudo ofrecer a su anfitrión una comida de logotetas. Se trataba de un cabrito lechal, relleno de ajo, cebolla y puerros, rociado con una salsa de pescados en salmuera.

–Hace más de doscientos años –dijo Nicetas– vino a Constantinopla, como embajador de vuestro rey Otón, un obispo, Luitprando, que fue huésped del basileo Nicéforo. No fue un gran encuentro, y supimos después que Luitprando había redactado una relación de su viaje en la que a nosotros los romanos se nos describía como sórdidos, toscos, inciviles, ataviados con ropajes raídos. Ni siquiera podía soportar el vino resinado, y le parecía que todas nuestras comidas se ahogaban en aceite. De una sola cosa habló con entusiasmo, y fue de este plato.

A Baudolino el cabrito le gustaba, y siguió contestando a las preguntas de Nicetas.

–Así pues, viviendo con un ejército aprendiste a escribir. Pero ya sabías leer.

–Sí, pero escribir es más arduo. Y en latín. Porque si el emperador quería mandar a tomar por saco a unos soldados se lo decía en alemánico, pero si le escribía al papa o a su primo Jasormigott, tenía que hacerlo en latín, y así todos los documentos de la cancillería. Me costaba garabatear las primeras letras, copiaba palabras y frases cuyo sentido no comprendía, pero bueno, al final de aquel año sabía escribir. Lo que pasa es que Rahewin todavía no había tenido tiempo de enseñarme la gramática. Sabía copiar pero no expresarme con mi cabeza. Por eso escribía en la lengua de la Frascheta. ¿Pero era de verdad la lengua de la Frascheta? Estaba mezclando recuerdos de otras maneras de hablar que oía a mi alrededor, las de los astesanos, los pavianos, los milaneses, los genoveses, gentes que de vez en cuando no se entendían entre sí. Más tarde, por aquellas partes, construimos una ciudad, con gente que venía de aquí y de allá, reunidos para construir una torre, y todos se pusieron a hablar de la misma e idéntica manera. Creo que era un poco la manera que había inventado yo.

–Has sido un nomoteta –dijo Nicetas.

–No sé lo que quiere decir, pero quizá sea así. En cualquier caso, las hojas sucesivas estaban ya en un latín discreto. Yo estaba ya en Ratisbona, en un claustro tranquilo, encomendado a los cuidados del obispo Otón, y en aquella paz tenía hojas y hojas que hojear... Aprendía. Verás entre otras cosas que el pergamino está raspado malamente, y todavía se divisan partes del texto que estaba debajo. Yo era un buen bribón, se lo escamoteé a mis maestros, me pasé dos noches raspando lo que creía antiguas escrituras para tener espacio a mi disposición. Los días siguientes el obispo Otón se desesperaba porque no encontraba la primera versión de su *Chronica sive Historia de duabus civitatibus*, que llevaba escribiendo más de diez años, y acusaba al pobre Rahewin de haberla perdido en algún viaje. Al cabo de dos años se convenció de volverla a escribir; yo le hacía de escribano, y nunca osé confesarle que la primera versión de su *Chronica* la había raspado yo. Como ves, hay una justicia, porque al final también yo he perdido la mía, mi crónica, sólo que yo no encuentro el valor para volverla a escribir. Pero yo sé que, al volverla a escribir, Otón estaba cambiando algunas cosas...

–¿En qué sentido?

–Si te lees su *Chronica*, que es una historia del mundo, verás que Otón, cómo diría yo, no tenía una buena opinión del mundo y de nosotros los hombres. El mundo quizá había empezado bien, pero iba de mal en peor, en fin, *mundus senescit*, el mundo envejece, estamos acercándonos al final... Pero precisamente el año en que Otón empezaba a escribir de nuevo la *Chronica*, el emperador le pidió que celebrara también sus empresas, y Otón se puso a escribir las *Gesta Friderici*, que luego no acabó porque murió al cabo de poco más de un año, y las continuó Rahewin. Y tú no puedes contar las hazañas de tu soberano si no estás convencido de que con él en el trono empieza un nuevo siglo, en fin, si no estás convencido de que se trata de una *historia iucunda*...

–Se puede escribir la historia de los propios emperadores sin renunciar a la severidad, explicando cómo y por qué van hacia su ruina...

–Quizá tú lo hagas, señor Nicetas, pero el buen Otón no, y yo te digo sólo cómo fueron las cosas. Así pues, aquel santo varón por una parte escribía la *Chronica*, donde el mundo iba mal, y por la otra, las *Gesta*, donde el mundo no podía sino ir cada vez mejor. Tú dirás: se contradecía. Ojalá fuera sólo eso. Es que yo sospecho que, en la primera versión de la *Chronica*, el mundo iba aún peor, y para no contradecirse demasiado, a medida que iba reescribiendo la *Chronica*, Otón se iba volviendo más indulgente con nosotros pobres hombres. Y eso lo provoqué yo, raspando su primera versión. Quizá, si aún la hubiera tenido, Otón no habría tenido el valor de escribir las *Gesta*, y puesto que un mañana se dirá mediante esas *Gesta* lo que Federico hizo o dejó de hacer, si yo no llego a raspar la primera *Chronica* la cosa acababa en que Federico no había hecho todo lo que decimos que ha hecho.

Tú, se decía Nicetas, eres como el cretense mentiroso; me dices que eres un embustero de pura cepa y pretendes que te crea. Quieres hacerme creer que les has contado mentiras a todos menos a mí. En mis muchos años en la corte de estos emperadores he aprendido a desenvolverme entre las trampas de maestros de lo mendaz más maliciosos que tú... Por confesión propia, tú no sabes ya quién eres, y quizá precisamente porque has contado demasiadas mentiras, incluso a ti mismo. Y me estás pidiendo a mí que te construya la historia que a ti se te escapa. Pero yo no soy un mentiroso de tu calaña. Llevo toda la vida interrogando los relatos ajenos para obtener la verdad. Quizá me pides una historia que te absuelva de haber matado a alguien para vengar la muerte de tu Federico. Estás construyendo paso a paso esta historia de amor con tu emperador, de modo que luego resulte natural explicar por qué tenías el deber de vengarlo. Aun admitiendo que lo hayan matado, y que lo haya matado el que tú mataste.

Luego Nicetas miró hacia fuera:

–El fuego está alcanzando la Acrópolis.

–Yo traigo la desventura a las ciudades.

–Te crees omnipotente. Es un pecado de soberbia.

–No, si acaso es un acto de mortificación. Toda mi vida, en cuanto me acercaba a una ciudad, la ciudad era destruida. Yo he nacido en una tierra diseminada de burgos y algún modesto castillo, donde oía decantar a mercaderes de paso las bellezas de la *urbis Mediolani*, pero no sabía qué era una ciudad, ni siquiera me había llegado a Terdona, cuyas torres veía de lejos, y Asti o Pavía estaban, para mí, en los límites del Paraíso Terrenal. Pero después, todas las ciudades que he conocido o iban a ser destruidas o habían ardido ya: Terdona, Espoleto, Crema, Milán, Lodi, Iconio, y por último Pndapetzim. Y lo mismo será de ésta. ¿No seré yo, como diríais vosotros los griegos, polioclasta en virtud del mal de ojo?

–No seas el que se castiga a sí mismo.

–Tienes razón. Por lo menos una vez, una ciudad, y era la mía, la salvé, con una mentira. ¿Tú dices que una vez basta para excluir el mal de ojo?

–Quiere decir que no hay un destino.

Baudolino se quedó un rato en silencio. Luego se dio la vuelta y miró la que había sido Constantinopla.

–Me siento culpable igualmente. Los que están haciendo esto son venecianos, y gentes de Flandes, y, sobre todo, caballeros de Champaña y de Blois, de Troyes, de Orléans, de Soissons, por no hablar de mis monferrines. Habría preferido que esta ciudad la hubieran destruido los turcos.

–Los turcos no lo harían jamás –dijo Nicetas–. Estamos en excelentes relaciones con ellos. Era de los cristianos de quien debíamos guardarnos. Pero quizá vosotros seáis la mano de Dios, que os ha mandado como castigo por nuestros pecados.

–*Gesta Dei per Francos* –dijo Baudolino.

# 4

## Baudolino habla con el emperador y se enamora de la emperatriz

Por la tarde, Baudolino empezó a narrar más expeditamente, y Nicetas decidió no interrumpirle. Quería verle crecer deprisa, para llegar al punto. No había entendido que al punto Baudolino todavía no había llegado, en aquellos momentos, mientras iba narrando, y que narraba precisamente para llegar al punto.

Federico encomendó a Baudolino al obispo Otón y a su ayudante, el canónigo Rahewin. Otón, de la gran familia de los Babenberg, era tío materno del emperador, aunque tenía apenas unos diez años más que él. Hombre muy sabio, había estudiado en París con el gran Abelardo, luego se había hecho monje cisterciense. Era muy joven cuando fue ensalzado a la dignidad de obispo de Fresinga. No es que le hubiera dedicado muchas energías a esta nobilísima ciudad pero, le explicaba Baudolino a Nicetas, en la cristiandad de Occidente, a los vástagos de nobles familias se los nombraba obispos de este o de aquel lugar sin que tuvieran que ir de verdad, y bastaba con que disfrutaran de la renta.

Otón todavía no tenía cincuenta años, pero parecía tener cien, siempre un poco tosigoso, achacado un día sí un día no por dolores ahora en una cadera, ahora en un hombro, afligido por el mal de piedra, y un poco cegajoso por toda esa lectura y escritura a la que se dedicaba tanto a la luz del sol como a la de una vela. Muy irritable, como les pasa a los que padecen de podagra, la primera vez que habló con Baudolino le dijo, casi gruñendo:

—Has conquistado al emperador contándole un montón de embustes, ¿no es verdad?

–Maestro, juro que no –había protestado Baudolino.

Y Otón:

–Precisamente, un mentiroso que niega, afirma. Ven conmigo. Te enseñaré lo que sé.

Lo que demuestra que, a fin de cuentas, Otón era un hombre de muy buena pasta y se encariñó enseguida con Baudolino, porque lo encontraba prensil, capaz de retener de memoria todo lo que oía. Pero se había dado cuenta de que Baudolino no sólo proclamaba a grandes voces lo que había aprendido sino también lo que se había inventado.

–Baudolino –le decía–, tú eres un mentiroso de nacimiento.

–¿Por qué decís semejante cosa, maestro?

–Porque es verdad. Pero no creas que te estoy regañando. Si quieres convertirte en un hombre de letras, y, a lo mejor, un día se te ocurre escribir Estorias, también tendrás que mentir e inventar historias, si no, tu Estoria se volverá monótona. Pero tendrás que hacerlo con moderación. El mundo condena a los mentirosos que no hacen más que mentir, también sobre lo ínfimo, y premia a los Poetas, que mienten sólo sobre lo excelso.

Baudolino sacaba provecho de estas lecciones de su maestro, y había entendido, poco a poco, lo mentiroso que era el propio Otón, viendo cómo se contradecía pasando de la *Historia de duabus civitatibus* a las *Gesta Friderici*. Por lo cual había decidido que, si se quería convertir en un mentiroso perfecto, tenía que escuchar también los discursos ajenos, para ver cómo se persuadía mutuamente la gente sobre una u otra cuestión. Por ejemplo, sobre las ciudades de Lombardía había asistido a varios diálogos entre el emperador y Otón.

–¿Pero cómo se puede ser tan bárbaro? ¡No me sorprende que sus reyes llevaran una corona de hierro! –se indignaba Federico–. ¿Nadie les ha enseñado nunca que se debe respeto al emperador? Baudolino, ¿te das cuenta? ¡Ejercen los *regalia*!

–¿Y qué son estos regaliolos, mi buen padre?

Todos se echaban a reír, y Otón aún más, porque conocía todavía el latín de los tiempos idos, el bueno, y sabía que el *regaliolus* es un pajarito.

–¡*Regalia, regalia, iura regalia*, Baudolino, cabeza de chorlito! –gritaba Federico–. Son los derechos que me corresponden, como nombrar a los magistrados, recaudar los tributos sobre los caminos públicos, sobre los mercados y sobre los ríos navegables, y el derecho de acuñar moneda, y además, y además... y además, ¿qué más, Reinaldo?

–... Y los útiles que se derivan de multas y condenas, de la apropiación de los patrimonios sin heredero legítimo y de la confiscación a resultas de actividades criminales, o por haber contraído matrimonios incestuosos, o las cuotas de los beneficios de las minas, salinas y viveros de peces, los porcentajes sobre los tesoros excavados en lugar público –seguía Reinaldo de Dassel, que de allí a poco habría sido nombrado canciller y, por lo tanto, la segunda persona del imperio.

–Eso es. Y estas ciudades se han apropiado de todos mis derechos. ¿Pero es que no tienen el sentido de lo justo y de lo bueno?, ¿qué demonio les ha ofuscado la mente a tal punto?

–Sobrino y emperador mío –intervenía Otón–, tú estás pensando en Milán, Pavía y Génova como si fueran Ulm o Augustburgo. Las ciudades de Alemania han nacido por deseo de un príncipe, y en el príncipe se reconocen desde el principio. Pero para estas ciudades es distinto. Han nacido mientras los emperadores germánicos estaban ocupados en otros asuntos, y han crecido aprovechándose de la ausencia de sus príncipes. Cuando tú hablas con los habitantes de los podestás que quisieras imponerles, advierten esta *potestatis insolentiam* como un yugo insoportable, y hacen que les gobiernen cónsules que ellos mismos eligen.

–¿Y no les gusta sentir la protección del príncipe y participar de la dignidad y de la gloria de un imperio?

–Les gusta muchísimo, y por nada en este mundo querrían privarse de este beneficio, si no, caerían en manos de otro monarca, del emperador de Bizancio e incluso del Soldán de Egipto. Pero con tal de que el príncipe esté bien lejos. Tú vives rodeado de tus nobles, quizá no te das cuenta de que en esas ciudades las relaciones son distintas. No reconocen a los grandes vasallos señores de los campos y de los bosques, porque también los campos y los bosques pertenecen a las ciudades; salvo quizá las tierras del marqués del Montferrato y de otros pocos. Mira que, en las ciudades, jóvenes que practican las artes mecánicas, y que en tu corte no podrían entrar jamás, allí administran, mandan y a veces son elevados a la dignidad de caballero...

–¡Así pues el mundo va del revés! –exclamaba el emperador.

–Mi buen padre –levantaba entonces el dedo Baudolino–, tú me estás tratando como si yo fuera uno de tu familia, y aun así, hasta ayer vivía en un establo. ¿Y entonces?

–Y entonces, si quiero, yo a ti te hago incluso duque, porque yo soy el emperador y puedo ennoblecer a quien quiera por decreto mío. ¡Pero esto no quiere decir que quienquiera pueda ennoblecerse él solo! ¿Es que no comprenden que si el mundo va del revés, también ellos corren hacia su ruina?

–Parece precisamente que no, Federico –intervenía Otón–. Esas ciudades, con su manera de gobernarse, son ya el lugar por donde pasan todas las riquezas, los mercaderes llegan a ellas desde todos los lugares, y sus murallas son más bellas y más sólidas que las de muchos castillos.

–¿Con quién estás, tío mío? –gritaba el emperador.

–Contigo, mi imperial sobrino, pero precisamente por eso es deber mío ayudarte a comprender cuál es la fuerza de tu enemigo. Si te obstinas en querer obtener de esas ciudades lo que no te quieren dar, perderás el resto de tu vida asediándolas, venciéndolas y viéndolas resurgir más soberbias que antes en el espacio de pocos meses, y tendrás que pasar una y otra vez los Alpes para someterlas nuevamente, mientras tu imperial destino está en otro lugar.

–¿Dónde estaría mi imperial destino?

–Federico, he escrito en mi *Chronica* (que por un accidente inexplicable ha desaparecido, y me tocará encontrar la disposición de volverla a escribir; Dios quiera castigar al canónigo Rahewin que sin duda es el responsable de tamaña pérdida), en fin, escribí que hace tiempo, cuando era sumo pontífice Eugenio III, el obispo sirio de Gabala, que visitaba al papa con una embajada armenia, le contó que en el extremo oriente, en países muy cercanos al Paraíso Terrenal, prospera el reino de un *Rex Sacerdos*, el Presbyter Johannes, un rey sin duda cristiano, aunque partidario de la herejía de Nestorio, y cuyos antepasados son aquellos Magos, reyes y sacerdotes también ellos, depositarios de antiquísima sabiduría, que visitaron al Niño Jesús.

–¿Y qué tengo que ver yo, emperador del sacro y romano imperio, con este Preste Juan, que el Señor lo guarde rey y sacerdote mucho tiempo allá donde diablos esté, entre sus moros?

–Ves, ilustre sobrino mío, que tú dices moros y piensas como piensan los demás reyes cristianos, que están extenuándose en la defensa de Jerusalén. Empresa más que pía, no lo niego, pero déjasela al rey de Francia, que, al fin y al cabo, en Jerusalén mandan ya los francos. El destino de la cristiandad, y de cualquier imperio que se precie sacro y romano, está más allá de los moros. Hay un reino cristiano, allende Jerusalén y las tierras de los infieles. ¡Un emperador que supiera reunir los dos reinos reduciría el imperio de los infieles y el mismo imperio de Bizancio a dos ínsulas abandonadas y perdidas en el mar magno de su gloria!

–Fantasías, querido tío. Seamos realistas, si te complace. Y volvamos a estas ciudades italianas. Explícame, tío queridísimo, por qué, si su condición es tan deseable, algunas de ellas se alían conmigo contra las otras, y no todas ellas juntas contra mí.

–O por lo menos, de momento no lo hacen –comentaba, prudente, Reinaldo.

–Lo repito –explicaba Otón–, las ciudades no quieren negar su relación de súbditos del imperio. Y por eso te piden ayuda a ti cuando otra ciudad las oprime, como hace Milán con Lodi.

–Pero si la condición de ser ciudad es la ideal, ¿por qué cada una de ellas intenta oprimir a la ciudad vecina, como si quisiera devorar su territorio y transformarse en reino?

Entonces intervenía Baudolino, con su sabiduría de informador nativo.

–Padre mío, la cuestión es que no sólo las ciudades sino también los burgos allende los Alpes experimentan el mayor placer en metérsela... ¡ay! –(Otón educaba también a pellizcos)–. Es decir, que la una humilla a la otra. En mis tierras es así. Se puede odiar al extranjero, pero más que a nadie se odia al vecino. Y el extranjero que nos ayuda a hacerle daño al vecino es bienvenido.

–Pero ¿por qué?

–Porque la gente es mala, me decía mi padre, pero los de Asti son más malos que el Barbarroja.

–¿Y quién es el Barbarroja? –se enfurecía Federico emperador.

–Eres tú, padre mío, allá te llaman así, y por otro lado no veo qué hay de malo, porque la barba la tienes roja de verdad, y te queda muy bien. Que si luego quisieran decir que la tienes color cobre, ¿te iría bien Barbadecobre? Yo te amaría y honraría igualmente, aunque tuvieras la barba negra, pero puesto que la tienes

pelirroja, no veo por qué tienes que quejarte si te llaman Barbarroja. Lo que quería decirte, si no te llegas a enfadar por lo de la
barba, es que tienes que estarte tranquilo, porque, según mi opinión, nunca se juntarán todos contra ti. Tienen miedo de que, si
ganan, uno de ellos se vuelva más fuerte que los demás. Y entonces, mejor tú. Si no les haces pagar demasiado.

–No creas en todo lo que te dice Baudolino –sonreía Otón–. El
chico es mendaz por naturaleza.

–No señor –respondía Federico–, sobre los asuntos de Italia
suele decir cosas justísimas. Por ejemplo, ahora nos enseña que
nuestra única posibilidad, con las ciudades italianas, es dividir-
las todo lo posible. ¡Lo único es que nunca sabes quién está contigo y quién está en el lado contrario!

–Si nuestro Baudolino tiene razón –se reía sardónico Reinaldo
de Dassel–, que estén a tu favor o en tu contra no depende de ti,
sino de la ciudad a la que quieren perjudicar en ese momento.

A Baudolino le daba un poco de pena ese Federico que, aun
siendo grande, fuerte y poderoso, no conseguía aceptar la forma
de pensar de aquellos súbditos. Y decir que pasaba más tiempo
en la península italiana que en sus tierras. Federico, se decía
Baudolino, quiere a nuestra gente y no entiende por qué nuestra gente lo traiciona. Quizá por eso la mata, como un marido
celoso.

En los meses que siguieron al regreso, Baudolino tuvo pocas
ocasiones de ver a Federico, que estaba preparando una dieta en
Ratisbona, luego otra en Worms. Había tenido que mantener tranquilos a dos parientes muy temibles, Enrique el León, a quien
había dado por fin el ducado de Baviera, y Enrique Jasormigott,
para quien se había inventado incluso un ducado de Austria. A
principios de la primavera del año siguiente, Otón le anunció a
Baudolino que en junio se irían todos a Herbípolis, donde Federico contraería felices nupcias. El emperador había tenido ya una
mujer de la que se había separado algunos años antes, y ahora
iba casarse con Beatriz de Borgoña, que aportaba como dote
aquel condado, que llegaba hasta Provenza. Con una dote como
ésa, Otón y Rahewin pensaban que se trataba de un matrimonio
de interés, y con este espíritu también Baudolino, dotado de ropa
nueva como requería la fausta ocasión, se disponía a ver a su
padre adoptivo del brazo de una solterona borgoñona más ape-

tecible por los bienes de sus antepasados que por la propia belleza personal.

–Estaba celoso, lo confieso –le decía Baudolino a Nicetas–. En el fondo, acababa de encontrar a un padre hacía poco tiempo, y he aquí que me lo sustraía, por lo menos en parte, una madrastra.

Aquí Baudolino hizo una pausa, mostró un cierto apuro, se pasó un dedo por la cicatriz, luego reveló la tremenda verdad. Había llegado al lugar de las bodas y había descubierto que Beatriz de Borgoña era una doncella de extraordinaria belleza con sus veinte años; o por lo menos, así le había parecido a él, que después de verla no conseguía mover un solo músculo y la miraba con ojos desmesuradamente abiertos. Tenía cabellos refulgentes como el oro, un rostro bellísimo, boca pequeña y roja como una fruta madura, dientes cándidos y bien ordenados, estatura erguida, mirada modesta, ojos claros. Recatada en su hablar persuasivo, esbelta de cuerpo, parecía dominar en el fulgor de su gracia a todos los que la rodeaban. Sabía aparecer (virtud suprema para una futura reina) sometida al marido que mostraba temer como señor, pero era su señora al manifestarle la propia voluntad de esposa, con tal donaire que todos sus ruegos se entendían como órdenes. Y, si se quería añadir algo para alabarla, que se dijera que estaba versada en las letras, tenía disposición para tañer música y era suavísima cantándola. De suerte que, terminaba Baudolino, llamándose Beatriz era verdaderamente beatísima.

Poco necesitaba, Nicetas, para entender que el jovenzuelo se había enamorado de la madrastra a primera vista, sólo que –al enamorarse por vez primera– no sabía qué le estaba pasando. Si ya es un acontecimiento fulgurante e insostenible enamorarse por vez primera de una campesinota con granos, siendo un campesino, imaginémonos qué puede significar para un campesino enamorarse por vez primera de una emperatriz de veinte años con la piel blanca como la leche.

Baudolino se dio cuenta enseguida de que lo que experimentaba representaba una especie de robo con respecto a su padre, e intentó convencerse inmediatamente de que, a causa de la jo-

ven edad de su madrastra, la estaba viendo como a una hermana. Pero luego, aunque no había estudiado mucha teología moral, se dio cuenta de que ni siquiera le estaba permitido amar a
una hermana; por lo menos no con los escalofríos y la intensidad
de la pasión que la vista de Beatriz le inspiraba. Por lo cual inclinó
la cabeza, poniéndose rojo justo en el momento en que Beatriz,
a quien Federico presentaba a su pequeño Baudolino (extraño y
amadísimo duendecillo de la llanura del Po, así se estaba expre-
sando), tiernamente le tendía la mano y le acariciaba primero la
mejilla y luego la cabeza.

Baudolino estuvo a punto de perder los sentidos, sintió que le
faltaba la luz a su alrededor y las orejas repicaban como campa-
nas de Pascua. Lo despertó la mano pesada de Otón, que le golpeaba la nuca y le susurraba entre dientes:

–De rodillas, ¡bestia!

Se acordó de que estaba ante la sacra y romana emperatriz,
además de reina de Italia, dobló las rodillas, y a partir de aquel
momento se portó como un perfecto hombre de corte, excepto
que por la noche no consiguió dormir y, en lugar de gozar por
aquel inexplicable camino de Damasco, lloró por el insostenible
ardor de aquella desconocida pasión.


Nicetas miraba a su leonino interlocutor, apreciaba la delicadeza de sus expresiones, su contenida retórica en un griego casi
literario, y se preguntaba ante qué clase de criatura estaba, capaz
de usar la lengua de los palurdos cuando hablaba de paisanos y
la de los reyes cuando hablaba de monarcas. ¿Tendrá un alma, se
preguntaba, este personaje que sabe doblegar su propio relato
para expresar almas distintas? Y si tiene almas distintas, al hablar,
¿por qué boca me dirá alguna vez la verdad?

# 5

## Baudolino da sabios consejos
## a Federico

A la mañana siguiente, la ciudad estaba recubierta todavía por una sola nube de humo. Nicetas había probado algunos frutos, se había movido inquieto por la habitación, luego le dijo a Baudolino si podía enviar a uno de los genoveses a buscar a un tal Arquitas, que habría debido limpiarle la cara.

Mira tú, se decía Baudolino, esta ciudad se ha ido al diablo, degüellan a la gente por las calles, no hace ni dos días éste corría el riesgo de perder a toda la familia, y ahora quiere a alguien que le limpie la cara. Se ve que la gente de palacio, en esta ciudad corrupta, tiene estas costumbres. Federico a uno así ya lo habría mandado a escardar cebollinos.

Más tarde llegó Arquitas, con una cesta de instrumentos de plata y tarritos con los perfumes más inesperados. Era un artista que primero te reblandecía el cutis con paños calientes, luego empezaba a recubrirlo con cremas emolientes, luego a pulirlo, a mondarlo de toda impureza, y por fin a cubrir las arrugas con afeites, a pasar ligeramente el lápiz por los ojos, a sonrosar apenas los labios, a depilar el interior de las orejas, por no hablar de lo que le hacía a la barbilla y a la cabellera. Nicetas estaba con los ojos cerrados, acariciado por aquellas manos sabias, acunado por la voz de Baudolino que seguía contando su historia. Era más bien Baudolino el que se interrumpía de vez en cuando, para entender qué estaba haciendo aquel maestro de belleza, por ejemplo, cuando sacaba de un tarrito una lagartija, le cortaba la cabeza y la cola, la desmenuzaba hasta casi triturarla y ponía a cocer aquella pasta en una cazuelita de aceite. Pero qué pregunta, era el cocimiento para mantener vivos los pocos cabellos que Nicetas criaba todavía en la cabeza, y volverlos brillantes y per-

fumados. ¿Y aquellas ampollas? Pero si eran esencias de nuez
moscada o de cardamomo, o agua de rosas, cada una para devolverle su vigor a una parte de la cara; aquella pasta de miel
era para reforzar los labios, y esa otra, cuyo secreto no podía revelar, para tonificar las encías.

Al final Nicetas era un esplendor, como debía serlo un juez del
Velo y un logoteta de los secretos y, casi renacido, brillaba de luz
propia aquella mañana desvaída, sobre el fondo ceñudo de Bizancio humeante en agonía. Y Baudolino sentía cierta reserva en
contarle su vida de adolescente en un monasterio de los latinos,
frío e inhóspito, donde la salud de Otón lo obligaba a compartir
comidas que consistían en verduras cocidas y algún caldito.


Baudolino aquel año había tenido que pasar poco tiempo en la
corte (donde, cuando iba, vagabundeaba siempre temeroso, y
deseoso al mismo tiempo, de encontrarse con Beatriz, y era un
suplicio). Federico tenía que arreglar, en primer lugar, unas
cuentas con los polacos (*Polanos de Polunia*, escribía Otón, *gens
quasi barbara ad pugnandum promptissima*); en marzo convocó
una nueva dieta en Worms para preparar otro descenso a Italia,
donde la habitual Milán, con sus satélites, se estaba volviendo
cada vez más pendenciera, luego una dieta en Herbípolis en septiembre, y otra en Besanzón en octubre; en fin, parecía que tenía
al diablo en el cuerpo. Baudolino, en cambio, se quedó la mayor
parte del tiempo en la abadía de Morimond con Otón, proseguía
sus estudios con Rahewin y hacía de copista al obispo, cada vez
más enfermizo.

Cuando llegaron a aquel libro de la *Chronica* en la que se
narraba del Presbyter Johannes, Baudolino preguntó qué quería
decir ser cristiano *sed Nestorianus*. Entonces, estos nestorianos
¿eran un poco cristianos y un poco no?

–Hijo mío, y hablando claro, Nestorio era un hereje, pero le
debemos mucha gratitud. Debes saber que en la India, después
de la predicación del apóstol Tomás, fueron los nestorianos los
que difundieron la religión cristiana, hasta los confines de esos
países lejanos de donde viene la seda. Nestorio cometió un solo,
aunque gravísimo, error, sobre Jesucristo Señor Nuestro y su
madre santísima. Ves, nosotros creemos firmemente que existe

una sola naturaleza divina, y que, aun así, la Trinidad, en la unidad de esta naturaleza, está compuesta por tres personas distintas, el Padre, el Hijo y el Espíritu Santo. Pero creemos también que en Cristo había una sola persona, la divina, y dos naturalezas, la humana y la divina. Nestorio sostenía, en cambio, que en Cristo hay dos naturalezas, humana y divina, claro, pero también dos personas. Por lo tanto, María había generado sólo la persona humana, por lo que no podía decirse madre de Dios, sino sólo madre de Cristo hombre, no *Theotòkos*, o deípara, aquella que alumbró a Dios, sino a lo sumo *Christotòkos*.

–¿Es grave pensar eso?

–Es grave y no es grave... –perdía la paciencia Otón–. Puedes querer igualmente a la Santa Virgen aun pensando en ella como Nestorio, pero la verdad es que la honras menos. Y además, la persona es la substancia individual de un ser racional, y si en Cristo había dos personas, entonces, ¿había dos substancias individuales de dos seres racionales? ¿Dónde iríamos a parar a este paso? ¿A decir que Jesús un día razonaba de una manera y un día de la otra? Dicho esto, no es que el Presbyter Johannes sea un pérfido hereje, pero será un bien para todos que entre en contacto con un emperador cristiano que le haga apreciar la verdadera fe, y como sin duda es un hombre honrado no podrá sino convertirse. Ahora que, si tú no te pones a estudiar un poco de teología, seguro que estas cosas no llegarás a entenderlas nunca. Tú eres despierto, Rahewin es un buen maestro por lo que concierne a leer, escribir, sacar alguna cuenta y saber alguna que otra regla de gramática, pero el trivio y el cuadrivio son otra cosa, para llegar a la teología deberías estudiar dialéctica y éstas son cosas que no podrás aprender aquí en Morimond. Será menester que vayas a algún *studium*, a una escuela como las que hay en las grandes ciudades.

–Pero yo no quiero ir a un *studium* que ni siquiera sé lo que es.

–Pues cuando lo hayas entendido, estarás contento de ir. Ves, hijo mío, todos acostumbran decir que el humano consorcio se basa en tres fuerzas, los guerreros, los monjes y los campesinos, y quizá era verdad hasta ayer. Pero vivimos tiempos nuevos, en los que se está volviendo igualmente importante el sabio, aunque no sea un monje, que estudia el derecho, la filosofía, el movimiento de los astros y muchas otras cosas más, y no siempre rinde cuentas de lo que hace ni a su obispo ni a su rey. Y estos *studia* que poco a poco están surgiendo en Bolonia o en París son lugares donde se cultiva y se transmite el saber, que es una forma de poder. Yo fui alumno del gran Abelardo, que Dios se apiade de ese hombre que mucho pecó y mucho sufrió, y mucho expió. Después de la desgracia, cuando por una rencorosa venganza fue privado de su virilidad, se convirtió en monje, y abad, y vivió alejado del mundo. Pero en el cenit de su gloria, Abelardo era maestro en París, adorado por los estudiantes, y respetado por los poderosos precisamente a causa de su saber.

Baudolino se decía que jamás habría abandonado a Otón, de quien seguía aprendiendo tantas cosas. Pero antes de que los árboles florecieran por cuarta vez desde que lo encontrara, Otón estaba en las últimas a causa de fiebres maláricas, dolores en todas las articulaciones, fluxiones de pecho y naturalmente, mal de piedra. Numerosos médicos, entre los cuales algunos árabes y algunos judíos y, por lo tanto, lo mejor que un emperador cristiano pudiera ofrecer a un obispo, habían martirizado su cuerpo ya frágil con innumerables sanguijuelas, pero –por razones que aquellos pozos de ciencia no conseguían explicarse–, después de haberle quitado casi toda la sangre, fue casi peor que si se la hubieran dejado.

Otón, en un primer momento, había llamado a su cabecera a Rahewin, para confiarle la continuación de su historia de las gestas de Federico, diciéndole que era fácil: que contara los hechos y pusiera en boca del emperador los discursos sacados de los textos de los antiguos. Luego llamó a Baudolino.

–*Puer dilectissimus* –le dijo–, yo me voy. Se podría decir también que vuelvo, y no estoy seguro de cuál es la expresión más adecuada, así como no estoy seguro de si es más justa mi historia de las dos ciudades o la de las gestas de Federico... –(entiéndelo, señor Nicetas, decía Baudolino, la vida de un joven puede quedar marcada por la confesión de un maestro moribundo, que ya no sabe distinguir entre dos verdades)–. No es que me alegre de irme o de volver, pero así le gusta al Señor, y si me pongo a discutir sus decretos, corro el riesgo de que me fulmine en este mismo instante, así pues, mejor es aprovechar el poco tiempo que me deja. Escucha. Tú sabes que yo he intentado hacerle entender al emperador las razones de las ciudades allende los Alpes

Pirineos. El emperador no puede sino someterlas a su dominio, pero hay formas y formas de reconocer la sumisión, y quizá se puede encontrar una vía que no sea la del cerco y la matanza. Por lo cual tú, a ti que el emperador te escucha, y que, aun así, eres hijo de esas tierras, intenta hacer todo lo que puedas para conciliar las exigencias de nuestro señor con las de tus ciudades, de suerte que muera el menor número de gente posible y que al final todos estén contentos. Para hacerlo tienes que aprender a razonar como Dios manda, así que le he pedido al emperador que te mande a estudiar a París. A Bolonia no, que se ocupan sólo de derecho, y un bribón como tú no debe meter las narices en las pandectas, porque con la Ley no se puede mentir. En París estudiarás retórica y leerás a los poetas: la retórica es el arte de decir bien lo que uno no está seguro de que sea verdad, y los poetas tienen el deber de inventar hermosas mentiras. Te irá bien estudiar también un poco de teología, pero sin intentar convertirte en teólogo, porque con las cosas de Dios todopoderoso no hay que bromear. Estudia bastante como para hacer un buen papel en la corte, donde seguramente te convertirás en un ministerial, que es lo máximo a lo que puede aspirar un hijo de campesinos, serás como un caballero a la par de tantos nobles y podrás servir fielmente a tu padre adoptivo. Haz todo esto en memoria mía, y Jesús me perdone si sin querer he usado sus palabras.

Luego emitió un estertor y se quedó inmóvil. Baudolino iba a cerrarle los ojos, pensando que había exhalado el último suspiro, pero de golpe Otón volvió a abrir la boca y susurró, aprovechando el último aliento:

—Baudolino, acuérdate del reino del Presbyter Johannes. Sólo buscándolo, las oriflamas de la cristiandad podrán ir más allá de Bizancio y de Jerusalén. Te he oído inventar muchas historias que el emperador se ha creído. Y por lo tanto, si no tienes más noticias de este reino, invéntatelas. Cuidado, no te pido que testimonies lo que consideras falso, que sería pecado, sino que testimonies falsamente lo que crees verdadero. Lo cual es acción virtuosa porque suple a la falta de pruebas de algo que sin duda existe o ha sucedido. Te lo ruego: hay un Johannes, sin duda, allende las tierras de los persas y de los armenios, más allá de Bacta, Ecbatana, Persépolis, Susa y Arbela, descendiente de los

Magos... Empuja a Federico hacia oriente, porque de allí viene la luz que lo iluminará como el mayor de todos los reyes... Saca al emperador de ese lodazal que se extiende entre Milán y Roma... Podría quedarse embarrancado hasta la muerte. Que se mantenga alejado de un reino donde manda también un papa. Siempre será emperador a medias. Recuerda, Baudolino... El Presbyter Johannes... La vía de oriente...

–¿Pero por qué me lo dices a mí, maestro, y no a Rahewin?

–Porque Rahewin no tiene fantasía, sólo puede contar lo que ha visto, y a veces ni siquiera, porque no entiende lo que ha visto. Tú, en cambio, puedes imaginar lo que no has visto. Oh, ¿cómo es que ha oscurecido tanto?

Baudolino, que era mentiroso, le dijo que no se alarmara, porque estaba cayendo la tarde. A las doce, a las doce en punto del mediodía, Otón exhaló un silbido de la garganta ya rauca, y los ojos se le quedaron abiertos e inmóviles, como si mirara a su Preste Juan en el trono. Baudolino se los cerró, y lloró lágrimas sinceras.


Triste por la muerte de Otón, Baudolino había vuelto durante algunos meses junto a Federico. Al principio, se había consolado con el pensamiento de que, volviendo a ver al emperador, habría vuelto a ver también a la emperatriz. La volvió a ver, y se entristeció aún más. No olvidemos que Baudolino tenía casi dieciséis años, y si antes su enamoramiento podía parecer una perturbación infantil de la cual él mismo comprendía poquísimo, ahora se estaba volviendo deseo consciente y tormento cabal.

Para no dedicarse a entristecerse en la corte, seguía siempre a Federico al campo, y había sido testigo de cosas que le habían gustado muy poco. Los milaneses habían destruido Lodi por segunda vez, es decir, primero la habían saqueado, llevándose animales, piensos y enseres de todas las casas; luego habían sacado a empellones fuera de las murallas a todos los habitantes y les habían dicho que, si no se iban a donde el diablo, los pasaban a todos a cuchillo, mujeres, ancianos y niños, incluidos los que todavía estaban en la cuna. Los lodicianos dejaron en la ciudad sólo a los perros, y se fueron por los campos, a pie bajo la lluvia, incluso los señores, que se habían quedado sin caballos, las mujeres con los pequeños en brazos, y a veces se caían por el camino o rodaban malamente en los fosos. Se refugiaron entre los ríos Adda y Serio, donde encontraron a duras penas unos tugurios donde dormían los unos sobre los otros.

Lo cual no había calmado en absoluto a los milaneses, que volvieron a Lodi, apresando a los poquísimos que no habían querido irse, cortaron todas las viñas y las plantas y luego prendieron fuego a las casas, liquidando en gran parte también a los perros.

No son cosas que un emperador pueda soportar, por lo cual, he aquí que Federico bajó una vez más a Italia, con un gran ejército, formado por burgundos, loreneses, bohemos, húngaros, suabos, francos y todos los que se puedan imaginar. Ante todo fundó una nueva Lodi en Montegezzone, luego acampó delante de Milán, ayudado con entusiasmo por pavianos y cremoneses, pisanos, luqueses, florentinos y seneses, vicentinos, tarvisanos, patavinos, ferrareses, ravenatenses, modeneses y así sucesivamente, aliados todos con el Imperio con tal de humillar a Milán.

Y la humillaron verdaderamente. Al final del verano la ciudad capituló y, para poderla salvar, los milaneses se sometieron a un ritual que había humillado al mismo Baudolino, a pesar de no tener nada en común con los milaneses. Los vencidos pasaron en triste procesión por delante de su señor, como quien implora perdón, todos descalzos y vestidos de sayo, incluido el obispo, con los hombres de armas con la espada colgada del cuello. Federico, recobrada ya su magnanimidad, dio a los humillados el beso de la paz.

–¿Valía la pena –se decía Baudolino– toda esa prepotencia con los lodicianos para luego bajarse los pantalones de esa manera? ¿Vale la pena vivir en estas tierras, donde todos parecen haber hecho voto de suicidio, y los unos ayudan a los otros a matarse? Quiero irme de aquí.

En realidad, también quería alejarse de Beatriz, porque últimamente había leído en algún sitio que a veces la distancia puede curar de la enfermedad de amor (y todavía no había leído otros libros donde, al contrario, se decía que es precisamente la distancia la que sopla sobre el fuego de la pasión). Así pues, se presentó ante Federico para recordarle el consejo de Otón y le mandara a París.

Había encontrado al emperador triste y airado, paseando de arriba abajo por su cámara, mientras en un rincón Reinaldo de Dassel esperaba a que se calmara. Federico, a un cierto punto se paró, miró a los ojos a Baudolino y le dijo:

–Tú eres testigo mío, muchacho; yo me estoy esforzando para poner bajo una sola ley a las ciudades de Italia, pero cada vez tengo que empezar desde el principio. ¿Acaso mi ley es equivocada? ¿Quién me dice que mi ley es justa?

Y Baudolino casi sin reparar en ello:

–Señor, si empiezas a razonar así no acabarás nunca, mientras que el emperador existe precisamente por eso: no es emperador porque se le ocurran las ideas justas, sino que las ideas son justas porque proceden de él, y punto.

Federico lo miró, luego le dijo a Reinaldo:

–¡Este chico dice las cosas mejor que todos vosotros! ¡Si tan sólo estas palabras estuvieran vertidas en buen latín, resultarían admirables!

–*Quod principi placuit legis habet vigorem*, lo que gusta al príncipe tiene vigor de ley –dijo Reinaldo de Dassel–. Sí, suena muy sabio, y definitivo. Pero haría falta que estuviera escrita en el Evangelio, si no, ¿cómo convencer a todo el mundo para que acepte esta bellísima idea?

–Ya hemos visto lo que pasó en Roma –decía Federico–, si hago que me unja el papa, admito *ipso facto* que su poder es superior al mío; si cojo al papa por el cuello y lo arrojo al Tíber, me convierto en tal flagelo de Dios que Atila, que en paz descanse, no me llegaría ni al tobillo. ¿Dónde diablos encuentro a alguien que pueda definir mis derechos sin pretender estar por encima de mí? No lo hay en este mundo.

–Quizá no exista un poder de ese tipo –le había dicho entonces Baudolino–, pero existe el saber.

–¿Qué quieres decir?

–Cuando el obispo Otón me contaba qué es un *studium*, me decía que estas comunidades de maestros y de alumnos funcionan por su cuenta: los alumnos llegan de todo el mundo por lo que no importa quién es su soberano, y pagan a sus maestros, que, por lo tanto, dependen sólo de los alumnos. Así marchan las cosas con los maestros de derecho en Bolonia, y así van también en París, donde antes los maestros enseñaban en la escuela catedral y, por consiguiente, dependían del obispo, luego, un buen día, se fueron a enseñar a la montaña de Santa Genoveva, e intentan descubrir la verdad sin prestar oídos ni al obispo ni al rey...

–Si yo fuera su rey, otro gallo les cantaría a esos oídos. ¿Y si así fuera?

–Si así fuera, tú podrías hacer una ley en la que reconoces que los maestros de Bolonia son verdaderamente independientes de cualquier otra potestad, tanto tuya como del papa y de cualquier otro soberano, y están sólo al servicio de la Ley. Una vez que se les ha conferido esta dignidad, única en el mundo, ellos afirman que, según la recta razón, el juicio natural y la tradición, la única ley es la romana y el único que la representa es el sacro romano emperador; y que naturalmente, como tan bien ha dicho el señor Reinaldo, *quod principi placuit legis habet vigorem.*

–¿Y por qué deberían decirlo?

–Porque tú les das a cambio el derecho de poderlo decir, y no es poco. Así estás contento tú, están contentos ellos y, como decía mi padre Gagliaudo, habláis los dos desde la ventana.

–No aceptarán hacer una cosa de ese tipo –rezongaba Reinaldo.

–Sí, en cambio –se iluminaba el rostro de Federico–, aceptarán, te lo digo yo. Salvo que antes ellos tienen que hacer esa declaración, y luego yo les concedo la independencia, si no, todos van a pensar que lo han hecho para devolverme un regalo.

–Yo creo que, aun dándole la vuelta a la tortilla, si alguien quiere decir que os habéis puesto de acuerdo, lo dirá igualmente –había comentado con escepticismo Baudolino–. Pero quiero ver quién se atreve a decir que los doctores de Bolonia no valen un comino, después de que hasta el emperador ha ido humildemente a pedirles su parecer. A esas alturas lo que hayan dicho es el Evangelio.

Y así pasó exactamente, aquel mismo año en Roncaglia, donde por segunda vez hubo una gran dieta. Para Baudolino había sido, ante todo, un gran espectáculo. Como le explicaba Rahewin –para que no pensara que todo lo que veía era sólo un juego circense con banderas que flameaban por doquier, insignias, tiendas de colores, mercaderes y juglares–, Federico había hecho reconstruir, a un lado del Po, un típico campamento romano, para recordar que de Roma procedía su dignidad. En el centro del campo estaba la tienda imperial, como un templo, y le hacían corona las tiendas de los feudatarios, vasallos y valvasores. Del lado de Federico estaban el arzobispo de Colonia, el obispo de Bamberg, Daniel de Praga, Conrado de Augsburgo y otros más. Al otro lado del río, el cardenal legado de la sede apostólica, el patriarca de Aquilea, el arzobispo de Milán, los obispos de Turín, Alba, Ivrea, Asti, Novara, Vercelli, Tortona, Pavía, Como, Lodi, Cremona, Plasencia, Reggio, Módena, Bolonia y quién se acuerda ya de cuántos más. Sentándose en ese simposio majestuoso y verdaderamente universal, Federico dio inicio a las discusiones.

Brevemente (decía Baudolino para no tediar a Nicetas con las obras maestras de la oratoria imperial, jurisprudencial y eclesiástica), cuatro doctores de Bolonia, los más famosos, alumnos del gran Irnerio, habían sido invitados por el emperador a expresar un incontrovertible parecer doctrinal sobre sus poderes, y tres de ellos, Búlgaro, Jacobo y Hugo de Puerta Ravegnana, se habían expresado tal como quería Federico: el derecho del emperador se basa en la ley romana. De parecer distinto había sido sólo un tal Martín.

—A quien Federico habrá arrancado los ojos —comentaba Nicetas.

—Absolutamente no, señor Nicetas —le contestaba Baudolino—, vosotros los romeos les sacáis los ojos a éste y a aquél, y no entendéis ya dónde está el derecho, olvidándoos de vuestro gran Justiniano. Inmediatamente después, Federico promulgó la *Constitutio Habita*, con la cual se reconocía la autonomía del estudio boloñés; y si el estudio era autónomo, Martín podía decir lo que quería y ni siquiera el emperador podía tocarle un cabello. Y si se lo hubiera tocado, entonces los doctores ya no habrían sido autónomos, si no eran autónomos su juicio no valía nada, y Federico corría el riesgo de pasar por un usurpador.

Perfecto, pensaba Nicetas, el señor Baudolino me quiere sugerir que el imperio lo ha fundado él, y que, tan pronto como él profería una frase cualquiera, su poder era tal que se convertía en verdad. Escuchemos lo demás.

Mientras tanto habían entrado los genoveses a traer un cesto de fruta, porque estaban a mitad de la jornada y Nicetas tenía que reconfortarse. Dijeron que el saqueo seguía, por lo cual era mejor quedarse todavía en casa. Baudolino reanudó la narración.

Federico había decidido que, si un muchacho casi imberbe y educado por un estúpido como Rahewin, alimentaba ideas tan agudas, quién sabe qué habría sucedido si lo mandaba a París a estudiar de verdad. Lo abrazó con afecto, aconsejándole que se volviera verdaderamente sabio, visto que él, con los cuidados del gobierno y las empresas militares, nunca había tenido tiempo de cultivarse como era debido. La emperatriz se despidió de él con un beso en la frente (e imaginémonos el deliquio de Baudolino), diciéndole (aquella mujer prodigiosa, aun siendo gran dama y reina, sabía leer y escribir):

–Y escríbeme, cuéntame lo que haces, lo que te pasa. La vida en la corte es monótona. Tus cartas me servirán de consuelo.

–Escribiré, lo juro –dijo Baudolino, con un ardor que habría debido hacer recelar a los presentes.

Nadie entre los presentes receló (¿quién se preocupa de la excitación de un muchacho que está a punto de irse a París?), excepto quizá Beatriz. En efecto, lo miró como si lo hubiera visto por vez primera, y el rostro blanquísimo se le cubrió de un repentino rubor. Pero ya Baudolino, con una reverencia que lo obligaba a mirar al suelo, había abandonado la sala.

# 6

## Baudolino va a París

Baudolino llegaba a París con un poco de retraso, porque en aquellas escuelas se entraba incluso antes de los catorce años y él tenía ya dos más. Pero había aprendido tanto de Otón, que se permitía no seguir todas las clases para dedicarse a otras cosas, como se verá.

Había ido con un compañero, el hijo de un caballero de Colonia que había preferido dedicarse a las artes liberales en lugar de la milicia, no sin disgusto por parte de su padre, pero sostenido por la madre, que celebraba sus dotes de precocísimo poeta, tanto que Baudolino había olvidado, si alguna vez llegara a aprenderlo, su verdadero nombre. Lo llamaba Poeta, y así todos los demás que lo conocieron a continuación. Baudolino descubrió muy pronto que el Poeta jamás había escrito una poesía, había declarado únicamente quererlas escribir. Como recitaba siempre poesías ajenas, al final incluso el padre se había convencido de que debía seguir a las Musas, y lo había dejado marchar, dotándole con lo justo para sobrevivir, con la idea equivocadísima de que lo poco que bastaba para vivir en Colonia bastara y sobrara para vivir en París.

Recién llegado, Baudolino no vio la hora de obedecer a la emperatriz, y le escribió algunas cartas. Al principio había creído calmar sus ardores acatando aquella invitación, pero se dio cuenta de lo doloroso que era escribir sin poderle decir lo que experimentaba verdaderamente, estilando cartas corteses y perfectas, en las que describía París, una ciudad ya rica de bellas iglesias donde se respiraba un aire sanísimo, el cielo era amplio y sereno, excepto cuando llovía, cosa que no sucedía más de una o dos veces al día, y para uno que llegaba de las nieblas casi eternas era un lugar de eterna primavera. Había un río sinuoso con dos islas en medio, y un agua riquísima para beber, e inmediatamente después de las murallas se extendían lugares balsámicos como un prado cerca de la abadía de San Germán, donde se pasaban hermosísimas tardes jugando a la pelota.

Le había contado de sus penas de los primeros días, porque era menester encontrar una habitación, para compartirla con su compañero, sin dejar que los caseros los estafaran. Muy caro, habían encontrado un cuarto bastante espacioso, con una mesa, dos bancos, unos rellanos para los libros y un baúl. Había una cama alta con un edredón de plumas de avestruz, y otra baja sobre ruedas, con un edredón de plumas de oca, que de día se escondía debajo de la mayor. La carta no decía que, después de una breve vacilación sobre la distribución de las camas, se había decidido que cada noche los dos convivientes se habrían jugado al ajedrez la cama más cómoda, porque en la corte el ajedrez se consideraba un juego poco aconsejable.

Otra carta contaba que se despertaban temprano temprano, porque las clases empezaban a las siete y duraban hasta entrada la tarde. Con una buena ración de pan y una escudilla de vino se preparaban para escuchar a los maestros en una especie de establo donde, sentados en el suelo sobre poca paja, hacía más frío dentro que fuera. Beatriz se había conmovido y había aconsejado que no escatimara el vino, si no, un muchacho se siente débil durante todo el día, y que contratara a un fámulo, no sólo para que le llevara los libros, que pesaban muchísimo y llevarlos por cuenta de uno es indigno de una persona de abolengo, sino también para que comprara leña y encendiera con adelanto la chimenea de la habitación, de modo que estuviera bien caliente por la noche. Y para todos esos gastos había enviado cuarenta sueldos de Susa: como para comprarse un buey.

Al fámulo no lo contrataron y la leña tampoco la compraron, porque los dos edredones por la noche eran más que suficientes; la suma la gastaron de forma más juiciosa, visto que las veladas las pasaban en las tabernas, que estaban perfectamente calentadas, y permitían matar el hambre, después de una jornada de estudio, palpando el trasero de las siervas. Y además, en aquellos lugares de alegre restauración, como El Escudo de Plata, La Cruz de Hierro, o Los Tres Candelabros, entre una jarra y otra, uno se reforzaba con pasteles de cerdo o de pollo, dos pichones o un ganso asado y, si uno era más pobre, con callos o carnero. Baudolino ayudaba al Poeta, sin blanca, para que no viviera sólo de callos. Pero el Poeta era un amigo caro, porque la cantidad de vino que bebía hacía adelgazar a ojos vista a aquel buey de Susa.

Pasando por alto estos detalles, Baudolino había pasado a escribir de sus maestros y de las bellas cosas que aprendía. Beatriz era muy sensible a estas revelaciones, que le permitían satisfacer su deseo de saber, y leía una y otra vez las cartas en las que Baudolino le contaba de gramática, dialéctica, retórica, y de aritmética, geometría, música y astronomía. Pero Baudolino se iba sintiendo más y más vil, porque le callaba tanto lo que le urgía en el corazón, como todas las demás cosas que hacía, y que no se pueden decir ni a una madre, ni a una hermana, ni a una emperatriz, y mucho menos a la mujer amada.

Ante todo, jugaban a la pelota, es verdad, pero también se peleaban con la gente de la abadía de San Germán, o entre estudiantes de origen distinto, como decir picardos contra normandos, y se insultaban en latín, de manera que todos entendieran que se los ofendía. Cosas todas ellas que no gustaban al Gran Preboste, que enviaba a sus arqueros para que arrestaran a los más exaltados. Era obvio que entonces los estudiantes olvidaban sus divisiones y se dedicaban todos juntos a molerles las costillas a los arqueros.

Nadie en este mundo era más corruptible que los arqueros del Preboste: por lo tanto, si un estudiante era arrestado, todos tenían que echar mano a la bolsa para inducir a los arqueros a que lo liberaran. Pero eso hacía los placeres parisinos aún más caros.

En segundo lugar, un estudiante que no tiene asuntos amorosos es denigrado por sus compañeros. Desgraciadamente, lo menos accesible para un estudiante eran las mujeres. Estudiantes de sexo femenino se veían poquísimas, y todavía circulaban leyendas sobre la bella Eloísa, que le había costado a su amante el corte de sus vergüenzas, aunque una cosa era ser estudiante, y, por lo tanto, con pésima reputación y tolerado por definición, y otra cosa era ser profesor, como el grande e infeliz Abelardo. Con el amor mercenario no se podía derrochar demasiado, porque era caro, lo que obligaba a cultivarse a alguna siervecilla de posada, o a alguna plebeya del barrio, pero en el barrio había siempre más estudiantes que muchachas.

A menos que no se supiera vagabundear con aire embargado y la mirada de granuja por la Isla de la Cité, y se consiguiera seducir a señoras de buena condición. Muy apetecidas eran las mujeres de los carniceros de la Grève, los cuales, después de una honrada carrera en su oficio, ya no mataban animales sino que gobernaban el mercado de la carne, portándose como señores. Con un marido nacido manoteando cuartos de buey y llegado al bienestar en edad tardía, las mujeres eran sensibles a la fascinación de los estudiantes más apuestos. Estas damas vestían trajes suntuosos adornados con pieles, con cinturones de plata y de joyas, cosa que hacía difícil distinguirlas de las prostitutas de lujo, las cuales, a pesar de prohibirlo las leyes, osaban vestirse de igual manera. Ello exponía a los estudiantes a deplorables equívocos, por los cuales después eran escarnecidos por sus amigos.

Y si se conseguía conquistar a una verdadera señora, o incluso a una doncella incorrupta, antes o después maridos y padres se daban cuenta, se llegaba a las manos, cuando no a las armas, se terciaba un muerto o un herido, casi siempre el marido o el padre, y entonces se volvía a armar la gorda con los arqueros del Preboste. Baudolino no había matado a nadie, y solía mantenerse alejado de las trifulcas, pero con un marido (y carnicero) había tenido que vérselas. Osado en amor pero prudente en los asuntos de guerra, cuando el marido entró en el cuarto agitando uno de aquellos garfios para colgar a las bestias, intentó saltar inmediatamente por la ventana. Pero mientras calculaba juiciosamente la altura antes de tirarse, tuvo tiempo para hacerse con un costurón en la mejilla, adornando de este modo para siempre su rostro con una cicatriz digna de un hombre de armas.

Por otra parte, conquistar a las mujeres del pueblo no era cosa del otro jueves y requería de largas asechanzas (en menoscabo de las clases), y días enteros escudriñando por la ventana, lo cual generaba aburrimiento. Entonces se abandonaban los sueños de seducción y se tiraba agua a los que pasaban, o se importunaba a las mujeres tirándoles guisantes con la cerbatana, o incluso se mofaba a los maestros que pasaban por debajo, y si se enfadaban, se los seguía en procesión hasta su casa, tirándoles piedras contra las ventanas, porque al fin y al cabo los estudiantes los pagaban y tenían algún derecho.

Baudolino estaba diciéndole, de hecho, a Nicetas lo que le había callado a Beatriz, es decir, que se estaba convirtiendo en uno de esos clérigos que estudiaban artes liberales en París, o jurisprudencia en Bolonia, o medicina en Salerno, o magia en Toledo, pero que en ningún lugar aprendían los buenos modales. Nicetas no sabía si escandalizarse, asombrarse o divertirse. En Bizancio había sólo escuelas privadas para jóvenes de familias acomodadas, donde desde la más tierna edad se aprendía la gramática y se leían obras de piedad y las obras maestras de la cultura clásica; después de los once años se estudiaban poesía y retórica, aprendiendo a componer sobre los modelos literarios de los antiguos: y más extraños eran los términos que usaban, más complejas las construcciones sintácticas, más se le consideraba a uno preparado para un luminoso futuro en la administración imperial. Pero luego, o se convertían en sabios en un monasterio, o estudiaban cosas como el derecho y la astronomía con maestros privados. Con todo, se estudiaba seriamente, mientras parecía que en París los estudiantes hacían de todo, menos estudiar.

Baudolino lo corregía:

–En París se trabajaba muchísimo. Por ejemplo, después de los primeros años se tomaba parte ya en las disputas, y en la disputa se aprende a plantear objeciones y a pasar a la determinación, es decir, a la solución final de un problema. Y, además, no debes pensar que las clases son lo más importante para un estudiante, ni que la taberna es sólo un lugar donde se pierde el tiempo. Lo bueno del *studium* es que aprendes, sí, de los maestros, pero aún más de los compañeros, sobre todo de los que son mayores que tú, cuando te cuentan lo que han leído, y descubres que el mundo debe de estar lleno de cosas maravillosas y que para conocerlas todas, visto que la vida no te bastará para recorrer toda la tierra, no te queda sino leer todos los libros.

Baudolino había podido leer muchos libros con Otón, pero no imaginaba que pudiera haber tantos en el mundo como en París. No estaban a disposición de todos, pero la buena suerte, es decir, la buena asiduidad de las clases, le había hecho conocer a Abdul.

–Para decir qué tenía que ver Abdul con las bibliotecas es menester que dé un paso atrás, señor Nicetas. Así pues, mientras seguía una clase, soplándome los dedos como siempre para calentarlos, y con el trasero congelado, porque la paja protegía poco de aquel suelo, helado como todo París en aquellos días de invierno, una mañana observo a mi lado a un muchacho que por su tez parece un sarraceno, pero era pelirrojo, cosa que a los moros no les sucede. No sé si seguía la lección o perseguía sus pensamientos, el caso es que tenía la mirada perdida en el vacío. De vez en cuando se arrebujaba temblando en la ropa, luego volvía a mirar por los aires, y de vez en cuando trazaba algo en su tablilla. Estiro el cuello, y me doy cuenta de que un poco dibujaba esas cagarrutas de mosca que son las letras de los árabes, y lo demás lo escribía en una lengua que parecía latina pero que no lo era, y me recordaba incluso los dialectos de mis tierras. En fin, cuando se acabó la clase intenté trabar conversación con él; reaccionó amablemente, como si hiciera tiempo que deseara encontrar a alguien con quien hablar, nos hicimos amigos, nos pusimos a pasear a lo largo del río y me contó su historia.

El muchacho se llamaba Abdul, precisamente como un moro, pero había nacido de una madre que procedía de Hibernia, y ello explicaba sus cabellos pelirrojos, porque todos los que vienen de esa ínsula recoleta son así, y la fama los quiere extravagantes y soñadores. El padre era provenzal, de una familia que se había instalado ultramar después de la conquista de Jerusalén, cincuenta y pico años antes. Como Abdul intentaba explicar, esos nobles francos de los reinos de ultramar habían adoptado las costumbres de los pueblos que habían conquistado, se vestían con turbante y otras turquerías, hablaban la lengua de sus enemigos y poco faltaba para que siguieran los preceptos del Alcorán. Razón por la cual un hibernio (a medias), pelirrojo, se llamaba Abdul, y tenía la cara quemada por el sol de aquella Siria donde había nacido. Pensaba en árabe, y en provenzal se narraba a sí mismo las antiguas sagas de los mares helados del Norte, oídas a su madre.

Baudolino le preguntó inmediatamente si había venido a París para volverse a convertir en un buen cristiano y para hablar como se come, es decir, en buen latín. Sobre las razones por las que había ido a París, Abdul era bastante reticente. Hablaba de algo que le había pasado, por lo visto inquietante, de una especie de prueba terrible a la que había sido sometido todavía adolescente, de suerte que sus nobles padres habían decidido mandarlo a París para sustraerle a quién sabe qué venganza. Cuando hablaba de ello, Abdul se ensombrecía, se ruborizaba como puede ruborizarse un moro, le temblaban las manos, y Baudolino decidía cambiar de tema.

El muchacho era inteligente; después de pocos meses en París hablaba latín y la lengua rústica local, vivía con un tío, canónigo de la abadía de San Víctor, uno de los santuarios de la sabiduría de aquella ciudad (y quizá de todo el mundo cristiano), con una biblioteca más rica que la de Alejandría. Y así se explica cómo en los meses siguientes, por medio de Abdul, también Baudolino y el Poeta habían tenido acceso a aquel repositorio del saber universal.

Baudolino le había preguntado a Abdul qué estaba escribiendo durante la clase, y el compañero le había dicho que las notas en árabe concernían a ciertas cosas que decía el maestro sobre la dialéctica, porque el árabe es sin duda la lengua más adecuada para la filosofía. En cuanto al resto, estaba en provenzal. No quería hablar de ello, había soslayado el tema durante mucho tiempo, pero con el aire de quien pide con los ojos que se lo preguntes una vez más, y por fin había traducido. Eran unos versos que decían más o menos: *Amor mío de tierra lejana / por vos duele todo el corazón... en vergel y tras cortina, / mi desconocida, amada compañera mía.*

–¿Escribes versos? –había preguntado Baudolino.

–Canto canciones. Canto lo que siento. Yo amo a una princesa lejana.

–¿Una princesa? ¿Quién es?

–No lo sé. La vi, o mejor, no precisamente, pero es como si la hubiera visto, mientras estaba preso en Tierra Santa... en fin, mientras vivía una aventura de la que todavía no te he hablado. El corazón se me encendió, y juré amor eterno a esa Señora. Decidí dedicarle mi vida. Quizá un día la encuentre, pero tengo miedo de que suceda. Es tan bello languidecer por un amor imposible.

Baudolino iba a decirle y bravo bonete, como decía su padre, pero luego se acordó que también él languidecía por un amor imposible (aunque él a Beatriz la había visto con toda seguridad, y su imagen le obsesionaba por las noches), y se había enternecido por la suerte del amigo Abdul.

He ahí cómo empieza una hermosa amistad. Esa misma noche, Abdul se presentó en la habitación de Baudolino y del Poeta con un instrumento que Baudolino no había visto nunca, con forma de almendra y con muchas cuerdas tensas, y dejando vagar los dedos por aquellas cuerdas cantó:

> *Cuando el río de la hontana*
> *se clarea como suele,*
> *la zarzarrosa florece*
> *y el ruiseñor en su rama*
> *entona su canción llana,*
> *de dulzura la embellece*
> *y es de la mía hermana.*
>
> *Amor de tierra lejana*
> *mi corazón por ti duele:*
> *sin remedio desvanece*
> *pues no encuentra a la que llama;*
> *y cual vergel te engalana,*
> *tras cortina te enaltece,*
> *oh incógnita soberana.*
>
> *Cada día en mí se acrece*
> *el anhelo por mi dama.*
> *No hay judía ni cristiana,*
> *sarracena, Dios no quiere*
> *ni a este mundo pertenece*
> *la que en belleza le gana.*
> *Maná es tu amor y se agradece.*
>
> *Raya el alba y anochece,*
> *al objeto que más ama*

> *aspira mi pecho y mana*
> *una lágrima que hiere:*
> *espina que me enaltece,*
> *dolor que con gozo sana*
> *el amor que me estremece.*

La melodía era dulce, los acordes despertaban pasiones desconocidas o adormecidas, y Baudolino pensó en Beatriz.

–Cristo Señor –dijo el Poeta–, ¿por qué no sé escribir yo unos versos tan bellos?

–Yo no quiero convertirme en poeta. Canto para mí, y basta. Si quieres, te los regalo –dijo Abdul, ya enternecido.

–Ah, sí –reaccionó el Poeta–, si los traduzco yo del provenzal al tudesco, se vuelven pura mierda...

Abdul se convirtió en el tercero de aquella compañía, y, cuando Baudolino intentaba no pensar en Beatriz, aquel maldito moro pelirrojo cogía su maldito instrumento y cantaba canciones que a Baudolino le roían el corazón.

> *Ruiseñor entre las frondas*
> *que amor das, y lo pretendes*
> *de tu alegre compañera,*
> *con tu canto me sorprendes:*
> *brilla el río, ríe el prado,*
> *ameno reina por doquier*
> *del corazón un gran placer.*

> *Y ansia tengo de amistad,*
> *de las joyas que yo anhelo*
> *sólo hay una que me agrada*
> *y es la ofrenda de su cielo:*
> *su cuerpo esbelto y hermoso*
> *plena armonía da a su albor,*
> *y a su amor bueno, buen sabor.*

Baudolino se decía que un día habría escrito también él canciones para su emperatriz lejana, pero no sabía muy bien cómo se hacía, porque ni Otón ni Rahewin le habían hablado nunca de poesía, como no fuera cuando le enseñaban algún himno sagrado. De momento, se aprovechaba bastante de Abdul para acceder a la biblioteca de San Víctor, donde pasaba largas mañanas, robadas a las clases, rumiando con labios entreabiertos sobre textos fabulosos, no los manuales de gramática, sino las historias de Plinio, la novela de Alejandro, la geografía de Solino y las etimologías de Isidoro...

Leía de tierras lejanas donde viven los cocodrilos, grandes serpientes acuáticas que después de haberse comido a los hombres lloran, mueven la mandíbula superior y no tienen lengua; los hipopótamos, mitad hombres y mitad caballos; la bestia leucrocota, con el cuerpo de burro, el cuarto trasero de ciervo, pecho y muslos de león, pezuñas de caballo, un cuerno ahorquillado, una boca cortada hasta las orejas de donde sale una voz casi humana y en lugar de los dientes un hueso continuo. Leía de países donde vivían hombres sin articulaciones en las rodillas, hombres sin lengua, hombres con las orejas grandísimas con las cuales protegían sus cuerpos del frío, y los esciápodos, que corrían velocísimos sobre un solo pie.

No pudiendo mandar a Beatriz canciones que no eran suyas (y aunque las hubiera escrito, no se hubiera atrevido), decidió que, así como a la amada se le envían flores o joyas, él le habría ofrecido todas las maravillas que iba conquistando. Así le escribía de tierras donde crecen los árboles de la harina y de la miel, del monte Ararat, sobre cuya cima, los días tersos, se divisan los restos del arca de Noé, y los que han subido hasta allá arriba dicen haber metido el dedo en el agujero por el que huyó el demonio cuando Noé recitó el Benedícite. Le hablaba de Albania, donde los hombres son más blancos que en cualquier otro lugar, y tienen pelos ralos como los bigotes del gato; le hablaba de un país donde si uno se vuelve hacia oriente proyecta su sombra hacia la propia derecha; de otro habitado por gente ferocísima, donde cuando nacen los niños todos se ponen de luto estricto, y dan grandes fiestas cuando mueren; de tierras donde se elevan enormes montañas de oro custodiadas por hormigas del tamaño de un perro, y donde viven las amazonas, mujeres guerreras que tienen a los hombres en la región colindante: si generan un varón, lo mandan al padre o lo matan; si generan una mujer, le quitan el seno con un hierro al rojo vivo; si es de alto rango, el seno izquierdo de manera que pueda llevar el escudo; si es de bajo ran-

go, el seno derecho para que pueda tirar con el arco. Y, por fin,
le contaba del Nilo, uno de los cuatro ríos que nacen del monte
del Paraíso Terrenal, fluye por los desiertos de la India, se aventura en el subsuelo, resurge cerca del monte Atlas y luego se
arroja al mar atravesando Egipto.

Pero cuando llegaba a la India, Baudolino casi se olvidaba de
Beatriz, y su mente se dirigía a otras fantasías, porque se le había
metido en la cabeza que por aquellas partes debía de estar, caso de
existir, el reino de aquel Presbyter Johannes de quien le había hablado Otón. En Johannes, Baudolino nunca había dejado de pensar: pensaba en él cada vez que leía sobre un país desconocido, y
todavía más cuando en el pergamino aparecían miniaturas multicolores de seres extraños, como los hombres cornudos, o los pigmeos, que se pasan la vida combatiendo contra las grullas. Pensaba tanto en él, que ya hablaba consigo del Preste Juan como si
fuera un amigo de familia. Y, por lo tanto, saber dónde se encontraba era para él asunto de suma importancia y, si no se hallaba en
ninguna parte, aún más debía encontrar una India donde ponerlo,
porque se sentía vinculado por un juramento (aunque nunca lo
hubiera hecho) con el amado obispo moribundo.

Había hablado del Preste a sus dos compañeros, que enseguida
se sintieron atraídos por el juego, y le comunicaban a Baudolino
todas las noticias vagas y curiosas, encontradas hojeando códices,
que pudieran oler a los inciensos de la India. A Abdul le había pasado por la mente que su princesa lejana, si lejana había de ser,
debía de esconder su fulgor en el país más lejano de todos.

–Sí –contestaba Baudolino–, pero ¿por dónde se pasa para ir a
la India? No debería quedar lejos del Paraíso Terrenal, y, por lo
tanto, a oriente de Oriente, justamente donde acaba la tierra y
empieza el Océano...

Todavía no habían empezado a seguir las clases de astronomía
y tenían ideas vagas sobre la forma de la tierra. El Poeta estaba
convencido todavía de que era una larga extensión plana, en
cuyos límites las aguas del Océano caían, Dios sabe dónde. A
Baudolino, en cambio, Rahewin le había dicho –aun con cierto
escepticismo– que no sólo los grandes filósofos de la antigüedad,
o Ptolomeo padre de todos los astrónomos, sino también San Isidoro había afirmado que se trataba de una esfera; es más, Isidoro estaba tan cristianamente seguro de ello que había fijado la

amplitud del ecuador en ochenta mil estadios. Ahora bien, se
curaba en salud Rahewin, era igualmente verdad que algunos
Padres, como el gran Lactancio, habían recordado que, según la
Biblia, la tierra tenía la forma de un tabernáculo y, por lo tanto,
cielo y tierra juntos había que verlos como un arca, un templo
con su hermosa cúpula y su suelo, en definitiva, una gran caja y
no una pelota. Rahewin, como el hombre prudentísimo que era,
se atenía a lo que había dicho San Agustín, que a lo mejor tenían
razón los filósofos paganos y la tierra era redonda, y la Biblia
había hablado de tabernáculo de manera figurada, pero el hecho
de saber cómo era no ayudaba a resolver el único problema serio de todo buen cristiano, es decir, cómo salvar el alma, por lo
que dedicarle aunque sólo fuera media hora a rumiar sobre la
forma de la tierra era tiempo perdido.

–Me parece justo –decía el Poeta, que tenía prisa por ir a la
taberna–, además, es inútil buscar el Paraíso Terrenal, porque
seguro que era una maravilla de jardines colgantes, pero lleva
deshabitado desde los tiempos de Adán, nadie se ha preocupado
por reforzar los bancales con setos y balates, y durante el diluvio
debe de haberse derrumbado todo en el Océano.

Abdul, en cambio, estaba segurísimo de que la tierra estaba hecha como una esfera. Si fuera un sola extensión plana, argumentaba
con indudable rigor, mi mirada –que mi amor vuelve agudísima,
como la de todos los amantes– conseguiría divisar en la lejanía un
signo cualquiera de la presencia de mi amada, allá donde, en cambio, la curva de la tierra la sustrae a mi deseo. Y había hurgado en la
biblioteca de la abadía de San Víctor, hasta encontrar unos mapas
que había reconstruido un poco de memoria para sus amigos.

–La tierra se encuentra en el centro del gran anillo del Océano, y está dividida por tres grandes cursos de agua, el Helesponto, el Mediterráneo y el Nilo.

–Un momento, ¿dónde queda Oriente?

–Aquí arriba, naturalmente, donde está Asia, y en la extremidad de Oriente, precisamente allá donde nace el sol, ves el Paraíso Terrenal. A la izquierda del Paraíso, el monte Cáucaso, y allí
cerca el mar Caspio. Ahora, debéis saber que hay tres Indias, una
India Mayor, calentísima, justo a la derecha del Paraíso, una India Septentrional, más allá del mar Caspio, y, por lo tanto, aquí
arriba a la izquierda, donde hace tanto frío que el agua se vuel-

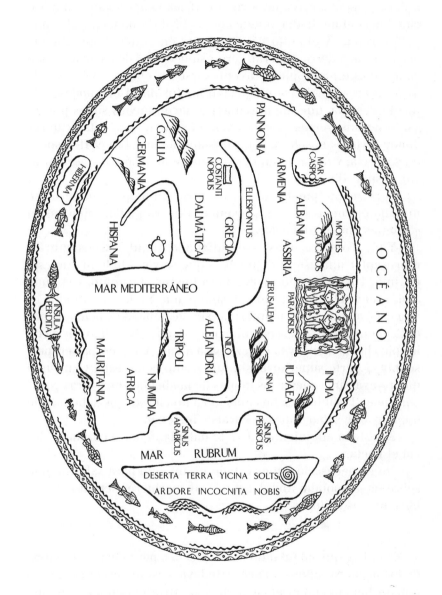

ve de cristal, y donde están las gentes de Gog y Magog, que Alejandro Magno aprisionó detrás de un muro, y, por último, una India Templada, cerca de África. Y África la ves abajo a la derecha, hacia el mediodía, donde corre el Nilo, y donde se abren el golfo Arábigo y el golfo Pérsico, justo en el mar Rojo, allende el cual está la tierra desierta, cerquísima del sol del ecuador, y tan caliente que nadie puede aventurarse en ella. A occidente de África, cerca de Mauritania, están las Ínsulas Afortunadas, o la Ínsula Perdida, que fue descubierta hace muchos siglos por un santo de mis tierras. Abajo, hacia el septentrión, está la tierra donde vivimos nosotros, con Constantinopla sobre el Helesponto, y Grecia, y Roma, y, en el extremo septentrión, los germanos y la Ínsula Hibernia.

–Pero ¿cómo puedes tomar en serio un mapa como ése –se mofaba el Poeta–, que te presenta la tierra plana, mientras tú sostienes que es una esfera?

–Y tú, ¿cómo razonas? –se indignaba Abdul–. ¿Conseguirías representar una esfera de manera que se viera todo lo que está encima? Un mapa debe servir para buscar el camino, y cuando andas no ves la tierra redonda, sino plana. Y además, aunque es una esfera, toda la parte inferior está deshabitada y ocupada por el Océano, puesto que, si alguien tuviera que vivir allí, viviría con los pies hacia arriba y la cabeza para abajo. Así pues, para representar la parte superior basta un círculo como éste. Claro que quiero examinar mejor los mapas de la abadía, entre otras cosas porque en la biblioteca he conocido a un clérigo que sabe todo lo que hay que saber sobre el Paraíso Terrenal.

–Sí, estaba allí mientras Eva le daba la manzana a Adán –decía el Poeta.

–No es necesario haber estado en un sitio para saberlo todo sobre él –respondía Abdul–; si no, los marineros serían más sabios que los teólogos.


Esto, le explicaba Baudolino a Nicetas, para decir cómo desde los primeros años en París, y todavía casi imberbes, nuestros amigos habían empezado a dejarse cautivar por aquel tema que muchos años más tarde los habría llevado a los extremos confines del mundo.

# 7

## Baudolino hace que Beatriz escriba cartas de amor y el Poeta poesías

Baudolino, en primavera, descubrió que su amor crecía y crecía, como les pasa a los amantes en esa estación, y no lo sosegaban las sórdidas aventuras con muchachas de poca monta, es más, se volvía un gigante en comparación, porque Beatriz, además de la ventaja de la gracia, de la inteligencia y de la unción real, tenía la de la ausencia. Sobre los encantos de la ausencia, Abdul no cesaba de atormentarlo, al pasar las noches acariciando su instrumento y cantando otras canciones, tanto que, para saborearlas plenamente, Baudolino había aprendido ya también el provenzal.

*Cuando los días en mayo se alargan,*
*el dulce canto de pájaros lejanos*
*que en mi viaje gratos me acompañan*
*me recuerdan ese amor mío lejano:*
*cabizbajo y sombrío voy con mi pena,*
*que ya ni el blanco espino me serena...*

Baudolino soñaba. Abdul desespera de ver un día a su desconocida princesa, se decía. ¡Oh, dichoso! Peor es mi pena, porque ciertamente a mi amada tendré que volverla a ver, un día u otro, y no tengo la ventura de no haberla visto nunca, sino la desventura de saber quién y cómo es. Pero si Abdul encuentra consuelo en relatarnos su pena, ¿por qué no debería encontrarla yo narrándole la mía a ella? En otras palabras, Baudolino había intuido que habría podido disciplinar los anhelos del corazón poniendo por escrito lo que experimentaba, y tanto peor para el objeto de su amor si quedaba privado de esos tesoros de ternura. Por lo cual, entrada la noche, mientras el Poeta dormía, Baudolino escribía:

«*La estrella ilumina el polo, y la luna colorea la noche. Pero a mí me es guía un solo astro y si, eludidas las tinieblas, surge mi estrella de oriente, mi mente ignorará las tinieblas del dolor. Tú eres mi estrella portadora de luz, que ahuyentará la noche, y sin ti es noche la luz misma, mientras contigo la misma noche es espléndida luz.*»

Y luego: «*Si tengo hambre, tú sola me sacias, si tengo sed, tú sola me la apagas. ¿Pero qué digo? Tú reconfortas, pero no sacias. Nunca me he saciado de ti, y nunca me saciaré...*» Y además: «*Tanta es tu dulzura, tan admirable tu constancia, tan inefable el tono de tu voz, tal es la belleza y la gracia que te coronan, que sería gran descortesía intentar expresarla con palabras. Que crezca más y más el fuego que me consume, y con nuevo alimento, y cuanto más quede escondido, tanto más arda y engañe a los que envidias e insidias tejen, de suerte que perdure siempre la duda de cuál de los dos más ama, y que entre nosotros se libren siempre bellísimos lances en los que ambos vencemos...*»

Eran cartas bonitas y, cuando Baudolino las releía, se estremecía, y se prendaba más y más de una criatura que sabía inspirar tales ardores. Por lo cual, a un cierto punto, ya no pudo aceptar no saber cómo habría reaccionado Beatriz a tanta suave violencia, y decidió incitarla a que le respondiera. E, intentando imitar su escritura, escribió:

«*Al amor que me sube desde las entrañas, cuya fragancia trasciende más que cualquier otro aroma, la que es tuya en cuerpo y alma, a las flores sedientas de tu juventud desea la frescura de una eterna felicidad... A ti, mi gozosa esperanza, ofrezco mi fe, y a mí misma con toda devoción, para toda mi vida...*»

«*Cuídate*», le contestó inmediatamente Baudolino, «*porque está en ti mi bien, en ti mi esperanza y mi descanso. Aún no me he despertado y ya mi alma te encuentra, custodiada dentro de sí...*».

Y ella, osadísima: «*Desde aquel primer momento en que nos vimos, tú solo has sido mi predilecto, con mi predilección te he querido, queriéndote te he buscado, buscándote te he encontrado, encontrándote te he amado, amándote te he deseado, deseándote te he colocado en mi corazón por encima de todo... y he saboreado tu miel... Te saludo, corazón mío, cuerpo mío, único gozo mío...*»

Esta correspondencia, que duró algunos meses, al principio
había dado refrigerio al ánimo exacerbado de Baudolino, luego
amplísimo regocijo, por fin una especie de flamante orgullo,
puesto que el amante no conseguía explicarse cómo la amada
podía amarlo tanto. Como todos los enamorados, Baudolino se
había vuelto vanidoso; como todos los enamorados, escribía que
quería gozar celosamente con la amada del secreto común, pero
al mismo tiempo exigía que todo el mundo estuviera al corriente de su felicidad, y quedara anonadado por la incontenible amabilidad de quien lo amaba.

Por lo que, un día, enseñó el epistolario a los amigos. Fue vago
y reticente sobre el cómo y el quién de aquel intercambio.
No mintió, es más, dijo que aquellas cartas las enseñaba precisamente porque eran un parto de su fantasía. Pero los otros dos creyeron que precisamente y sólo en ese caso mentía, y aún más en-
vidiaban su suerte. Abdul atribuyó en su corazón las cartas a su
princesa, y se desvivía como si las hubiera recibido él. El Poeta,
que ostentaba no dar importancia a ese juego literario (pero
mientras tanto se reconcomía por no haber escrito él cartas tan
bellas, induciendo respuestas aún más hermosas), al no tener a
nadie de quien enamorarse, se enamoró de las cartas mismas; lo
cual, comentaba sonriendo Nicetas, no era estupefaciente, porque
en la juventud uno es propenso a enamorarse del amor.

Quizá para sacar nuevos motivos para sus canciones, Abdul
copió celosamente las cartas, para releérselas por la noche en San
Víctor. Hasta que un día se dio cuenta de que alguien se las había robado, y temía que a esas alturas algún canónigo disoluto,
después de haberlas deletreado lúbricamente por la noche, las
hubiera arrojado entre los mil manuscritos de la abadía. Estremeciéndose, Baudolino encerró su epistolario en el baúl, y a partir
de aquel día no escribió ya misiva alguna, para no comprometer
a su corresponsal.


Como tenía que desahogar de alguna manera las turbaciones
de sus diecisiete años, Baudolino se dedicó entonces a escribir
versos. Si en las cartas había hablado de su purísimo amor, en
estos escritos hacía ejercicios de aquella poesía tabernaria con la
que los clérigos de la época celebraban su vida disoluta y des-

preocupada, pero no sin alguna alusión melancólica al derroche
que hacían de su vida.

Queriendo dar prueba a Nicetas de su talento, recitó algunos
hemistiquios:

*Feror ego veluti – sine nauta navis,*
*ut per vias aeris – vaga fertur avis...*
*Quidquit Venus imperat – labor est suavis,*
*quae nunquam in cordibus – habitat ignavis.*

Al darse cuenta de que Nicetas entendía mal el latín, le tradujo
aproximadamente: «Voy a la deriva como una nave sin auriga,
como por las vías del cielo el pájaro extiende su vuelo... Obedecer a las órdenes de Venus, qué agradable fatiga, que en el corazón nunca de los viles habita...»

Cuando Baudolino le enseñó estos versos y otros al Poeta, éste
se puso colorado de envidia y de vergüenza, y lloró, y confesó la
aridez que le secaba la fantasía, maldiciendo su impotencia, gritando que habría preferido no saber penetrar a una mujer en
lugar de verse tan incapaz de expresar lo que sentía dentro de sí,
y que era exactamente lo que Baudolino tan bien había expresado, tanto que se preguntaba si no le había leído en el corazón.
Y luego observó lo orgulloso que habría estado su padre, si hubiera sabido que componía versos tan bellos, visto que un día u
otro habría tenido que justificar ante la familia y el mundo aquel
mote de Poeta que todavía lo halagaba, pero hacía que se sintiera un *poeta gloriosus*, un tunante que se apropiaba de una dignidad que no era suya.

Baudolino lo vio tan desesperado que le puso el pergamino
entre las manos, ofreciéndole sus poesías, para que las mostra-
ra como propias. Regalo precioso, porque resulta que Baudolino,
para contarle algo nuevo a Beatriz, le había enviado los versos,
atribuyéndoselos al amigo. Beatriz se los había leído a Federico,
Reinaldo de Dassel los había oído y, hombre amante de las letras
aun estando absorbido siempre por las intrigas de palacio, había
dicho que le habría gustado tener al Poeta a su servicio...

Reinaldo había sido distinguido, precisamente ese año, con la
alta dignidad de arzobispo de Colonia, y al Poeta la idea de convertirse en el poeta de un arzobispo y, por lo tanto, como decía un

poco bromeando y un poco pavoneándose, Archipoeta, no le disgustaba demasiado, entre otras cosas porque tenía poquísimas ganas de estudiar, el dinero paterno en París no le llegaba y se había hecho la idea –no equivocada– de que un poeta de corte comía y bebía todo el día sin tener que preocuparse de nada más.

Sólo que para ser poeta de corte es necesario escribir poesías. Baudolino prometió escribirle por lo menos una docena, pero no todas de golpe:

–Mira –le dijo–, no siempre los grandes poetas son diarreicos, a veces son estreñidos, y son los mejores. Tú deberás aparentar estar atormentado por las Musas, ser capaz de destilar sólo un dístico de vez en cuando. Con los que te dé, saldrás adelante durante unos cuantos meses, pero dame tiempo, porque yo no seré estreñido pero tampoco padezco de diarrea. Así que aplaza tu marcha y manda a Reinaldo algún que otro verso para ir abriéndole el apetito. Por lo pronto, será mejor que te presentes con una dedicatoria, un elogio de tu benefactor.

Se pasó una noche pensando en ello, y le regaló unos versos para Reinaldo:

> *Presul discretissime – veniam te precor,*
> *morte bona morior – dulci nece necor,*
> *meum pectum sauciat – puellarum decor,*
> *et quas tacto nequeo – saltem chorde mechor,*

es decir, «nobilísimo obispo, perdóname, porque a una bella muerte hago frente, y harto dulce una herida me consume: me traspasa el corazón la belleza de las muchachas, y las que no consigo tocar, al menos con el pensamiento las poseo».

Nicetas observó que los obispos latinos se deleitaban con cantos muy poco sagrados, pero Baudolino le dijo que tenía que entender ante todo qué era un obispo latino, a quien no se le pedía que fuera necesariamente un santo varón, sobre todo si era también canciller del imperio; en segundo lugar, quién era Reinaldo, poquísimo obispo y muchísimo canciller, amante sin duda de la poesía, pero aún más proclive a usar de los talentos de un poeta también para sus fines políticos, como habría hecho más tarde.

–Entonces el Poeta se volvió famoso con tus versos.

–Precisamente. Durante casi un año, el Poeta mandó a Reinaldo, con cartas que desbordaban devoción, los versos que poco a poco yo le iba escribiendo, y al final Reinaldo pretendió tener a su vera aquel insólito talento, costara lo que costase. El Poeta se marchó con una buena reserva de versos, por lo menos para poder sobrevivir un año, por muy estreñido que pareciera. Fue un triunfo. Nunca he podido entender cómo puede uno estar orgulloso de una fama recibida como limosna, pero el Poeta estaba satisfecho.

–Estupor por estupor, yo me pregunto qué placer experimentabas tú al ver que tus criaturas eran atribuidas a otro. ¿No es atroz que un padre les dé a otros como limosna el fruto de sus entrañas?

–El destino de una poesía tabernaria es pasar de boca en boca, y la felicidad es oír que lo cantan, y sería egoísmo quererla exhibir sólo para acrecentar la propia gloria.

–No creo que seas tan humilde. Tú eres feliz de haber sido una vez más el Príncipe de la Mentira, y te vanaglorias de ello, así como esperas que un día alguien encuentre tus cartas de amor entre los cartapacios de San Víctor y se los atribuya a quién sabe quién.

–No pretendo parecer humilde. Me gusta hacer que sucedan las cosas, y ser el único en saber que son obra mía.

–El asunto no cambia, amigo mío –dijo Nicetas–. Indulgentemente he sugerido que tú querías ser el Príncipe de la Mentira, y ahora tú me dejas entender que quisieras ser Dios Padre en persona.

# 8

# Baudolino en el Paraíso Terrenal

Baudolino estudiaba en París, pero seguía al corriente de lo que sucedía en Italia y Alemania. Rahewin, obedeciendo las órdenes de Otón, había seguido escribiendo las *Gesta Friderici* pero, llegado ya al final del cuarto libro, decidió dejarlas porque le parecía blasfemo superar el número de los Evangelios. Había abandonado la corte, satisfecho del trabajo realizado, y se estaba aburriendo en un monasterio bávaro. Baudolino le escribió que tenía bajo mano los libros de la biblioteca infinita de San Víctor, y Rahewin le pidió que le mencionara algún tratado raro que pudiera enriquecer su sabiduría.

Baudolino, compartiendo la opinión de Otón sobre la escasa fantasía del pobre canónigo, consideró útil alimentarla un poco y, después de haberle comunicado unos pocos títulos de códices que había visto, le citó otros que se había inventado buenamente, como el *De optimitate triparum* del Venerable Beda, un *Ars honeste petandi*, un *De modo cacandi*, un *De castramentandis crinibus* y un *De patria diabolorum*. Todas ellas obras que habían suscitado el estupor y la curiosidad del buen canónigo, quien se apresuró a solicitar copias de aquellos desconocidos tesoros de sabiduría. Servicio que Baudolino le habría hecho de buena gana, para subsanar el remordimiento de aquel pergamino de Otón que había borrado, pero la verdad es que no sabía qué copiar, y tuvo que inventarse que, aunque aquellas obras estaban en la abadía de San Víctor, se encontraban en olor de herejía y los canónigos no se las dejaban ver a nadie.

–Luego supe –le decía Baudolino a Nicetas– que Rahewin había escrito a un docto parisino que conocía, rogándole que soli-

citara aquellos manuscritos a los victorinos, los cuales obviamen-
te no encontraron rastro de ellos, acusaron a su bibliotecario de
descuido, y el pobrecillo venga a jurar que no los había visto jamás. Me imagino que al final algún canónigo, para arreglar el
asunto, escribiría de verdad esos libros, y espero que algún día
alguien los encuentre.

El Poeta, mientras tanto, lo mantenía al corriente de las hazañas de Federico. Los comunes italianos no estaban manteniendo
fe a todos los juramentos hechos en la dieta de Roncaglia. Los
pactos querían que las ciudades litigiosas desmantelasen las
murallas y destruyeran las máquinas de guerra, y, en cambio,
los ciudadanos hacían como que allanaban los fosos alrededor
de las ciudades, y los fosos seguían allá. Federico había mandado legados a Crema, para invitarles a que se dieran prisa, y los
cremenses amenazaron con matar a los emisarios imperiales y,
si no llegan a escaparse, los matan de verdad. A renglón seguido había enviado a Milán incluso a Reinaldo y a un conde pala-
tino para que nombraran a los podestás, porque los milaneses no
podían pretender reconocer los derechos imperiales y luego elegir por su cuenta a los cónsules. Y también allí había faltado poco
para que les sacaran los tuétanos a ambos enviados, ¡y no eran
unos emisarios cualesquiera, sino el canciller del imperio y uno
de los condes del Palacio! Sin conformarse, los milaneses asedia-
ron el castillo de Trezzo y pusieron en cadenas a la guarnición.
Por último, atacaron de nuevo Lodi y, cuando al emperador le
tocaban Lodi, el emperador montaba en cólera. Así, para dar un
ejemplo, puso cerco a Crema.

Al principio, el asedio procedía según las reglas de una guerra entre cristianos. Los cremenses, ayudados por los milaneses,
habían hecho unas buenas salidas y capturado a muchos prisioneros imperiales. Los cremoneses (que por odio a los cremenses
estaban entonces del lado del imperio, junto con pavianos y lodicianos) habían construido máquinas de asedio poderosísimas,
que les habían costado la vida más a los asediadores que a los
asediados, pero así iban las cosas. Hubo unas escaramuzas bellí-
simas, contaba con gusto el Poeta, y todos recordaban la vez que
el emperador hizo que los lodicianos le dieran doscientos tone-

les vacíos, los llenó de tierra y los arrojó al foso, luego hizo que los recubrieran con tierra y madera que los lodicianos habían llevado con más de dos mil carros, de suerte que fue posible pasar con las mazas, mejor dicho, con los almajaneques, para batir las murallas.

Cuando se dio el asalto con la mayor de las torres de madera, la que habían construido los cremoneses, los asediados empezaron a lanzar tantas piedras con sus balistas que iban a conseguir que la torre se cayera, y sacaron al emperador de sus casillas. Furibundo, Federico mandó llevar a prisioneros de guerra cremenses y milaneses, e hizo que los ataran delante y a los lados de la torre. Pensaba que, si los asediados se hubieran visto delante a sus hermanos, primos, hijos y padres, no habrían osado tirar. No calculaba lo grande que era la furia de los cremenses, la furia de los de encima de las murallas y la furia de los que estaban atados fuera de las murallas. Fueron estos últimos los que gritaron a sus hermanos que no se preocuparan por ellos, y los de las murallas, haciendo de tripas corazón, con lágrimas en los ojos, verdugos de sus mismos parientes, siguieron apedreando la torre hasta matar a nueve de los prisioneros.

Estudiantes milaneses llegados a París le juraban a Baudolino que a la torre habían sido atados también niños, pero el Poeta le había asegurado que la voz era falsa. El hecho es que, a esas alturas, incluso el emperador había quedado impresionado, e hizo que desataran a los demás prisioneros. Pero los cremenses y milaneses, enfurecidos como sierpes por el fin de sus compañeros, cogieron en la ciudad a unos prisioneros tudescos y lodicianos, los colocaron encima de las murallas y los mataron a sangre fría bajo la mirada de Federico. Éste, entonces, hizo llevar bajo las murallas a dos prisioneros cremenses y bajo las murallas los procesó como bandidos y perjuros, condenándolos a muerte. Los cremenses hicieron saber que, si Federico ahorcaba a los suyos, ellos colgarían a los prisioneros que todavía tenían como rehenes. Federico contestó que bien quería verlo, y ahorcó a los dos prisioneros. Como toda respuesta, los cremenses colgaron *coram populo* a todos sus rehenes. Federico, que ya no razonaba, sacó a todos los cremenses que todavía tenía prisioneros, hizo levantar una selva de horcas delante de la ciudad y se disponía a colgarlos a todos. Obispos y abades se precipitaron al lugar del suplicio, implorando que él, que debía ser fuente de misericordia, no debía emular la maldad de sus enemigos. Federico se sintió tocado por aquella intervención, pero no podía revocar su propósito, por lo cual decidió ajusticiar por lo menos a nueve de aquellos infelices.

Al oír estas cosas, Baudolino había llorado. No sólo era por naturaleza un hombre de paz, sino que la idea de que su amadísimo padre adoptivo se hubiera manchado de tantos crímenes lo convenció para quedarse en París a estudiar y, de manera harto oscura, sin que él se diera cuenta, lo persuadió de que no era culpable de amar a la emperatriz. Volvió a escribir cartas cada vez más apasionadas y respuestas que harían temblar a un ermitaño. Salvo que esta vez ya no enseñó nada a sus amigos.

Sintiéndose culpable, sin embargo, resolvió hacer algo por la gloria de su señor. Otón le había dejado como sagrada herencia conseguir hacer salir de las tinieblas de la habladuría al Preste Juan. Baudolino se dedicó, pues, a la búsqueda del Preste incógnito pero –era testigo Otón– sin duda conocidísimo.


Puesto que, acabados los años de trivio y cuadrivio, Baudolino y Abdul se habían educado en la disputa, se preguntaron ante todo: ¿existe de verdad un Preste Juan? Pero habían empezado a preguntárselo en condiciones que Baudolino se avergonzaba de explicarle a Nicetas.

Abdul vivía con Baudolino desde que se marchara el Poeta. Una noche Baudolino, al volver a casa, se encontró con Abdul que, completamente solo, estaba cantando una de sus canciones más bellas, en la que anhelaba encontrar a su princesa lejana, pero de golpe, mientras la veía casi cercana, le parecía andar hacia atrás. Baudolino no entendía si era la música o si era la letra, pero la imagen de Beatriz, que se le había aparecido inmediatamente al oír aquel canto, se sustraía a su mirada, esfumándose en la nada. Abdul cantaba, y nunca su canto había parecido tan seductor.

Una vez acabada la canción, Abdul se desplomó exhausto. Baudolino temió por un instante que fuera a desmayarse y se inclinó sobre él, pero Abdul levantó una mano como para tranquilizarlo, y se echó a reír quedo quedo, él solo, sin razón. Reía, y le temblaba todo el cuerpo. Baudolino pensaba que tenía fiebre, Abdul le dijo, sin parar de reír, que lo dejara en paz, que se calmaría, que sabía perfectamente de qué se trataba. Y al final, acuciado por las preguntas de Baudolino, se decidió a confesar su secreto.

–Escucha, amigo mío. He tomado un poco de miel verde, sólo un poco. Ya sé que es una tentación diabólica, pero a veces me sirve para cantar. Escucha y no me repruebes. Desde que era niño, en Tierra Santa, escuchaba una historia maravillosa y terrible. Se fantaseaba que no lejos de Antioquía vivía una raza de sarracenos que moraba entre las montañas, en un castillo inaccesible salvo para las águilas. Su señor se llamaba Aloadin e infundía un grandísimo pavor, tanto a los príncipes sarracenos como a los cristianos. En efecto, en el centro de su castillo, se decía, había un jardín colmado de todas las especies de frutas y flores, donde corrían canales llenos de vino, leche, miel y agua, y por doquier danzaban y cantaban muchachas de incomparable belleza. En el jardín podían vivir sólo unos jóvenes que Aloadin hacía secuestrar, y en aquel lugar de delicias los adiestraba tan sólo al placer. Y digo placer porque, como oía susurrar a los adultos, y me ruborizaba turbado, aquellas muchachas eran generosas y estaban dispuestas a satisfacer a aquellos huéspedes, les procuraban gozos indecibles y, me imagino, enervantes. De suerte que el que había entrado en aquel lugar naturalmente no habría querido salir a ningún precio.

–No está nada mal ese Aloadino tuyo, o como se llamara –sonrió Baudolino, pasando por la frente del amigo un paño húmedo.

–Eso lo piensas –dijo Abdul– porque no conoces la verdadera historia. Una buena mañana, uno de esos jóvenes se despertaba en un sórdido patio quemado por el sol, donde se veía en cadenas. Después de algunos días de este suplicio, lo llevaban ante Aloadin, y el joven se arrojaba a sus pies amenazando suicidarse e implorando que lo devolviera a las delicias de las que ya no conseguía prescindir. Aloadin le revelaba entonces que había caído en desgracia con el profeta y que sólo podría recuperar su favor si se mostraba dispuesto a realizar una gran empresa. Le daba un puñal de oro y le decía que se pusiera de viaje, que fuera a la corte de un señor enemigo suyo y lo matara. De esa manera, podría volver a merecerse lo que deseaba y, aunque muriera en la empresa, ascendería al Paraíso, en todo y por todo igual al lugar del que había sido excluido, es más, aún mejor. Y he aquí por qué Aloadin tenía un grandísimo poder y atemorizaba a todos los príncipes de los alrededores, fueran moros o cristianos, porque sus emisarios estaban dispuestos a cualquier sacrificio.

–Entonces –había comentado Baudolino–, mejor una de estas buenas tabernas de París, y sus muchachas, que se pueden poseer sin pagar prenda. Pero tú, ¿qué tienes que ver con esta historia?

–Tengo que ver porque cuando tenía diez años fui secuestrado por los hombres de Aloadin. Y permanecí cinco años en su poder.

–¿Y a los diez años gozaste de todas esas muchachas de las que me cuentas?, ¿y luego te invitaron a que mataras a alguien? Abdul, ¿qué me dices? –se preocupaba Baudolino.

–Era demasiado pequeño para que me admitieran enseguida entre los jóvenes venturosos, y fui encomendado como siervo a un eunuco del castillo que se ocupaba de sus placeres. Pero oye bien lo que descubrí. Yo, en cinco años, jardines, no los vi nunca, porque los jóvenes estaban siempre y sólo encadenados en fila en ese patio bajo la solana. Todas las mañanas el eunuco cogía de cierto armario unos tarros de plata que contenían una pasta densa como la miel, pero de color verdoso, pasaba por delante de cada uno de los prisioneros y los alimentaba con esa sustancia. Los prisioneros la saboreaban, y empezaban a contarse a sí mismos y a los demás todas las delicias de las que hablaba la leyenda. Entiéndelo, se pasaban el día con los ojos abiertos, sonriendo dichosos. Al caer la noche se sentían cansados, empezaban a reírse, a veces quedamente, a veces inmoderadamente, luego se quedaban dormidos. De suerte que yo, creciendo lentamente, comprendí el engaño al que eran sometidos por Aloadin: vivían en cadenas ilusos de vivir en un paraíso, y para no perder ese bien se convertían en instrumento de la venganza de su señor. Si luego regresaban sanos y salvos de sus empresas, daban de nuevo en grilletes, pero empezaban a ver y oír lo que la miel verde les hacía soñar.

–¿Y tú?

–Yo, una noche, mientras todos dormían, me introduje allá donde se conservaban los tarros de plata que contenían la miel verde, y la probé. Qué digo la probé, me tragué dos cucharadas y de golpe empecé a ver cosas prodigiosas...

–¿Sentías que estabas en el jardín?

–No, quizá los jóvenes soñaban con el jardín porque a su llegada Aloadin les contaba del jardín. Creo que la miel verde hace ver a cada uno lo que quiere en lo hondo de su corazón. Yo me hallaba en el desierto o, mejor dicho, en un oasis, y veía llegar una caravana espléndida, con los camellos enjaezados con plumeros, y una hueste de moros con turbantes de colores, que golpeaban atabales y tocaban címbalos. Y detrás de ellos, en un baldaquín llevado por cuatro gigantes, iba Ella, la princesa. Yo no sé decirte ya cómo era, era ... cómo decirlo... era tan fulgurante que recuerdo sólo un destello, un esplendor deslumbrante...

–¿Qué cara tenía, era bella?

–No vi su rostro, iba velada.

–Pero entonces, ¿de quién te enamoraste?

–De ella, porque no la vi. En el corazón, aquí, entiendes, me entró una dulzura infinita, una languidez que no se ha extinguido. La caravana se alejaba hacia las dunas, yo entendía que aquella visión no habría de volver nunca más, me decía que habría debido seguir a aquella criatura, pero hacia el amanecer empezaba a reír, y entonces pensaba que era de alegría, mientras que se trata del efecto de la miel verde cuando su poder se extingue. Me desperté con el sol alto ya, y por poco el eunuco no me sorprende todavía adormecido en aquel lugar. Desde entonces me dije que debía huir, para volver a encontrar a la princesa lejana.

–Pero tú habías entendido que se trataba sólo del efecto de la miel verde...

–Sí, la visión era una ilusión, pero lo que sentía dentro de mí ya no lo era, era deseo verdadero. El deseo, cuando lo experimentas, no es una ilusión, existe.

–Pero era el deseo de una ilusión.

–Pero yo no quería perder ya ese deseo. Me bastaba para dedicarle la vida.

Brevemente, Abdul consiguió encontrar una vía de fuga del castillo y reunirse con su familia, que lo daba ya por perdido. Su padre se había preocupado por la venganza y lo alejó de Tierra Santa, enviándolo a París. Abdul, antes de huir del castillo de Aloadin, se había apoderado de uno de los tarros de miel verde pero, explicaba a Baudolino, no la había vuelto a probar, por temor de que la maldita sustancia lo llevara de nuevo a aquel oasis y reviviera hasta el infinito su éxtasis. No sabía si podría resistir la emoción. Ya la princesa estaba con él, y nadie habría podido sustraérsela. Mejor anhelarla como una meta que poseerla en un falso recuerdo.

Luego, con el paso del tiempo, para encontrar la fuerza para sus canciones, en las cuales la princesa estaba ahí, presente en su lejanía, se había atrevido a probar de vez en cuando la miel, apenas una puntita, tomando con la cuchara lo suficiente para que la lengua la saboreara. Experimentaba éxtasis de breve duración, y eso había hecho aquella noche.

La historia de Abdul había intrigado a Baudolino, y le tentaba la posibilidad de tener una visión, aun breve, en la que se le apareciera la emperatriz. Abdul no pudo negarle aquella prueba. Baudolino había sentido sólo un ligero torpor y el deseo de reír. Pero sentía la mente excitada. Curiosamente, no por Beatriz, sino por el Preste Juan. Tanto que se había preguntado si su verdadero objeto del deseo no sería aquel reino inalcanzable, más que la señora de su corazón. Y así sucedió que aquella noche, Abdul casi libre ya del efecto de la miel, Baudolino ligeramente ebrio, se pusieran a discutir del Preste, planteándose precisamente la cuestión de su existencia. Y puesto que parecía que la virtud de la miel verde era hacer tangible lo que nunca se había visto, he aquí que se decidieron por la existencia del Preste.

Existe, había determinado Baudolino, porque no hay razones que se opongan a su existencia. Existe, había asentido Abdul, porque le había oído decir a un clérigo que, más allá del país de los medos y de los persas, hay reyes cristianos que combaten contra los paganos de aquellas regiones.

–¿Quién es ese clérigo? –había preguntado Baudolino enardecido.

–Boron –había respondido Abdul.

Y he aquí que al día siguiente se pusieron en su búsqueda.


Boron era un clérigo de Montbéliard que, vagante como sus congéneres, ahora estaba en París (y frecuentaba la biblioteca de San Víctor) y mañana estaría quién sabe dónde, porque parecía perseguir un proyecto propio del que nunca hablaba con nadie. Tenía una gran cabeza con el pelo desgreñado, y los ojos rojos de tanto leer a la luz del candil, pero parecía desde luego un pozo de ciencia. Los había fascinado desde el primer encuentro, naturalmente en una taberna, planteándoles sutiles preguntas sobre las cuales sus maestros habrían consumido días y días de disputas: si el esperma puede congelarse, si una prostituta puede concebir, si el sudor de la cabeza es más maloliente que el de las demás extremidades, si las orejas se ruborizan cuando nos avergonzamos, si un hombre sufre más por la muerte que por el matrimonio de la amante, si los nobles tienen que tener las orejas colgantes, o si los locos empeoran durante el plenilunio. La cuestión que más le intrigaba era la de la existencia del vacío, sobre la cual se consideraba más sabio que cualquier otro filósofo.

–El vacío –decía Boron, con la boca ya pastosa– no existe porque la naturaleza le tiene horror. Es evidente, por razones filosóficas, que no existe porque si existiera o sería substancia o sería accidente. Substancia material no es, porque, si no, sería cuerpo y ocuparía espacio; y no es substancia incorpórea porque, si no, como los ángeles, sería inteligente. No es accidente porque los accidentes existen sólo como atributos de substancias. En segundo lugar, el vacío no existe por razones físicas: toma un vaso cilíndrico...

–Pero ¿por qué –lo interrumpía Baudolino– te interesa tanto demostrar que el vacío no existe?, ¿qué te importa a ti el vacío?

–Importa, importa. Porque el vacío puede ser o bien intersticial, es decir, hallarse entre cuerpo y cuerpo en nuestro mundo sublunar, o bien, extenso, más allá del universo que vemos, cerrado por la gran esfera de los cuerpos celestes. Si así fuera, podrían existir, en ese vacío, otros mundos. Pero, si se demuestra que no existe el vacío intersticial, con mayor razón no podrá existir el vacío extenso.

–¿Y a ti qué te importa si existen otros mundos?

–Importa, importa. Porque si existieran, Nuestro Señor Jesucristo habría debido sacrificarse en cada uno de ellos y en cada uno de ellos consagrar el pan y el vino. Y, por lo tanto, el objeto supremo, que es testimonio y vestigio de ese milagro, ya no sería único, sino que habría muchas copias del mismo. ¿Y qué valor tendría mi vida si no supiera que en algún lugar hay un objeto supremo por recobrar?

–¿Y cuál sería ese objeto supremo?

Aquí Boron intentaba atajar:

–Asunto mío –decía–, historias que no son buenas para las orejas de los profanos. Pero hablemos de otro asunto: si hubiera muchos mundos, habría habido muchos primeros hombres, muchos Adanes y muchas Evas que cometieron infinitas veces el pecado original. Y, por lo tanto, habría muchos Paraísos Terrenales del que fueron expulsados. ¿Podéis pensar que de una cosa sublime como el Paraíso Terrenal pueda haber muchos, así como existen muchas ciudades con un río y con una colina como la de Santa Genoveva? Paraíso Terrenal hay uno solo, en una tierra remota, más allá del reino de los medos y de los persas.

Habían llegado al punto, y relataron a Boron sus especulaciones sobre el Preste Juan. Sí, Boron le había oído a un monje ese asunto de los reyes cristianos de Oriente. Había leído la relación de una visita que, muchos años antes, un patriarca de las Indias le habría hecho al papa Calixto II. En ella se narraba lo que le había costado al papa entenderse con él, a causa de las lenguas diversísimas. El patriarca había descrito la ciudad de Hulna, donde corre uno de los ríos que nacen en el Paraíso Terrenal, el Physon, que otros llamarían Ganges, y donde en un monte fuera de la ciudad surge el santuario que conserva el cuerpo del apóstol Tomás. Este monte era inaccesible, porque surgía en el centro de un lago, pero durante ocho días al año las aguas del lago se retiraban, y los buenos cristianos de acullá podían ir a adorar el cuerpo del apóstol, todavía íntegro como si no estuviera ni siquiera muerto, es más, como recitaba el texto, con el semblante esplendoroso como una estrella, rojos los cabellos, que le llegaban hasta los hombros, y la barba, y la ropa que parecía recién cosida.

–Ahora bien, nada dice que este patriarca fuera el Preste Juan –había concluido cautamente Boron.

–No, desde luego –había argüido Baudolino–, pero nos dice que desde hace mucho tiempo se habla de cierto reino lejano, venturoso y desconocido. Escucha, en su *Historia de duabus civitatibus*, mi queridísimo obispo Otón refería que un tal Hugo de Gabala había dicho que Juan, después de haber vencido a los persas, había intentado llevar ayuda a los cristianos de Tierra Santa, pero había tenido que detenerse a orillas del río Tigris porque no tenía bajeles para hacer que sus hombres lo cruzaran. Así pues, Juan vive más allá del Tigris. ¿Vale? Pero lo bueno es que todos debían de saberlo aún antes de que Hugo hablara de ello. Volvamos a leernos bien lo que escribía Otón, que no escribía al azar. ¿Por qué debería el tal Hugo ir a explicarle al papa las razones por las que Juan no había podido ayudar a los cristianos de Jerusalén, como si hubiera tenido que justificarlo? Porque, evidentemente, en Roma alguien alimentaba ya esta esperanza. Y cuando Otón dice que Hugo nombra a Juan, anota *sic enim eum nominare solent*, como suelen llamarlo. ¿Qué significa este plural? Evidentemente que no sólo Hugo, sino también otros, *solent*, suelen, y por lo tanto solían ya en aquellos tiempos, llamarlo así. Nuestro querido Otón escribe que Hugo afirma que Juan, como los Magos de los que desciende, quería ir a Jerusalén, pero luego no escribe que Hugo afirma que no lo consiguió, sino que *fertur*, se dice, y que algunos, otros, en plural, *asserunt*, afirman que no lo consiguió. Estamos aprendiendo de nuestros maestros que no hay mejor prueba de lo verdadero –concluía Baudolino– que la continuidad de la tradición.

Abdul le había susurrado al oído a Baudolino que quizá también el obispo Otón se tomaba de vez en cuando su ración de miel verde, pero Baudolino le había dado un codazo en las costillas.

–Yo todavía no he entendido por qué ese Preste es tan importante para vosotros –había dicho Boron–, pero si es preciso buscarlo, no habrá de ser a lo largo de un río que procede del Paraíso Terrenal, sino en el Paraíso Terrenal mismo. Y aquí tendría yo mucho que contar...

Baudolino y Abdul intentaron que Boron les dijera más sobre ese Paraíso Terrenal, pero Boron había abusado en demasía de las cubas de Los Tres Candelabros, y decía que no recordaba ya nada. Como si hubieran pensado lo mismo sin decirse nada el uno al otro, los dos amigos tomaron a Boron de las axilas y se lo llevaron a su habitación. Allí Abdul, aun con parsimonia, le ofreció una nonada de miel verde, una punta de cucharilla, y otra punta se la dividieron entre ellos. Y Boron, al cabo de un momento en que había permanecido atónito, mirando a su alrededor como si no comprendiera bien dónde estaba, empezó a ver algo del paraíso.

Hablaba, y contaba de un cierto Tungano, que parecía haber visitado tanto el Infierno como el Paraíso. Cómo era el Infierno, no valía la pena decirlo, pero el Paraíso era un lugar lleno de jocundidad, alegría, honradez, belleza, santidad, concordia, unidad, caridad y eternidad sin fin, defendido por una muralla de oro donde, una vez traspasada, se divisaban muchas sillas adornadas con piedras preciosas en las que estaban sentados hombres y mujeres, jóvenes y ancianos vestidos con estolas de seda, con la cara esplendorosa como el sol y los cabellos de oro purísimo, y todos cantaban *alleluja* leyendo un libro minado con letras de oro.

–Ahora bien –decía sensatamente Boron–, al Infierno pueden ir todos, basta quererlo, y a veces quien va vuelve a contarnos algo, en forma de íncubo, súcubo u otra visión molesta. Pero ¿se puede pensar de verdad que quien ha visto esas maravillas ha sido admitido al Paraíso Celestial? Aun habiendo sucedido, un hombre viviente no tendría nunca la desvergüenza de contarlo, porque ciertos misterios una persona modesta y honesta debería guardárselos para sí.

–Quiera Dios que no aparezca sobre la faz de la tierra un ser tan roído por la vanidad –había comentado Baudolino– que resulte indigno de la confianza que el Señor le ha acordado.

–Pues bien –había dicho Boron–, habréis oído la historia de Alejandro Magno, que habría llegado a las orillas del Ganges, y habría alcanzado una muralla que seguía el curso del río pero que no tenía ninguna puerta, y después de tres días de navegación habría visto en la muralla un ventanuco, al cual se habría asomado un viejo; los viajeros pidieron que la ciudad pagara tributo a Alejandro, rey de reyes, pero el viejo contestó que aquélla era la ciudad de los beatos. Es imposible que Alejandro, gran rey, pero pagano, hubiera llegado a la ciudad celestial. Por lo tanto, lo que él y Tungano vieron era el Paraíso Terrenal. El que veo yo en este momento...

–¿Dónde?

–Allá –e indicaba un rincón de la habitación–. Veo un lugar donde crecen prados amenos y verdeantes, adornados con flores y hierbas perfumadas, mientras en torno se exhala por doquier un olor suave, y al aspirarlo no siento ya deseo alguno de comida o bebida. Hay un prado bellísimo con cuatro hombres de aspecto venerable, que llevan en la cabeza coronas de oro y ramos de palma en las manos... Oigo un canto, percibo un olor de bálsamo, oh Dios mío, siento en la boca una dulzura como de miel... Veo una iglesia de cristal con un altar en medio, de donde sale un agua blanca como leche. La iglesia parece por la parte septentrional una piedra preciosa, por la parte austral es del color de la sangre; a occidente, es blanca como la nieve, y encima de ella brillan innumerables estrellas más lucientes que las que se ven en nuestro cielo. Veo a un hombre con los cabellos blancos como la nieve, plumado como un pájaro, los ojos que casi no se divisan, cubiertos como están de cejas que señorean cándidas. Me indica un árbol que no envejece nunca y cura de todo mal al que se sienta a su sombra, y otro con las hojas de todos los colores del arco iris. Pero ¿por qué veo todo esto esta noche?

–Quizá lo has leído en alguna parte, y el vino ha hecho que aflore a los umbrales del alma –había dicho, entonces, Abdul–. Aquel hombre virtuoso que vivió en mi Ínsula y que fue San Brandán navegó por mar hasta los últimos confines de la tierra, y descubrió una ínsula recubierta toda ella de uvas maduras, unas azules, otras violeta y otras blancas, con siete fuentes milagrosas y siete iglesias, una de cristal, otra de granate, la tercera de zafiro, la cuarta de topacio, la quinta de rubí, la sexta de esmeralda, la séptima de coral, cada una con siete altares y siete lámparas. Y delante de la iglesia, en medio de una plaza, surgía una columna de calcedonia que tenía en la cima una rueda que giraba, cargada de cascabeles.

–No, no, la mía no es una ínsula –se inflamaba Boron–, es una tierra próxima a la India, donde veo hombres con las orejas más grandes que las nuestras, y una doble lengua, de suerte que pueden hablar con dos personas a la vez. Cuántas mieses, parece como si crecieran espontáneamente...

–Sin duda –glosaba Baudolino–, no olvidemos que según el Éxodo al pueblo de Dios había sido prometida una tierra donde manan leche y miel.

–No confundamos las cosas –decía Abdul–, la del Éxodo es la tierra prometida, y prometida después de la caída, mientras que el Paraíso Terrenal era la tierra de nuestros progenitores antes de la caída.

–Abdul, no estamos en una *disputatio*. Aquí no se trata de identificar un lugar a donde iremos, sino de entender cómo debería ser el lugar ideal al que cada uno de nosotros querría ir. Es evidente que si maravillas de ese calibre han existido y existen todavía, no sólo en el Paraíso Terrenal, sino también en ínsulas que Adán y Eva nunca hollaron, el reino de Juan debería de ser bastante parecido a esos lugares. Nosotros intentamos entender cómo es un reino de la abundancia y de la virtud, donde no existen la mentira, la codicia, la lujuria. Si no, ¿por qué deberíamos tender a él como al reino cristiano por excelencia?

–Pero sin exagerar –recomendaba sabiamente Abdul–, si no, nadie creería ya en él; quiero decir, nadie creería ya que es posible ir tan lejos.

Había dicho «lejos». Poco antes Baudolino creía que, imaginando el Paraíso Terrenal, Abdul había olvidado por lo menos por una noche su pasión imposible. Pero no. Pensaba siempre en ella. Estaba viendo el paraíso pero buscaba en él a su princesa. En efecto, murmuraba, mientras poco a poco se desvanecía el efecto de la miel:

–Quizá un día iremos, *lanquan li jorn son lonc en may*, sabes, cuando los días son largos, en mayo...

Boron había empezado a reír quedamente.


–Ya lo ves, señor Nicetas –dijo Baudolino–, cuando no era presa de las tentaciones de este mundo, dedicaba mis noches a imaginar otros mundos. Un poco con la ayuda del vino, y un poco con la de la miel verde. No hay nada mejor que imaginar otros mundos para olvidar lo doloroso que es el mundo en que vivimos. Por lo menos, así pensaba yo entonces. Todavía no había entendido que, imaginando otros mundos, se acaba por cambiar también éste.

–Intentemos vivir serenamente, por ahora, en éste que la divina voluntad nos ha asignado –dijo Nicetas–. He aquí que nuestros inigualables genoveses nos han preparado algunas delicias de nuestra cocina. Prueba esta sopa con distintas variedades de pescado, de mar y de río. Quizá también tengáis buen pescado en vuestros países, aunque me imagino que vuestro frío intenso no les permite crecer lozanos como en la Propóntide. Nosotros sazonamos la sopa con cebollas salteadas en aceite de oliva, hinojo, hierbas y dos vasos de vino seco. La viertes encima de estas rebanadas de pan, y puedes ponerle avgolemón, que es esta salsa de yemas de huevo y zumo de limón, templada con un hilo de caldo. Creo que en el Paraíso Terrenal Adán y Eva comían así. Pero antes del pecado original. Después quizá se resignaron a comer callos, como en París.

# 9

# Baudolino reprende al emperador
## y seduce a la emperatriz

Baudolino, entre estudios no muy severos y fantasías sobre el jardín del Edén, había transcurrido ya cuatro inviernos en París. Estaba deseando volver a ver a Federico, y aún más a Beatriz, que en su espíritu alterado había perdido ya todas las hechuras terrenales y se había convertido en una habitante de aquel paraíso, como la princesa lejana de Abdul.

Un día Reinaldo le había pedido al Poeta una oda para el emperador. El Poeta, desesperado, e intentando ganar tiempo diciéndole a su señor que esperaba la justa inspiración, mandó a Baudolino una petición de ayuda. Baudolino escribió una poesía excelente, *Salve mundi domine*, en la que Federico estaba por encima de todos los demás reyes, y se decía que su yugo era dulcísimo. Pero no se fiaba de mandarla a través de un emisario, y se planteó volver a Italia, donde mientras tanto habían sucedido muchísimas cosas que le costaba trabajo resumir a Nicetas.

–Reinaldo había dedicado su vida a crear una imagen del emperador como señor del mundo, príncipe de la paz, origen de toda ley y no sometido a ninguna, *rex et sacerdos* al mismo tiempo, como Melquisedec y, por lo tanto, no podía no chocar con el papa. Ahora bien, en los tiempos del asedio de Crema, había muerto el papa Adriano, el que había coronado a Federico en Roma, y la mayoría de los cardenales había elegido al cardenal Bandinelli como Alejandro III. Para Reinaldo era un azote, porque él y Bandinelli se llevaban como perro y gato, y éste no cedía sobre el primado papal. No sé qué tramó Reinaldo, pero consiguió hacer que algunos cardenales y gente del senado eligieran a otro papa,

Víctor IV, que él y Federico podían manejar a su antojo. Naturalmente, Alejandro III excomulgó inmediatamente tanto a Federico como a Víctor, y no bastaba con decir que Alejandro no era el
papa verdadero y, por lo tanto, su excomunión no valía nada,
porque, por una parte, los reyes de Francia y de Inglaterra se
inclinaban por reconocerlo, y por otra, para las ciudades italianas
era maná caído del cielo encontrar un papa que decía que el
emperador era un cismático y que, por consiguiente, nadie le
debía ya obediencia. Por añadidura, llegaban noticias de que Alejandro estaba tramando con vuestro basileo Manuel, buscando un
imperio más grande que el de Federico sobre el que apoyarse. Si
Reinaldo quería que Federico fuera el único heredero del imperio romano, debía encontrar la prueba visible de una descendencia. Por eso había puesto también manos a la obra al Poeta.

   A Nicetas le costaba trabajo seguir la historia de Baudolino, año
por año. No sólo le parecía que también su testigo se confundía un
poco con lo que había sucedido antes y lo que había sucedido después, sino que encontraba que las vicisitudes de Federico se repetían siempre iguales, y no entendía cuándo habían retomado las
armas los milaneses, cuándo habían vuelto a amenazar a Lodi,
cuándo había bajado de nuevo el emperador a Italia.

   –Si esto fuera una crónica –se decía–, bastaría con coger una
página al azar y se encontrarían siempre las mismas empresas.
Parece uno de esos sueños donde vuelve siempre la misma historia, y tú imploras despertarte.

   De todas maneras, le parecía entender a Nicetas que los milaneses llevaban ya dos años poniendo en dificultades a Federico,
entre desaires y escaramuzas, y el año siguiente el emperador, con
la ayuda de Novara, Asti, Vercelli, el marqués del Montferrato, el
marqués Malaspina, el conde Biandrate, Como, Lodi, Bérgamo,
Cremona, Pavía y alguien más, había vuelto a asediar Milán. Una
bella mañana de primavera, Baudolino, que ya tenía veinte años,
con el *Salve mundi domine* para el Poeta y su carteo con Beatriz,
que no quería dejar en París a merced de los ladrones, había llegado ante las murallas de aquella ciudad.

   –Espero que, en Milán, Federico se haya portado mejor que en
Crema –dijo Nicetas.

   –Aun peor, por lo que oí al llegar. Había hecho arrancar los
ojos a seis prisioneros de Melzo y Roncate, y a un milanés le había

arrancado un ojo solo, para que condujera de vuelta a los demás a Milán, pero como contrapartida le había cortado la nariz. Y cuando capturaba a los que intentaban introducir mercancías en Milán, les hacía cortar las manos.

–¡Pues ya ves que también él sacaba ojos!

–Pero a gente vulgar, no a los señores, como vosotros. Y a sus enemigos, ¡no a sus parientes!

–¿Lo justificas?

–Ahora; no entonces. Entonces me indigné. No quería ni siquiera encontrarme con él. Pero luego tuve que ir a rendirle homenaje, no podía evitarlo.

El emperador, en cuanto lo vio después de tanto tiempo, iba a abrazarlo dichosísimo, pero Baudolino no pudo contenerse. Se echó hacia atrás, lloró, le dijo que era malvado, que no podía pretender ser la fuente de la justicia si luego se portaba como un hombre injusto, que se avergonzaba de ser su hijo.

A quienquiera que le hubiera dicho cosas de ese tipo, Federico habría hecho que no sólo le sacaran los ojos y le arrancaran la nariz, sino también las orejas. Y, en cambio, quedó sorprendido por el furor de Baudolino y él, el emperador, intentó justificarse.

–Se trata de rebelión, de rebelión contra la ley, Baudolino, y tú has sido el primero en decirme que la ley soy yo. No puedo perdonar, no puedo ser bueno. Es mi deber ser despiadado. ¿Crees que me gusta?

–Sí que te gusta, padre mío, ¿tenías que matar a toda esa gente hace dos años en Crema y mutilar a esos otros en Milán, no en la batalla sino en frío, por puntillo, por una venganza, por una afrenta?

–¡Ah, sigues mis hazañas, como si fueras Rahewin! Pues entonces, que sepas que no era puntillo, era ejemplo. Es la única manera de doblegar a estos hijos desobedientes. ¿Crees que César y Augusto eran más clementes? Es la guerra, Baudolino, ¿acaso sabes lo que es? Tú que te haces el gran bachiller en París, ¿sabes que cuando vuelvas te querré en la corte entre mis ministeriales, y a lo mejor incluso te hago caballero? ¿Y piensas cabalgar con el sacro romano emperador sin ensuciarte las manos? ¿Te da asco la sangre? Pues dímelo y te meto a monje. Pero luego tendrás que ser casto, y cuidado, que me han contado historias tuyas de París que te veo poco de monje, precisamente. ¿Dónde te hiciste esa cicatriz? ¡Me asombra que la tengas en el rostro y no en el culo!

–Tus espías te habrán contado historias sobre mí en París, pero yo sin necesidad de espías he oído contar por doquier una buena historia sobre ti en Adrianópolis. Mejor mis historias con los maridos parisinos que las tuyas con los monjes bizantinos.

Federico se puso rígido, empalideció. Sabía perfectamente de qué hablaba Baudolino (que lo había sabido de Otón). Cuando todavía era duque de Suabia, había tomado la cruz y había participado en la segunda expedición de ultramar, para ir en socorro del reino cristiano de Jerusalén. Y mientras el ejército cristiano avanzaba con fatiga, cerca de Adrianópolis, uno de sus nobles, que se había alejado de la expedición, fue asaltado y asesinado, quizá por bandidos del lugar. Había ya mucha tensión entre latinos y bizantinos, y Federico tomó lo ocurrido como una afrenta. Como en Crema, su ira se volvió incontenible: asaltó un monasterio cercano e hizo una carnicería de todos sus monjes.

El episodio había quedado como una mancha sobre el nombre de Federico; todos habían fingido olvidarlo, e incluso Otón en las *Gesta Friderici* lo había callado, mencionando, en cambio, inmediatamente después, cómo el joven duque se había librado de una violenta inundación no lejos de Constantinopla, señal de que el cielo no le había retirado su protección. Pero el único que no había olvidado era Federico, y que la herida de aquella mala acción no hubiera llegado a cicatrizarse nunca, lo probó su reacción. De pálido que estaba se puso colorado, asió un candelabro de bronce y se echó sobre Baudolino como para matarlo. Se contuvo a malas penas, bajó el arma cuando ya lo había aferrado por el sayo y le dijo entre dientes:

–Por todos los diablos del infierno, no vuelvas a decir nunca más lo que acabas de decir.

Luego salió de la tienda. En el umbral se detuvo un instante:

–Ve a rendirle homenaje a la emperatriz, luego vuelve con esas damiselas de clérigos parisinos que tanto te gustan.

–Ya te haré ver yo si soy una damisela, ya te haré ver lo que sé hacer –iba rumiando Baudolino al dejar el campo, sin saber ni siquiera él qué habría podido hacer, salvo que sentía que odiaba a su padre adoptivo y quería hacerle daño.

Todavía furioso, había llegado a los aposentos de Beatriz. Había besado compuestamente el borde de su túnica, luego la mano de la emperatriz; ella se había sorprendido por la cicatriz, haciendo preguntas ansiosas. Baudolino había contestado con indiferencia que se había tratado de un choque con unos ladrones callejeros, cosas que les suceden a los que viajan por el mundo. Beatriz lo había mirado con admiración, y hay que decir que aquel joven, con sus veinte años y con su rostro leonino que la cicatriz volvía aún más varonil, era ya lo que se suele decir un apuesto caballero. La emperatriz lo había invitado a sentarse y a relatar sus últimas peripecias. Mientras ella bordaba sonriente, sentada bajo un gracioso baldaquín, él se había ovillado a sus pies y relataba, sin saber ni siquiera lo que decía, sólo para calmar su tensión. Pero a medida que hablaba, iba divisando, de abajo arriba, su bellísimo rostro, se resentía de todos los ardores de aquellos años –pero todos juntos, centuplicados–, hasta que Beatriz le dijo, con una de sus sonrisas más seductoras:

–Al final no has escrito todo lo que te había ordenado, y todo lo que habría deseado.

Quizá lo había dicho con su habitual devoción fraterna, quizá era sólo para animar la conversación, pero, para Baudolino, Beatriz no podía decir nada sin que sus palabras fueran al mismo tiempo bálsamo y veneno. Con las manos temblorosas, había sacado del pecho las cartas de él a ella y de ella a él, y, al brindárselas, susurró:

–No, he escrito, y muchísimo, y tú, Señora, me has contestado.

Beatriz no entendía, tomó las hojas, comenzó a leerlas, a media voz para conseguir descifrar mejor esa doble caligrafía. Baudolino, a dos pasos de ella, se retorcía las manos sudando, se decía que había sido un loco, que ella lo echaría llamando a sus guardias; habría querido tener un arma para sumergirla en su corazón. Beatriz seguía leyendo, y sus mejillas se iban arrebolando cada vez más, la voz le temblaba mientras desgranaba aquellas palabras inflamadas, como si celebrara una misa blasfema; se levantó, en dos ocasiones pareció vacilar, en dos ocasiones se alejó de Baudolino que se había adelantado para sostenerla, luego dijo sólo con poca voz:

–Muchacho, muchacho, ¿qué has hecho?

Baudolino se acercó de nuevo, para quitarle aquellas hojas de las manos, tembloroso; temblorosa ella tendió la mano para acariciarle la nuca, él se dio la vuelta de perfil porque no conseguía mirarla a los ojos, ella le acarició con las yemas la cicatriz. Para evitar incluso ese toque, él giró de nuevo la cabeza, pero ella ya se había acercado demasiado, y se encontraron nariz con nariz. Baudolino puso las manos detrás de la espalda, para prohibirse un abrazo, pero ya sus labios se habían tocado, y después de haberse tocado se habían entreabierto, un poco, de modo que por un instante, un solo instante de los poquísimos que duró ese beso, a través de los labios entreabiertos se acariciaron también las lenguas.

Acabada esa fulmínea eternidad, Beatriz se retiró, ahora blanca como una enferma y, mirando fijamente a Baudolino a los ojos y con dureza, le dijo:

–Por todos los santos del Paraíso, no vuelvas a hacer nunca más lo que acabas de hacer.

Lo había dicho sin ira, casi sin sentimientos, como si fuera a desmayarse. Luego los ojos se le humedecieron y añadió, suavemente:

–¡Te lo ruego!

Baudolino se arrodilló tocando casi el suelo con la frente, y salió sin saber adónde iba. Más tarde se dio cuenta de que en un solo instante había cometido cuatro crímenes: había ofendido la majestad de la emperatriz, se había manchado de adulterio, había traicionado la confianza de su padre y había cedido a la infame tentación de la venganza.

–Venganza, porque –se preguntaba–, si Federico no hubiera cometido esa carnicería, no me hubiera insultado, y yo no hubiera experimentado en mi corazón un sentimiento de odio, ¿habría hecho igualmente lo que he hecho?

Y al intentar no responder a esa pregunta, se daba cuenta de que, si la respuesta hubiera sido la que él se temía, entonces habría cometido el quinto y más horrible de los pecados, habría manchado indeleblemente la virtud de su propio ídolo sólo para satisfacer su rencor, habría transformado lo que se había convertido en el objeto de su existencia en un sórdido instrumento.

–Señor Nicetas, esta sospecha me ha acompañado durante muchos años, aunque no conseguía olvidar la desgarradora belleza de aquel momento. Estaba cada vez más enamorado, pero esta vez ya sin esperanza alguna, ni siquiera en sueños. Porque, si quería un perdón, fuera el que fuese, la imagen de ella debía desaparecer incluso de mis sueños. En el fondo, me he dicho durante tantas y largas noches en vela, lo has tenido todo y no puedes desear nada más.

La noche caía sobre Constantinopla, y el cielo ya no rojeaba. El incendio se iba apagando, y sólo en algunas colinas de la ciudad se veían relampaguear no llamas sino brasas. Nicetas, mientras tanto, había encargado dos copas de vino con miel. Baudolino lo había paladeado con los ojos perdidos en el vacío.

–Es vino de Thasos. En la tinaja se pone una pasta de escanda impregnada con miel. Luego se mezclan un vino fuerte y perfumado con uno más delicado. Es dulce, ¿verdad? –le preguntaba Nicetas.

–Sí, dulcísimo –le había contestado Baudolino, que parecía estar pensando en otras cosas.

Luego posó la copa.

–Aquella misma tarde –concluyó–, renuncié para siempre a juzgar a Federico, porque me sentía más culpable que él. ¿Es peor cortarle la nariz a un enemigo o besar en la boca a la mujer de tu benefactor?


El día siguiente había ido a pedir perdón a su propio padre adoptivo, por las palabras duras que le había dicho, y se había sonrojado al darse cuenta de que era Federico el que sentía remordimientos. El emperador lo abrazó, excusándose por su ira, y diciéndole que prefería, a los cien aduladores que tenía a su alrededor, a un hijo como él, capaz de decirle cuándo se equivocaba.

–Ni siquiera mi confesor tiene el valor de decírmelo –le dijo sonriendo–. Eres la única persona de la que me fío.

Baudolino empezaba a pagar su crimen ardiendo de vergüenza.

# 10

# Baudolino encuentra a los Reyes Magos y canoniza a Carlomagno

Baudolino había llegado ante Milán cuando ya los milaneses no resistían más, también a causa de sus discordias internas. Al final habían mandado legaciones para concordar la rendición, y las condiciones seguían siendo las establecidas en la dieta de Roncaglia; o sea, que cuatro años más tarde, y con tantos muertos y devastaciones, seguía siendo como cuatro años antes. O mejor dicho, era una rendición aún más vergonzosa que la precedente. Federico habría querido volver a conceder su perdón, pero Reinaldo atizaba el fuego, despiadado. Había que impartir una lección que todos recordaran, y había que dar satisfacción a las ciudades que se habían batido con el emperador, no por amor suyo sino por odio hacia Milán.

–Baudolino –dijo el emperador–, esta vez no te la tomes conmigo. A veces también un emperador tiene que hacer lo que quieren sus consejeros.

Y añadió en voz baja:

–A mí este Reinaldo me da más miedo que los milaneses.

De esa manera había ordenado que Milán fuera borrada de la faz de la tierra, e hizo salir de la ciudad a todas las personas, hombres y mujeres.

Los campos en torno a la ciudad pululaban ahora de milaneses que vagaban sin meta; algunos se habían refugiado en las ciudades cercanas, otros permanecían acampados delante de las murallas esperando que el emperador los perdonara y les permitiera volver a entrar. Llovía, los prófugos temblaban de frío durante la noche, los niños enfermaban, las mujeres lloraban, los hombres estaban ya desarmados, postrados a lo largo de los bordes de los caminos, alzando los puños hacia el cielo, porque era más conveniente maldecir al Todopoderoso que al emperador, porque el emperador tenía a sus hombres dando vueltas por los alrededores y pedían razón de las quejas demasiado violentas.

Federico, al principio, había intentado aniquilar la ciudad rebelde incendiándola, luego pensó que era mejor dejar el asunto en manos de los italianos, que odiaban Milán más que él. Había asignado a los lodicianos la tarea de destruir toda la puerta oriental, que se decía Puerta Renza; a los cremoneses la tarea de derrocar Puerta Romana; a los pavianos la tarea de hacer que de Puerta Ticinese no quedara piedra sobre piedra; a los novareses la de arrasar Puerta Vercellina; a los comascos la de hacer desaparecer Puerta Comacina, y a los de Seprio y Martesana la de hacer de Puerta Nueva una única ruina. Tarea que había agradado mucho a los ciudadanos de aquellas ciudades, que, es más, habían pagado al emperador mucho dinero para poder disfrutar del privilegio de ajustar con sus propias manos sus cuentas con Milán derrotada.

El día después del comienzo de las demoliciones, Baudolino se aventuró dentro del cerco amurallado. En algunos lugares no se veía nada, salvo una gran polvareda. Entrando en la polvareda, se divisaban aquí algunos que habían asegurado una fachada a grandes cuerdas, y tiraban al unísono, hasta que ésta se desmoronaba; allá otros albañiles expertos que, desde el tejado de una iglesia, le daban al pico hasta que permanecía destejada, y luego con grandes mazas rompían las paredes, o desarraigaban las columnas introduciendo cuñas en su base.

Baudolino pasó algunos días dando vueltas por las calles reventadas, y vio derrumbarse el campanario de la iglesia mayor, que no lo había igual en Italia, tan bello y poderoso. Los más diligentes eran los lodicianos, que anhelaban sólo la venganza: fueron los primeros en desmantelar su parte, y luego corrieron a ayudar a los cremoneses a que explanaran Puerta Romana. En cambio, los pavianos parecían más expertos, no daban golpes al azar y dominaban su rabia: disgregaban la argamasa allá donde las piedras se unían una con la otra, o excavaban la base de las murallas, y lo demás se derrumbaba por su propio peso.

En fin, para los que no entendieran lo que estaba sucediendo, Milán parecía un gayo taller, donde cada uno trabajaba con alacridad alabando al Señor. Salvo que era como si el tiempo procediera hacia atrás: parecía que estuviera surgiendo de la nada una nueva ciudad, y, en cambio, una ciudad antigua estaba volviendo a convertirse en polvo y tierra yerma. Acompañado por estos pensamientos, Baudolino, el día de Pascua, mientras el emperador había convocado grandes festejos en Pavía, se apresuraba a descubrir las *mirabilia urbis Mediolani* antes de que Milán dejara de existir. De esa manera, dio la casualidad de que se encontró cerca de una espléndida basílica aún intacta, y vio en los alrededores algunos pavianos que acababan de abatir un palacete, activísimos aunque era fiesta de guardar. Supo por ellos que la basílica era la de San Eustorgio, y que al día siguiente se ocuparían también de ella:

–Es demasiado hermosa para dejarla en pie, ¿no? –le dijo persuasivamente uno de los destructores.

Baudolino entró en la nave de la basílica, fresca, silenciosa y vacía. Alguien había dilapidado ya los altares y las capillas laterales, algunos perros llegados de Dios sabe dónde encontrando aquel lugar acogedor, habían hecho de él su albergue, meando a los pies de las columnas. Junto al altar mayor vagaba quejumbrosa una vaca. Era un buen animal y a Baudolino le dio pie para reflexionar sobre el odio que animaba a los demoledores de la ciudad, que incluso descuidaban presas apetecibles con tal de hacerla desaparecer cuanto antes.

En una capilla lateral, junto a un sarcófago de piedra, vio a un anciano cura que emitía sollozos de desesperación, o mejor dicho, chillidos como de animal herido; el rostro estaba más blanco que el blanco de los ojos y su cuerpo delgadísimo se estremecía a cada lamento. Baudolino intentó ayudarle, ofreciéndole una cantimplora de agua que llevaba consigo.

–Gracias, buen cristiano –dijo el viejo–, pero ya no me queda sino aguardar la muerte.

–No te matarán –le dijo Baudolino–, el asedio ha terminado, la paz está firmada, los de fuera sólo quieren derribar tu iglesia, no quitarte la vida.

–¿Y qué será mi vida sin mi iglesia? Pero es el justo castigo del cielo, porque, por ambición, quise, hace muchos años, que mi iglesia fuera la más bella y famosa de todas, y cometí un pecado.

¿Qué pecado podía haber cometido aquel pobre viejo? Baudolino se lo preguntó.

–Hace años un viajero oriental me propuso adquirir las reliquias más espléndidas de la cristiandad, los cuerpos intactos de los tres Magos.

–¿Los tres Reyes Magos? ¿Los tres? ¿Enteros?

–Tres, Magos y enteros. Parecen vivos; quiero decir, que parecen recién muertos. Yo sabía que no podía ser verdad, porque de los Magos habla un solo Evangelio, el de Mateo, y dice poquísimo. No dice cuántos eran, de dónde venían, si eran reyes o sabios... Dice sólo que llegaron a Jerusalén siguiendo una estrella. Ningún cristiano sabe de dónde procedían y a dónde volvieron. ¿Quién habría podido encontrar su sepulcro? Por eso no he osado decirles jamás a los milaneses que ocultaba este tesoro. Temía que por avidez aprovecharan la ocasión para atraer a fieles de toda Italia, lucrando dinero con una falsa reliquia...

–Y, por lo tanto, no pecaste.

–Pequé, porque los he mantenido escondidos en este lugar consagrado. Esperaba siempre una señal del cielo, que no ha llegado. Ahora no quiero que los encuentren estos vándalos. Podrían dividirse estos despojos, para distinguir con una extraordinaria dignidad a alguna de esas ciudades que hoy nos destruyen. Te lo ruego, haz desaparecer todo rastro de mi debilidad de antaño. Haz que alguien te ayude, ven antes de que llegue la noche a recoger estas inciertas reliquias, haz que desaparezcan. Con poco esfuerzo, te asegurarás el Paraíso, lo cual no me parece asunto de poca monta.


–Ves, señor Nicetas, me acordé entonces de que Otón había hablado de los Magos al referirse al reino del Preste Juan. Claro, si aquel pobre cura los hubiera enseñado así, como si vinieran de la nada, nadie le habría creído. Pero una reliquia, para ser verdadera, ¿debía remontarse realmente al santo o al acontecimiento del que formaba parte?

–No, sin duda. Muchas reliquias que se conservan aquí en Constantinopla son de origen dudosísimo, pero el fiel que las besa siente emanar de ellas aromas sobrenaturales. Es la fe la que las hace verdaderas, no las reliquias las que hacen verdadera a la fe.

–Precisamente. También yo pensé que una reliquia vale si encuentra su justa colocación en una historia verdadera. Fuera de la historia del Preste Juan, aquellos Magos podían ser el engaño de un mercader de alfombras; dentro de la historia verdadera del Preste, se convertían en un testimonio seguro. Una puerta no es una puerta si no tiene un edificio a su alrededor, de otro modo sería sólo un agujero, qué digo, ni siquiera eso, porque un vacío sin un lleno que lo rodea no es ni siquiera un vacío. Comprendí entonces que yo poseía la historia en cuyo seno los Magos podían significar algo. Pensé que, si debía decir algo sobre Juan para abrirle al emperador la vía de Oriente, tener la confirmación de los Reyes Magos, que ciertamente procedían de Oriente, habría reforzado mi prueba. Estos pobres tres reyes dormían en su sarcófago y dejaban que pavianos y lodicianos hicieran pedazos la ciudad que los alojaba sin saberlo. No le debían nada, estaban de paso, como en una posada, a la espera de ir a otro lugar; en el fondo, eran por su naturaleza unos vagamundos, ¿no se habían movido de quién sabe dónde para seguir a una estrella? Me tocaba a mí darles a esos tres cuerpos la nueva Belén.

Baudolino sabía que una buena reliquia podía cambiar el destino de una ciudad, hacer que se convirtiera en meta de peregrinación ininterrumpida, transformar una ermita en un santuario. ¿A quién podían interesarle los Magos? Pensó en Reinaldo: le había sido conferido el arzobispado de Colonia, pero todavía tenía que presentarse para que se le consagrara oficialmente. Entrar en la propia catedral llevando consigo a los Reyes Magos habría sido un buen golpe. ¿Reinaldo buscaba símbolos del poder imperial? Pues aquí tenía bajo el brazo no a uno, sino a tres reyes que habían sido al mismo tiempo sacerdotes.

Preguntó al cura si podía ver los cuerpos. El cura le pidió que le ayudara, porque había que hacer girar la tapa del sarcófago hasta que dejara al descubierto la teca en la que estaban guardados los cuerpos.

Fue un gran trabajo, pero valía la pena. Oh, maravilla: los cuerpos de los tres Reyes parecían todavía vivos, aunque la piel se hubiera secado y apergaminado. Pero no se había oscurecido, como les pasa a los cuerpos momificados. Dos de los magos tenían todavía un rostro casi lácteo, uno con una gran barba blanca que descendía hasta el pecho, todavía íntegra, aunque endurecida, que parecía algodón dulce, el otro imberbe. El tercero era color ébano, no a causa del tiempo, sino porque oscuro debía de ser también en vida: parecía una estatua de madera y tenía incluso una especie de fisura en la mejilla izquierda. Tenía una barba corta y dos labios carnosos que se levantaban enseñando dos únicos dientes, ferinos y cándidos. Los tres tenían los ojos abiertos, grandes y atónitos, con una pupila reluciente como cristal. Estaban envueltos en tres capas, una blanca, la otra verde y, la tercera, púrpura, y de las capas sobresalían tres bragas, según el modo de los bárbaros, pero de puro damasco bordado con finas perlas.

Baudolino volvió raudo al campamento imperial y corrió a hablar con Reinaldo. El canciller entendió enseguida lo que valía el descubrimiento de Baudolino, y dijo:

–Hay que hacerlo todo a escondidas, y pronto. No será posible llevarse toda la teca, es demasiado visible. Si alguien más de los que están por aquí se da cuenta de lo que has encontrado, no vacilará en sustraérnoslo, para llevárselo a su propia ciudad. Haré que preparen tres ataúdes, de madera desnuda, y por la noche los sacamos fuera de las murallas, diciendo que son los cuerpos de tres valerosos amigos caídos durante el asedio. Actuaréis sólo tú, el Poeta y un fámulo mío. Luego los dejaremos donde los hayamos puesto, sin prisa. Antes de que pueda llevarlos a Colonia es preciso que sobre el origen de la reliquia, y sobre los Magos mismos, se produzcan testimonios fidedignos. Mañana volverás a París, donde conoces personas sabias, y encuentra todo lo que puedas sobre su historia.

Por la noche, los Reyes fueron transportados a una cripta de la iglesia de San Jorge, extramuros. Reinaldo había querido verlos, y estalló en una serie de imprecaciones indignas de un arzobispo:

–¿Con bragas? ¿Y con esa caperuza que parece la de un juglar?

–Señor Reinaldo, así vestían evidentemente en la época los sabios de Oriente; hace años estuve en Rávena y vi un mosaico donde los tres Magos estaban representados más o menos así en la túnica de la emperatriz Teodora.

–Precisamente, cosas que pueden convencer a los grecanos de Bizancio. Pero ¿tú te imaginas que presento en Colonia a los Reyes Magos vestidos de malabaristas? Revistámoslos.

-¿Y cómo? –preguntó el Poeta.

-¿Y cómo? Yo te he permitido comer y beber como un feudatario escribiendo dos o tres versos al año, ¿y tú no sabes cómo vestirme a los primeros en adorar al Niño Jesús, Señor Nuestro? Los vistes como la gente se imagina que iban vestidos, como obispos, como papas, como archimandritas, ¡qué sé yo!

–Han saqueado la iglesia mayor y el obispado. Quizá podamos recuperar paramentos sagrados. Voy a intentarlo –dijo el Poeta.

Fue una noche terrible. Los paramentos se encontraron, y también algo que se parecía a tres tiaras, pero el problema fue desnudar a las tres momias. Si los rostros seguían aún como vivos, los cuerpos –excepto las manos, completamente secas– eran un armazón de mimbre y paja, que se deshacía cada vez que intentaban quitarle los indumentos.

–No importa –decía Reinaldo–, total, una vez en Colonia nadie va a abrir la teca. Introducid unas varitas, algo que los mantenga derechos, como se hace con los espantapájaros. Con respeto, os lo ruego.

–Señor Jesús –se quejaba el Poeta–, ni siquiera borracho perdido he llegado a imaginarme nunca que habría podido metérsela a los Reyes Magos por detrás.

–Calla y vístelos –decía Baudolino–, estamos trabajando para la gloria del imperio.

El Poeta emitía horribles blasfemias, y los Magos parecían ya cardenales de la santa y romana iglesia.


El día siguiente, Baudolino se puso de viaje. En París, Abdul, que sobre los asuntos de Oriente sabía mucho, lo puso en contacto con un canónigo de San Víctor que sabía más que él.

–Los Magos, ¡ah! –decía–. La tradición los menciona continuamente, y muchos Padres nos han hablado de ellos, pero los Evangelios callan, y las citas de Isaías y de otros profetas dicen y no dicen: alguien las ha leído como si hablaran de los Magos, pero también podían hablar de otra cosa. ¿Quiénes eran?, ¿cómo se llamaban de verdad? Algunos dicen Hormidz, de Seleucia, rey de Persia, Jazdegard rey de Saba y Peroz rey de Seba; otros Hor, Basander, Karundas. Pero según otros autores muy fidedignos, se llamaban Melkon, Gaspar y Balthasar, o Melco, Càspare y Fadizarda. O aún, Magalath, Galgalath y Saracín. O quizá Appelius, Amerus y Damascus...

–Appelius y Damascus son bellísimos, evocan tierras lejanas –decía Abdul mirando hacia quién sabe dónde.

–¿Y por qué Karundas no? –replicaba Baudolino–. No debemos encontrar tres nombres que te gusten a ti, sino tres nombres verdaderos.

El canónigo proseguía:

–Yo propendería a Bithisarea, Melichior y Gataspha, el primero rey de Godolia y Saba, el segundo rey de Nubia y Arabia, el tercero rey de Tharsis y de la Ínsula Egriseula. ¿Se conocían entre sí antes de emprender el viaje? No, se encontraron en Jerusalén y, milagrosamente, se reconocieron. Pero otros dicen que se trataba de unos sabios que vivían en el monte Vaus, el Victorialis, desde cuya cima escrutaban los signos del cielo, y al monte Vaus regresaron después de la visita a Jesús, y más tarde se unieron al apóstol Tomás para evangelizar las Indias, salvo que no eran tres sino doce.

–¿Doce Reyes Magos? ¿No es demasiado?

–Lo dice también Juan Crisóstomo. Según otros se habrían llamado Zhrwndd, Hwrmzd, Awstsp, Arsk, Zrwnd, Aryhw, Arthsyst, Astnbwzn, Mhrwq, Ahsrs, Nsrdyh y Mrwdk. Con todo, hay que ser prudentes, porque Orígenes dice que eran tres como los hijos de Noé, y tres como las Indias de las que procedían.

Los Reyes Magos también habrán sido doce, observó Baudolino, pero en Milán habían encontrado tres y en torno a tres debía construirse una historia aceptable.

–Digamos que se llamaban Baltasar, Melchor y Gaspar, que me parecen nombres más fáciles de pronunciar que esos admirables estornudos que hace poco nuestro venerable maestro ha emitido. El problema es cómo llegaron a Milán.

–No me parece un problema –dijo el canónigo–, visto que llegaron. Yo estoy convencido de que su tumba fue hallada en el monte Vaus por la reina Elena, madre de Constantino. Una mujer que supo recobrar la Verdadera Cruz habrá sido capaz de encontrar a los verdaderos Magos. Y Elena llevó los cuerpos a Constantinopla, a Santa Sofía.

–No, no; o el emperador de Oriente nos preguntará cómo se los hemos cogido –dijo Abdul.

–No temas –dijo el canónigo–. Si estaban en la basílica de San Eustorgio, ciertamente los había llevado allá aquel santo varón, que salió de Bizancio para ocupar la cátedra obispal en Milán en tiempos del basileo Mauricio, y mucho tiempo antes de que viviera entre nosotros Carlomagno. Eustorgio no podía haber robado los Magos y, por lo tanto, los había recibido como regalo del basileo del imperio de Oriente.

Con una historia tan bien construida, Baudolino volvió a finales del año junto a Reinaldo, y le recordó que, según Otón, los Magos debían de ser los antepasados del Preste Juan, al cual habían investido de su dignidad y función. De ahí el poder del Preste Juan sobre las tres Indias o, por lo menos, sobre una de ellas.

Reinaldo se había olvidado completamente de aquellas palabras de Otón, pero al oír mencionar a un preste que gobernaba un imperio, una vez más un rey con funciones sacerdotales, papa y monarca a la vez, se convenció de haber puesto en dificultades a Alejandro III: reyes y sacerdotes los Magos, rey y sacerdote Juan, ¡qué admirable figura, alegoría, vaticinio, profecía, anticipación de esa dignidad imperial que él le estaba confeccionando a la medida, paso a paso, a Federico!

–Baudolino –dijo inmediatamente–, de los Magos ahora me ocupo yo, tú tienes que pensar en el Preste Juan. Por lo que me cuentas, por ahora tenemos sólo voces, y no bastan. Necesitamos un documento que atestigüe su existencia, que diga quién es, dónde está, cómo vive.

–¿Y dónde lo encuentro?

–Si no lo encuentras, lo haces. El emperador te ha hecho estudiar, y ha llegado el momento de sacarles fruto a tus talentos. Y de que te merezcas la investidura de caballero, en cuanto hayas acabado estos estudios tuyos, que me parece que han durado incluso demasiado.

–¿Has entendido, señor Nicetas? –dijo Baudolino–. A esas alturas el Preste Juan se había convertido para mí en un deber, no en un juego. Y ya no debía buscarlo en memoria de Otón, sino para cumplir una orden de Reinaldo. Como decía mi padre Gagliaudo, siempre he sido un contreras. Si me obligan a hacer algo, se me pasan enseguida las ganas. Obedecí a Reinaldo y volví inmediatamente a París, pero para no tener que encontrar a la emperatriz. Abdul había empezado a componer canciones de nuevo, y me di cuenta de que el tarro de miel verde estaba ya casi medio vacío. Le volvía a hablar de la empresa de los Magos, y él entonaba en su instrumento: *Que nadie se maraville de mí / pues amo a la que nunca me verá, / mi corazón de otro amor no sabrá / si no es del que jamás gozoso vi: / ninguna alegría reír me hará / e ignoro qué ventura me vendrá, ah, ah.* Ah, ah... renuncié a discutir con él de mis proyectos y, por lo que concernía al Preste, durante un año no hice nada más.

–¿Y los Reyes Magos?

–Reinaldo llevó la reliquia a Colonia, al cabo de dos años, pero fue generoso, porque tiempo atrás había sido preboste en la catedral de Hildesheim y, antes de encerrar los despojos de los Reyes en la teca de Colonia, le cortó un dedo a cada uno y se lo envió de regalo a su antigua iglesia. Ahora bien, en aquel mismo periodo, Reinaldo tuvo que resolver otros problemas, y no de poca monta. Precisamente dos meses antes de que pudiera celebrar su triunfo en Colonia, moría el antipapa Víctor. Casi todos habían suspirado de alivio, así las cosas se arreglaban solas y a lo mejor Federico hacía las paces con Alejandro. Pero Reinaldo vivía de ese cisma; lo entiendes, señor Nicetas, con dos papas él contaba más que con un solo papa. De modo que se inventó un nuevo antipapa, Pascual III, organizando una parodia de cónclave con cuatro eclesiásticos recogidos casi por la calle. Federico no estaba convencido. Me decía...

–¿Habías vuelto con él?

Baudolino había suspirado:

–Sí, durante pocos días. Ese mismo año la emperatriz le había dado un hijo a Federico.

–¿Qué sentiste?

–Entendí que tenía que olvidarla definitivamente. Ayuné durante siete días, bebiendo sólo agua, porque había leído en algún sitio que purifica el espíritu y, al final, provoca visiones.

–¿Es verdad?

–Verdad del todo, pero en las visiones estaba ella. Entonces decidí que tenía que ver a ese niño, para marcar la diferencia entre el sueño y la visión. Y volví a la corte. Habían pasado más de dos años desde aquel día magnífico y tremendo, y desde entonces no nos habíamos vuelto a ver. Beatriz sólo tenía ojos para el niño y parecía que mi vista no le producía ninguna turbación. Me dije entonces que, aunque no podía resignarme a amar a Beatriz como una madre, habría amado a aquel niño como a un hermano. Aun así, miraba a esa cosita en la cuna, y no podía evitar el pensamiento de que, si la vida hubiera sido apenas distinta, aquél habría podido ser mi hijo. En cualquier caso, corría siempre el riesgo de sentirme incestuoso.

Federico, mientras tanto, estaba agitado por problemas de mucho más calado. Le decía a Reinaldo que un medio papa garantizaba poquísimo sus derechos, que los Reyes Magos estaban muy bien, pero no era suficiente, porque haber encontrado a los Magos no significaba necesariamente descender de ellos. El papa, dichoso él, podía hacer remontar sus orígenes a Pedro, y Pedro había sido designado por el mismísimo Jesús, pero el sacro y romano emperador, ¿qué hacía? ¿Hacía remontar sus orígenes a César, que no dejaba de ser un pagano?

Baudolino entonces se sacó de la manga la primera idea que se le ocurrió, es decir, que Federico podía hacer remontar su dignidad a Carlomagno.

–Pero Carlomagno ha sido ungido por el papa, estamos siempre en las mismas –le había replicado Federico.

–A no ser que tú hagas que se convierta en santo –había dicho Baudolino.

Federico le intimó a que reflexionara antes de decir tonterías.

–No es una tontería –había replicado Baudolino, que mientras tanto, más que reflexionar, casi había visto la escena que aquella idea podía alumbrar–. Escucha: tú vas a Aquisgrán, donde yacen los restos de Carlomagno, los exhumas, los colocas en un hermoso relicario en medio de la Capilla Palatina y, ante tu presencia, con un cortejo de obispos fieles, incluido el señor Reinaldo que como arzobispo de Colonia es también el metropolitano de esa provincia, y una bula del papa Pascual que te legitima, haces proclamar santo a Carlomagno. ¿Entiendes? Tú proclamas san-

to al fundador del sacro romano imperio; una vez que él es
santo, es superior al papa, y tú, en cuanto legítimo sucesor suyo,
eres de la prosapia de un santo, desligado de toda autoridad, incluso de la de quien pretendía excomulgarte.

–Por las barbas de Carlomagno –había dicho Federico, con los
pelos de su barba erizados por la excitación–, ¿has oído, Reinaldo? ¡Como siempre el chico tiene razón!

Así había sucedido, aunque sólo al final del año siguiente,
porque ciertas cosas lleva su tiempo prepararlas bien.


Nicetas observó que como idea era una locura, y Baudolino le
respondió que, aun así, había funcionado. Y miraba a Nicetas con
orgullo. Es natural, pensó Nicetas, tu vanidad es desmesurada,
incluso has hecho santo a Carlomagno. De Baudolino podía uno
esperarse cualquier cosa.

–¿Y después? –preguntó.

Mientras Federico y Reinaldo se aprestaban a canonizar a
Carlomagno, yo me iba dando cuenta poco a poco de que no bas-
taban ni él ni los Magos. Esos cuatro estaban todos en el Paraíso, los Magos desde luego que sí y esperemos que también Carlomagno; si no, en Aquisgrán se armaba una buena faena. Pero
seguía haciendo falta algo que todavía estuviera aquí en esta tierra y donde el emperador pudiera decir yo aquí estoy y esto san-
ciona mi derecho. Lo único que podía encontrar en esta tierra el
emperador era el reino del Preste Juan.

# 11

# Baudolino le construye un palacio
al Preste Juan

La mañana del viernes, tres de los genoveses, Pèvere, Boiamondo y Grillo, vinieron a confirmar lo que se veía perfectamente incluso de lejos. El incendio se había apagado, casi por su cuenta, porque nadie se había preocupado mucho por domarlo. Pero eso no quería decir que ya se pudiera aventurar uno por Constantinopla. Es más, pudiéndose mover mejor por las calles y plazas, los peregrinos habían intensificado la caza a los ciudadanos acomodados, y entre las ruinas todavía calientes demolían lo poco que había quedado en pie en busca de los últimos tesoros escapados a las primeras razias. Nicetas suspiró desconsolado, y pidió vino de Samos. Quiso también que le asaran en poquísimo aceite semillas de ajonjolí, para masticarlas lentamente entre un sorbo y el otro, y luego solicitó también unas pocas nueces y pistachos, para seguir mejor el relato que invitaba a Baudolino a continuar.

Un día el Poeta fue enviado por Reinaldo a París para llevar a cabo no se sabe qué embajada, y lo aprovechó para regresar a las dulzuras tabernarias, con Baudolino y Abdul. Conoció también a Boron, pero sus fantasías sobre el Paraíso Terrenal parecían interesarle poco. Los años pasados en la corte lo habían cambiado, notaba Baudolino. Se había endurecido, seguía echándose buenas dosis de vino entre pecho y espalda, y lo hacía con alegría, pero parecía controlarse para no excederse, para mantenerse en guardia, como quien esperase una presa al acecho, listo para saltar.

–Baudolino –le había dicho un día–, vosotros estáis perdiendo el tiempo. Lo que teníamos que aprender aquí en París, lo hemos aprendido. Todos estos doctores se harían encima sus necesidades si yo mañana me presentara a una disputa con mi gran pompa de ministerial, con la espada en el costado. En la corte he aprendido cuatro cosas: si estás junto a grandes hombres, te vuelves grande tú también; los grandes hombres son, en realidad, muy pequeños; el poder lo es todo; y no hay razón por la que un día no puedas tomarlo tú, por lo menos en parte. Hay que saber esperar, es cierto, pero no dejar escapar la ocasión.

Con todo, había aguzado inmediatamente las orejas en cuanto oyó que sus amigos seguían hablando del Preste Juan. Los había dejado en París cuando aquella historia parecía todavía una fantasía de ratones de biblioteca, pero en Milán había oído a Baudolino hablarle de ella a Reinaldo como de algo que podía convertirse en un signo visible del poder imperial, tanto casi como el hallazgo de los Reyes Magos. La empresa, en ese caso, le interesaba: y participaba en ella como si se estuviera construyendo una máquina de guerra. A medida que hablaba, parecía que para él la tierra del Preste Juan iba transformándose, cual una Jerusalén terrena, de lugar de peregrinación mística en tierra de conquista.

Les recordó, pues, a sus compañeros que, después del asunto de los Reyes Magos, el Preste se había vuelto mucho más importante que antes, debía presentarse verdaderamente como *rex et sacerdos*. Como rey de reyes tenía que tener un palacio tal que, en comparación, los de los soberanos cristianos, incluido el del basileo de los cismáticos de Constantinopla, parecieran chozas, y como sacerdote debía tener un templo respecto del cual las iglesias del papa fueran cuchitriles. Era preciso darle una morada digna de él.

—El modelo existe —dijo Boron—, y es la Jerusalén Celeste tal como la ha visto el apóstol Juan en el Apocalipsis. Debe estar rodeada de altas murallas, con doce puertas como las doce tribus de Israel, hacia el mediodía tres puertas, hacia occidente tres puertas, hacia oriente tres puertas, hacia el septentrión tres puertas...

—Sí —se mofaba el Poeta—, y el Preste entra por una y sale por la otra, y cuando hay un vendaval dan portazos todas a la vez; te lo imaginas, qué corrientes de aire. Yo en un palacio así no viviría ni muerto...

–Déjame continuar. Los cimientos de los muros son de disapro, zafiro, calcedonia, esmeralda, sardónica, ónix, crisólito, berilio, topacio, crisopacio, jacinto y amatista, y las doce puertas son doce perlas, y la plaza a la que se asoma oro puro transparente como cristal.

–No está mal –dijo Abdul–, pero creo que el modelo debe ser el del Templo de Jerusalén, tal como lo describe el profeta Ezequiel. Venid mañana conmigo a la abadía. Uno de los canónigos, el doctísimo Ricardo de San Víctor, está buscando la manera de reconstruir el plano del Templo, dado que el texto del profeta resulta oscuro en algunas partes.

–Señor Nicetas –dijo Baudolino–, yo no sé si te has ocupado alguna vez de las medidas del Templo.

–Todavía no.

–Pues bien, no lo hagas nunca, porque es como para perder la cabeza. En el *Libro de los Reyes* se dice que el Templo mide sesenta codos de ancho, treinta de altura y veinte de profundidad, y que el pórtico tiene veinte de ancho y diez de profundidad. En cambio, en las *Crónicas*, se dice que el pórtico mide ciento veinte codos de altura. Ahora bien, veinte de ancho, ciento veinte de altura y diez de profundidad: no sólo el pórtico sería cuatro veces más alto que todo el Templo, sino que sería tan fino que se caería de un soplido. Lo malo se te presenta cuando te lees la visión de Ezequiel. No hay medida que cuadre, hasta el punto de que muchos hombres píos han admitido que Ezequiel había tenido precisamente una visión, que es casi como decir que había bebido un poco demasiado y que veía doble. Nada malo, pobre Ezequiel, también él tenía derecho a solazarse, si no fuera que aquel Ricardo de San Víctor había hecho el siguiente razonamiento: si cada elemento, cada número, cada pajilla de la Biblia tiene un significado espiritual, hay que entender bien qué dice literalmente, porque una cosa, para el significado espiritual, es decir que algo mide tres, y otra cosa es decir que ese algo mide nueve, dado que estos números tienen significados místicos distintos. Ni te cuento la escena cuando fuimos a seguir la clase de Ricardo sobre el Templo. Tenía el libro de Ezequiel ante los ojos, y trabajaba con una cuerdecilla, para tomar todas las medidas.

Dibujaba el perfil de lo que Ezequiel había descrito, luego cogía unas varillas y unos tabloncillos de madera tierna y, ayudado por sus acólitos, los cortaba e intentaba juntarlos con cola y clavos... Intentaba reconstruir el Templo, y reducía las medidas en proporción, quiero decir que allá donde Ezequiel decía un codo él hacía cortar por el grosor de un dedo... Cada dos minutos se venía todo abajo, Ricardo se enfadaba con sus ayudantes diciendo que habían soltado la presa, o puesto poca cola; éstos se justificaban diciendo que era él el que había dado las medidas equivocadas. Luego el maestro se corregía, decía que quizá el texto escribía *puerta* pero en ese caso la palabra quería decir *pórtico*, porque, si no, resultaba una puerta del tamaño casi de todo el Templo; otras veces volvía sobre sus pasos y decía que cuando dos medidas no coincidían era porque la primera vez Ezequiel se refería a la medida de todo el edificio y la segunda a la medida de una parte. O también, que a veces se decía codo pero se refería al codo geométrico que vale seis codos normales. En fin, durante algunas mañanas fue una diversión seguir a aquel santo varón rompiéndose los cuernos, y nos echábamos a reír cada vez que el Templo se desmoronaba. Para que no se dieran cuenta, fingíamos recoger algo que se nos había caído, pero luego un canónigo notó que siempre se nos caía algo y nos echó de allí.

Los días siguientes, Abdul sugirió que, dado que Ezequiel era, a fin de cuentas, un hombre del pueblo de Israel, alguno de sus correligionarios podía darnos alguna luz. Y, como sus compañeros observaran escandalizados que no se podían leer las Escrituras pidiendo consejo a un judío, dado que notoriamente esta pérfida gente alteraba el texto de los libros sagrados para borrar de ellos toda referencia al Cristo venidero, Abdul reveló que algunos de los mayores maestros parisinos se servían a veces, aunque a escondidas, del saber de los rabinos, por lo menos para aquellos pasos donde no estaba en cuestión la llegada del Mesías. Ni aun haciéndolo adrede, precisamente aquellos días, los canónigos victorinos habían invitado a su abadía a uno de ellos, todavía joven, pero de gran fama, Solomón de Gerona.

Naturalmente, Solomón no se alojaba en San Víctor: los canónigos le habían encontrado un cuarto, hediondo y oscuro, en una de las calles más mal paradas de París. Era de verdad un hombre de joven edad, aunque el rostro se veía consumido por la meditación y el estudio. Se expresaba en buen latín, pero de una manera poco comprensible, porque tenía una curiosa característica: tenía todos los dientes, arriba y abajo, desde el incisivo central hacia todo el lado izquierdo de la boca, y ninguno en el lado derecho. Aunque era por la mañana, la oscuridad del cuarto lo obligaba a leer con un candil encendido, y a la llegada de las visitas puso las manos encima de un rollo que tenía delante, como para impedir que los demás le echaran ojeada alguna. Precaución inútil porque el rollo estaba escrito en caracteres hebreos. El rabino intentó excusarse porque, dijo, aquél era un libro que los cristianos justamente execraban, el *Toledot Jeschu* de tristísima fama, donde se contaba que Jesús era hijo de una cortesana y de un mercenario, un tal Pantera. Pero habían sido precisamente los canónigos victorinos los que le habían pedido que tradujera algunas páginas, porque querían entender hasta qué punto podía llegar la perfidia de los judíos. Dijo también que hacía este trabajo de buen grado, porque también él consideraba ese libro demasiado severo, puesto que Jesús era un hombre virtuoso, no cabía duda, aunque había tenido la debilidad de considerarse, injustamente, el Mesías. Pero quizá había sido engañado por el Príncipe de las Tinieblas, e incluso los Evangelios admiten que había ido a tentarle.

Le interrogaron sobre la forma del Templo según Ezequiel, y sonrió:

–Los comentaristas más atentos del texto sagrado no han conseguido establecer cómo era exactamente el Templo. Incluso el gran rabí Salomón ben Isaac admitió que, si se sigue el texto al pie de la letra, no se entiende dónde están las habitaciones septentrionales exteriores, dónde empiezan en occidente y cuánto se extienden hacia el este, etcétera, etcétera. Vosotros los cristianos no entendéis que el texto sagrado nace de una Voz. El Señor, *haqadosh barúch hú*, que el Santo sea por siempre bendito, cuando les habla a sus profetas les hace oír unos sonidos, no les muestra unas figuras, como os pasa a vosotros con vuestras páginas miniadas. La voz suscita, sin duda, imágenes en el corazón del profeta, pero estas imágenes no son inmóviles, se funden, cambian de forma según la melodía de esa voz, y si queréis reducir a imágenes las palabras del Señor, que sea por siempre el Santo bendito, vosotros congeláis esa voz, como si fuera agua fresca que se vuelve hielo. Entonces ya no quita la sed, sino que adormece las extremidades en la frialdad de la muerte. El canónigo Ricardo, para entender el sentido espiritual de cada parte del Templo, lo querría construir como haría un maestro albañil, y no lo conseguirá nunca. La visión se parece a los sueños, donde las cosas se transforman unas en otras, no se parece a las imágenes de vuestras iglesias, donde las cosas permanecen siempre iguales a sí mismas.

Luego, el rabí Solomón preguntó por qué sus visitantes querían saber cómo era el Templo, y ellos le contaron de su búsqueda del reino del Preste Juan. El rabino se mostró muy interesado.

–Quizá no sepáis –dijo– que también nuestros textos nos hablan de un reino misterioso en el Lejano Oriente, donde viven todavía las diez tribus perdidas de Israel.

–He oído hablar de estas tribus –dijo Baudolino–, pero sé muy poco de ellas.

–Está todo escrito. Después de la muerte de Salomón, las doce tribus en las que estaba dividido entonces Israel entraron en conflicto. Sólo dos, la de Judá y la de Benjamín, permanecieron fieles a la estirpe de David, y nada menos que diez tribus se fueron hacia el norte, donde fueron derrotadas y esclavizadas por los asirios. De ellas jamás se ha vuelto a saber nada. Esdras dice que se fueron hacia un país nunca habitado por los hombres, en una región llamada Arsareth, y otros profetas anunciaron que un día habrían sido reencontradas y habrían regresado triunfalmente a Jerusalén. Ahora bien, un hermano nuestro, Eldad, de la tribu de Dan, llegó hace más de cien años a Qayrawan, en África, donde existe una comunidad del Pueblo Elegido. Decía que venía del reino de las diez tribus perdidas, una tierra bendecida por el cielo donde se vive una vida pacífica, que nunca turba delito alguno, donde de verdad los arroyos manan leche y miel. Esta tierra ha permanecido separada de todos los demás lugares de este mundo porque está defendida por el río Sambatyón, cuya anchura equivale al recorrido de una flecha disparada por el arco más poderoso, pero carece de agua, y en él corren furiosamente sólo arena y piedras, haciendo un ruido tan horrible que se oye inclu-

so desde media jornada de camino. Esa materia muerta corre tan
aprisa que quien quisiera atravesar el río quedaría arrollado. El
curso pedregoso se detiene sólo al principio del sábado, y sólo el
sábado podría atravesarse, pero ningún hijo de Israel podría violar el descanso sabático.

–Pero los cristianos, ¿podrían? –preguntó Abdul.

–No, porque el sábado una cerca de llamas vuelve inaccesibles
las orillas del río.

–Y entonces, ¿cómo consiguió ese Eldad llegar a África? –preguntó el Poeta.

–Eso lo desconozco, pero ¿quién soy yo para discutir los decretos del Señor, que sea el Santo por siempre bendito? Hombres de
poca fe, a Eldad podría haberle vadeado un ángel. El problema
de nuestros rabinos, que empezaron a discutir enseguida sobre
ese relato, desde Babilonia hasta la Península Ibérica, era más
bien otro: si las diez tribus perdidas habían vivido según la ley
divina, sus leyes habrían debido ser las mismas de Israel, mientras que según el relato de Eldad eran distintas.

–Claro que si el lugar del que habla Eldad fuera el reino del
Preste Juan –dijo Baudolino–, ¡entonces sus leyes serían verdaderamente distintas de las vuestras, pero parecidas a las nuestras,
aunque mejores!

–Esto es lo que nos separa de vosotros los gentiles –dijo el rabí
Solomón–. Vosotros tenéis la libertad de practicar vuestra ley, y la
habéis corrompido, de suerte que buscáis un lugar donde todavía se observe. Nosotros hemos mantenido íntegra nuestra ley,
pero no tenemos la libertad de seguirla. De todas maneras, que
sepas que también sería mi deseo encontrar ese reino, porque
podría ser.que allá nuestras diez tribus perdidas y los gentiles
vivieran en paz y armonía, cada uno libre de practicar la propia
ley; la existencia misma de ese reino prodigioso serviría de ejemplo a todos los hijos del Altísimo, que bendito el Santo por siempre sea. Y además te digo que quisiera encontrar ese reino por
otra razón. Por lo que afirmó Eldad, allá se habla todavía la Lengua Santa, la lengua originaria que el Altísimo, que el Santo bendito por siempre sea, dio a Adán y que se perdió con la construcción de la torre de Babel.

–¡Qué locura! –dijo Abdul–. Mi madre siempre me ha dicho
que la lengua de Adán fue reconstruida en su ínsula y es la len-

gua gaélica, compuesta por nueve partes del discurso, tantas como los nueve materiales de los que estaba compuesta la torre de Babel, arcilla y agua, lana y sangre, madera y cal, pez, lino y betún... Fueron los setenta y dos sabios de la escuela de Fenius los que construyeron la lengua gaélica usando fragmentos de cada uno de los setenta y dos idiomas nacidos después de la confusión de las lenguas, y por ello el gaélico contiene todo lo mejor de cada lengua y, al igual que la lengua adámica, tiene la misma forma del mundo creado, de modo que cada nombre, en gaélico, expresa la esencia de la cosa misma que nombra.

El rabí Solomón sonrió con indulgencia:

–Muchos pueblos creen que la lengua de Adán es la suya, olvidando que Adán no podía sino hablar la lengua de la Torá, no la de esos libros que cuentan de dioses falsos y mentirosos. Las setenta y dos lenguas nacidas después de la confusión ignoran letras fundamentales: por ejemplo, los gentiles no conocen la Het y los árabes ignoran la Peh, y por eso esas lenguas se parecen al gruñido de los cerdos, al croar de las ranas o a la voz de las grullas, porque son propias de los pueblos que han abandonado la justa conducta de vida. Sin embargo, la Torá originaria, en el momento de la creación, estaba en presencia del Altísimo, que bendito sea por siempre el Santo, escrita como fuego negro sobre fuego blanco, en un orden que no es el de la Torá escrita, tal como la leemos hoy, y que se ha manifestado así sólo después del pecado de Adán. Por eso yo, cada noche, paso horas y horas silabeando, con gran concentración, las letras de la Torá escrita, para confundirlas, y que giren como la rueda de un molino, y aflore de nuevo el orden originario de la Torá eterna, que preexistía a la creación y fue entregada a los ángeles por el Altísimo, que sea bendito por siempre el Santo. Si supiera que existe un reino lejano donde se ha conservado el orden originario y la lengua que Adán hablaba con su creador antes de cometer su pecado, dedicaría de buen grado mi vida a buscarlo.

Al decir estas palabras, el rostro de Solomón se había iluminado de una luz tal que nuestros amigos se preguntaron si no valía la pena hacer que participara en sus futuros conciliábulos. Fue el Poeta el que encontró el argumento decisivo: que ese judío quisiera encontrar en el reino del Preste Juan su lengua y sus diez tribus no tenía que turbarles; el Preste Juan debía de ser tan poderoso que podría gobernar incluso sobre las tribus perdidas de los judíos, y no se ve por qué no debía de hablar también la lengua de Adán. La cuestión principal era, ante todo, construir ese reino, y para ese fin un judío podía ser tan útil como un cristiano.

Con todo ello, todavía no se había decidido cómo debía ser el palacio del Preste. Resolvieron la cuestión unas noches más tarde, los cinco en la habitación de Baudolino. Inspirado por el genio del lugar, Abdul se resolvió a revelar a sus nuevos amigos el secreto de la miel verde, diciendo que habría podido ayudarles no a pensar, sino a ver directamente el palacio del Preste.

El rabí Solomón dijo enseguida que conocía maneras harto más místicas para obtener visiones, y que por la noche bastaba murmurar las múltiples combinaciones de las letras del nombre secreto del Señor, haciéndolas girar en la lengua como un rollo, sin dejarlas descansar nunca, y he aquí que brotaba un remolino tanto de pensamientos como de imágenes, hasta que se caía en un agotamiento beatífico.

El Poeta al principio parecía receloso, luego se resolvió a probar, pero, queriendo conciliar la virtud de la miel con la del vino, al final había perdido todo recato y desbarraba mejor que los demás.

Y he aquí que, alcanzado el justo estado de ebriedad, ayudándose con pocos e inciertos trazos que esbozaba sobre la mesa mojando el dedo en la jarra del vino, propuso que el palacio fuera como el que el apóstol Tomás había hecho construir para Gundafar, rey de los indios: techos y vigas de madera de Chipre, el tejado de ébano, y una cúpula coronada por dos remates de oro, en cuya cima brillaban dos carbúnculos, de suerte que el oro resplandecía de día a la luz del sol y las gemas de noche a la luz de la luna. Luego había dejado de encomendarse a la memoria y a la autoridad de Tomás, y había empezado a ver puertas de sardónice mezcladas con cuernos de la serpiente ceraste, que impiden introducir a los que las franquean veneno en su interior; y ventanas de cristal, mesas de oro sobre columnas de marfil, luces alimentadas con bálsamo; y la cama del Preste de zafiro, para proteger la castidad, porque –acababa el Poeta– este Juan será rey todo lo que queráis, pero es también sacerdote y, por lo tanto, de mujeres, nada.

–Me parece bonito –dijo Baudolino–, pero para un rey que gobierna sobre un territorio tan vasto yo pondría también, en alguna sala, aquellos autómatas que se dice había en Roma, que advertían cuando una de las provincias se sublevaba.

–No creo que en el reino del Preste –observó Abdul– pueda haber sublevaciones, porque reinan la paz y la armonía.

Ahora bien, la idea de los autómatas no le disgustaba, porque todos sabían que un gran emperador, fuera moro o cristiano, tenía que tener autómatas en la corte. Por lo tanto, los vio y con admirable hipotiposis los hizo visibles también a los amigos:

–El palacio está sobre una montaña, y es la montaña la que es de ónix, con una cima tan pulida que resplandece como la luna. El templo es redondo, tiene la cúpula de oro, y de oro son las paredes, incrustadas de gemas tan rutilantes de luz que producen calor en invierno y frescura en verano. El techo está incrustado de zafiros que representan el cielo y de carbúnculos que representan las estrellas. Un sol dorado y una luna de plata, he aquí los autómatas, recorren la bóveda celeste, y pájaros mecánicos cantan cada día, mientras en las esquinas cuatro ángeles de bronce dorado les acompañan con sus trompetas. El palacio se yergue sobre un pozo escondido, donde parejas de caballos mueven una muela que lo hace girar según la variación de las estaciones, de suerte que se transforma en la imagen del cosmos. Debajo del suelo de cristal nadan peces y fabulosas criaturas marinas. Y aún más, yo he oído hablar de espejos en los que se puede ver todo lo que sucede. Le serían utilísimos al Preste para controlar los extremos confines de su reino...

El Poeta, proclive ya a la arquitectura, se puso a dibujar el espejo, explicando:

–Habrá que colocarlo muy en lo alto, para ascender a él por ciento veinticinco escalones de pórfido...

–Y de alabastro –sugirió Boron, que hasta entonces estaba incubando en silencio el efecto de la miel verde.

–Y pongámosle también el alabastro. Y los escalones superiores serán de ámbar y pantera.

–¿Qué es la pantera, el padre de Jesús? –preguntó Baudolino.

–No seas necio, habla Plinio de ella y es una piedra multicolor. Pero en realidad el espejo se apoya sobre un pilar único. O mejor dicho, no. Este pilar sostiene una basa sobre la cual se apoyan dos pilares y éstos sostienen una basa sobre la se apoyan cuatro pilares, y así se van aumentando los pilares hasta que en el basamento mediano haya sesenta y cuatro. Éstos sostienen un basamento con treinta y dos pilares, y así van disminuyendo hasta que se llega a un único pilar sobre el que se apoya el espejo.

–Escucha –dijo el rabí Solomón–, con esta historia de los pilares el espejo se cae en cuanto uno se apoya en la base.

–Tú calla, que eres falso como el ánimo de Judas. A ti te va bien que vuestro Ezequiel viera un templo que no se sabe cómo era; si viene un albañil cristiano a decirte que no podía estar en pie, le respondes que Ezequiel oía voces y no prestaba atención a las figuras, ¿y luego yo tengo que hacer sólo espejos que se mantienen en pie? Pues yo le coloco también doce mil soldados de guardia al espejo, todos en torno a la columna de base, y se encargan ellos de que esté en pie. ¿De acuerdo?

–De acuerdo, de acuerdo, el espejo es tuyo –decía conciliador el rabí Solomón.

Abdul seguía aquellos discursos sonriendo con los ojos perdidos en el vacío, y Baudolino entendía que en aquel espejo habría querido divisar por lo menos la sombra de su princesa lejana.


–Los días siguientes tuvimos que darnos prisa, porque el Poeta tenía que irse, y no quería perderse el resto de la historia –le dijo Baudolino a Nicetas–. Pero nosotros marchábamos ya por buen camino.

–¿Por buen camino? Pero si este Preste era, por lo que me resulta, menos creíble que los Magos vestidos de cardenales y de Carlomagno entre las cohortes angélicas...

–El Preste se habría vuelto creíble si se hubiera dado a conocer, en persona, con una carta a Federico.

# 12

## Baudolino escribe la carta del Preste Juan

La decisión de escribir una carta del Preste Juan se inspiró en una historia que el rabí Solomón había escuchado de los árabes de Al-Andalus. Un marinero, Sindibad, que vivió en tiempos del califa Harun al-Rashid, naufragó un día en una ínsula, que se encuentra bajo la línea del equinoccio, de suerte que allí tanto la noche como el día duran exactamente doce horas. Sindibad decía haber visto en la ínsula a muchos indios, lo que dejaba pensar que estaba cercana a la India. Los indios lo habían llevado a la presencia del príncipe de Sarandib. Este príncipe sólo se movía en un trono colocado sobre un elefante, de ocho codos de altura, a cuyos lados desfilaban en doble fila sus feudatarios y sus ministros. Lo precedía un heraldo con una jabalina de oro y detrás de él otro con un mazo de oro que tenía como ápice una esmeralda. Cuando bajaba del trono para continuar a caballo, lo seguían mil caballeros vestidos de seda y de brocado, y otro heraldo lo precedía pregonando que llegaba un rey que poseía una corona sin igual, como nunca la tuvo Salomón. El príncipe había concedido audiencia a Sindibad, pidiéndole muchas noticias sobre el reino de donde venía. Al final, le pidió que llevara a Harun al-Rashid una carta, escrita en un pergamino de piel de cordero con tinta ultramarina, que decía: «Te envío el saludo de la paz, yo, príncipe de Sarandib, ante el cual hay mil elefantes y en cuyo palacio los mirlos están hechos de joyas. Te consideramos como un hermano y te rogamos que nos envíes una respuesta. Y te rogamos que aceptes este humilde regalo.» El humilde regalo era una enorme copa de rubí, con la cavidad adornada de perlas. Este regalo, y aquella carta, habían hecho que en el mundo sarraceno se venerara aún más el nombre del gran Harun al-Rashid.

–Ese marinero tuyo estuvo sin duda en el reino del Preste
Juan –dijo Baudolino–. Sólo que en árabe lo llaman de manera
distinta. Pero mentía al decir que el Preste habría enviado cartas y regalos al califa, porque Juan es cristiano, aunque nestoriano, y si tuviera que enviar una carta lo haría a Federico emperador.

–Pues escribámosla entonces, esa carta –dijo el Poeta.

A la zaga de cualquier noticia que alimentara su construcción
del reino del Preste, nuestros amigos habían topado con Kyot. Era
un joven nativo de Champaña, que acababa de regresar de un
viaje por Bretaña, con el ánimo aún encendido por historias de
caballeros errantes, magos, hadas y maleficios, que los habitantes de esa tierra relatan en las veladas nocturnas junto al fuego.
Cuando Baudolino le mencionó las maravillas del palacio del
Preste Juan, lanzó un grito:

–¡Yo en Bretaña he oído hablar ya de un castillo así, o casi! ¡Es
el castillo donde se conserva el Greal!

–¿Qué sabes tú del Greal? –había preguntado Boron, repentinamente receloso, como si Kyot hubiera alargado la mano sobre
algo suyo.

–¿Y qué sabes tú? –había replicado Kyot, igual de receloso.

–Bueno, bueno –había dicho Baudolino–, veo que este greal
significa mucho para los dos. ¿De qué se trata? Por lo que yo sé
un greal debería ser una especie de escudilla.

–Escudilla, escudilla –había sonreído indulgente Boron–. Un
cáliz, más bien.

Luego, como resolviéndose a revelar su secreto:

–Me sorprende que no hayáis oído hablar de él. Es la reliquia
más preciosa de toda la cristiandad, la copa en la que Jesús consagró el vino en la Última Cena, y con la cual, después, José de
Arimatea recogió la sangre que brotaba del costado del Crucificado. Algunos dicen que el nombre de esa copa es Santo Grial,
otros dicen Sangreal, sangre real, porque quien la posee entra a
formar parte de una prosapia de caballeros elegidos, de la misma estirpe de David y de Nuestro Señor.

–¿Greal o Grial? –preguntó el Poeta, inmediatamente atento al
oír de algo que podía otorgar algún tipo de poder.

–No se sabe –dijo Kyot–. Unos dicen también Grasal y otros
Graalz. Y no está escrito que tenga que ser una copa. Los que lo

han visto no recuerdan su forma, saben sólo que se trataba de un objeto dotado de poderes extraordinarios.

–¿Quién lo ha visto?

–Sin duda, los caballeros que lo custodiaban en Brocelianda. Pero también de ellos se ha perdido todo rastro, y yo sólo he conocido a gente que narra sus andanzas.

–Sería mejor que de ese objeto se narrara menos y se intentara saber más –dijo Boron–. Este muchacho acaba de ir a Bretaña, acaba de oír hablar de ello y ya me mira como si yo quisiera robarle lo que no tiene. A todos les pasa lo mismo. Uno oye hablar del Greal, y piensa que es el único que lo va a encontrar. Pero yo en Bretaña, y en las ínsulas allende el mar, me pasé cinco años, sin narrar, sólo para encontrar...

–¿Y lo encontraste? –preguntó Kyot.

–El problema no es encontrar el Greal, sino a los caballeros que sabían dónde estaba. Vagué, pregunté, nunca los encontré. Quizá yo no era un elegido. Y heme aquí, hurgando entre pergaminos, con la esperanza de desenterrar un rastro que se me haya escapado vagabundeando por aquellos bosques...

–Pues no sé qué hacemos hablando del Greal –dijo Baudolino–; si está en Bretaña o en esas ínsulas, entonces no nos interesa, porque no tiene nada que ver con el Preste Juan.

No, había dicho Kyot, porque nunca ha quedado claro dónde está el castillo y el objeto que custodia, pero, entre las muchas historias que había oído, existía una según la cual uno de aquellos caballeros, Feirefiz, lo había encontrado y luego se lo había regalado a su hijo, un preste que se habría convertido en rey de la India.

–Locuras –había dicho Boron–; y yo, ¿lo habría buscado durante años en el lugar equivocado?, ¿pero quién te ha contado la historia de ese Feirefiz?

–Toda historia puede ser buena –había dicho el Poeta–, y si sigues la de Kyot, a lo mejor podrías recobrar tu Greal. Pero de momento no nos importa tanto encontrarlo como establecer si vale la pena vincularlo con el Preste Juan. Mi querido Boron, nosotros no buscamos una cosa, sino alguien que nos hable de ella.

Y luego dirigiéndose a Baudolino:

–¿Te lo imaginas? El Preste Juan posee el Greal, de ahí procede su altísima dignidad, ¡y podría transmitir esa dignidad a Federico regalándoselo!

–Y podría ser la misma copa de rubíes que el príncipe de Sarandib le enviara a Harun al-Rashid –sugirió Solomón, que por la excitación se había puesto a silbar por la parte desdentada–. Los sarracenos honran a Jesús como un gran profeta, podrían haber descubierto la copa, y luego Harun podría habérsela regalado a su vez al Preste...

–Espléndido –dijo el Poeta–. La copa como vaticinio de la reconquista de lo que tenían los moros como injustos poseedores. ¡En comparación, Jerusalén es una menudencia!

Decidieron probar. Abdul consiguió sustraer con nocturnidad un pergamino de mucho valor, que nunca había sido raspado, del *scriptorium* de la abadía de San Víctor. Le faltaba sólo un sello para parecer la carta de un rey. En aquel cuarto que era para dos y ahora alojaba a seis personas, todas alrededor de una mesa vacilante, Baudolino, con los ojos cerrados, como inspirado, dictaba. Abdul escribía, porque su caligrafía, que había aprendido en los reinos cristianos de ultramar, podía recordar la manera en que escribe, en letras latinas, un oriental. Antes de iniciar había propuesto dar fondo, para que todos tuvieran su justo punto de invención y agudeza, a la última miel verde que quedaba en el tarro, pero Baudolino contestó que aquella noche habían de estar lúcidos.

Se preguntaron, ante todo, si el Preste no habría debido escribir en su lengua adámica, o por lo menos en griego, pero llegaron a la conclusión de que un rey como Juan probablemente tenía a su servicio secretarios que conocían todas las lenguas, y por respeto a Federico debía escribir en latín. Entre otras cosas porque, había añadido Baudolino, la carta tenía que sorprender y convencer al papa y a los demás príncipes cristianos y, por lo tanto y ante todo, tenía que resultarles comprensible a ellos. Empezaron.

*El Presbyter Johannes, por virtud y poder de Dios y de Nuestro Señor Jesucristo, señor de los que señorean, a Federico, sacro y romano emperador, desea salud y perpetuo goce de las divinas bendiciones...*

*Había sido anunciado a nuestra majestad que tenías en gran cuenta nuestra excelencia y que te había llegado noticia de nues-*

*tra grandeza. Por nuestros emisarios hemos sabido que querías enviarnos algo agradable y divertido, para deleite de nuestra clemencia. Aceptamos de buen grado el presente, y mediante un embajador te enviamos un signo de parte nuestra, deseosos de saber si sigues con nosotros la recta fe y si en todo y por todo crees en Jesucristo Nuestro Señor. Por la amplitud de nuestra munificencia, si te sirve algo que pueda ser de tu agrado, háznoslo saber, ya sea mediante un gesto de nuestro emisario, ya sea mediante un testimonio de tu afecto. Acepta en cambio...*

–Párate un momento –dijo Abdul–, ¡éste podría ser el momento en que el Preste le envía a Federico el Greal!

–Sí –dijo Baudolino–, pero estos dos insensatos de Boron y Kyot, ¡todavía no han conseguido decir de qué se trata!

–Han oído muchas historias, han visto muchas cosas, quizá no lo recuerdan todo. Por eso proponía la miel: hay que liberar las ideas.

Quizá sí, Baudolino que dictaba y Abdul que escribía podían limitarse al vino, pero los testigos, o las fuentes de la revelación, debían ser estimuladas con la miel verde. Y he ahí por qué, al cabo de pocos instantes, Boron, Kyot (estupefacto por las nuevas sensaciones que experimentaba) y el Poeta, que a la miel ya le había cogido gusto, estaban sentados por el suelo con una sonrisa alelada estampada en el rostro, y devaneaban cual rehenes de Aloadin.

–Oh, sí –estaba diciendo Kyot–, hay un gran salón, y antorchas que iluminan la sala con una claridad que nunca podría imaginarse igual. Y aparece un paje que empuña una lanza de tal blancura que reluce al fuego de la chimenea. De la punta de la lanza brota una gota de sangre y cae en la mano del paje... Luego llegan otros dos pajes con candelabros de oro damasquinados, en cada uno de los cuales brillan por lo menos diez velas. Los pajes son bellísimos... Ahí está, ahora entra una damisela que lleva el Greal, y se está difundiendo por la sala una gran luz... Las velas palidecen como la luna y las estrellas cuando se alza el sol. El Greal es del más puro oro, con extraordinarias piedras preciosas engastadas, las más ricas que existan por mar y por tierra... Y ahora entra otra doncella llevando un plato de plata...

–¿Y cómo está hecho ese maldito Greal? –gritaba el Poeta.

–No lo sé, veo sólo una luz...

–Tú ves sólo una luz –dijo entonces Boron–, pero yo veo más. Hay antorchas iluminando la sala sí, pero ahora se oye un trueno, un terrible tremor, como si el palacio se hundiera. Cae una gran tiniebla... No, ahora un rayo de sol ilumina el palacio siete veces más que antes. Oh, está entrando el santo Greal, cubierto por un paño de terciopelo blanco y, a su entrada, se apoderan del palacio los perfumes de todas las especias del mundo. Y a medida que el Greal pasa en torno a la mesa, los caballeros ven llenarse sus platos de todos los alimentos que puedan desear...

–¿Pero cómo es ese Greal del diablo? –interrumpía el Poeta.

–No blasfemes, es una copa.

–¿Cómo lo sabes, si está debajo de un paño de terciopelo?

–Lo sé porque lo sé –se obstinaba Boron–. Me lo han dicho.

–¡Maldito seas en los siglos y que te atormenten mil demonios! Parece que tienes un visión ¿y luego, vas y cuentas lo que te han dicho y no ves? ¡Pues eres peor que ese huevón de Ezequiel, que no sabía lo que veía porque estos judíos no miran las miniaturas y sólo escuchan las voces!

–Te lo ruego, blasfemador –intervenía Solomón–, no por mí, ¡la Biblia es un libro sagrado también para vosotros, abominables gentiles!

–Calmaos, calmaos –decía Baudolino–. Escucha esto, Boron. Admitamos que el Greal es la copa donde Nuestro Señor Jesucristo consagró el vino. ¿Cómo podía José de Arimatea recoger en él la sangre del Crucificado, si cuando depone a Jesús de la cruz nuestro Salvador ya estaba muerto, y como se sabe de los muertos no brota sangre?

–Incluso muerto, Jesús podía hacer milagros.

–No era una copa –interrumpió Kyot–, porque el que me contó la historia de Feirefiz me reveló también que se trataba de una piedra caída del cielo, *lapis ex coelis*, y si era una copa, lo era porque había sido tallada en esa piedra celeste.

–Y entonces, ¿por qué no era la punta de la lanza que traspasó el santo costado? –preguntaba el Poeta–. ¿No acabas de decir que en el salón veías entrar a un paje que llevaba una lanza sangrante? Pues yo veo no a uno, sino a tres pajes con una lanza de la que caen ríos de sangre... Y luego un hombre vestido de obispo con una cruz en la mano, con cuatro ángeles que lo llevan en un sitial y lo colocan ante una mesa de plata sobre la que ahora reposa la lanza... Luego dos doncellas que llevan una bandeja con la cabeza cortada de un hombre bañada en sangre. Y luego el obispo, oficiando sobre la lanza, alza la hostia, ¡y en la hostia aparece la imagen de un niño! ¡Es la lanza el objeto portentoso, y es signo de poder porque es signo de fuerza!

–No, la lanza mana sangre, pero las gotas caen en una copa, como demostración del milagro del que os hablaba –decía Boron–. Es tan simple... –y empezaba a sonreír.

–Dejémoslo –dijo Baudolino desconsolado–. Dejemos de lado el Greal y sigamos adelante.

–Amigos míos –dijo entonces el rabí Solomón, con la distancia de quien, siendo judío, no estaba muy impresionado por esa gran reliquia–, hacer que el Preste regale enseguida un objeto de tales características me parece exagerado. Y, además, el que lee la carta podría pedirle a Federico que le enseñara ese portento. Con todo, no podemos excluir que las historias escuchadas por Kyot y Boron no circulen ya por muchos lugares y, por lo tanto, bastaría una alusión, y quien quiera entender que entienda. No escribáis Greal, no escribáis copa, usad un término más impreciso. La Torá no dice nunca las cosas más sublimes en sentido literal, sino según un sentido secreto, que el lector devoto tiene que adivinar poco a poco, lo que el Altísimo, que el Santo bendito sea por siempre, quería que se entendiera al final de los tiempos.

Baudolino sugirió:

–Digamos entonces que le manda un escriño, un cofre, un arca, digamos *accipe istam veram arcam*, acepta este cofre verdadero...

–No está mal –dijo el rabí Solomón–. Vela y revela al mismo tiempo. Y abre la vía a la vorágine de la interpretación.

Siguieron escribiendo.

*Si quieres venir a nuestros dominios, serás el mayor y más digno de nuestra corte y podrás disfrutar de nuestras riquezas. De éstas, que entre nosotros abundan, te colmaremos si luego deseas volver a tu imperio. Acuérdate de los Novísimos, y no pecarás jamás.*

Después de esta recomendación, el Preste pasaba a describir su potencia.

–Nada de humildad –aconsejaba Abdul–, el Preste está tan arriba que puede permitirse gestos de soberbia.

Imaginémonos. Baudolino no tuvo rémoras, y dictó. Ese *dominus dominantium* superaba en poder a todos los reyes de la tierra y sus riquezas eran infinitas: setenta y dos reyes le pagaban tributo, setenta y dos provincias le obedecían, aunque no todas cristianas, y he aquí contentado el rabí Solomón, al colocarle en el reino también las tribus perdidas de Israel. Su soberanidad se extendía sobre las tres Indias, sus territorios alcanzaban los desiertos más lejanos, hasta la torre de Babel. Cada mes servían a la mesa del Preste siete reyes, sesenta y dos duques y trescientos sesenta y cinco condes, y cada día se sentaban en aquella mesa doce arzobispos, diez obispos, el patriarca de Santo Tomás, el metropolita de Samarcanda y el arcipreste de Susa.

–¿No es demasiado? –preguntaba Solomón.

–No, no –dijo el Poeta–, hay que hacer que el papa y el basileo de Bizancio se ahoguen en su bilis. Y añade que el Preste ha hecho voto de visitar el Santo Sepulcro con un gran ejército para derrotar a los enemigos de Cristo. Eso para confirmar lo que había dicho Otón, y para cerrarle la boca al papa si por casualidad objetara que no había conseguido atravesar el Ganges. Juan lo volverá a intentar, por eso vale la pena salir en su busca y estrechar una alianza con él.

–Ahora dadme ideas para poblar el reino –dijo Baudolino–. En él deben vivir elefantes, dromedarios, camellos, hipopótamos, panteras, onagros, leones blancos y rojos, cigarras mudas, grifos, tigres, lamias, hienas, todo lo que nunca se ve, y cuyos despojos sean preciosos para los que decidan ir de caza por aquellos predios. Y luego hombres nunca vistos, pero de los que hablan los libros sobre la naturaleza de las cosas y del universo...

–Sagitarios, hombres cornudos, faunos, sátiros, pigmeos, cinocéfalos, gigantes de cuarenta codos de altura, hombres monóculos –sugería Kyot.

–Bien, bien; escribe, Abdul, escribe –decía Baudolino.

Para todo lo demás no había sino que retomar lo que se había pensado y dicho en los años anteriores, con algún embellecimiento. La tierra del Preste manaba miel y estaba colmada de leche –y el rabí Solomón se deliciaba al encontrar ecos del Éxodo, del Levítico o del Deuteronomio–, no albergaba ni serpientes ni escorpiones, en ella corría el río Ydonus, que fluye directamente del Paraíso Terrenal, y en él se encontraban... piedras y arena, sugería Kyot. No, respondía el rabí Solomón, ése es el Sambatyón. Y el Sambatyón, ¿no tenemos que ponerlo? Sí, pero después. El Ydonus fluye del Paraíso Terrenal y, por lo tanto, contiene... esmeraldas, topacios, carbúnculos, zafiros, crisólitos, ónices, berilios, amatistas, contribuía Kyot, que acababa de llegar y no entendía por qué sus amigos daban señales de náusea (si me das un topacio más me lo trago y luego lo cago por la ventana, siseaba Baudolino), pues a esas alturas, con todas las ínsulas afortunadas y los paraísos que habían visitado en el curso de su búsqueda, ya no podían más de las piedras preciosas.

Abdul propuso entonces, visto que el reino estaba en Oriente, nombrar especias raras, y se optó por la pimienta. De la cual dijo Boron que nace en árboles infestados por serpientes, y cuando está madura se les prende fuego a los árboles, y las serpientes escapan y se introducen en sus madrigueras; entonces es posible acercarse a los árboles, sacudirlos, hacer caer la pimienta de las ramillas y cocerla de una manera que todos desconocen.

–¿Ahora podemos poner al Sambatyón? –preguntó Solomón.

–Pues pongámoslo –dijo el Poeta–, así está claro que las diez tribus perdidas están más allá del río; mejor aún, mencionémoslas explícitamente, y el hecho de que Federico pueda encontrar también a las tribus perdidas será un trofeo más para su gloria.

Abdul observó que el Sambatyón era necesario, porque era el obstáculo insuperable que frustra la voluntad y dilata el deseo, es decir, los Celos. Alguien propuso mencionar también un arroyo subterráneo lleno de gemas preciosas, Baudolino dijo que Abdul bien podía escribirlo, pero que él no quería tener nada que ver por miedo de oír nombrar una vez más un topacio. Con Plinio e Isidoro como testigos, se decidió, en cambio, colocar en esa tierra a las salamandras, serpientes de cuatro patas que viven sólo entre las llamas.

–Basta con que sea verdad, y nosotros lo ponemos –había dicho Baudolino–, lo importante es no contar cuentos.

La carta insistía un poco más sobre la virtud que reinaba en aquellos predios, donde todos los peregrinos eran acogidos con caridad, no existía ningún pobre, no había ladrones, predadores, avaros, aduladores. El Preste afirmaba, inmediatamente después, que consideraba que no existía en el mundo monarca tan rico y con tantos súbditos. Para dar prueba de esa su riqueza, como también Sindibad había visto en Sarandib, he aquí la gran escena en la que el Preste se describía mientras libraba batalla contra sus enemigos, precedido por trece cruces cuajadas de joyas, cada una sobre un carro, cada carro seguido por diez mil caballeros y cien mil soldados de a pie. Cuando, en cambio, el Preste cabalgaba en tiempo de paz, era precedido por una cruz de madera, en recuerdo de la pasión del Señor, y por una vasija de oro llena de tierra, para recordar a todos y a sí mismo que polvo somos y polvo seremos. Pero, para que nadie olvidara que el que pasaba era el rey de los reyes, he ahí también una vasija de plata llena de oro.

–Si le pones los topacios, te parto esta jarra en la cabeza –había advertido Baudolino.

Y Abdul, por lo menos esa vez, no los puso.

–Ah, y escribe también que acullá no hay adúlteros, y que nadie puede mentir, y que quien miente muere al instante; es decir, es como si se muriera, porque lo proscriben y ya nadie lo considera.

–Pero ya he escrito que no hay vicios, que no hay ladrones...

–No importa, insiste, el reino del Preste Juan debe ser un lugar donde los cristianos consiguen observar los mandamientos divinos, mientras que el papa no ha conseguido obtener nada parecido con sus hijos; es más, miente también él, y más que los demás. Y además, si insistimos sobre el hecho de que allá nadie miente, resulta palmario que todo lo que dice Juan es verdadero.

Juan seguía diciendo que cada año visitaba con un gran ejército la tumba del profeta Daniel en Babilonia desierta, que en su país se pescaban peces de cuya sangre se extraía la púrpura, y que ejercía su soberanía sobre las Amazonas y sobre los Bracmanes. El asunto de los Bracmanes le había parecido útil a Boron, porque los Bracmanes habían sido vistos por Alejandro el Grande cuando tocó el Oriente más extremo que se pudiera imaginar. Por lo tanto, su presencia probaba que el reino del Preste había englobado el imperio mismo de Alejandro.

En ese punto, no quedaba sino describir su palacio y su espejo mágico, y sobre ese asunto ya lo había dicho todo el Poeta unas noches antes. Sólo que lo recordó susurrándoselo al oído de Abdul, de modo que Baudolino no oyera hablar de topacios y berilios, pero estaba claro que en ese caso eran necesarios.

–Yo creo que los que leerán –dijo el rabí Solomón– se preguntarán por qué un rey tan poderoso se hace llamar sólo preste.

–Justo, lo cual nos permite llegar a la conclusión –dijo Baudolino–. Escribe, Abdul...

*Oh Federico dilectísimo, por qué nuestra sublimidad no nos consiente un apelativo más digno que el de Presbyter es pregunta que hace honor a tu sabiduría. Ciertamente, en nuestra corte tenemos ministeriales distinguidos con funciones y nombres harto más dignos, sobre todo por lo que concierne a la jerarquía eclesiástica... Nuestro despensero es primado y rey, rey y arzobispo nuestro copero, obispo y rey nuestro chambelán, rey y archimandrita nuestro senescal, rey y abad el jefe de nuestros cocineros. Así pues, nuestra alteza, no pudiendo soportar ser designada con los mismos apelativos, o condecorada con las mismas órdenes de las que abunda nuestra corte, por humildad ha establecido ser llamada con un nombre menos importante y con un grado inferior. De momento, te baste saber que nuestro territorio se extiende, por una parte, por cuatro meses de camino, mientras por la otra, nadie sabe hasta dónde llega. Si tú pudieras ponerle número a las estrellas del cielo y la arena del mar, entonces podrías medir nuestras posesiones y nuestra potencia.*

Rayaba casi el alba cuando nuestros amigos acabaron la carta. Los que habían tomado la miel vivían todavía en un estado de sonriente estupor, los que habían bebido sólo vino estaban borrachos, el Poeta, que había ingerido de nuevo ambas sustancias, se mantenía en pie con esfuerzo. Fueron cantando por callejones y plazas, tocando ese pergamino con reverencia, convencidos ya de que estaba recién llegado del reino del Preste Juan.

–¿Y se la mandaste enseguida a Reinaldo? –preguntó Nicetas.

–No. Después de la marcha del Poeta, durante meses y meses la releímos, y retocamos, raspando y reescribiendo más de una vez. De vez en cuando alguien proponía una pequeña añadidura.

–Pero Reinaldo esperaba la carta, me imagino...

–El caso es que, mientras tanto, Federico había relevado a Reinaldo del cargo de canciller del imperio, para dárselo a Cristián de Buch. Ciertamente, Reinaldo, como arzobispo de Colonia, era también archicanciller de Italia y seguía siendo muy poderoso, tanto es así que fue él el que organizó la canonización de Carlomagno, pero aquella sustitución, por lo menos a mis ojos, significaba que Federico había empezado a tener la sensación de que Reinaldo se extralimitaba. Y, por lo tanto, ¿cómo presentarle al emperador una carta que, en el fondo, emanaba de Reinaldo? Y se me estaba olvidando, el mismo año de la canonización, Beatriz tuvo un segundo hijo, por lo que el emperador pensaba en otros asuntos, tanto más cuanto que llegaban voces de que el primero estaba continuamente enfermo. Así, entre una cosa y otra, transcurrió más de un año.

–¿Reinaldo no insistía?

–Al principio tenía otras ideas en la cabeza. Luego murió. Mientras Federico estaba en Roma para echar a Alejandro III y poner en el trono a su antipapa, estalló una pestilencia; y la peste se lleva a ricos y a pobres. Murió también Reinaldo. Me afectó mucho, aunque nunca lo había amado de verdad. Era arrogante y rencoroso, pero había sido un hombre osado y se había batido hasta el fin por su señor. Descanse en paz. Salvo que ahora, sin él, la carta, ¿seguía teniendo sentido? Era el único lo suficientemente astuto como para saber sacar partido de ella, haciéndola circular por las cancillerías de todo el mundo cristiano.

Baudolino hizo una pausa:

–Y luego estaba el asunto de mi ciudad.

–¿Y cuál?, si naciste en una ciénaga.

–Es verdad, estoy corriendo mucho. Todavía tenemos que construir la ciudad.

–¡Por fin no me hablas de una ciudad destruida!

–Sí –dijo Baudolino–, era la primera y la única vez en mi vida que habría visto nacer y no morir una ciudad.

# 13

# Baudolino ve nacer una nueva ciudad

Baudolino llevaba ya diez años viviendo en París, había leído todo lo que se podía leer, había aprendido el griego de una prostituta bizantina, había escrito poesías y cartas amorosas que se atribuirían a otros, prácticamente había construido un reino que nadie conocía ya mejor que él y sus amigos, pero no había acabado los estudios. Se consolaba pensando que era una buena hazaña haber estudiado en París, si se pensaba que había nacido entre vacas; luego se acordaba de que era más fácil que fueran a estudiar los pelones como él que los hijos de los señores, los cuales tenían que aprender a combatir y no a leer y escribir... En fin, que no se sentía satisfecho del todo.

Un día, Baudolino se dio cuenta de que mes más, mes menos, habría debido tener veintiséis años: habiéndose ido de casa a los trece, hacía exactamente trece años que faltaba de su hogar. Advirtió algo que definiríamos nostalgia del país natal, salvo que él, que nunca la había experimentado, no sabía lo que era. Por lo tanto, pensó que estaba experimentando el deseo de volver a ver al propio padre adoptivo, y decidió allegarse a Basilea, donde Federico hacía mansión, de regreso de Italia una vez más.

No había vuelto a ver a Federico desde el nacimiento de su primogénito. Mientras él escribía y reescribía la carta del Preste, el emperador había hecho de todo, moviéndose como una anguila de norte a sur, comiendo y durmiendo a caballo como los bárbaros antepasados suyos, y su palacio era el lugar en el que estaba en ese momento. En aquellos años había vuelto a Italia otras dos veces. La segunda, en el camino de regreso, había sufrido una afrenta en Susa, donde los ciudadanos se le habían rebelado, tomando como rehén a Beatriz, obligándole a él a huir a escondidas y disfrazado. Luego los de Susa habían dejado que Beatriz marchara sin hacerle daño alguno, pero mientras tanto él, Federico, veía menoscabado su prestigio, y a Susa se la había jurado. Y no es que cuando regresaba allende los Alpes descansara, porque tenía que hacer entrar en vereda a los príncipes alemanes.

Cuando, por fin, Baudolino vio al emperador, lo encontró muy sombrío. Comprendió que, por una parte, estaba cada vez más preocupado por la salud de su hijo mayor (Federico también él) y, por la otra, le agobiaban los asuntos de Lombardía.

–De acuerdo –admitía–, y te lo digo sólo a ti, mis podestás y mis legados, mis exactores y mis procuradores no sólo exigían lo que me correspondía, sino siete veces más; por cada hogar han hecho pagar tres sueldos de moneda vieja al año, y veinticuatro denarios antiguos por cada molino que aboyaba en aguas navegables, a los pescadores se les llevaban la tercera parte de los pescados, a los que morían sin hijos les confiscaban la herencia. Habría debido escuchar las quejas que me llegaban, ya lo sé, pero tenía otras cosas en las que pensar... Y ahora parece que, desde hace algunos meses, los comunes lombardos se han organizado en una liga, una liga antiimperial, ¿entiendes? ¿Y qué es lo primero que han deliberado? ¡Reconstruir las murallas de Milán!

Que las ciudades italianas fueran revoltosas e infieles, paciencia, pero una liga era la construcción de otra *res publica*. Naturalmente, ni siquiera había que pensar que aquella liga pudiera durar, vista la manera en que una ciudad odiaba a la otra en Italia, pero se trataba siempre de un *vulnus* para el honor del imperio.

¿Quién estaba adhiriendo a la liga? Corrían voces de que en una abadía no lejos de Milán se habían reunido los representantes de Cremona, Mantua, Bérgamo, y luego quizá Plasencia y Parma, pero era incierto. Las voces no se paraban ahí, se hablaba de Venecia, Verona, Padua, Vicenza, Treviso, Ferrara y Bolonia.

–Bolonia, ¡¿te das cuenta?! –gritaba Federico caminando arriba y abajo ante Baudolino–. Te acuerdas, ¿verdad? Gracias a mí, sus malditos maestros pueden ganar los dineros que quieren con esos requetemalditos estudiantes suyos, sin dar razón de ello ni a mí ni al papa, y ahora, ¿hacen liga con esa liga?, ¿pero se puede ser más desvergonzado? ¡Falta sólo Pavía!

–O Lodi –intervenía Baudolino, para decir una bien gorda.

–¡¿Lodi?! ¡¿Lodi?! –gritaba Barbarroja, roja también la cara, que parecía que iba a darle un ataque–. Pues si he de dar crédito a las noticias que estoy recibiendo, ¡Lodi ya ha tomado parte en sus encuentros! Me he sacado sangre de estas venas mías para protegerlos, a esos borregos, que sin mí los milaneses los arrasaban hasta los cimientos cada nueva estación, ¡y ahora hacen camarilla con sus verdugos y se conjuran contra su benefactor!

–Pero padre mío –preguntaba Baudolino–, ¿qué son estos parece ser y la impresión es que? ¿No te llegan noticias más seguras?

–Y vosotros, los que habéis estudiado en París, ¿habéis perdido, acaso, el sentido de cómo funcionan las cosas de este mundo? Si hay una liga, hay una conspiración; si hay conspiración, los que antes estaban contigo te han traicionado, y te cuentan justo lo contrario de lo que hacen, de modo que el último en saber qué es lo que están haciendo es, precisamente, el emperador, ¡como les sucede a los maridos que tienen una esposa infiel de la que está enterado todo el vecindario menos ellos!

No podía elegir ejemplo peor, porque precisamente en aquel momento entraba Beatriz, que había sabido de la llegada del querido Baudolino. Baudolino se había arrodillado para besarle la mano, sin mirarla a la cara. Beatriz había vacilado un instante. A lo mejor le parecía que, si no daba muestras de confianza y de afecto, habría traicionado cierto apuro; por lo tanto, le había apoyado la otra mano, maternalmente, sobre la cabeza, desordenándole un poco el pelo; olvidando que una mujer de poco más de treinta años no podía tratar ya de esa manera a un hombre hecho y derecho, muy poco más joven que ella. A Federico la cosa le pareció normal: padre él, madre ella, aunque adoptivos ambos. El que se sentía fuera de lugar era Baudolino. Aquel doble contacto, su cercanía podía percibir el perfume de su ropa como si fuera el de la carne, el sonido de su voz –y suerte que en aquella posición no podía mirarla a los ojos, porque habría palidecido repentinamente y habría caído por tierra cuan largo era sin sentimiento alguno–, lo llenaban de insostenible deleite, pero corrompido por la sensación de que con aquel sencillo acto de homenaje estaba traicionando, una vez más, al propio padre.

No habría sabido cómo despedirse si el emperador no le hubiera pedido un favor, o dado una orden, que era lo mismo. Para ver más claro en los asuntos de Italia, no fiándose ni de los emisarios oficiales, ni de los oficiales emisarios, había decidido enviar a unos pocos hombres de confianza, que conocieran el país, pero que no se los identificara inmediatamente como imperiales, de modo que olisquearan el ambiente y recogieran testimonios no adulterados por la traición.

A Baudolino le gustó la idea de sustraerse al apuro que sentía en la corte, pero inmediatamente después experimentó otro sentimiento: se sintió extraordinariamente conmovido por la idea de volver a ver sus contradas, y comprendió, por fin, que era por eso por lo que se había puesto en camino.

Después de haber vagado por varias ciudades, un día, Baudolino, cabalga que te cabalga, o mejor, mulea que te mulea, porque se hacía pasar por un mercader que se movía pacífico de burgo en burgo, llegó a una de esas alturas allende las cuales, después de un buen trecho de llanura, habría debido vadear el Tanaro para alcanzar, entre el pedregal y las ciénagas, la nativa Frascheta.

Aunque en aquellos tiempos, cuando uno se marchaba de casa, se marchaba, sin pensar en volver nunca jamás, Baudolino, en ese momento, se sentía un hormigueo en las venas, porque de golpe lo había atenazado el ansia de saber si sus viejos vivían todavía.

No sólo, de repente le volvían a la mente rostros de otros chicos de la zona, el Masulu de los Panizza, con quien iba a colocar las trampas para los conejos salvajes, el Porcelli llamado el Ghino (¿o era el Ghini llamado el Porcello?) que en cuanto se veían se arreaban a pedradas, el Aleramo Scaccabarozzi alias el Chula y el Cùttica de Quargnento cuando pescaban juntos en el Bórmida.

–Señor –se decía–, no será que voy a morirme, porque parece ser que sólo en trance de muerte se recuerdan tan bien las cosas de la infancia...

Era la vigilia de Navidad, pero Baudolino no lo sabía, porque en el curso de su viaje había perdido la cuenta de los días. Temblaba por el frío, montado en su mula tan aterida como él, pero el cielo estaba terso en la luz del ocaso, limpio como cuando ya se nota olor a nieve. Baudolino reconocía aquellos lugares como si hubiera pasado por allí el día antes, porque se acordaba de haber ido a aquellas colinas con su padre, para entregar tres mulas, renqueando por unas cuestas que podían moler, ellas solas, las piernas de un niño, pues imaginémonos empujar cuesta arriba a unas bestias que no tenían gana alguna. Pero habían disfrutado del regreso, mirando la llanura desde arriba y remoloneando libres en la bajada. Baudolino recordaba que, no muy lejos del curso del río, la llanura en un breve trecho se jorobaba en un pequeño otero, y desde la cumbre de esa altura, aquella vez, había visto asomar de entre una capota lechosa los campanarios de algunos burgos, a lo largo del río, Bergoglio, y Roboreto, y luego más alejado Gamondio, Marengo y la Palea; es decir, esa zona de aguazales, grava y espesura en cuyos márgenes quizá surgía todavía el cubil del buen Gagliaudo.

Pero, en cuanto llegó al otero, vio un panorama distinto, como si todo el aire a su alrededor, sobre las colinas y en los demás valles, estuviera terso, y sólo la llanura delante de él estuviera enturbiada por vapores neblinosos, por esos bloques grisáceos que de vez en cuando te salen al encuentro por el camino, te envuelven todo hasta que ya no ves nada, y luego te adelantan y se van como habían llegado. Tanto que Baudolino se decía: mira tú, por aquí podría ser incluso agosto, pero en la Frascheta reinan las nieblas eternas, como la nieve en las cimas de los Alpes; y tampoco le disgustaba porque el que ha nacido en la niebla, en la niebla se encuentra siempre como en su casa. A medida que bajaba hacia el río se daba cuenta, con todo, de que aquellos vapores no eran niebla, sino nubes de humo que dejaban entrever los fuegos que los alimentaban. Entre humos y fuegos, Baudolino entendía ahora que, en la explanada allende el río, alrededor de lo que antaño era Roboreto, el burgo se había desbordado en el campo, y era todo una sementera de nuevas casas, algunas de obra, otras de madera, muchas aún a medias, y hacia poniente podía divisarse también el principio de una muralla, cual por esas contradas nunca la había habido. Y en los fuegos hervían calderos, quizá para calentar el agua, que no se helara enseguida mientras más allá otros la vertían en agujeros llenos de cal, o argamasa que fuere.

Resumiendo, Baudolino había visto iniciar la construcción de la nueva catedral de París en la isla en medio del río, y conocía todas aquellas maquinarias y aquellos andamiajes que usan los maestros albañiles: por lo que sabía de una ciudad, allá abajo la gente estaba acabando de hacer surgir una de la nada, y era un espectáculo que –cuando va bien– se ve una vez en la vida y luego basta.

–Cosa de locos –se había dicho–, te das la vuelta un momento y te la arman.

Y había espoleado a la mula para llegar lo antes posible al valle. Una vez cruzado el río, en un blasón que transportaba piedras de todo tipo y dimensiones, se detuvo precisamente allá donde algunos operarios, en un andamiaje periclitante, estaban haciendo crecer un murete, mientras otros desde el suelo, con una grúa, les subían a los de arriba cestos de pedruscos. Pero era grúa por llamarla de alguna manera, que era imposible concebir nada más salvaje, hecho con pértigas en lugar de palos robustos, que se tambaleaba a cada instante, y los dos que en el suelo lo hacían girar, más que en hacer correr la cuerda, parecía que estuvieran ocupados en sostener aquel ondear amenazador de astas. Baudolino se dijo enseguida:

–Bien se ve. La gente de estas partes cuando hace algo o lo hace mal o la hace peor. Mira tú si se ha de trabajar de esta manera; si aquí yo fuera el amo, ya los habría agarrado a todos por el fondillo de los calzones y los habría arrojado al Tanaro.

Pero luego había visto un poco más allá a otro grupo que pretendía edificar un pequeño pórtico, con piedras mal cortadas, vigas mal acabadas, y capiteles que parecían labrados por un animal. Para izar el material de construcción habían construido también ellos una especie de garrucha, y Baudolino se dio cuenta de que, comparados con éstos, los del murete eran albañiles del rey. Y dejó de hacer comparaciones cuando, siguiendo un poco adelante, vio a otros que construían como hacen los niños cuando juegan con el barro: estaban dándole las últimas patadas, se habría dicho, a una construcción, igual a otras tres que estaban a su lado, hechas de fango y piedras informes, con los tejados de paja comprimida de mala manera, de suerte que estaba naciendo una especie de callejuela de chamizos harto agrestes, como si los obreros echaran una carrera a quién conseguía terminar su obra antes de las fiestas, sin consideración alguna por las reglas del oficio.

Con todo, penetrando en los incompletos meandros de aquella obra incierta, descubría de vez en cuando paredes bien cuadradas, fachadas sólidamente trazadas, baluartes que, aun incompletos, tenían una estampa maciza y amparadora. Todo eso le dejaba entender que habían concurrido a construir esa ciudad gentes de distintos orígenes y habilidades; y si muchos eran, sin duda, novicios en aquel oficio, campesinos que estaban elevando casas tal y como durante toda la vida habían elevado cobertizos para los animales, otros debían de tener el hábito del arte.

Mientras intentaba orientarse entre esa multitud de saberes, Baudolino descubría también una multitud de dialectos; los cuales mostraban que ese conjunto de cuchitriles los estaban haciendo aldeanos de Solero, aquella torre medio torcida era obra de monferrines, aquella argamasa que revolvía las tripas la estaban revolviendo unos pavianos, aquellos tablones los estaban serrando gente que hasta entonces había abatido árboles en la Palea. Pero cuando oía que alguien daba órdenes, o veía una escuadra que trabajaba como es debido, oía hablar genovés.

–¿No habré dado con mis huesos justo en medio de la construcción de Babel? –se preguntaba Baudolino–, ¿o en la Hibernia de Abdul, donde aquellos setenta y dos sabios reconstruyeron la lengua de Adán juntando todas las hablas, tal y como se amasan agua y arcilla, pez y betún? ¡Claro que aquí la lengua de Adán todavía no la hablan, aun hablando todos juntos setenta y dos lenguas, y hombres de razas tan distintas que normalmente estarían atizándose hondazos se dedican a las chapuzas con amor y concordia!

Se había acercado a un grupo que estaba cubriendo sabiamente una construcción de vigas de madera, como si fuera una iglesia colegial, usando un árgano de gran tamaño que no se movía con la fuerza de los brazos, sino con el esfuerzo de un caballo, que a su vez no estaba oprimido por la collera, todavía en uso en ciertos campos, que le apretaba el gaznate, sino que tiraba con gran energía gracias a un cómodo atalaje de pechera. Los obreros emitían sonidos ciertamente genoveses, y Baudolino los abordó enseguida en su lengua vulgar; aunque no de forma tan perfecta que ocultara el hecho de que no era uno de ellos.

–¿Qué hacéis por aquí? –les había preguntado, para entablar conversación.

Y uno de ellos, mirándolo mal, le había dicho que estaban haciendo una máquina para rascarse los belines. Puesto que todos los demás se habían echado a reír y estaba claro que se reían de él, Baudolino (a quien ya le hervía la sangre en las venas por tener que hacer de mercader desarmado sobre una acémila, mientras en el equipaje llevaba, cuidadosamente envuelta en un rollo de tela, su espada de hombre de corte) le respondió en el dialecto de la Frascheta, que al cabo de tanto tiempo le volvía espontáneo a los labios, precisando que no necesitaba *machinae* porque a él, los belines, que las personas respetables llaman cojones, se los solían rascar esas jodidas bagasas de sus madres. Los genoveses no entendieron bien el sentido de sus palabras, pero intuyeron su intención. Abandonaron sus ocupaciones recogiendo quiénes una piedra, quiénes un pico, y se dispusieron en semicírculo alrededor de la mula. Por suerte, en aquel momento se estaban acercando otros personajes, entre los cuales uno que tenía el aspecto de un caballero, y que en una lengua franca medio latina, medio provenzal y medio quién sabe qué, les dijo a los genoveses que el peregrino hablaba como uno de esas tierras y que, por lo tanto, no lo trataran como quien no tiene derecho a pasar por ahí. Los genoveses se justificaron diciendo que les había hecho preguntas como si fuera un espía, y el caballero les dijo que incluso si el emperador mandaba espías, tanto mejor, porque era hora de que supiera que allí había surgido una ciudad precisamente para chincharle. Y luego a Baudolino:

—No te he visto nunca, pero tienes el aire de uno que vuelve. ¿Has venido para unirte a nosotros?

—Señor —había respondido Baudolino con urbanidad—, nací en la Frascheta, pero me fui hace muchos años, y no sabía nada de todo lo que está sucediendo acá. Me llamo Baudolino, hijo de Gagliaudo Aulari...

No había acabado de hablar que, de entre el grupo de los recién llegados, un viejo, con el cabello y la barba blancas, levantó un bastón y se puso a gritar:

—¡Asqueroso embustero sin corazón, así te pille una saeta en la misma cabeza, cómo tienes el valor de usar el nombre de mi pobre hijo Baudolino, hijo de mí mismo que soy ese Gagliaudo mismo, y Aulari por añadidura, que se fue de casa hace muchos años con un señor tudesco que parecía la reina de Saba y resulta que, a lo mejor, era de verdad uno que hacía bailar a los monos porque de mi pobre rapazuelo no he vuelto a saber nunca nada y después de tanto tiempo no puede sino estar muerto, cosa que mi santa mujer y yo llevamos consumiéndonos treinta años, que ha sido el dolor más grande de nuestra vida que ya era dura de pelar por su cuenta pero perder un hijo es un padecimiento que quien no lo ha experimentado no lo sabe!

A lo cual Baudolino gritó:

–¡Padre mío, eres tú, eres tú! –y le había entrado como un desmayo en la voz y se le habían subido las lágrimas a los ojos, pero eran lágrimas que no conseguían velar una gran alegría.

Después añadió:

–Y además no son treinta años de tormento, porque yo me fui hace sólo trece, y deberías estar contento de que los he empleado bien y ahora soy alguien.

El viejo se había acercado a la mula, había mirado bien mirada la cara de Baudolino y dijo:

–¡Pues tú también eres tú, eres tú! Así que hubieren pasado treinta años esa mirada de golfo baloso desde luego no la has perdido, y entonces, ¿sabes lo que te digo? Que tú ahora serás alguien, pero la contraria, a tu padre, no se la debes llevar; y si yo he dicho treinta años, es porque a mí me han parecido treinta y en treinta años también podías mandar noticias, desgraciado, que no eres más que un desgraciado, la ruina de nuestra familia, ¡baja de ese animal que a lo mejor lo has robado y me toca partirte este bastón en la cabeza!

Y ya había agarrado a Baudolino por los zapatos intentando apearlo de la mula, cuando el que parecía un jefe se puso por en medio.

–Vamos, Gagliaudo, encuentras a tu hijo al cabo de treinta años...

–Trece –decía Baudolino.

–Calla tú, que luego tenemos que hablar nosotros dos. ¡Lo encuentras al cabo de treinta años y en estos casos uno se abraza y le da gracias al Señor, que Dios me valga!

Y Baudolino se había apeado ya de la mula e iba a echarse en los brazos de Gagliaudo, que había empezado a llorar, cuando el señor que parecía un jefe se había vuelto a poner por en medio y había agarrado a Baudolino por el cogote:

–Ahora que, si aquí hay alguien que tiene que ajustar alguna cuenta, ése soy yo.

–¿Y tú quién eres? –preguntó Baudolino.

–Soy Oberto del Foro, pero tú no lo sabes, y a lo mejor ni te acuerdas de nada. Yo tendría unos diez años y mi padre se dignó ir a hablar con el tuyo, para ver unas terneras que quería comprar. Yo iba vestido como debe ir vestido el hijo de un caballero y mi padre no quería que entrara con tu padre y él en el establo, por miedo de que me manchara. Yo me puse a dar vueltas alrededor de la casa, y justo detrás estabas tú, feo y sucio que parecías salido de un montón de estiércol. Te me acercaste, me miraste y me preguntaste si quería jugar, yo tonto de mí dije que sí, y tú me empujaste y me hiciste caer en el pilón de los cerdos. Cuando me vio en ese estado, mi padre me cosió a varazos porque había estropeado el vestido nuevo.

–También puede ser –decía Baudolino–, pero es una historia de hace treinta años...

–Por lo pronto son trece, y yo desde entonces pienso en ello todos los días, porque nunca me han humillado más en la vida y he crecido diciéndome que si un día encuentro al hijo de ese Gagliaudo, lo mato.

–¿Y me quieres matar ahora?

–Ahora no; es más, ahora ya no, porque aquí estamos todos que acabamos casi de levantar una ciudad para batirnos contra el emperador, cuando vuelva a poner pie por estos lugares, y figúrate si puedo perder tiempo matándote. Treinta años...

–Trece.

–Trece años llevo con esta rabia en el corazón, y precisamente en este momento, mira tú, se me ha pasado.

–Lo que se dice, a veces...

–Ahora no te hagas el listo. Ve y abraza a tu padre. Luego, si me pides perdón por lo de aquel día, nos vamos aquí al lado, que estamos festejando una construcción recién terminada, y en estos casos le hacemos los honores a un tonel del bueno y, como decían nuestros viejos, sus y a ello, goga y migoga.

Baudolino se había encontrado en un figón. La ciudad todavía no estaba acabada y ya había surgido la primera taberna, con su hermoso emparrado en el patio, pero aquellos días se estaba mejor dentro, en un antro que era todo un tonel, y largas mesas de madera, llenas de buenas jarras y de longanizas de carne de burro, que (le explicaba Baudolino a un Nicetas horrorizado) te llegan que parecen odres hinchados, los rajas de una cuchillada, las echas a sofreírse en aceite y ajo, y son un manjar. Y por ese motivo todos los presentes estaban contentos, malolientes y achispados. Oberto del Foro había anunciado el regreso del hijo de Gagliaudo Aulari, e inmediatamente algunos de ellos se pusieron a darle palmadas en la espalda a Baudolino, que al principio abría los ojos desmesuradamente, sorprendido, luego correspondía, en un desencadenarse de agniciones que un poco más y no se acababa.

–Santo Dios, pero si tú eres el Scaccabarozzi, y tú el Cùttica de Quargnento, ¿y tú quién eres? No, calla calla, que quiero adivinar, ¡anda, si eres el Squarciafichi! ¿Y tú eres el Ghini o el Porcelli?

–¡No, el Porcelli es él, que os arreabais siempre a pedradas! Yo era el Ghino Ghini; la verdad es que lo sigo siendo. Nosotros dos nos dedicábamos a hacer la narria en el hielo, en invierno.

–Jesús bendito, es verdad, tú eres el Ghini. Pero ¿tú no eras el que era capaz de vender cualquier cosa, incluso la mierda de tus cabras, como aquella vez que a aquel peregrino se la hiciste pasar por las cenizas de San Baudolino?

–Y cómo no, en efecto ahora soy mercader, mira tú si no hay un destino. Y ese de allá, a ver si se te ocurre quién es...

–Anda, ¡si es el Merlo! Merlo, yo, ¿qué te decía siempre?

–Me decías: bendito tú que eres estúpido y no te tomas nada a mal... y, en cambio, mira, de tanto no tomármela al final la he dado –y enseñaba el brazo derecho sin su mano–; en el asedio de Milán, el de hace diez años.

–Precisamente, iba a decir que me resulta que los de Gamondio, Bergoglio y Marengo siempre han estado con el emperador. ¿Y cómo es que antes estabais con él y ahora hacéis una ciudad contra él?

Y entonces todos a intentar explicárselo, y lo único que Baudolino entendía bien era que alrededor del antiguo castillo y de la iglesia de Santa María de Roboreto había surgido una ciudad hecha por la gente de los burgos cercanos, como precisamente Gamondio, Bergoglio y Marengo, pero con grupos enteros de familias que se habían desplazado desde todas las partes, desde Rivalta Bórmida, Bassignana o Piovera, para construir las casas que habrían habitado. Tanto que, desde mayo, tres de ellos, Rodolfo Nebia, Aleramo de Marengo y Oberto del Foro habían llevado a Lodi, a los comunes allí reunidos, la adhesión de la nueva ciudad, aunque en aquel momento existiera más en las intenciones que a orillas del Tanaro. Pero habían trabajado como animales, durante todo el verano y el otoño. La ciudad estaba casi lista, lista para cortarle el paso al emperador el día que volviera a bajar a Italia, pues tenía ese vicio el emperador.

Pero cortar qué, preguntaba Baudolino un poco escéptico, basta con que la rodee... Ah, no, le respondían, tú no conoces al emperador (imagínate), una ciudad que surge sin su permiso es una afrenta que hay que lavar con sangre, se verá obligado a asediarla (y aquí tenían razón ellos, conocían bien el carácter de Federico), por eso se necesitan murallas sólidas y calles estudiadas adrede para la guerra, y por eso hemos recurrido a los genoveses, que son marineros, sí, pero van a tierras lejanas a construir muchas nuevas ciudades y saben cómo se hace.

Pero los genoveses no son gente que haga nada por nada, decía Baudolino. ¿Quién los ha pagado? Han pagado ellos, nos han dado ya un préstamo de mil genovesas, y otras mil nos las han prometido para el año que viene. ¿Y qué significa que hacéis calles estudiadas adrede para la guerra? Haz que te lo explique el Emmanuele Trotti, que es quien ha tenido la idea, ¡habla tú que eres el Poliorcetes!

–¿Que es el poliorqué?

–Estate tranquilo, Boidi, deja que hable el Trotti.

Y el Trotti (que, como Oberto, tenía el aspecto de un *miles*, es decir, de un caballero, de un infanzón de una cierta dignidad):

–Una ciudad debe resistir al enemigo de modo que no escale las murallas. Pero si, por desgracia, las escala, la ciudad todavía debe ser capaz de hacerle frente y partirle el espinazo. Si el enemigo, dentro de las murallas, encuentra inmediatamente una maraña de callejuelas donde introducirse, ya no lo coges, unos se van por aquí, otros por allá, y al cabo de un poco los defensores acaban como el ratón. En cambio, el enemigo debe encontrar bajo las murallas una buena explanada, que quede al descubierto el tiempo justo para que, desde las esquinas y las ventanas que dan a ella, pueda flagelársele con flechas y pedruscos, de suerte que antes de haber superado esa explanada esté ya debilitado.

(Eso, intervenía tristemente Nicetas, al oír esta historia, eso es lo que habrían debido hacer en Constantinopla, y, en cambio, han dejado que a los pies de las murallas creciera precisamente esa maraña de callejuelas... Sí, habría querido responderle Baudolino, pero hacía falta también gente con los cojones de mis compaisanos, y no unos cagapoco como esos invertebrados de vuestra guardia imperial. Pero luego callaba para no herir a su interlocutor y le decía: calla, no interrumpas al Trotti y déjame que cuente.)

El Trotti:

–Si luego el enemigo supera el espacio abierto y se introduce en las calles, éstas no deben ser rectas y trazadas con la plomada, ni aun queriendo inspirarte en los romanos antiguos, que una ciudad la dibujaban como una parrilla. Porque con una calle recta el enemigo sabe siempre qué le espera ante sí, mientras que las calles deben estar llenas de esquinas, o de recodos, como queramos llamarlos. El defensor espera detrás de la esquina, tanto a ras de suelo como en los tejados, y sabe siempre qué hace el enemigo, porque desde el tejado cercano, que hace esquina con el primero, hay otro defensor que lo divisa y hace señales a los que todavía no lo ven. Y, en cambio, el enemigo no sabe nunca al encuentro de qué va, y frena su carrera. Así pues, una buena ciudad tiene que tener las casas colocadas mal, como los dientes de una vieja, que resulta feo pero, en cambio, ahí está lo bueno. Y por último, ¡es necesaria una falsa galería!

–Eso todavía no nos lo habías dicho –intervenía el tal Boidi.

–A la fuerza, me la acaba de contar un genovés que se la ha contado un griego, y fue una idea de Belisario, general de Justiniano emperador. ¿Cuál es el propósito de un asediador? Excavar galerías subterráneas que lo lleven al corazón de la ciudad. ¿Y cuál es su sueño? Encontrar una galería a pedir de boca, y cuya existencia ignoren los asediados. Nosotros entonces les preparamos inmediatamente una galería que lleva del exterior al interior de las murallas, y escondemos su entrada en el exterior entre rocas y arbustos, pero no tan bien que un día u otro el enemigo no la descubra. El otro lado de la galería, el que da a la ciudad, debe ser un pasadizo estrecho, que pase un hombre o, a lo sumo, dos a la vez, cerrado por una reja, de manera que el primer descubridor pueda decir que una vez llegados a la reja se ve un plaza y, qué sé yo, la esquina de una capilla, señal de que el túnel lleva justo al interior de la ciudad. En la reja, en cambio, hay siempre un guardia fijo, y he aquí que cuando llegan los enemigos están obligados a salir uno a uno, y en cuanto uno sale, uno derribas...

–Y el enemigo es chula del bote y sigue saliendo sin darse cuenta de que los de delante van cayendo como higos –se cachondeaba el Boidi.

–¿Y quién te ha dicho que el enemigo no es chula? Calma. La cosa quizá haya que estudiarla mejor, pero no es una idea que hay que descartar.

Baudolino se había apartado con el Ghini, que ahora ya era mercader y, por lo tanto, debía de ser persona sensata y con los pies en la tierra, no como esos caballeros, feudatarios de feudatarios, que con tal de conquistar fama militar se meten incluso en las causas perdidas.

–Oye un poco, Ghinín, pásame otra vez ese vino y mientras tanto dime una cosa. Me parece bien la idea de que, si se hace aquí una ciudad, el Barbarroja se verá obligado a asediarla para no perder la cara, y así les da tiempo a los de la liga para tomarlo a sus espaldas después de que él se haya dejado el culo en el asedio. Pero los que salen perdiendo en esta empresa son los de la ciudad. ¿Y tú quieres hacerme creer que nuestra gente deja los sitios donde bien que mal iba tirando, y viene aquí a hacer que la maten para darles gusto a los de Pavía? ¿Y quieres hacerme creer que los genoveses, que no soltarían un cuarto para rescatar a la propia madre de los piratas sarracenos, os dan dinero y esfuerzo para construir una ciudad que a lo sumo le resulta cómoda a Milán?

–Baudolino –dijo el Ghini–, la historia es mucho más complicada. Presta atención a dónde estamos nosotros –mojó un dedo en el vino y empezó a hacer signos sobre la mesa–. Aquí está Génova, ¿de acuerdo? Y aquí están Terdona, y luego Pavía, y luego Milán. Éstas son ciudades ricas, y Génova es un puerto. Por lo tanto, Génova tiene que tener libre el camino en sus tráficos con las ciudades lombardas, ¿vale? Y los pasos transitan por el valle del Lemme, por el valle del Orba, y por el valle del Bórmida y el del Scrivia. Estamos hablando de cuatro ríos, ¿no?, y todos se anudan más o menos aquí, a orillas del Tanaro. Que si luego tienes un puente sobre el Tanaro, de ahí tienes la vía abierta para comercios con las tierras del marquión del Montferrato, y quién sabe hasta dónde más. ¿Está claro? Ahora, mientras Génova y Pavía se las veían entre ellas, les iba bien que estos valles permanecieran sin dueño, es decir, se hacían alianzas cada vez, por ejemplo, con Gavi o con Marengo, y las cosas iban sobre aceite... pero con la llegada de este emperador de acá, Pavía por un lado y el Montferrato por el otro se ponen con el imperio, Génova queda bloqueada tanto a la izquierda como a la derecha, y, si pasa de la parte de Federico, se despide de sus negocios con Milán. Entonces debería tenerse tranquilas a Terdona y Novi, que le permiten controlar la una el valle del Scrivia y la otra el del Bórmida. Pero ya sabes lo que sucedió, el emperador arrasó Terdona, Pavía se hizo con el control de los predios tortoneses hasta las montañas del Apenino, y nuestros burgos fueron a ponerse del lado del imperio, y nequáquam, ya quisiera ver yo si pequeños como éramos podíamos hacernos los fortachones. ¿Qué tenían que darnos los genoveses para convencernos para que cambiáramos de bando? Algo que ni en sueños nos habríamos imaginado, es decir, una ciudad, con cónsules, soldados, y un obispo, y unas murallas, una ciudad que recauda peajes de hombres y mercancías. Date cuenta, Baudolino, de que sólo por controlar un puente sobre el Tanaro consigues dinero a raudales, te estás ahí bien sentado y a uno le pides una moneda, a otro dos pollastres, al de más allá un buey entero, y ellos, zas zas, pagan; una ciudad es una cucaña, mira lo ricos que eran los de Terdona con respecto a nosotros los de la Palea. Y esta ciudad que nos traía buena cuenta a nosotros les llevaba cuenta también a los de la liga, y le llevaba cuenta a Génova, como te decía, porque, por débil que sea, por el mero hecho de estar ahí desbarata los planes de todos los demás y garantiza que en esta zona no puedan señorear ni Pavía, ni el emperador ni el marquión del Montferrato...

–Sí, pero luego llega el Barbarroja y os escuataña como a un babio, o hablando propiamente, os revienta como a un sapo.

–Calma. ¿Quién lo ha dicho? El problema es que cuando él llegue, la ciudad esté ahí. Luego ya sabes cómo va el mundo, un asedio cuesta tiempo y dinero, nosotros le hacemos un hermoso acto de sumisión, él se queda ni tan contento (porque ésa es gente que, ante todo, el honor) y se va a otra parte.

–¿Y los de la liga y los genoveses, han tirado sus dineros para que se erija la ciudad, y vosotros los mandáis a tomar por culo tal cual?

–Pues depende de cuándo llegue el Barbarroja. Mira bien que en tres meses estas ciudades cambian de alianza como si nada. Nosotros estamos ahí y esperamos. Quizá en ese momento la liga sea una aliada del emperador.

(Señor Nicetas, contaba Baudolino, pudieran caérseme estos ojos: seis años más tarde, en el asedio de la ciudad, del lado de Federico estaban los honderos genoveses, entiendes, genoveses, ¡los mismos que habían contribuido a construirla!)

–Y si no –seguía el Ghini–, sostenemos el asedio. No me jodas la vaca con cebolla, en este mundo no se obtiene nada por nada. Pero antes de hablar ven a ver...

Había cogido a Baudolino de la mano y lo había conducido fuera de la taberna. Había caído ya la noche, y hacía más frío que antes. Se salía a una plazoleta, de donde, se intuía, habrían debido salir por lo menos tres calles, pero sólo había dos esquinas construidas, con casas bajas, de un piso, los tejados de rastrojos. La plazoleta estaba iluminada por algunas luces que salían de las ventanas y por algún brasero atizado por los últimos vendedores, que gritaban: mujeres, mujeres, va a empezar la noche santa y buena y no querréis que vuestros maridos no encuentren nada rico en la mesa. Junto a la que se habría convertido en la tercera esquina, había un afilador, que hacía chirriar sus cuchillos mientras regaba a mano la rueda. Más allá, en un puesto, una mujer vendía tortas de harina de garbanzos, higos secos y algarrobas, y un pastor vestido con pieles de oveja llevaba un capazo gritando: hey, mujeres, el buen requesón. En un espacio vacío entre medio de dos casas, dos hombres estaban en tratos para un cerdo. Al fondo, dos muchachas estaban apoyadas lánguidamente en una puerta, con los dientes que les castañeteaban bajo un chal que dejaba entrever un escote generoso, y una le había dicho a Baudolino:

–Pero qué chichino más mozo que eres, ¿por qué no te vienes a pasar la Nochebuena conmigo que te enseño a hacer el bicho de ocho patas?

Daban la vuelta a la esquina, y ahí había un cardador de lana, gritando con grandes voces que era el último momento para los jergones y almadraques, para dormir calentitos y no helarse como el Niño Jesús; y a su lado gritaba un aguador; y andando por las calles todavía mal trazadas se veían ya unos zaguanes en los que acá todavía cepillaba un carpintero, allá un herrero golpeaba su yunque en una fiesta de chispas, y al fondo otro más sacaba panes de un horno que relampagueaba como la boca del Infierno; y había mercaderes que llegaban de lejos para hacer negocios en aquella nueva frontera, o gente que normalmente vivía en los bosques, carboneros, buscadores de miel, fabricantes de cenizas para el jabón, recogedores de cortezas para hacer cuerdas o curtir cueros, vendedores de piel de conejo, caras patibularias de los que llegaban al nuevo núcleo pensando que de alguna manera un provecho lo sacarían, y mancos, y ciegos, y cojos, y escrofulosos, para quienes la colecta por las calles de un burgo, y durante las santas fiestas, se prometía más rica que por los caminos desiertos del campo.

Empezaban a caer los primeros copos de nieve, luego se habían adensado, y ya blanqueaban, por primera vez, los jóvenes tejados que nadie sabía todavía si aguantarían ese peso. A un cierto punto, Baudolino, rememorando la invención que había hecho en Milán conquistada, trasoñó, y tres mercaderes que estaban entrando por un arco de las murallas montados en tres burros le parecieron los Reyes Magos, seguidos de sus fámulos que llevaban ánforas y paños preciosos. Y detrás de ellos, allende el Tanaro, le parecía divisar rebaños que bajaban de las laderas de la colina que ya plateaba, con sus pastores que tocaban gaitas y chirimías, y caravanas de camellos orientales con sus moros con grandes turbantes de franjas multicolores. En la colina, fuegos ralos se extinguían bajo el mariposear de la nieve cada vez más intensa, pero a Baudolino uno de ellos le pareció una gran estrella caudada, que se movía en el cielo hacia la urbe que emitía sus primeros vagidos.

–¿Ves lo que es una ciudad? –le decía el Ghini–. Y si ya es así cuando no está ni siquiera acabada, imaginémonos después: es otra vida. Cada día ves gente nueva; para los mercaderes, mira tú, es como tener la Jerusalén Celeste y, por lo que respecta a los caballeros, el emperador les prohibía vender las tierras para no dividir el feudo y morían de inedia en el campo, y ahora, en cambio, mandan compañías de arqueros, salen a caballo en desfiles, dan órdenes aquí y allá. Pero no sólo va bien para los señores y los mercaderes, es una providencia también para gente como tu padre, que no tendrá mucha tierra pero tiene algo de ganado, y a la ciudad llega gente que lo pide y lo paga en monedas. Se empieza a vender por metal sonante y no a cambio de otra mercancía, y no sé si entiendes lo que quiere decir, si truecas dos pollos por tres conejos, antes o después te los tienes que comer, si no, envejecen, mientras que dos monedas las escondes debajo del jergón y te resultan provechosas incluso al cabo de diez años, y si tienes suerte ahí se quedan aunque los enemigos te entren en casa. Y, además, sucedió en Milán como en Lodi o Pavía, y sucederá también aquí: no es que los Ghini o los Aulari tengan que estar callados, y manden sólo los Guasco o los Trotti, formamos todos parte de los que toman las decisiones. Aquí podrás llegar a ser importante aunque no seas noble, y esto es lo bueno de una ciudad, y es bueno sobre todo para los que no son nobles, y están dispuestos a dejarse matar, si es que es menester (aunque mejor que no), para que sus hijos puedan ir por ahí diciendo: yo me llamo Ghini y aunque tú te llames Trotti eres igualmente un cabrón.

Es obvio que en ese punto Nicetas preguntara a Baudolino cómo se llamaba aquella bendita ciudad. Pues bien (gran talento de narrador, este Baudolino, que hasta ese momento había mantenido la revelación en suspenso), la ciudad todavía no se llamaba, como no fuera, genéricamente, Civitas Nova, que era nombre de *genus*, no de *individuum*. La elección del nombre habría dependido de otro problema, y no de poca monta, el de la legitimación. ¿Cómo adquiere derecho a la existencia una ciudad nueva, sin historia y sin nobleza? A lo sumo por investidura imperial, tal y como el emperador puede hacer caballero y barón, pero aquí se estaba hablando de una ciudad que nacía contra los deseos del emperador. ¿Y entonces? Baudolino y el Ghini habían vuelto a la taberna mientras todos estaban discutiendo precisamente de aquello.

–Si esta ciudad nace fuera de la ley imperial, no queda sino darle legitimidad según otra ley, igual de fuerte y antigua.

–¿Y dónde la encontramos?

–Pues en el *Constitutum Constantini*, en la donación que el emperador Constantino hizo a la iglesia, dándole el derecho de gobernar territorios. Nosotros le regalamos la ciudad al pontífice y, visto que en este momento circulan dos pontífices, se la regalamos al que está del lado de la liga, es decir, a Alejandro III. Como ya dijimos en Lodi, y hace meses, la ciudad se llamará Alejandría y será feudo papal.

–De momento, tú en Lodi tenías que estarte con la boca callada, porque todavía no habíamos decidido nada –decía el Boidi–; pero éste no es el punto, el nombre por ser bonito, es bonito y, de todas maneras, no es más feo que muchos otros. Lo que no consigo tragar es que nosotros nos partimos el culo pero bien partido para hacer una ciudad y luego vamos y se la regalamos al papa que ya tiene muchas. Y nos toca pagarle los tributos y, míralo como te dé la gana, pero son siempre dineros que salen de casa, que daba lo mismo pagárselos al emperador.

–Boidi, no te hagas el de siempre –le decía el Cùttica–; en primer lugar, el emperador no quiere la ciudad ni aunque se la regalemos y, si estaba dispuesto a aceptarla, entonces no valía la pena hacerla. Segundo, una cosa es no pagarle el tributo al emperador, que te cae encima y te hace trizas como hizo con Milán, y otra cosa es no pagárselo al papa, que está a mil leguas y, con los problemas que tiene, imagínate si te manda un ejército sólo para cobrar cuatro cuartos.

–Tercero –intervino entonces Baudolino–, si me permitís meter baza, pero es que he estudiado en París y tengo cierta experiencia sobre cómo se hacen cartas y diplomas, y hay maneras y maneras de regalar. Vosotros hacéis un documento en que decís que Alejandría se funda en honor de Alejandro papa y se consagra a San Pedro, por ejemplo. Como prueba de ello, construís una catedral de San Pedro en terrenos alodiales, que están libres de obligaciones feudales. Y la construís con el dinero aportado por todo el pueblo de la ciudad. Después de lo cual, se la regaláis al papa, con todas las fórmulas que vuestros notarios encuentren más apropiadas y más complicadas. Lo aliñáis todo con ofrecimientos de ser hijos predilectos, afecto y todas esas monsergas, le mandáis el pergamino al papa y os lleváis todas sus bendiciones. Que si alguien se pone a sutilizar sobre ese pergamino verá que, al final, le habéis regalado sólo la catedral y no el resto de la ciudad, pero quiero ver al papa, que viene aquí a cogerse su catedral y se la lleva a Roma.

–Me parece magnífico –dijo Oberto, y todos asintieron–. Haremos como dice Baudolino, que me parece muy astuto y espero que se quede con nosotros para darnos más buenos consejos, visto que es también un gran doctor parisino.

Aquí Baudolino tuvo que resolver la parte más embarazosa de aquella bella jornada, y es decir, revelar, sin que nadie pudiera ponerle las peras a cuarto, visto que ellos mismos habían sido imperiales hasta poco tiempo antes, que él era un ministerial de Federico, con quien estaba unido también por lazos de afecto filial: y venga a contar toda la historia de aquellos trece años admirables, con Gagliaudo que no paraba de murmurar:

–Pues si me lo llegaban a decir, que no me lo creo –y–, ¡pues mira tú que me parecía un chulandario del bote y ahora se me va a volver alguien de veras!

–No hay tierra mala a la que no le llegue su añada –dijo entonces el Boidi–. Alejandría todavía no está acabada y ya tenemos a uno de nosotros en la corte imperial. Querido Baudolino, no debes traicionar a tu emperador, visto que le quieres tanto, y él a ti. Pero estarás a su vera y te pondrás de nuestra parte cada vez que haga falta. Es la tierra donde has nacido y nadie te echará nunca en cara que intentes defenderla, en los límites de la lealtad, bien se entiende.

–Pero ahora es mejor que esta noche vayas a ver a esa santa mujer de tu madre y que duermas en la Frascheta –dijo con delicadeza Oberto–, y mañana te vas, sin quedarte aquí a mirar qué curso toman las calles y de qué consistencia son las murallas. Nosotros estamos seguros de que por amor de tu padre natural, si un día llegaras a saber que corremos un gran peligro, nos harías avisar. Pero si tienes el corazón de hacerlo, quién sabe si, por las mismas razones, un día tú no advertirías a tu padre adoptivo de alguna maquinación nuestra demasiado dolorosa para él. Por lo tanto, cuanto menos sepas, mejor.

–Sí, hijo mío –dijo entonces Gagliaudo–, haz al menos algo bueno, con todas las molestias que me has causado. Yo tengo que quedarme aquí porque ya ves que hablamos de cosas serias, pero no dejes sola a tu madre precisamente esta noche, que si por lo menos te ve a ti, de la gran alegría no cabe en sí del arrobamiento y no se da cuenta de que yo no estoy. Ve y, mira lo que te digo, te doy incluso mi bendición, que quién sabe cuándo nos volvemos a ver.

–Qué bien –dijo Baudolino–, en un solo día encuentro una ciudad y la pierdo. Puerca de una miseria vaca, ¿os dais cuenta de que si quiero volver a ver a mi padre tendré que venir a asediarlo?

Que fue, explicaba Baudolino a Nicetas, lo que más o menos sucedió. Pero, por otra parte, no había otra manera de salir de ese lío, señal de que aquéllos eran de verdad tiempos difíciles.

–¿Y luego? –preguntó Nicetas.

–Me había puesto a buscar mi casa. La nieve en el suelo llegaba a media pierna, la que bajaba del cielo era una barahúnda que te hacía girar las bolas de los ojos y te cortaba la cara, los fuegos de la Ciudad Nueva habían desaparecido, y entre todo ese blanco de abajo y todo ese blanco de arriba yo no entendía ya hacia dónde debía ir. Creía acordarme de las viejas sendas, pero en aquel momento no existían sendas, no se distinguía qué era terreno sólido y qué era ciénaga. Se ve que para hacer casas habían talado bosquecillos enteros y no encontraba ni siquiera los perfiles de aquellos árboles que antaño conocí de memoria. Me había perdido, como Federico, la noche que me había encontrado, sólo que ahora era nieve y no niebla, que si hubiera sido niebla todavía me las ingeniaba. Buen asunto, Baudolino, me decía, vas y te pierdes por tus contradas, pero cuánta razón tenía mi madre que los que saben leer y escribir son más estúpidos que los demás, y ahora, ¿qué hago?, ¿me paro aquí y me como la mula?, ¿o mañana por la mañana, cava que te cava, van y me encuentran más tieso que un pellejo de liebre que se haya quedado toda la noche al aire libre en los hielos de San Nicolás?

Si Baudolino estaba allí contándolo, quiere decir que había salido del paso, pero por un acontecimiento casi milagroso. Porque mientras andaba ya sin meta había divisado una estrella en el cielo, pálida pálida, aunque visible, y la había seguido, salvo que se dio cuenta de que había dado en una pequeña cañada y la

luz parecía estar en lo alto precisamente porque él estaba abajo
pero, una vez subida la cuesta, la luz se iba agrandando cada vez
más ante él, hasta que entendió que venía de uno de esos soportales donde se meten los animales cuando no hay bastante sitio
en casa. Y debajo del soportal había una vaca y un burro que
rebuznaba muy asustado, una mujer con las manos entre las
patas de una oveja, y la oveja que estaba echando al mundo a un
corderillo y balaba a todo balar.

Y entonces se paró en el umbral para esperar que el corderillo
saliera del todo, quitó al burro de en medio de una patada y se abalanzó a apoyar la cabeza en el regazo de la mujer gritando:

–Madre mía bendita.

La cual por un momento dejó de entender, le levantó la cabeza
dirigiéndola hacia el fuego, y luego se echó a llorar, y le acariciaba el pelo murmurando entre sollozos:

–Oh Señor, Señor, dos animales en una sola noche, uno que
nace y otro que vuelve de la casa del diablo, es como tener las
Navidades y las Pascuas juntas, pero es demasiado para mi pobre
corazón; agarradme que pierdo los conocimientos. Para, Baudolino, para, que acabo de calentar el agua en el caldero para lavar
a este pobrecillo, no ves que te manchas de sangre tú también;
¿pero dónde has cogido ese vestido que parece el de un señor?,
¿no lo habrás robado, desgraciado más que desgraciado?

Y a Baudolino le parecía oír cantar a los ángeles.

# 14

# Baudolino salva Alejandría
# con la vaca de su padre

–Entonces, para volver a ver a tu padre tuviste que asediarlo –dijo
Nicetas al atardecer, mientras hacía que su huésped probase unos
dulces de harina fermentada, amasados de manera que parecieran flores, plantas u objetos.

–Al final no, porque el asedio se produjo seis años más tarde.
Después de haber asistido al nacimiento de la ciudad, volví junto a Federico y le conté lo que había visto. No había acabado de
hablar yo, y ya rugía enfurecido. Gritaba que una ciudad nace
sólo por beneplácito del emperador y, si nace sin ese beneplácito
to, debe ser arrasada antes de que haya acabado de nacer, si no,
cualquiera puede hacer sus propios plácitos desentendiéndose de
los imperiales, y que iba en ello el *nomen imperii*. Luego se cal-
mó, pero yo lo conocía bien, no perdonaría. Por suerte, durante
casi seis años estuvo ocupado en otros asuntos. Me había encomendado varios encargos, entre ellos el de tantear las intenciones de los alejandrinos. Así fui dos veces a Alejandría para ver si
mis conciudadanos querían conceder algo. En efecto, ellos estaban dispuestos a conceder muchísimo, pero la verdad es que
Federico quería una sola cosa, que la ciudad desapareciera en la
nada de la que había surgido. Imagínate los alejandrinos, no oso
repetirte lo que me decían que le repitiera... Yo me daba cuenta
de que aquellos viajes eran sólo un pretexto para estar en la corte
lo menos posible, porque me resultaba fuente de continuo sufrimiento encontrarme con la emperatriz y mantenerme fiel a mi
voto...

–Que mantuviste –preguntó Nicetas casi afirmando.

–Que mantuve, y para siempre. Señor Nicetas, seré un falsifi-
cador de pergaminos, pero sé qué es el honor. Ella me ayudó. La

maternidad la había transformado. O, por lo menos, eso dejaba columbrar, y nunca más conseguí entender qué sentía ella por mí. Yo sufría, y aun así le estaba agradecido por la manera en la que me ayudaba a conducirme con dignidad.

Baudolino estaba superando ya los treinta, y se sentía tentado de considerar la carta del Preste Juan como una extravagancia juvenil, un buen ejercicio de retórica epistolar, un *jocus*, un *ludibrium*.

Se había reencontrado con el Poeta que, después de la muerte de Reinaldo, se había quedado sin protector, y bien se sabe lo que pasa en la corte en esos casos: ya no vales nada, y alguien empieza a decir incluso que tus poesías, en el fondo, no valían mucho. Roído por la humillación y el rencor, había pasado unos años harto desconsiderados en Pavía, volviendo a hacer lo único que sabía hacer bien, es decir, bebiendo y recitando las poesías de Baudolino (sobre todo un verso, profético, que decía *quis Papie demorans castus habeatur?*, ¿quién, viviendo en Pavía, puede ser casto?). Baudolino lo había llevado consigo a la corte, y en su compañía el Poeta aparecía como hombre de Federico. Además, mientras tanto se le había muerto el padre, había recibido su herencia, y tampoco los enemigos del difunto Reinaldo le veían ya como un parásito, sino como un *miles* entre muchos, y no más bebedor que los demás.

Juntos habían evocado los tiempos de la carta, congratulándose todavía el uno con el otro por tan bella empresa. Considerar un juego como un juego no quería decir renunciar a jugarlo. A Baudolino le quedaba la nostalgia de aquel reino que nunca había visto, y de vez en cuando, él solo, se recitaba la carta en voz alta, prosiguiendo en el perfeccionamiento del estilo.

–La prueba de que no conseguía olvidar la carta es que conseguí convencer a Federico de que hiciera venir a la corte a mis amigos de París, todos juntos, contándole que era conveniente que en la cancillería de un emperador hubiera personas que conocían bien otros países, sus lenguas y sus costumbres. La verdad, visto que Federico me iba usando cada vez más como emisario confidencial para distintas necesidades, quería constituirme mi pequeña corte personal, el Poeta, Abdul, Boron, Kyot y el rabí Solomón.

–¿No me irás a contar que el emperador aceptó a un judío en la corte?

–¿Por qué no? Ni tenía que aparecer en las grandes ceremonias, ni ir a misa con él y sus arzobispos. Si los príncipes de toda Europa, e incluso el papa, tienen médicos judíos, ¿por qué no podía tener al alcance de su mano a un judío que conocía la vida de los moros de Al-Andalus y muchas otras cosas de los países de Oriente? Y además los príncipes germánicos han sido siempre muy misericordiosos con los judíos, más que todos los demás reyes cristianos. Como me contaba Otón, cuando Edesa fue reconquistada por los infieles y muchos príncipes cristianos tomaron de nuevo la cruz siguiendo la predicación de Bernardo de Claraval (y fue esa vez que el mismo Federico tomó la cruz también él), un monje llamado Radolfo había incitado a los peregrinos a que masacraran a todos los judíos de las ciudades que atravesaban. Y fue de verdad una matanza. Pero entonces muchos judíos le pidieron protección al emperador, que les permitió ponerse a salvo y vivir en la ciudad de Nuremberg.

En definitiva, Baudolino se había reunido con todos sus concofrades. No es que tuvieran mucho que hacer en la corte. Solomón, en cada ciudad por la que pasaba Federico, se ponía en contacto con sus correligionarios, y los encontraba por doquier («Mala hierba», le pinchaba el Poeta); Abdul había descubierto que el provenzal de sus canciones se entendía mejor en Italia que en París; Boron y Kyot se extenuaban en batallas dialécticas, Boron intentaba convencer a Kyot de que la inexistencia del vacío era fundamental para establecer la unicidad del Greal, y a Kyot se le había quedado clavada la idea de que el Greal era una piedra caída del cielo, *lapis ex coelis* y, por lo que le atañía, podía haber llegado incluso de otro universo, atravesando espacios muy vacíos.

Aparte de estas debilidades, razonaban a menudo todos juntos sobre la carta del Preste, y con frecuencia los amigos preguntaban a Baudolino por qué no empujaba a Federico a ese viaje que ellos habían contribuido a preparar con tanto esmero. Un día en que Baudolino intentaba explicar que a Federico le quedaban todavía demasiados problemas por resolver, tanto en Lombardía como en Alemania, el Poeta dijo que a lo mejor valía la pena que en busca del reino fueran ellos, por su cuenta, sin tener que esperar las conveniencias del emperador:

–El emperador podría sacar de esta empresa un beneficio dudoso. Supón que llegue a la tierra de Juan y no se ponga de acuerdo con ese monarca. Regresaría derrotado, y sólo le habríamos hecho daño. En cambio, nosotros nos vamos por nuestra cuenta y, vayan como vayan las cosas, de una tierra tan rica y prodigiosa volveremos con algo extraordinario.

–De verdad –había dicho Abdul–, no nos demoremos más, marchémonos, vayámonos lejos...


–Señor Nicetas, sentí una gran desazón al ver que todos estaban conquistados por la propuesta del Poeta, y entendí por qué. Tanto Boron como Kyot esperaban encontrar la tierra del Preste para apoderarse del Greal, que a ellos les habría dado quién sabe cuánta gloria y poder en esas tierras septentrionales donde todos lo iban buscando. El rabí Solomón habría encontrado las diez tribus perdidas, y habría sido máximo y honradísimo no sólo entre los rabinos de los reinos hispánicos sino entre todos los hijos de Israel. De Abdul había poco que decir: a esas alturas, había identificado el reino de Juan con el de su princesa, salvo que, creciendo en edad y sabiduría, la lejanía lo satisfacía cada vez menos y la princesa, que el dios de los amantes lo perdonara, habría querido tocarla con su propia mano. En cuanto al Poeta, quién sabe qué había incubado en su corazón durante la estancia en Pavía. Ahora, con una pequeña fortuna propia, daba la impresión de querer el reino de Juan para sí y no para el emperador. Esto te explica por qué durante algunos años, decepcionado, no le hablé a Federico del reino del Preste. Si ése era el juego, mejor dejar el reino allí donde estaba, sustrayéndolo a los anhelos de los que no entendían su mística grandeza. La carta se había convertido, pues, en una especie de sueño personal mío, en el que no quería que entrara nadie más. Me servía para superar los padecimientos de mi amor infeliz. Un día, me decía, olvidaré todo esto porque me encaminaré hacia la tierra del Preste Juan... Pero volvamos a los asuntos de Lombardía.

En los tiempos del nacimiento de Alejandría, Federico había dicho que sólo faltaba que Pavía se pasara a sus enemigos. Y dos años después Pavía se unió a la liga antiimperial. Había sido un golpe bajo para el emperador. No reaccionó enseguida, pero en el curso de los siguientes años la situación en Italia se puso tan turbia que Federico se resolvió a volver, y resultó claro a todo el mundo que su blanco era precisamente Alejandría.

–Perdona –preguntó Nicetas–, ¿volvía pues a Italia por tercera vez?

–No, la cuarta. O no, no, deja que me acuerde... Debía de ser la quinta, creo. A veces, a lo mejor se quedaba cuatro años, como cuando lo de Crema y la destrucción de Milán. ¿O quizá había regresado mientras tanto? No lo sé, estaba más tiempo en Italia que en su casa, pero ¿cuál era su casa? Acostumbrado como estaba a viajar, me había dado cuenta de que se sentía a gusto sólo cerca de un río: era un buen nadador, no tenía miedo del hielo, de las aguas altas, de los remolinos. Se echaba al agua, nadaba, y parecía que se sentía en su propio elemento. De todas maneras, la vez a la que me refiero bajó a Italia encolerizado y preparado para una guerra dura. Estaban con él: el marquión del Montferrato, Alba, Acqui, Pavía y Como...

–Pero si me acabas de decir que Pavía se había pasado a la liga...

–¿De veras? Ah, sí, antes, pero mientras tanto había vuelto con el emperador.

–Dios mío de mi alma; nuestros emperadores se sacan los ojos el uno al otro pero por lo menos, mientras uno vea, sabemos con quién estar...

–No tenéis fantasía. En fin, en septiembre de aquel año Federico cayó a través del Mont Cenis sobre Susa. Se acordaba bien de la afrenta sufrida siete años antes, y la pasó a sangre y fuego. Asti se rindió enseguida dejándole el camino libre y he aquí que se acampa en la Frascheta, a lo largo del Bórmida, pero colocando otros hombres a su alrededor, también al otro lado del Tanaro. Era el momento de ajustar las cuentas con Alejandría. Yo recibía cartas del Poeta, que había seguido la expedición, y parece ser que Federico rezumaba fuego y llamas, se sentía la encarnación misma de la justicia divina.

–¿Por qué no estabas con él?

–Porque Federico era bueno de verdad. Había entendido hasta qué punto podía serme motivo de angustia asistir al castigo severo que iba a infligir a los de mis tierras, y me alentaba con algún pretexto para que me quedara lejos hasta que Roboreto fuera un montón de cenizas. Entiendes, no la llamaba ni Civitas Nova ni Alejandría, porque una nueva ciudad, sin su permiso, no podía existir. Hablaba todavía del viejo burgo de Roboreto, como si se hubiera alargado sólo un poco más.

Esto a principios de noviembre. Pero en noviembre, en aquella llanura, fue un diluvio. Llovía, llovía, e incluso los campos cultivados se convertían en ciénagas. El marqués del Montferrato había asegurado a Federico que aquellas murallas eran de tierra y que detrás había unos perdularios que se lo hacían encima sólo con oír el nombre del emperador. En cambio, aquellos perdularios se habían manifestado buenos defensores, las murallas se habían demostrado tan sólidas que los maganeles o arietes imperiales se desmochaban los cuernos en ellas. Los caballos y los soldados resbalaban en el légamo, y los asediados, a un cierto punto, habían desviado el curso del Bórmida, de suerte que lo mejor de la caballería alemánica se había empantanado hasta el cuello.

Por último, los alejandrinos habían sacado una máquina como las que ya se habían visto en Crema: un andamio de madera que estaba bien enganchado a la explanada, y de él sacaban una pasarela muy larga, un puente ligeramente inclinado que permitía dominar al enemigo más allá de las murallas. Y en esa pasarela se hacían rodar toneles llenos de madera seca, e impregnados de aceite, lardo, manteca y pez líquida, a los que daban fuego. Los toneles salían rapidísimos e iban a caer sobre las máquinas imperiales, o al suelo, donde rodaban de nuevo como balas de fuego, hasta que llegaban a incendiar otra máquina.

En ese punto, el mayor trabajo de los asediadores consistía en transportar barriles de agua para apagar los fuegos. No es que faltara el agua, entre la de los ríos, la de la ciénaga y la que bajaba del cielo; ahora bien, si todos los soldados transportan agua, al enemigo, ¿quién lo mata?

El emperador había decidido dedicar el invierno a recomponer su ejército, entre otras cosas porque es difícil asaltar las murallas resbalando en el hielo o hundiéndose en la nieve. Desafortunadamente, también febrero, aquel año, había sido durísimo, el ejército estaba desalentado, y el emperador aún más. Aquel Federico que había sometido Terdona, Crema e incluso Milán, ciudades antiguas y aguerridísimas, no conseguía acabar con un amasijo de chabolas que era una ciudad de milagro, y habitada por gentes que sólo Dios sabía de dónde venían y por qué se habían encariñado tanto con esos bastiones, que además, antes de existir, no eran ni siquiera los suyos.

Habiéndose mantenido lejos para no ver exterminados a los de su tierra, ahora Baudolino se resolvió a allegarse a esos lugares por miedo de que los suyos le hicieran daño al emperador.

Y helo ahí, ante la llanura donde se erguía aquella ciudad que había visto en la cuna. Hirsuta de estandartes con una gran cruz roja en campo blanco, como si los habitantes quisieran darse valor ostentando, recién nacidos como eran, los cuartos de una antigua nobleza. Ante las murallas había un setal de maganeles, balistas, catapultas, y entre ellos estaban avanzando, tirados por caballos por delante y empujados por hombres por detrás, tres castillos, que hormigueaban de gente ruidosa que agitaba las armas contra las murallas como diciendo:

—¡Ahora llegamos nosotros!

Acompañando a los castillos, divisó al Poeta, que caracoleaba con el aire de quien controla que todo marche por el buen camino.

—¿Quiénes son esos vesánicos desquiciados que están en las torres? —preguntó Baudolino.

—Ballesteros genoveses —contestó el Poeta—, las tropas de asalto más temibles en un asedio como Dios manda.

—¿Los genoveses? —se sorprendió Baudolino—. ¡Pero si han contribuido a la fundación de la ciudad!

El Poeta se echó a reír y dijo que, en sólo cuatro o cinco meses desde que había llegado por esos predios, ciudades que habían cambiado bandera, había visto más de una. Terdona en octubre todavía estaba alineada con los comunes, luego había

empezado a ver que Alejandría resistía demasiado bien al emperador, y los dertoneses habían concebido la sospecha de que pudiera volverse demasiado fuerte, y buena parte de ellos estaba
ahora haciendo presión para que su ciudad pasara al bando de
Federico. Cremona en los tiempos de la rendición de Milán estaba con el imperio, en los últimos años se había pasado a la liga,
pero ahora, por alguna misteriosa razón, estaba tratando con los
imperiales.

–¿Pero cómo procede este asedio?

–Procede mal. O los de detrás de las murallas se defienden
bien, o nosotros no sabemos atacar. Yo creo que esta vez Federico se ha traído mercenarios cansados. Gente de poco fiar, que
sale por pies ante las primeras dificultades; este invierno se han
escapado muchos y sólo porque hacía frío, que además eran fla-
mencos, no venían, no, del *hic sunt leones*. Y, para remate en el
campo se muere como moscas, por mil enfermedades, y tampoco allá, dentro de las murallas, creo que estén mejor, porque
deberían haber terminado los víveres.

Baudolino se había presentado por fin al emperador.

–He venido, padre mío –le había dicho–, porque conozco los
lugares y podría resultarte útil.

–Sí –había contestado el Barbarroja–, pero también conoces a
la gente y no querrás hacerles daño.

–Y tú me conoces a mí, si no te fías de mi corazón sabes que
puedes fiarte de mis palabras. No le haré daño a mi gente, pero
tampoco te mentiré.

–Al contrario, me mentirás, pero tampoco a mí me harás daño.
Mentirás, y yo fingiré creerte porque tú mientes siempre con
buenas intenciones.

Era un hombre rudo, explicaba Baudolino a Nicetas, pero capaz de grandes argucias.

–¿Puedes entender mi sentimiento de entonces? No quería que
destruyera aquella ciudad, pero lo amaba, y quería su gloria.

–Bastaba con que tú te convencieras –dijo Nicetas– de que su
gloria habría refulgido aún más si perdonaba a la ciudad.

–Dios te bendiga, señor Nicetas, es como si tú leyeras en mi
ánimo de entonces. Y con esa idea en la cabeza iba y venía yo
entre los campamentos y las murallas. Había dejado bien claro
con Federico que era obvio que yo establecería algún contacto

con los nativos, como si fuera una especie de embajador, pero evidentemente no todo el mundo tenía muy claro que podía moverme sin levantar sospechas. En la corte había gente que envidiaba mi familiaridad con el emperador, como el obispo de Spira y un cierto conde Ditpoldo, que todos llamaban la Obispa, quizá sólo porque era rubio de cabellos y tenía la tez rosada como una doncella. Quizá no se concedía al obispo; es más, hablaba siempre de una Tecla suya que había dejado allá en el norte. Quién sabe... Era guapo, pero afortunadamente también estúpido. Y precisamente ellos, también allá en los reales, hacían que me siguieran sus espías, e iban a decirle al emperador que la noche antes se me había visto cabalgar hacia las murallas y hablar con los de la ciudad. Por suerte el emperador los mandaba a paseo, porque sabía que hacia las murallas yo iba de día y no de noche.

En fin, Baudolino a las murallas iba, y también las cruzaba. La primera vez no fue fácil, porque trotó hasta las puertas, empezó a oír silbar una piedra –señal de que en la ciudad empezaban a ahorrar flechas, y usaban hondas, que desde los tiempos de David se habían demostrado eficaces y poco dispendiosas–, tuvo que gritar en perfecto rústico de la Frascheta, haciendo amplios gestos con las manos desarmadas, y suerte que le reconoció el Trotti.

–Oh, Baudolino –le gritó el Trotti desde arriba–, ¿vienes a unirte a nosotros?

–No te me hagas el arbabio, Trotti, sabes que estoy con la otra parte. Pero desde luego, no estoy aquí con malas intenciones. Déjame entrar, que quiero saludar a mi padre. Te juro sobre la Virgen que no digo ni una palabra de lo que veo.

–Me fío. Abrid la puerta, eh, ¿habéis entendido o estáis ñecos en la cabeza? Éste es un amigo. O casi. Quiero decir, que es uno de los suyos que es de los nuestros, es decir, uno de los nuestros que está con ellos, venga, ¡abrid esa puerta u os parto los dientes a patadas!

–Vale, vale –decían aquellos combatientes aturullados–, aquí no se entiende ya quién está aquí y quién está allá, ayer salió aquél vestido que parecía un paviano...

–Calla la boca, animal –gritaba el Trotti.

–Ja, ja –se regodeaba Baudolino entrando–, habéis mandado

espías a nuestro campo... Tranquilo, tú, que he dicho que no veo y no oigo...

Y he ahí a Baudolino abrazando a Gagliaudo –todavía vigoroso y seco, casi revigorizado por el ayuno– ante el pozo de la plazoleta intramuros; he ahí a Baudolino encontrándose con el Ghini y el Scaccabarozzi ante la iglesia; he ahí a Baudolino preguntando en la taberna dónde está el Squarciafichi, y los demás llorando que le dicen que se ha llevado un buen rallonazo genovés en la garganta precisamente en el último asalto, y llora también Baudolino, que nunca la guerra le había gustado y ahora menos aún, y teme por el anciano padre; he ahí a Baudolino en la plaza principal, bella, amplia y clara del solecillo de marzo viendo incluso a los niños llevar canastos de piedras para reforzar las defensas y tinajas de agua para las escoltas, y se complace por el espíritu indómito que se ha apoderado de todos los ciudadanos; he ahí a Baudolino preguntándose quién es toda esa gente que está llenando Alejandría como si fuera una fiesta de bodas, y los amigos le dicen que ésa es la desgracia, que por miedo del ejército imperial han confluido allí los fugitivos de todas las aldeas de los alrededores, y la ciudad cuenta sí con muchos brazos, pero también con demasiadas bocas que alimentar; he ahí a Baudolino admirando la nueva catedral, que no será grande pero está bien hecha y dice: cribio, si hay hasta un tímpano con un enano sobre el trono, y todos a su alrededor hacen: je, je, como para decir, mira de lo que somos capaces, pero, balengo, eso no es un enano, es Nuestro Señor Jesucristo, a lo mejor no está bien hecho, pero si Federico llegaba un mes más tarde, encontrabas todo el Juicio Universal con los vejestorios del Apocalipsis; he ahí a Baudolino pidiendo por lo menos un vaso del bueno y todos mirándole como si viniera del campo de los imperiales, porque está claro que vino, bueno o malo, no se encuentra ya ni siquiera una gota, es lo primero que se da a los heridos para levantarles la moral y a los parientes de los muertos para que no piensen demasiado en la desgracia; y he ahí a Baudolino viendo a su alrededor caras demacradas y preguntando cuánto podrán resistir, y ellos hacen señas levantando los ojos al cielo como para decir que ésas son cosas que están en manos del Señor; y por fin, he ahí a Baudolino encontrándose con Anselmo Medico, que manda ciento cincuenta placentinos que han acudido a ayudar a la Civitas

Nova, y Baudolino se complace por esa bonita prueba de solidaridad, y sus amigos los Guasco, los Trotti, los Boidi y el Oberto del Foro dicen que este Anselmo es uno que la guerra la sabe hacer, pero los placentinos son los únicos, la liga nos ha incitado a surgir pero ahora a nosotros ahí nos las den, buenos son los comunes italianos, si salimos vivos de este asedio, de ahora en adelante no le debemos nada a nadie, que se las vean ellos con el emperador y amén.

–Pero los genoveses, ¿cómo es que están contra vosotros si os han ayudado a surgir, y con oro sonante?

–Mira, los genoveses sus negocios los saben hacer, estate tranquilo, ahora están con el emperador porque les conviene; la verdad es que saben que la ciudad una vez que existe no desaparece ni siquiera si la tiran abajo entera; acuérdate de Lodi o Milán. Luego esperan el después, y después lo que queda de la ciudad a ellos les sigue sirviendo para controlar las vías de tránsito, y a lo mejor hasta pagan para reconstruir lo que han ayudado a derribar. Mientras tanto, es todo dinero que circula, y ellos están siempre de por medio.

–Baudolino –le decía el Ghini–, tú acabas de llegar y no te has visto los asaltos de octubre y los de las últimas semanas. Cómo pegan, no sólo los ballesteros genoveses sino también esos bohemos con los bigotes casi blancos, que si consiguen poner la escalera, luego tirarlos cuesta horrores… Es verdad que me parece que han muerto más de los suyos que de los nuestros porque, aunque tengan las tortugas y los maganeles, se han llevado un montón de terronazos en la cabeza. Pero en fin, resulta muy duro, hay que apretarse el cinturón.

–Hemos recibido un mensaje –dijo el Trotti–, parece ser que las tropas de la liga se están moviendo y quieren tomar al emperador por la espalda. ¿Sabes algo?

–Lo hemos oído decir también nosotros, y es por eso que Federico quiere haceros ceder antes a vosotros. Vosotros… vosotros, eso de dejarlo ahí –y hacía un gesto muy, muy típico–, ni pensarlo, ¿no?

–Pues figúrate. Nosotros tenemos la cabeza más dura que la pija.

Y así durante algunas semanas, después de cada escaramuza, Baudolino volvía a casa, más que nada para llevar la cuenta de los muertos (¿también el Panizza? También el Panizza, era un buen chico) y luego volvía a decirle a Federico que aquéllos, de rendirse, nada. Federico ya no imprecaba, y se limitaba a decir:

–¿Y qué puedo hacerle yo?

Estaba claro que ya se había arrepentido de haberse metido en aquel embrollo: el ejército se le disgregaba, los campesinos escondían el trigo y los animales en la espesura o, peor aún, en los pantanos; no era posible avanzar ni hacia el norte ni hacia el este, para no toparse con alguna vanguardia de la liga. En fin, no es que aquellos palurdos fueran mejores que los cremenses, pero, cuando se tiene mala suerte, se tiene mala suerte. Y aun así no podía irse, porque su reputación habría quedado empañada para siempre.

En cuanto a lo de no perder la reputación, Baudolino había entendido, por una alusión que el emperador había hecho un día a su profecía de adolescente, cuando había convencido a los dertoneses a la rendición, que si sólo hubiera podido aprovechar un signo del cielo, uno cualquiera, para decir *urbi et orbi* que era el cielo el que sugería que había que volver a casa, no habría desperdiciado la ocasión...

Un día, mientras Baudolino hablaba con los asediados, Gagliaudo le dijo:

–Tú que eres tan inteligente y has estudiado en los libros donde todo está escrito, ¿a ti no se te ocurre una idea para que todos se vayan a casa? Que hemos tenido que matar a nuestras vacas menos una; y a tu madre le entra el sofocón de estar encerrada aquí en la ciudad.

Y a Baudolino se le ocurrió una gran idea, e inmediatamente preguntó si al final se habían inventado aquella falsa galería de la que hablaba el Trotti algunos años antes, la que el enemigo tenía que creer que lo llevaba directamente a la ciudad y, en cambio, llevaba al invasor a una trampa.

–Y cómo no –dijo el Trotti–, ven a ver. Mira, la galería se abre allá, en aquella breña a doscientos pasos de las murallas, justo debajo de esa especie de mojón que parece estar ahí desde hace mil años; pero lo hemos trasladado desde Villa del Foro. Y el que entra, llega aquí, detrás de aquella reja, desde donde ve esta taberna y nada más.

–¿Y uno sale y uno queda despachado para el otro mundo?

–El asunto es que en una galería tan estrecha para hacer pasar a todos los asediadores harían falta días, por lo que se suele hacer entrar sólo una escuadra de hombres, que deben alcanzar las puertas y abrirlas. Ahora, aparte de que no sabemos cómo informar a los enemigos de que existe la galería, cuando te has cargado a veinte o treinta pobres cristos, ¿valía la pena hacer todo ese esfuerzo? Es sólo maldad y basta.

–Si es para darles un golpe en la cabeza. Pero ahora escucha la escena que me parece estar viendo con estos ojos míos: en cuanto ésos entran, se oyen sonar trompetas y, entre las luces de diez antorchas, asoma un hombre de aquella esquina con una gran barba blanca y una blanca capa, montado en un caballo blanco con una gran cruz blanca en el puño y grita: ciudadanos ciudadanos, alerta que aquí está el enemigo, y en ese punto, antes de que los invasores se hayan decidido todavía a dar un paso, salen los nuestros de las ventanas y tejados como tú decías. Y, después de haberlos capturado, todos los nuestros caen de hinojos y gritan que aquel hombre era San Pedro que protegía la ciudad, y vuelven a meter a los imperiales en la galería diciendo dad gracias a Dios que os hacemos la merced de vuestra vida, id y contad en el campo de vuestro Barbarroja que la Ciudad Nueva del papa Alejandro está protegida por San Pedro en persona...

–¿Y el Barbarroja se cree una gabada por el estilo?

–No, porque no es estúpido, pero como no es estúpido, hará como que cree, porque tiene más ganas de acabar este asunto que vosotros.

–Démoslo por sentado. ¿Quién hace que se descubra la galería?

–Yo.

–¿Y tú dónde encuentras al piscuama que va y pica?

–Ya lo he encontrado, es tan piscuama que pica, y tan cara de culo que se lo merece, tanto más cuando estamos de acuerdo en no matar a nadie.

Baudolino pensaba en ese fatuo del conde Ditpoldo, y para inducir a Ditpoldo a hacer algo bastaba con dejarle comprender que perjudicaba a Baudolino. No quedaba sino hacer saber a Ditpoldo que existía una galería, y que Baudolino no quería que se descubriera. ¿Cómo? Facilísimo, puesto que Ditpoldo tenía espías que seguían a Baudolino.

Entrada la noche, al volver hacia el campo, Baudolino tomó primero por un pequeño calvero, luego se adentró en la espesura, pero en cuanto estuvo entre los árboles se paró, dándose la vuelta, justo a tiempo para ver, al claro de luna, una sombra leve que se deslizaba casi a gatas en campo abierto. Era el hombre que Ditpoldo le había puesto en los talones. Baudolino esperó entre los árboles hasta que el espión llegó a caérsele casi encima, le apuntó la espada en el pecho y, mientras el desgraciado ya farfullaba por el miedo, le dijo en flamenco:

–Te reconozco, eres uno de los brabanzones. ¿Qué hacías fuera de los reales? ¡Habla, soy un ministerial del emperador!

Aquél aludió a una historia de mujeres, y resultó incluso convincente.

–Bueno, vale –le dijo Baudolino–, en cualquier caso es una suerte que estés aquí. Sígueme, necesito a alguien que me guarde las espaldas mientras hago una cosa.

Para aquél, era un maná, no sólo no le habían descubierto, sino que podía seguir espiando del brazo del espiado. Baudolino llegó a la breña de la que le había hablado el Trotti. No tuvo que fingir, porque debía rebuscar verdaderamente para descubrir el mojón, mientras gruñía como entre dientes de un chivatazo recién llegado de uno de sus informadores. Encontró el mojón, que tenía el aspecto de algo que había crecido de verdad allí, entre los arbustos; se afanó un poco a su alrededor, quitando la hojarasca del suelo, hasta que quedó al descubierto una reja. Le pidió al brabanzón que lo ayudara a levantarla: había tres escalones.

–Ahora escucha –le dijo al brabanzón–, tú bajas y sigues adelante, hasta que se acabe la galería que debe estar ahí abajo. Al final del túnel, quizá veas unas luces. Mira lo que ves y no te olvides de nada. Luego vuelve, y refiere. Yo me quedo aquí y te cubro.

A aquél le pareció natural, aunque doloroso, que un señor le pidiera primero que le guardara las espaldas y luego se las guardara él, mientras le mandaba meterse en la boca del lobo. Pero Baudolino blandía la espada, claramente para guardarle las espaldas, ahora que con los señores nunca se sabe. El espía se santiguó, y se fue. Cuando volvió, al cabo de unos veinte minutos, contó jadeando lo que Baudolino sabía ya, que al final del túnel había una reja, no muy difícil de sacar de sus goznes, más allá de la cual se veía una plazoleta solitaria y que, por lo tanto, aquella galería conducía al corazón mismo de la ciudad.

Baudolino preguntó:

–¿Has tenido que doblar recodos, o has ido siempre recto?

–Recto.

Y Baudolino, como hablando entre dientes:

–Así pues, la salida está a pocas decenas de metros de las puertas. Ese vendido tenía razón, pues...

Luego al brabanzón:

–Tú te das cuenta de lo que hemos descubierto. La primera vez que haya un asalto a las murallas, un escuadrón de hombres valerosos puede entrar en la ciudad, abrirse paso hasta las puertas y quitarles la tranca; basta con que fuera haya otro grupo preparado para entrar. Mi fortuna está hecha. Pero tú no debes decirle a nadie lo que has visto esta noche, porque no quiero que nadie más se aproveche de mi descubrimiento.

Le pasó con aire munífico una moneda, y el precio del silencio era tan ridículo que, si no por fidelidad a Ditpoldo, al menos por venganza, el espión habría ido enseguida a contárselo todo.

No hace falta mucho para imaginarse lo que había de suceder. Pensando que Baudolino quería tener escondida la noticia para no perjudicar a sus amigos asediados, Ditpoldo había corrido a decirle al emperador que su amado hijastro había descubierto una entrada a la ciudad pero se guardaba muy mucho de decirlo. El emperador había levantado los ojos al cielo como para decir: bendito muchacho también él, luego le había dicho a Ditpoldo, vale, te ofrezco la gloria, hacia el anochecer te despliego un buen contingente de asalto justo delante de la puerta, hago que coloquen algunos onagros y alguna tortuga cerca de esa breña, de suerte que cuando te introduzcas en la galería con los tuyos esté casi oscuro y no des en el ojo; tú me entras en la ciudad, me abres las puertas desde dentro, y de un día para otro te has convertido en un héroe.

El obispo de Spira pretendió inmediatamente el mando de la tropa ante la puerta, porque Ditpoldo, decía, era como si fuera su hijo, e imaginémonos.

Así, cuando la tarde del Viernes Santo el Trotti vio que los imperiales se preparaban ante la puerta, y cuando ya oscurecía, entendió que se trataba de una demostración para distraer a los asediados y que detrás estaban los oficios de Baudolino. Entonces, discutiendo de ello sólo con el Guasco, el Boidi y Oberto del Foro, se preocupó por sacarse de la manga a un San Pedro creíble. Se ofreció uno de los cónsules de los orígenes, Rodolfo Nebia, que tenía el físico adecuado. Perdieron sólo media hora discutiendo si la aparición debía empuñar la cruz o las famosísimas llaves, decidiéndose por fin por la cruz, que se veía mejor también entre dos luces.

Baudolino estaba a poca distancia de las puertas, seguro de que no habría habido batalla, porque antes alguien habría salido de la galería para llevar la nueva de la ayuda celestial. Y, en efecto, en el tiempo de tres pater, ave y gloria, dentro de las murallas se oyó un gran trajín, una voz que a todos pareció sobrehumana gritaba: «Alerta, alerta, mis fieles alejandrinos», y un conjunto de voces terrestres vociferaba: «¡Es San Pedro, San Pedro, milagro milagro!»

Pero precisamente entonces algo se torció. Como le explicarían más tarde a Baudolino, Ditpoldo y los suyos habían sido capturados rápidamente y todos se les echaban encima para convencerles de que se les había aparecido San Pedro. Probablemente habrían picado todos, pero no Ditpoldo, que sabía perfectamente de quién le llegaba la revelación de la galería –y estúpido, pero no hasta ese punto–, se le había como ocurrido que había sido burlado por Baudolino. Entonces se liberó de la presa de sus capturadores, tomó una calleja, gritando tan alto que nadie entendía qué lengua hablaba, y a la luz del crepúsculo todos creían que era uno de ellos. Pero, cuando estuvo sobre las murallas, resultó evidente que se dirigía a los asediadores, y para advertirles de la trampa. No se entiende bien para protegerles de qué, visto que los de fuera, si la puerta no se abría, no habrían entrado y, por lo tanto, poco arriesgaban. Pero poco importa, precisamente porque era estúpido, el tal Ditpoldo tenía hígados, y estaba en la cima de las murallas agitando la espada y desafiando a todos los alejandrinos. Los cuales –como quieren las reglas de un asedio– no podían admitir que un enemigo alcanzara las murallas, aun pasando desde dentro; y, además, sólo pocos estaban al corriente de la encerrona, y los demás se veían de repente a un teutón en su casa como si nada. De modo que alguien pensó en ensartarle a Ditpoldo una pica por la espalda, arrojándolo fuera del bastión.

A la vista de su amadísimo amigo y compañero precipitando sin vida a los pies del torreón, el obispo de Spira se dejó cegar por la rabia y ordenó el asalto. En una situación normal, los alejandrinos se habrían portado como de costumbre, limitándose a lanzar objetos contundentes a los asaltantes desde lo alto de las fortificaciones, pero, mientras los enemigos se acercaban a las puertas, había ido difundiéndose la voz de que había aparecido San Pedro salvando a la ciudad de una asechanza, y que se preparaba para guiar una salida victoriosa. Por lo tanto, el Trotti pensó sacar partido de aquel equívoco, y mandó a su falso San Pedro que saliera el primero, arrastrando a todos los demás.

En fin, la patraña de Baudolino, que habría debido obnubilar las mentes de los asediadores, obnubiló las de los asediados: los alejandrinos, capturados por místico furor y belicosísimo alborozo, se estaban arrojando como fieras contra los imperiales. Y de manera tan desordenadamente contraria a las reglas del arte bélico, que el obispo de Spira y sus caballeros, desconcertados, retrocedieron, y retrocedieron también los que empujaban las torres de los ballesteros genoveses, dejándolas al borde de la breña fatal. Para los alejandrinos era como estar diciendo cómeme: inmediatamente Anselmo Medico con sus placentinos había tomado la galería, que ahora resultaba verdaderamente útil, y se había asomado a las espaldas de los genoveses con un grupo de valerosos que llevaban astas en las que habían ensartado bolas de pez ardiente. Y he aquí que las torres genovesas prendían fuego cual cepos de chimenea. Los ballesteros intentaban tirarse al suelo, pero, en cuanto tocaban tierra, ahí estaban los alejandrinos para darles sus buenos porrazos en la cabeza; una torre primero se inclinó, luego se volcó, yendo a esparcir llamas entre la caballería del obispo. Los caballos parecían enloquecidos, desbaratando aún más las filas de los imperiales, y los que no iban a caballo contribuían al desorden, porque atravesaban las filas de los caballeros gritando que llegaba San Pedro en persona, y quizá incluso San Pablo, y alguien había visto a San Sebastián y a San Tarsicio; en fin, todo el olimpo cristiano se había alineado con aquella odiosísima ciudad.

Por la noche, alguien llevaba al campo, ya en gran luto, el

cadáver del prelado de Spira, herido de espaldas mientras huía. Federico había mandado llamar a Baudolino y le preguntó qué tenía que ver él con toda esa historia y qué sabía, y Baudolino hubiera querido hundirse bajo tierra, porque aquella noche habían muerto muchos buenos *milites*, incluido Anselmo Medico de Plasencia, y valerosos sargentos, y pobres soldados de a pie, y todo por aquel buen plan suyo, que habría debido resolverlo todo sin que a nadie se le tocara un pelo. Se arrojó a los pies de Federico diciéndole toda la verdad, que había pensado ofrecerle un pretexto creíble para levantar el asedio, y luego, en cambio, las cosas habían ido como habían ido.

–¡Soy un miserable, padre mío –decía–, me da asco la sangre y quería tener las manos limpias, y ahorrar muchos muertos más, y mira qué carnicería he preparado, estos muertos están todos sobre mi conciencia!

–Maldición a ti, o a quien ha malogrado tu plan –respondió Federico, que parecía más dolido que enfadado–, porque (no se lo digas a nadie) ese pretexto me habría resultado cómodo. He recibido noticias frescas, la liga se está moviendo, quizá ya mañana deberemos batirnos en dos frentes. Tu San Pedro habría convencido a los soldados, pero ahora ha muerto demasiada gente y son mis barones los que piden venganza. Van diciendo que es el momento apropiado para darles una lección a los de la ciudad, que bastaba con verlos cuando salieron, estaban más delgados que nosotros, y que han hecho justo el último esfuerzo.

Era ya Sábado Santo. El aire era templado, los campos se engalanaban con flores y los árboles hacían resonar gozosos sus frondas. Todos en los alrededores estaban tristes como funerales, los imperiales porque todos decían que era hora de atacar y nadie tenía ganas; los alejandrinos porque, sobre todo después del esfuerzo de la última salida, tenían el ánimo en los siete cielos y la tripa bailándoles en medio de las piernas. Así fue como Baudolino se puso de nuevo al trabajo.

Cabalgó otra vez hacia las murallas, y encontró al Trotti, al Guasco y a los demás jefes harto ceñudos. Sabían también ellos de la llegada de la liga, pero sabían de fuente segura que los distintos comunes estaban muy divididos sobre lo que había menester, y de lo más inciertos sobre si atacar de verdad a Federico.

–Porque una cosa, presta mucha atención, señor Nicetas, que éste es un punto muy sutil que quizá los bizantinos no son tan sutiles como para entenderlo, una cosa era defenderse cuando el emperador te asediaba, y otra darle batalla por tu iniciativa. Es decir, si tu padre te pega con el cinturón, también tienes el derecho de intentar agarrarlo para quitárselo de las manos –y es defensa–, pero si eres tú el que levanta la mano sobre tu padre, entonces es parricidio. Y, una vez que le has faltado al respeto definitivamente al sacro y romano emperador, ¿qué te queda para mantener unidos a los comunes de Italia? Entiendes, señor Nicetas, allá estaban ellos: acababan de hacer trizas las tropas de Federico, pero seguían reconociéndolo como su único señor, o sea, no lo querían por en medio, pero pobres de ellos si hubiera dejado de estarlo: se habrían matado unos a otros sin ni siquiera saber si hacían bien o mal, porque el criterio del bien y del mal era, a fin de cuentas, el emperador.

–Así pues –decía el Guasco–, lo mejor sería que Federico abandonara enseguida el asedio de Alejandría, y te aseguro que los comunes lo dejarían pasar y llegar a Pavía.

Pero, ¿cómo permitirle salvar las apariencias? Lo habían intentado con la señal del cielo, los alejandrinos se habían tomado una buena satisfacción, pero estaban de nuevo en el punto de antes. Quizá la idea de San Pedro había sido demasiado ambiciosa, observó entonces Baudolino, y además una visión o aparición o como se quiera llamarla es algo que está y no está, y el día siguiente es fácil negarla. Y, en fin, ¿por qué incomodar a los santos? Esos jodidos mercenarios eran gente que no creía ni siquiera en el Padre Eterno, lo único en lo que creían era en la tripa llena y en la polla dura...

–Imagínate –dijo entonces Gagliaudo, con esa sabiduría que Dios (como todos saben) infunde sólo al pueblo–, imagínate tú que los imperiales capturan una de nuestras vacas, y la encuentran tan llena de trigo que la tripa casi le revienta. Entonces el Barbarroja y los suyos piensan que todavía tenemos tanto para comer como para resistir en *esculasculorum*, y entonces son los mismos señores y los soldados los que dicen vámonos porque, si no, las próximas Pascuas todavía estamos aquí...

–En la vida he oído una idea tan estúpida –dijo el Guasco, y el Trotti le dio la razón, tocándose la frente con un dedo, como para decir que el viejo estaba ya un poco ido de la cabeza.

–Y si todavía hubiera una vaca viva nos la habríamos comido hasta cruda –añadió el Boidi.

–No es porque este de acá sea mi padre, pero la idea no me parece ni por asomo como para arrinconarla –dijo Baudolino–. Quizá lo hayáis olvidado, pero hay una vaca, la hay todavía, y es precisamente la Rosina de Gagliaudo. El problema es sólo si, escarbando en todos los rincones de la ciudad, conseguís encontrar tanto trigo como para hacer que el animal explote.

–El problema es si yo te doy el animal, cacho animal –saltó entonces Gagliaudo–, porque está claro que para entender que está llena de trigo los imperiales deben no sólo encontrarla, sino destriparla, y a mi Rosina nunca la hemos matado precisamente porque para mí y para tu madre es como la hija que el Señor no nos ha dado, así que no la toca nadie, mejor te mando a ti al matadero, que faltas de casa desde hace treinta años mientras que Rosina ha estado siempre aquí sin pájaros en la cabeza.

Guasco y los demás, que un minuto antes pensaban que aquella idea era digna de un loco, en cuanto Gagliaudo se opuso, se convencieron inmediatamente de que era lo mejor que se podía pensar, y se desvivían para convencer al viejo de que, ante el destino de la ciudad, se sacrifica incluso a la propia vaca, y que era inútil que dijera que mejor Baudolino, porque si desventraban a Baudolino, no se convencía nadie, mientras que si desventraban a la vaca, a lo mejor el Barbarroja dejaba plantado el cerco de una vez por todas. Y en cuanto al trigo, no lo había precisamente como para derrocharlo pero, escarba aquí, escarba allá, era posible remediar lo necesario como para embuchar a la Rosina, y tampoco había que perderse en sutilezas, porque una vez en el estómago, era difícil para nadie decir si era trigo o salvado, y tampoco preocuparse de quitarle las baboyas panateras o escarabajos, o como los quisieran llamar, que en tiempos de guerra también así se hace el pan.

–Vamos, Baudolino –dijo Nicetas–, no me contarás que os estabais tomando en serio, todos vosotros, una bufonada de ese tipo.

–No sólo nos la tomábamos en serio sino que, como verás en la continuación de la historia, se la tomó en serio también el emperador.

La historia, en efecto, fue la siguiente. Que hacia la hora tercera de aquel Sábado Santo todos los cónsules y las personas más señaladas de Alejandría estaban bajo un soportal donde yacía una vaca que más delgada y moribunda no podía imaginarse, la piel despeluchada, las patas secas como estacas, las ubres que parecían orejas, las orejas ubres, la mirada pasmada, fláccidos incluso los mismos cuernos, el resto más esqueleto que tronco, más que un bovino un fantasma de bovino, una vaca de Totentanz, velada amorosamente por la madre de Baudolino, que le acariciaba la cabeza diciéndole que, en el fondo, era mejor así, que dejaría de sufrir, y encima después de una buena comilona, mucho mejor que sus amos.

A su lado seguían llegando sacos de trigos y simientes, recogidos tal cual, que Gagliaudo ponía debajo del morro de la pobre bestia, incitándola a comer. Pero la vaca miraba ya el mundo con gemebundo departimiento, y no recordaba ni siquiera qué quería decir rumiar. De suerte que, al final, algunos voluntariosos le sujetaron las patas, otros la cabeza y otros más le abrían la boca a la fuerza y, mientras ella mugía débilmente su rechazo, le embutían el trigo en la garganta, como se hace con los gansos. Luego, quizá por instinto de conservación, o como animada por el recuerdo de tiempos mejores, el animal empezó a remover con la lengua todo aquel regalo de Dios y, un poco por su voluntad y un poco con la ayuda de los presentes, empezó a tragar.

No fue una comida gozosa, y no una sola vez a todos les pareció que Rosina iba a entregar su alma bestial a Dios, porque comía como si pariera, entre un lamento y otro. Pero luego la fuerza vital ganó la mano, la vaca se irguió sobre las cuatro patas y siguió comiendo sola, hincando directamente el hocico en los sacos que le colocaban debajo. Al final, la que todos estaban viendo era una vaca de lo más rara, macilentísima y melancólica, con los huesos dorsales que sobresalían y se marcaban como si quisieran salirse del pellejo que los tenía prisioneros, y la tripa, al contrario, opulenta, redonda, hidrópica, y tensa como si estuviera preñada de diez ternerillas.

–No puede funcionar, no puede funcionar –meneaba la cabeza el Boidi, ante aquel tristísimo portento–, hasta un estúpido se da cuenta de que este animal no está gordo, es sólo una piel de vaca en cuyo interior han metido cosas...

–Y aun si la creyeran gorda –decía el Guasco–, ¿cómo podrán aceptar la idea de que su dueño la sigue sacando al pasto, con el riesgo de perder su vida y sus bienes?

–Amigos –decía Baudolino–, no olvidéis que los que la encuentren, sean quienes sean, tienen tal hambre que no se pondrán a mirar si está gorda aquí y flaca allá.

Tenía razón Baudolino. Hacia la hora novena, Gagliaudo acababa de salir de la puerta, estaba en un prado a media legua de las murallas, e inmediatamente salió de la espesura una banda de bohemos que sin duda iban a pajarear, de haber habido todavía un pájaro vivo en los alrededores. Vieron la vaca, sin creer en sus propios ojos famélicos se lanzaron hacia Gagliaudo, quien levantó enseguida las manos, lo arrastraron con el animal hacia los reales. Pronto se había reunido a su alrededor una muchedumbre de guerreros con las mejillas enjugadas y los ojos fuera de la cabeza, y la pobre Rosina fue degollada inmediatamente por un comasco que debía de conocer el oficio, porque lo había hecho todo de un solo golpe, y la Rosina, en un amén, antes estaba viva y después estaba muerta. Gagliaudo lloraba de verdad, por lo cual la escena le resultaba verosímil a todo el mundo.

Cuando al animal se le abrió el vientre sucedió lo que debía suceder: toda aquella comida había sido tragada tan deprisa que ahora se desparramaba por el suelo como si todavía estuviera íntegra, y a todos les pareció indudable que se trataba de trigo. El estupor fue tal que prevaleció sobre el apetito y, en cualquier caso, el hambre no había quitado a aquellos hombres de armas una elemental capacidad de raciocinio: que en una ciudad sitiada las vacas pudieran derrochar hasta ese punto iba contra toda regla humana y divina. Un sargento, entre los mirones voraces, supo reprimir sus instintos, y decidió que había que informar del prodigio a sus comandantes. En poco tiempo la noticia llegó a oídos del emperador, junto al cual estaba Baudolino con aparente indolencia, en tensísimas ascuas a la espera del acontecimiento.

Los despojos de Rosina, y un paño en el que se había recogido el trigo desbordado, y Gagliaudo en grilletes, fueron conducidos ante Federico. Muerta y partida en dos, la vaca no parecía ni gorda ni flaca, y lo único que se veía era toda esa cosa dentro y fuera de su tripa. Un signo que Federico no subestimó, por lo que preguntó inmediatamente al villano:

–¿Quién eres, de dónde vienes, de quién es esa vaca?

Y Gagliaudo, aun no habiendo entendido una palabra, respondió en un estrechísimo rústico de la Palea, no sé, no estaba, no tengo nada que ver, pasaba por ahí por casualidad y esa vaca es la primera vez que la veo, es más, si no me lo decías tú no sabía ni siquiera que era una vaca. Naturalmente ni siquiera Federico entendía, y se dirigió a Baudolino:

–Tú conoces esa lengua de animales, dime lo que dice.

Escena entre Baudolino y Gagliaudo, traducción:

–Éste dice que de la vaca no sabe nada, que un campesino rico de la ciudad se la ha dado para que la saque al pasto, y eso es todo.

–Sí, por todos los diablos, pero la vaca está llena de trigo, pregúntale cómo es posible.

–Dice que todas las vacas, después de comer y antes de digerir, están llenas de lo que han comido.

–¡Dile que no se haga el tonto, o lo cuelgo por el cuello de ese árbol! En aquel burgo, en esa especie de ciudad de bandidos, ¿dan siempre de comer trigo a las vacas?

Gagliaudo: –*Per mancansa d'fen e per mancansa d'paja, a mantunuma er bestii con dra granaja… E d'iarbion.*

Baudolino: –Dice que no, sólo ahora que hay escasez de heno y paja, por lo del asedio. Y que además no todo es trigo, también las mantienen con arbiones secos.

–¿Arbiones?

–*Erbse, pisa,* guisantes.

–Por los demonios, lo voy a dar en pasto a mis halcones para que lo picoteen, a mis perros para que lo hagan trizas, ¿qué quiere decir que hay escasez de heno y no de trigo y guisantes?

–Dice que en la ciudad han amontonado a todas las vacas del condado y ahora tienen chuletas para comer hasta que llegue el fin del mundo, pero que las vacas se han comido todo el heno, que la gente si puede comer carne no come pan, imaginémonos guisantes secos, así que parte del trigo que habían acumulado se lo dan a las vacas, dice que no es como aquí que tenemos de todo, allá tienen que componérselas como pueden porque son unos pobres asediados. Y dice que por eso lo han mandado fuera con la vaca, que comiera algo de hierba, porque sólo estas cosas le hacen daño y le entra la solitaria.

–Baudolino, ¿tú crees lo que dice este gallofo?

–Yo traduzco lo que dice; por lo que recuerdo de mi infancia, no estoy seguro de que a las vacas les guste comer trigo, pero desde luego ésta estaba repleta de trigo, y la evidencia de los ojos no puede negarse.

Federico se había atusado la barba, había estrechado los ojos y mirado bien a Gagliaudo.

–Baudolino –dijo después–, yo tengo la impresión de haber visto ya a este hombre, sólo que debía de ser hace mucho tiempo. ¿Tú no lo conoces?

–Padre mío, yo las gentes de estos lugares los conozco a todos un poco. Pero ahora el problema no es preguntarse quién es este hombre, sino si es verdad que en la ciudad tienen todas esas vacas y todo ese trigo. Porque, si quieres mi opinión sincera, podrían estar intentando engañarte, y haber atiborrado a la última vaca con el último trigo.

–Bien pensado, Baudolino. Eso no se me había ocurrido en absoluto.

–Sagrada Majestad –intervino el marqués del Montferrato–, no les reconozcamos a esos villanos más inteligencia de la que tienen. Me parece que nos encontramos ante una clara señal de que la ciudad está más aprovisionada de lo que suponíamos.

–Oh, sí, sí –dijeron a una sola voz todos los demás señores, y Baudolino concluyó que nunca había visto a tanta gente, de mala fe, todos juntos, reconociendo perfectamente cada uno la mala fe ajena.

Pero era signo de que el asedio resultaba insoportable ya para todos.

–Pues así me parece a mí que me debe parecer –dijo diplomáticamente Federico–. El ejército enemigo nos amenaza a nuestras espaldas. Tomar esta Roboreto no nos evitaría enfrentarnos con él. Ni podemos pensar en expugnar la ciudad y encerrarnos dentro de esas murallas, tan mal hechas que nuestra dignidad se vería menoscabada. Por lo tanto, señores, hemos decidido: abandonemos este burgo miserable a sus miserables vaqueros, y preparémonos para otro choque mucho más importante. Que se den las órdenes oportunas.

Y luego, saliendo de la tienda real, a Baudolino:

–Manda a casa a ese viejo. Sin duda es un mentiroso, pero si tuviera que ahorcar a todos los mentirosos, hace tiempo que tú no estarías en este mundo.

–Corre a casa, padre mío, que te ha ido bien –silbó entre dientes Baudolino quitándole los grilletes a Gagliaudo–, y dile al Trotti que lo espero esta noche donde él sabe.

Federico lo hizo todo deprisa. No había que quitar ninguna tienda, en aquella cochambre que era ya el campamento de los asediadores. Puso a los hombres en columna y ordenó quemarlo todo. A medianoche, la vanguardia del ejército marchaba hacia los campos de Marengo. En el fondo, a los pies de las colinas tortonenses, resplandecían unos fuegos: allá abajo estaba esperando el ejército de la liga.

Con la licencia del emperador, Baudolino se alejó a caballo en dirección de Sale, y en una encrucijada encontró esperándole al Trotti y a dos cónsules cremoneses. Juntos recorrieron una milla, hasta llegar a una avanzada de la liga. Allí el Trotti presentó a Baudolino a los dos jefes del ejército de los comunes, Ezzelino de Romano y Anselmo de Dovara. Siguió un breve concilio, sellado por un apretón de manos. Abrazado el Trotti (ha sido una gran aventura, gracias, no gracias a ti), Baudolino había regresado cuanto antes junto a Federico, que esperaba en los límites de un claro.

–Está establecido, padre mío. No atacarán. No tienen ni las ganas ni la osadía. Pasaremos, y ellos saludarán en ti a su señor.

–Hasta el próximo encontronazo –murmuró Federico–. Pero el ejército está cansado, cuanto antes nos acuartelemos en Pavía, mejor será. Vamos.

Eran las primeras horas de la Santa Pascua. Desde lejos, si se hubiera dado la vuelta, Federico habría visto resplandecer las murallas de Alejandría con altos fuegos. Se dio la vuelta y los vio

Baudolino. Sabía que muchas llamas eran las de las máquinas de guerra y las barracas imperiales, pero prefirió imaginarse a los alejandrinos bailando y cantando para festejar la victoria y la paz.

Al cabo de una milla, se encontraron con una vanguardia de la liga. El pelotón de caballeros se abrió y formó como dos alas, en medio de las cuales pasaron los imperiales. No se entendía si era para saludar, o para quitarse de en medio, porque nunca se sabe. Alguien de la liga levantó las armas, y podía entenderse como señal de saludo. O acaso era un gesto de impotencia, una amenaza. El emperador, ceñudo, fingió no verlos.

–No lo sé –dijo–, me parece que estoy escapando, y ésos me rinden el honor de las armas. Baudolino, ¿hago bien?

–Haces bien, padre mío. No te estás rindiendo más de lo que se rinden ellos. No quieren atacarte en campo abierto por respeto. Y tú debes estarles agradecido por ese respeto.

–Es debido –dijo obstinado el Barbarroja.

–Pues si piensas que te lo deben, estate contento de que te lo den. ¿De qué te quejas?

–De nada, de nada; como siempre, tienes razón tú.

Hacia el alba divisaron en la llanura lejana y en las primeras colinas al grueso del ejército adversario. Se aliaba con una bruma ligera para formar una cosa sola, y una vez más no estaba claro si se alejaban por prudencia del ejército imperial, si le hacían corona o si lo marcaban de cerca, y amenazadoramente. Los de los comunes se movían en pequeños grupos, a veces acompañaban el desfile imperial un trecho, a veces se apostaban en un otero y lo observaban desfilar, otras veces parecían huir de él. El silencio era profundo, roto sólo por el atabalear de los caballos y el paso de los hombres de armas. De una cima a la otra se veían elevarse, a veces, en la mañana palidísima, sutiles hilos de humo, como si un grupo hiciera señales al otro, desde la extremidad de alguna torre que se ocultaba en la espesura, allá arriba en las colinas.

Esta vez Federico decidió interpretar aquel peligroso pasaje a su favor: hizo alzar los estandartes y oriflamas, y pasó como si fuera César Augusto que había sometido a los bárbaros. Fuera lo que fuese, pasó, como padre de todas aquellas ciudades revoltosas que aquella noche habrían podido aniquilarlo.

Ya en el camino de Pavía, llamó a su lado a Baudolino.

–Eres el bribón de siempre –le dijo–. Pero en el fondo, tenía que encontrar una excusa para salir de aquella charca. Te perdono.

–¿Por qué, padre mío?

–Lo sé yo. Pero no te creas que he perdonado a esa ciudad sin nombre.

–Un nombre lo tiene.

–No lo tiene, porque no la he bautizado yo. Antes o después tendré que destruirla.

–No enseguida.

–No, no enseguida. Y antes de entonces me imagino que habrás inventado otra de las tuyas. Habría debido entenderlo aquella noche, que me traía a casa a un bribón. A propósito, ¡me he acordado de dónde había visto al hombre de la vaca!

Pero el caballo de Baudolino se había como encabritado y Baudolino había tirado de las riendas, quedando atrás. De modo que Federico no pudo decirle de qué se había acordado.

# 15

## Baudolino en la batalla
## de Legnano

Acabado el asedio, Federico, en un principio aliviado, se retiró a
Pavía, pero estaba descontento. Había seguido un mal año. Su
primo Enrique el León ponía a prueba su paciencia en Alemania,
las ciudades italianas seguían siendo rebeldes y hacían como si
nada cada vez que pretendía la destrucción de Alejandría. Tenía
ya pocos hombres, y los refuerzos primero no llegaban y cuando
llegaban eran insuficientes.

Baudolino se sentía un poco culpable por la ocurrencia de la
vaca. Desde luego, no había engañado al emperador, que había
seguido su juego, pero ahora ambos sentían apuro al mirarse a
la cara, como dos niños que hubieran tramado juntos una tras-
tada de la que se avergonzaban. Baudolino estaba enternecido
por el apuro casi adolescente de Federico, que ya empezaba a
encanecer, y había sido precisamente su hermosa barba de cobre
la primera en perder sus reflejos leoninos.

Baudolino quería cada vez más a ese padre que no cesaba de
seguir su sueño imperial, aun con el riesgo creciente de perder
sus tierras de allende los Alpes para mantener bajo control una
Italia que se le escapaba por doquier. Un día había pensado que,
en la situación en la que se hallaba Federico, la carta del Preste
Juan le habría permitido salir del pantanal lombardo sin tener el
aspecto de renunciar a nada. En fin, la carta del Preste un poco
como la vaca de Gagliaudo. Había intentado, pues, hablarle de
ella, pero el emperador estaba de mal humor y le había dicho que
tenía cosas harto más serias de las que ocuparse que no de las
fantasías seniles del tío Otón, que en paz descanse. Luego le había encomendado otras embajadas, haciéndole ir de acá para allá
a través de los Alpes durante casi doce meses.

A finales de mayo del año del Señor 1176, Baudolino supo que Federico asentaba los reales en Como, y quería alcanzarlo en esa ciudad. En el curso del viaje le habían dicho que el ejército imperial se estaba moviendo ya hacia Pavía, y entonces se había desviado hacia el sur, intentando cruzarse con él a medio camino.

Se cruzó con él, a lo largo del río Olona, no lejos de la plaza fuerte de Legnano, donde pocas horas antes el ejército imperial y el de la liga se habían encontrado por error, sin tener ganas ninguno de los dos de dar batalla, y obligados ambos al choque sólo por no perder el honor.

En cuanto llegó a los límites del campo, Baudolino vio un soldado de a pie que corría hacia él con una gran pica. Había espoleado su montura intentando arrollarlo, con la esperanza de que se asustara. Se asustó, y se cayó cuan largo era, soltando la pica. Baudolino bajó del caballo y cogió la pica, mientras el otro se había puesto a gritar que iba a matarle, y levantándose, se había sacado un puñal de la cintura. Salvo que gritaba en dialecto lodiciano. Baudolino se había acostumbrado a la idea de que los lodicianos estaban con el imperio y, manteniéndolo a una cierta distancia con la pica, porque parecía un poseso, le gritaba:

–¡Pero qué haces, pedazo de pisquimpirol, yo también estoy con el imperio!

Y aquél:

–¡Pues por eso te mato!

Y entonces Baudolino recordó que Lodi estaba ya del lado de la liga y se preguntó:

–¿Qué hago? ¿Lo mato ya que la pica es más larga que su cuchillo? ¡Pero si yo nunca he matado a nadie!

Entonces le metió la pica entre las piernas, derribándolo por los suelos, luego le apuntó el arma a la garganta.

–No me mates, *dominus*, porque tengo siete hijos y, si falto yo, se mueren de hambre mañana mismo –había gritado el lodiciano–, déjame ir, ¡ya ves que mucho daño a los tuyos no puedo hacerles, que a mí me la meten como a un cirolas!

–Que eres un cirolas se ve de tan lejos que no basta una jornada a pie, pero si te dejo ir por el mundo con algo en la mano, eres capaz de hacer algún mal. ¡Quítate los calzones!

–¿Los calzones?

–Precisamente; así te perdono la vida, pero te toca ir por el mundo con los huevos al aire. ¡Y quiero ver si tienes el rostro de volver a la batalla o si corres a reunirte enseguida con esos muertos de hambre de tus hijos!

El enemigo se había quitado los calzones, y ahora corría por los campos saltando los setos, no tanto por la vergüenza, sino porque tenía miedo de que un caballero contrario lo viera por detrás, pensara que le mostraba las nalgas por desprecio y lo empalara como hacen los turcos.

Baudolino estaba satisfecho de no haber tenido que matar a nadie, pero he aquí que un tal a caballo estaba galopando hacia él; había llegado vestido a lo francés y, por lo tanto, se veía que no era lombardo. Se decidió entonces a vender caro el pellejo y desenvainó la espada. El del caballo pasó por su lado gritando:

–¡Pero qué haces, insensato, no ves que hoy a vosotros los imperiales os la hemos metido en salvasealaparte, vuelve a casa que es mejor!

Y se fue, sin buscarle las pulgas.

Baudolino volvió a montar y se preguntó dónde podía ir, porque no entendía nada de nada de aquella batalla, y hasta entonces sólo había visto asedios, que en esos casos bien se sabe quién está aquí y quién está allá.

Rodeó una arboleda, y en medio de la llanura vio algo que nunca había visto: un gran carro descubierto, pintado de rojo y blanco, con un largo estandarte empavesado en el medio, y alrededor de un altar, unos hombres armados con trompetas largas como las de los ángeles, que quizá servían para incitar a los suyos a la batalla, tanto que –como era costumbre en sus tierras– dijo boquiabierto: «¡To, basta acá!» Por un momento pensó que había ido a parar al reino del Preste Juan, o por lo menos a Sarandib, donde se iba a la batalla con un carro arrastrado por elefantes, pero el carro que veía lo tiraban bueyes, aunque todos iban vestidos como señores, y en torno al carro no había nadie que contendiera. Los de las trompetas lanzaban de vez en cuando algún toque, luego se paraban, sin saber muy bien qué hacer. Algunos de ellos indicaban un revoltijo de gente a orillas del río, que todavía acometían el uno contra el otro lanzando alaridos que despertarían a los muertos, y otros intentaban hacer que los bueyes se movieran, pero éstos, que de suyo solían ser reacios, imaginémonos si querían ir a mezclarse en aquella gresca.

–¿Qué hago? –se preguntaba Baudolino–, ¿me arrojo en medio de aquellos exagitados de por allá, que si antes no hablan no sé ni siquiera cuáles son los enemigos, y mientras yo espero que hablen, a lo mejor me matan?

Mientras meditaba qué hacer, vio venir a su encuentro a otro caballero, y era un ministerial que conocía bien. Aquél también lo reconoció y le gritó:

–Baudolino, ¡hemos perdido al emperador!

–¿Qué significa que lo habéis perdido, cristosanto?

–Alguien lo ha visto batirse como un león en medio de una mesnada de soldados que empujaban su caballo hacia aquel bosquecillo allá al fondo, luego todos han desaparecido en medio de los árboles. Hemos ido allá pero ya no había nadie. Debe de haber intentado la fuga en alguna dirección, pero desde luego no ha vuelto con el grueso de nuestros caballeros...

–¿Y dónde está el grueso de nuestros caballeros?

–Ya; el problema es que no sólo el emperador no se ha reunido con el grueso de la caballería, sino que tampoco existe ya el grueso de la caballería. Ha sido una escabechina, maldita jornada. Al principio Federico se ha lanzado con sus caballeros contra los enemigos, que parecían todos a pie y parapetados en torno a ese catafalco suyo. Pero esos soldados han resistido bien, y de golpe ha aparecido la caballería de los lombardos, de modo que los nuestros han sido cogidos por ambos lados.

–¡Pero bueno, habéis perdido al sacro romano emperador! ¿Y me lo dices así, vientrededios?

–Me da como que tú llegas fresco fresco, ¡pero no sabes lo que hemos pasado nosotros! Alguien dice incluso que al emperador lo ha visto caer, que ha sido arrastrado por el caballo, ¡con un pie aprisionado en el estribo!

–¿Y qué hacen ahora los nuestros?

–Escapan, mira allá, se dispersan entre los árboles, se arrojan al río, a estas alturas corre la voz de que el emperador ha muerto, y cada uno intenta llegar a Pavía como puede.

–¡Cobardes! ¿Y nadie busca ya a nuestro señor?

–Está cayendo la oscuridad, también los que seguían batiéndose lo están dejando, ¿cómo se puede encontrar a nadie aquí en medio, y Dios sabe dónde?

Baudolino

201

–Cobardes –dijo una vez más Baudolino que no era hombre de guerra pero tenía un gran corazón.

Incitó al caballo y se arrojó con la espada tendida allá donde se veían más cadáveres por los suelos, llamando con grandes voces a su dilectísimo padre adoptivo. Buscar un muerto en esa llanura, entre muchos otros muertos, y gritándole que diera señales de vida, era un empresa harto desesperada, a tal punto que los últimos escuadrones de lombardos con los que se cruzaba lo dejaban pasar, tomándolo por algún santo del Paraíso que había bajado para ayudarles, y le hacían festosos gestos de saludo.

En el punto donde la lucha había sido más cruenta, Baudolino se puso a darles la vuelta a los cuerpos que yacían boca abajo, siempre esperando y temiendo al mismo tiempo descubrir en la tenue luz del crepúsculo las queridas facciones de su soberano. Lloraba, e iba tan a ciegas que, saliendo de un bosquecillo, fue a toparse con aquel gran carro arrastrado por los bueyes, que estaba dejando lentamente el campo de batalla.

–¿Habéis visto al emperador? –gritó en lágrimas, sin juicio y sin recato.

Aquéllos se echaron a reír diciéndole:

–¡Sí, estaba allá abajo, entre esos matorrales, tirándose a tu hermana! –y uno sopló malamente en la trompeta de modo que saliera un crujido obsceno.

Aquéllos hablaban por hablar, pero Baudolino había ido a mirar también entre esas matas. Había un montoncito de cadáveres, tres boca abajo encima de uno boca arriba. Levantó a los tres que le daban la espalda, y debajo vio, con la barba roja, pero de sangre, a Federico. Entendió inmediatamente que estaba vivo, porque le salía un estertor ligero de los labios entreabiertos. Tenía una herida sobre el labio superior, que le sangraba todavía, y un amplio bollo en la frente que le llegaba hasta el ojo izquierdo. Tenía las manos, todavía extendidas, un puñal en cada una como quien, ya en el punto de perder los sentidos, había sabido traspasar todavía a los tres miserables que se le habían echado encima para rematarlo.

Baudolino le levantó la cabeza, le limpió el rostro, lo llamó, y Federico abrió los ojos y preguntó dónde estaba. Baudolino lo palpaba para entender si estaba herido en algún otro sitio. Federico gritó cuando le tocó un pie, quizá fuera verdad que el caballo lo había arrastrado un trecho dislocándole el tobillo. Sin dejar de hablarle, mientras Federico preguntaba dónde se encontraba, lo irguió. Federico reconoció a Baudolino, y lo abrazó.

–Señor y padre mío –dijo Baudolino–, ahora tú montas en mi caballo, y no tienes que hacer esfuerzos. Pero tenemos que ir con ojo avizor, aunque ya ha anochecido, porque aquí alrededor están.las tropas de la liga, y la única esperanza es que estén todos de jarana en algún pueblo, visto que, sin ofender, me parece que han vencido. Pero algunos podrían estar por los alrededores buscando a sus muertos. Tendremos que pasar por bosques y barrancos, no seguir los caminos, y llegar a Pavía, donde los tuyos se habrán retirado ya. Tú en el caballo puedes dormir, yo cuidaré de que no te caigas.

–¿Y quién cuidará de ti, de que no te duermas caminando? –preguntó Federico con una sonrisa tirante. Luego dijo–: Me duele cuando me río.

–Veo que estás bien, ahora –dijo Baudolino.

Anduvieron toda la noche, tropezando en la oscuridad, también el caballo, en medio de raíces y arbustos bajos, y sólo una vez vieron de lejos unos fuegos, y dieron un amplio rodeo para evitarlos. Mientras andaba, Baudolino hablaba para mantenerse despierto, y Federico se mantenía despierto para tenerle despierto.

–Se ha acabado –decía Federico–, no podré soportar la afrenta de esta derrota.

–Ha sido sólo una escaramuza, padre mío. Además todos te creen muerto, tú reapareces como Lázaro resucitado, y la que parecía una derrota será percibida por todos como un milagro al que cantar el tedéum.

La verdad es que Baudolino estaba intentando sólo consolar a un viejo herido y humillado. Aquel día había sido comprometido el prestigio del imperio, ahí era nada el *rex et sacerdos*. A menos que Federico no hubiera vuelto a la escena con un halo de nueva gloria. Y en aquel punto, Baudolino no pudo sino pensar en los auspicios de Otón y en la carta del Preste.

–El hecho es, padre mío –dijo–, que deberías aprender por fin una cosa de lo que ha sucedido.

–¿Y qué querrías enseñarme, señor sabihondo?

–No debes aprender de mí, Dios me libre, sino del cielo. Debes hacer tesoro de lo que decía el obispo Otón. En esta Italia, más adelantas y más te empantanas, no se puede ser emperador donde también hay un papa; con estas ciudades perderás siempre, porque tú quieres reducirlas al orden, que es obra de artificio, mientras ellas, en cambio, quieren vivir en el desorden, que es según naturaleza; es decir, como dirían los filósofos parisinos, es la condición de la *hyle*, del caos primigenio. Tú debes mirar hacia oriente, más allá de Bizancio, imponer las insignias de tu imperio en las tierras cristianas que se extienden allende los reinos de los infieles, uniéndote al único y verdadero *rex et sacerdos* que gobierna allá desde los tiempos de los Reyes Magos. Sólo cuando hayas estrechado una alianza con él, o él te haya jurado sumisión, podrás volver a Roma y tratar al papa como a tu galopillo, y a los reyes de Francia y de Inglaterra como a tus lacayos. Sólo entonces tus vencedores de hoy tendrían de nuevo miedo de ti.

Federico no se acordaba casi de los auspicios de Otón, y Baudolino tuvo que recordárselos.

–¿Otra vez ese Preste? –dijo–. ¿Pero existe? ¿Y dónde está? ¿Y cómo puedo mover un ejército para irlo a buscar? Me convertiría en Federico el Loco, y así me recordarían en los siglos.

–No, si en las cancillerías de todos los reinos cristianos, Bizancio incluida, circulara una carta que este Preste Juan te escribe a ti, sólo a ti, a quien reconoce como par suyo, y te invita a unir vuestros reinos.

Y Baudolino, que se la sabía casi de memoria, se puso a recitar en la noche la carta del Preste Juan, y le explicó qué era la reliquia más preciosa del mundo que el Preste le enviaba en un cofre.

–¿Pero dónde está esta carta? ¿Tienes una copia? ¿No la habrás escrito tú?

–Yo la he vuelto a componer en buen latín, he reunido los miembros desperdigados de cosas que los sabios ya sabían y decían, sin que nadie los escuchara. Pero todo lo que se dice en la carta es verdadero como el Evangelio. Digamos, si quieres, que de mi mano, le he puesto sólo la dirección, como si la carta te hubiera sido enviada a ti.

–¿Y ese Preste podría darme, cómo lo llamas, ese Greal en el que se vertió la sangre de Nuestro Señor? Desde luego que ésa sería la unción última y perfecta... –murmuró Federico.

De modo que esa noche se decidió, junto con el destino de Baudolino, también el de su emperador, aunque ninguno de los dos había entendido todavía a qué iban al encuentro.

Fantaseando todavía ambos sobre un reino lejano, hacia el alba, cerca de una cañariega, encontraron un caballo huido de la batalla y ahora incapaz de encontrar la vía del regreso. Con dos caballos, aun por mil derroteros secundarios, el camino hacia Pavía fue más rápido. A lo largo del trayecto encontraron manípulos de imperiales en retirada, que reconocieron a su señor y lanzaron gritos de alegría. Como habían hecho razia en las aldeas por las que pasaban, tuvieron con qué reconfortarles, corrieron a advertir a los que estaban más adelante, y dos días después Federico llegó a las puertas de Pavía precedido por la alborozada noticia. Encontró a los notables de la ciudad y a sus compañeros esperándole en pompa magna sin todavía poder creer en sus ojos.

Estaba también Beatriz, vestida de luto, porque le habían dicho que su marido había muerto. Llevaba de la mano a sus dos hijos; Federico, que tenía ya doce años pero demostraba la mitad, enfermizo como era de nacimiento, y Enrique, que, en cambio, había heredado toda la fuerza del padre, pero aquel día no paraba de llorar, sin norte, y de preguntar qué había sucedido. Beatriz divisó a Federico de lejos, le salió al encuentro sollozando y lo abrazó con pasión. Cuando éste le dijo que estaba vivo por mérito de Baudolino, ella se dio cuenta de que estaba también él, se puso toda roja, luego toda pálida, luego lloró, por fin extendió sólo la mano hasta tocarle el corazón e imploró al cielo para que le recompensara por lo que había hecho, llamándolo hijo, amigo, hermano.

–En aquel preciso instante, señor Nicetas –dijo Baudolino–, entendí que, salvándole la vida a mi señor, había saldado mi deuda. Pero precisamente por eso ya no era libre de amar a Beatriz. Y me di cuenta de que ya no la amaba. Era como una herida cicatrizada, su vista me suscitaba gratos recuerdos pero ningún estremecimiento, sentía que habría podido estar a su lado sin

sufrir, alejarme de ella sin dolor. Quizá me había vuelto definitivamente adulto, y se había adormecido todo el ardor de la juventud. No me supo mal, sentí sólo una ligera melancolía. Me sentía como una paloma que había arrullado sin recato, pero ya se
había acabado la época de los amores. Era preciso moverse, ir
allende el mar.

–Ya no eras una paloma, te habías convertido en una golon-
drina.

–O en una grulla.

# 16

## Baudolino es engañado por Zósimo

La mañana del sábado vinieron Pèvere y Grillo para anunciar que
de alguna manera el orden estaba volviendo a Constantinopla. No
tanto porque se hubiera aplacado el hambre de saqueo de aquellos peregrinos, sino porque sus jefes se habían dado cuenta de
que se habían apoderado también de muchas y venerables reliquias. Se podía transigir sobre un cáliz o unas vestiduras de
damasco, pero las reliquias no podían perderse. Por lo tanto, el
dux Dandolo mandó que todos los objetos preciosos robados hasta entonces fueran llevados a Santa Sofía, para hacer una justa
distribución. Lo que quería decir, ante todo, repartir entre peregrinos y venecianos, los cuales todavía esperaban el saldo por
haber transportado a los primeros con sus naves. Luego se habría
procedido a calcular el valor de cada pieza en marcos de plata:
los caballeros habrían recibido cuatro partes, los sargentos a caballo dos, y los sargentos de a pie, una. Se puede imaginar la
reacción de la soldadesca, a la que no se dejaba arramblar con
nada.

Se murmuraba que los emisarios de Dandolo ya habían cogido cuatro caballos de bronce dorado del Hipódromo, para man-
darlos a Venecia, y todos estaban de mal humor. Como toda respuesta, Dandolo ordenó que se cacheara a los hombres de armas
de todos los rangos, y que se registraran los lugares en donde
vivían en Pera. A un caballero del conde de Saint-Pol le encontraron encima una ampolla. Decía que era una medicina, que se
había secado, pero, cuando la movieron, con el calor de las manos se veía fluir un líquido rojo, que evidentemente era la sangre manada del costado de Nuestro Señor. El caballero gritaba
que había comprado honradamente aquella reliquia a un monje

antes del saqueo, pero para dar ejemplo había sido ahorcado allí mismo, con el escudo y el blasón colgados del cuello.

–Belandi, parecía un merluzo –decía Grillo.

Nicetas seguía aquellas noticias entristecido, pero Baudolino, repentinamente apurado, casi como si hubiera sido culpa suya, había cambiado de conversación y preguntaba si había llegado el momento de abandonar la ciudad.

–Sigue habiendo un gran alboroto –decía Pèvere– y hay que estar atentos. ¿Tú dónde querías ir, señor Nicetas?

–A Selimbria, donde tenemos amigos de confianza que nos pueden alojar.

–Nada fácil, Selimbria –decía Pèvere–. Está a poniente, justo cerca de las Murallas de Anastasio. Y aun teniendo unos mulos, siempre hay tres días de camino, o quizá más, contando que llevamos a una mujer embarazada. Y además, ya me lo veo, si cruzas la ciudad con una hermosa recua de acémilas, tienes el aire del que puede, y se te echan encima los peregrinos como moscas.

Así pues, los mulos había que prepararlos fuera de la ciudad, y la ciudad había que cruzarla a pie. Había que pasar las murallas de Constantino y luego evitar la costa, donde sin duda había más gente, rodear la iglesia de San Mucio y salir por las murallas de Teodosio hacia la puerta de Pigé.

–Será difícil que vaya tan bien que nadie os pare antes –decía Pèvere.

–Ah –comentaba Grillo–, pillársela en el culo es cuestión de un santiamén, y con todas estas mujeres a los peregrinos se les cae el eschumaso de la boca.

Hacía falta por lo menos una jornada entera, porque había que preparar a las mujeres jóvenes. No podían repetir la escena de los leprosos, que los peregrinos ya habían entendido que por la ciudad no andaban leprosos sueltos. Había que hacerles manchitas, costras en la piel, de manera que pareciera que tenían sarna, tanto como para ahuyentar las ganas. Y además toda aquella gente, en tres días, habría tenido que comer, que la olla cogolluda al costal ayuda. Los genoveses habrían preparado unos canastillos con una buena sartenada de escripilitas, o sea, las tortas de harina de garbanzos que se usaban en Constantinopla, crujientes y finas, que habrían cortado en lonchitas envueltas en otras tantas hojas anchas; bastaba con ponerle luego un poco de pimienta encima y habría sido una exquisitez, digna de un león, mejor que una chuleta poco hecha; y hermosas rebanadas de hogaza, con aceite, con salvia, con queso y con cebolla.

A Nicetas aquellas comidas bárbaras no le iban muy a genio, pero, visto que había que esperar todavía un día, decidió que lo habría empleado en saborear los últimos manjares que Teófilo podía preparar, y en escuchar las últimas peripecias de Baudolino, porque no quería marcharse en lo mejor, sin saber cómo acababa su historia.

–Mi historia todavía es demasiado larga –dijo Baudolino–. Yo, en cualquier caso, me voy con vosotros. Aquí en Constantinopla no tengo ya nada que hacer, y cada esquina me despierta malos recuerdos. Tú te has convertido en mi pergamino, señor Nicetas, en el que escribo muchas cosas que había llegado incluso a olvidar, casi como si la mano fuera sola. Pienso que quien relata historias tiene que tener siempre a alguien a quien contárselas, y sólo así puede contárselas a sí mismo. ¿Te acuerdas de cuando escribía cartas a la emperatriz, pero ella no podía leerlas? Si cometí la estupidez de hacérselas leer a mis amigos, es porque, de otro modo, mis cartas no habrían tenido sentido. Pero luego, cuando con la emperatriz hubo aquel momento del beso, aquel beso no he podido contárselo nunca a nadie, y he llevado dentro de mí su recuerdo durante años y años, a veces saboreándolo como si fuera tu vino con miel, y a veces sintiendo su tósigo en la boca. Sólo cuando he podido contártelo a ti me he sentido libre.

–¿Y por qué has podido contármelo a mí?

–Porque ahora, mientras te cuento mi historia, todos los que tenían que ver con ella ya se han ido. Quedo sólo yo. Y tú ya me eres tan necesario como el aire que respiro. Voy contigo a Selimbria.

En cuanto se hubo repuesto de las heridas sufridas en Legnano, Federico convocó a Baudolino junto con el canciller imperial, Cristián de Buch. Si había de tomarse en serio la carta del Preste Juan, era mejor empezar enseguida. Cristián leyó el pergamino que Baudolino le enseñaba, e hizo algunas objeciones dictadas por la cordura de su oficio. La escritura, ante todo, no le parecía digna de una cancillería. Esa carta tenía que circular en

la corte papal, en la de Francia e Inglaterra, llegar al basileo de
Bizancio y, por lo tanto, debía hacerse como se hacen los documentos importantes en todo el mundo cristiano. Luego dijo que
haría falta tiempo para preparar unos sellos que tuvieran el aspecto de sellos. Si se quería hacer un trabajo serio, había que
hacerlo con calma.

¿Cómo hacer conocer la carta a las demás cancillerías? Si la
mandaba la cancillería imperial, la cosa no resultaba creíble.
Figurémonos, el Preste Juan te escribe privadamente para permi-
tirte que vayas a su encuentro en una tierra ignota a todos, ¿y tú
lo haces saber *lippis et tonsoribus*, para que así alguien lo encuentre antes que tú? Seguramente, debían circular voces sobre la
carta, no sólo para legitimar una futura expedición, sino para que
todo el mundo cristiano se quedara atónito. Pero todo ello debía
suceder poco a poco, como si estuviera traicionando un secreto
secretísimo.

Baudolino propuso usar a sus amigos. Habrían sido agentes
libres de toda sospecha, doctos del *studium* parisino y no hombres
de Federico. Abdul podía pasar de contrabando la carta a los reinos de Tierra Santa, Boron a Inglaterra, Kyot a Francia, y el rabí
Solomón podía hacérsela llegar a los judíos que vivían en el imperio bizantino.

Así pues, los meses siguientes se emplearon en estos menes-
teres, y Baudolino se vio dirigiendo un *scriptorium* en el que tra-
bajaban todos sus antiguos concofrades. Federico, de vez en
cuando, pedía noticias. Había avanzado la propuesta de que el
ofrecimiento del Greal fuera un poco más explícita. Baudolino le
explicó las razones por las que convenía dejarlo a medias palabras, pero se dio cuenta de que aquel símbolo de poder real y
sacerdotal había fascinado al emperador.

Mientras iban discutiendo de estos asuntos, a Federico le
embargaron nuevas preocupaciones. Tenía que resignarse a intentar un acuerdo con el papa Alejandro III. Visto que, al fin y al
cabo, el resto del mundo no se tomaba en serio a los antipapas
imperiales, el emperador habría aceptado rendirle homenaje y
reconocerlo como el único y verdadero pontífice romano –y era
mucho–, pero, a cambio, el papa tenía que decidirse a quitar el
apoyo a los comunes lombardos –y era muchísimo–. ¿Valía la
pena, se preguntaron entonces tanto Federico como Cristián,

mientras se entretejían cautísimas urdimbres, provocar al papa con un renovado toque de atención hacia la unión de *sacerdotium* e *imperium*? Baudolino mordía el freno por aquellas dilaciones, pero no podía protestar.

Es más, Federico lo apartó de sus proyectos mandándolo con delicadísimo encargo, en abril de 1177, a Venecia. Se trataba de organizar con prudencia los distintos detalles del encuentro que en julio se produciría entre el papa y el emperador. La ceremonia de la reconciliación había que cuidarla en todos sus pormenores y ningún incidente debería perturbarla.

–Sobre todo, Cristián estaba preocupado de que vuestro basileo quisiera provocar algún tumulto, para hacer que el encuentro fracasara. Sabrás que desde hacía tiempo Manuel Comneno se empleaba con el papa, y sin duda ese acuerdo entre Alejandro y Federico comprometía sus proyectos.

–Hacía que saltaran por los aires para siempre. Manuel llevaba diez años proponiéndole al papa la reunificación de las dos iglesias: él reconocía el primado religioso del papa y el papa reconocía al basileo de Bizancio como el único y verdadero emperador romano, tanto de Oriente como de Occidente. Pero con un acuerdo de ese tipo, Alejandro no adquiría lo que se dice mucho poder en Constantinopla y no se quitaba de en medio a Federico en Italia, y quizá habría alarmado a los demás soberanos de Europa. Así pues, estaba eligiendo la alianza más provechosa para él.

–Ahora bien, tu basileo mandó espías a Venecia. Se hacían pasar por monjes...

–Probablemente lo eran. En nuestro imperio los hombres de la iglesia trabajan para su basileo, y no contra él. Pero por lo que puedo entender, y recuerda que entonces yo todavía no estaba en la corte, no había mandado suscitar ningún tumulto. Manuel se había resignado a lo inevitable. Quizá sólo quería mantenerse informado de lo que estaba sucediendo.

–Señor Nicetas, ciertamente sabes, si has sido logoteta de quién sabe cuántos arcanos, que cuando los espías de dos partes distintas se encuentran en el mismo campo de intrigas, lo más natural es que mantengan cordiales relaciones de amistad y que cada uno confíe a los demás los propios secretos. Así no corren riesgos para quitárselos unos a otros, y parecen habilísimos a los ojos de quien los ha mandado. Y así sucedió entre nosotros y aquellos monjes: nos dijimos inmediatamente los unos a los otros por qué estábamos allí, nosotros espiándoles a ellos y ellos espiándonos a nosotros, y después pasamos juntos hermosísimas jornadas.

–Es algo que un sabio hombre de gobierno tiene previsto, mas ¿qué puede hacer? No puede interrogar directamente a los espías extranjeros, que, entre otras cosas, no conoce, porque no le dirían nada. Envía, pues, a sus propios espías con secretos de poca monta que se pueden vender, y así consigue saber lo que debería saber, y lo que todos suelen saber menos él –dijo Nicetas.

–Entre esos monjes había un tal Zósimo de Calcedonia. Me llamó la atención su rostro delgadísimo; dos ojos como carbúnculos se explayaban sin cesar, iluminando una gran barba negra y una larguísima melena. Cuando hablaba parecía que dialogara con un crucificado que le sangraba a dos palmos de la cara.

–Conozco el tipo, nuestros monasterios están llenos. Mueren jovencísimos, de consunción...

–Él no. Nunca en mi vida he visto un glotón de esa índole. Una noche lo llevé también a casa de dos cortesanas venecianas, que, como quizá sepas, son famosísimas entre las que cultivan ese arte antiguo como el mundo. A las tres de la noche, yo estaba borracho y me fui, mientras que él se quedó, y tiempo después una de las muchachas me dijo que nunca habían tenido que mantener a raya a un satanás como él.

–Conozco el tipo, nuestros monasterios están llenos. Mueren jovencísimos, de consunción...


Baudolino y Zósimo se habían vuelto, si no amigos, compañeros de farras. Su trato había empezado cuando, después de una primera y generosa libación en común, Zósimo había proferido una horrible blasfemia y había dicho que aquella noche habría dado todas las víctimas de la matanza de los inocentes por una muchacha de indulgente moralidad. Ante la pregunta de si era aquello lo que se aprendía en los monasterios de Bizancio, Zósimo respondió:

–Como enseñaba San Basilio, dos son los demonios que pueden perturbar el intelecto, el de la fornicación y el de la blasfemia. El segundo obra por breve espacio de tiempo y el primero, si no agita los pensamientos con la pasión, no impide la contemplación de Dios.

Habían ido inmediatamente a prestar obediencia, sin pasión, al demonio de la fornicación, y Baudolino se había dado cuenta de que Zósimo tenía, para cada acaecimiento de la vida, una sentencia de algún teólogo o ermitaño que hacía que se sintiera en paz consigo mismo.

Otra vez, estaban bebiendo juntos y Zósimo celebraba las maravillas de Constantinopla. Baudolino se avergonzaba, porque podía contarle sólo de las callejas de París, llenas de excrementos que la gente echaba por las ventanas, o de las aguas adustas del Tanaro, que no podían competir con las aguas doradas de la Propóntide. Ni podía hablarle de las *mirabilia urbis Mediolani*, porque Federico había hecho que las destruyeran todas. No sabía cómo hacerle callar y, para asombrarle, le enseñó la carta del Preste Juan, como para decirle que por lo menos en algún lugar del mundo existía un imperio que hacía que el suyo resultara un páramo.

Zósimo, en cuanto leyó la primera línea, preguntó con desconfianza:

–¿Presbyter Johannes? ¿Y quién es?

–¿No lo sabes?

–Feliz el que ha llegado a esa ignorancia allende la cual no nos es concedido ir.

–Puedes seguir leyendo. Sigue, sigue.

Había leído, con esos ojos que se inflamaban cada vez más; luego dejó el pergamino y dijo con indiferencia:

–Ah, el Preste Juan, es verdad. Cierto, en mi monasterio he leído muchas relaciones de los que habían visitado su reino.

–¿Pero si antes de leer no sabías ni siquiera quién era?

–Las grullas forman letras en su vuelo sin conocer la escritura. Esta carta habla de un Preste Juan y miente, pero habla de un reino verdadero, que en las relaciones que he leído es el del Señor de las Indias.

Baudolino estaba dispuesto a apostarse a que aquel tunante intentaba adivinar, pero Zósimo no le dejó tiempo para dudarlo.

–El Señor pide tres cosas al hombre que ha recibido el bautismo: al alma, la recta fe; a la lengua, la sinceridad; al cuerpo, la continencia. Esta carta tuya no puede haberla escrito el Señor de las Indias porque contiene demasiadas inexactitudes. Por ejemplo, nombra a muchos seres extraordinarios de aquellas tierras, pero calla... déjame pensar... ah sí, no menciona, por ejemplo, a los methagallinarii, a las thinsiretae y a los cametheterni.

–¿Y qué son?

–¡¿Qué son?! Pues lo primero que le pasa a uno que llega donde el Preste Juan es que se encuentra con una thinsireta y si no está preparado para enfrentarse con ella... ñam... la thinsireta se lo devora de un solo bocado. Ah, son lugares donde uno no puede ir así como así, como si fueras a Jerusalén, que a lo sumo encuentras algún que otro camello, un cocodrilo, dos elefantes y ale. Además, la carta me parece sospechosa porque es harto extraño que esté dirigida a tu emperador en lugar de a nuestro basileo, visto que el reino de este Juan está más cerca del imperio de Bizancio que del de los latinos.

–Hablas como si supieras dónde está.

–No sé exactamente dónde está, pero sabría cómo ir, porque quien conoce la meta conoce también el camino.

–Y entonces, ¿por qué ninguno de vosotros, los romeos, ha ido nunca?

–¿Quién te ha dicho que nadie lo ha intentado nunca? Podría decirte que si el basileo Manuel se ha aventurado en las tierras del sultán de Iconio, ha sido precisamente para abrirse camino hacia el reino del Señor de las Indias.

–Podrías decírmelo, pero no me lo dices.

–Porque nuestro glorioso ejército fue aplastado precisamente en esas tierras, en Miriocéfalo, hace dos años. Y, por lo tanto, antes de que nuestro basileo intente una nueva expedición pasará mucho tiempo. Pero si yo pudiera disponer de mucho dinero, de un grupo de hombres bien armados y capaces de arrostrar mil dificultades, teniendo una idea de la dirección que tomar, no tendría sino que partir. Luego, al hacer camino, preguntas, sigues las indicaciones de los nativos... Habría muchos signos; cuando tú estuvieras en la justa vía empezarías a divisar árboles que florecen sólo en esas tierras o a encontrar animales que viven allá, como precisamente los methagallinarii.

–¡Vivan los methagallinarios! –había dicho Baudolino, y había alzado la copa.

Zósimo lo había invitado a brindar juntos por el reino del Preste Juan. Luego lo desafió a que bebiera a la salud de Manuel, y Baudolino contestó que bien, si él bebía a la salud de Federico. Brindaron luego por el papa, por Venecia, por las dos cortesanas que habían conocido algunas noches antes, y al final Baudolino cayó dormido con la cabeza en picado encima de la mesa, mientras seguía oyendo a Zósimo que farfullaba con esfuerzo:

–La vida del monje en esto consiste: no comportarse con curiosidad, no caminar con el injusto, no ensuciarse las manos...

A la mañana siguiente Baudolino dijo, con la boca todavía pastosa:

–Zósimo, eres un bellaco. Tú no tienes ni la menor idea de dónde está tu Señor de las Indias. Tú quieres marchar al azar y, cuando uno te dice que allá ha visto un methagallinario, tú vas y tiras hacia esa parte, y en un santiamén llegas ante un palacio de piedras preciosas todo él, ves a un fulano y le dices buenos días, Preste Juan, ¿cómo está? Eso se lo cuentas a tu basileo, no a mí.

–Pero yo tendría un buen mapa –dijo Zósimo empezando a abrir los ojos.

Baudolino objetó que, aun teniendo un buen mapa, todo habría sido vago y difícil de decidir, porque se sabe que los mapas son imprecisos, sobre todo los de aquellos lugares en los que, siendo muy generosos, a lo sumo había estado Alejandro el Grande y nadie más después de él. Y le trazó como pudo el mapa hecho por Abdul.

Zósimo se echó a reír. Desde luego, si Baudolino seguía la idea heretiquísima y perversa de que la tierra era una esfera, ni siquiera habría podido empezar el viaje.

–O te fías de las Sagradas Escrituras, o eres un pagano que piensa todavía como se pensaba antes de Alejandro. El cual, entre otras cosas, fue incapaz de dejarnos mapa alguno. Las Escrituras dicen que no sólo la tierra sino todo el universo está hecho en forma de tabernáculo, o mejor, que Moisés construyó su tabernáculo como copia fiel del universo, desde la tierra hasta el firmamento.

–Pero los filósofos antiguos...

–Los filósofos antiguos, que todavía no estaban iluminados por la palabra del Señor, se inventaron las Antípodas, mientras en los

Hechos de los Apóstoles se dice que Dios creó el linaje humano de un solo hombre, para que habitase sobre toda la faz de la tierra, la faz, no otra parte que no existe. Y el Evangelio de Lucas dice que el Señor dio a los apóstoles el poder de caminar sobre serpientes y escorpiones, y caminar significa caminar encima de algo, no debajo. Por otra parte, si la tierra fuera esférica y estuviera suspendida en el vacío, no tendría ni arriba ni abajo y, por lo tanto, no habría ningún sentido del camino, ni camino en ningún sentido. ¿Quién pensó que el cielo era una esfera? ¡Los pecadores caldeos desde la cima de la torre de Babel, desde esa miserable altura que consiguieron erigir, engañados por la sensación de terror que el cielo suspendido sobre sus cabezas les infundía! ¿Qué Pitágoras o qué Aristóteles ha conseguido anunciar la resurrección de los muertos? ¿E ignorantes de tamaña categoría habrían entendido la forma de la tierra? ¿Esta tierra hecha como una esfera habría servido para predecir el amanecer o el ocaso, o el día en que cae Pascua, cuando personas más que humildes, que no han estudiado ni filosofía ni astronomía, saben perfectamente cuándo sale y cuándo se pone el sol, según las estaciones, y en países distintos calculan la Pascua de la misma manera, sin engañarse? ¿Es preciso conocer otra geometría que la que conoce un buen carpintero, u otra astronomía que la que conoce el campesino cuando siembra y recoge? Y además, ¿de qué filósofos antiguos me hablas? ¿Conocéis vosotros los latinos a Jenófanes de Colofón que, aun considerando que la tierra era infinita, negaba que fuera esférica? El ignorante puede decir que, si se considera el universo como un tabernáculo, no se consiguen explicar los eclipses o los equinoccios. Pues bien, en el imperio de nosotros los romanos vivió hace siglos un gran sabio, Cosme el Indicopleustes, que viajó hasta los confines del mundo, y en su *Topografía cristiana* demostró de manera inconfutable que la tierra tiene de verdad la forma de un tabernáculo y que sólo de esa manera se pueden explicar los fenómenos más oscuros. ¿Quieres tú que el más cristiano de los reyes, Juan, digo, no siga la más cristiana de las topografías, que no es sólo la de Cosme sino también la de las Sagradas Escrituras?

–Y yo digo que mi Preste Juan no sabe nada de la topografía de tu Cosme.

–Tú mismo me has dicho que el Preste es nestoriano. Ahora

bien, los nestorianos tuvieron una discusión dramática con otros herejes, los monosofistas. Los monosofistas consideraban que la tierra estaba hecha como una esfera, los nestorianos como un tabernáculo. Se sabe que Cosme era también él nestoriano, y en cualquier caso, secuaz del maestro de Nestorio, Teodoro de Mopsuestia, y se batió toda la vida contra la herejía monosofista de Juan Filopón de Alejandría, que seguía a filósofos paganos como Aristóteles. Nestoriano Cosme, nestoriano el Preste Juan, ambos no pueden sino creer firmemente en la tierra como un tabernáculo.

–Un momento. Tanto tu Cosme como mi Preste son nestorianos, no lo discuto. Pero visto que los nestorianos, por lo que yo sé, se equivocan sobre Jesús y su madre, podrían equivocarse también sobre la forma del universo. ¿O no?

–¡Aquí llega mi sutilísimo argumento! Quiero demostrarte que, si quieres encontrar al Preste Juan, te conviene, en cualquier caso, atenerte a Cosme y no a los topógrafos paganos. Supongamos por un instante que Cosme haya escrito cosas falsas. Aun siendo así, estas cosas las piensan y las creen todos los pueblos de Oriente que Cosme ha visitado; si no, él no habría llegado a saberlas, en esas tierras allende las cuales se halla el reino del Preste Juan. Sin duda los habitantes de ese reino piensan que el universo tiene forma de tabernáculo, y miden las distancias, los confines, el curso de los ríos, la extensión de los mares, las costas y los golfos, por no hablar de las montañas, según el admirable diseño del tabernáculo.

–Una vez más, no me parece un buen argumento –dijo Baudolino–. El hecho de que crean vivir en un tabernáculo no significa que vivan verdaderamente en él.

–Déjame acabar mi demostración. Si tú me preguntaras cómo llegar a Calcedonia, donde yo he nacido, te lo sabría explicar perfectamente. Puede ser que yo mida los días de viaje de manera distinta de la tuya, o que llame derecha a lo que tú llamas izquierda. Por otra parte, me han dicho que los sarracenos dibujan mapas donde el mediodía está arriba y el septentrión abajo y, por lo tanto, el sol nace a la izquierda de las tierras que representan. Si tú aceptas mi manera de representar el curso del sol y la forma de la tierra, siguiendo mis indicaciones llegarás seguramente a donde yo te quiero enviar, mientras que no sabrás entenderlas si las refieres a tus mapas. Así pues –concluyó triunfalmente Zósimo–, si quieres alcanzar la tierra del Preste Juan, tienes que usar el mapa del mundo que el Preste Juan usaría, y no el tuyo, fíjate bien, aunque el tuyo sea más correcto que el suyo.

Baudolino se dejó conquistar por la agudeza del argumento y le pidió a Zósimo que le explicara cómo Cosme y, por consiguiente, el Preste Juan, veían el universo.

–Ah, no –dijo Zósimo–, el mapa bien me sé yo dónde encontrarlo, pero ¿por qué debo dártelo a ti y a tu emperador?

–A menos que él no te dé tanto oro como para poder marcharte con un grupo de hombres bien armados.

–Precisamente.

A partir de aquel momento, Zósimo no dejó escapar una palabra más sobre el mapa de Cosme; o mejor, aludía a él de vez en cuando, al alcanzar las cimas de la ebriedad, pero dibujaba vagamente con el dedo curvas misteriosas en el aire, y luego se paraba como si hubiera dicho demasiado. Baudolino le servía más vino y le planteaba preguntas aparentemente extravagantes.

–Pero cuando estemos cerca de la India y nuestros caballos estén exhaustos, ¿tendremos que cabalgar elefantes?

–A lo mejor –decía Zósimo–, porque en la India viven todos los animales que se nombran en tu carta, y otros más, excepto los caballos. Claro que los tienen igualmente, porque los traen de Tzinista.

–¿Y qué país es ése?

–Un país donde los viajeros van a buscar los gusanos de la seda.

–¿Los gusanos de la seda? ¿Qué quiere decir?

–Quiere decir que en Tzinista existen pequeños huevos que las mujeres se colocan en el pecho y, vivificados por el calor, nacen pequeñas lombrices. Se las coloca en hojas de morera, de las que se alimentan. Cuando crecen, hilan la seda de su cuerpo y se envuelven en ella, como en una tumba. Luego se convierten en maravillosas mariposas multicolores y agujerean el capullo. Antes de echar a volar, los machos penetran por detrás a la hembras y ambos viven sin comida en el calor de su abrazo hasta que mueren, y la hembra muere incubando sus huevos.

–De un hombre que quiere hacerte creer que la seda se hace con lombrices no había que fiarse en absoluto –dijo Baudolino a Nicetas–. Hacía de espía para su basileo, pero en busca del Señor de las Indias habría ido incluso a sueldo de Federico. Luego, cuando hubiera llegado, no lo habríamos vuelto a ver. Con todo, su alusión al mapa de Cosme me excitaba. Me representaba aquel mapa como la estrella de Belén, salvo que apuntaba en la dirección contraria. Me habría dicho cómo recorrer hacia atrás el camino de los Reyes Magos. Y así, creyéndome más listo que él, me disponía a hacer que se excediera en sus intemperancias, de manera que se volviera más estólido y más charlatán.

–¿Y en cambio?

–Y en cambio él era más listo que yo. Un día, no lo vi, y algunos de sus cofrades me dijeron que había vuelto a Constantinopla. Me había dejado un mensaje de despedida. Decía: «Así como los peces mueren si permanecen fuera del agua, así los monjes que se demoran fuera de la celda debilitan el vigor de su unión con Dios. Estos días me he aridecido en el pecado, déjame reencontrar la frescura de la fuente.»

–Quizá era verdad.

–En absoluto. Había encontrado la manera de ordeñarle oro a su basileo. Y para mi quebranto.

# 17

## Baudolino descubre que el Preste Juan escribe a demasiada gente

En el siguiente mes de julio, Federico tomó puerto en Venecia acompañado por mar desde Rávena hasta Chioggia por el hijo del dux, luego visitó la iglesia de San Nicolò, en el Lido y el domingo 24, en la plaza San Marcos, se prosternó a los pies de Alejandro. Éste lo levantó y abrazó con ostentado afecto, y todos a su alrededor cantaban el tedéum. Había sido un triunfo de verdad, aunque no estaba claro para cuál de los dos. En cualquier caso, terminaba una guerra que había durado dieciocho años, y en los mismos días el emperador firmaba una tregua de armas de seis años con los comunes de la liga lombarda. Federico estaba tan contento que decidió permanecer un mes más en Venecia.

Fue en agosto cuando, una mañana, Cristián de Buch convocó a Baudolino y a los suyos, pidió que lo siguieran ante el emperador y, llegado ante Federico le alargó, con gesto dramático, un pergamino que rebosaba sellos:

–He aquí la carta del Preste Juan –había dicho–, tal y como me llega por vías confidenciales de la corte de Bizancio.

–¿La carta? –exclamó Federico–. ¡Pero si todavía no la hemos enviado!

–En efecto no es la nuestra, es otra. No está dirigida a ti, sino al basileo Manuel. Por lo demás, es igual a la nuestra.

–¿Así pues, este Preste Juan primero me ofrece una alianza a mí y luego se la ofrece a los romeos? –se enfureció Federico.

Baudolino estaba atónito, porque cartas del Preste, bien lo sabía él, había sólo una y la había escrito él. Si el Preste existía, podía haber escrito incluso otra carta, pero desde luego no ésa. Pidió poder examinar el documento y, después de haberlo ojeado deprisa, dijo:

–No es exactamente igual, hay pequeñas variaciones. Padre mío, si me lo permites, quisiera examinarla mejor.

Se retiró con sus amigos, y juntos leyeron y releyeron la carta una y otra vez. Ante todo, estaba siempre en latín. Curioso, había observado el rabí Solomón, que el Preste se la envíe a un basileo griego. En efecto el principio recitaba:

*El Presbyter Johannes, por virtud y poder de Dios y de Nuestro Señor Jesucristo, señor de los que señorean, a Manuel, gobernador de los Romeos, desea salud y perpetuo goce de las divinas bendiciones...*

–Segunda extrañeza –dijo Baudolino–, llama a Manuel gobernador de los romeos, y no basileo. Así pues, no hay duda de que no ha sido escrita por un griego del ambiente imperial. Ha sido escrita por alguien que no reconoce los derechos de Manuel.

–Por lo tanto –concluyó el Poeta–, por el verdadero Preste Juan, que se considera el *dominus dominantium*.

–Sigamos adelante –dijo Baudolino–, que os enseño palabras y frases que en nuestra carta no estaban.

*Había sido anunciado a nuestra majestad que tenías en gran cuenta nuestra excelencia y que te había llegado noticia de nuestra grandeza. Por nuestro apocrisiario hemos sabido que querías enviarnos algo agradable y divertido, para deleite de nuestra clemencia. En cuanto hombre, acepto de buen grado el presente, y mediante un apocrisiario te envío un signo de parte mía, deseoso de saber si sigues con nosotros la recta fe y si en todo y por todo crees en Jesucristo Nuestro Señor. Mientras que yo sé perfectamente que soy un hombre, tus grecanos creen que tú eres un dios, aunque nosotros sabemos que eres mortal y estás expuesto a la humana corrupción. Por la amplitud de nuestra munificencia, si te sirve algo que pueda ser de tu agrado, háznoslo saber, ya sea mediante un gesto de nuestro apocrisiario, ya sea mediante un testimonio de tu afecto.*

–Aquí las extrañezas son demasiadas –dijo el rabí Solomón–; por una parte, trata con condescendencia y desprecio al basileo y a sus grecanos, al límite del insulto; y por la otra, usa términos como *apocrisiarium*, que me parece griego.

–Significa exactamente embajador –dijo Baudolino–. Pero escuchad: allá donde nosotros decíamos que en la mesa del Preste se sientan el metropolita de Samarcanda y el arcipreste de Susa, aquí se escribe que son el *protopapaten Sarmagantinum* y el *archiprotopapaten de Susis*. Y aún más, entre las maravillas del reino se cita una hierba denominada *assidios*, que ahuyenta los espíritus malignos. Una vez más, tres términos griegos.

–Entonces –dijo el Poeta–, la carta está escrita por un griego, que aun así trata fatal a los griegos. No lo entiendo.

Abdul mientras tanto había cogido el pergamino:

–Hay más: allá donde nosotros nombrábamos la recolección de la pimienta, se añaden otros detalles. Aquí se le ha añadido que en el reino de Juan existen pocos caballos. Y aquí, donde nosotros sólo mencionábamos a las salamandras, se dice que son una suerte de gusanos, que se rodean de una especie de película, como las lombrices que producen la seda, y después las mujeres del palacio trabajan la película para hacer vestidos y atuendos reales que sólo se lavan con un fuego violento.

–¿Cómo, cómo? –preguntó alarmado Baudolino.

–Y por fin –siguió Abdul–, en la lista de seres que habitan el reino, entre los hombres cornudos, los faunos, los sátiros, los pigmeos, los cinocéfalos, aparecen también methagallinarios, cametheternos y thinsiretas, todas ellas criaturas que nosotros no habíamos citado.

–¡Por la Virgen deípara! –exclamó Baudolino–. ¡Pero si la historia de las lombrices la relataba Zósimo! ¡Y fue Zósimo el que me dijo que, según Cosme el Indicopleustes, en India no existen caballos! ¡Y fue Zósimo el que me mencionó a los methagallinarios y a todos esos otros animalejos! ¡Hijo de meretriz, bajel de excrementos, mentiroso, ladrón, hipócrita, falseador fraudulento, traidor, adúltero, glotón, pusilánime, lujurioso, iracundo, hereje, incontinente, homicida y salteador, blasfemo, sodomita, usurero, simoníaco, nigromante, sembrador de discordia y baratero!

–¿Pero qué te ha hecho?

–¿Todavía no lo entendéis? La noche que le enseñé la carta, ¡me emborrachó y sacó una copia! Luego volvió junto a su basileo de mierda, le advirtió de que Federico iba a manifestarse como amigo y heredero del Preste Juan, y escribieron otra carta, dirigida a Manuel, ¡que han conseguido poner en circulación

antes que la nuestra! Por eso parece tan altanera con respecto a
su basileo, ¡para que no se pueda sospechar que ha sido produ-
cida por su cancillería! Por eso contiene todos esos términos griegos, para demostrar que ésta es la traducción latina de un original escrito por Juan en griego. Pero está en latín, porque no tiene
que convencer a Manuel sino a las cancillerías de los reyes latinos, ¡y al papa!

–Hay otro detalle que se nos había escapado –dijo Kyot–. ¿Os
acordáis de la historia del Greal, que el Preste habría enviado al
emperador? Habíamos querido ser reticentes, hablando sólo de
una *veram arcam*... ¿Tú habías hablado de esto con Zósimo?

–No –dijo Baudolino–, estuve callado al respecto.

–Pues bien, tu Zósimo ha escrito *yeracam*. El Preste manda al
basileo una *yeracam*.

–¿Y qué es? –se preguntó el Poeta.

–No lo sabe ni siquiera Zósimo –dijo Baudolino–. Mirad nuestro original: en este punto la escritura de Abdul no es muy legi-
ble. Zósimo no ha entendido de qué se trataba, ha pensado en un
regalo extraño y misterioso, que sólo nosotros conocíamos, y he
ahí explicada esa palabra. ¡Ah, miserable! Todo culpa mía, que
me fié de él: qué vergüenza, ¿cómo se lo cuento al emperador?

No era la primera vez que contaban mentiras. Explicaron a
Cristián y a Federico por qué razones la carta había sido escrita,
evidentemente, por alguien de la cancillería de Manuel, precisamente para impedir que Federico hiciera circular la suya, pero
añadieron que probablemente había un traidor en la cancillería
del sacro romano imperio, que había hecho llegar una copia de
su carta a Constantinopla. Federico juró que si lo encontraba, le
extirparía todo lo que le sobresalía del cuerpo.

Después Federico preguntó si no debían preocuparse por alguna iniciativa de Manuel. ¿Y si la carta hubiera sido escrita para
justificar una expedición hacia las Indias? Cristián, sabiamente,
le hizo observar que, justo dos años antes, Manuel se había movido contra el sultán selyúcida de Miriocéfalo. Bastante como
para mantenerlo alejado de las Indias el resto de su vida. Es más,
pensándolo bien, aquella carta era una manera, algo pueril, de
volver a ganar un poco de prestigio precisamente cuando había
perdido muchísimo.

Sin embargo, ¿seguía teniendo sentido, a esas alturas, poner en circulación la carta de Federico? ¿No era preciso cambiarla, para no dejar que todos creyeran que había sido copiada de la carta enviada a Manuel?

–¿Tú estabas al corriente de esta historia, señor Nicetas? –preguntó Baudolino.

Nicetas sonrió:

–En aquellos tiempos yo todavía no tenía treinta años, y recaudaba tributos en Paflagonia. Si hubiera sido consejero del basileo, le habría dicho que no recurriera a maquinaciones tan pueriles. Pero Manuel escuchaba a demasiados cortesanos, a cubicularios y a eunucos de servicio en sus cámaras, incluso a los siervos, y a menudo se dejaba influir por algunos monjes visionarios.

–Yo me roía pensando en aquel gusano. Pero que también el papa Alejandro fuera un gusano, peor que Zósimo, y peor que las salamandras, lo descubrimos en septiembre, cuando a la cancillería imperial llegó un documento, que probablemente ya había sido comunicado a los demás reyes cristianos y al emperador griego. ¡Era la copia de una carta que Alejandro III había escrito al Preste Juan!

Ciertamente, Alejandro había recibido copia de la carta de Manuel, quizá estaba al corriente de la antigua embajada de Hugo de Gabala, quizá temía que Federico sacara algún provecho de la existencia del rey y sacerdote, y he aquí que era él el primero, no en recibir una exhortación, sino en mandarla, directamente, tanto que su carta decía que había enviado de inmediato a un legado suyo para tratar con el Preste.

La carta empezaba:

*Alejandro obispo, siervo de los siervos de Dios, al queridísimo Johannes, hijo en Cristo, ilustre y magnífico soberano de las Indias, desea salud y envía su apostólica bendición.*

Después de lo cual, el papa recordaba que una sola sede apostólica (es decir, Roma) había recibido de Pedro el mandamiento de ser *caput et magistra* de todos los creyentes. Decía que el papa ˎ

había oído hablar de la fe y de la piedad de Juan gracias a su médico personal, Maese Felipe, y que este hombre próvido, circunspecto y prudente, había oído de personas dignas de fe que Juan quería convertirse por fin a la verdadera fe católica y romana. El papa lamentaba no poderle mandar de momento dignatarios de alto rango, entre otras cosas porque eran ignorantes de *linguas barbaras et ignotas*, pero le enviaba a Felipe, hombre discreto y cautísimo, para que lo educara en la verdadera fe. En cuanto Felipe llegara donde Juan, Juan habría debido enviar al papa una carta de intenciones, y –se le advertía– menos hubiera abundado en alardes sobre su poder y sus riquezas, mejor habría sido para él, si quería ser acogido como humilde hijo de la santa y romana iglesia.

Baudolino estaba escandalizado por la idea de que en el mundo pudiera haber falsarios de esa calaña. Federico echaba sapos y culebras:

–¡Hijo del Demonio! A él nunca le ha escrito nadie, ¡y él por despecho es el primero en contestar! Y mucho se guarda de llamar *Presbyter* a su Johannes, negándole toda dignidad sacerdotal...

–Sabe que Juan es nestoriano –añadía Baudolino–, y le propone lisa y papalmente que renuncie a su herejía y se someta a él...

–Es, desde luego, una carta de una arrogancia suprema –observaba el canciller Cristián–, lo llama hijo, no le envía ni siquiera un obispo cualquiera, sino sólo a su médico personal. Lo trata como a un niño que es menester llamar al orden.

–Hay que detener a ese Felipe –dijo entonces Federico–. Cristián, envía emisarios, sicarios o lo que quieras, ¡que lo alcancen en el camino, lo estrangulen, le arranquen la lengua, lo ahoguen en un arroyo! ¡No debe llegar a las Indias! ¡El Preste Juan es asunto mío!

–Tranquilízate, padre mío –dijo Baudolino–; a mí me parece que el tal Felipe nunca ha salido de Roma, y a lo mejor ni existe. Primero, Alejandro sabe perfectamente, creo yo, que la carta de Manuel es falsa. Segundo, no sabe en absoluto dónde está su Juan. Tercero, ha escrito la carta precisamente para decir antes que tú que Juan es asunto suyo y, entre otras cosas, os invita a Manuel y a ti a olvidaros del asunto del rey sacerdote. Cuarto, aun existiendo Felipe, si estuviera yendo donde el Preste, y si llegara de verdad, piensa sólo un momento en lo que sucedería si volviera con el rabo entre las piernas porque el Preste Juan no se ha convertido ni remotamente. Para Alejandro sería como recibir un puñado de estiércol en plena cara. No puede arriesgarse tanto.

En cualquier caso, ya era demasiado tarde para hacer pública la carta a Federico, y Baudolino se sentía desposeído. Había empezado a soñar con el reino de Preste tras la muerte de Otón, y desde entonces habían pasado casi veinte años... Veinte años gastados para nada...

Luego levantaba el espíritu: no, la que se esfuma en la nada es la carta del Preste, o mejor dicho, se pierde en una turbamulta de otras cartas; a estas alturas cualquiera puede inventarse una correspondencia amorosa con el Preste, vivimos en un mundo de mentirosos de tomo y lomo, pero eso no significa que haya que renunciar a buscar su reino. En el fondo, el mapa de Cosme seguía existiendo, habría bastado con encontrar a Zósimo, arrancárselo, y luego viajar hacia lo desconocido.

Pero ¿dónde había ido a parar Zósimo? Y aun sabiendo dónde se encontraba, cubierto de prebendas, en el palacio imperial de su basileo, ¿cómo ir a desencovarlo allá, en medio de todo el ejército bizantino? Baudolino había empezado a interrogar a viajeros, emisarios, mercaderes, para tener alguna noticia de aquel monje depravado. Y, mientras tanto, no dejaba de recordarle el proyecto a Federico:

–Padre mío –le decía–, ahora tiene más sentido que antes, porque antes podías temer que ese reino fuera una fantasía mía, ahora sabes que creen en él también el basileo de los griegos y el papa de los romanos, y en París me decían que, si nuestra mente es capaz de concebir una cosa que más grande no la hay, sin duda esa cosa existe. Estoy tras la pista de alguien que puede darme noticias sobre el camino que hay que seguir, autorízame a gastar unas monedas.

Había conseguido que le dieran bastante oro como para corromper a todos los grecanos que pasaban por Venecia, le habían puesto en contacto con personas de confianza en Constantinopla, y esperaba noticias. Cuando las hubiera recibido, no le habría quedado sino inducir a Federico a tomar una decisión.

–Otros años de espera, señor Nicetas, y mientras tanto había muerto también vuestro Manuel. Aunque todavía no había visitado vuestro país, sabía bastante de él como para pensar que, una vez cambiado el basileo, todos sus acólitos habrían sido eliminados. Rezaba a la Santa Virgen y a todos los santos para que no fueran a matarme a Zósimo, claro que también ciego me habría ido bien; Zósimo, el mapa, debía sólo dármelo, que ya lo habría leído yo. Y entretanto tenía la sensación de estar perdiendo los años como sangre.

Nicetas invitó a Baudolino a no dejarse abatir ahora por su pasado desengaño. Le había pedido a su cocinero y fámulo que se superara a sí mismo, y quería que la última comida que hacía bajo el sol de Constantinopla le recordara todas las dulzuras de su mar y de su tierra. Y he aquí que quiso en la mesa langostas y ermitaños, gambas cocidas, cangrejos fritos, lentejas con ostras y almejas, dátiles de mar, acompañados por un puré de habas y arroz a la miel, rodeados por una corona de huevas de pescado, todo ello servido con vino de Creta. Pero éste era sólo el primer plato. Después llegó un estofado que emanaba un aroma delicioso, y en la cazuela humeaban cuatro corazones de repollo bien duros y blancos como la nieve, una carpa y unas veinte caballas pequeñas, filetes de pescado salados, catorce huevos, un poco de queso de ovejas valacas, todo ello rociado por una libra buena de aceite, espolvoreado con pimienta y sazonado por doce cabezas de ajo. Pero para aquel segundo plato pidió un vino de Ganos.

# 18

## Baudolino y Colandrina

Del patio de los genoveses subían las quejas de las hijas de Nicetas, que no querían dejarse manchar la cara, acostumbradas como estaban al carmín de sus afeites.

–Portaos bien –les decía Grillo–, que la sola belesa non fa muller.

Y explicaba que ni siquiera estaba seguro de que ese poco de sarna y de viruelas que les estampaban en la cara fuera suficiente para darle asco a un peregrino salido cual esquina: gente que se estaba desahogando en todo lo que encontraba, jóvenes y viejas, sanas y enfermas, griegas, sarracenas o judías, porque en estos casos la religión poco tiene que ver. Para dar asco, añadía, tendríais que estar más picadas que un rallador. La mujer de Nicetas colaboraba amorosamente para deslustrar a sus hijas, añadiendo aquí una llaga en la frente, allá una piel de pollo en la nariz, para que pareciera reconcomida.

Baudolino miraba taciturno a esa hermosa familia, y de repente dijo:

–Así, mientras yo brujuleaba sin saber qué hacer, tomé mujer yo también.

Relató la historia de su matrimonio con aire poco risueño, como si se hubiera tratado de un recuerdo doloroso.

–En aquella época yo iba y venía entre la corte y Alejandría. Federico seguía sin digerir la existencia de aquella ciudad, y yo intentaba recomponer las relaciones entre mis conciudadanos y el emperador. La situación era más favorable que en el pasado. Alejandro III había muerto, y Alejandría había perdido a su protector. El emperador estaba aviniéndose cada vez más a pactos con las ciudades italianas, y Alejandría no podía presentarse ya como baluarte de la liga. Génova había pasado del lado del imperio, y Alejandría lo ganaba todo si estaba del lado de los genoveses, y nada si seguía siendo la única ciudad *non grata* a Federico. Era preciso encontrar una solución honorable para todos. Y así, mientras pasaba mis días hablando con mis conciudadanos y volviendo a la corte para tantear el humor del emperador, me fijé en Colandrina. Era la hija del Guasco, había ido creciendo poco a poco bajo mis ojos y no me había dado cuenta de que se había convertido en una mujer. Era dulcísima, y se movía con una gracia un poco azorada. Después de la historia del asedio, a mi padre y a mí se nos consideraba los salvadores de la ciudad, y ella me miraba como si fuera San Jorge. Yo hablaba con el Guasco, y ella permanecía acurrucada delante de mí, con los ojos brillantes, bebiéndose mis palabras. Habría podido ser su padre, porque ella tenía apenas quince años y yo treinta y ocho. No sé decir si me había enamorado de ella, pero me gustaba verla a mi alrededor, tanto que me ponía a contar aventuras increíbles a los demás, para que ella me oyera. Lo había notado también el Guasco; es verdad que él era un *miles*, y, por lo tanto, algo más que un ministerial como yo (hijo de campesino, por añadidura), pero ya te lo he dicho, yo era el preferido de la ciudad, llevaba una espada en el costado, vivía en la corte... No habría sido una mala alianza, y fue precisamente el Guasco el que me dijo: por qué no te casas con la Colandrina, que se me ha vuelto una zoqueta, deja caer la vajilla por los suelos y cuando no estás se pasa los días asomada a la ventana para mirar si llegas. Fue una hermosa boda, en la iglesia de San Pedro, la catedral que le habíamos regalado al papa que en paz descanse y que el papa nuevo no sabía ni siquiera que existía. Y fue un matrimonio extraño, porque después de la primera noche ya tenía que marcharme para alcanzar a Federico, y así fue durante todo un año bueno, con una mujer que veía de pascuas a ramos y me tocaba el corazón ver su alegría cada vez que regresaba.

–¿La querías?

–Creo que sí, pero era la primera vez que tomaba mujer, y no sabía muy bien qué debía hacer con ella, excepto esas cosas que les hacen los maridos a las mujeres por la noche. Durante el día no sabía si debía acariciarla como a una niña, tratarla como a una dama, regañarla por sus torpezas, porque todavía necesitaba un padre, o perdonarle todo, que luego a lo mejor se estropeaba. Hasta que, al final del primer año, me dijo que esperaba un niño, y entonces empecé a mirarla como si fuera María la Virgen; cuando volvía le pedía perdón por haber estado lejos, la llevaba a misa los domingos para hacerles ver a todos que la buena mujer de Baudolino iba a darle un hijo, y las pocas noches que estábamos juntos nos contábamos qué habríamos hecho con aquel Baudolinín Colandrinito que llevaba en la tripa; ella hasta se puso a pensar que Federico le daría un ducado, y yo estaba a punto, a punto de creérmelo. Yo le contaba del reino del Preste Juan y ella me decía que no me iba a dejar ir solo por todo el oro del mundo, porque quién sabe qué bellas damas había en aquellas tierras, y quería ver ese lugar que debía de ser más bonito y más grande que Alejandría y Solero juntas. Luego yo le hablaba del Greal y ella abría los ojos de par en par: piensa, Baudolino mío, tú te vas acullá, vuelves con la copa en la que ha bebido el Señor y te conviertes en el caballero más famoso de toda la cristiandad, haces un santuario para este Greal en Montecastello y vienen a verlo desde Quargnento... Fantaseábamos como niños y yo me decía: pobre Abdul, crees que el amor es una princesa lejana y, en cambio, la mía está tan cerca que puedo acariciarla detrás de la oreja, y ella se ríe y me dice que le hago esgrisolillas... Pero duró poco.

–¿Por qué?

–Porque precisamente cuando estaba embarazada, los alejandrinos habían estrechado una alianza con Génova contra los de Silvano de Orba. Eran cuatro gatos, pero entretanto merodeaban en torno a la ciudad para saltear a los campesinos. Colandrina aquel día salió fuera de las murallas, para recoger flores porque había sabido de mi llegada. Se paró cerca de un rebaño de ovejas, a bromear con el pastor, que era un hombre de su padre, y una banda de esos mal nacidos se precipitó para hacer razia de los animales. Quizá no querían hacerle daño, pero la empujaron, la tiraron al suelo, las ovejas salían huyendo y le pasaban por encima... El pastor puso pies en polvorosa, y la encontraron con fiebre alta los de la familia, bien entrada la tarde, cuando se dieron cuenta de que no había vuelto. El Guasco mandó a alguien que me fuera a buscar, yo volví a toda prisa, pero mientras tanto ya habían pasado dos días. La encontré en cama muriéndose, y en cuanto me vio intentó excusarse conmigo porque, decía, el niño había salido antes de tiempo, y estaba ya muerto, y ella se angustiaba porque ni siquiera había sabido darme un hijo. Parecía una virgencita de cera, y había que pegar el oído a su boca para oír lo que decía. No me mires, Baudolino, decía, que tengo la cara despotriñada por todo este llanto, y así además de con una mala madre te encuentras con una mujer fea... Murió pidiéndome perdón, mientras yo le pedía perdón a ella, por no haberle estado cerca en el momento del peligro. Luego pedí ver al muertecito, y no querían que lo viera. Era, era...

Baudolino se había parado. Volvía la cara hacia arriba, como si no quisiera que Nicetas le viera los ojos.

–Era un pequeño engendro –dijo poco después–, como los que imaginábamos en la tierra del Preste Juan. La cara con los ojos pequeños, como dos hendiduras al través, un pechito delgado, delgado con dos bracitos que parecían tentáculos de pulpo. Y desde el vientre hasta los pies estaba recubierto por una pelusa blanca, como si fuera una oveja. Pude mirarlo poco tiempo, luego ordené que lo enterraran, pero no sabía ni siquiera si se podía llamar a un cura. Salí de la ciudad y vagué toda la noche por la Fraschea, diciéndome que había empleado hasta entonces mi vida en imaginar criaturas de otros mundos, y en mi imaginación parecían portentos maravillosos, que en su diversidad daban testimonio de la infinita potencia del Señor; pero luego, cuando el Señor me había pedido que hiciera lo que hacen todos los demás hombres, había generado no un portento sino una cosa horrible. Mi hijo era una mentira de la naturaleza, tenía razón Otón, mucho más de lo que pensaba, yo era mentiroso y había vivido como mentiroso hasta tal punto que también mi semilla había producido una mentira. Una mentira muerta. Y entonces entendí...

–Es decir –vaciló Nicetas–, decidiste cambiar de vida...

–No, señor Nicetas. Decidí que si aquél era mi destino, era inútil que intentara ser como los demás. Estaba consagrado ya a la mentira. Es difícil explicar lo que estaba pasando por mi cabeza. Me decía: mientras inventabas, inventabas cosas que no eran verdaderas, pero verdaderas se volvían. Has hecho aparecerse a San Baudolino; has creado una biblioteca en San Víctor; has hecho errar a los Magos por el mundo; has salvado a tu ciudad engordando una vaca flaca; si hay doctores en Bolonia también es mérito tuyo; has hecho que en Roma aparecieran *mira-bilia* que los romanos ni siquiera se soñaban; partiendo de una cábala de ese Hugo de Gabala has creado un reino de una hermosura imposible; mientras has amado a un fantasma, y le hacías escribir cartas que nunca había escrito, los que las leían se arrobaban, inclusive aquella que nunca las escribió, y decir que era una emperatriz. Y, en cambio, la única vez que has querido hacer una cosa verdadera, con una mujer que no podía ser más sincera, has fracasado: has producido algo que nadie puede creer y desear que sea. Así pues, es mejor que te retires al mundo de tus portentos, que por lo menos en ese mundo tú puedes decidir hasta qué punto son portentosos, precisamente.

# 19

# Baudolino cambia de nombre
# a su ciudad

–Pobre Baudolino –decía Nicetas mientras proseguían los preparativos para la salida–, despojado de una mujer y de un hijo en la
flor de los años. Y yo que podría perder mañana la carne de mi
carne y a mi dilecta esposa, por mano de alguno de estos bárbaros.
Oh Constantinopla, reina de las ciudades, tabernáculo de Dios
altísimo, alabanza y gloria de tus ministros, delicia de los foraste-
ros, emperatriz de las ciudades imperiales, cántico de los cánticos,
esplendor de los esplendores, rarísimo espectáculo de lo más raro
que es dado ver, ¿qué será de nosotros que vamos a abandonarte,
desnudos como salimos de los vientres de nuestras madres?
¿Cuándo volveremos a verte, no tal como eres ahora, valle de lágrimas, pisoteada por lo ejércitos?

–Calla, señor Nicetas –le decía Baudolino–, y no olvides que
quizá es la última vez que puedes saborear estos manjares dignos de Apicio. ¿Qué son estas albondiguitas de carne que tienen
el perfume de vuestro mercado de las especias?

–Keftedes, y el perfume se lo da el cinamomo y un poco de
menta –respondía Nicetas, ya reconfortado–. Y para la última jornada he conseguido hacerme traer un poco de anís, que debes
beber mientras se deshace en el agua como una nube.

–Está rico, no te aturde, te hace sentir como si soñaras –decía
Baudolino–. Si hubiera podido beberlo tras la muerte de Colandrina, quizá habría podido olvidarla, como tú olvidas ya las desventuras de tu ciudad y pierdes todo temor por lo que sucederá
mañana. En cambio yo, me embotaba con el vino de nuestras tierras, que te duerme de golpe. Lo malo es que cuando te despiertas te encuentras peor que antes.

Baudolino había necesitado un año para salir de la locura

melancólica que lo había atenazado, un año del que no recordaba ya nada, como no fuera que se dedicaba a grandes cabalgadas
por bosques y llanuras, luego se paraba en algún lugar y bebía
hasta que se desplomaba en sueños largos y agitados. En sus
sueños se veía mientras alcanzaba por fin a Zósimo, y le arran-
caba (con la barba) el mapa para llegar a un reino donde todos
los recién nacidos habrían sido thinsiretas y methagallinarios. No
había vuelto a Alejandría, temiendo que su padre, su madre o el
Guasco y los suyos le hablaran de Colandrina y del hijo nunca
nacido. A menudo se refugiaba junto a Federico, paternalmente
solícito y comprensivo, que intentaba distraerle hablándole de
hazañas hechas y derechas que podía llevar a cabo para el imperio. Hasta que un día le dijo que se decidiera a encontrar una
solución para Alejandría, que a él la ira ya se le había aplacado
y para darle gusto a Baudolino quería sanar aquel *vulnus* sin tener que destruir forzosamente la ciudad.

Este encargo había dado nueva vida a Baudolino. Federico se
disponía ya a firmar una paz definitiva con los comunes lombardos, y Baudolino se había dicho que, en el fondo, se trataba sólo
de una cuestión de honor. Federico no soportaba que existiera
una ciudad que habían hecho sin su permiso y que, por añadidura, llevaba el nombre de su enemigo. Bien, si Federico hubiera
podido refundar esa ciudad, incluso en el mismo sitio pero con
otro nombre, tal como había refundado Lodi, en otro sitio pero
con el mismo nombre, he ahí que nadie le daría ya con la badila
en los nudillos. En cuanto a los alejandrinos, ¿qué querían? Tener una ciudad y hacer sus negocios. Era una pura casualidad
que se la hubieran dedicado a Alejandro III, que estaba muerto
y, por lo tanto, no podía ofenderse si la llamaban de manera distinta. Y he ahí la idea. Una hermosa mañana, Federico se plan-
taría con sus caballeros ante las murallas de Alejandría, todos los
habitantes saldrían y entraría en la ciudad una cohorte de obispos; la desconsagrarían, si acaso pudiera decirse que había sido
consagrada alguna vez, es decir, la desbautizarían y luego la volverían a bautizar llamándola Cesarea, ciudad de César; los alejandrinos pasarían ante el emperador rindiéndole homenaje,
volverían a entrar tomando posesión de la novísima ciudad como
si fuera otra, fundada por el emperador y vivirían allá felices y
contentos.

Como se ve, Baudolino estaba curándose de su desesperación con otro hermoso golpe de su férvida imaginación.

A Federico la idea no le había disgustado, salvo que en ese período tenía dificultades para volver a Italia, porque estaba arreglando asuntos importantes con sus feudatarios germánicos. Baudolino se había encargado de las negociaciones. Dudaba si entrar en la ciudad, pero en la puerta le habían salido al encuentro sus padres, y los tres se habían deshecho en lágrimas de liberación. Los antiguos compañeros habían hecho como si Baudolino ni siquiera se hubiera casado, y lo habían arrastrado, antes de empezar a hablar de su embajada, a la taberna de otro tiempo, haciendo que se agarrara una buena cogorza, pero con un blanco de agujas de Gavi, no tanto como para amodorrarse y suficiente para estimular el ingenio. Entonces Baudolino contó su idea.

El primero en reaccionar fue Gagliaudo:

—Estando con ése, te me vuelves un badulaque como él. Pero mira tú si tenemos que hacer esa mojiganga, que primero salimos y luego entramos, y frin frin y frin fron, sal tú que entro yo, no gracias, tú antes, sólo falta que alguien toque las gaitas y bailemos el saltarelo para la fiesta de San Baudolino.

—No, la ocurrencia es de las buenas —había dicho el Boidi—, pero luego en vez de alejandrinos nos tenemos que llamar cesarinos, y a mí me da vergüenza; yo a los de Asti no se lo cuento.

—Vale ya con las bajanadas, que siempre nos tenemos que poner en evidencia —replicó Oberto del Foro—; por mí le dejo incluso rebautizar la ciudad, pero eso de pasar delante del emperador y rendirle homenaje, no, eso no lo trago: al fin y al cabo, somos nosotros los que se la hemos metido en salvaseanlaspartes a él, y no él a nosotros, así que no se haga demasiado el prepotente.

El Cùttica de Quargnento había dicho pase por el rebautizo, a quién le importa si la ciudad se llamaba Cesareta o Cesarona, lo que fuera, a él le iban bien también Cesiria, Olivia, Sofronia o Eutropia, pero el problema era si Federico quería mandarles a su podestá o si se conformaba con darles legítima investidura a los cónsules que elegían ellos.

—Vuelve a decirle cómo quiere hacerlo —le había dicho el Guasco.

Y Baudolino:

—Ah, claro, y yo de aquí para allá de los Alpes hasta que os pongáis de acuerdo. No señor, vosotros les dais plenos poderes a dos representantes que vengan conmigo donde el emperador y estudiamos algo que vaya bien a todos. Federico, si vuelve a ver a dos alejandrinos, se lo comen los gusanos, y con tal de quitárselos de en medio, veréis como acepta un acuerdo.

De este modo, habían ido con Baudolino dos emisarios de la ciudad, Anselmo Conzani y Teobaldo, uno de los Guasco. Se habían encontrado con el emperador en Nuremberg y se alcanzó el acuerdo. También el asunto de los cónsules se resolvió enseguida, se trataba sólo de salvar las formas, que los eligieran los alejandrinos, bastaba que luego los nombrara el emperador. En cuanto al homenaje, Baudolino había tomado aparte a Federico y le había dicho:

—Padre mío, tú no puedes venir y tendrás que mandar a un legado tuyo. Y tú me mandas a mí. Al fin y al cabo, soy un ministerial, y como tal, en tu inmensa bondad me has condecorado con el cinturón de caballero, soy un *Ritter* como se dice por aquí.

—Sí, pero sigues perteneciendo a la nobleza de servicio, puedes tener feudos pero no puedes otorgarlos, y no puedes tener vasallos y...

—¿Y qué quieres que les importe a mis paisanos, que les basta con que uno esté montado en un caballo y ya es alguien que manda? Ellos rinden homenaje a un representante tuyo, y, por lo tanto, a ti, pero tu representante soy yo que soy uno de ellos, por lo que no tienen la impresión de rendirte homenaje a ti. Luego, si quieres, los juramentos y todo el resto se los encomiendas a uno de tus mayordomos imperiales que está junto a mí, y ellos ni siquiera se dan cuenta de cuál de los dos es más importante. Debes entender cómo está hecha esta gente. Si así arreglamos para siempre este asunto, ¿no será un bien para todo el mundo?

Y he aquí que, a mediados de marzo de 1183, se había llevado a cabo la ceremonia. Baudolino se había puesto atuendo de gala, que parecía que era más importante que el marqués del Montferrato, y sus padres se lo comían con los ojos, la mano en la empuñadura de la espada y un caballo blanco que no se estaba quieto.

—Está enjaezado como el perro de un señor —decía su madre, deslumbrada.

A esas alturas ya nadie reparaba en el hecho de que tuviera a su lado a dos alféreces con las insignias imperiales, al mayordomo imperial Rodolfo, y a muchos otros nobles del imperio, y obispos, que no se podían ni contar. Pero estaban también los representantes de las otras ciudades lombardas, como por ejemplo Lanfranco de Como, Siro Salimbene de Pavía, Filippo del Casal, Gerardo de Novara, Pattinerio de Ossona y Malavisca de Brescia.

Una vez que Baudolino se hubo colocado justo delante de la puerta de la ciudad, he ahí a todos lo alejandrinos salir en fila india, con los niños pequeños en brazos y del brazo los viejos, y también los enfermos en un carro, e incluso los tontos y los cojos, y los héroes del asedio a los que les faltaba una pierna, un brazo, o incluso con el culo al aire sobre una tabla con ruedas, que empujaban con las manos. Como no sabían cuánto tiempo tenían que estar fuera, muchos de ellos llevaban consigo con qué reconfortarse, unos pan y salchichón, otros pollos asados, otros cestas de fruta, y al final todo parecía una hermosa merienda campestre.

La verdad es que todavía hacía frío, y los campos estaban cubiertos de escarcha, de manera que sentarse era un tormento. Aquellos ciudadanos recién despojados de sus bienes estaban tiesos, zapateaban con los pies, se soplaban las manos y alguno decía:

–Venga, vamos, ¿acabamos pronto con esta feria, que tengo la cazuela en el fuego?

Los hombres del emperador habían entrado en la ciudad y nadie había visto qué habían hecho, ni siquiera Baudolino, que esperaba fuera, para el desfile de regreso. A un cierto punto un obispo había salido y había anunciado que aquélla era la ciudad de Cesarea, por gracia del sacro y romano emperador. Los imperiales que estaban detrás de Baudolino levantaron las armas y las insignias aclamando al gran Federico. Baudolino puso el caballo al trote, se acercó a las primeras hileras de los que habían salido y anunció, en calidad precisamente de nuncio imperial, que Federico acababa de fundar aquella noble ciudad a partir de los siete predios de Gamondio, Marengo, Bergoglio, Roboreto, Solero, Foro y Oviglio, que le había impuesto el nombre de Cesarea y que se la cedía a los habitantes de los mencionados burgos, allá reunidos, invitándoles a que tomaran posesión de aquel regalo con torres.

El mayordomo imperial había enumerado algunos artículos del acuerdo, pero todos tenían frío: y habían dejado correr deprisa los detalles sobre *regalia, curadia*, peajes y todas esas cosas que daban validez a un tratado.

–Vamos, Rodolfo –le había dicho Baudolino al mayordomo imperial–, que es todo una farsa y cuanto antes acabemos, mejor.

Los exiliados habían emprendido la vía de regreso, y estaban todos, menos Oberto del Foro, que no había aceptado la afrenta de aquel homenaje, él que había derrotado a Federico, y había delegado en su lugar a Anselmo Conzani y Teobaldo Guasco como *nuncii civitatis*.

Pasando por delante de Baudolino los *nuncii* de la nueva Cesarea habían prestado juramento formal, aun hablando en un latín tan horrible que, si después hubieran dicho que habían jurado lo contrario, no habría habido manera de desmentirlos. En cuanto a los demás, iban detrás haciendo perezosos conatos de saludo, y otros diciendo:

–Salve Baudolino, qué tal Baudolino, epa Baudolino, quién lo iba a decir, tú por aquí.

Gagliaudo barboteó al pasar que no era una cosa seria, pero tuvo la delicadeza de quitarse el sombrero y, visto que se lo quitaba ante ese desgraciado de su hijo, como homenaje contaba más que si le hubiera lamido los pies a Federico.

Acabada la ceremonia, tanto los lombardos como los teothónicos se habían alejado lo antes posible, como si se avergonzaran. Baudolino, en cambio, había seguido a sus paisanos dentro de las murallas, y oyó que algunos decían:

–¡Pero mira tú qué ciudad tan bonita!

–Pues, ¿sabes tú que me recuerda a ésa, cómo se llamaba, la que había antes?

–Hay que ver qué técnica estos alemanes, ¡en dos por tres te han levantado una ciudad que es una maravilla!

–Mira, mira, allá al fondo, ésa parece mi casa, ¡me la han vuelto a hacer igualita!

–Gente –gritaba Baudolino–, ¡dad gracias que la habéis desliado sin pagar voto de Santiago!

–Y tú no te des demasiados aires, que luego acabas por creértelo.

Había sido una hermosa jornada. Baudolino había depuesto

todos los signos de su poder y habían ido a festejar. En la plaza de la catedral las doncellas bailaban en corro, el Boidi había llevado a Baudolino a la taberna, y en ese zaguán con perfume de ajo todos habían ido a servirse el vino directamente de los toneles, porque ese día no debía haber ya ni amos ni siervos, sobre todo siervas de la taberna, que alguien ya se las había llevado escaleras arriba, pero ya se sabe, el hombre es cazador.

–Sangre de Jesucristo –decía Gagliaudo, echándose un poco de vino en la manga, para mostrar que el paño no lo absorbía y quedaba como una gota compacta, con los reflejos color rubí, signo de que se trataba del bueno.

–Ahora tiramos adelante unos años llamándola Cesarea, por lo menos en los pergaminos con el sello –le había susurrado el Boidi a Baudolino–, pero luego empezamos a llamarla como antes, y quiero ver quién cae en la cuenta.

–Sí –había dicho Baudolino–, luego la volvéis a llamar como antes, porque así la llamaba ese ángel de Colandrina, y ahora que está en el Paraíso no vaya a ser que se equivoque al mandarnos sus bendiciones.

–Señor Nicetas, casi me sentía reconciliado con mis desgracias, porque al hijo que nunca tuve, y a la mujer que tuve demasiado poco, les había dado por lo menos una ciudad que nadie destruiría ya. Quizá –añadió Baudolino, inspirado por el anís– Alejandría se convierta un día en la nueva Constantinopla, en la tercera Roma, toda torres y basílicas, maravilla del universo.

–Así lo quiera Dios –deseó Nicetas, levantando la copa.

# 20

## Baudolino encuentra a Zósimo

En abril, en Constanza, el emperador y la liga de los comunes lombardos signaban un acuerdo definitivo. En junio habían llegado confusas noticias de Bizancio.

Hacía tres años que había muerto Manuel, y le había sucedido su hijo Alejo, que era poco más que un niño. Un niño mal educado, comentaba Nicetas, que empleaba sus días alimentándose de leves alientos, sin tener todavía conocimiento alguno de los gozos y de los dolores, dedicándose a la caza y a las cabalgadas, jugando en compañía de chiquillos, mientras en la corte varios pretendientes pensaban poder conquistar a la basilisa, su madre, perfumándose como necios y ciñéndose con collares como hacen las mujeres; otros se dedicaban a dilapidar el público dinero, y cada uno perseguía sus propios apetitos, luchando los unos contra los otros. Era como si se hubiera sustraído una sólida columna de apoyo y todo pendiera del revés.

–Encontraba cumplimiento el prodigio aparecido a la muerte de Manuel –dijo Nicetas–. Una mujer dio a luz un hijo varón, con las extremidades mal articuladas y cortas, y la cabeza demasiado grande, y eso era presagio de poliarquía, que es la madre de la anarquía.

–Lo que supe enseguida por uno de nuestros espías es que en la sombra conspiraba un primo suyo, Andrónico –dijo Baudolino.

–Era hijo de un hermano del padre de Manuel y, por lo tanto, era como si fuera un tío del pequeño Alejo. Hasta entonces había estado en el exilio, porque Manuel lo consideraba un artero traidor. Ahora se había acercado solapadamente al joven Alejo, como si estuviera arrepentido de su pasado y quisiera ofrecerle protección, y poco a poco había ido adquiriendo cada vez más poder.

Entre una conjura y un envenenamiento, había seguido su esca-
lada al solio imperial hasta que, cuando ya era anciano y estaba
macerado por la envidia y el odio, empujó a la sublevación a los
ciudadanos de Constantinopla, haciéndose proclamar basileo.
Mientras tomaba la hostia bendita, había jurado que asumía el
poder para proteger al sobrino todavía joven; pero inmediatamente después su desalmada mano derecha, Esteban Hagiocristoforites, había estrangulado al niño Alejo con la cuerda de un arco.
Cuando le llevaron el cadáver del pobrecito, Andrónico había
ordenado que lo arrojaran al fondo del mar, cortándole antes la
cabeza, que luego fue escondida en un lugar llamado Katabates.
No entendí por qué, visto que se trata de un antiguo monasterio
en ruinas desde hace tiempo, justo fuera de las murallas de Constantino.

–Yo sé por qué. Mis espías me refirieron que con el Hagiocristoforites había un monje sumamente espiritado, que Andrónico,
tras la muerte de Manuel, había querido consigo, como experto
en nigromancia. Mira qué casualidad, se llamaba Zósimo, y tenía
fama de evocar a los muertos entre las ruinas de ese monasterio,
donde se había constituido un palacio subterráneo... Así pues, yo
había encontrado a Zósimo, o por lo menos sabía dónde pescar-
lo. Esto sucedió en noviembre de 1184, cuando de repente murió Beatriz de Borgoña.

Otro silencio. Baudolino bebió durante un buen rato.

–Entendí aquella muerte como un castigo. Era justo que, después de la segunda, desapareciera también la primera mujer de
mi vida. Yo tenía más de cuarenta años. Había oído que en Terdona había o había habido una iglesia donde el que recibía el
bautismo vivía hasta los cuarenta años. Yo había superado el límite que se les concedía a los que habían recibido un milagro.
Habría podido morir en paz. No podía soportar la vista de Federico: la muerte de Beatriz lo había postrado, quería ocuparse del
primogénito, que tenía ya veinte años pero era cada vez más frágil, y estaba preparando lentamente la sucesión a favor de su
segundo hijo, Enrique, haciéndole coronar rey de Italia. Estaba
envejeciendo, pobre padre mío, ahora ya Barbablanca... Yo había
vuelto algunas otras veces a Alejandría y había descubierto que
mis padres carnales se estaban volviendo aún más viejos. Blancos, híspidos y sutiles como esas pelotillas blancas que ves rodar

por los campos en primavera, curvados como un arbusto un día de viento, pasaban los días peleándose alrededor del hogar por una escudilla fuera de su sitio o un huevo que uno de los dos había dejado caer. Y me regañaban, cada vez que iba a verles, porque no iba nunca a verles. Decidí entonces malbaratar mi vida, e ir a Bizancio para buscar a Zósimo, aunque hubiera tenido que acabar, cegado en una mazmorra, los años que me quedaban.

Ir a Constantinopla podía ser peligroso porque, algunos años antes, e instigados precisamente por Andrónico, antes aún de que tomara el poder, los habitantes de la ciudad se habían sublevado contra los latinos que residían en ella, matando a no pocos, desvalijando todas sus casas y obligando a muchísimos de ellos a ponerse a salvo en las Islas de los Príncipes. Ahora parecía que venecianos, genoveses o pisanos podían circular de nuevo por la ciudad, porque aquélla era gente indispensable para el bienestar del imperio, pero Guillermo II, rey de Sicilia, se estaba moviendo contra Bizancio y, para los grecanos, era latino tanto un provenzal, como un germánico, un siciliano o un romano, y no se paraban en sutilezas. Por lo tanto, decidieron zarpar desde Venecia y llegar por mar como una caravana de mercaderes que procedía (fue una idea de Abdul) de Taprobane. Dónde estaba Taprobane lo sabían muy pocos, y quizá nadie, y tampoco en Bizancio podían tener una idea de qué lengua se hablaba allá.

Así pues, Baudolino iba vestido como un dignatario persa; el rabí Solomón, al que habrían identificado como un judío incluso en Jerusalén, hacía de médico de la compañía, con un hermoso tabardo oscuro constelado todo él de signos zodiacales; el Poeta tenía pinta de mercader turco con su caftán celeste; Kyot habría podido ser un libanés de los que visten mal pero llevan monedas de oro en la bolsa; Abdul, que se había rasurado la cabeza para no mostrar su pelo rojo, había acabado por parecerse a un eunuco de gran rango, y Boron pasaba por su siervo.

En cuanto a la lengua, habían decidido hablar entre sí en la jerga de los ladrones que habían aprendido en París y que todos ellos hablaban a la perfección, lo cual dice mucho del fervor que habían puesto en el estudio aquellos días felices. Incomprensible para los mismos parisinos, para los bizantinos podía ser perfectamente la lengua de Taprobane.

Zarparon de Venecia a principios del verano; durante una escala, en agosto, supieron que los sicilianos habían conquistado Tesalónica, y a lo mejor se estaban desparramando ya por la costa septentrional de la Propóntide; así pues, habiendo penetrado en ese brazo de mar bien entrada la noche, el capitán prefirió dar una larga vuelta hacia la costa opuesta, para luego dirigirse hacia Constantinopla como si llegara de Calcedonia. Para consolarles por esa desviación había prometido un desembarque de basileos, porque –decía– Constantinopla debía descubrirse así, llegando de frente con los primeros rayos del sol.

Cuando Baudolino y los suyos subieron al puente, hacia el alba, experimentaron un conato de desilusión, porque la costa se veía ofuscada por una densa neblina, pero el capitán los tranquilizó: era ésa la manera de acercarse a la ciudad, lentamente, y esa ofuscación, que ya se impregnaba de las primeras luces de la aurora, se iría disolviendo poco a poco.

Después de una hora de navegación, el capitán indicó un punto blanco, y era la cúspide de una cúpula, que parecía perforar aquella bruma... Al cabo de poco, entre aquel blanco se iban dibujando a lo largo de la costa las columnas de algunos palacios, y luego los perfiles y los colores de algunas casas, campanarios que se teñían de rosa, y paulatinamente más abajo las murallas con sus torres. Luego, de golpe, he ahí una gran sombra, cubierta todavía por una serie de vapores que se alzaban desde la cima de una altura y vagaban por el aire, hasta que se veía campear, armoniosísima y resplandeciente bajo los rayos del primer sol, la cúpula de Santa Sofía, como si hubiera salido por milagro de la nada.

Desde ese punto en adelante había sido una revelación continua, con otras torres y otras cúpulas que emergían en un cielo que se despejaba poco a poco, entre un triunfo de espesura, columnas doradas, peristilos blancos, mármoles rosados, y la gloria entera del palacio imperial del Bucoleón, con sus cipreses en un laberinto abigarrado de jardines colgantes. Y luego la embocadura del Cuerno de Oro, con la gran cadena que bloqueaba el paso y la torre blanca de Galata a la derecha.

Baudolino relataba conmovido, y Nicetas repetía con tristeza lo bella que era Constantinopla cuando era bella.

–Ah, era una ciudad llena de emociones –dijo Baudolino–. Nada más llegar, nos hicimos enseguida una idea de lo que sucedía por aquí. Pasábamos por el Hipódromo mientras se preparaba el suplicio para un enemigo del basileo...

–Andrónico estaba como enloquecido. Vuestros latinos de Sicilia habían pasado a sangre y fuego Tesalónica, Andrónico había ordenado que hicieran algunas obras de fortificación, luego se había desinteresado del peligro. Se daba a la vida disoluta, diciendo que a los enemigos no había que temerlos, mandaba al suplicio a los que habrían podido ayudarle, se alejaba de la ciudad en compañía de meretrices y concubinas, iba a esconderse entre bosques y barrancos como hacen los animales, seguido por sus enamoradas como un gallo por sus gallinas, o como Dionisos con las bacantes, sólo le faltaba ponerse una piel de cervatillo y una túnica color azafrán. Se acompañaba sólo de flautistas y hetairas; desenfrenado como Sardanápalo, lascivo como el pulpo, no conseguía soportar el peso de sus desenfrenos y comía un inmundo animal del Nilo, parecido al cocodrilo, que se decía favorecía la eyaculación... Ahora bien, no quisiera que lo consideraras un mal señor. Hizo también muy buenas cosas, limitó los gravámenes, proclamó edictos para impedir que en los puertos se acelerara el naufragio de las naves con dificultades para poder desvalijarlas, restauró el antiguo acueducto subterráneo, hizo arreglar la iglesia de los Santos Cuarenta Mártires...

–En fin, era una buena persona...

–No me hagas decir lo que no digo. Un basileo puede usar el poder para hacer el bien, pero para conservar el poder tiene que hacer el mal. También tú has vivido junto a un hombre de poder, y también tú has admitido que podía ser noble e iracundo, cruel y cuidadoso del bien común. La única manera para no pecar es aislarse en la cima de una columna como hacían los santos padres de otro tiempo, aunque ahora estas columnas hayan caído en ruinas.

–No quiero discutir contigo sobre la manera en que debía gobernarse este imperio. Es el vuestro o, por lo menos, lo era. Reanudo mi relato. Vinimos a vivir aquí, a casa de estos genoveses, porque ya habrás intuido que mis lealísimos espías eran ellos.

Y precisamente Boiamondo descubrió un día que esa misma noche el basileo iría a la antigua cripta de Katabates para seguir prácticas de adivinación y magia. Si queríamos sacar a Zósimo de su guarida, era la ocasión.

Caída la tarde, se dirigieron hacia las murallas de Constantino, donde existía una especie de pequeño pabellón, no lejos de la Iglesia de los Santísimos Apóstoles. Boiamondo dijo que desde allí se llegaba directamente a la cripta, sin pasar por la iglesia del monasterio. Había abierto una puerta, les había hecho bajar unos escalones resbaladizos, y se habían encontrado en un pasillo impregnado de un tufo húmedo.

–Bien –había dicho Boiamondo–, seguid un poco adelante y llegáis a la cripta.

–¿Tú no vienes?

–Yo no voy donde se hacen cosas con los muertos. Para hacer cosas, prefiero que estén vivos, y sean mujeres.

Prosiguieron solos, y pasaron por una sala con bóvedas bajas, donde se divisaban triclinios, camas deshechas, cálices tirados por los suelos, platos no lavados con las sobras de alguna francachela. Evidentemente ese glotón de Zósimo consumaba allá abajo no sólo sus ritos con los difuntos, sino también algo que no le habría disgustado a Boiamondo. Pero todo aquel bagaje orgiástico había sido como amontonado a toda prisa en los rincones más oscuros, porque aquella noche Zósimo había citado al basileo para que hablara con los muertos y no con unas rameras, porque ya se sabe, decía Baudolino, la gente se cree cualquier cosa con tal de que se le hable de los muertos.

Más allá de la cámara, se veían unas luces, y, en efecto, entraron en una cripta circular, iluminada por dos trípodes ya encendidos. La cripta estaba rodeada por una columnata, y detrás de las columnas se divisaban las aberturas de algunos pasillos o galerías, que llevaban quién sabe dónde.

En el centro de la cripta había una jofaina llena de agua, cuyo borde formaba una especie de canal, que corría circularmente en torno a la superficie del líquido, lleno de una sustancia oleosa. Junto a la jofaina, encima de una pequeña columna, había algo impreciso, cubierto con un paño rojo. Por las distintas murmura-

ciones que había recogido, Baudolino había entendido que Andrónico, después de haberse encomendado a ventrílocuos y astrólo-
gos, y haber intentado encontrar en vano, y en Bizancio, a alguien
que, como los antiguos griegos, todavía supiera predecir el futuro a través del vuelo de los pájaros, no fiándose de ciertos miserables que hacían alarde de saber interpretar los sueños, se había encomendado a los hidromantes, es decir, a los que, como
Zósimo, sabían obtener presagios sumergiendo en el agua algo
que había pertenecido a un difunto.

Habían llegado pasando por detrás del altar, y dándose la vuelta vieron un iconostasio, dominado por un Cristo Pantocrátor que
los miraba fijamente con ojos severos y abiertos de par en par.

Baudolino observó que, si las noticias de Boiamondo eran co-
rrectas, al cabo de poco rato llegaría alguien y era preciso esconderse. Eligieron una parte de la columnata donde los trípodes no
reflejaban luz alguna, y allí se colocaron, justo a tiempo, porque
ya se oían los pasos de alguien que llegaba.

Por el lado izquierdo del iconostasio vieron entrar a Zósimo,
envuelto en un tabardo que parecía el del rabí Solomón. Baudolino había tenido un impulso instintivo de rabia y parecía querer
salir al descubierto para ponerle las manos encima a ese traidor. El
monje precedía obsequiosamente a un hombre de ropaje suntuoso, seguido por otros dos personajes. Por la actitud respetuosa de
los dos, se entendía que el primero era el basileo Andrónico.

El monarca se detuvo de golpe, impresionado por la puesta en
escena. Se santiguó devotamente delante del iconostasio, luego le
preguntó a Zósimo:

–¿Por qué me has hecho venir aquí?

–Mi señor –respondió Zósimo–, te he hecho venir porque sólo
en lugares consagrados se puede practicar la verdadera hidroman-
cia, estableciendo el justo contacto con el reino de los difuntos.

–No soy un cobarde –dijo el basileo, santiguándose de nuevo–,
pero tú, ¿no temes evocar a los difuntos?

Zósimo se rió con jactancia:

–Señor, podría levantar estas manos y los durmientes de los
diez mil nichos de Constantinopla se precipitarían dóciles a mis
pies. Pero no necesito llamar a la vida a esos cuerpos. Dispongo
de un objeto portentoso, que usaré para establecer un contacto
más rápido con el mundo de las tinieblas.

Encendió un tizón en uno de los trípodes y lo acercó a la acanaladura del borde de la jofaina. El aceite empezó a arder, y una corona de pequeñas llamas, corriendo todo alrededor de la superficie del agua, la iluminó con reflejos tornasolados.

–Todavía no veo nada –dijo el basileo, inclinándose sobre el borde de la jofaina–. Pregúntale a esta agua tuya quién se dispone a tomar mi puesto. Advierto fermentos en la ciudad, y quiero saber a quién tengo que destruir para no tener que temer.

Zósimo se acercó al objeto cubierto por un paño rojo que estaba en la columnilla, quitó con gesto teatral el velo y le ofreció al basileo una cosa casi redonda que aferraba en sus manos. Nuestros amigos no podían ver de qué se trataba, pero divisaban al basileo, que se retraía temblando, como intentando alejar de sí una visión insoportable.

–No, no –dijo–, ¡esto no! Me lo habías pedido para tus ritos, ¡pero no sabía que me lo pondrías delante!

Zósimo había levantado su trofeo y lo estaba presentando a una asamblea ideal como un ostensorio, dirigiéndolo hacia todos los rincones del antro. Era la cabeza de un muertecito, con las facciones todavía intactas como si la acabaran de arrancar del busto, los ojos cerrados, las narices dilatadas en la naricita afilada, dos pequeños labios apenas levantados, que descubrían una fila íntegra de dientes menudos. La inmovilidad, y la enajenada ilusión de vida de aquel rostro, se volvía más hierática porque se presentaba con un color dorado uniforme, y casi destellaba a la luz de las llamas a las que Zósimo ahora lo estaba acercando.

–Era menester que usara la cabeza de tu sobrino Alejo –estaba diciéndole Zósimo al basileo–, para que el rito pudiera cumplirse. Alejo estaba atado a ti por vínculos de sangre, y por su mediación podrás ponerte en contacto con el reino de los que ya no son.

Entonces sumergió lentamente en el líquido aquella pequeña cosa atroz, dejándola caer en el fondo de la jofaina, sobre la cual se inclinó Andrónico, todo lo que la corona de llamas le permitía acercarse.

–El agua se está volviendo turbia –dijo en un suspiro–. Ha encontrado en Alejo el elemento terrestre que esperaba, y lo interroga –susurró Zósimo–. Esperemos a que esta nube se disipe.

Nuestros amigos no podían ver lo que sucedía en el agua, pero entendieron que en un determinado momento había recobrado su limpidez y mostraba en el fondo el rostro del pequeño basileo.

–Que se me lleven los infiernos, está recuperando los colores de otro tiempo –balbucía Andrónico–, y leo unos signos que le han aparecido en la frente... Oh, milagro... Iota, Sigma...

No era necesario ser hidromantes para entender qué había sucedido. Zósimo había cogido la cabeza del emperador niño, le había grabado dos letras en la frente, luego lo había recubierto con una sustancia dorada, soluble en el agua. Ahora, una vez disuelta esa pátina artificial, la desgraciada víctima llevaba al inductor de su homicidio el mensaje que evidentemente Zósimo, o quien le hubiera inspirado, quería hacerle llegar.

Andrónico, en efecto, seguía deletreando:

–Iota, Sigma, IS... IS...

Se había levantado, se había ensortijado con insistencia los dedos en los pelos de la barba, parecía echar fuego por los ojos, había inclinado la cabeza como para reflexionar, luego la había levantado como un caballo fogoso que se contiene a duras penas:

–¡Isaac! –gritó–. ¡El enemigo es Isaac Comneno! ¿Qué estará tramando allá en Chipre? Le enviaré una flota y lo aniquilaré antes de que pueda moverse, ¡el muy miserable!

Uno de los dos acompañantes salió de la sombra, y Baudolino notó que tenía la cara de quien estaba dispuesto a asar a su propia madre si le hubiera faltado la carne en la mesa.

–Señor –dijo éste–, Chipre está demasiado lejos, y tu flota debería salir de la Propóntide, pasando por donde campea la armada del rey de Sicilia. Pero así como tú no puedes ir donde está Isaac, tampoco Isaac puede venir donde estás tú. No pensaría en el Comneno, sino en Isaac el Ángel, que está aquí en la ciudad, y tú sabes hasta qué punto no te ama.

–Esteban –rió con desprecio Andrónico–, ¿tú querrías que me preocupara de Isaac el Ángel? ¿Cómo puedes pensar que ese fofo, ese impotente, ese incapaz, esa nulidad, pueda amenazarme? Zósimo, Zósimo –dijo furibundo al nigromante–, ¡esta cabeza y esta agua me hablan o de uno que está demasiado lejos o de otro que es demasiado estúpido! ¿Para qué te sirven los ojos si no sabes leer en este bacín lleno de pis?

Zósimo entendía que estaba a punto de perder los ojos, pero, para su fortuna, intervino ese Esteban que había hablado antes.

Por el gozo evidente con el que se estaba prometiendo nuevos delitos, Baudolino comprendió que se trataba de Esteban Hagiocristoforites, la desalmada mano derecha de Andrónico, aquél que había estrangulado y decapitado al niño Alejo.

–Señor, no desprecies los prodigios. Bien has visto que han aparecido en el rostro del muchacho signos que, cuando estaba vivo, desde luego no llevaba. Isaac el Ángel será un pequeño pusilánime, pero te odia. Otros más pequeños y pusilánimes que él han atentado contra la vida de hombres grandes y valerosos como tú, si los ha habido... Dame tu permiso, y esta misma noche voy a capturar al Ángel y le arranco los ojos con mis manos, luego lo cuelgo de una columna de su palacio. Al pueblo se le dirá que has recibido un mensaje del cielo. Mejor eliminar enseguida a alguien que todavía no te amenaza, que dejarlo con vida de modo que pueda amenazarte un día. Seamos los primeros en asestar el golpe.

–Tú intentas usarme para satisfacer algún rencor personal –dijo el basileo–, pero puede ser que haciendo daño actúes también para el bien. Quítame de en medio a Isaac. Sólo siento... –y miró a Zósimo de manera tal que lo hizo temblar como un junco– que, una vez muerto Isaac, nunca sabremos si de verdad quería perjudicarme y, por lo tanto, si este monje me ha dicho la verdad. Pero al fin y al cabo me ha insinuado una justa sospecha, y pensando mal casi siempre se acierta. Esteban, estamos obligados a mostrarle nuestro reconocimiento. Encárgate tú de darle lo que pida.

Hizo un gesto a sus dos acompañantes y salió, dejando a Zósimo recobrarse lentamente del terror que lo había petrificado junto a su jofaina.

–El Hagiocristoforites odiaba, en efecto, a Isaac el Ángel, y evidentemente se había puesto de acuerdo con Zósimo para que cayera en desgracia –dijo Nicetas–. Pero sirviendo a su protervia, dejó de servir bien a su señor, porque ya sabrás que aceleró su ruina.

–Lo sé –dijo Baudolino–, pero en el fondo aquella noche no me importaba demasiado entender qué había sucedido. Me bastaba con saber que ya tenía a Zósimo en mis manos.

En cuanto se apagaron los pasos de los reales visitantes, Zósimo emitió un gran suspiro. En el fondo el experimento había llegado a buen fin. Se había frotado las manos, esbozando una sonrisa de satisfacción, había sacado la cabeza del niño del agua y la había colocado donde estaba antes. Luego se había dado la vuelta para remirar toda la cripta, y se había echado a reír histéricamente, alzando los brazos y gritando:

–¡Tengo en mi puño al basileo! ¡Ahora ya no tendría miedo ni siquiera de los muertos!

Acababa de hablar, cuando nuestros amigos salieron lentamente a la luz. Acontece a quien obra mágicamente que al final se convence de que, aunque no cree en el diablo, el diablo sin duda cree en él. Al ver una cohorte de lémures que se levantaban como si fuese el día del juicio, Zósimo, por muy felón que fuera, se comportó, en aquel momento, con ejemplar espontaneidad. Sin intentar ocultar los propios sentimientos, los perdió y se desmayó.

Volvió en sí cuando el Poeta lo aspergió con agua divinatoria. Abrió los ojos y se encontró a un palmo de la nariz con un Baudolino que infundía pavor, más que si hubiera sido un aparecido del otro mundo. En aquel momento, Zósimo entendió que no las llamas de un infierno incierto, sino la ciertísima venganza de su antigua víctima lo esperaba sin demora.

–Fue para servir a mi señor –se apresuró a decir–, y fue para hacerte un servicio también a ti, hice que tu carta circulara mejor de lo que habrías podido hacerlo tú...

Baudolino dijo:

–Zósimo, no es por maldad, pero si tuviera que obedecer a lo que me inspira el Señor, debería partirte el culo. Claro que sería un esfuerzo y, como ves, me contengo.

Y le dio tal bofetada que la cabeza habría podido dar dos vueltas sobre sí misma.

–Soy un hombre del basileo, si me tocáis un solo pelo de la barba os juro que...

El Poeta lo agarró por el pelo, le acercó el rostro a las llamas que todavía ardían en torno a la jofaina, y la barba de Zósimo empezó a humear.

—Estáis locos —dijo Zósimo, intentando librarse de la tenaza de Abdul y Kyot, que, mientras tanto, lo habían aferrado y le retorcían los brazos en la espalda.

Y Baudolino, con un capón en la nuca, lo empujó de cabeza en la jofaina a que extinguiera el incendio de la barba impidiéndole que se irguiera hasta que el miserable dejó de preocuparse por el fuego y empezó a preocuparse por el agua, y más se preocupaba y más tragaba.

—Por las burbujas que has hecho aflorar a la superficie —dijo serenamente Baudolino tirándole del pelo—, saco el presagio de que esta noche morirás no con la barba sino con los pies quemados.

—Baudolino —sollozaba Zósimo, vomitando agua—, Baudolino, siempre podemos ponernos de acuerdo... Déjame toser, te lo ruego, no puedo escapar, qué queréis hacer, todos vosotros contra uno, ¿no tenéis piedad? Escucha, Baudolino, yo sé que tú no quieres vengarte por aquel momento mío de debilidad, tú quieres llegar a la tierra de tu Preste Juan, y yo te dije que tenía el mapa adecuado para llegar a ella. Si se echa polvo en el fuego de la chimenea, el fuego se apaga.

—¿Qué quieres decir, farsante? ¡Deja de vomitar tus sentencias!

—Quiero decir que si me matas, el mapa no lo verás nunca más. A menudo, los peces jugando se elevan por encima del agua y salen de los límites de su demora natural. Yo puedo hacer que llegues lejos. Hagamos un pacto de hombres honrados. Tú me dejas, y yo te llevo a donde está el mapa de Cosme el Indicopleustes. Mi vida por el reino del Preste Juan. ¿No te parece barato?

—Preferiría matarte —dijo Baudolino—, pero me sirves vivo para conseguir el mapa.

—¿Y después?

—Después te mantendremos bien atado y envuelto en una alfombra hasta que encontremos una nave segura que nos lleve lejos de aquí, y sólo entonces desenrollaremos la alfombra, porque si te soltáramos enseguida, nos mandarías a todos los sicarios de la ciudad.

—Y la desenrollaréis en el agua...

—Para ya, que no somos asesinos. Si quisiera matarte después, no me liaría a bofetadas contigo ahora. Y, en cambio, mira, lo hago precisamente para darme una satisfacción, visto que más no pretendo hacer.

Y se puso con calma a darle primero un bofetón y luego otro, primero una mano y después la otra, con un golpe le daba la vuelta a la cabeza hacia la izquierda, con otro hacia la derecha, dos veces de lleno con la palma, dos veces con los dedos tendidos, dos veces con el dorso, dos veces de corte, dos veces con el puño cerrado, hasta que Zósimo se puso violeta y a Baudolino casi se le dislocan las muñecas. Entonces dijo:

–Ahora me duele a mí, y me paro. Vamos a ver el mapa.

Kyot y Abdul arrastraron a Zósimo por las axilas, pues ya no se mantenía en pie sin ayuda, y sólo podía indicar el camino con el dedo tembloroso, mientras murmuraba:

–El monje que es despreciado y lo soporta es como una planta que se riega cada día.

Baudolino le decía al Poeta:

–Zósimo me enseñó en cierta ocasión que la cólera, más que ninguna otra pasión, trastorna y perturba el alma, pero a veces la ayuda. Cuando la usamos, en efecto, con calma contra los impíos y pecadores para salvarlos o confundirlos, procuramos dulzura al alma, porque vamos derechos al objeto de la justicia.

Comentaba el rabí Solomón:

–Como dice el Talmud, hay castigos que lavan todas las iniquidades de un hombre.

# 21

# Baudolino y las dulzuras
# de Bizancio

El monasterio de Katabates estaba en ruinas, y todos lo consideraban ya un lugar deshabitado, pero a ras de suelo existían todavía algunas celdas, y la antigua biblioteca, privada de sus libros,
se había convertido en una especie de refectorio. Aquí vivía Zósimo con dos o tres acólitos, y sólo Dios sabía cuáles eran sus
prácticas monásticas. Cuando Baudolino y los suyos afloraron a
la superficie con su prisionero, los acólitos estaban durmiendo,
pero, como quedó claro a la mañana siguiente, estaban suficientemente embotados por sus excesos como para constituir un peligro. Decidieron que era mejor dormir en la biblioteca. Zósimo
tuvo sueños agitados mientras yacía en el suelo entre Kyot y Abdul, que se habían convertido ya en sus ángeles de la guarda.

Por la mañana, se sentaron todos alrededor de una mesa e
invitaron a Zósimo a que fuera al grano.

–Bien –había dicho Zósimo–, el mapa de Cosme está en el
palacio del Bucoleón, en un lugar que yo conozco, y al cual sólo
yo puedo acceder. Iremos caída la tarde.

–Zósimo –había dicho Baudolino–, tú estás mareando la per-
diz. Mientras tanto explícame bien qué dice ese mapa.

–Pues es sencillo, ¿no? –había dicho Zósimo tomando un pergamino y un estilo–. Te dije que todo cristiano que siga la verdadera fe debe estar de acuerdo en que el universo mundo está
hecho como el tabernáculo del que hablan las Escrituras. Ahora
seguid lo que voy a deciros. En la parte inferior del tabernáculo
hay una mesa con doce panes y doce frutos, uno para cada uno
de los doce meses del año; alrededor de la mesa hay un zócalo
que representa el Océano, y alrededor del zócalo hay una cornisa de un palmo de anchura que representa la tierra del más allá,

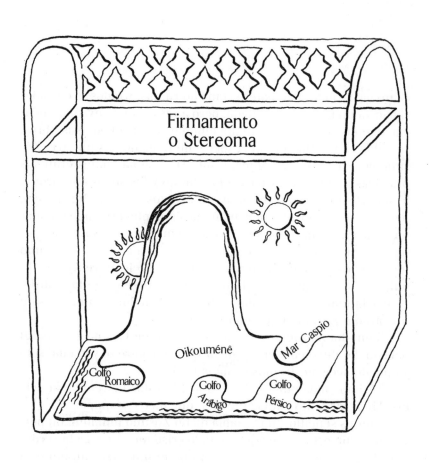

donde en oriente se encuentra el Paraíso Terrenal. El cielo está
representado por la bóveda, que se apoya completamente en las
extremidades de la tierra, pero entre la bóveda y la base está
extendido el velo del firmamento, allende el cual se halla el
mundo celeste que nosotros sólo un día veremos cara a cara. En
efecto, como dijo Isaías, Dios es el que está sentado sobre la tierra, cuyos habitantes son como saltamontes, el que expande los
cielos como un tul y los despliega como una tienda que se habita. Y el salmista alaba al que despliega los cielos como un pabellón. Luego Moisés puso, bajo el tul, al sur, el candelabro que ilumina toda la extensión de la tierra, y debajo siete lámparas para
significar los siete días de la semana y todas las estrellas del
cielo.

–Pero tú me estás explicando cómo era el tabernáculo –dijo
Baudolino–, no cómo está hecho el universo.

–Pero es que el universo está hecho como un tabernáculo y,
por lo tanto, si te explico cómo es el tabernáculo, te explico cómo
es el universo. ¿Cómo puede ser que no entiendas una cosa tan
sencilla? Mira...

Y le trazó un dibujo: mostraba la forma del universo, exactamente como un templo, con su bóveda curvada, cuya parte superior permanece oculta a nuestra vista por el velo del firmamento. Debajo se extiende el ecumene, es decir, la tierra sobre la que
vivimos, que aun así no es plana, sino que se apoya sobre el Océano, que la rodea, y se eleva por una pendiente imperceptible y
continua tanto hasta el extremo septentrión como hacia occidente, donde se yergue una montaña tan alta que su presencia escapa a nuestros ojos y su cima se confunde con las nubes. El sol y
la luna, movidos por los ángeles –a los que se deben también las
lluvias, los terremotos y todos los demás fenómenos atmosféri-
cos–, por la mañana pasan por delante de la montaña e iluminan
el mundo, desde oriente hacia el mediodía, y por la noche se
remontan hacia occidente y desaparecen por detrás de la montaña, dándonos la impresión de que se pone el sol. Así, mientras
aquí cae la noche, en el otro lado de la montaña es de día, pero
ese día nadie lo ve, porque el monte por el otro lado está desierto y nadie ha estado nunca en él.

–¿Y con este dibujo nosotros deberíamos encontrar la tierra del
Preste Juan? –preguntó Baudolino–. Zósimo, mira que el pacto es

tu vida por un mapa bueno, pero si el mapa es malo, los pactos cambian.

–Calma. Calma. Puesto que, si representamos el tabernáculo tal cual es, nuestro arte es incapaz de hacer ver todo lo que queda cubierto por sus paredes y por la montaña, Cosme dibujó otro mapa, que muestra la tierra como si la miráramos desde arriba, volando por el firmamento, o como acaso la vean los ángeles. Ese mapa, que se guarda en el Bucoleón, muestra la posición de las tierras que conocemos, incluidas dentro de la cornisa del Océano, y las tierras donde los hombres vivieron antes del diluvio, allende el Océano, pero que después de Noé nadie volvió a hollar nunca.

–Una vez más, Zósimo –dijo Baudolino pintando en su cara una expresión feroz–, si piensas que hablando de cosas que nosotros no vemos...

–Pero yo las veo: como si estuvieran aquí bajo mi vista, y pronto las veréis también vosotros.

Con aquel rostro demacrado, que los cardenales y las equimosis volvían más atormentado si cabe y por ello digno de piedad, los ojos iluminados por cosas que sólo él divisaba, Zósimo resultaba convincente incluso para quien desconfiaba de él. Ésa era su fuerza, le comentaba Baudolino a Nicetas, y de esta manera lo había burlado una primera vez, lo estaba burlando ahora y lo habría burlado todavía durante unos años más. Era tan convincente que quería aclarar incluso cómo se podían explicar, con el tabernáculo de Cosme, los eclipses, pero a Baudolino los eclipses no le interesaban. Lo que le convencía era que con el mapa auténtico quizá se podía salir verdaderamente en busca del Preste.

–Vale –dijo–, esperaremos a que anochezca.

Zósimo hizo que uno de los suyos sirviera verdura y fruta, y al Poeta, que preguntaba si no había nada más, le respondió:

–Una comida frugal, uniformemente regulada, llevará rápidamente al monje al puerto de su invulnerabilidad.

El Poeta le dijo que se fuera al diablo y luego, viendo que Zósimo comía de muy buena gana, fue a mirar bajo sus verduras y descubrió que sus compinches le habían escondido, sólo para él, hermosos pedazos de cordero lechal. Sin mediar una palabra intercambió los platos.

Se disponían a pasar así la jornada, esperando, cuando uno de los acólitos entró con aspecto trastornado y refirió lo que estaba sucediendo. Durante la noche, inmediatamente después del rito, Esteban Hagiocristoforites, con un pelotón de hombres armados, había ido a casa de Isaac el Ángel, cerca del monasterio de Periblepto, o de la Virgen Famosa, y había llamado a su enemigo con grandes voces exigiéndole que saliera, o mejor dicho, les estaba gritando a los suyos que tiraran la puerta abajo, que agarraran a Isaac por la barba y lo hicieran salir con los pies por los aires. Isaac, entonces, por muy incierto y miedoso que lo quisiera la voz pública, había decidido ir a por todas: montó un caballo en el patio y, con la espada desenvainada, casi desvestido, un poco ridículo con una capa corta de dos colores que le cubría apenas los lomos, salió de repente tomando al enemigo por sorpresa. El Hagiocristoforites no tuvo ni tiempo de sacar su arma porque ya Isaac, con un solo golpe de espada, le había partido la cabeza en dos. Luego arremetió contra los sicarios de aquel enemigo ahora bicéfalo, y a uno se le llevó una oreja, y a los demás los hizo huir atemorizados.

Matar al hombre de confianza del emperador había sido un recurso heroico, y requería heroicos remedios. Isaac, demostrando una gran intuición de cómo se debía tratar con el pueblo, se abalanzó hacia Santa Sofía, pidiendo ese asilo que la tradición concedía a los homicidas, y había implorado a grito herido perdón por la propia fechoría. Se había arrancado la poca ropa que llevaba, y los pelos de la barba, mostraba la espada todavía ensangrentada y, mientras pedía piedad, dejaba entender que había actuado para defender su vida, recordándoles a todos los desmanes del muerto.

–Esta historia no me gusta –había dicho Zósimo, desencajado por la repentina muerte de su nefasto protector.

Y menos aún debían de gustarle las noticias que llegaron a continuación, una tras otra. Isaac había recibido la visita en Santa Sofía de personajes ilustres como Juan Ducas; Isaac seguía arengando a la multitud que iba aumentando de hora en hora; hacia la tarde un gran número de ciudadanos se había atrincherado con Isaac en el templo para protegerle, alguien estaba empezando a murmurar que había que acabar con el tirano.

Ya fuera que Isaac, como había afirmado la nigromancia de Zósimo, preparara desde hacía tiempo su golpe, o que se aprovechara felizmente de un paso en falso de sus enemigos, estaba claro que el trono de Andrónico vacilaba. Y estaba igualmente claro que, en aquella situación, habría sido una locura entrar en el palacio real, que podía convertirse de un momento a otro en un matadero público. Todos estuvieron de acuerdo en que era preciso esperar los acontecimientos en Katabates.

A la mañana siguiente, la mitad de los ciudadanos se había volcado a las calles pidiendo a gritos que Andrónico fuera encarcelado e Isaac elevado al solio imperial. El pueblo había asaltado las prisiones públicas y había liberado a muchas víctimas inocentes del tirano –y de ilustre abolengo– que se habían unido inmediatamente a la sublevación. Pero más que sublevación era ya una insurrección, una revolución, un asalto al poder. Los ciudadanos iban armados por las calles, unos con espada y coraza, otros con mazas y bastones. Algunos, entre ellos muchos dignatarios del imperio, que juzgaron llegado el momento de elegirse otro autócrata, bajaron la corona de Constantino el Grande, que colgaba sobre el altar mayor del templo, y coronaron a Isaac.

Desbordándose combativa fuera del templo, la muchedumbre puso cerco al palacio imperial. Andrónico intentó una desesperada resistencia disparando flechas desde la cima de la torre más alta, la denominada del Kentenarion, pero tuvo que ceder al ímpetu ya furioso de sus súbditos. Se decía que se había arrancado el crucifijo del cuello, se había quitado el calzado púrpura, se había encajado en la cabeza un gorro en punta como los que usan los bárbaros, y había llegado, a través de los laberintos del Bucoleón, a su nave, llevando consigo a su mujer y a la prostituta Maraptica de la que estaba locamente enamorado. Isaac entró triunfalmente en el palacio, la multitud invadió la ciudad, asaltó la ceca o, como la llamaban, los Lavacros del Oro, entró en las armerías, y se dedicó al saqueo de las iglesias del palacio, arrancando los adornos de las santísimas imágenes.

Zósimo, a esas alturas, se echaba a temblar con cada rumor, puesto que ya se contaba que, en cuanto se identificaba a un cómplice de Andrónico, lo pasaban por las armas. Por otra parte, tampoco Baudolino y los suyos consideraban razonable aventurarse justo en esos momentos por los pasillos del Bucoleón. Así, sin poder hacer nada más que comer y beber, nuestros amigos pasaron unos días más en Katabates.

Hasta que se supo que Isaac se había trasladado del Bucoleón al palacio de las Blaquernas, en la extrema punta septentrional de la ciudad. Eso hacía que el Bucoleón estuviera, quizá, menos protegido y (puesto que ya no había nada por saquear) bastante desierto. Precisamente ese mismo día Andrónico había sido capturado en la costa del Ponto Euxino y había sido conducido ante Isaac. Los cortesanos la habían emprendido a bofetadas y patadas con él, le habían arrancado la barba, sacado los dientes, afeitado la cabeza, luego le habían cortado la mano derecha y lo habían arrojado a una mazmorra.

Cuando llegó la noticia de que en la ciudad habían empezado danzas de alegría y festejos en todas las esquinas, Baudolino decidió que en aquella confusión era posible aventurarse hacia el Bucoleón. Zósimo hizo notar que alguien podía reconocerle y nuestros amigos le dijeron que no se preocupara. Armándose de todos los instrumentos a su disposición, le afeitaron completamente la cabeza y la barba, mientras Zósimo lloraba por la deshonra que le suponía, según él, perder esas enseñas de monacal venerabilidad. En efecto, mondo como un huevo, Zósimo resultaba un tipo sin barbilla, con el labio superior demasiado salido, las orejas en punta como las de un perro, y, observaba Baudolino, se parecía más a Cacanisio, un tonto que vagaba por las calles de Alejandría gritándoles obscenidades a las muchachas, que al asceta maldito por el que se había hecho pasar hasta entonces. Para corregir aquel efecto deplorable, lo cubrieron de afeites, y al final parecía un puto, personaje que en Lombardía los niños habrían perseguido entre alaridos tirándole fruta podrida, pero que en Constantinopla era espectáculo de todos los días, vamos, decía Baudolino, como dar vueltas por Alejandría vestido de vendedor de siraso o de requesón, como se lo quisiera llamar.

Habían cruzado la ciudad, y habían visto pasar, izado en cadenas sobre un camello sarnoso, a Andrónico, más despeluchado que su cabalgadura, casi desnudo, con un grumo inmundo de trapos sanguinolentos en la muñeca manca de la mano derecha, y sangre seca en las mejillas demacradas, porque acababan de sacarle un ojo. A su alrededor los habitantes más desesperados de esa ciudad, de la que había sido durante largo tiempo señor y autócrata, salchicheros, curtidores y desechos de todas las tabernas, amontonándose como enjambres de moscas de primavera en torno a una boñiga de caballo, le golpeaban la cabeza con sus mazas, le metían excrementos de buey por las narices, le escurrían esponjas empapadas de meada bovina sobre la nariz, le ensartaban asadores en las piernas; los más sosegados le tiraban piedras llamándole perro rabioso e hijo de perra en celo. Desde la ventana de un burdel, una meretriz le volcó encima una olla de agua hirviendo, luego el furor de aquella muchedumbre creció aún más, lo tiraron del camello y lo colgaron por los pies de las dos columnas cercanas a la estatua de la loba que amamanta a Rómulo y Remo.

Andrónico se portó mejor que sus verdugos, sin proferir un lamento. Se limitaba a murmurar: «*Kyrie eleison, Kyrie eleison*», y preguntaba por qué rompían una cadena ya rota. Colgado como estaba, lo desvistieron de lo poco que aún llevaba, uno le cortó con la espada de cuajo los genitales, otro le plantó una lanza en la boca empalándolo hasta las entrañas, mientras otro lo empalaba desde el ano para arriba. Había también unos latinos, que llevaban unas cimitarras y se movían como si bailaran a su alrededor, tirando hendientes que le arrancaban toda la carne. Y quizá eran los únicos que podían tener derecho a una venganza, visto lo que Andrónico había hecho a los de su raza unos años antes. Por último, el infeliz tuvo todavía fuerza para llevarse a la boca su muñoncito derecho, como si quisiera beberse su sangre para compensar la que estaba perdiendo a borbotones. Luego murió.

Escapados de ese espectáculo, los nuestros intentaron llegar al Bucoleón, pero ya en las cercanías se dieron cuenta de que era imposible acceder al palacio. Isaac, disgustado por los numerosos saqueos, había hecho que montaran guardia a su alrededor, y los que intentaban rebasar esa defensa eran ajusticiados allí mismo.

–Tú pasas de todos modos, Zósimo –dijo Baudolino–. Es sencillo, entras, coges el mapa y nos lo traes.

–¿Y si me cortan la garganta?

–Si no vas, te la cortamos nosotros.

–Mi sacrificio tendría sentido si en el palacio estuviera el mapa. Pero, a decir verdad, allí no está el mapa.

Baudolino lo había mirado como si no pudiera entender tanta desfachatez.

–Ah –había rugido–, ¿y ahora por fin dices la verdad? ¿Y por qué has seguido mintiendo hasta ahora?

–Intentaba ganar tiempo. Ganar tiempo no es pecado. El pecado, para el monje perfecto, es perderlo.

–Lo matamos aquí mismo y sin pérdida de tiempo –dijo entonces el Poeta–. Es el momento oportuno, en esta carnicería nadie presta atención. Decidamos quién lo estrangula, y hala.

–Un momento –dijo Zósimo–. El Señor nos enseña cómo abstenernos de la obra que no nos conviene. He mentido, es verdad, pero por razones de bien.

–¡¿Pero qué bien?! –gritó Baudolino exasperado.

–El mío –contestó Zósimo–. Bien tenía derecho yo a proteger mi vida, dado que pretendíais quitármela. El monje, como los querubines y serafines, debe tener ojos por doquier, o sea (así entiendo yo el dicho de los santos padres del desierto), debe ejercer la prudencia y la astucia para con el enemigo.

–¡Pero el enemigo del que hablaban tus padres era el diablo, no nosotros! –gritó otra vez Baudolino.

–Distintas son las estratagemas de los demonios: aparecen en sueños, crean alucinaciones, se las ingenian para engañarnos, se transforman en ángeles de luz y no se te llevan a los infiernos para infundirte una seguridad mendaz. ¿Qué habríais hecho en mi lugar?

–¿Y qué harás tú ahora, grecano asqueroso, para salvar una vez más tu vida?

–Os diré la verdad, como es mi costumbre. El mapa de Cosme existe sin duda, lo he visto yo con mis mismos ojos. Dónde estará ahora, no lo sé, pero juro que lo llevo grabado en la cabeza, aquí... –Y se golpeaba la frente libre de su pelambrera–. Podría decirte jornada a jornada las distancias que nos separan de la tierra del Preste Juan. Ahora bien, es evidente que yo no puedo quedarme en esta ciudad, y que no tenéis ninguna necesidad de quedaros tampoco vosotros, visto que habéis venido para prenderme, y me tenéis, y para encontrar el mapa, y no lo tendréis. Si me matáis, no os queda nada. Si me lleváis con vosotros, os juro por los santísimos apóstoles que seré vuestro esclavo y dedicaré mis días a trazaros un itinerario que os llevará derechos a la tierra del Preste. Perdonándome la vida no tendréis nada que perder, salvo una boca más que alimentar. Matándome, lo habréis perdido todo. Lo tomáis o lo dejáis.

–Éste es el descarado más descarado que he encontrado en mi vida –dijo Boron, y los demás estuvieron de acuerdo.

Zósimo aguardaba en silencio, compungido. El rabí Solomón intentó decir:

–El Santo que bendito por siempre sea...

Pero Baudolino no le dejó acabar:

–Basta con los proverbios, que ya dice demasiados este marrullero. Es un marrullero, pero tiene razón. Tenemos que llevarlo con nosotros. Si no, Federico nos verá llegar con las manos vacías y pensará que gracias a su dinero nos hemos solazado con las dulzuras de Oriente. Volvamos por lo menos con un prisionero. Pero tú, Zósimo, jura, jura que no intentarás jugárnosla de nuevo...

–Lo juro por cada uno de los doce santísimos apóstoles –dijo Zósimo.

–¡Once, once, desgraciado! –le gritaba Baudolino agarrándolo por la túnica–. ¡Si dices doce, incluyes también a Judas!

–Pues vale, once.

–Así –dijo Nicetas–, ése fue tu primer viaje a Bizancio. No me sorprendería, después de lo que viste, que consideraras lo que sucede ahora como un lavacro purificador.

–Ves, señor Nicetas –dijo Baudolino–, a mí los lavacros purificadores, como dices tú, nunca me han gustado. Alejandría aún será un burgo miserable, pero entre nosotros, cuando alguien que manda no nos gusta, le decimos adiós muy buenas y elegimos otro cónsul. Y también Federico, a veces habrá sido colérico, pero cuando sus primos le molestaban no los emasculaba, les daba otro ducado. Pero la historia no es ésta. La verdad es que estaba ya en los confines extremos de la cristiandad y me habría bastado seguir hacia el este, o hacia el sur, para encontrar las Indias. Pero se nos había acabado el dinero, y para poder ir a Oriente tenía que volver a Occidente. Tenía ya cuarenta y tres años, perseguía al Preste Juan desde que tenía dieciséis, año más, año menos, y de nuevo me veía obligado a aplazar mi viaje.

# 22

# Baudolino pierde a su padre y encuentra el Greal

Los genoveses habían enviado a Boiamondo con Teófilo a darse una primera vuelta por la ciudad, para ver si la situación era propicia. Lo era bastante, habían referido al regreso, porque gran parte de los peregrinos estaba en las tabernas, y los demás parecían haberse reunido en Santa Sofía para admirar con ojos ávidos el tesoro de reliquias allí acumulado.

–¡Como para desbarlugarse los ojos! –decía Boiamondo.

Pero añadía que el amasijo de trofeos se había transformado en una sucia carambola. Algunos hacían como que se desprendían de su botín: echaban al montón algo de quincallería, y se enfilaban a hurtadillas bajo el sayo el hueso de un santo. Ahora bien, como nadie quería que se le cogiera con una reliquia encima, justo fuera del templo se había formado un mercadillo, con ciudadanos todavía acaudalados y marchantes armenios.

–Qué cosas –se mofaba Boiamondo–, los griegos que han conseguido salvar algún sueldo de Bizancio escondiéndoselo en el pertuso se lo sacan de tan ilustre lugar para comprarse una tibia de San Bachicha, ¡que a lo mejor ha estado siempre en la iglesia de al lado! Aunque quizá después se la revendan a la iglesia, que los griegos son listos. Qué gran grupia, y luego dicen que somos nosotros, los genoveses, los que sólo pensamos en las pecunias.

–¿Pero qué están llevando a la iglesia? –preguntaba Nicetas.

Teófilo había hecho una relación más precisa. Había visto el cajón que contenía la capa de púrpura de Cristo, un trozo de la caña de la flagelación, la esponja que se le ofreció a Nuestro Señor moribundo, la corona de espinas, una custodia donde se conservaba un trozo del pan consagrado en la Última Cena, el que Jesús le había ofrecido a Judas. Luego había llegado un relicario con los pelos de la barba del Crucificado, arrancados por los judíos tras el descendimiento de la cruz, y envolviendo el relicario estaban las ropas del Señor, que los soldados se habían jugado a dados a los pies del patíbulo. Y por fin, la columna de la flagelación enterita.

–Yo he visto llevar también un pedazo de la túnica de la Virgen –había dicho Boiamondo.

–¡Qué pena! –se había lamentado Nicetas–. Si habéis visto sólo un pedazo, es señal de que ya se la han repartido. Existía entera, en el palacio de las Blaquernas. Hace mucho tiempo, unos tales Galbio y Cándido fueron de peregrinación a Palestina y en Cafarnaum supieron que el *pallion* de la Virgen se conservaba en casa de un hebreo. Se hicieron amigos suyos, pasaron la noche en su casa, y tomaron a escondidas las medidas del cofre de madera en el que estaba la túnica; luego hicieron que les construyeran uno igual en Jerusalén, volvieron a Cafarnaum, sustituyeron de noche el cofre y trajeron la túnica a Constantinopla, donde se construyó la iglesia de los apóstoles Pedro y Marcos para conservarla.

Boiamondo había añadido que se decía que nada menos que dos caballeros cristianos habían sustraído, sin haberlas entregado todavía, dos cabezas de San Juan Bautista, una cada uno, y todos se preguntaban cuál era la buena. Nicetas sonrió con comprensión:

–Sabía que en la ciudad se veneraban dos. La primera la trajo Teodosio el Grande y fue colocada en la iglesia del Precursor. Pero luego Justiniano encontró otra en Emesa. Me parece que se la había regalado a algún cenobio, se decía que luego había regresado aquí, pero nadie sabía ya dónde estaba.

–¿Pero cómo es posible olvidarse de una reliquia, con lo que vale? –preguntaba Boiamondo.

–La piedad del pueblo es voluble. Durante años nos entusiasmamos por un resto sagrado, y luego nos excitamos por la llegada de algo aún más milagroso, y el primero cae en el olvido.

–¿Y cuál de las dos es la cabeza buena? –preguntó Boiamondo.

–Cuando se habla de cosas santas no se deben usar criterios humanos. Fuera cual fuese la reliquia que me presentaras, te aseguro que, al inclinarme para besarla, sentiría el perfume místico que emana y sabría que se trata de la cabeza verdadera.

En aquel momento llegó de la ciudad también Pèvere. Estaban sucediendo cosas extraordinarias. Para impedir que la soldadesca robara del montón acumulado en Santa Sofía, el dux había encargado un primero y rápido censo de lo recogido, y les habían encomendado a unos monjes griegos que reconocieran las distintas reliquias. Y ahí se había descubierto que, después de haber obligado a la mayor parte de los peregrinos a devolver lo que habían cogido, ahora se hallaban en el templo no sólo dos cabezas del Bautista, que eso se sabía ya, sino dos esponjas para la hiel y el vinagre y dos coronas de espinas, por no decir nada más. Un milagro, se reía socarrón Pèvere, mirando a Baudolino a hurtadillas, las reliquias más preciosas de Bizancio se habían multiplicado, como los panes y los peces. Algunos de los peregrinos veían el acontecimiento como un signo del cielo en su favor, y gritaban que, si había tanta riqueza de esos bienes rarísimos, el dux habría debido permitir que cada uno se llevara a casa lo que había cogido.

–Pero es un milagro a favor nuestro –dijo Teófilo–, porque así los latinos no sabrán ya cuál es la reliquia buena y se verán obligados a dejarlo todo aquí.

–No estoy tan seguro –dijo Baudolino–. Cada príncipe o marquión o vasallo estará contento de llevarse a casa un santo despojo, que atraerá muchedumbres de devotos y donativos. Si luego corre la voz de que hay una reliquia parecida a mil millas de distancia, dirán que es falsa.

Nicetas se había puesto pensativo.

–No creo en este milagro. El Señor no confunde nuestras mentes con las reliquias de sus santos... Baudolino, en los meses pasados, después de tu llegada a la ciudad, ¿no habrás tramado ningún embrollo con las reliquias?

–¡Señor Nicetas! –intentó decir Baudolino con aire ofendido. Luego puso las manos ante sí como para imponer calma a su interlocutor–. Bueno, si tengo que contarlo todo, pues bien, llegará el momento en que te tenga que hablar de una historia de reliquias. Pero te la contaré más tarde. Y además, tú acabas de decir hace nada que cuando se habla de cosas santas no deben usarse criterios humanos. Ahora es tarde, y creo que dentro de una hora, en la oscuridad, podremos ponernos en camino. Estemos preparados.

Nicetas, que quería marcharse bien reconfortado, había dado

orden a Teófilo desde hacía tiempo de que preparase un *monò-kythron*, que llevaba su tiempo para cocerse bien. Era una caldera de bronce, llena de carne de buey y de cerdo, de huesos no completamente descarnados y repollos de Frigia, saturada de grasa. Como no quedaba mucho tiempo para una cena sosegada, el logoteta había abandonado sus buenas costumbres y se servía del caldero no con tres dedos, sino con toda la mano. Era como si consumara su última noche de amor con la ciudad que amaba, virgen, prostituta y mártir. Baudolino ya no tenía hambre y se limitó a saborear vino resinado, que quién sabe si lo encontraría en Selimbria.

Nicetas le preguntó si en aquella historia de las reliquias no tendría nada que ver Zósimo, y Baudolino dijo que prefería ir por orden.

–Después de las cosas horribles que habíamos visto aquí en la ciudad, volvimos por vía de tierra, porque no teníamos dinero suficiente para pagar el viaje en nave. La confusión de aquellos días había permitido a Zósimo, con la ayuda de uno de aquellos acólitos suyos que iba a abandonar, conseguir no se sabe dónde unas mulas. Luego, durante el viaje, una batida de caza en algún bosque, la hospitalidad de algún monasterio a lo largo del camino, y al final llegamos a Venecia, y luego a la llanura lombarda...

–¿Y Zósimo no intentó escaparse nunca?

–No podía. Desde aquel momento, y después del regreso, y todo el tiempo en la corte de Federico, y en el viaje hacia Jerusalén que hicimos más tarde, durante más de cuatro años, permaneció en cadenas. Es decir, cuando estaba con nosotros lo soltábamos, pero cuando lo dejábamos solo lo asegurábamos a su cama, a un palo, a un árbol, según donde estuviéramos, y si íbamos a caballo lo atábamos de tal manera a las riendas que, si intentaba desmontar, el caballo se encabritaba. Con el miedo de que aun así se olvidara de sus obligaciones, cada noche, antes de acostarse, yo le daba un bofetón. Zósimo lo sabía, a esas alturas, y lo esperaba antes de dormir como el beso materno.

Durante el camino, nuestros amigos no habían dejado de aguijonear a Zósimo para que reconstruyera el mapa, y éste demostraba buena voluntad, cada día se acordaba de un detalle, tanto que ya había llegado a hacer un cálculo de las verdaderas distancias.

–Así, a ojo –mostraba, dibujando con el dedo sobre el polvo del camino–, desde Tzinista, el país de la seda, hasta Persia hay ciento cincuenta jornadas de marcha; toda Persia hace ochenta jornadas; desde la frontera persa a Seleucia, trece jornadas; de Seleucia a Roma y luego al país de los Iberos, ciento cincuenta jornadas. Más o menos, para ir de un cabo al otro del mundo, cuatrocientas jornadas de camino, si haces treinta millas al día. La tierra, además, es más larga que ancha. Y recordarás que en el Éxodo se dice que en el tabernáculo la mesa tiene que medir dos codos de largo y uno de ancho. Así pues, del septentrión al mediodía se pueden calcular: cincuenta jornadas desde las regiones septentrionales hasta Constantinopla, de Constantinopla a Alejandría otras cincuenta, de Alejandría a Etiopía, en el golfo Arábigo, setenta jornadas. En fin, más o menos doscientas jornadas. Por lo tanto, si tú sales de Constantinopla y te diriges hacia la India extrema, calculando que vas transversalmente y que deberás pararte muy a menudo para encontrar el camino, y quién sabe cuántas veces deberás volver sobre tus pasos, yo diría que llegas a las tierras del Preste Juan en un año de viaje.

A propósito de reliquias, Kyot le había preguntado a Zósimo si había oído hablar del Greal. Había oído hablar, cómo no, y a los gálatas que vivían en los alrededores de Constantinopla; por lo tanto, a gente que conocía los relatos de los sacerdotes antiquísimos del extremo septentrión. Kyot había preguntado si había oído decir de ese Feirefiz que le habría llevado el Greal al Preste Juan, y Zósimo había dicho que claramente había oído hablar de él, pero Baudolino seguía escéptico.

–Y entonces, ¿qué es ese Greal? –le preguntaba.

–La copa, la copa en la que Cristo consagró el pan y el vino, también lo habéis dicho vosotros.

¿Pan en una copa? No, vino, el pan estaba en un plato, una patena, una bandejita. Pero entonces el Greal ¿qué era?, ¿el plato o la copa? Los dos, intentaba negociar Zósimo. Bien pensado, le sugería el Poeta con una mirada que daba miedo, era la lanza con la que Longino había traspasado el costado. Ah, sí, le parecía que era precisamente eso. Entonces Baudolino le daba un mandoble, aunque todavía no era hora de irse a acostar, pero

Zósimo se justificaba: las voces eran inciertas, vale, pero el hecho de que corrieran también entre los gálatas de Bizancio era la
prueba de que el Greal existía de verdad. Y a ese paso del Greal
se sabía siempre lo mismo, es decir, se sabía muy poco.

–Claro –decía Baudolino–, si hubiera podido llevarle el Greal
a Federico, en lugar de una escoria de la peor cárcel como tú...

–Siempre se lo puedes llevar –sugería Zósimo–. Encuentras el
vaso adecuado...

–Ah, porque ahora también es un vaso. ¡Te lo meto yo ese vaso
por donde te quepa! ¡Yo no soy un falsario como tú!

Zósimo se encogía de hombros y se acariciaba la barbilla, siguiendo el crecimiento de su nueva barba, pero resultaba más feo
ahora, que parecía un barbo, que antes, cuando brillaba mondo
y lirondo como una pelota.

–Y además –rumiaba Baudolino–, aun sabiendo que es un vaso
o un cáliz, ¿cómo lo podremos reconocer cuando lo encontremos?

–Ah, por eso estate tranquilo –intervenía Kyot, con los ojos
perdidos en el mundo de sus leyendas–, verás la luz, notarás el
perfume...

–Esperemos –decía Baudolino.

El rabí Solomón meneaba la cabeza:

–Debe de ser algo que vosotros los gentiles robasteis del Templo de Jerusalén cuando lo saqueasteis y nos desperdigasteis por
el mundo.

Llegaron justo a tiempo para las bodas de Enrique, el segundo hijo de Federico, ya coronado rey de los romanos, con Constanza de Altavilla. El emperador cifraba todas sus esperanzas en
ese hijo menor. No era que el primero no le interesara, es más,
lo había nombrado incluso duque de Suabia, pero era evidente
que lo amaba con tristeza, como sucede con los hijos malogra-
dos. Baudolino lo encontró pálido, tosigoso, con un parpadeo
continuo en el ojo izquierdo, como si ahuyentara un mosquito.
Incluso durante los festejos reales, se alejaba a menudo y Baudolino lo había visto ir por los campos, golpeando nerviosamente
los arbustos con una fusta, como para calmar algo que lo roía
desde dentro.

–Está en este mundo con esfuerzo –le dijo una noche Federico.

Envejecía cada vez más, el Barbablanca, se movía como si tuviera tortícolis. No renunciaba a la caza, y en cuanto veía un río se tiraba al agua, nadando como antaño. Pero Baudolino tenía miedo de que un día u otro le diera un ataque, atenazado por el abrazo del agua fría, y le decía que tuviera cuidado.

Para consolarlo, le contó los logros de su expedición, que habían capturado a aquel monje infiel, que pronto tendría el mapa que los llevaría al reino del Preste, que el Greal no era un cuento de hadas y que pronto lo depositaría en sus manos. Federico asentía.

–El Greal, ah, el Greal –murmuraba con los ojos perdidos quién sabe dónde–, desde luego con él podría, podría...

Luego algún mensaje importante lo distraía, suspiraba una vez más y se disponía con cansancio a cumplir su deber.

De vez en cuando tomaba aparte a Baudolino, y le contaba cuánto echaba de menos a Beatriz. Para consolarlo, Baudolino le contaba cuánto echaba de menos a Colandrina.

–Sí, lo sé –decía Federico–, tú que has amado a Colandrina entiendes lo que puedo haber amado yo a Beatriz. Pero quizá no te des cuenta de lo amable que era Beatriz.

Y a Baudolino se le reabría la herida del antiguo remordimiento.

En verano, el emperador volvió a Alemania, pero Baudolino no pudo seguirlo. Fueron a decirle que había muerto su madre. Se fue a toda prisa a Alejandría y, mientras iba, pensaba en aquella mujer que lo había generado, y a la cual nunca había mostrado ternura de verdad, excepto aquella Nochebuena, tantos años antes, mientras la oveja paría (crispolines, se decía, han pasado ya más de quince inviernos, Dios mío, quizá dieciocho). Llegó cuando ya la habían enterrado, y encontró a Gagliaudo, que había abandonado la ciudad y se había retirado a su antigua casa de la Frascheta.

Estaba tumbado, con una escudilla de madera llena de vino a su lado, falto de fuerzas, moviendo la mano cansinamente para ahuyentar a las moscas de la cara.

–Baudolino –le dijo enseguida–, diez veces al día si no más, me enfadaba con aquella pobre mujer, pidiéndole al cielo que la fulminara con una saeta. Y ahora que el cielo me la ha fulminado, ya no sé qué hacer. Aquí dentro no encuentro nada, las cosas las ordenaba ella. No encuentro ni el forcón para el estiércol, y en el establo los animales tienen más mantillo que heno. Por lo cual y por lo cuanto, he decidido morirme yo también, que quizá es mejor.

No habían valido las protestas del hijo.

–Baudolino, sabes que los de estas tierras tenemos la cabeza dura y cuando le metemos algo dentro no hay manera de cambiar de idea. No soy un ganilón como tú, que un día estás acá y otro allá, ¡buena vida, vosotros los señores! Gente toda que piensa sólo en cómo matar a los demás, pero si un día les dicen que tienen que morir, se cagan encima. Yo, en cambio, he vivido bien sin hacerle daño a una mosca, junto a una mujer que era una santa, y ahora que he decidido morirme, me muero. Tú déjame irme como digo yo, que me quedo como unas pascuas, porque a más sigo así, y a más es peor.

De vez en cuando bebía un poco de vino, luego se adormecía, luego volvía a abrir los ojos y preguntaba:

–¿Estoy muerto?

–No, padre mío –le contestaba Baudolino–, por suerte todavía estás vivo.

–Vaya, pobre de mí –decía él–, todavía un día, pero mañana me muero, quédate tranquilo.

No quería probar comida a ninguna costa. Baudolino le acariciaba la frente y le espantaba las moscas y luego, no sabiendo cómo consolar a su padre que estaba muriéndose, y queriendo demostrarle que su hijo no era ese burique que siempre había creído, le hablaba de la santa empresa para la que se preparaba desde hacía quién sabe cuánto tiempo, y de cómo quería alcanzar el reino del Preste Juan.

–Si supieras –le decía–, iré a descubrir lugares maravillosos. Hay un lugar donde prospera un pájaro nunca visto, el Fénix, que vive y vuela durante quinientos años. Cuando han pasado quinientos años, los sacerdotes preparan un altar esparciendo especias y azufre, luego llega el pájaro, se incendia y se convierte en polvo. A la mañana siguiente, entre las cenizas se encuentra un gusano; el segundo día, un pájaro ya formado; el tercero, este pájaro alza el vuelo. No es más grande que un águila, en la cabeza tiene una cresta de plumas como el pavo real, el cuello de un color dorado, el pico azul índigo, las alas color púrpura y la cola a rayas amarillas, verdes y carmesíes. Y así el Fénix nunca muere.

–Mentiras cochinas –decía Gagliaudo–. A mí me bastaba con que me hacíais renacer a la Rosina, pobre animal que me la sofocasteis con todo aquel trigo rancio, y déjate del Félix ese.

–A mi regreso te traeré el maná, que se encuentra en las montañas del país de Job. Es blanco y dulcísimo, procede del rocío que del cielo cae sobre la hierba, donde cuaja. Limpia la sangre, ahuyenta la melancolía.

–Eso, que me limpie los perendengues. Cosas buenas para toda esa gentuza que está en la corte, que comen perdices con pastas.

–¿No querrás por lo menos un trozo de pan?

–No tengo tiempo; tengo que morirme mañana por la mañana.

A la mañana siguiente, Baudolino le contaba que al emperador le regalaría el Greal, la copa en la que había bebido Nuestro Señor.

–Ah, ¿sí? ¿Y cómo es?

–Toda de oro, cuajada de lapislázuli.

–¿Lo ves que eres ñeco del haba? Nuestro Señor era el hijo de un carpintero y estaba con unos muertos de hambre peor que él; durante toda su vida llevó un único vestido, nos lo decía el cura en la iglesia, que no tenía costuras para que no se le estropeara antes de cumplir los treinta y tres, y tú me sales con que se iba de jarana con un cáliz de oro y pispazúlilis. Bien me la cuentas tú. Ya era mucho si tenía una escudilla como ésta, que se la había tallado su padre de una raíz, como hice yo, cosas que duran toda una vida y no se rompen ni con un martillo; anda, que ahora que me lo pienso, dame un poco de esta sangre de Jesucristo, que es lo único que me ayuda a morirme bien.

Por todos los diablos, decía Baudolino. Tiene razón este pobre viejo. El Greal debía de ser una escudilla como ésta, sencilla, pobre como el Señor. Por eso quizá esté ahí, al alcance de todos, y nunca nadie lo ha reconocido porque durante toda la vida han buscado una cosa que reluce.

Pero no es que en esos momentos Baudolino pensara mucho

en el Greal. No quería ver morir a su padre, pero entendía que dejándolo morir se cumplía su voluntad. Al cabo de unos días, el viejo Gagliaudo se había encogido como una castaña pilonga, y respiraba con esfuerzo, rechazando ya hasta el vino.

–Padre mío –le decía Baudolino–, si de verdad quieres morir, reconcíliate con el Señor, y entrarás en el Paraíso, que es como el palacio del Preste Juan. El Señor Dios estará sentado en un gran trono en la cima de una torre, y el respaldo del trono tendrá dos remates de oro, y en cada uno de ellos habrá dos grandes carbúnculos que brillarán toda la noche. Los brazos del trono serán de esmeralda. Los siete escalones para subir al trono serán de ónice, de cristal, de diaspro, de amatista, sardónica, cornalina y crisólito. Todo a su alrededor habrá columnas de oro fino; por encima del trono volarán los ángeles cantando canciones dulcísimas...

–Y habrá unos diablos que me sacarán a patadas en los fondillos, porque en un sitio así, uno como yo que huele a boñiga, no lo quieren. Pero calla...

De golpe abrió mucho los ojos, intentando incorporarse, mientras Baudolino lo sostenía.

–Oh Señor, mira que ahora me muero de veras porque estoy viendo el Paraíso. Ah, qué bonito que es...

–¿Qué ves, padre mío? –sollozaba ahora Baudolino.

–Es igualito, igualito que nuestro establo, pero todo limpio, y está también la Rosina... Y está esa santa de tu madre, maldita desgraciada, ahora mismo me dices dónde has puesto el forcón del estiércol...

Gagliaudo emitió un eructo, dejó caer la escudilla, y se quedó con los ojos abiertos, fijos en su establo celeste.

Baudolino le pasó dulcemente la mano por la cara, porque a esas alturas lo que tenía que ver lo veía incluso con los ojos cerrados, y fue a decirles lo que había pasado a los de Alejandría. Los ciudadanos quisieron que al gran viejo se le honrara con un funeral solemne, porque era quien había salvado la ciudad, y decidieron que colocarían su estatua encima del portal de la catedral.

Baudolino fue una vez más a casa de sus padres, para buscar algún recuerdo, visto que había decidido no volver nunca jamás. Vio por los suelos la escudilla de su padre, y la recogió como una reliquia preciosa. La lavó bien, para que no oliera a vino, porque, se decía, si un día se hubiera dicho que aquél era el Greal, con todo el tiempo que había pasado desde la Última Cena, no habría debido oler ya a nada, como no fuera, quizá, a esos aromas que, sin duda, todos habrían advertido, pensando que aquélla era la Verdadera Copa. Envolvió la escudilla en su capa y se la llevó.

# 23

# Baudolino en la tercera cruzada

Cuando sobre Constantinopla cayó la oscuridad, se pusieron en camino. Era una comitiva densa, pero aquellos días varias bandas de ciudadanos que se habían quedado sin casa se desplazaban como almas perdidas de un punto a otro de la ciudad, para buscar un soportal donde pasar la noche. Baudolino había dejado su atuendo de crucífero porque, si alguien lo hubiera parado preguntándole quién era su señor, habría tenido problemas. Delante de ellos caminaban Pèvere, Boiamondo, Grillo y Taraburlo, con aire de quien hace el mismo camino por pura casualidad. Pero miraban a su alrededor en todas las esquinas, y empuñaban bajo el sayo sus buenos cuchillos recién afilados.

Poco antes de llegar a Santa Sofía, un insolente con los ojos azules y largos bigotes amarillos se había abalanzado hacia el grupo, había tomado de la mano a una de las muchachas, por muy fea y picada de viruelas que pareciera, intentando arrastrarla consigo. Baudolino se dijo que había llegado el momento de dar batalla, y los genoveses con él, pero Nicetas tuvo una idea mejor. Había visto un grupo de caballeros que llegaban por esa calle y se arrojó de rodillas en su dirección pidiendo justicia y piedad, apelando a su honor. Probablemente eran hombres del dux, que la emprendieron a cimbronazos con el bárbaro, lo echaron de allí y devolvieron la muchacha a su familia.

Después del Hipódromo, los genoveses eligieron las calles más seguras: callejones estrechos, donde las casas estaban todas quemadas o mostraban signos evidentes de un saqueo minucioso. Los peregrinos, si todavía buscaban algo que robar, estaban en otro lugar. Entrada la noche superaron las murallas de Teodosio. Allá esperaba el resto de los genoveses con las acémilas. Se des-

pidieron de sus protectores, entre muchos abrazos y buenos deseos, y se pusieron en camino por una vereda de campo, bajo un
cielo de primavera, con una luna casi llena en el horizonte. Llegaba del mar lejano una brisa ligera. Todos habían descansado
durante el día y el viaje no parecía cansar ni siquiera a la mujer
de Nicetas. Pero fatigadísimo estaba él, que jadeaba a cada brin-
co de su animal, y cada media hora pedía a los demás que lo
dejaran detenerse un poco.

–Has comido demasiado, señor Nicetas –le decía Baudolino.

–¿Habrías negado a un exiliado las últimas dulzuras de su
patria moribunda? –respondía Nicetas. Luego buscaba un peñasco o un tronco de árbol caído sobre el cual acomodarse–. Es por
el ansia de conocer la continuación de tu aventura. Siéntate aquí,
Baudolino, escucha qué paz, aspira los olores buenos del campo.
Descansemos un poco, y cuenta.

Como luego, los tres días siguientes, viajaron de día y descan-
saron de noche a ras del cielo, para evitar los lugares habitados
por quién sabe quién, Baudolino prosiguió su relato bajo las estrellas, en un silencio roto sólo por un susurrar de las frondas y
por sonidos repentinos de animales nocturnos.


En aquel tiempo –y estamos en 1187– el Saladino había lanzado
el último ataque contra la Jerusalén cristiana. Había vencido. Se
había portado generosamente, dejando salir ilesos a todos aquellos
que podían pagar una tasa, y se había limitado a decapitar delante de las murallas a todos los caballeros templarios porque, como
admitían todos, generoso sí, pero ningún jefe digno de tal nombre
podía salvar la tropa escogida de los enemigos invasores, y también los templarios sabían que, si se dedicaban a ese oficio, acep-
taban la regla de que no se hacen prisioneros. Aun cuando el Saladino se hubiera demostrado magnánimo, todo el mundo cristiano
quedó trastornado por el fin de aquel reino franco de ultramar que
había resistido casi cien años. El papa había hecho un llamamiento
a todos los monarcas de Europa para una tercera expedición de
crucíferos que liberasen de nuevo aquella Jerusalén reconquistada por los infieles. Para Baudolino, el que su emperador se uniera
a la empresa era la ocasión que esperaba. Bajar hacia Palestina
significaba disponerse a marchar hacia oriente con un ejército in-

vencible. Jerusalén habría sido retomada en un abrir y cerrar de ojos, y después no quedaba sino seguir hacia las Indias. Pero en aquella ocasión descubrió lo cansado que se sentía de verdad Federico, e inseguro. Había pacificado Italia, pero claramente temía que, de alejarse, habría perdido las ventajas ganadas. O quizá lo turbaba la idea de una nueva expedición hacia Palestina, recordando su delito durante la expedición previa, cuando destruyera, empujado por la cólera, aquel monasterio búlgaro. Quién sabe. Vacilaba. Se preguntaba cuál era su deber, y cuando empiezas a plantearte esta pregunta (se decía Baudolino) es señal de que no hay un deber que te arrastra.

–Tenía cuarenta y cinco años, señor Nicetas, y me estaba jugando el sueño de toda una vida, o mejor, la vida misma, visto que mi vida había sido construida en torno a ese sueño. Así, en frío, confiando en mi buena estrella, decidí dar a mi padre adoptivo una esperanza, un signo celestial de su misión. Después de la caída de Jerusalén llegaban a nuestras tierras cristianas los que se habían librado de aquella ruina, y habían pasado por la corte imperial siete caballeros del Templo que, Dios sabe cómo, habían escapado a la venganza del Saladino. Estaban muy maltrechos, pero quizá tú no sepas cómo son los templarios: bebedores y fornicadores, y te venden a su hermana si les das la tuya para meterle mano. Y mejor aún, se dice, a tu hermanito. En fin, digamos que los reconforté, y todos me veían ir con ellos por los tugurios. Por lo cual no me resultó difícil decirle un día a Federico que aquellos simoníacos desvergonzados habían sustraído precisamente el Greal de Jerusalén. Y le dije que, como los templarios estaban a dos velas, me había gastado todas las monedas que tenía y se lo había comprado. Federico naturalmente, de buenas a primeras, se sorprendió. ¿Pero no estaba el Greal en las manos del Preste Juan que quería regalárselo precisamente a él? ¿Y no tenían la intención de salir en busca de Juan precisamente para recibir de regalo aquel santísimo resto? Así era, padre mío, le dije, pero evidentemente algún ministro traidor se lo ha robado a Juan y se lo ha vendido a ese tropel de templarios, llegados a hacer razias por esas tierras, sin darse cuenta de dónde estaban. Pero no importaba saber el cómo y el cuándo. Se le presentaba ahora al sacro y romano emperador otra y más extraordinaria ocasión: que él buscara al Preste Juan precisamente para devolverle el Greal. Al no usar esa incomparable reliquia para adquirir poder, sino para cumplir un deber, habría obtenido la gratitud del Preste y fama eterna en toda la cristiandad. Entre apoderarse del Greal y devolverlo, entre hacer de él un tesoro y devolverlo a donde había sido robado, entre tenerlo y regalarlo, entre poseerlo (como todos soñaban) y llevar a cabo el sacrificio sublime de desprenderse de él, era evidente de qué lado estaba la verdadera unción, la gloria de ser el único y verdadero *rex et sacerdos*. Federico se convertía en el nuevo José de Arimatea.

–Mentías a tu padre.

–Hacía su bien, y el bien de su imperio.

–¿No te preguntabas qué habría sucedido si Federico se hubiera presentado verdaderamente ante el Preste, le hubiera ofrecido el Greal, y aquél hubiera abierto los ojos de par en par preguntándose qué era esa escudilla que nunca había visto? Federico se habría convertido no en la gloria, sino en el bufón de la cristiandad.

–Señor Nicetas, conoces a los hombres mejor que yo. Imagínate: tú eres el Preste Juan, un gran emperador de Occidente se arrodilla a tus pies y te ofrece una reliquia de esa clase, diciendo que es tuya de derecho, ¿y tú te echas a reír diciendo que jamás has visto esa taza de taberna? ¡Vamos, vamos! No digo que el Preste habría fingido reconocerla. Digo que deslumbrado por la gloria que habría descendido sobre él admitiéndose su custodio, la habría reconocido enseguida, creyendo haberla poseído siempre. Y así le ofrecí a Federico, como objeto preciosísimo, la escudilla de mi padre Gagliaudo, y te juro que en aquel momento me sentía como el oficiante de un rito sagrado. Le entregaba el regalo y el recuerdo de mi padre carnal a mi padre espiritual, y mi padre carnal tenía razón: aquella cosa tan humilde con la que había comulgado durante toda su vida de pecador era verdadera y espiritualmente la copa usada por Cristo pobre, que estaba yendo a morir, para la redención de todos los pecadores. ¿Acaso no toma el sacerdote, diciendo misa, pan vilísimo y vilísimo vino, y los transforma en carne y sangre de Nuestro Señor?

–Pero tú no eras un sacerdote.

–Y en efecto no decía que aquello era sangre de Cristo, decía sólo que la había contenido. No usurpaba un poder sacramental. Daba un testimonio.

–Falso.

–No. Tú me has dicho que, si se cree verdadera una reliquia, se advierte su perfume. Nosotros pensamos que sólo nosotros necesitamos a Dios, pero a menudo Dios nos necesita a nosotros. En aquel momento pensaba que era preciso ayudarle. Aquella copa tenía que haber existido, si Nuestro Señor la había usado. Si se había perdido, era culpa de algún hombre para poco. Yo devolvía el Greal a la cristiandad. Dios no me habría desmentido. Y la prueba es que creyeron inmediatamente en él también mis compañeros. El sagrado receptáculo estaba allí, ante sus ojos, en las manos de Federico, que lo levantaba al cielo como si estuviera en éxtasis, y Boron se arrodillaba viendo por vez primera el objeto por el que siempre había desvariado; Kyot dijo enseguida que le parecía divisar una gran luz; el rabí Solomón admitió que –aunque Cristo no era el verdadero Mesías que su pueblo aguardaba– ciertamente aquel recipiente emanaba una fragancia de incienso; Zósimo abría mucho sus ojos visionarios y se santiguaba una y otra vez al revés, como hacéis vosotros los cismáticos; Abdul temblaba como un junco y murmuraba que poseer aquel sagrado despojo equivalía a haber reconquistado todos los reinos de ultramar. Y se entendía que habría querido entregárselo como prenda de amor a su princesa lejana. Yo mismo tenía los ojos húmedos, y me preguntaba cómo era posible que el cielo hubiera querido que fuera yo el mediador de aquel acontecimiento portentoso. En cuanto al Poeta, se comía las uñas ceñudo. Sabía qué estaba pensando: que yo había sido un necio, que Federico estaba viejo y no habría sabido sacarle partido a aquel tesoro, que hubiera sido mejor habérnoslo quedado nosotros y hubiéramos salido en dirección de las tierras del Norte, donde nos habrían regalado un reino. Ante la debilidad evidente del emperador, regresaba a sus fantasías de poder. Pero sentí casi consuelo, porque entendía que, reaccionando de esa manera, también él consideraba el Greal objeto verdadero.

Federico había encerrado devotamente la copa en un cofre, atándose la llave al cuello, y Baudolino pensó que había hecho bien, porque en aquel instante había tenido la impresión de que no sólo el Poeta, sino todos sus demás amigos habrían estado dispuestos a robar ese objeto, para correr más tarde su aventura personal.

Después el emperador afirmó que ahora verdaderamente era preciso partir. Una expedición de conquista debe prepararse con cuidado. Durante el año siguiente Federico envió embajadores al Saladino, y solicitó encuentros con los embajadores del príncipe serbio Esteban Nemanja, del basileo bizantino y del sultán selyúcida de Iconio, para preparar la travesía por sus territorios.

Mientras los reyes de Inglaterra y de Francia decidían partir por mar, en mayo de 1189, Federico se movió por tierra desde Ratisbona con quince mil caballeros y quince mil escuderos; unos decían que en las llanuras de Hungría había pasado revista a sesenta mil caballeros y cien mil soldados de infantería. Otros habrían hablado más tarde incluso de seiscientos mil peregrinos, quizá todos exageraban, tampoco Baudolino estaba en condiciones de decir cuántos eran de verdad, podía ser un total de veinte mil hombres, pero en cualquier caso se trataba de un gran ejército. Si uno no se ponía a contarlos de uno en uno, vistos de lejos eran una muchedumbre acampada que se sabía dónde empezaba pero no dónde acababa.

Para evitar las matanzas y saqueos de las expediciones previas, el emperador no quiso que lo siguieran esos tropeles de desheredados que cien años antes habían derramado tanta sangre en Jerusalén. Debía ser una partida bien formada, por gente que sabía cómo se hace una guerra, no por desgraciados que partían con la excusa de conquistarse el Paraíso y volvían a casa con los despojos de algún judío a quien habían cortado la garganta a lo largo del camino. Federico admitió sólo a los que podían mantenerse durante dos años, y los soldados pobres recibieron tres marcos de plata cada uno para alimentarse durante el viaje. Si tienes que liberar Jerusalén, tienes que gastarte lo que haga falta.

Muchos italianos se habían unido a la empresa; estaban los cremoneses con el obispo Sicardo, los brescianos, los veroneses con el cardenal Adelardo, e incluso algunos alejandrinos, entre los cuales antiguos amigos de Baudolino, como el Boidi, el Cùttica de Quargnento, el Porcelli, Aleramo Scaccabarozzi alias el Chula, Colandrino hermano de Colandrina, que era su cuñado, pues; uno de los Trotti, y luego Pozzi, Ghilini, Lanzavecchia, Peri, Inviziati, Gambarini y Cermelli, todos a su cargo o a cargo de la ciudad.

Fue una salida fastuosa, siguiendo el Danubio, hasta Viena; y luego en junio, en Bratislava, Federico se encontraba con el rey de Hungría. Entonces entraron en la selva búlgara. En julio encontraban al príncipe de los serbios, que solicitaba una alianza contra Bizancio.

–Creo que este encuentro –decía Baudolino– preocupó a vuestro basileo Isaac. Temía que el ejército quisiera conquistar Constantinopla.

–No se equivocaba.

–Se equivocaba de quince años. Entonces Federico quería llegar de veras a Jerusalén.

–Pero nosotros estábamos inquietos.

–Lo entiendo, un inmenso ejército extranjero estaba a punto de atravesar vuestro territorio, y vosotros os preocupabais. Lo que está claro es que nos hicisteis difícil la existencia. Llegamos a Serdica y no encontramos los avituallamientos prometidos. En los alrededores de Filipópolis se nos enfrentaron vuestras tropas, que luego se retiraron en estampía, como sucedió en cada uno de los choques de aquellos meses.

–Sabes que en aquella época yo era gobernador de Filipópolis. Recibíamos noticias contradictorias de la corte. Una vez el basileo nos ordenaba construir unas murallas y excavar un foso, para resistir a vuestra llegada y, en cuanto lo habíamos hecho, llegaba la orden de destruirlo todo, para que luego no os sirviera de refugio a vosotros.

–Bloqueasteis los pasos de montaña abatiendo árboles. Asaltabais a los nuestros que iban aislados en busca de comida.

–Saqueabais nuestras tierras.

–Porque no nos dabais los avituallamientos prometidos. Los vuestros bajaban víveres con unas cestas desde lo alto de las murallas de las ciudades, pero mezclaban en el pan cal viva y otras sustancias venenosas. Precisamente durante el viaje, el emperador recibió una carta de Sibila, la ex reina de Jerusalén, que lo avisaba de cómo el Saladino, para detener el avance de los

cristianos, había enviado al emperador de Bizancio fanegas de
trigo envenenado, y un vaso de vino tan intoxicado que un esclavo de Isaac, obligado a olerlo, había muerto de golpe.

–Trápalas.

–Pero cuando Federico envió embajadores a Constantinopla,
vuestro basileo hizo que se quedaran en pie, y luego los en-
carceló.

–Pero luego fueron enviados de nuevo junto a Federico.

–Cuando ya habíamos entrado en Filipópolis y la habíamos
encontrado vacía, porque todos se habían esfumado. Tampoco tú
estabas.

–Era mi deber sustraerme a la captura.

–Será. Pero fue después de que entráramos en Filipópolis
cuando vuestro basileo cambió de tono. Fue allí donde encontramos a la comunidad armenia.

–Los armenios os sentían como hermanos. Son cismáticos
como vosotros, no veneran las santas imágenes, usan panes
ázimos.

–Son buenos cristianos. Algunos de ellos hablaron enseguida
en nombre de su príncipe León, asegurándonos el paso y la asis-
tencia a través de su país. Ahora bien, que las cosas no fueran tan
sencillas lo entendimos en Adrianópolis, cuando llegó también
una embajada del sultán selyúcida de Iconio, Kilidj Arslán, que se
proclamaba señor de los turcos y de los sirios, pero también de
los armenios. ¿Quién mandaba, y dónde?

–Kilidj intentaba detener la supremacía del Saladino, y habría
querido conquistar el reino cristiano de Armenia, así pues, esperaba que el ejército de Federico pudiera ayudarlo. Los armenios
confiaban en que Federico pudiera contener las pretensiones de
Kilidj. Nuestro Isaac, a quien todavía le escocía la derrota sufrida a manos de los selyúcidas en Miriocéfalo, esperaba que Federico se enfrentara a Kilidj, pero tampoco le habría disgustado que
se enfrentara un poco a los armenios, que daban no pocos dolores de cabeza a nuestro imperio. Por eso, en cuanto supo que
tanto los selyúcidas como los armenios le aseguraban a Federico un paso a través de sus tierras, comprendió que no debía detener su marcha, sino favorecerla, permitiéndole cruzar la Propóntide. Lo enviaba contra nuestros enemigos y lo alejaba de
nosotros.

–Pobre padre mío. No sé si sospechaba ser un arma en manos de una banda de enemigos cruzados. O quizá lo había entendido, pero esperaba poderlos derrotar a todos. Lo que sé es que, cuando se divisó la alianza con un reino cristiano, el armenio, más allá de Bizancio, Federico se inflamaba pensando en su meta final. Se le antojaba (y a mí con él) que los armenios habrían podido abrirle el camino hacia el reino del Preste Juan... En cualquier caso, es como dices tú, después de las embajadas de los selyúcidas y de los armenios, vuestro Isaac nos dio las naves. Y fue precisamente en Gallípoli, en Kalioupolis, donde te vi, mientras nos ofrecías los bajeles en nombre de tu basileo.

–No fue una decisión fácil por nuestra parte –dijo Nicetas–, el basileo corría el riesgo de indisponerse con el Saladino. Tuvo que enviarle embajadores para explicarle las razones por las que cedía. Gran señor, el Saladino entendió inmediatamente, y no nos guardó rencor. Lo repito, nosotros no tenemos nada que temer de los turcos: nuestro problema sois vosotros los cismáticos, ahora y siempre.

Nicetas y Baudolino se dijeron que no convenía recriminarse por razones y sinrazones de aquel asunto ya pasado. Quizá Isaac tenía razón, todo peregrino cristiano que pasaba por Bizancio tenía siempre la tentación de quedarse allí, donde había tantas cosas hermosas por conquistar, sin ir a arriesgar demasiado bajo las murallas de Jerusalén. Pero Federico quería de verdad seguir adelante.

Llegaron a Gallípoli y, aunque no era Constantinopla, el ejército quedó seducido por aquel lugar animado, con el puerto lleno de galeras y dromones, dispuestos a estibar caballos, caballeros y vituallas. No fue cosa de un día y, mientras tanto, nuestros amigos se dedicaban al ocio. Desde el principio del viaje, Baudolino había decidido usar a Zósimo para algo útil y lo había obligado a enseñarles el griego a sus compañeros:

–En los lugares a donde iremos –decía–, el latín no lo sabe nadie, por no hablar del tudesco, del provenzal o de mi lengua. Con el griego siempre hay alguna esperanza de entenderse.

Y así, entre una visita a un burdel y una lectura de algún texto de los padres de la iglesia de Oriente, la espera no pesaba.

En el puerto había un mercado que no se acababa nunca, y decidieron aventurarse en él, conquistados por reflejos lejanos y olores a especias. Zósimo, al que habían liberado para que les hiciera de guía (pero bajo la atenta escolta de Boron que no le quitaba el ojo de encima un segundo), los avisó:

–Vosotros bárbaros latinos y teutones no conocéis las reglas de la civilización de nosotros los romanos. Debéis saber que en nuestros mercados, a primera vista, vosotros no querríais comprar nada porque piden demasiado, y si pagáis enseguida lo que os piden no es que piensen que os chupáis el dedo, porque eso ya lo sabían, que os lo chupáis, pero se quedan con mal sabor de boca, porque la alegría del mercader es regatear. Así pues, ofrecéis dos monedas cuando os piden diez, ellos bajarán a siete, les ofrecéis tres y ellos bajarán a cinco, os quedáis en tres, hasta que ellos cedan llorando y jurando que acabarán en la calle con toda su familia. A esas alturas, comprad, pero sabed que la mercancía valía una moneda.

–Y entonces, ¿por qué debemos comprar? –preguntó el Poeta.

–Porque también ellos tienen derecho a vivir, y tres monedas por lo que vale una es un trato honesto. Pero debo daros otro consejo: no sólo los mercaderes tienen derecho a vivir, sino también los ladrones y, como no pueden robarse entre sí, intentarán robaros a vosotros. Si se lo impedís, estáis en vuestro derecho; pero si lo consiguen, no tenéis que quejaros. Así pues, os recomiendo que llevéis en la bolsa poco dinero, lo que habéis decidido gastar y basta.

Instruidos por una guía tan al día de las costumbres del lugar, nuestros amigos se aventuraron entre una marea de gente que olía a ajo, como todos los romeos. Baudolino se había comprado dos puñales árabes de buena hechura, para llevarlos a ambos lados del cinto y sacarlos rápidamente cruzando los brazos. Abdul había encontrado una pequeña teca transparente que contenía un mechón de cabellos (quién sabe de quién, pero estaba claro en quién estaba pensando). Solomón había llamado a los demás a grandes voces cuando había dado con la tienda de un persa que vendía pociones milagrosas. El vendedor de elixires había enseñado una ampolla que según él contenía un fármaco poderosísimo, que tomado en pequeñas dosis estimulaba los espíritus vitales, pero que, si se bebía de golpe, llevaba rápidamente a la muerte. Luego había exhibido una ampolla parecida, que, sin embargo, contenía el más poderoso de los contravenenos, capaz de anular la acción de cualquier tóxico. Solomón, que, como todos los judíos, sentía afición por el arte médica, había adquirido el contraveneno. Al pertenecer a una gente que sabía más griego que los romeos, consiguió pagar una moneda en lugar de las diez que le habían pedido, y le angustiaba el temor de haber pagado por lo menos el doble.

Cuando abandonaron la tienda del boticario, Kyot había encontrado una bufanda suntuosa, y Boron, después de haber sopesado largo y tendido todas las mercancías, había meneado la cabeza murmurando que, para quien estaba en el séquito de un emperador que poseía el Greal, todos los tesoros del mundo eran estiércol, imaginémonos ésos.

Se encontraron con el Boidi de Alejandría, que había entrado ya a formar parte de su grupo. Se había encaprichado de un anillo, quizá de oro (el vendedor lloraba cediéndoselo porque era de su madre), que contenía en el engaste un cordial prodigioso, se podía reanimar a un herido con un sorbo solo y, en ciertos casos, resucitar a un muerto. Lo había comprado porque, decía, si no queda más remedio que arriesgar el pellejo bajo las murallas de Jerusalén, mejor tomar alguna precaución.

Zósimo había quedado extasiado ante un sello que llevaba una Zeta, y, por lo tanto, su inicial, que se vendía con una barrita de lacre. La Zeta estaba tan recomida que quizá no habría dejado ninguna señal en el lacre, pero eso era testimonio de la insigne antigüedad del objeto. Naturalmente, siendo un prisionero, no tenía dinero, pero Solomón se había conmovido y le compró el sello.

En un momento dado, empujados por la muchedumbre, se dieron cuenta de que habían perdido al Poeta, pero lo encontraron mientras regateaba el precio de una espada que según el mercader se remontaba a la conquista de Jerusalén. Pero, cuando fue a buscar su bolsa, se dio cuenta de que Zósimo tenía razón, y que a él, con sus ojos celestes de tudesco pensativo, los ladrones lo seguían como moscas. Baudolino se había conmovido y le regaló la espada.

Al día siguiente, en los reales, se presentó un hombre vestido con riqueza, con modales exageradamente obsequiosos, acompañado por dos siervos, que pidió ver a Zósimo. El monje confabuló un poco con él, luego fue a decirle a Baudolino que se trataba de Makhitar Ardzrouni, un noble dignatario armenio que estaba encargado de una embajada secreta de parte del príncipe León.

–¿Ardzrouni? –dijo Nicetas–. Sé de él. Había venido varias veces a Constantinopla, desde los tiempos de Andrónico. Entiendo que haya encontrado a tu Zósimo, porque tenía fama de estudioso de ciencias mágicas. Uno de mis amigos de Selimbria, pero Dios sabe si lo encontraremos allá, fue su huésped en su castillo de Dadjig...

–También nosotros, como te diré, y para nuestra desventura. El hecho de que fuera amigo de Zósimo era signo, para mí, harto infausto, pero informé a Federico, que quiso verle. El tal Ardzrouni era bastante reticente con respecto a sus credenciales. Había sido enviado y no había sido enviado por León, o mejor, si había sido enviado, no debía decirlo. Estaba allí para guiar al ejército imperial a través del territorio de los turcos hasta Armenia. Ardzrouni se expresaba con el emperador en un latín aceptable, pero, cuando quería no salir de la vaguedad, fingía no encontrar la palabra adecuada. Federico decía que era traicionero como todos los armenios, pero una persona conocedora del lugar le resultaba útil y decidió agregarlo a su ejército, limitándose a pedirme que lo vigilara. Debo decir que durante el viaje se portó de manera impecable, dando siempre informaciones que luego resultaban verdaderas.

# 24

# Baudolino en el castillo de Ardzrouni

En marzo de 1190, el ejército había entrado en Asia, había alcanzado Laodicea y se había dirigido hacia los territorios de los turcos selyúcidas. El viejo sultán de Iconio se decía aliado de Federico, pero sus hijos lo habían desacreditado y habían atacado al ejército cristiano. O a lo mejor no, también Kilidj cambió de idea, nunca se llegó a saber. Choques, escaramuzas, batallas verdaderas, Federico proseguía vencedor, pero su ejército estaba diezmado por el frío, por el hambre y por los ataques de los turcomanos, que llegaban de repente, golpeaban las alas de su ejército y huían, conociendo bien los caminos y los refugios.

Renqueando por desiertos territorios batidos por el sol, los soldados habían tenido que beber su orina, o la sangre de los caballos. Cuando llegaron ante Iconio, el ejército de los peregrinos había quedado reducido a no más de mil caballeros.

Y aun así había sido un hermoso asedio, y el joven Federico de Suabia, pese a estar enfermo, se había batido bien, expugnando él mismo la ciudad.

–Hablas con frialdad del joven Federico.
–No me amaba. Desconfiaba de todos, tenía celos del hermano menor que le estaba quitando la corona imperial y, desde luego, tenía celos de mí, que no era de su sangre, por el afecto que su padre me tenía. Quizá desde niño le había turbado la manera en que yo miraba a su madre, o ella me miraba a mí. Tenía celos de la autoridad que había adquirido regalándole el Greal a su padre, y siempre se había mostrado escéptico al respecto. Cuando se hablaba de una expedición hacia las Indias, lo oía murmurar que se

hablaría de ello en su momento. Se sentía rebajado por todos. Por eso, en Iconio, se comportó con valor, aunque aquel día tenía fiebre. Sólo cuando su padre lo alabó por aquella gran hazaña, y ante todos sus barones, vi brillar una luz de alegría en sus ojos. La única en su vida, creo. Fui a rendirle homenaje, y me sentía verdaderamente feliz por él, pero me dio las gracias absorto.

–Te pareces a mí, Baudolino. También yo he escrito y escribo las crónicas de mi imperio, deteniéndome más en las pequeñas envidias, en los odios, en los celos que trastornan tanto a las familias de los poderosos como las grandes y públicas hazañas. También los emperadores son seres humanos, y la historia es también historia de sus debilidades. Pero sigue.

–Una vez conquistada Iconio, Federico envió inmediatamente embajadores a León de Armenia, para que lo ayudara a proseguir a través de sus territorios. Había una alianza, eran ellos los que se la habían prometido. Y, con todo, León todavía no había mandado a nadie a acogernos. Quizá lo atenazara el temor de acabar como el sultán de Iconio. De modo que seguimos adelante sin saber si íbamos a recibir ayuda, y Ardzrouni nos guiaba diciendo que los embajadores de su príncipe llegarían sin duda. Un día de junio, doblando hacia el sur, pasada Laranda, nos aventuramos por los montes del Tauro, y por fin vimos cementerios con cruces. Estábamos en Cilicia, en tierra cristiana. Enseguida nos recibió el señor armenio de Sibilia y, más adelante, junto a un río maldito, hasta cuyo nombre he querido olvidar, encontramos una embajada que venía en nombre de León. En cuanto la avistamos, Ardzrouni advirtió que era mejor que él no se dejara ver, y desapareció. Encontramos a dos dignatarios, Constante y Balduino de Camardeis, y nunca vi embajadores con propósitos más inciertos. Uno anunciaba como inminente la llegada en pompa magna de León y del *catholicos* Gregorio; el otro era evasivo, y hacía notar que, pese a sus grandes deseos de ayudar al emperador, el príncipe armenio no podía mostrar al Saladino que les abría el camino a sus enemigos y, por lo tanto, tenía que actuar con mucha prudencia.

Cuando se hubo ido la embajada, volvió a aparecer Ardzrouni, que tomó aparte a Zósimo, el cual se acercó después a Baudolino, y con él se presentó ante Federico.

–Ardzrouni dice que, lejos de él el deseo de traicionar a su señor, pero sospecha que para León sería una suerte que tú te pararas aquí.

–¿En qué sentido? –preguntó Federico–. ¿Quiere ofrecerme vino y doncellas para que me olvide de que tengo que ir a Jerusalén?

–Vino quizá sí, pero envenenado. Dice que te acuerdes de la carta de la reina Sibila.

–¿Cómo sabe de esa carta?

–Las voces corren. Si León detuviera tu marcha, haría una cosa gratísima para el Saladino, y el Saladino podría ayudarle a realizar su deseo de convertirse en sultán de Iconio, visto que Kilidj y sus hijos han sido derrotados vergonzosamente.

–¿Y por qué Ardzrouni se preocupa tanto de mi vida, hasta el punto de traicionar a su señor?

–Sólo Nuestro Señor dio su vida por amor a la humanidad. La semilla de los hombres, nacida en el pecado, se parece a la semilla de los animales: también la vaca te da leche sólo si tú le das heno. ¿Qué enseña esta santa máxima? Que Ardzrouni no desdeñaría ocupar un día el puesto de León. Ardzrouni es estimado por muchos entre los armenios, y León no. Por lo cual, ganándose el reconocimiento del sacro y romano emperador, podría confiar un día en el más poderoso de los amigos. Por eso te propone que sigas hasta su castillo de Dadjig, siempre a orillas de este río, y acampes a tus hombres en los alrededores. A la espera de que se entienda qué es lo que León asegura de verdad, tú podrías vivir en su casa, al amparo de cualquier insidia. Y recomienda que, sobre todo, de ahora en adelante tengas precauciones con la comida y con la bebida que alguno de sus compatriotas podría ofrecerte.

–Por los diablos –gritaba Federico–, ¡llevo un año cruzando un nido de víboras tras otro! Mis buenos príncipes alemanes son unos corderitos en comparación y, ¿sabes lo que te digo?, ¡incluso esos más que traidores milaneses que tanto me han hecho penar por lo menos se me enfrentaban en campo abierto, sin intentar apuñalarme durante el sueño! ¿Qué hacemos?

Su hijo Federico había aconsejado aceptar la invitación. Mejor guardarse de un solo posible enemigo, conocido, que de muchos e ignotos.

–Es justo, padre mío –había dicho Baudolino–. Tú demoras en
ese castillo, y mis amigos y yo construimos a tu alrededor una
barrera, de suerte que nadie pueda acercarse a ti sin pasar sobre
nuestros cuerpos, de día y de noche. Probaremos antes cualquier
sustancia que te esté destinada. No digas nada, no soy un mártir.
Todos sabrán que nosotros beberemos y comeremos antes que tú,
y nadie considerará prudente envenenar a uno de nosotros para
que luego tu ira estalle sobre cada habitante de esa fortaleza. Tus
hombres necesitan descanso, Cilicia está habitada por gentes
cristianas, el sultán de Iconio no tiene fuerzas ya para pasar las
montañas y volverte a atacar, el Saladino todavía está muy lejos.
Esta región está hecha de picos y barrancos que son excelentes
defensas naturales: me parece la tierra adecuada para reponer las
fuerzas de todos.

Después de un día de marcha en dirección de Seleucia, se
adentraron por una garganta, que apenas dejaba espacio para
seguir el curso del río. De repente, la garganta se abría, y dejaba que el río corriera por un vasto trecho de llanura, para luego
acelerar su curso y declinar sumiéndose en otra garganta. A no
mucha distancia de las orillas se erguía, sobresaliendo del llano
como una seta, una torre de contornos irregulares, que se recor-
taba azulada para los ojos de los que venían de oriente mientras
el sol se ponía a sus espaldas, de modo que, a primera vista, no
se habría podido decir si era obra del hombre o de la naturaleza. Sólo acercándose a ella, se comprendía que era una suerte de
macizo rocoso en cuya cima se encajaba un castillo, desde donde podían dominarse, evidentemente, tanto la llanura como la
corona de los montes circundantes.

–Aquí estamos –dijo entonces Ardzrouni–; señor, puedes hacer que tu ejército acampe en la llanura, y te aconsejo que los
dispongas allá, río abajo, donde hay espacio para las tiendas, y
agua para los hombres y los animales. Mi fortaleza no es grande y te aconsejo que subas sólo con un grupo de hombres de
confianza.

Federico dijo a su hijo que se ocupara del campamento y que
se quedara con el ejército. Decidió llevar consigo sólo una dece-
na de hombres, más el grupo de Baudolino y de sus amigos. El
hijo intentó protestar, diciendo que quería estar junto a su padre
y no a una milla de distancia. Una vez más miraba a Baudolino

y a los suyos con escasa confianza, pero el emperador fue inflexible.

—Dormiré en ese castillo —dijo—. Mañana me bañaré en el río, y para hacerlo no os necesitaré. Vendré nadando a desearos los buenos días.

El hijo dijo que su voluntad era ley, pero de mala gana.

Federico se separó del grueso de su ejército, con sus diez hombres armados, Baudolino, el Poeta, Kyot, Boron, Abdul, Solomón y el Boidi que arrastraba a Zósimo en cadenas. Todos sentían curiosidad por saber cómo se subiría a ese refugio pero, al darle la vuelta al macizo, se descubría por fin que hacia occidente el precipicio se suavizaba, poco, pero lo suficiente para que se hubiera podido excavar y pavimentar una senda formada por pequeños bancales, por la que no podían pasar más de dos caballos uno al lado del otro. Quienquiera que hubiera querido subir con intenciones hostiles tenía que recorrer la escalinata lentamente, de suerte que, con sólo dos arqueros, desde las almenas del castillo podían exterminar a los invasores, de dos en dos.

Al final de la subida se abría un portal que franqueaba el paso a un patio. Por la parte exterior de aquella puerta el sendero seguía, pegado a las murallas y aún más estrecho, a dos dedos del despeñadero, hasta otra puerta más pequeña, en el lado septentrional, y por fin se detenía sobre el vacío.

Entraron en el patio, que daba al castillo verdadero, con las murallas erizadas de troneras, pero defendidas a su vez por las murallas que separaban el patio del abismo. Federico dispuso sobre los baluartes exteriores a sus guardias, para que controlaran el sendero desde arriba. No parecía que Ardzrouni tuviera hombres suyos, excepto algunos esbirros que montaban guardia en puertas y pasillos.

—No necesito un ejército, aquí —dijo Ardzrouni, sonriendo con orgullo—. Soy inatacable. Y además, éste, bien lo verás, sacro romano emperador, no es un lugar de guerra, es el refugio donde yo cultivo mis estudios sobre aire, fuego, tierra y agua. Ven, te enseñaré dónde podrás alojarte de manera digna.

Subieron una escalinata y a la segunda vuelta entraron en una amplia sala de armas, amueblada con bancos, y con panoplias en las paredes. Ardzrouni abrió una puerta de madera sólida tachonada con metal, e introdujo a Federico en una habitación suntuosamente amueblada. Había un lecho con baldaquín, una cómoda con copas y candelabros de oro, coronada por un arca de madera oscura, ya fuera cofre o tabernáculo, y una espaciosa chimenea preparada para ser encendida, con leña menuda y trozos de una sustancia parecida al carbón, pero recubiertos de una materia oleaginosa que probablemente debía alimentar la llama, todo bien dispuesto sobre un lecho de ramitas secas cubierto por ramas con bayas olorosas.

–Es la mejor habitación de la que dispongo –dijo Ardzrouni–, y es para mí un honor ofrecértela. No te aconsejo que abras esa ventana. Está expuesta hacia oriente y mañana por la mañana el sol podría molestarte. Esos vitrales coloreados, una maravilla del arte veneciano, filtran dulcemente la luz.

–¿No puede entrar nadie por esa ventana? –preguntó el Poeta.

Ardzrouni abrió laboriosamente la ventana, cerrada por varios cerrojos.

–Ves –dijo–, está muy alta. Y más allá del patio se ven los glacis, donde ya vigilan los hombres del emperador.

Se veían en efecto las explanadas de las murallas exteriores, la galería por la cual pasaban regularmente los guardias y, justo a un tiro de arco de la ventana, dos grandes discos, o platos de metal reluciente, muy cóncavos, ensamblados en un soporte fijado entre las almenas. Federico preguntó de qué se trataba.

–Son espejos de Arquímedes –dijo Ardzrouni–, con los cuales ese sabio de los tiempos antiguos destruyó las naves romanas que asediaban Siracusa. Cada espejo captura y remite los rayos de luz que caen paralelos sobre su superficie, y por eso refleja las cosas. Pero si el espejo no es plano y está curvado con la forma adecuada, como enseña la geometría, máxima entre las ciencias, los rayos no se reflejan paralelos, sino que van a concentrarse todos en un punto preciso delante del espejo, según su curvatura. Ahora, si orientas el espejo de manera que capture los rayos del sol en el momento de su máximo fulgor y los llevas a que incidan todos juntos en un único punto lejano, una concentración de rayos solares de ese calibre en un punto preciso crea una combustión, y puedes incendiar un árbol, la tablazón de un barco, una máquina de guerra o los rastrojos en torno a tus enemigos. Los espejos son dos, porque uno está curvado para herir lejos, el otro incendia de cerca. Así yo, con esas dos sencillísimas máquinas, puedo defender esta roca mía mejor que si tuviera mil arqueros.

Federico dijo que Ardzrouni tendría que enseñarle ese secreto, porque entonces las murallas de Jerusalén caerían mejor que las de Jericó, y no al sonido de las trompetas sino por los rayos del sol. Ardzrouni dijo que estaba allí para servir al emperador. Luego cerró la ventana y dijo:

–Por aquí no pasa aire, pero entra por otros resquicios. A pesar de la estación, como los muros son gruesos, podrías tener frío esta noche. Mejor que encender la chimenea, que produce un humo molesto, te aconsejo que te cubras con estas pieles que ves encima de la cama. Pido perdón por mi profanidad, pero el Señor nos ha hecho con un cuerpo: detrás de esta puertecita hay un retrete, con un asiento muy poco real, pero todo lo que tu cuerpo querrá expulsar se precipitará en una cisterna en el subsuelo, sin emponzoñar este ambiente. A tu cámara se entra sólo por la puerta que acabamos de franquear, y al otro lado de la puerta, cuando la cierres con el pestillo, estarán tus cortesanos, que deberán conformarse con dormir en aquellos bancos, pero garantizarán tu tranquilidad.

Habían visto encima de la campana de la chimenea un altorrelieve circular. Era una cabeza de Medusa, con los cabellos ensortijados como serpientes, los ojos cerrados y la boca carnosa abierta, que mostraba una oquedad oscura cuyo fondo no se veía (como la que vi contigo en la cisterna, señor Nicetas). Federico había sentido curiosidad y preguntó qué era.

Ardzrouni dijo que era una oreja de Dionisio:

–Es una de mis magias. En Constantinopla todavía hay antiguas piedras de este tipo; ha sido suficiente tallarle mejor la boca. Hay un cuarto, abajo, donde suele estar mi pequeña guarnición, pero mientras estés aquí tú, señor emperador, permanecerá desierta. Todo lo que se dice ahí abajo sale por esta boca, como si el que habla estuviera detrás del relieve. Así, si quisiera, podría oír lo que están confabulando mis hombres.

–Si yo pudiera saber lo que confabulan mis primos... –dijo Federico–. Ardzrouni, eres un hombre valioso. Hablaremos también de esto. Ahora hagamos nuestros proyectos para mañana. Por la mañana quiero bañarme en el río.

–Podrás llegar fácilmente, a caballo o a pie –dijo Ardzrouni–, y sin tener que pasar ni siquiera por el patio por donde has entrado. En efecto, tras la puerta de la sala de armas hay una escalerita que da al patio secundario. Y desde ahí puedes tomar el sendero principal.

–Baudolino –dijo Federico–, haz que preparen algunos caballos en ese patio, para mañana.

–Padre mío –dijo Baudolino–, sé perfectamente lo que te gusta afrontar las aguas más agitadas. Pero ahora estás cansado por el viaje y por todas las pruebas que has soportado. No conoces las aguas de este río, que me parecen llenas de remolinos. ¿Por qué quieres correr ese riesgo?

–Porque soy menos viejo de lo que piensas, hijo, y porque si no fuera demasiado tarde, iría inmediatamente al río, tan sucio de polvo me siento. Un emperador no debe oler mal, como no sea al óleo de las unciones sagradas. Haz que dispongan los caballos.

–Como dice el *Eclesiastés* –dijo tímidamente el rabí Solomón–, nunca nadarás contra la corriente del río.

–Y quién ha dicho que nadaré en contra –se rió Federico–; la seguiré.

–No sería menester lavarse nunca demasiado a menudo –dijo Ardzrouni–, como no sea bajo la guía de un médico prudente, pero tú aquí eres el amo. Y cambiando de tema, todavía es pronto, para mí sería un honor inmerecido haceros visitar mi castillo.

Les hizo bajar la escalinata; en el piso inferior pasaron por una sala dedicada al banquete vespertino, iluminada ya por muchos candelabros. Luego pasaron por un salón lleno de taburetes, en una de cuyas paredes estaba esculpida una gran caracola invertida, una estructura espiraliforme que se cerraba en embudo, con un agujero central.

–Es la sala de la guardia de la que te he hablado –dijo Ardzrouni–; el que habla pegando la boca a esta abertura puede ser oído en tu cámara.

–Me gustaría comprobar cómo funciona –dijo Federico.

Baudolino dijo en broma que aquella noche bajaría allá para saludarlo mientras dormía. Federico se rió y dijo que no, porque esa noche quería descansar tranquilo.

–A menos de que no me tengas que avisar –añadió– de que el sultán de Iconio está entrando por la chimenea.

Ardzrouni les hizo pasar por un pasillo, y entraron en una sala de amplias bóvedas, que relucía de destellos y humeaba de volutas de vapor. Había unas buenas calderas donde hervía una materia fundida, retortas y alambiques, y otros recipientes curiosos. Federico preguntó si Ardzrouni producía oro. Ardzrouni sonrió, diciendo que aquello eran patrañas de alquimistas. Pero sabía dorar los metales y producir elixires que, si no eran de larga vida, por lo menos alargaban un poco la brevísima existencia que nos ha tocado en suerte. Federico dijo que no quería probarlos:

–Dios ha establecido la duración de nuestra vida, y hay que conformarse con su voluntad. A lo mejor muero mañana, a lo mejor duro hasta los cien años. Todo está en las manos del Señor.

El rabí Solomón había observado que sus palabras eran muy sabias, y los dos se habían entretenido un buen rato sobre el asunto de los decretos divinos, y era la primera vez que Baudolino oía a Federico hablar de esas cosas.

Mientras los dos conversaban, Baudolino vio con el rabillo del ojo a Zósimo, que se introducía en un local contiguo por una puertecita y a Ardzrouni que lo seguía enseguida preocupado. Temiendo que Zósimo conociera algún conducto que le permitiera escapar, Baudolino los siguió y se encontró en una pequeña habitación en la que había sólo un aparador, y en el aparador había siete cabezas doradas. Representaban todas el mismo rostro barbudo, y se sostenían sobre un pedestal. Se las reconocía como relicarios, entre otras cosas porque se veía que la cabeza habría podido abrirse como una teca, pero los bordes de la tapa, en la que se dibujaba el rostro, estaban fijados a la parte posterior por un sello de lacre oscuro.

–¿Qué buscas? –estaba preguntándole Ardzrouni a Zósimo, sin haberse dado cuenta todavía de la presencia de Baudolino.

Zósimo respondió:

–Había oído decir que fabricabas reliquias y que para eso te servían esos diabólicos artilugios tuyos para la doradura de los metales. Son cabezas del Bautista, ¿verdad? He visto otras, y ahora sé de dónde proceden.

Baudolino tosió con delicadeza, Ardzrouni se dio la vuelta de golpe y se llevó las manos a la boca, mientras los ojos se le salían de las órbitas.

–Te lo ruego, Baudolino, no le digas nada al emperador, porque me hará ahorcar –dijo en voz baja–. Pues bien, lo admito, son relicarios con la cabeza verdadera de San Juan Bautista. Cada uno de ellos contiene una calavera, tratada con fumigaciones de suerte que se reduzca y parezca antiquísima. Yo vivo en esta tierra sin recursos de la naturaleza, sin campos para sembrar y sin ganado, y mis riquezas son limitadas. Fabrico reliquias, es verdad, y están muy solicitadas, tanto en Asia como en Europa. Basta con colocar dos de estas cabezas a mucha distancia la una de la otra, como por ejemplo, una en Antioquía y otra en Italia, y nadie se da cuenta de que hay dos.

Sonreía con oleosa humildad, como si pidiera comprensión por un pecado, al fin y al cabo, venial.

–Nunca he sospechado que fueras un hombre virtuoso, Ardzrouni –dijo Baudolino riendo–. Quédate con tus cabezas, pero salgamos enseguida, si no, infundiremos sospechas en los demás, y en el emperador.

Salieron mientras Federico estaba dando por finalizado su intercambio de reflexiones religiosas con Solomón.

El emperador preguntó qué otros prodigios para exhibir tenía su anfitrión, y Ardzrouni, ansioso de que salieran de esa sala, los volvió a llevar al pasillo. Llegaron ante una puerta cerrada, de dos hojas, junto a la cual había un altar, de esos que usaban los paganos para sus sacrificios, y cuyos abundantes restos había visto Baudolino en Constantinopla. Encima del altar había fajinas y ramillas. Ardzrouni vertió encima un líquido pastoso y oscuro, cogió una de las antorchas que iluminaban el pasillo y encendió la pira. Inmediatamente el altar se inflamó y al cabo de unos minutos se empezó a oír un ligero hervor subterráneo, un lento chirriar, mientras Ardzrouni, con los brazos levantados, pronunciaba fórmulas en una lengua bárbara, pero mirando de vez en cuando a sus huéspedes, como para dejarles entender que estaba personificando a un hierofante o a un nigromante. Por fin, ante el estupor de todos, las dos hojas se abrieron sin que nadie las hubiera tocado.

–Maravillas del arte hidráulico –sonrió orgulloso Ardzrouni–, que yo cultivo siguiendo a los sabios mecánicos de Alejandría de hace muchos siglos. Es sencillo: debajo del ara hay un recipiente de metal con agua, que el fuego de encima calienta. Se transforma en vapor y, a través de un sifón (que en definitiva no es más que un tubo doblado que sirve para trasvasar el agua de un sitio a otro), ese vapor va a llenar un pozal, y ahí el vapor, al enfriarse, se transforma de nuevo en agua; el peso del agua hace que el pozal caiga hacia abajo; el pozal, al bajar, mediante una pequeña polea de la que cuelga, hace que se muevan dos cilindros de madera que actúan directamente sobre los goznes de la puerta. Y la puerta se abre. Simple, ¿verdad?

–¿Simple? –dijo Federico–. ¡Asombroso! ¿Pero de verdad los griegos conocían esos portentos?

–Estos y otros; y los conocían los sacerdotes egipcios que usaban este artificio para ordenar a voces la apertura de las puertas de un templo, y los fieles se arrodillaban ante el milagro –dijo Ardzrouni.

Luego invitó al emperador a franquear el umbral. Entraron en una sala en cuyo centro se erguía otro instrumento extraordinario. Se trataba de una esfera de cuero, acoplada sobre una superficie circular gracias a las que parecían dos asas dobladas en ángulo recto; la superficie cerraba una especie de balde metálico, bajo el cual había otra pila de leña. De la esfera salían, hacia arriba y hacia abajo, dos tubitos, rematados por dos pitorros orientados en direcciones opuestas. Observando mejor, se notaba que también las dos asas que fijaban la esfera a la superficie redonda eran tubos, que en la parte inferior se introducían en el balde y con la extremidad superior penetraban dentro de la esfera.

–La jofaina está llena de agua. Ahora la calentamos –dijo Ardzrouni, y de nuevo prendió un gran fuego.

Hubo que esperar algunos minutos a que el agua empezara a hervir, a continuación se oyó un silbido primero ligero, luego más fuerte, y la esfera se puso a girar sobre sus apoyos, mientras de los pitorros salían vaharadas de vapor. La esfera giró un poco, luego su ímpetu hizo atisbos de atenuarse, y Ardzrouni se apresuró a sellar los tubitos con una especie de arcilla blanda:

–También aquí el principio es sencillo. El agua que hierve en la jofaina se transforma en vapor. El vapor sube a la esfera pero, al salir con violencia en direcciones opuestas, le imprime un movimiento rotatorio.

–¿Y qué milagro debería simular? –preguntó Baudolino.

–No simula nada, pero demuestra una gran verdad, es decir, prueba fehacientemente la existencia del vacío.

Imaginémonos Boron. Al oír hablar del vacío se había vuelto

inmediatamente receloso y había preguntado cómo era posible que ese truquito hidráulico probara que existe el vacío. Es sencillo, le había dicho Ardzrouni, el agua de la jofaina se convierte en vapor y va a ocupar la esfera, el vapor huye de la esfera haciéndola girar; cuando la esfera se va a parar, señal de que dentro ya no tiene más vapor, se cierran los pitorros. Y entonces, ¿qué queda en la jofaina y en la esfera? Nada, es decir, el vacío.

–Mucho me gustaría verlo –dijo Boron.

–Para verlo deberías abrir la esfera, y entonces entraría aire enseguida. Aun así, hay un lugar donde podrías estar y advertir la presencia del vacío. Pero lo notarías poco tiempo porque, faltando el aire, morirías sofocado.

–¿Y dónde está ese lugar?

–Es un cuarto encima de nosotros. Y ahora te enseño cómo podría hacer el vacío en ese cuarto.

Levantó la antorcha y mostró otra máquina, que hasta entonces había permanecido en la penumbra. Era mucho más compleja que las dos anteriores, porque tenía, por decirlo de alguna manera, las entrañas al desnudo. Había un enorme cilindro de alabastro, que mostraba en su interior la sombra oscura de otro cuerpo cilíndrico que lo ocupaba a medias mientras la otra mitad sobresalía; una especie de guía enorme estaba ensamblada en la parte superior y podía ser accionada por las dos manos de un hombre, como si fuera una palanca. Ardzrouni movía aquella palanca, y se veía el cilindro interior primero subir y luego bajar hasta ocupar completamente el cilindro exterior. En la parte superior del cilindro de alabastro se empalmaba un gran tubo hecho con trozos de vejigas de animal, cuidadosamente cosidas entre sí. Este tubo acababa ingurgitado por el techo. En la parte inferior, en la base del cilindro, se abría un orificio.

–Así pues –explicaba Ardzrouni–, aquí no tenemos agua sino sólo aire. Cuando el cilindro interno baja, comprime el aire contenido en el cilindro de alabastro y lo expulsa por el orificio inferior. Mientras la palanca hace que suba, el cilindro acciona una lengüeta que va a obturar el orificio inferior, de manera que el aire que acaba de salir del cilindro de alabastro no pueda volver a entrar. Cuando el cilindro interno se eleva completamente, acciona otra lengüeta, que hace entrar aire que procede, a través del tubo que estáis viendo, del cuarto del que os he hablado.

Cuando el cilindro interior baja de nuevo, expulsa también ese aire. Poco a poco, esta máquina aspira todo el aire de ese cuarto y hace que salga aquí, de suerte que en ese cuarto se crea el vacío.

–¿Y en ese cuarto no entra aire por ninguna parte? –preguntó Baudolino.

–No. En cuanto se acciona la máquina, a través de estas cuerdas a las que está conectada la palanca, se cierra todo agujero o resquicio por donde el cuarto puede recibir aire.

–Pues con esta máquina podrías matar a un hombre que se encontrara en el cuarto –dijo Federico.

–Podría, pero nunca lo he hecho. En cambio, coloqué un pollo. Después del experimento subí, y el pollo estaba muerto.

Boron meneaba la cabeza y murmuraba al oído de Baudolino:

–No os fiéis de él, miente. Si el pollo estuviera muerto querría decir que el vacío existe. Pero como no existe, el pollo todavía sigue vivo y coleando. O a lo mejor se murió, pero por el tute que le dieron.

Y luego le dijo en voz alta a Ardzrouni:

–¿Has oído decir alguna vez que los animales mueren también en lo más profundo de pozos vacíos, donde se apagan las velas? Algunos sacan la conclusión de que allí no hay aire y, por lo tanto, está el vacío. Y, en cambio, en lo más hondo de los pozos falta el aire liviano y sólo se halla el aire denso y mefítico, que es el que sofoca a los hombres y apaga la llama de las velas. Quizá eso sea lo que sucede en tu cuarto. Tú aspiras el aire liviano, pero se queda el denso, que no se deja aspirar, y eso basta para que se te muera tu pollo.

–Basta –dijo Federico–, todos estos artificios son graciosos, pero, salvo los espejos de allá arriba, ninguno podría usarse en un asedio o en una batalla. Y entonces ¿para qué sirven? Vamos, tengo hambre. Ardzrouni, me has prometido una buena cena. Me parece que es la hora adecuada.

Ardzrouni se inclinó y condujo a Federico y los suyos a la sala del banquete, que, a decir verdad, fue espléndido, por lo menos para personas que durante semanas habían comido las escasas vituallas del campo. Ardzrouni ofreció lo mejor de la cocina armenia y turquesca, incluidas ciertas pastitas dulcísimas que dieron la sensación a los invitados de ahogarse en miel. Tal y como habían acordado, Baudolino y los suyos probaban cada plato antes de que se lo ofrecieran al emperador. Contra toda etiqueta de corte (pero cuando estaban en guerra la etiqueta soportaba siempre abundantes excepciones), se sentaban todos a la misma mesa, y Federico bebía y comía con alegría como si fuera un camarada más, escuchando intrigado una discusión que se había producido entre Boron y Ardzrouni.

Decía Boron:

–Tú te obstinas en hablar del vacío, como si fuera un espacio que carece de cualquier otro cuerpo, incluso aéreo. Pero un espacio que carece de cuerpos no puede existir, porque el espacio es una relación entre los cuerpos. Además, el vacío no puede existir porque la naturaleza le tiene horror al vacío, como enseñan todos los grandes filósofos. Si aspiras agua por una caña sumergida en el agua, el agua sube, porque no puede dejar un espacio vacío de aire. Además, escucha, los objetos caen hacia el suelo, y una estatua de hierro cae más rápidamente que un trozo de tela, porque el aire no consigue sostener el peso de la estatua mientras que sostiene fácilmente el de la tela. Los pájaros vuelan porque, al mover las alas, agitan mucho aire, que los sostiene a pesar de su peso. El aire los sostiene al igual que el agua sostiene a los peces. Si no hubiera aire, los pájaros caerían en picado, pero, presta atención, a la misma velocidad que cualquier otro cuerpo. Por lo tanto, si en el cielo existiera el vacío, las estrellas tendrían una velocidad infinita, porque el aire, que opone resistencia a su peso inmenso, no las sujetaría en su caída o en su círculo.

Objetaba Ardzrouni:

–¿Quién ha dicho que la velocidad de un cuerpo es proporcional a su peso? Como decía Juan Filopón, depende del movimiento que se le haya imprimido. Y además, dime, si no existiera el vacío, ¿cómo podrían desplazarse las cosas? Chocarían contra el aire, que no las dejaría pasar.

–¡Que no! ¡Cuando un cuerpo mueve el aire, que estaba donde va él, el aire va a ocupar el sitio que el cuerpo ha dejado! Es como dos personas que van en direcciones contrarias por una calle estrecha. Meten la tripa, se aplastan contra la pared; a medida que uno se insinúa en una dirección, el otro se insinúa en la dirección contraria, y al final uno ha tomado el sitio del otro.

–Sí, porque cada uno de los dos, en virtud de su propia voluntad, imprime un movimiento al propio cuerpo. Pero no pasa lo mismo con el aire, que no tiene voluntad. Se desplaza a causa del ímpetu que le imprime el cuerpo que choca contra él. Pero el ímpetu genera un movimiento en el tiempo. En el momento en que el objeto se mueve e imprime un ímpetu en el aire que tiene enfrente, el aire todavía no se ha movido y, por lo tanto, todavía no está en el lugar que el objeto acaba de dejar para empujarlo. ¿Y qué hay en ese lugar, aun por un solo instante? ¡El vacío!

Federico, hasta ese punto, se había divertido siguiendo la controversia, pero ahora ya tenía bastante:

–Vale ya –había dicho–. Mañana, si acaso, probaréis a poner otro pollo en el cuarto superior. Ahora, a propósito de pollos, dejadme comerme éste, y espero que le hayan retorcido el gaznate como Dios manda.

# 25

# Baudolino ve morir a Federico
# dos veces

La cena se prolongó hasta tarde, y el emperador requirió poder retirarse. Baudolino y los suyos lo siguieron hasta su habitación, que inspeccionaron una vez más con atención, a la luz de dos antorchas que ardían empotradas en las paredes. El Poeta quiso controlar también la campana de la chimenea, pero se estrangulaba casi enseguida de manera que no dejaba espacio para el paso de un ser humano.

–Aquí ya es mucho si pasa el humo –dijo.

Miraron también en el retrete defecatorio, pero nadie habría podido subir desde el fondo del pozo de desagüe.

Al lado de la cama, junto a un candil ya encendido, había una jarra de agua, y Baudolino quiso probarla. El Poeta observó que habrían podido poner una sustancia venenosa sobre el almadraque donde Federico habría apoyado la boca durmiendo. Habría sido conveniente, observó, que el emperador tuviera siempre un contraveneno al alcance de la mano, nunca se sabe...

Federico dijo que no exageraran con aquellos temores, pero el rabí Solomón pidió humildemente la palabra.

–Señor –dijo Solomón–, sabes que me he dedicado lealmente, aun siendo judío, a la empresa que coronará tu gloria. Tu vida me es tan preciosa como mi misma vida. Escucha. En Gallípoli adquirí un contraveneno prodigioso. Tómalo –añadió extrayendo la ampolla de su tabardo–, yo te lo regalo, porque en mi pobre vida tendré pocas ocasiones de que me acechen enemigos demasiado poderosos. Si por casualidad una de estas noches te sintieras mal, bébelo inmediatamente. Si te hubieran administrado algo nocivo, te salvaría al instante.

–Te lo agradezco, rabí Solomón –dijo Federico conmovido–, y

bien hemos hecho nosotros los teutónicos en proteger a los de
tu raza, y así lo haremos en los siglos venideros, te lo juro en
nombre de mi pueblo. Acepto tu líquido de salvación, y mira lo
que hago –sacó de su bolsa de viaje el cofre con el Greal, que
llevaba siempre y celosamente consigo–. Yo vierto el licor,
que tú judío me has regalado, en la copa que contuvo la sangre
del Señor.

Solomón se prosternó, pero murmuró perplejo a Baudolino:

–La poción de un judío que se convierte en sangre del falso
Mesías... que el Santo, por siempre bendito sea, me perdone. Pero
en el fondo esta historia del Mesías os la inventasteis vosotros los
gentiles, no Yehoshua de Nazareth, que era un justo, y nuestros
rabinos cuentan que estudiaba el Talmud con el rabí Yehoshua
ben Perahia. Y además tu emperador me gusta. Creo que es
menester obedecer a los impulsos del corazón.

Federico había cogido el Greal, y se disponía a meterlo en el
arca, cuando Kyot lo interrumpió. Aquella noche todos se sentían
autorizados a dirigirle la palabra al emperador sin haber sido
requeridos: se había creado un clima de familiaridad, entre aquellos pocos fieles y su señor, parapetados en un lugar que todavía
no sabían si era hospitalario u hostil. Dijo, pues, Kyot:

–Señor, no pienses que yo dudo del rabí Solomón, pero también él podría haber sido engañado. Permíteme que pruebe ese
líquido.

–Señor, te lo ruego, deja que Kyot lo haga –dijo el rabí Solomón.

Federico asintió. Kyot alzó la copa, con gesto de celebrante,
luego la acercó apenas a la boca, como si comulgara. En aquel
momento, también a Baudolino le pareció que en el cuarto se
difundía una luz intensa, pero quizá era una de las antorchas que
había empezado a arder mejor, en el punto donde se condensa-
ba mayor cantidad de resina. Kyot permaneció unos instantes
inclinado sobre la copa, moviendo la boca como para absorber
bien el poco líquido que había tomado. Luego se dio la vuelta, con
la copa abrazada al pecho, y la metió en el arca, con delicadeza.
A continuación cerró el tabernáculo, lentamente, para no hacer
el menor ruido.

–Siento el perfume –murmuraba Boron.

–¿Veis esta claridad? –decía Abdul.

–Todos los ángeles del cielo están descendiendo sobre nosotros –dijo convencido Zósimo, santiguándose al revés.

–Hijo de mujer de mal vivir –susurró el Poeta al oído de Baudolino–, con esta excusa ha oficiado su santa misa con el Greal, y cuando vuelva a casa se jactará de ello desde Champaña hasta Bretaña.

Baudolino le replicó en un susurro que no fuera retorcido, porque Kyot actuaba de verdad como quien hubiera sido arrebatado a lo más alto de los cielos.

–Nadie podrá doblegarnos ya –dijo entonces Federico, presa de fuerte y mística conmoción–. Jerusalén será liberada pronto. Y luego, todos a devolverle esta santísima reliquia al Preste Juan. Baudolino, te doy las gracias por lo que me has dado. Soy de verdad rey y sacerdote...

Sonreía, y también temblaba. Aquella breve ceremonia parecía haberle trastornado.

–Estoy cansado –dijo–. Baudolino, ahora me encierro en este cuarto con ese pestillo. Montad buena guardia, y gracias por vuestra devoción. No me despertéis hasta que el sol esté alto en el cielo. Luego iré a bañarme. –Y añadió, todavía–: Estoy terriblemente cansado, quisiera no despertarme ya por siglos y siglos.

–Te bastará una larga noche tranquila, padre mío –dijo con afecto Baudolino–. No tienes que salir al alba. Si el sol está alto, el agua estará menos fría. Duerme sereno.

Salieron. Federico juntó las hojas de la puerta y oyeron el golpe del pestillo. Se dispusieron sobre los bancos en torno.

–No tenemos un retrete imperial a nuestra disposición –dijo Baudolino–. Vayamos raudos a hacer nuestras necesidades en el patio. Uno a la vez, para no dejar nunca desguarnecida esta puerta. El tal Ardzrouni quizá sea un buena persona, pero debemos confiar sólo en nosotros mismos.

Al cabo de pocos minutos todos habían vuelto. Baudolino apagó el candil, dio las buenas noches a todos e intentó dormirse.

–Me sentía inquieto, señor Nicetas, sin tener buenas razones. Dormía de forma ansiosa, y me despertaba al cabo de breves sueños pastosos, como para interrumpir una pesadilla. En el duermevela veía a mi pobre Colandrina, que bebía de un Greal de piedra negra y caía muerta al suelo. Una hora después oí un ruido. También la sala de armas tenía una ventana, por la que se filtraba una luz nocturna harto pálida; creo que había un cuarto de luna en el cielo. Entendí que era el Poeta el que salía. Quizá no se había descargado bastante. Más tarde (no sé cuánto, porque me adormecía y me despertaba, y cada vez me parecía que había pasado poco tiempo, pero quizá no era verdad) salió Boron. Luego lo oí volver, y oí a Kyot susurrarle que también él estaba nervioso y quería tomar el aire. Pero en el fondo mi deber consistía en controlar a quien intentara entrar, no a quien salía, y entendía que todos estábamos tensos. Luego no recuerdo, no me di cuenta de cuándo volvió el Poeta, pero mucho antes del amanecer, todos dormían profundamente, y así los vi cuando, a los primeros albores del sol, me desperté definitivamente.

La sala de armas estaba iluminada ya por la mañana triunfante. Algunos siervos trajeron pan y vino, y algunas frutas del lugar. Aunque Baudolino advirtiera que no hicieran ruido, para no molestar al emperador, todos lo armaban de buen humor. Al cabo de una hora le pareció a Baudolino que, aunque Federico hubiera pedido que no se le despertara, era bastante tarde. Llamó a la puerta, sin obtener respuesta. Llamó una vez más.

–Duerme a pierna suelta –se rió el Poeta.

–No quisiera que no se hubiera sentido bien –aventuró Baudolino.

Volvieron a llamar, cada vez más fuerte. Federico no respondía.

–Ayer parecía exhausto de verdad –dijo Baudolino–. Podría haberle dado un síncope. Tiremos la puerta abajo.

–No perdamos la calma –dijo el Poeta–, ¡violar la puerta que protege el sueño del emperador es casi un sacrilegio!

–Cometamos el sacrilegio –dijo Baudolino–. Esta historia no me gusta.

Se echaron desordenadamente contra la puerta, que era robusta, y sólido debía de ser el pestillo que la bloqueaba.

–Otra vez, todos juntos, a la de una, con un solo espaldarazo –dijo el Poeta, consciente ya de que si un emperador no se despierta mientras echas la puerta abajo, evidentemente está durmiendo un sueño sospechoso.

La puerta seguía resistiendo. El Poeta fue a liberar a Zósimo, que dormía encadenado, y los dispuso a todos en dos filas, de manera que juntos fueran a empujar con brío contra ambas hojas. Al cuarto intento, la puerta cedió.

Entonces, tumbado en medio del cuarto, vieron a Federico exánime, casi desnudo, tal y como se había acostado. Junto a él, el Greal, rodado por tierra, y vacío. La chimenea mostraba sólo detritos combustos, como si hubiera sido encendida y al final se hubiera extinguido. La ventana estaba cerrada. En el cuarto dominaba un olor a madera y carbón quemados. Kyot, tosiendo, fue a abrir los cristales para que entrara el aire.

Pensando que alguien había entrado y estaba todavía en el cuarto, el Poeta y Boron se abalanzaron con la espada desenvainada a rebuscar por todos los rincones, mientras Baudolino, de rodillas junto al cuerpo de Federico, le levantaba la cabeza y lo abofeteaba con delicadeza. El Boidi se acordó del cordial que había adquirido en Gallípoli, abrió el engaste de su anillo, entreabrió a la fuerza los labios del emperador y le vertió el líquido en la boca. Federico seguía exánime. Su cara estaba térrea. El rabí Solomón se inclinó sobre él, intentó abrirle los ojos, le tocó la frente, el cuello, el pulso; luego dijo temblando:

–Este hombre está muerto, que el Santo, bendito sea por siempre, tenga piedad de su alma.

–¡Cristosantísimo, no puede ser! –gritó Baudolino.

Pero por muy poco experto en medicina que fuera, se dio cuenta de que Federico, sacro y romano emperador, custodio del santísimo Greal, esperanza de la cristiandad, último y legítimo descendiente de César, Augusto y San Carlomagno, ya no era. Inmediatamente lloró, recubrió de besos aquella cara pálida, se dijo hijo suyo amadísimo, esperando que lo oyera, luego se dio cuenta de que todo era en vano.

Se levantó, gritó a los amigos que miraran otra vez por doquier, incluso bajo la cama; buscaron pasadizos secretos, sondaron todas las paredes, pero era evidente que nadie no sólo no se escondía, sino que nunca se había escondido en ese lugar. Federico Barbarroja había muerto en una habitación cerrada herméticamente desde dentro, y protegida por fuera por sus hijos más devotos.

–Llamad a Ardzrouni, es experto en arte médica –gritaba Baudolino.

–Yo soy experto en arte médica –se quejaba el rabí Solomón–, créeme, tu padre está muerto.

–Dios mío, Dios mío –desvariaba Baudolino–, ¡mi padre ha muerto! Avisad a la guardia, llamad a su hijo. ¡Busquemos a sus asesinos!

–Un momento –dijo el Poeta–. ¿Por qué hablar de asesinato? Estaba en una habitación cerrada, ha muerto. Ves a sus pies el Greal, que contenía el contraveneno. Quizá se ha sentido mal, ha temido haber sido intoxicado, ha bebido. Por otra parte, había un fuego encendido. ¿Quién puede haberlo encendido sino él? Sé de gente que notaba un fuerte dolor en el pecho, se empapaba de sudor frío, intentaba calentarse, castañeteaba los dientes y moría poco después. Quizá el humo de la chimenea ha empeorado su estado.

–¿Pero qué había en el Greal? –gritó entonces Zósimo, con los ojos fuera de sus órbitas, agarrando al rabí Solomón.

–Para ya, depravado –le dijo Baudolino–. Tú también viste que Kyot probó el líquido.

–Demasiado poco, demasiado poco –repetía Zósimo, tironeando de Solomón–. ¡Para emborracharse no basta un sorbo! ¡Necios de vosotros, que os fiáis de un judío!

–Necios de nosotros, que nos fiamos de un maldito grecano como tú –gritó el Poeta, empujando a Zósimo y separándolo del pobre rabí, que castañeteaba los dientes de miedo.

Kyot, mientras tanto, había cogido el Greal y lo había vuelto a colocar religiosamente en el arca.

–Pero vamos –preguntó Baudolino al Poeta–, ¿quieres decir que no ha sido asesinado y que ha muerto por voluntad del Señor?

–Es más fácil pensar así, en lugar de pensar en un ser de aire que haya superado la puerta que nosotros guardábamos tan bien.

–Pues entonces llamemos al hijo, y a la guardia –dijo Kyot.

–No –dijo el Poeta–. Amigos, nosotros nos estamos jugando la cabeza. Federico ha muerto, y nosotros sabemos que nadie habría podido conseguir entrar jamás en este cuarto cerrado. Pero el hijo, y los demás barones, no lo saben. Para ellos habremos sido nosotros.

–¡Qué pensamiento miserable! –dijo Baudolino, llorando todavía.

Dijo el Poeta:

–Baudolino, escucha: el hijo no te ama; no nos ama y siempre ha desconfiado de nosotros. Nosotros estábamos de guardia, el emperador ha muerto y, por lo tanto, somos nosotros los responsables. Antes de que hayamos podido decir nada, el hijo nos habrá colgado de un árbol y, si en este maldito valle no existe un árbol, nos hará colgar de las murallas. Bien sabes, Baudolino, que el hijo ha visto siempre esta historia del Greal como una conjura para arrastrar a su padre donde nunca habría debido ir. Nos mata, y de un solo golpe, se libra de todos nosotros. ¿Y sus barones? La voz de que el emperador ha sido asesinado los empujaría a acusarse el uno al otro, sería una carnicería. Nosotros somos los chivos que hay que sacrificar por el bien de todos. ¿Quién creerá en el testimonio de un bastardillo como tú, con perdón, de un borrachuzo como yo, de un judío, de un cismático, de tres clérigos vagantes y del Boidi, que como alejandrino tenía más motivos de rencor hacia Federico que nadie? Nosotros ya estamos muertos, Baudolino, como tu padre adoptivo.

–¿Y entonces? –preguntó Baudolino.

–Y entonces –dijo el Poeta–, la única solución es hacer creer que Federico ha muerto fuera de aquí, donde nosotros no estábamos obligados a protegerlo.

–¿Pero cómo?

–¿No dijo que quería ir a nadar al río? Lo vestimos de cualquier manera y le ponemos encima su capa. Bajamos al pequeño patio, donde no hay nadie, pero desde ayer por la noche esperan los caballos. Lo atamos a su silla, vamos al río, y allá las aguas lo arrastrarán. Muerte gloriosa para este emperador que, aun viejo, se enfrenta a las fuerzas de la naturaleza. El hijo decidirá si seguir hacia Jerusalén o volver a casa. Y nosotros podremos decir que proseguimos hacia las Indias, para cumplir el último voto de Federico. El hijo parece no creer en el Greal. Lo cogemos nosotros, nosotros vamos a hacer lo que el emperador habría querido hacer.

–Pero habrá que fingir una muerte –dijo Baudolino, con la mirada perdida.

–¿Está muerto? Está muerto. Nos duele a todos, pero está muerto. ¿Acaso vamos a ir a contar que está muerto mientras vive todavía? Está muerto, que Dios lo acoja entre sus santos. Sencillamente decimos que ha muerto ahogado en el río, al aire libre, y no en este cuarto que nosotros habríamos debido defender. ¿Mentimos? Poco. Si está muerto, ¿qué importa si ha muerto aquí dentro o allá afuera? ¿Lo hemos matado nosotros? Todos sabemos que no ha sido así. Lo hacemos morir donde ni la gente peor dispuesta contra nosotros podrá calumniarnos. Baudolino, es el único camino, no hay otro, tanto si quieres salvar tu pellejo como si quieres llegar hasta el Preste Juan y celebrar en su presencia la extrema gloria de Federico.

El Poeta, aunque Baudolino maldijera su frialdad, tenía razón, y todos estuvieron de acuerdo con él. Vistieron a Federico, lo llevaron al patio menor, lo aseguraron a la silla, poniéndole un refuerzo en el dorso, como el Poeta hiciera un día con los tres Magos, de manera que pareciera erguido sobre su caballo.

–Al río lo llevan sólo Baudolino y Abdul –dijo el Poeta–, porque una escolta numerosa atraería la atención de los centinelas, que a lo mejor pensarían tener que reunirse con el grupo. Nosotros nos quedamos de guardia en el cuarto, que Ardzrouni u otros no piensen en entrar, y lo ponemos en orden. Mejor aún, yo iré a las murallas a charlar con los de la escolta, así los distraigo mientras vosotros dos salís.

Parecía que el Poeta era el único en condiciones de tomar decisiones sensatas. Todos obedecieron. Baudolino y Abdul salieron del patio con sus caballos, despacio, llevando en medio el de Federico. Recorrieron la senda lateral hasta llegar a la principal, bajaron la escalinata, luego se lanzaron a un trote corto por la llanura, hacia el río. Los armígeros, desde los glacis, saludaron al emperador. Aquel breve viaje pareció durar una eternidad, pero al final alcanzaron la ribera.

Se escondieron detrás de un sotillo.

–Aquí no nos ve nadie –dijo Baudolino–. Hay una corriente fuerte, y el cuerpo será arrastrado enseguida. Nosotros entraremos con los caballos en el agua para socorrerlo, pero el fondo es accidentado y no nos permitirá llegar hasta él. Entonces seguiremos el cuerpo desde la orilla, pidiendo auxilio... La corriente va hacia el campamento.

Desataron el cadáver de Federico, lo desnudaron, dejándole lo poco que un emperador nadador habría querido para defender su pudor. En cuanto lo empujaron al centro del río, la corriente se apoderó de él, y el cuerpo fue succionado río abajo. Entraron en el río, tiraron el freno de manera que pareciera que los caballos se encabritaban, remontaron y siguieron al galope aquel pobre despojo, golpeado entre agua y piedra, haciendo gestos de alarma y gritando a los del campo que salvaran al emperador.

Allá abajo algunos se dieron cuenta de sus señales, pero no entendían qué estaba sucediendo. El cuerpo de Federico era presa de los remolinos, iba hacia adelante girando en redondo, desaparecía bajo el agua y afloraba de nuevo a la superficie por poco tiempo. Desde lejos era difícil que se entendiera que había un hombre que se estaba ahogando. Al final alguien comprendió, tres caballeros entraron en el agua, pero el cuerpo, cuando llegó hasta ellos, chocó contra los cascos de los atemorizados caballos y fue arrastrado más allá. Más adelante, algunos soldados entraron en el agua con unas picas y consiguieron arponar el cadáver, llevándolo a la orilla. Cuando Baudolino y Abdul llegaron, Federico se presentaba desfigurado por los golpes contra los pedruscos y nadie podía suponer ya que viviera todavía. Se levantaron altos lamentos, se avisó al hijo, que llegó, pálido y aún más febricitante, lamentando que su padre hubiera querido intentar una vez más su lucha con las aguas fluviales. Se enfadó con Baudolino y Abdul, pero ellos le recordaban que no sabían nadar, como casi todos los seres terrícolas, y que él sabía perfectamente que, cuando el emperador quería zambullirse, nadie conseguía detenerle.

El cadáver de Federico se les aparecía a todos completamente hinchado de agua, aunque –si había muerto hacía horas– no había tragado seguramente agua. Pero así es, si tú sacas un cuerpo muerto del río, piensas que se ha ahogado y ahogado parece.

Mientras Federico de Suabia y los demás barones recomponían los despojos del emperador y se consultaban angustiados sobre lo que debían hacer, mientras Ardzrouni bajaba al valle, avisado del terrible acontecimiento, Baudolino y Abdul volvieron al castillo, para asegurarse de que todo estuviera ya en su lugar.

–Imagina lo que había sucedido mientras tanto, señor Nicetas –dijo Baudolino.

–No hace falta ser un adivino –sonrió Nicetas–. La sagrada copa, el Greal, había desaparecido.

–Así es. Nadie sabía decir si había desaparecido mientras estábamos en el patio interior atando a Federico a su caballo, o
después, cuando habían intentado poner en orden el cuarto. Todos estaban emocionados, se movían como abejas; el Poeta había
ido a entretener a la guardia y no estaba allí para coordinar con
su buen sentido las acciones de cada uno. En cierto momento,
cuando iban a dejar el cuarto, donde no parecía ya que hubiera
sucedido nada dramático, Kyot había echado una ojeada al arca,
y se había dado cuenta de que el Greal se había esfumado. Cuando llegué con Abdul cada uno acusaba a los demás, ya sea de
robo, ya sea de negligencia, diciendo que quizá, mientras colocá-
bamos a Federico a caballo, había entrado en el cuarto Ardzrouni.
Pero no, decía Kyot, yo he ayudado a bajar al emperador, pero
luego he subido enseguida, precisamente para controlar que aquí
no viniera nadie, y en ese breve tiempo Ardzrouni no habría conseguido subir. Entonces lo has cogido tú, rechinaba Boron, agarrándolo por el cuello. No, si acaso has sido tú, oponía Kyot em-
pujándole, mientras yo tiraba por la ventana la ceniza recogida
a los pies de la chimenea. Calma, calma, gritaba el Poeta, pero
¿dónde estaba Zósimo mientras nosotros estábamos en el patio?
Estaba con vosotros, y con vosotros he vuelto a subir, juraba y
perjuraba Zósimo, y el rabí Solomón confirmaba. Algo era cierto, alguien había cogido el Greal, y de ahí a pensar que el que lo
había robado era el mismo que, de alguna manera, había asesinado a Federico, el paso era breve. Podía desgañitarse el Poeta,
afirmando que Federico se había muerto por su cuenta, y luego
uno de nosotros había aprovechado para coger el Greal, nadie lo
creía. Amigos míos, nos calmaba el rabí Solomón, la humana locura ha imaginado delitos abominables, desde Caín en adelante,
pero ninguna mente humana ha sido tan tortuosa como para
imaginar un delito en una habitación cerrada. Amigos míos, decía Boron, cuando entramos el Greal estaba ahí y ahora ya no
está. Por lo tanto, lo tiene uno de nosotros. Naturalmente todos
pidieron que se registraran sus alforjas, pero el Poeta se echó a
reír. Si alguien había cogido el Greal, lo había colocado en un
lugar apartado de ese castillo, para volver a cogerlo después.
¿Solución? Si Federico de Suabia no ponía obstáculos, se marchaban todos juntos hacia el reino del Preste Juan, y nadie se habría
quedado atrás para volver por el Greal. Yo dije que era una cosa

horrible, íbamos a emprender un viaje lleno de peligros, teniendo que confiar cada uno en el apoyo del otro, y todos (menos uno) habríamos sospechado que los demás eran el asesino de Federico. El Poeta dijo que o eso o nada, y tenía razón, maldita sea. Debíamos partir para una de las mayores aventuras que jamás buenos cristianos hubieran afrontado, y todos desconfiaríamos de todos.

–¿Y partisteis? –preguntó Nicetas.

–No de un día para otro, habría parecido una fuga. La corte se reunía una y otra vez para decidir las suertes de la expedición. El ejército se estaba disolviendo, muchos querían volver a casa por mar, otros embarcarse para Antioquía, otros aún para Trípoli. El joven Federico decidió seguir adelante por vía de tierra. Luego empezó la discusión de qué hacer con el cuerpo de Federico; unos proponían extraer inmediatamente las vísceras, las más corruptibles, y darles sepultura cuanto antes, otros esperar la llegada a Tarso, patria del apóstol Pablo. Ahora bien, el resto del cuerpo no podía conservarse durante mucho tiempo, y antes o después habrían debido hervirlo en una mezcla de agua y vino, hasta que las carnes se hubieran separado por completo de los huesos, y pudieran ser enterradas enseguida, mientras el resto habría debido colocarse en un sepulcro en Jerusalén, una vez reconquistada. Pero yo sabía que, antes de hervir el cuerpo, había que desmembrarlo. No quería asistir a ese suplicio.

–He oído decir que nadie sabe qué sucedió con esos huesos.

–También lo he oído yo, pobre padre mío. Nada más llegar a Palestina, murió también el joven Federico, consumido por el dolor y las asperezas del viaje. Por otra parte, tampoco Ricardo Corazón de León y Felipe Augusto llegaron nunca a Jerusalén. Fue de verdad una empresa desafortunada para todos. Pero todo esto yo lo he sabido sólo este año, desde que he vuelto a Constantinopla. En aquellos días, en Cilicia, conseguí convencer a Federico de Suabia de que, para cumplir los votos de su padre, nosotros debíamos partir hacia las Indias. El hijo pareció aliviado por aquella propuesta mía. Sólo quería saber cuántos caballos me hacían falta y cuántas vituallas. Ve con Dios, Baudolino, me dijo, creo que no nos volveremos a ver. Quizá pensaba que me perdería en tierras lejanas, y se perdió él, pobre infeliz. No era malo, aunque le corroían la humillación y la envidia.

Dudando los unos de los otros, nuestros amigos tuvieron que decidir quién tomaría parte en el viaje. El Poeta había observado que tenían que ser doce. Si querían que se los tratara con respeto a lo largo del camino hacia la tierra del Preste Juan, habría sido aconsejable que la gente los creyera los doce Reyes Magos, en su camino de regreso. Ahora que, como no era seguro que los Magos fueran de veras doce, o tres, ninguno de ellos habría afirmado nunca que ellos eran los Magos; es más, si alguien se lo hubiera preguntado, habrían contestado que no, como quien no puede revelar un gran secreto. Así, negando a todos, quienquiera que hubiera querido creer habría creído. La fe de los demás habría vuelto verdadera su reticencia.

Ahora bien, estaban Baudolino, el Poeta, Boron, Kyot, Abdul, Solomón y el Boidi. Zósimo era indispensable, porque seguía jurando que conocía de memoria el mapa de Cosme, aunque un poco a todos les daba asco que ese canalla tuviera que pasar por uno de los Magos; claro que no podían andarse con melindres. Faltaban cuatro personas. Baudolino, a esas alturas, se fiaba sólo de los alejandrinos, y había puesto al corriente del proyecto al Cùttica de Quargnento, al hermano de Colandrina, Colandrino Guasco, al Porcelli y a Aleramo Scaccabarozzi, que le llamaban, sí, Chula, pero era hombre robusto y de confianza, y de pocas preguntas. Habían aceptado, porque a esas alturas también a ellos les parecía que a Jerusalén no llegaría nadie. El joven Federico dio doce caballos y siete mulos, con comida para una semana. Después, dijo, la Divina Providencia se encargaría de ellos.

Mientras se ocupaban de la expedición, se les acercó Ardzrouni, que se dirigía a ellos con la misma sumisa cortesía que reservaba antes al emperador.

–Amigos míos queridísimos –dijo–, sé que estáis partiendo para un reino lejano...

–¿Cómo lo sabes, señor Ardzrouni? –preguntó desconfiado el Poeta.

–Las voces corren... He oído hablar también de una copa...

–Que nunca has visto, ¿verdad? –le había dicho Baudolino, acercándosele tanto que lo obligó a retraerse.

–Nunca, nunca. Pero he oído hablar.

–Visto que sabes tantas cosas –preguntó entonces el Poeta–, ¿no sabes si alguien entró en este cuarto mientras el emperador moría en el río?

–¿De verdad murió en el río? –preguntó Ardzrouni–. Eso es lo que piensa su hijo, de momento.

–Amigos míos –dijo el Poeta–, es evidente que este hombre nos está amenazando. Con la confusión que reina estos días entre reales y castillo, haría falta poco para asestarle una puñalada en la espalda y arrojarlo a cualquier sitio. Pero antes quisiera saber qué quiere de nosotros. Si acaso, le corto la garganta después.

–Señor y amigo mío –dijo Ardzrouni–, no quiero vuestra ruina, quiero evitar la mía. El emperador ha muerto en mis tierras, mientras comía mi comida y bebía mi vino. Por parte de los imperiales no puedo esperar ya favor alguno, o protección. Tendré que darles las gracias si me dejan ileso. Ahora bien, aquí estoy en peligro. Desde que di alojamiento a Federico, el príncipe León ha entendido que quería atraerlo hacia mi bando contra él. Mientras Federico estaba vivo, León no habría podido hacerme nada. Y esto es signo de hasta qué punto la muerte de ese hombre ha sido para mí la mayor de las desventuras. Ahora León dirá que, por culpa mía, él, príncipe de los armenios, no ha sabido proteger la vida del más ilustre de sus aliados. Una ocasión excelente para condenarme a muerte. Yo no tengo escape. Es necesario que desaparezca durante largo tiempo, y que vuelva con algo que me dé de nuevo prestigio y autoridad. Vosotros partís para encontrar la tierra del Preste Juan, y, si lo conseguís, será una empresa gloriosa. Quiero ir con vosotros. Haciéndolo, os demuestro, además, que no he cogido la copa de la que habláis, porque si así fuera, me quedaría aquí y la usaría para negociar con alguien. Conozco bien las tierras hacia oriente, y podría resultaros útil. Sé que el duque no os ha dado dinero, y llevaría conmigo el poco oro del que dispongo. Por último, y Baudolino lo sabe, tengo siete reliquias preciosas, siete cabezas de San Juan Bautista, y a lo largo del viaje podríamos vender una aquí y una allá.

–Y si nos negáramos –dijo Baudolino–, tú irías a soplarle en el oído de Federico de Suabia que nosotros somos responsables de la muerte de su padre.

–No lo he dicho.

–Escucha, Ardzrouni, no eres la persona que llevaría conmigo a ninguna parte, pero ahora, en esta condenada aventura nuestra, cada uno corre el riesgo de convertirse en enemigo del otro. Un enemigo más no cambiará nada.

–La verdad es que este hombre nos resultaría un engorro –había dicho el Poeta–, ya somos doce, y un decimotercero trae mala suerte.

Mientras discutían, Baudolino reflexionaba sobre las cabezas del Bautista. No estaba convencido de que aquellas cabezas pudieran tomarse en serio de verdad, pero, si se podía, era innegable que valían una fortuna. Había bajado a la habitación en la que las había descubierto, y cogió una para observarla con atención. Estaban bien hechas; el rostro esculpido del santo, con los grandes ojos abiertos de par en par y sin pupilas, inspiraba santos pensamientos. Cierto, al vérselas las siete en fila, las cabezas proclamaban su falsedad, pero mostradas una a una podían resultar convincentes. Volvió a poner la cabeza en el aparador, y regresó arriba.

Tres de ellos estaban de acuerdo en llevar consigo a Ardzrouni, los demás dudaban. Boron decía que Ardzrouni tenía siempre un aspecto de hombre de rango, y Zósimo, también por razones de respeto hacia aquellas doce venerables personas, habría podido pasar por un lacayo. El Poeta objetaba que los Magos o tenían diez siervos cada uno o viajaban solos de gran incógnito: un solo lacayo habría producido mala impresión. En cuanto a las cabezas, habrían podido cogerlas igualmente sin llevarse a Ardzrouni. Entonces Ardzrouni lloraba y decía que de verdad lo querían muerto. En fin, aplazaron todas las decisiones hasta el día siguiente.

Fue precisamente al día siguiente, cuando el sol estaba alto en el cielo, mientras casi habían terminado los preparativos, cuando, de repente, alguien se dio cuenta de que en toda la mañana no habían visto a Zósimo. En el frenesí de los últimos dos días, nadie lo había vigilado ya, colaboraba también él en aparejar a los caballos y cargar a los mulos y no lo habían vuelto a encadenar. Kyot observó que faltaba uno de los mulos, y Baudolino tuvo como una iluminación.

–¡Las cabezas! –gritó–, ¡las cabezas! ¡Zósimo era el único, con Ardzrouni y yo, que sabía dónde estaban!

Arrastró a todos al cuchitril de las cabezas y allí se dieron cuenta de que las cabezas eran ya sólo seis.

Ardzrouni rebuscó bajo el aparador para ver si por casualidad una cabeza se había caído, y descubrió tres cosas: un cráneo humano, pequeño y ennegrecido, un sello con una Zeta y restos de lacre quemado. El asunto resultaba ya y desgraciadamente demasiado claro. Zósimo, en la confusión de la mañana fatal, había sacado el Greal del arca en la que Kyot lo había guardado, en un abrir y cerrar de ojos había bajado, había abierto una cabeza, había sacado el cráneo y había escondido el Greal; con su sello de Gallípoli había vuelto a cerrar la tapa, había puesto la cabeza donde estaba antes, había vuelto a subir inocente como un ángel y había esperado el momento oportuno. Cuando se dio cuenta de que al marcharse se habrían repartido las cabezas, entendió que no podía esperar más.

–Hay que decir, señor Nicetas, que a pesar del furor por haber sido engañado, yo sentía un cierto alivio, y creo que todos pensaban lo que yo. Habíamos encontrado al culpable, un sinvergüenza con una fehacientísima sinvergüencería, y no sentíamos ya la tentación de sospechar los unos de los otros. La felonía de Zósimo nos ponía blancos de rabia, pero nos devolvía la confianza recíproca. No había pruebas de que Zósimo, habiendo robado el Greal, hubiera tenido algo que ver con la muerte de Federico, porque aquella noche había estado atado a su cama, pero eso nos hacía volver a la hipótesis del Poeta, que Federico no había sido asesinado.

Se reunieron en concilio. Ante todo, Zósimo, si había huido al caer la noche, les llevaba ya doce horas de ventaja. El Porcelli recordó que ellos iban a caballo y él en un mulo, pero Baudolino le hizo notar que a su alrededor sólo había montañas, quién sabe hasta dónde, y por las sendas de montaña los caballos van más despacio que los mulos. Imposible seguirlo a la carrera. Media jornada de viaje se la había tomado, y media seguiría siendo. Lo único era conseguir entender hacia dónde se dirigía, y tomar la misma dirección.

Dijo el Poeta:

–No puede haber emprendido viaje hacia Constantinopla; en

primer lugar, porque allí, con Isaac el Ángel en el trono, los vientos no le son muy favorables; además, debería atravesar las tierras de los selyúcidas, que acabamos de dejar después de tantos varapalos, y sabe perfectamente que antes o después lo dejan seco en el sitio. La hipótesis más sensata, puesto que es él quien conoce el mapa, es que quiera hacer lo que queríamos hacer nosotros: Zósimo llega al reino del Preste, se dice enviado por Federico o por quién sabe quién, devuelve el Greal y lo cubren de honores. Así pues, para encontrar a Zósimo hay que viajar hacia el reino del Preste, y detenerlo a lo largo del camino. Partamos, interroguemos sobre la marcha, busquemos el rastro de un monje grecano que se ve a una milla de distancia que es de esa raza, me dejáis por fin la satisfacción de retorcerle el pescuezo y recuperamos el Greal.

–Muy bien –había dicho Boron–, pero ¿en qué dirección nos movemos, visto que el mapa lo conoce sólo él?

–Amigos –había dicho Baudolino–, aquí nos resulta útil Ardzrouni. Conoce los lugares y, además, ahora somos once y necesitamos a toda costa al duodécimo Rey.

Y he ahí que Ardzrouni entró a formar parte solemnemente de aquel grupo de audaces, con gran alivio por su parte. Sobre el camino que habían de seguir dijo cosas sensatas: si el reino del Preste estaba en el oriente, cerca del Paraíso Terrenal, deberían moverse hacia el lugar de donde surge el sol. Pero si seguían el camino recto, corrían el riesgo de atravesar tierras de infieles, mientras que él conocía la manera de viajar, al menos durante un trecho, por territorios habitados por gente cristiana. Y es que debían acordarse también de las cabezas del Bautista, que no puedes vendérselas a los turcos. Aseguraba que también Zósimo habría razonado de la misma manera, y mencionaba países y ciudades que nuestros amigos nunca habían oído nombrar. Con su habilidad de mecánico, había construido una especie de monigote que al final se parecía bastante a Zósimo, con cabellos y barba largos e hirsutos, hechos con esparto ennegrecido, y dos piedras negras en lugar de los ojos. El retrato se presentaba endemoniado como aquél que representaba:

–Tendremos que pasar por lugares donde se hablan lenguas desconocidas –decía Ardzrouni–, y para preguntar si han visto pasar a Zósimo no nos quedará sino mostrar esta efigie.

Baudolino aseguraba que para las lenguas desconocidas no había problemas, porque después de haber hablado con los bárbaros, él aprendía a hablar como ellos, pero el retrato resultaría igualmente útil, porque en algunos lugares no tendrían tiempo para pararse y aprender la lengua.

Antes de marcharse, bajaron todos a coger cada uno una cabeza del Bautista. Ellos eran doce y las cabezas seis. Baudolino decidió que Ardzrouni se conformara; Solomón desde luego no habría querido ir por esos mundos con una reliquia cristiana; el Cùttica, el Chula, el Porcelli y Colandrino eran los últimos en llegar, y, por lo tanto, las cabezas las cogerían el Poeta, Abdul, Kyot, Boron, el Boidi y él. El Poeta iba a coger enseguida la primera y Baudolino le hizo notar riéndose que daba lo mismo, eran todas iguales, visto que la única buena se la había asegurado Zósimo. El Poeta se ruborizó y dejó escoger a Abdul, con amplio y cortés gesto de la mano. Baudolino se conformó con la última, y cada uno escondió su cabeza en su alforja.

–Eso es todo –dijo Baudolino a Nicetas–. Hacia finales del mes de junio del año del Señor 1190, partíamos, doce como los Magos, aunque menos virtuosos que ellos, para llegar por fin a la tierra del Preste Juan.

# 26

# Baudolino y el viaje de los Magos

A partir de aquel momento el relato de Baudolino a Nicetas se desgranó casi de continuo, no sólo durante las paradas nocturnas, sino también de día, mientras las mujeres se quejaban por el calor, los niños tenían que pararse a hacer pis, las acémilas de vez en cuando se negaban a seguir adelante. Fue, por lo tanto, un relato roto como su camino, donde Nicetas adivinaba huecos, desgarrones, espacios sin término y tiempos larguísimos. Y era comprensible porque, como iba contando Baudolino, el viaje de los doce duró unos cuatro años, entre momentos de extravío, paradas aburridas y dolorosas peripecias.

Quizá, al viajar así, bajo soles inflamados, con los ojos heridos a veces por vórtices arenosos, escuchando hablas novísimas, los viajeros habían pasado momentos en los que vivían como quemados por la fiebre, otros de espera somnolienta. Innumerables días habían sido dedicados a la supervivencia, persiguiendo animales propensos a la fuga, tratando con gentes salvajes por una hogaza o un trozo de cordero, rastreando exhaustos manantiales en países donde llovía una vez al año. Y luego, se decía Nicetas, al viajar bajo un sol que te ajusticia la cabeza, por desiertos, los viajeros cuentan que te embelesan los espejismos, oyes voces resonar de noche entre las dunas y, cuando encuentras algún arbusto, corres el riesgo de probar bayas que en lugar de alimentarte el vientre, te alimentan las visiones.

Por no hablar, como muy bien sabía Nicetas, de que Baudolino no era sincero por naturaleza, y, si es difícil creer en un mentiroso cuando te dice, pongamos, que ha estado en Iconio, ¿cómo y cuánto creerle cuando te cuenta que ha visto seres que a la fantasía más encendida le cuesta trabajo imaginar, y ni él mismo está seguro de haber visto?

Nicetas había decidido creer en una sola cosa, porque la pasión con la que Baudolino hablaba era testimonio de verdad: que a lo largo de ese viaje a nuestros doce Magos les arrastraba el deseo de alcanzar la propia meta. La cual iba volviéndose, para cada uno, cada vez más distinta. Boron y Kyot querían tan sólo encontrar el Greal, aunque no hubiera acabado en el reino del Preste; Baudolino ese reino lo anhelaba de manera cada vez más irrefrenable, y con él, el rabí Solomón, porque allí habría encontrado a sus tribus perdidas; el Poeta, Greal o no, buscaba un reino cualquiera; Ardzrouni estaba interesado sólo en escapar de donde venía; y Abdul, ya lo sabemos, pensaba que cuanto más se alejaba, más se acercaba al objeto de sus castísimos deseos.

El grupo de los alejandrinos era el único que parecía hacer camino con los pies en el suelo: habían hecho un pacto con Baudolino y lo seguían por solidaridad, o quizá por terquedad, porque, si hay que encontrar a un Preste Juan, hay que encontrarlo; si no, como decía Aleramo Scaccabarozzi alias el Chula, la gente luego no te toma en serio. Pero quizá seguían adelante también porque al Boidi se le había metido en la cabeza que, una vez llegados a la meta, habrían hecho provisiones de reliquias prodigiosas (y no falsas como las cabezas del Bautista) y las habrían llevado a su Alejandría natal, transformando aquella ciudad todavía sin historia en el santuario más celebrado de la cristiandad.


Ardzrouni, para evitar a los turcos de Iconio, les había hecho pasar enseguida por unos pasos donde los caballos corrían el peligro de romperse una pata, luego los había conducido durante seis días por una pedrera sembrada de los cadáveres de unos lagartijones que medían un palmo, muertos de insolación. Menos mal que llevamos víveres con nosotros y no tenemos que comernos esas bestias asquerosas, había dicho el Boidi muy aliviado, y se equivocaba, porque un año después habrían cazado unos lagartos aún más asquerosos y los habrían asado ensartándolos en una rama, con la baba que les llegaba a la barbilla a la espera de que chisporrotearan como es debido.

Habían pasado luego por algunas aldeas, y en cada una habían enseñado el monigote de Zósimo. Sí, decía alguien, un monje así pasó por estas tierras, se quedó un mes y luego escapó porque había dejado embarazada a mi hija. ¿Pero cómo que se ha quedado un mes, si nosotros llevamos viajando sólo dos semanas? ¿Cuándo sucedió? Ah, será hace siete Pascuas, veis, el fruto de la culpa es ese niño que está con aquella marrana. Entonces no era él, todos iguales, estos guarros de monjes. O también: sí, nos parece, con una barba exactamente así, hará tres días, era un jorobadillo simpático... Pero si era jorobado no era él; Baudolino, ¿no serás tú que no entiendes la lengua y traduces lo que se te antoja? O todavía: sí, sí que lo hemos visto, era él, y señalaban al rabí Solomón, quizá por eso de la barba negra. En fin, ¿acaso preguntaban a los más necios?

Más adelante habían encontrado unas gentes que vivían en tiendas circulares, y que los habían saludado con un *«La ellec olla Sila, Machimet rores alla».* Habían contestado con igual cortesía en tudesco, porque total una lengua valía la otra, luego habían enseñado el monigote de Zósimo. Aquéllos se habían echado a reír, hablaban todos juntos, pero por sus gestos se deducía que de Zósimo se acordaban: había pasado por allí, había ofrecido la cabeza de un santo cristiano, y ellos habían amenazado con introducirle algo por las posaderas. Por lo cual nuestros amigos entendieron que se habían topado con una congregación de turcos empaladores, y se fueron con grandes gestos de despedida y sonrisas que descubrían todos los dientes, mientras el Poeta tiraba a Ardzrouni por los pelos, retorciéndole la cabeza y diciéndole: muy bien, muy bien, tú sí que sabes el camino, nos estabas metiendo justo en la boca de los anticristos, y Ardzrouni decía en un estertor que no era él quien se había equivocado de camino, sino esos otros, que eran nómadas, y los nómadas nunca se sabe dónde van.

–Pero más adelante –aseguraba–, encontraremos sólo cristianos, aunque nestorianos.

–Bien –decía Baudolino–, si son nestorianos, son ya de la raza del Preste; pero de ahora en adelante antes de hablar prestemos atención, cuando entremos en una aldea, a si hay cruces y campanarios.

Vaya con los campanarios. Los que encontraban eran amasijos de chozas de toba, que de haber una iglesia ahí en medio, no

se la reconocía; era gente que se conformaba con poco para ala-
bar al Señor.

–¿Pero estás seguro de que Zósimo habrá pasado por aquí?
–preguntaba Baudolino.

Y Ardzrouni le decía que estuviera tranquilo. Una tarde, Baudolino lo vio mientras observaba el sol que se estaba poniendo,
y parecía tomar medidas en el cielo con los brazos extendidos y
los dedos de las dos manos cruzados, como si formara unas ven-
tanitas triangulares a través de las cuales atisbara las nubes.
Baudolino le preguntó por qué, y Ardzrouni contestó que intentaba localizar dónde estaba la gran montaña bajo la cual el sol
desaparecía todas las tardes, bajo el gran arco del tabernáculo.

–Virgensantísima –gritó Baudolino–, ¿acaso tú también crees
en la historia del tabernáculo como Zósimo y Cosme el Indicopleustes?

–¿Y cómo no? –dijo Ardzrouni, como si le estuvieran preguntando si creía en el agua mojada–. ¿Cómo haría, si no, para estar
tan seguro de que seguimos el mismo camino que ha tomado
Zósimo?

–Pero entonces, ¿tú conoces el mapa de Cosme, que Zósimo no
dejaba de prometernos?

–No sé qué os prometía Zósimo: yo tengo el mapa de Cosme.

Sacó un pergamino de su alforja y se lo enseñó a los amigos.

–Aquí está, ¿veis? Éste es el marco del Océano. Más allá están
las tierras donde vivía Noé antes del diluvio. Hacia el extremo
oriente de esas tierras, separadas del Océano por regiones habitadas por seres monstruosos (que son, en definitiva, las que tendremos que atravesar), está el Paraíso Terrenal. Es fácil ver
cómo, partiendo de aquella tierra beatífica, el Éufrates, el Tigris
y el Ganges pasan bajo el Océano para atravesar las regiones
hacia las que nos dirigimos, y se arrojan en el golfo Pérsico,
mientras que el Nilo hace un recorrido más tortuoso por las tierras antediluvianas, entra en el Océano, retoma su camino en las
regiones meridionales inferiores, y más precisamente en tierras
de Egipto, y se arroja en el golfo Romaico, que sería lo que los
latinos llaman primero Mediterráneo y luego Helesponto. Ahí.
Nosotros tendremos que seguir el camino hacia oriente para
encontrar antes el Éufrates, luego el Tigris y luego el Ganges, y
doblar hacia las regiones orientales inferiores.

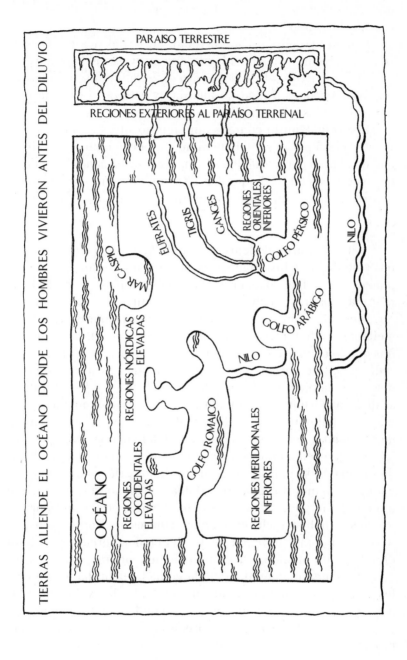

TIERRAS ALLENDE EL OCÉANO DONDE LOS HOMBRES VIVIERON ANTES DEL DILUVIO

PARAISO TERRESTRE

REGIONES EXTERIORES AL PARAÍSO TERRENAL

OCÉANO

EUFRATES

TIGRIS

GANGES

REGIONES ORIENTALES INFERIORES

GOLFO PÉRSICO

MAR CASPIO

NILO

GOLFO ARÁBICO

REGIONES NÓRDICAS ELEVADAS

NILO

REGIONES OCCIDENTALES ELEVADAS

GOLFO ROMAICO

REGIONES MERIDIONALES INFERIORES

–Pero –intervino el Poeta–, si el reino del Preste Juan está cerquísima del Paraíso Terrenal, para llegar allá, ¿tendremos que cruzar el Océano?

–Está cerca del Paraíso Terrenal, pero más acá del Océano –dijo Ardzrouni–. Más bien habrá que atravesar el Sambatyón...

–El Sambatyón, el río de piedra –dijo Solomón juntando las manos–. Así pues, Eldad no mentía, ¡y éste es el camino para encontrar a las tribus perdidas!

–El Sambatyón lo citamos también nosotros en la carta del Preste –cortó por lo sano Baudolino–, y, por lo tanto, es evidente que en alguna parte está. Pues bien, el Señor ha acudido en nuestra ayuda, nos ha hecho perder a Zósimo pero nos ha hecho encontrar a Ardzrouni, que por lo que parece, sabe más que él.

Un día divisaron de lejos un templo fastuoso, con sus columnas y un tímpano historiado. Pero al acercarse vieron que el templo era sólo la fachada, porque lo demás era roca, y, en efecto, la entrada estaba en lo alto, encajada en el monte, y había que subir, Dios sabe cómo, hasta donde volaban los pájaros para llegar a ella. Mirando mejor se veía que, a lo largo del circo de montañas que lo ceñía, se recortaban otras fachadas, en lo alto, en paredes de lava escarpada, y a veces había que aguzar la vista para distinguir la piedra trabajada de la moldeada por la naturaleza: se divisaban capiteles esculpidos, ojos y arcos, columnatas soberbias. Los habitantes del valle hablaban una lengua muy parecida al griego, y decían que su ciudad se llamaba Bacanor, pero las iglesias que veían eran de hacía mil años, cuando en aquel lugar dominaba Aleksandros, un gran rey de los griegos que honraba a un profeta muerto en la cruz. Habían olvidado ya cómo subir al templo, y tampoco sabían qué había dentro; preferían honrar a los dioses (habían dicho exactamente dioses, no Dominedeus) en un recinto al aire libre, en medio del cual señoreaba la cabeza dorada de un búfalo izada en un palo de madera.

Precisamente aquel día toda la ciudad celebraba los funerales de un joven que todos habían amado. En la explanada a los pies de la montaña se había preparado un banquete, y en el centro del círculo de las mesas ya preparadas había un altar donde reposaba el cuerpo del difunto. En lo alto volaban, con amplios giros y cada vez más bajos, águilas, milanos, cuervos y otros volátiles de presa, como si hubieran sido convocados a aquella fiesta. Todo vestido de blanco, el padre se acercó al cadáver, le cortó la cabeza con un hacha y la colocó en un plato de oro. Luego unos senescales también vestidos de blanco cortaron el cuerpo en pequeños pedazos, y los invitados iban uno a uno a coger uno de aquellos jirones para arrojárselo a un pájaro, que lo agarraba al vuelo y desaparecía en la lejanía. Alguien explicó a Baudolino que los pájaros llevaban al muerto al Paraíso, y que era mucho mejor su rito que el de otros pueblos que dejaban que el cuerpo se pudriera en la tierra. Luego todos se pusieron de cuclillas ante las mesas y cada uno probó la carne de la cabeza hasta que, habiendo quedado sólo una calavera, limpia y reluciente como si fuera metal, hicieron con ella una copa de la que bebieron todos con leticia, alabando al difunto.

En otra ocasión atravesaron, y durante una semana, un océano de arena, cuyos granitos se levantaban como las olas del mar, y parecía que todo se movía bajo los pies y los cascos de los caballos. Solomón, que ya se había mareado después del embarque en Gallípoli, pasó esos días entre continuos conatos de vómito, pero poco pudo vomitar porque poco tuvo ocasión de ingurgitar la comitiva, y suerte que habían hecho provisión de agua antes de pasar por aquel trance. Abdul empezó entonces a estremecerse con escalofríos de fiebre, que lo fueron acompañando durante el resto del viaje, agudizándose más y más, tanto que no consiguió cantar ya sus canciones, como los amigos le invitaban a hacer cuando se detenían bajo la luna.

A veces marchaban expeditos, por llanuras de hierba, y, al no tener que luchar con los elementos adversos, Boron y Ardzrouni empezaban interminables controversias sobre el argumento que los obsesionaba, es decir, el vacío.

Boron usaba sus argumentos habituales, que si existiera el vacío en el universo nada habría impedido que después del nuestro, en el vacío, existieran otros mundos, etcétera, etcétera. Pero Ardzrouni le hacía notar que estaba confundiendo el vacío universal, sobre el que se podría discutir, con el vacío que se crea en los intersticios entre corpúsculo y corpúsculo. Y al preguntarle Boron qué eran estos corpúsculos, su opositor le recordaba que, según algunos antiguos filósofos griegos y otros sabios teólogos árabes, los secuaces del Kalam, o sea, los mutakallimun, no hay que pensar que los cuerpos son substancias densas. Todo el universo, todo lo que está en él, y nosotros mismos, estamos compuestos por corpúsculos indivisibles, que se llaman átomos, los cuales, moviéndose incesantemente, dan origen a la vida. El movimiento de estos corpúsculos es la condición misma de toda generación y corrupción. Y entre átomo y átomo, precisamente para que puedan moverse libremente, está el vacío. Sin el vacío entre los corpúsculos que componen cada cuerpo, nada podría ser cortado, roto o quebrado, ni absorber agua, ni ser invadido por el frío o por el calor. ¿Cómo puede el alimento difundirse en nuestro cuerpo, como no sea viajando a través de los espacios vacíos entre los corpúsculos que nos componen? Introduce una aguja, decía Ardzrouni, en una vejiga hinchada, antes de que empiece a deshincharse sólo porque la aguja al moverse ensancha el agujero que acaba de hacer. ¿Cómo es posible que por un instante la aguja quepa en la vejiga que todavía está llena de aire? Porque se insinúa en el vacío intersticial entre los corpúsculos del aire.

–Tus corpúsculos son una herejía y nadie los ha visto jamás, excepto tus árabes kalomotemún o como los llames –respondía Boron–. Mientras la aguja entra, sale ya un poco de aire, dejando espacio para la aguja.

–Entonces coge una garrafa vacía, sumérgela en el agua con el cuello hacia abajo. El agua no entra porque hay aire. Succiona el aire de la garrafa, ciérrala con un dedo para que no entre otro aire, sumérgela en el agua, quita el dedo, y el agua entrará allí donde tú has creado el vacío.

–El agua sube porque la naturaleza actúa de manera que no se cree el vacío. El vacío es contra natura, y siendo contra natura no puede existir en la naturaleza.

–Pero mientras el agua sube, y no lo hace de golpe, ¿qué hay en la parte de la garrafa que todavía no se ha llenado, visto que le has quitado el aire?

–Cuando succionas el aire, eliminas sólo aire frío que se mueve lentamente, pero dejas una parte de aire caliente, que es rápido. El agua entra y hace que el aire caliente se escape de inmediato.

–Ahora vuelve a coger esa garrafa llena de aire, pero caliéntala, de manera que dentro haya sólo aire caliente. Luego sumérgela con el cuello hacia abajo. Aunque haya sólo aire caliente, el agua no entra igualmente. Así pues, el calor del aire no tiene nada que ver.

–¿Ah, sí? Coge de nuevo la garrafa, y hazle un orificio en el fondo, por la parte panzuda. Sumérgela en el agua por la parte del orificio. El agua no entra, porque está el aire. Luego pon los labios en el cuello, que ha quedado fuera del agua, y succiona todo el aire. A medida que vas succionando el aire, el agua sube a través del orificio inferior. Entonces saca la garrafa del agua, manteniendo cerrada la boca superior, que el aire no empuje para entrar. Y tú ves que el agua está dentro de la garrafa y no sale por el orificio de abajo, por el disgusto que la naturaleza sentiría si dejara algo vacío.

–El agua no baja la segunda vez porque ha subido la primera, y un cuerpo no puede hacer un movimiento opuesto al primero si no recibe un estímulo nuevo. Y ahora escucha esto. Introduce una aguja en una vejiga inflada, deja que salga todo el aire, pffff, luego obtura enseguida el agujero hecho por la aguja. A continuación coge con los dedos ambas partes de la vejiga, tal y como tirarías de la piel del dorso de la mano, así. Y ves que la vejiga se abre. ¿Qué hay en esa vejiga cuyas paredes has ensanchado? El vacío.

–¿Quién ha dicho que las paredes de la vejiga se separan?

–¡Prueba!

–Yo no, yo no soy un mecánico, soy un filósofo, y saco mis conclusiones siguiendo el pensamiento. Y si la vejiga se ensancha es porque tiene poros y, después de haberse deshinchado, un poco de aire ha entrado por sus poros.

–¿Ah, sí? Ante todo, ¿qué son los poros, sino espacios vacíos? ¿Y cómo consigue penetrar el aire él solito si no le has imprimido movimiento alguno? ¿Y por qué, después de haber quitado el aire de la vejiga, no se llena la vejiga espontáneamente? Y si hay poros, ¿por qué entonces cuando la vejiga está inflada y bien cerrada y tú la aplastas imprimiendo un movimiento al aire, la vejiga no se deshincha? Porque los poros son sí espacios vacíos, pero más pequeños que los corpúsculos del aire.

–Sigue apretando cada vez más fuerte y verás. Y luego deja al sol durante unas horas la vejiga inflada y verás que poco a poco se desinfla sola, porque el calor trasforma el aire frío en aire caliente, que sale más rápidamente.

–Entonces coge una garrafa...

–¿Con o sin agujero en el fondo?

–Sin. Sumérgela toda, inclinada, en el agua. Ves que, a medida que entra el agua, el aire sale y hace plop plop, manifestando así su presencia. Ahora saca la garrafa, vacíala, succiona todo el aire, ciérrale la boca con el pulgar, métela inclinada en el agua, quita el dedo. El agua entra, pero no se oye ni se ve ningún plop plop. Porque dentro estaba el vacío.

Al llegar a este punto los interrumpía el Poeta, recordando que Ardzrouni no debía distraerse, porque con todo ese plop plop y aquellas garrafas les estaba entrando sed a todos, y sus vejigas estaban ya vacías, y lo más sensato sería encaminarse hacia un río o hacia algún lugar más húmedo que aquél en el que estaban.


De vez en cuando conseguían noticias de Zósimo. Alguien lo había visto, alguien había oído hablar de un hombre con la barba negra que preguntaba por el reino del Preste Juan. Ante lo cual nuestros amigos preguntaban ansiosos:

–¿Y qué le habéis dicho?

Y aquellos casi siempre contestaban que le habían dicho lo que en aquellas tierras todos sabían, que el Preste Juan estaba hacia oriente, pero que para llegar hacían falta años.

El Poeta decía, reventando de rabia, que en los manuscritos de la biblioteca de San Víctor se leía que los que viajaban por aquellos lugares no hacían sino toparse con ciudades espléndidas, con templos con el tejado cubierto de esmeraldas, con palacios con los techos de oro, columnas con capiteles de ébano, estatuas que parecían vivas, altares de oro con sesenta escalones, muros de zafiro puro, montañas de cristal, ríos de diamantes, jardines con árboles de los que brotan bálsamos perfumados que permiten vivir a sus habitantes aspirando su solo olor, monasterios donde se crían sólo pavos reales abigarrados, cuya carne no sufre corrupción, y que, si se lleva de viaje, se conserva durante treinta o más días, incluso bajo un sol candente, sin emanar nunca mal olor, fuentes resplandecientes donde el agua brilla como la luz del rayo que, si metes dentro un pescado seco conservado en sal, regresa como pez a la vida y se escurre, señal de que ésa es la fuente de la eterna juventud. Pero, hasta entonces, habían visto desiertos, rastrojos, macizos en los que ni siquiera se podía reposar en las piedras porque a uno se le cocían las nalgas; las únicas ciudades que habían encontrado estaban hechas con chozas miserables, y habitadas por gentuza repugnante, como en Colandiofonta, donde habían visto a los artabatitas, hombres que caminan inclinados como las ovejas; o como en Iambut, donde esperaban holgar después de haber cruzado llanuras quemadas, y las mujeres, aunque no eran guapas, tampoco eran feas, pero habían descubierto que, absolutamente fieles a sus maridos, llevaban serpientes venenosas en la vagina para defender su castidad. Y por lo menos, que lo hubieran dicho antes, pero no, una había acabado por concederse al Poeta, que por poco no había tenido que hacer voto de castidad perpetua, y menos mal que oyó el siseo y dio un salto hacia atrás. Cerca de las lagunas de Cataderse habían encontrado hombres con los testículos que les llegaban hasta las rodillas, y en Necuverán, hombres desnudos como bestias salvajes, que copulaban por las calles como perros, el padre se unía a la hija y el hijo con la madre. En Tana habían encontrado antropófagos, que por suerte no se comían a los extranjeros, que les daban asco, sino sólo a sus niños. Junto al río Arlón habían dado con una aldea donde los habitantes danzaban alrededor de un ídolo y con cuchillos afilados se infligían heridas en todas las extremidades, luego el ídolo había sido colocado en un carro y llevado por las calles, y muchos de ellos se tiraban con alegría bajo las ruedas del carro partiéndose los huesos hasta morir. En Salibut habían atravesado un bosque infestado por pulgas del tamaño de una rana, en Cariamaria habían encontrado hombres pelosos que ladraban y ni siquiera Baudolino había podido entender su lengua, y mujeres con dientes de jabalí, cabellos hasta los pies y cola de vaca.

Éstas y otras horrendísimas cosas habían visto, pero las maravillas de Oriente jamás, como si todos los que las habían escrito hubieran sido unos grandes bastardos.

Ardzrouni recomendaba tener paciencia, porque bien había
dicho que antes del Paraíso Terrenal había una tierra muy salvaje, pero el Poeta contestaba que la tierra salvaje estaba habitada
por fieras feroces, que por suerte todavía no habían visto, y, por
lo tanto, todavía estaban por venir; si las que habían visto eran,
en cambio, las tierras no salvajes, figurémonos lo demás. Abdul,
cada vez más febril, decía que era imposible que su princesa viviera en lugares tan dejados de Dios y que quizá habían tomado
el camino equivocado:

–Pero, desde luego, no tengo la fuerza de volver atrás, amigos
míos –decía feble–, así que creo que moriré en mi camino hacia
la felicidad.

–Tú calla, que no sabes lo que te dices –le gritaba el Poeta–,
nos has hecho perder noches y noches para oírte cantar la belleza
de tu amor imposible, y ahora que ves que no es posible nada más
imposible, ¡deberías estar contento y tocar el cielo con las manos!

Baudolino le tiraba de la manga y le susurraba que Abdul
desvariaba ya, y que no había que hacerle sufrir aún más.

Llegaron, al cabo de un tiempo que no se acababa nunca, a
Salopátana, una ciudad bastante miserable, donde los acogieron
con estupor, moviendo los dedos como para contarlos. Resultó
claro que estaban sorprendidos de que fueran doce, y todos se
pusieron de rodillas, mientras uno corría a dar la noticia a los
demás ciudadanos. Salió a su encuentro una especie de archimandrita que salmodiaba en griego, sujetando una cruz de madera (vaya con las cruces de plata cuajadas de rubíes, farfullaba
el Poeta), y le dijo a Baudolino que desde hacía tiempo en aquel
lugar se esperaba el regreso de los santísimos Magos, que durante miles y miles de años habían corrido mil aventuras, después de
haber adorado al Niño en Belén. Y este archimandrita estaba
preguntando precisamente si regresaban a la tierra del Preste
Juan, de donde no cabía duda que eran, para eximirle de su largo esfuerzo y retomar el poder que antaño tuvieron sobre aquellas tierras benditas.

Baudolino exultaba. Hicieron muchas preguntas sobre lo que
les aguardaba, pero entendieron que ni siquiera aquellos habitantes sabían dónde estaba el reino del Preste, salvo que creían fir-

memente que estaba en algún lugar, hacia oriente. Es más, visto que los Magos eran justo de allá, se sorprendían de que no fueran ellos los que tenían noticias seguras.

–Señores santísimos –dijo el buen archimandrita–, vosotros no sois desde luego como ese monje bizantino que pasó por aquí hace algún tiempo, y buscaba el reino para devolverle al Preste no sé qué reliquia que le había sido robada. Ese hombre tenía un aire traicionero, y era claramente un hereje como todos los griegos de las tierras a orillas del mar, porque invocaba siempre a la Santísima Virgen madre de Dios, y Nestorio, nuestro padre y luz de verdad, nos enseñó que María fue sólo la madre de Cristo hombre. ¿Pero se puede pensar en un Dios con pañales, en un Dios de dos meses, en un Dios en la cruz? ¡Sólo los paganos le dan una madre a sus dioses!

–Y traicionero ese monje lo es de verdad –interrumpió el Poeta–, y sabed que esa reliquia nos la robó a nosotros.

–Que el Señor lo castigue. Lo dejamos seguir sin decirle nada de los peligros que encontraría y, por lo tanto, no sabía nada de Abcasia, que Dios lo escarmiente hundiéndole en esa oscuridad. Y sin duda se topará con el mantícora y con las piedras negras del Bubuctor.

–Amigos míos –comentaba en voz baja el Poeta–, éstos podrían decirnos muchas cosas provechosas, pero nos las dirían sólo porque somos los Magos; ahora que, visto que somos los Magos, no creen necesario decírnoslas. Si me hacéis caso, nos largamos enseguida, porque, si hablamos con ellos un poco más, acabaremos por decir alguna sandez, y entenderán que no sabemos lo que los Magos deberían saber. Y tampoco podemos proponerles una cabeza del Bautista, porque a los Magos haciendo simonía no me los veo en absoluto. Larguémonos cuanto antes, porque serán buenos cristianos, pero nadie nos dice que sean mansos con quienes les dan gato por liebre.

Por lo cual se despidieron, recibiendo de regalo muchas provisiones, y preguntándose qué era esa Abcasia en la que uno se hundía tan fácilmente.

Supieron enseguida qué eran las piedras negras del Bubuctor. Las había, en millas y millas, en el lecho de ese río, y unos nó-

madas que habían encontrado poco antes les habían explicado
que quien las tocaba se volvía negro como ellas. Ardzrouni había
dicho que debían de ser, en cambio, piedras muy preciosas, que
los nómadas vendían en quién sabe qué mercado lejano, y contaban esa patraña para impedir que los demás las recogieran. Se
abalanzó para acaparar todas las que podía y enseñaba a los
amigos lo relucientes que eran y lo perfectamente modeladas por
el agua que estaban. Pero mientras hablaba, su cara, el cuello, las
manos se volvieron rápidamente negras como el ébano; Ardzrouni se abrió la túnica por el pecho, y negrísimo era ya también
el pecho, se descubrió las piernas y los pies y también ellos parecían carbón.

Ardzrouni se tiró desnudo al río, rodó en el agua, se rascaba
la piel con la gravilla del fondo... Nada que hacer, Ardzrouni se
había vuelto negro como la noche, y se veían sólo sus ojos blancos y los labios rojos bajo la barba, también ella negra.

Al principio los otros se rieron hasta morirse, mientras Ardzrouni maldecía a sus madres, luego intentaron consolarle:

–¿Queremos que nos tomen por los Magos? –dijo Baudolino–.
Pues bien, por lo menos uno de ellos era negro; juro que es negro uno de los tres que ahora descansan en Colonia. Y he aquí
que nuestra caravana se vuelve más verosímil todavía.

Solomón, más solícito, recordaba que había oído de piedras
que cambian el color de la piel, pero se les encuentran remedios,
y Ardzrouni se volvería más blanco que antes.

–Sí, en la semana de los tres viernes –se mofaba el Chula, y al
desafortunado armenio tuvieron que agarrarle porque quería
arrancarle una oreja de un mordisco.


Un buen día entraron en una selva rica en árboles frondosísi-
mos, con frutas de todos los tipos, a través de la cual corría un río
con agua blanca como leche. Y en la selva se abrían claros lozanos, con palmeras y vides cargadas de espléndidos racimos con
granos del tamaño de una toronja. En uno de esos claros había
una aldea de cabañas simples y robustas, de paja limpia, de donde salieron hombres completamente desnudos de la cabeza a los
pies; a algunos de los varones sólo por casualidad, a veces, la
barba larguísima, flotante y sedosa, les cubría las vergüenzas. Las

mujeres no se avergonzaban de enseñar los senos y el vientre, pero daban la impresión de hacerlo de manera muy casta: miraban a los recién llegados con osadía en los ojos, pero sin provocar pensamientos inconvenientes.

Hablaban griego y, acogiendo con cortesía a los huéspedes, les dijeron que eran gimnosofistas, es decir, criaturas que, en inocente desnudez, cultivaban la sabiduría y practicaban la benevolencia. Nuestros viajeros fueron invitados a moverse libremente por su silvestre aldea, y por la noche les agasajaron con una cena preparada sólo con comidas producidas espontáneamente por la tierra. Baudolino planteó algunas preguntas al más viejo de ellos, que todos trataban con especial reverencia. Preguntó qué poseían, y el anciano respondió:

–Poseemos la tierra, los árboles, el sol, la luna y los astros. Cuando tenemos hambre, comemos la fruta de los árboles, que siguiendo el sol y la luna producen por sí mismos. Cuando tenemos sed, vamos al río y bebemos. Tenemos una mujer cada uno y siguiendo el ciclo lunar cada uno fecunda a su compañera, hasta que alumbra dos hijos, y le damos uno al padre y el otro a la madre.

Baudolino se sorprendió de no haber visto ni un templo ni un cementerio, y el viejo dijo:

–Este lugar en donde estamos es también nuestra tumba, y aquí morimos tumbándonos en el sueño de la muerte. La tierra nos genera, la tierra nos alimenta, bajo tierra dormimos el sueño eterno. En cuanto al templo, sabemos que en otros lugares los erigen, para honrar a lo que ellos denominan Creador de todas las cosas. Pero nosotros creemos que las cosas han nacido por *charis*, por gracia de sí mismas, así como por sí mismas se mantienen, y la mariposa poliniza a la flor que, creciendo, la alimentará.

–Por lo que entiendo, vosotros practicáis el amor y el respeto recíproco, no matáis animales, y mucho menos a vuestros semejantes. ¿En virtud de qué mandamiento lo hacéis?

–Lo hacemos precisamente para compensar la ausencia de todo mandamiento. Sólo practicando y enseñando el bien podemos consolar a nuestros semejantes de la falta de un Padre.

–No es posible prescindir de un Padre –murmuraba el Poeta a Baudolino–, mira cómo se quedó nuestro hermoso ejército a la muerte de Federico. Estos de aquí se dedican a airearse el pito, pero no saben, desde luego, cómo va la vida...

Boron, en cambio, había quedado sorprendido por aquella sabiduría, y se dedicó a proponerle una serie de preguntas al venerable sabio.

–¿Quiénes son más, los vivos o los muertos?

–Los muertos son más, pero no se pueden contar ya. Por lo tanto, los que se ven son más que los que no se pueden ver.

–¿Qué es más fuerte, la muerte o la vida?

–La vida, porque el sol, cuando surge, tiene rayos luminosos y relucientes, y, cuando se pone, parece más débil.

–¿Qué es más, la tierra o el mar?

–La tierra, porque también el mar se apoya en el fondo de la tierra.

–¿Qué ha venido antes, la noche o el día?

–La noche. Todo lo que nace se forma en la oscuridad del vientre y sólo después es alumbrado.

–¿Cuál es la parte mejor, la derecha o la izquierda?

–La derecha. En efecto, también el sol sale por la derecha y recorre su órbita en el cielo hasta la izquierda, y la mujer amamanta primero por el pecho de la derecha.

–¿Cuál es el más feroz de los animales? –preguntó entonces el Poeta.

–El hombre.

–¿Por qué?

–Pregúntatelo a ti mismo. También tú eres una fiera que tiene consigo a otras fieras, y por ansia de poder quiere privar de la vida a todas las demás fieras.

Entonces dijo el Poeta:

–Pero si todos fueran como vosotros, el mar no se navegaría, la tierra no se cultivaría, no nacerían los grandes reinos que llevan orden y grandeza al miserable desorden de las cosas terrenales.

Contestó el venerable anciano:

–Cada una de estas cosas es sin duda una ventura, pero está construida sobre la desventura ajena, y esto nosotros no lo queremos.

Abdul preguntó si sabían dónde vivía la más bella y la más lejana de todas las princesas.

–¿La buscas? –preguntó el viejo, y Abdul contestó que sí.

–¿La has visto alguna vez? –y Abdul contestó que no.

–¿La quieres? –y Abdul contestó que no sabía.

Entonces el viejo entró en su cabaña y salió con un plato de metal, tan pulido y reluciente que todas las cosas a su alrededor se reflejaban en él como sobre una superficie de agua tersa. Dijo:

–Una vez recibimos en regalo este espejo, y no podíamos rechazarlo por cortesía hacia quien nos lo donaba. Pero ninguno de nosotros se querría mirar en él, porque ello podría inducirnos a la vanidad de nuestro cuerpo, o al horror por algún defecto, y así viviríamos en el temor de que los demás nos despreciaran. En este espejo, quizá, un día verás lo que buscas.

Mientras estaban a punto de dormirse, el Boidi dijo, con los ojos húmedos:

–Quedémonos aquí.

–Como un rey ibas a quedar tú, desnudo como un gusano –contestó el Poeta.

–Quizá queremos demasiado –dijo el rabí Solomón–, pero ya no podemos evitar quererlo.

Se pusieron en marcha a la mañana siguiente.

# 27

# Baudolino en las tinieblas de Abcasia

Abandonados los gimnosofistas, vagaron un buen trecho, preguntándose siempre la manera de llegar al Sambatyón sin pasar por aquellos lugares tremendos que les habían mencionado. Pero en vano. Cruzaban llanuras, atravesaban torrentes, trepaban por abruptas escarpas, con Ardzrouni que de vez en cuando hacía sus cálculos con el mapa de Cosme y advertía de que o el Tigris, o el Éufrates, o el Ganges no debían de estar lejos. El Poeta le decía que se callara, feo homúnculo negro; Solomón le repetía que antes o después se volvería a poner blanco, y las jornadas y los meses pasaban siempre iguales.

En cierta ocasión acamparon junto a un estanque. El agua no era muy límpida, pero podía bastar, y sobre todo los caballos se beneficiaron. Se disponían a dormir cuando surgió la luna y, a la luz de sus primeros rayos, vieron en la sombra un siniestro hormigueo. Era un número infinito de escorpiones, todos con las puntas de la cola levantadas, en busca del agua, y los seguía una mesnada de serpientes de una gran variedad de colores: unas tenían escamas rojas, otras negras y blancas, otras aún refulgían como el oro. Toda la zona era un sisear, y un grandísimo terror se apoderó de ellos. Se colocaron en círculo con las espadas apuntando hacia el exterior, intentando matar a aquellas pestes malignas antes de que pudieran acercarse a su barrera. Pero las serpientes y los escorpiones parecían más atraídos por el agua que por ellos, y en cuanto hubieron bebido se retiraron poco a poco, encavándose en algunas hendiduras del terreno.
A medianoche, mientras ya pensaban poder conciliar el sue-

ño, llegaron unas serpientes crestadas, cada una con dos o tres cabezas. Con sus escamas barrían el suelo y entre sus fauces abiertas de par en par vibraban tres lenguas. Su hedor se percibía en una milla y se tenía la impresión de que sus ojos, que destellaban a la luz lunar, esparcían veneno, como por otra parte le sucede al basilisco... Combatieron durante una hora, porque aquellos animales eran más agresivos que los otros, y quizá buscaban carne. Mataron algunos y sus compañeros se abalanzaron sobre los cadáveres, haciendo de ellos su festín y olvidándose de los hombres. Ya se habían convencido de que habían escampado ese peligro cuando, después de las serpientes, llegaron unos cangrejos, más de cien, cubiertos de escamas de cocodrilo, y con su coraza repelían los golpes de las espadas. Hasta que Colandrino tuvo una idea dictada por la desesperación: se acercaba a uno de ellos, le daba una patada violenta justo debajo del vientre y el cangrejo caía sobre el dorso agitando sus pinzas como desesperado. Así pudieron rodearlos, cubrirlos con ramas y darles fuego. Se dieron cuenta de que, una vez privados de su coraza, estaban incluso buenos y podían comérselos: durante dos días tuvieron una provisión de carne dulce y estropajosa, pero, en resumidas cuentas, muy rica y nutritiva.

Otra vez, se encontraron de verdad con el basilisco, y era igual a como lo habían trasmitido tantos y tantos relatos, sin duda verdaderos. Había salido de un peñasco rompiendo la roca, como ya había advertido Plinio. Tenía la cabeza y las garras de gallo, y en lugar de cresta una excrescencia roja, en forma de corona, ojos amarillos y saltones como los del sapo, cuerpo de serpiente. Era de un verde esmeralda, con reflejos plateados, y a primera vista parecía casi hermoso, pero se sabía que su aliento puede emponzoñar a un animal o a un ser humano, y ya desde lejos se advertía su horrible fetidez.

–¡No os acerquéis –gritó Solomón– y, sobre todo, no lo miréis a los ojos porque de ellos emana un poder venenoso!

El basilisco se arrastraba hacia ellos, el olor se volvía aún más insoportable, hasta que a Baudolino se le ocurrió que había una manera para matarlo.

–¡El espejo, el espejo! –gritó a Abdul.

Éste le dio el espejo de metal que había recibido de los gimnosofistas. Baudolino lo cogió, y con la mano derecha lo mantenía delante de sí, como un escudo dirigido hacia el monstruo, mientras con la izquierda se cubría los ojos para sustraerse a esa mirada, y medía sus pasos según lo que veía por el suelo. Se paró delante de la bestia, extendió aún más el espejo. Atraído por esos reflejos, el basilisco levantó la cabeza y fijó sus ojos de batracio justo sobre la superficie reluciente, emitiendo su aliento atrocísimo. Pero enseguida tembló todo él, parpadeó sus párpados morados, lanzó un grito terrible y cayó muerto. Todos, entonces, se acordaron de que el espejo remite al basilisco tanto la potencia de su mirada como el flujo del aliento que emite, y es víctima él mismo de estos dos prodigios.

–Estamos ya en una tierra de monstruos –dijo sobremodo contento el Poeta–. El reino se acerca cada vez más.

Baudolino no comprendía ya si, a esas alturas, diciendo «el reino» pensaba todavía en el del Preste o en el suyo propio, venidero.

Así, encontrando hoy hipopótamos antropófagos, mañana murciélagos más grandes que palomas, llegaron a un pueblecito entre los montes, a cuyos pies se extendía una llanura con escasos árboles que desde cerca parecía sumergida por una niebla ligera, aunque luego la niebla se volvía cada vez más densa, para convertirse gradualmente en una nube oscura e impenetrable, y transformarse en el horizonte en una franja muy negra que contrastaba con las franjas rojas del ocaso.

Los habitantes eran cordiales, pero, para aprender su lengua, hecha toda ella de sonidos guturales, le hicieron falta a Baudolino algunos días, en el transcurso de los cuales se les dio hospitalidad y se les alimentó con la carne de ciertas liebres monteses, que abundaban entre esas rocas. Cuando fue posible entenderles, dijeron que a los pies del monte empezaba la vasta provincia de Abcasia, que tenía esta característica: era una selva única e inmensa donde reinaba siempre la oscuridad más profunda, pero no como si fuera de noche, que por lo menos llega luz del cielo estrellado, sino una oscuridad cerrada, como si uno estuviese en el fondo de una caverna con los ojos vendados. Aquella provin-

cia sin luz estaba habitada por los abcasios, que vivían perfectamente, como les sucede a los ciegos en los lugares donde han
crecido desde la infancia. Parecía que se orientaban con el oído
y el olfato, pero nadie sabía cómo eran, porque nunca nadie había osado aventurarse allá adentro.

Preguntaron si había otros modos de seguir hacia oriente, y
aquéllos dijeron que sí, que bastaba con rodear Abcasia y su selva, pero eso, como transmitían antiguos relatos, habría llevado
más de diez años de viaje, porque la selva oscura se extendía por
ciento y doce mil *salamocs*, y fue imposible entender lo largo que
era un *salamoc* para ellos, pero desde luego más de una milla, de
un estadio, de una parasanga.

Iban a rendirse, cuando el Porcelli, que había sido siempre el
más silencioso de la caravana, recordó a Baudolino que ellos, los
de la Frascheta, estaban acostumbrados a caminar en medio de
brumazones que se cortaban con un cuchillo, que eran peores
que una oscuridad total, porque en aquel gris se veían surgir, por
engaño de los ojos cansados, formas que no existían en el mundo, por lo cual, también donde habrías podido seguir adelante, te
tenías que parar, y, si cedías al espejismo, cambiabas de camino
y te caías por un precipicio.

–¿Y qué haces en la niebla de nuestras contradas –decía–, si no
es ir a bulto, por instinto, a ojo de buen cubero, como hacen los
murciélagos que son más ciegos que los ciegos, donde tampoco
puedes seguir tu olfato, porque la niebla te entra por las narices
y el único olor que notas es el suyo, el de la niebla? Así pues
–concluyó–, si estás acostumbrado a la niebla, la noche cerrada
es como ir de día.

Los otros alejandrinos estuvieron de acuerdo, y fueron, por lo
tanto, Baudolino y sus cinco compaisanos los que condujeron al
grupo, mientras los demás se ataron a sus caballos uno a uno y
los seguían confiando en la buena ventura.

Al principio, iban como las propias rosas, porque les parecía
estar de verdad en las nieblas de su tierra, pero al cabo de algunas horas fueron tinieblas sin más. Los guías aguzaban las orejas para oír un ruido de frondas y, cuando ya no lo oían, deducían
que habían entrado en un claro. Los habitantes del pueblo habían
dicho que en aquellas tierras soplaba siempre un viento fuertísi-
mo de sur a norte y, por consiguiente, de vez en cuando Baudo-

lino se humedecía un dedo, lo alzaba por los aires, percibía de dónde venía el viento y doblaba hacia oriente.

Se daban cuenta de que era de noche porque el aire se enfriaba, y entonces se paraban a descansar. Decisión inútil, había dicho el Poeta, porque en un lugar así puedes descansar perfectamente también de día. Pero Ardzrouni hizo observar que, cuando hacía frío, no se oían ya rumores de animales, y se volvían a oír, sobre todo el canto de los pájaros, cuando llegaban las primeras tibiezas. Signo de que todos los seres vivos medían, en Abcasia, la jornada según el alternarse del frío y del calor, como si se tratara de la aparición de la luna o del sol.

Durante largos días no advirtieron presencias humanas. Acabadas las provisiones, extendían las manos hasta tocar las ramas de los árboles, y las palpaban una a una, a veces durante horas, hasta que encontraban un fruto, que comían confiando en que no fuera venenoso. A menudo era el perfume penetrante de alguna maravilla vegetal la que daba a Baudolino (que tenía el olfato más fino de todos) el indicio para seguir adelante, o girar a la derecha o a la izquierda. Con el pasar de los días nuestros amigos se fueron volviendo cada vez más agudos. Aleramo Scaccabarozzi alias el Chula tenía un arco, y lo tendía hasta que oía aletear ante sí a algún pájaro menos rápido y quizá menos volátil, como las gallinas de nuestras tierras. Disparaba el dardo, y la mayoría de las veces, guiados por un grito o un aleteo frenético de alas moribundas, agarraban la presa, la desplumaban y la cocinaban en un fuego de frascas. Lo más estupefaciente era que, frotando piedras, podían encender la leña: la llama se alzaba, roja como es debido, pero no iluminaba nada, ni siquiera a los que estaban a su lado, y luego se interrumpía en el punto donde, ensartado en una rama, ponían a asar el animal.

No era difícil encontrar agua, porque muy a menudo se advertía el gorgoteo de alguna fuente o arroyo. Avanzaban con mucha lentitud, y una vez se dieron cuenta de que, después de dos días de viaje, habían regresado al lugar de donde habían salido, porque junto a un pequeño curso de agua, tanteando por los alrededores, encontraron los rastros de su campo anterior.

Por fin advirtieron la presencia de los abcasios. Oyeron primero unas voces, como unos susurros, por doquier, y eran voces excitadas, aunque bastante quedas, como si los habitantes de la selva estuvieran señalándose unos a otros a aquellos visitadores

inesperados y nunca vistos; o mejor, nunca oídos. El Poeta lanzó
un grito fortísimo, y las voces se apagaron, mientras un agitarse
de hierbas y de ramas decía que los abcasios huían atemorizados.
Pero luego volvieron, y reanudaron sus susurros, cada vez más
sorprendidos por esa invasión.

Una vez, el Poeta se sintió acariciar por una mano, o por una
extremidad pelosa, agarró de golpe algo, y se oyó un grito de terror. El Poeta soltó la presa, y las voces de los nativos se alejaron
un poco, como si hubieran ampliado su círculo para mantenerse a la debida distancia.

No sucedió nada durante algunos días. El viaje seguía y los
abcasios los acompañaban, y quizá no eran los mismos de la primera vez, sino otros que habían sido advertidos de su paso. Y en
efecto, una noche (¿noche?) habían oído a lo lejos como un redo-
ble de tambores, o como si alguien golpeara un tronco de árbol
hueco. Era un ruido suave, pero se difundía por todo el espacio
a su alrededor, quizá por millas, y comprendieron que con ese
sistema los abcasios se mantenían informados, a distancia, de lo
que sucedía en su selva.

Con el tiempo se habían acostumbrado a aquella compañía
invisible. E iban acostumbrándose cada vez más a la oscuridad,
tanto que Abdul, que había sufrido mucho por los rayos del sol,
decía que se sentía mejor, casi sin fiebre, y había vuelto a sus
canciones. Una tarde (¿tarde?) mientras se calentaban en torno
al fuego, cogió de la silla su instrumento, y volvió a cantar:

*Triste y feliz llego al fin del camino*
*pues ver espero al amor mío lejano.*
*Mas quién sabe si podré, que es extraño:*
*contramano vago siempre y lejano.*
*Es áspero el paso y tan peregrino*
*que nunca podré saber mi destino.*
*Hágase del Señor la voluntad.*

*Qué gran gozo me será, como imploro*
*por amor de Dios, su albergue lejano.*
*Si a ella le place, será mi socorro*
*estar a su lado, yo tan lejano.*
*Dulces palabras oirá la que adoro,*

*alegre solaz seré a su decoro,*
*pues no cabré en mí de estar tan cercano.*

Se dieron cuenta de que los abcasios, que hasta entonces habían susurrado sin parar, se habían callado. Habían escuchado en silencio el canto de Abdul, luego habían intentado responder: se oían cien labios (¿labios?) que silbaban, modulaban el viento con gracia, como mirlos amables, repitiendo la melodía que Abdul había tocado. Encontraron así un entendimiento sin palabras con sus anfitriones, y en las noches siguientes se entretuvieron unos a otros, los unos cantando y los otros que parecían tocar flautas. Una vez, el Poeta entonó burdamente una de aquellas canciones de taberna que en París hacían ruborizarse incluso a las siervas, y Baudolino le siguió. Los abcasios no respondieron, pero después de un largo silencio uno o dos de ellos volvieron a entonar las melodías de Abdul como para decir que ésas eran buenas y gustaban, no las otras. Por lo cual manifestaban, como observaba Abdul, dulzura de sentimientos y capacidad de discernir la buena de la mala música.

Con eso de ser el único autorizado a «hablar» con los abcasios, Abdul se sentía renacido. Estamos en el reino de la ternura, decía, y, por lo tanto, cerca de mi meta. Venga, vamos. No, contestaba el Boidi, fascinado, ¿por qué no nos quedamos aquí? ¿Hay quizá algún lugar más bello en el mundo, donde incluso si hay algo feo no lo ves?

También Baudolino pensaba que, después de haber visto tantas cosas en el vasto mundo, aquellos largos días pasados a oscuras lo habían apaciguado consigo mismo. En la oscuridad volvía a sus recuerdos, pensaba en su adolescencia, en su padre, en su madre, en Colandrina dulcísima e infeliz. Una noche (¿una noche? Sí, porque los abcasios callaban durmiendo), no pudiendo conciliar el sueño, se movió tocando con las manos las ramas de los árboles, como si buscara algo. Encontró un fruto, suave al tacto y olorosísimo. Lo cogió y le hincó el diente, y se sintió invadir por una repentina languidez, que ya no sabía si soñaba o estaba despierto.

De pronto vio, o mejor oyó cerca, como si la viera, a Colandrina.

–Baudolino, Baudolino –lo llamaba con voz adolescente–, no te pares aunque ahí parezca todo tan hermoso. Tienes que llegar al reino de ese Preste que me decías y entregarles esa copa, si no, ¿quién hace duque a nuestro Baudolinito Colandrinín? Dame esa alegría, que aquí no se está mal, pero te echo mucho de menos.

–Colandrina, Colandrina –gritaba Baudolino, o creía gritar–, calla, tú eres una larva, un engaño, ¡el fruto de ese fruto! ¡Los muertos no vuelven!

–Normalmente no –contestaba Colandrina–, pero yo he insistido mucho. He dicho, vamos, me habéis dado sólo una estación con mi hombre, sólo un poquitín. Hacedme este santo favor, si tenéis un corazón también vosotros. Aquí estoy bien, y veo a la Santísima Virgen y a todos los santos, pero echo de menos las caricias de mi Baudolino, que me entraban las esgrisolillas. Me han dado poco tiempo, sólo para darte un besito. Baudolino, no te detengas a lo largo del camino con las mujeres de esos lugares, que a lo mejor tienen enfermedades feas que ni yo me sé. Échate los pies al hombro y camina hacia el sol.

Desapareció, mientras Baudolino notaba un toque suave en la mejilla. Se despertó de su duermevela, tuvo sueños tranquilos. El día siguiente dijo a sus compañeros que tenían que seguir.

Después de muchos días y días más divisaron una claridad, un titilar lechoso. La oscuridad se estaba transformando de nuevo en el gris de una bruma espesa y continua. Se dieron cuenta de que los abcasios que los acompañaban se habían detenido, y los saludaban silbando. Los oyeron parados en el borde de un claro, en los límites de esa luz que sin duda temían, como si estuvieran agitando las manos, y por la suavidad de sus sonidos se dieron cuenta de que estaban sonriendo.


Pasaron a través de la niebla, luego vieron de nuevo la luz del sol. Quedaron como deslumbrados, y Abdul volvió a estremecerse con temblores febriles. Pensaban que después de la prueba de Abcasia habrían entrado en las tierras deseadas, pero tuvieron que enmendarse.

Inmediatamente volaron por encima de sus cabezas pájaros con el rostro humano que gritaban:

–¿Qué suelo holláis? ¡Volved atrás! ¡No se puede violar la tierra de los Beatos! ¡Volved atrás a hollar la tierra que se os ha dado!

El Poeta dijo que se trataba de una brujería, quizá era una de las maneras en que se protegía la tierra del Preste, y los convenció para que siguieran adelante.

Después de algunos días de camino por un pedregal donde no había ni un asomo de brizna de hierba, vieron salir a su encuentro tres animales. Uno era ciertamente un gato, con el lomo curvado, el pelo hirsuto y los ojos como dos tizones encendidos. El otro tenía una cabeza de león, que rugía, el cuerpo de cabra y los cuartos posteriores de dragón, pero en el lomo caprino se elevaba una segunda cabeza cornuda y veladora. La cola era una serpiente, que se erguía siseando para amenazar a los presentes. El tercer animal tenía cuerpo de león, cola de escorpión y cabeza casi humana, con ojos azules, una nariz bien dibujada y una boca abierta de par en par en la que se divisaba, arriba y abajo, una triple fila de dientes, afilados como cuchillos.

El animal que más les preocupó de buenas a primeras fue el gato, notoriamente mensajero de Satanás y doméstico sólo de nigromantes, entre otras cosas porque te puedes defender de cualquier monstruo, pero no del gato, que antes de que hayas sacado la espada, te salta a la cara y te araña los ojos. Solomón murmuraba que no había que esperarse nada bueno de un animal que el Libro de los Libros nunca había mencionado; Boron dijo que el segundo animal era sin duda una quimera, el único que, si existiera el vacío, podría cruzarlo en vuelo, zumbando, y succionar los pensamientos de los seres humanos. Para el tercer animal no cabían dudas, y Baudolino lo reconoció como un mantícora, no distinto de la bestia leucrocota de la que tiempo atrás (¿cuánto ya?) escribiera a Beatriz.

Los tres monstruos avanzaban hacia ellos: el gato con ágiles pasos sigilosos, los otros dos con igual determinación, pero un poco más lentos, por la dificultad que tiene un animal triforme de adaptarse al movimiento de complexiones tan distintas.

El primero en tomar la iniciativa fue Aleramo Scaccabarozzi alias el Chula, que no se separaba ya de su arco. Disparó una flecha justo en medio de la cabeza del gato, que cayó al suelo exánime. A la vista de aquello, la quimera dio un salto hacia delante. Con valor, el Cùttica de Quargnento, gritando que en su casa había sabido sosegar a toros en celo, se adelantó para traspasarla, pero inopinadamente el monstruo dio un salto, se le echó encima y estaba hincándole sus fauces leoninas cuando acudieron el Poeta, Baudolino y Colandrino a hartar de estocadas a la fiera, hasta que soltó la presa y rodó por los suelos.

Mientras tanto, había atacado el mantícora. Lo afrontaron Boron, Kyot, el Boidi y el Porcelli; mientras Solomón le tiraba piedras murmurando maldiciones en su lengua santa, Ardzrouni se retraía, negro también de terror, y Abdul permanecía tirado por los suelos, agarrotado, presa de temblores más intensos. El animal pareció considerar la situación con astucia humana y bestial al mismo tiempo. Con inesperada agilidad esquivó a los que se le plantaban delante y, antes de que pudieran herirla, se había arrojado ya sobre Abdul, incapaz de defenderse. Con sus triples dientes lo mordió en una escápula y no soltó su presa cuando los demás acudieron a liberar a su compañero. Aullaba bajo los golpes de sus espadas, pero sujetaba firmemente el cuerpo de Abdul, que manaba sangre por un herida que se iba agrandando cada vez más. Por fin, el monstruo no pudo sobrevivir a los golpes que le infligían cuatro adversarios enfurecidos, y con un horrible estertor se apagó. Pero se necesitaron muchos esfuerzos para abrirle las fauces y liberar a Abdul de su tenaza.

Al final de aquella batalla, el Cùttica tenía un brazo herido, pero Solomón se lo estaba curando ya con un cierto ungüento suyo, diciendo que saldría del paso con poco. Abdul, en cambio, emitía débiles lamentos y perdía mucha sangre.

–Vendadlo –dijo Baudolino–, ¡con lo débil que estaba, no debe seguir sangrando!

Intentaron detener todos juntos ese flujo, usando sus ropas para taponar la herida, pero el mantícora había mordido en lo profundo de los miembros, hasta llegar quizá al corazón.

Abdul deliraba. Murmuraba que su princesa debía de estar muy cerca y no podía morirse en ese momento. Pedía que lo pusieran de pie, y tenían que contenerlo, porque estaba claro que el monstruo había infundido quién sabe qué veneno en sus carnes.

Creyendo en su mismo engaño, Ardzrouni sacó de la alforja de Abdul la cabeza del Bautista, rompió el sello, cogió el cráneo contenido en el relicario y se lo colocó entre las manos.

–Reza –le decía–, reza por tu salvación.

–Imbécil –le decía con desprecio el Poeta–, primero no te oye, y segundo ésa es la cabeza de quién sabe quién, que tú has recogido de algún cementerio desconsagrado.

–Cualquier reliquia puede hacer revivir el espíritu de un moribundo –decía Ardzrouni.

Entrada la tarde, Abdul no veía ya nada, y preguntaba si estaban de nuevo en la selva de Abcasia. Comprendiendo que estaba llegando el momento supremo, Baudolino se decidió –como era habitual, por ser de corazón– y consumó otra mentira.

–Abdul –le dijo–, ahora estás en el colmo de tus deseos. Has llegado al lugar que anhelabas, sólo tenías que superar la prueba del mantícora. Mira, tu señora está delante de ti. En cuanto ha sabido de tu amor desventurado, ha acudido corriendo desde los últimos confines de la tierra beatífica donde vive, subyugada y conmovida por tu devoción.

–No –dijo en un estertor Abdul–, no es posible. ¿Viene ella a verme y no voy yo? ¿Cómo podré sobrevivir a tanta gracia? Decidle que espere; incorporadme, os lo ruego, que pueda moverme para rendirle homenaje...

–Tranquilo, amigo mío, si así lo ha decidido ella, debes doblegarte a su deseo. Mira, abre los ojos, se está inclinando sobre ti.

Y mientras Abdul levantaba los párpados, Baudolino ofreció a esa mirada, ya ofuscada, el espejo de los gimnosofistas, donde el moribundo divisó, quizá, la sombra de un semblante que no le resultaba desconocido.

–Te veo, señora mía –dijo con un hilo de voz–, por primera y última vez. No creía merecer tanto gozo. Pero yo temo que tú me ames, y eso podría saciar mi pasión... Oh no, princesa, tú ahora haces demasiado, ¿por qué te inclinas para besarme?

Y acercaba los labios temblorosos al espejo.

–¿Qué siento ahora? ¿Pena por el final de mi búsqueda o placer por la conquista inmerecida?

–Te amo, Abdul, y eso te baste –tuvo corazón para susurrar Baudolino al oído de su amigo que expiraba.

Y Abdul sonrió.

–Sí, me amas y eso me ha de bastar. ¿No es lo que siempre he deseado, aunque alejaba el pensamiento por miedo de que sucediera? ¿O lo que no quería, por miedo de que no fuera como había esperado? Pero ahora no podría desear más. Qué bella eres, princesa mía, y qué rojos son tus labios... –había dejado rodar por los suelos el falso cráneo del Bautista, había agarrado con manos temblorosas el espejo, y con los labios se estiraba para acariciar, sin conseguirlo, la superficie empañada por su aliento–. Hoy celebramos una muerte alborozada, la de mi dolor. Dulce señora, tú has sido mi sol y mi luz; donde pasabas era primavera, y en mayo eras la luna que encantaba mis noches. –Por un instante se rehízo y dijo, temblando–: Pero ¿acaso es un sueño?

–Abdul –le susurró Baudolino, recordando unos versos que un día les había cantado–, ¿qué es la vida sino la sombra de un sueño que se escapa?

–Gracias, amor mío –dijo Abdul.

Hizo el último esfuerzo, mientras Baudolino le levantaba la cabeza, y besó tres veces el espejo. Luego dobló el rostro ya exangüe, céreo e iluminado por la luz del sol que se ponía en la pedrera.

Los alejandrinos cavaron una fosa. Baudolino, el Poeta, Boron y Kyot, que lloraban a un amigo con el que habían compartido todo desde los años de la juventud, bajaron el pobre despojo a la tierra, le pusieron sobre el pecho ese instrumento que no volvería a cantar ya las alabanzas de la princesa lejana y le cubrieron el rostro con el espejo de los gimnosofistas.

Baudolino recogió el cráneo y la teca dorada, luego fue a coger la alforja del amigo, donde encontró un rollo de pergamino con sus canciones. Iba a meter también el cráneo del Bautista, que había colocado en el relicario, luego se dijo:

–Si va al Paraíso, como espero, no lo necesitará, porque encontrará al Bautista, al verdadero, con cabeza y todo lo demás. En cualquier caso, mejor que por esos sitios no le encuentren una reliquia que más falsa es imposible. Ésta la cojo yo y, si algún día la vendo, usaré el dinero para hacerte, si no un sepulcro, por lo menos una lápida en una iglesia cristiana.

Cerró el relicario, recomponiendo como pudo el sello, junto con el suyo, en su alforja. Por un instante tuvo la sospecha de estarle robando a un muerto, pero decidió que en el fondo estaba tomando prestado algo que habría devuelto de otra manera. Y, de todas formas, no les dijo nada a los demás. Recogió el resto en la alforja de Abdul y fue a depositarla en el sepulcro.

Llenaron la fosa y plantaron, como si fuera una cruz, la espada del amigo. Baudolino, el Poeta, Boron y Kyot se arrodillaron en oración, mientras un poco separado Solomón murmuraba unas letanías que se usan entre los judíos. Los demás se quedaron un poco atrás. El Boidi iba a pronunciar un sermón, luego se limitó a decir:

–¡Vaya!

–Y pensar que hace pocos minutos todavía estaba ahí –observó el Porcelli.

–Hoy aquí, mañana allí –dijo Aleramo Scaccabarozzi alias el Chula.

–Mira que tocarle a él –dijo el Cùttica.

–Es el destino –concluyó Colandrino que, aunque joven, era muy sabio.

# 28

# Baudolino cruza el Sambatyón

–¡Aleluya! –exclamó al cabo de tres días de marcha Nicetas–. Allá está Selimbria, adornada de trofeos.

Y de trofeos estaba realmente adornada, aquella ciudad con casas bajas y calles desiertas, porque –como supieron después– el día siguiente se celebraba la fiesta de algún santo o arcángel. Los habitantes habían engalanado también una alta columna blanca que se erguía en un campo en los límites de la población, y Nicetas le explicaba a Baudolino que en la cima de aquella columna, siglos y siglos antes, había vivido un ermitaño, que no había vuelto a bajar sino muerto, y desde allá arriba había obrado numerosos milagros. Pero los hombres de ese temple ya no existían, y quizá también ésa era una de las razones de las desgracias del imperio.

Se dirigieron enseguida a la casa del amigo en quien confiaba Nicetas, y el tal Teofilacto, hombre de edad, hospitalario y jovial, los acogió con afecto verdaderamente fraterno. Se informó de sus desventuras, lloró con ellos por Constantinopla destruida, les enseñó la casa con muchas habitaciones libres para toda la brigada de huéspedes, los reconfortó al punto con un vino joven y una generosa ensalada con aceitunas y queso. No eran los manjares a los que estaba acostumbrado Nicetas, pero aquella comida campestre fue más que suficiente para olvidar las incomodidades del viaje y la casa lejana.

–Quedaos en casa durante unos días sin salir –aconsejó Teofilacto–. Aquí han llegado ya muchos refugiados desde Constantinopla, y esta gente nuestra nunca ha ido de acuerdo con los de la capital. Ahora llegáis vosotros, pidiendo limosna, vosotros que os dabais aires de grandeza, dicen. Y por un trozo de pan quieren su peso en oro. Pero ojalá fuera tan sólo eso. Han ido llegando, desde hace tiempo, peregrinos. Ya antes eran prepotentes, imaginaos ahora que han sabido que Constantinopla es suya y que uno de sus jefes se convertirá en el basileo. Van por ahí vestidos con trajes de gala que han robado a alguno de nuestros funcionarios, les ponen a sus caballos las mitras cogidas en las iglesias, y cantan nuestros himnos en un griego que se inventan ellos, mezclando quién sabe qué palabras obscenas de su lengua; cocinan sus comidas en nuestros receptáculos sagrados y salen de paseo con sus putas vestidas como grandes damas. Antes o después pasará también esto pero, por ahora, quedaos tranquilos en mi casa.

Baudolino y Nicetas no podían estar más de acuerdo. En los días que siguieron, Baudolino siguió contando bajo los olivos. Tenían vino fresco y aceitunas, aceitunas y más aceitunas que saboreaban para despertar las ganas de seguir bebiendo. Nicetas estaba ansioso por saber si por fin habían llegado al reino del Preste Juan.

Sí y no, le dijo Baudolino. En cualquier caso, antes de decir dónde habían llegado, era preciso cruzar el Sambatyón. Y empezó a narrar sin pérdida de tiempo aquella aventura. Así como había sido tierno y pastoral cuando había relatado la muerte de Abdul, fue épico y majestuoso cuando refirió de aquel vado. Signo, pensaba una vez más Nicetas, de que Baudolino era como aquel extraño animal, del cual él –Nicetas– sólo había oído hablar, pero que Baudolino incluso había visto, llamado camaleón, parecido a una cabra pequeñísima, que cambia de color según el lugar en que se encuentre, y puede variar del negro al verde tierno, y solo el blanco, color de la inocencia, le está vedado adoptar.


Tristes por la desaparición de su compañero, los viajeros habían retomado su camino y de nuevo se habían encontrado al principio de una zona montañosa. Mientras procedían, primero habían oído un ruido lejano, luego un restallido, un fragor que se iba haciendo más evidente y neto, como si alguien arrojara una gran cantidad de piedras y peñascos desde las cumbres, y el alud arrastrara consigo tierra y pedruscos retumbando hacia el valle. Luego habían divisado un polvillo fino, como una bruma o neblina, pero a diferencia de una gran masa de humedad, que habría ofuscado los rayos del sol, esta masa remitía una miríada de reflejos, como si los rayos solares se reflejaran en un mariposeo de átomos minerales.

En un momento dado, el rabí Solomón (fue el primero) comprendió:

–¡Es el Sambatyón –gritó–, estamos cerca de la meta, pues!

Era de verdad el río de piedra, y se dieron cuenta de ello cuando llegaron cerca de sus orillas, trastornados por el gran estruendo que casi les impedía escuchar las palabras de los demás. Era un fluir majestuoso de macizos y terruños, que corría sin pausas, y se podían divisar, en aquella corriente de grandes rocas sin forma, losas irregulares, cortantes como cuchillas, amplias como piedras sepulcrales, y entre una y otra, grava, fósiles, cimas, escollos y espolones.

A igual velocidad, como empujados por un viento impetuoso, fragmentos de travertino rodaban unos sobre otros, grandes fallas se deslizaban por encima, para luego disminuir su ímpetu cuando rebotaban en riadas de guijarros, mientras cantos ya redondos, pulidos como por el agua por ese deslizamiento suyo entre roca y roca, brincaban por los aires, caían con ruidos secos y eran atrapados por esos remolinos que ellos mismos creaban al chocar los unos con los otros. En medio y por encima de ese encabalgarse de moles minerales, se formaban rebufos de arena, ráfagas de yeso, nubes de deyecciones, espumas de piedra pómez, regueros de calcina.

Acá y allá salpicaduras de escayola, pedreas de carbones, recaían en la orilla, y los viajeros debían cubrirse a veces la cara para no quedar desfigurados.

–¿Qué día es hoy? –gritaba Baudolino a sus compañeros.

Y Solomón, que llevaba las cuentas de cada sábado, recordaba que la semana acababa de empezar, y para que el río detuviera su curso era preciso esperar por lo menos seis días.

–Y además, cuando se para, no es posible atravesarlo, violando el precepto sabático –se desgañitaba trastornado–. Pero ¿por qué el Santo, que sea bendito por siempre, no ha querido en su sabiduría que este río se parara el domingo, que al fin y al cabo vosotros los gentiles sois unos descreídos y el reposo festivo os lo pasáis por debajo de las suelas de los zapatos?

–Tú no pienses en el sábado –gritaba Baudolino–, que si el río se parara, sabría perfectamente cómo hacértelo cruzar sin que cometieras pecado. Bastará con cargarte en una mula mientras duermes. El problema es que tú mismo nos has dicho que, cuando el río se detiene, surge una barrera de llamas a lo largo de las orillas, y estamos en el punto de antes... Así que es inútil esperar aquí seis días. Vayamos hacia el manantial, y puede ser que haya un paso antes de que el río nazca.

–¿Cómo, cómo? –vociferaban sus compañeros, que no conseguían entender nada.

Pero luego viéndolo encaminarse lo seguían, conjeturando que quizá había tenido una buena idea. Y, en cambio, fue pésima, porque cabalgaron durante seis días, viendo sí que el lecho se restringía y el río iba convirtiéndose en un torrente y luego arroyo, pero sin llegar a la fuente hasta el quinto día, cuando ya desde el tercero se había visto surgir en el horizonte una cadena inaccesible de montes altísimos, que al final señoreaban sobre los viajeros, casi impidiéndoles la vista del cielo, encerrados como estaban en una vereda cada vez más estrecha y sin salida alguna, desde donde, arriba en las alturas, se divisaba sólo un celaje apenas luminoso que se recomía las cimas de aquellas cumbres.

Aquí, entre dos montes, se veía nacer el Sambatyón de una hendidura, casi una herida: un rebullir de arenisca, un borbotear de toba, un gotear de limo, un repiquetear de esquirlas, un borbollar de tierra que se condensa, un rebosar de terrones, una lluvia de arcillas, se iban transformando poco a poco en un flujo más constante, que empezaba su viaje hacia algún infinito océano de arena.

Nuestros amigos emplearon un día en intentar rodear las montañas y buscar un paso río arriba del manantial, pero en vano. Es más, les amenazaron repentinas morenas que iban a hacerse añicos ante los cascos de sus caballos, tuvieron que tomar un camino más tortuoso, les sorprendió la noche en un lugar donde de vez en cuando rodaban desde la cima bloques de azufre vivo; más adelante, el calor se volvió insoportable y comprendieron que, de seguir adelante, aunque hubieran encontrado la manera de atravesar las montañas, una vez acabada el agua de sus cantimploras en aquella naturaleza muerta no habrían encontrado forma alguna de humedad, y se decidieron a dar marcha atrás. Salvo que descubrieron que se habían perdido en aquellos meandros, y tardaron otro día más en dar con el manantial.

Llegaron cuando, según los cálculos de Solomón, el sábado había pasado y, de haberse parado el río, ya había reanudado su curso, por lo que era preciso esperar otros seis días. Profiriendo exclamaciones que desde luego no les garantizaban la benevolencia del cielo, decidieron entonces seguir el río, con la esperanza de que, abriéndose en una desembocadura, o delta, o estuario, se transformara en un desierto más reposado.

Viajaron, pues, durante algunas albas y algunos atardeceres, separándose de las orillas para encontrar zonas más acogedoras, y el cielo debía de haberse olvidado de sus improperios, porque encontraron un pequeño oasis con alguna espesura y un venero de agua harto avaro, pero suficiente para darles alivio y provisión durante algunos días más. Luego siguieron, siempre acompañados por el mugir del río, bajo cielos ardientes, estriados de vez en cuando por nubes negras, finas y planas como las piedras del Bubuctor.

Hasta que, después de casi cinco días de viaje, y de noches bochornosas como el día, se dieron cuenta de que el continuo retrueno de aquella marea se estaba transformando. El río había ganado más velocidad, se dibujaban en su curso una suerte de corrientes, rápidos que arrastraban trozos de basalto como pajillas, se oía una especie de trueno lejano... Luego, cada vez más impetuoso, el Sambatyón se dividía en una miríada de riachuelos, que se introducían entre pendientes montañosas como los dedos de la mano en un grumo de fango; a veces una oleada se sumía en una gruta para luego salir con un rugido de una especie de paso rocoso que parecía transitable y arrojarse rabiosamente río abajo. Y de golpe, después de un amplio rodeo que se vieron obligados a hacer porque las orillas mismas se habían vuelto impracticables, golpeadas por torbellinos de gravilla, una vez alcanzada la cima de una planicie, vieron cómo el Sambatyón, a sus pies, se anulaba en una especie de garganta del Infierno.

Eran unas cataratas que se precipitaban desde decenas de imbornales rupestres, dispuestos en anfiteatro, en un desmedido torbellino final, un regurgitar incesante de granito, una vorágine de brea, una resaca única de alumbre, un rebullir de esquisto, un repercutirse de azarnefe contra las orillas. Y por encima de la materia que la tolvanera eructaba hacia el cielo, pero más abajo con respecto a los ojos de quien mirara como desde lo alto de una torre, los rayos del sol formaban sobre esas gotitas silíceas un inmenso arco iris que, al reflejar cada cuerpo los rayos con un esplendor distinto según su propia naturaleza, tenía muchos más colores que los que se solían formar en el cielo después de una tormenta, y a diferencia de aquéllos, parecía destinado a brillar eternamente sin disolverse jamás.

Era un rojear de hematites y cinabrio, un titilar de atramento cual acero, un trasvolar de pizcas de oropimente del amarillo al naranja flamante, un azular de armeniana, un blanquear de conchas calcinadas, un verdear de malaquitas, un desvanecerse de litargirio en azafranes cada vez más pálidos, un repercutir de rejalgar, un eructar de terruño verduzco que palidecía en polvo de crisocola y emigraba en matices de añil y violeta, un triunfo de oro musivo, un purpurear de albayalde quemado, un llamear de sandáraca, un irisarse de greda argentada, una sola transparencia de alabastros.

Ninguna voz humana podía oírse en ese clangor, ni los viajeros tenían deseos de hablar. Asistían a la agonía del Sambatyón, que se enfurecía por tener que desaparecer en las entrañas de la tierra, e intentaba llevar consigo cuanto tenía a su alrededor, rechinando sus piedras para expresar toda su impotencia.

Ni Baudolino ni los suyos se habían dado cuenta del tiempo que habían pasado admirando las iras del precipicio donde el río se sepultaba sin quererlo, pero debían de haberse entretenido bastante, y había llegado el ocaso del viernes y, por lo tanto, el principio del sábado, porque de golpe, como obedeciendo una orden, el río se había envarado en un rigor cadavérico y el torbellino del fondo del abismo se había transformado en un valle clástico e inerte sobre el cual se cernía, subitáneo y terrificante, un inmenso silencio.

Entonces habían esperado a que, según el relato que habían oído, se levantara a lo largo de las orillas una barrera de llamas. Pero no sucedió nada. El río callaba, el remolino de partículas que lo dominaba se había ido posando lentamente en su lecho, el cielo nocturno se había serenado, mostrando un resplandor de estrellas hasta entonces escondidas.

–Donde se ve que no siempre hay que prestar oídos a lo que

nos dicen –había concluido Baudolino–. Vivimos en un mundo donde la gente se inventa las historias más increíbles. Solomón, ésta la habéis hecho circular vosotros los judíos para impedir que los cristianos vengan por estos lugares.

Solomón no contestó, porque era hombre de rápida inteligencia, y en aquel momento había entendido cómo pensaba Baudolino hacerle cruzar el río.

–Yo no me duermo –dijo enseguida.

–No pienses en ello –contestó Baudolino–, descansa mientras nosotros buscamos un vado.

Solomón habría querido huir, pero el sábado no podía ni cabalgar ni mucho menos viajar por simas montañosas. Así pues, se quedó sentado toda la noche, dándose puñetazos en la cabeza y maldiciendo, junto a su suerte, a los malditos gentiles.

A la mañana siguiente, cuando los demás hubieron localizado un punto donde se podía cruzar sin riesgos, Baudolino volvió al lado de Solomón, le sonrió con afectuosa comprensión y lo golpeó con una porra justo detrás de la oreja.

Y así fue como el rabí Solomón, único entre todos los hijos de Israel, cruzó un sábado el Sambatyón, durmiendo.

# 29

# Baudolino llega a Pndapetzim

Atravesar el Sambatyón no quería decir haber llegado al reino del Preste Juan. Significaba simplemente que habían abandonado las tierras conocidas hasta donde habían llegado los viajeros más osados. Y, en efecto, nuestros amigos tuvieron que caminar aún durante muchos días y por tierras casi tan accidentadas como las riberas de aquel río de piedra. Luego habían llegado a una llanura que no se acababa nunca. Lejos en el horizonte se divisaba un relieve montañoso bastante bajo, pero abrupto de picos, finos como dedos, que le recordaron a Baudolino la forma de los Alpes –mucho más altos e imponentes– cuando de adolescente los había atravesado por su vertiente oriental para subir de Italia a Alemania.

El relieve estaba en el extremo horizonte, y en aquella llanura los caballos avanzaban con esfuerzo porque crecía por doquier una vegetación lozana, como un interminable campo de trigo maduro, salvo que se trataba de una suerte de helechos verdes y amarillos, más altos que un hombre, y aquella especie de fecundísima estepa se extendía hasta perderse en el horizonte, como un mar agitado por una brisa continua.

Atravesando un claro, casi una isla en ese mar, vieron que a lo lejos, en un solo punto, la superficie no se movía como una oleada uniforme, sino que se agitaba irregularmente, como si un animal, una liebre enorme, surcara las hierbas, pero se movía en curvas muy sinuosas y no en línea recta, a una velocidad superior a la de cualquier liebre, si es que lo era. Como nuestros aventureros se habían encontrado ya con bastantes animales, y de los que no inspiraban confianza, tiraron de las riendas, y se prepararon para una nueva batalla.

El bucle se les acercaba, y se oía un roce de helechos al mecerse. En los márgenes del claro las hierbas se apartaron por fin y apareció una criatura que las abría con las manos, como si fueran un cortinaje.

Eran manos y brazos, desde luego, los del ser que iba a su encuentro. Por lo demás, tenía una pierna, pero era la única. No es que fuera cojo, porque esa pierna se pegaba naturalmente al cuerpo como si no hubiera habido nunca lugar para la otra, y con el único pie de esa única pierna el ser corría con mucha desenvoltura, como si estuviera acostumbrado a moverse así desde su nacimiento. Es más, mientras se dirigía velocísimo hacia ellos, no consiguieron entender si avanzaba a saltos, o si conseguía dar, configurado de tal suerte, pasos, y su única pierna marchara adelante y atrás como nosotros hacemos con dos, y cada paso lo hiciera progresar. La rapidez con la que se movía era tal que no se conseguía discernir un movimiento del otro, como sucede con los caballos, que nunca nadie ha podido decir si hay un momento en el que los cuatro cascos se levantan del suelo o si apoyan al menos dos.

Cuando el ser se paró delante de ellos, vieron que su único pie tenía un tamaño por lo menos doble al de un pie humano, pero bien formado, con uñas cuadradas y cinco dedos que parecían todos dedos gordos, toscos y robustos.

En lo demás, el ser tenía la altura de un niño de diez o doce años, es decir, llegaba a la cintura de uno de ellos, tenía una cabeza bien hecha, con cortos cabellos amarillentos hirsutos en la cabeza, dos ojos redondos de buey afectuoso, una nariz pequeña y redondita, una boca ancha que le llegaba casi a las orejas, y que descubría, en lo que indudablemente era una sonrisa, una bella y robusta dentadura. Baudolino y sus amigos lo reconocieron enseguida, por haber leído y oído hablar tantas veces de él: era un esciápodo. Y, por otra parte, habían incluido esciápodos también en la carta del Preste.

El esciápodo siguió sonriendo, levantó ambas manos uniéndolas encima de la cabeza en señal de saludo y, erguido como una estatua sobre su único pie, dijo más o menos: *Aleichem sabì, Iani kalà bensor.*

–Ésta es una lengua que nunca he oído –dijo Baudolino. Luego, dirigiéndose a él en griego–: ¿Qué lengua estás hablando?

El esciápodo contestó en un griego muy suyo:

–Yo no sabe qué lengua hablaba. Yo creía vosotros extranjeros y hablaba lengua inventada como la lengua de extranjeros. Vosotros, en cambio, habla la lengua de Presbyter Johannes y de su Diácono. Yo saluda vosotros, yo es Gavagai, a vuestro servicio.

Viendo que Gavagai era inocuo, mejor dicho, benévolo, Baudolino y los suyos bajaron del caballo y se sentaron en el suelo, invitándole a que hiciera como ellos y ofreciéndole la poca comida que todavía tenían.

–No –dijo él–, yo dé gracias, pero yo ha comido muchísimo esta mañana.

Después hizo lo que, según toda buena tradición, debía esperarse de un esciápodo: primero se tumbó cuan largo era por el suelo, y luego levantó la pierna para hacerse sombra con el pie, puso las manos bajo la cabeza y de nuevo sonrió feliz, como si estuviera tumbado bajo una sombrilla.

–Poco de fresco va bien hoy, después tanta carrera. ¿Pero vosotros quién es? Pena, si vosotros era doce, vosotros era los santísimos Magos que vuelve, con un negro incluso. Pena que sólo es once.

–Una pena sí –dijo Baudolino–. Pero somos once. A ti once Magos no te interesan, ¿verdad?

–Once Magos no interesa nadie. Todas las mañanas en iglesia nosotros reza por regreso de doce. Si vuelve once, nosotros ha rezado mal.

–Aquí esperan de verdad a los Magos –murmuró el Poeta a Baudolino–. Habrá que encontrar una manera para dejar pensar que el duodécimo está por algún sitio.

–Pero sin nombrar nunca a los Magos –recomendó Baudolino–. Nosotros somos once, y el resto lo pensarán ellos por su cuenta. Si no, luego sucede que el Preste Juan descubre quiénes somos y hace que se nos coman sus leones blancos o cosas por el estilo.

Luego se dirigió de nuevo a Gavagai:

–Has dicho que eres un siervo del Presbyter. ¿Hemos llegado, pues, al reino del Preste Juan?

–Tú espera. Tú no puede decir: heme aquí en el reino del Presbyter Johannes, después que ha hecho algún poco camino. Si no, todos viene. Vosotros está en gran provincia del Diácono Johannes, hijo de Presbyter, y gobierna toda esta tierra que vosotros si quiere ir al reino de Presbyter puede pasar sólo por aquí. Todos los visitantes que viene tiene que esperar antes en Pndapetzim, gran capital del Diácono.

–¿Cuántos visitantes han llegado ya hasta aquí?

–Nadie. Vosotros es los primeros.

–¿De verdad que no ha llegado antes de nosotros un hombre con una barba negra? –preguntó Baudolino.

–Yo nunca ha visto –dijo Gavagai–. Vosotros es los primeros.

–Así pues, tendremos que esperar en esta provincia para aguardar a Zósimo –refunfuñó el Poeta–, y quién sabe si llegará. Quizá todavía esté en Abcasia, a tientas en la oscuridad.

–Sería peor si hubiera llegado y le hubiera entregado el Greal a esta gente –observó Kyot–. Pero sin Greal, ¿con qué nos presentamos nosotros?

–Calma, también la prisa requiere tiempo –dijo sabiamente el Boidi–. Ahora veamos qué encontramos acá y luego se nos ocurrirá algo.

Baudolino le dijo a Gavagai que con mucho gusto se habrían alojado en Pndapetzim, a la espera de su duodécimo compañero, que se había perdido durante una tormenta de arena en un desierto a muchos días de camino de donde estaban ahora. Le preguntó dónde vivía el Diácono.

–Allá, en su palacio. Yo lleva vosotros. Mejor dicho, yo primero dice mis amigos que vosotros llega, y cuando vosotros llega, vosotros os festeja. Huéspedes es don del Señor.

–¿Hay otros esciápodos aquí alrededor, en la hierba?

–Yo no cree, pero yo ha visto hace poco blemia que yo conoce, precisamente buena coincidencia porque esciápodos no es muy amigos de blemias.

Se llevó los dedos a la boca y lanzó un silbido largo y muy bien modulado. Al cabo de pocos instantes, los helechos se abrieron y apareció otro ser. Era completamente distinto del esciápodo, y por otra parte, al oír nombrar a un blemia, nuestros amigos se esperaban ver lo que vieron. La criatura, con los hombros anchísimos y, por consiguiente, muy achaparrado, pero con la cintura fina, tenía dos piernas cortas y pelosas y no tenía cabeza, ni, por tanto, cuello. En el pecho, donde los hombres tienen los pezones, se abrían dos ojos rasgados, vivacísimos; debajo de una ligera hinchazón con dos fosas nasales, se abría una especie de agujero circular, pero muy dúctil, de manera que cuando se puso a hablar adoptaba formas distintas, según los sonidos que emitía. Gavagai fue a confabular con él; mientras indicaba a los visitantes, el blemia asentía visiblemente, y lo hacía doblando los hombros como si se inclinara.

Se acercó a los visitantes y dijo más o menos:

–*Ouiii, ouioioioi, aueua!*

Como signo de amistad, los viajeros le ofrecieron una taza de agua. El blemia cogió de un saco que llevaba consigo una especie de pajita, la introdujo en el agujero que tenía bajo la nariz y empezó a sorber el agua. Luego Baudolino le ofreció un buen trozo de queso. El blemia se lo llevó a la boca, que de golpe se volvió del tamaño del queso, y éste desapareció en aquel agujero. Dijo el blemia:

–*Euaoi oea!*

Luego se colocó una mano sobre el pecho, o sea, en la frente, como quien promete, saludó a los nuestros con ambos brazos y se alejó entre la hierba.

–Él llega antes que nosotros –dijo Gavagai–. Blemias no corre como esciápodos, pero siempre mejor que animales lentísimos que vosotros va encima. ¿Qué es ellos?

–Caballos –dijo Baudolino, recordando que en el reino del Preste no nacían.

–¿Cómo es caballos? –preguntó el esciápodo curioso.

–Como éstos –contestó el Poeta–, exactamente iguales.

–Yo da gracias. Vosotros hombres poderosos, que va con animales iguales a caballos.

–Pero ahora escucha. Te acabo de oír decir que los esciápodos no son amigos de los blemias. ¿No pertenecen al reino o a la provincia?

–Oh no, ellos como nosotros es siervos del Presbyter, y como ellos los poncios, los pigmeos, los gigantes, los panocios, los sinlengua, los nubios, los eunucos y los sátiros-que-no-se-ve-jamás. Todos buen cristiano y siervo fiel del Diácono y del Presbyter.

–¿No sois amigos porque sois distintos? –preguntó el Poeta.

–¿Cómo dice tú distintos?

–Bueno, en el sentido de que tú eres distinto de nosotros y...

–¿Por qué yo distinto de vosotros?

–¡Pero santísimo Dios! –dijo el Poeta–, ¡para empezar, tienes una sola pierna! ¡Nosotros y el blemia tenemos dos!

–También vosotros y blemia si levanta una pierna tiene solamente una.

–¡Pero tú no tienes otra que bajar!

–¿Por qué yo debe bajar una pierna que no tiene? ¿Acaso tiene que bajar tú una tercera pierna que no tiene?

Se entrometió conciliador el Boidi:

–Escucha, Gavagai, admitirás que el blemia no tiene cabeza.

–¿Cómo no tiene cabeza? Tiene ojos, nariz, boca, habla, come. ¿Cómo hace tú eso si no tiene cabeza?

–¿Pero tú no has notado nunca que no tiene cuello, y después del cuello esa cosa redonda que tú también tienes sobre el cuello y él no?

–¿Qué quiere decir notado?

–¡Visto, dado cuenta, que tú sabes que!

–Quizá tú dice que él no es todo igual a yo, que mi madre no puede confundir él con yo. Pero también tú no es igual a este amigo tuyo porque él tiene marca en la mejilla y tú no tiene. Y tu amigo es distinto de ese negro como uno de Magos, y él es distinto de ese otro con barba negra de rabino.

–¿Cómo sabes que tengo barba de rabino? –preguntó esperanzado Solomón, que evidentemente estaba pensando en las tribus perdidas, y de aquellas palabras colegía un signo evidente de que habían pasado por allí o residían en ese reino–. ¿Has visto alguna vez otros rabinos?

–Yo no, pero todos dice barba de rabino allá en Pndapetzim.

Boron dijo:

–Cortemos por lo sano. Este esciápodo no sabe ver la diferencia entre él y un blemia, no más que nosotros si consideramos la diferencia entre el Porcelli y Baudolino. Si reparáis en ello, es algo que pasa cuando nos encontramos con extranjeros. Entre dos moros, ¿vosotros sabéis ver la diferencia?

–Sí –dijo Baudolino–, pero un blemia y un esciápodo no son como nosotros y los moros, que los vemos sólo cuando vamos a donde viven. Ellos viven todos en la misma provincia, y Gavagai distingue entre blemia y blemia, si dice que el que acabamos de ver es amigo suyo mientras los demás no lo son. Escúchame bien, Gavagai: has dicho que en la provincia viven panocios. Yo sé qué son los panocios, son gente casi como nosotros, salvo que tienen dos orejas tan enormes que les descienden hasta las rodillas, y cuando hace frío se las enrollan en torno al cuerpo como si fueran una capa. ¿Son así los panocios?

–Sí, como nosotros. También yo tiene orejas.

–Pero no hasta las rodillas, ¡por Dios!

–También tú tiene orejas mucho mayores que las de tu amigo cerca.

–Pero no como los panocios, ¡por los clavos de Cristo!

–Cada uno tiene orejas que su madre ha hecho a él.

–Pero entonces, ¿por qué dices que no corre buena sangre entre blemias y esciápodos?

–Ellos piensa mal.

–¿Cómo que mal?

–Ellos cristianos que hace equivocación. Ellos *phantasiastoi*. Ellos dice justo como nosotros que Hijo no es de misma naturaleza que Padre, porque Padre existe antes de que empieza el tiempo, mientras que Hijo es creado por Padre, no por necesidad sino por voluntad. Por lo tanto, Hijo es hijo adoptivo de Dios, ¿no? Blemias dice: sí, Hijo no tiene misma naturaleza que Padre, pero este Verbo aunque siendo sólo hijo adoptivo no puede hacer sí mismo carne. Así pues, Jesús nunca se volvía carne, lo que los apóstoles ha visto era sólo... cómo ha de decir... *phantasma*...

–Pura apariencia.

–Eso. Ellos dice que sólo fantasma de Hijo ha muerto en la cruz, no nace en Belén, no nace de María; un día en río Jordán ante Juan Bautista él aparece y todos dice: oh. Pero si Hijo no es carne, ¿cómo dice este pan es mi carne? En efecto, ellos no hace comunión con pan y *burq*.

–Quizá porque deberían sorber el vino, o como lo llames tú, con esa pajita –dijo el Poeta.

–¿Y los panocios? –preguntó Baudolino.

–Oh, a ellos no importa qué hace Hijo cuando baja a tierra. Ellos piensa sólo en Espíritu Santo. Escucha: ellos dice que cristianos en occidente piensa que Espíritu Santo procede de Padre y de Hijo. Ellos protesta y dice que este de Hijo está puesto después y en el credo de Constantinopla no dice eso. Espíritu Santo procede sólo de Padre. Ellos piensa contrario que pigmeos. Pigmeos dice que Espíritu Santo procede sólo de Hijo y no de Padre. Panocios odia ante todo pigmeos.

–Amigos –dijo Baudolino, dirigiéndose a sus compañeros–. Me

parece evidente que las distintas razas que existen en esta provincia no dan importancia alguna a sus diferencias de cuerpo, de color, de forma, como hacemos nosotros, que incluso al ver a un enano lo juzgamos un error de la naturaleza. Y, en cambio, como por otra parte muchos de nuestros sabios, les dan mucha importancia a las diferencias de ideas sobre la naturaleza de Cristo, o sobre la Santísima Trinidad, de la que tanto hemos oído hablar en París. Es su manera de pensar. Intentemos entenderlo; si no, nos perderemos siempre en discusiones sin fin. Pues bien, hagamos como si los blemias fueran como los esciápodos, y lo que pueden pensar sobre la naturaleza de Nuestro Señor, en el fondo, no nos concierne.

–Por lo que entiendo, los esciápodos participan de la terrible herejía de Arrio –dijo Boron, que como siempre era el que más libros había leído de todos.

–¿Y entonces? –dijo el Poeta–. Me parece una cosa de grecanos. Nosotros en el norte estábamos más preocupados por quién era el papa verdadero y quién el antipapa. Y pensar que todo dependía de un capricho de mi difunto señor Reinaldo. Cada uno tiene sus defectos. Tiene razón Baudolino, hagamos como si nada y pidamos a este esciápodo que nos lleve ante su Diácono, que no será mucho, pero por lo menos se llama Juan.

Le pidieron, pues, a Gavagai que los llevara a Pndapetzim, y él se encaminó hacia allí con saltos moderados, para que los caballos pudieran seguirle. Al cabo de dos horas llegaron al final del mar de los helechos, y entraron en una zona cultivada de olivos y frutales: debajo de los árboles estaban sentados, mirándoles con curiosidad, seres con facciones casi humanas, que saludaban con las manos pero emitían sólo aullidos. Eran, explicó Gavagai, los seres sin lengua, que vivían fuera de la ciudad porque eran mesalianos, creían que se podía ir al cielo sólo gracias a una plegaria silenciosa y continua, sin acercarse a los sacramentos, sin practicar obras de misericordia y otras formas de mortificación, sin otros actos de culto. Por eso no iban nunca a las iglesias de Pndapetzim. Estaban mal vistos por todos, porque consideraban que también el trabajo era una buena obra y, por lo tanto, inútil. Vivían muy pobremente, alimentándose de los frutos de aquellos árboles que, sin embargo, pertenecían a toda la comunidad, pero ellos los explotaban sin consideración alguna.

–Por lo demás son como vosotros, ¿verdad? –lo aguijoneaba el Poeta.

–Es como nosotros cuando nosotros está callados.

Las montañas se estaban acercando cada vez más, y cuanto más se acercaban ellos, más se daban cuenta de su naturaleza. Al final de la zona pedregosa, se erguían gradualmente unos suaves montecillos amarillentos, como si se tratara, sugería Colandrino, de nata montada; no, de ovillos de algodón dulce; pero qué me digo, cúmulos de arena puestos unos junto a otros, como si fueran una selva. Detrás se elevaban los que de lejos parecían dedos, picos rocosos, que tenían encima como un sombrero de roca más oscura, a veces con forma de capucha, otras de casquete casi plano, que sobresalía por delante y por detrás. Más adelante, los relieves eran menos puntiagudos, pero cada uno se veía horadado de oquedades como una colmena, hasta que se entendía que aquéllas eran casas, o mejor, albergues de piedra donde habían sido excavadas unas cuevas; a cada una de ellas se llegaba por su escalerilla de madera, que se vinculaba a otras escalerillas de rellano a rellano, y todas juntas formaban, en cada uno de aquellos espolones, una urdimbre aérea que los habitantes –desde lejos parecían todavía hormigas– recorrían con agilidad hacia arriba y hacia abajo.

En el centro de la ciudad se veían verdaderas casas de vecinos y bloques, pero también ellos encajados en la roca, de donde sobresalían pocas varas de fachada, y todos en lo alto. Más allá, se perfilaba un macizo más imponente, de forma irregular, también él una única colmena de cuevas, pero con hechura más geométrica, como si fueran ventanas o puertas, y en algunos casos sobresalían, de aquellos ojos, miradores, pequeñas galerías y balconcitos. Algunas de esas entradas estaban cubiertas por un cortinaje de color, otras por esterillas de paja trenzada. En definitiva, pues, se encontraban en medio de un claustro de montes harto salvajes, y, al mismo tiempo, en el centro de una ciudad poblada y activa, aunque desde luego no magnífica como se habrían esperado.

Que la ciudad era activa y poblada, podía apreciarse por la muchedumbre que animaba no diríamos aquellas calles y aquellas plazas, sino los espacios entre pico y espolón, entre macizos y torres naturales. Era una muchedumbre abigarrada, en la que se mezclaban perros, burros y muchos camellos, que nuestros viajeros habían visto ya al principio de su camino, pero nunca tantos y tan distintos como en ese lugar, unos con una joroba, otros con dos y algunos incluso con tres. Vieron también un tragafuegos que se exhibía ante un corrillo de habitantes y llevaba una pantera atada de una correa. Los animales que más les asombraron eran unos cuadrúpedos agilísimos, destinados al tiro de las carretas: tenían cuerpo de potro, patas muy altas con un casco bovino, eran de color amarillo con grandes manchas marrones y, sobre todo, tenían un cuello larguísimo sobre el que se elevaba una cabeza de camello con dos pequeños cuernos en lo alto. Gavagai dijo que eran camelopardos, o camellos pardales, difíciles de capturar porque huían a toda velocidad, y sólo los esciápodos podían perseguirlos y cazarlos con el lazo.

En efecto, aun sin calles y sin plazas, aquella ciudad era toda un inmenso mercado, y en cualquier espacio libre se plantaba una tienda, se erigía un pabellón, se extendía una alfombra por el suelo, se colocaba un tablero horizontal sobre dos piedras. Y se veían exposiciones de frutas, cortes de carne (resultaba privilegiada, parecía, la de camelopardo), alfombras tejidas con todos los colores del arco iris, ropajes, cuchillos de obsidiana negra, hachas de piedra, copas de arcilla, collares de huesecitos y de piedrecitas rojas y amarillas, sombreros con las formas más extrañas, chales, mantas, cajas de marquetería, instrumentos para trabajar el campo, pelotas y monigotes de trapo para los niños y, luego, ánforas llenas de líquidos azules, ámbar, rosa y limón, y escudillas llenas de pimienta.

Lo único que no se veía en aquella feria eran objetos de metal, y en efecto, Gavagai, cuando se le preguntó por qué, no entendía qué significaban palabras como hierro, metal, bronce o cobre, fuera cual fuese la lengua en que Baudolino intentara nombrarlos.

Circulaban entremedias de aquella muchedumbre esciápodos activísimos, que saltando y brincando llevaban sobre la cabeza cestas desbordantes; blemias, casi siempre en corrillos aislados, o detrás de puestos donde se vendían nueces de coco; panocios con sus orejas al viento, excepto las mujeres que se las enrollaban púdicamente sobre el pecho, sujetándolas con una mano como si de un chal se tratara, y otra gente que parecía salida de uno de aquellos libros de maravillas ante cuyas miniaturas tanto se había extasiado Baudolino cuando buscaba inspiración para sus cartas a Beatriz.

Divisaron a los que debían de ser sin duda los pigmeos, de piel muy oscura, con un taparrabos de paja y ese arco en bandolera con el cual, como quería su naturaleza, estaban perennemente en guerra con las grullas. Una guerra que debía permitirles no pocas victorias, pues muchos de ellos iban ofreciendo a los transeúntes sus presas, colgadas de un largo bastón que requería de cuatro de ellos para llevarlo, dos por cada extremidad. Siendo los pigmeos más bajos que las grullas, los animales colgados arrastraban por el suelo, y por eso los habían colgado del cuello, de manera que fueran las patas las que dejaran una larga estela en el polvo.

He ahí a los poncios y, aunque habían leído sobre ellos, nuestros amigos no dejaban de examinar con ojo curioso a aquellos seres con las piernas rectas sin articulaciones en las rodillas, que caminaban de manera rígida, apoyando en el suelo sus cascos equinos. Pero lo que más les hacía destacar era, para los hombres, el falo que les colgaba del pecho, y, para las mujeres, en la misma posición, la vagina, que sin embargo no se veía porque la cubrían con un chal anudado detrás de la espalda. La tradición quería que llevaran a pastar cabras con seis cuernos, y en efecto eran algunos de esos animales los que estaban vendiendo en el mercado.

–Justo como estaba escrito en los libros –seguía murmurando admirado Boron. Luego, en voz alta, para que le oyera Ardzrouni–: Y en los libros también estaba escrito que el vacío no existe. Por lo tanto, si existen los poncios, no existe el vacío.

Ardzrouni se encogía de hombros y se preocupaba por ver si en alguna ampolla se vendía un líquido para aclarar la piel.

Para moderar la bulliciosa actividad de aquella gente, pasaban de vez en cuando hombres negrísimos, de gran estatura, desnudos hasta la cintura, con pantalones a la morisca y turbantes blancos, armados sólo con enormes mazas nudosas que habrían podido tumbar a un buey de un solo golpe. Como los habitantes de Pndapetzim se estaban congregando al paso de los extranjeros, señalando sobre todo los caballos, que evidentemente nunca habían visto, los hombres negros intervenían para disciplinar a la multitud, y con sólo voltear sus mazas creaban inmediatamente el vacío a su alrededor.

No se le había escapado a Baudolino que, cuando la aglomeración se cerraba, era precisamente Gavagai quien les hacía una señal de alarma a los hombres negros. Por los gestos de muchos espectadores se entendía que querían hacer de guía a aquellos huéspedes ilustres, pero Gavagai estaba decidido a tenérselos para sí, es más, se pavoneaba como diciendo:

–Éstos son de mi propiedad y no me los toquéis.

En cuanto a los hombres negros, eran, dijo Gavagai, la guardia nubia del Diácono, cuyos antepasados habían llegado desde lo más profundo de África, pero que ya no eran extranjeros, porque nacían cerca de Pndapetzim desde innumerables generaciones y eran devotos del Diácono hasta la muerte.

Al final, vieron descollar, mucho más altos que los mismos nubios, a muchos palmos por encima de las cabezas de los demás, a los gigantes, que además de gigantes eran monóculos. Estaban desgreñados, mal vestidos y, dijo Gavagai, se ocupaban o de construir casas en aquellas rocas, o de apacentar ovejas y bueyes, y en eso eran excelentes, porque podían doblegar a un toro agarrándolo por los cuernos, y si un carnero se alejaba del rebaño no necesitaban perro, estiraban una mano, lo agarraban por el pellejo y lo volvían a poner donde había salido.

–¿Y también sois enemigos de los gigantes? –preguntó Baudolino.

–Aquí nadie enemigo de nadie –contestó Gavagai–. Tú ve ellos todos juntos vende y compra como buenos cristianos. Después todos vuelve a casa de cada uno de ellos, no está juntos a comer o dormir. Cada uno piensa como quiere, aunque piensa mal.

–Y los gigantes piensan mal...

–¡Pfuu! ¡Peor que los peores! Ellos es artotiritas, cree que Jesús en la Última Cena consagra pan y queso, porque dicen que ésa es comida normal de antiguos patriarcas. Así comulga blasfemando con pan y queso y considera herejes a todos que aquellos que hace con *burq*. Pero aquí de gente que piensa mal es casi todos, menos esciápodos.

–¿Me has dicho que en esta ciudad hay también eunucos? ¿También ellos piensan mal?

–Yo mejor que no habla de eunucos, demasiado poderosos. Ellos no se mezcla con gente común. Pero piensa distinto que yo.

–Y, aparte del pensamiento, son iguales a ti, me imagino...

–¿Porque qué tiene yo distinto de ellos?

–Diablo de un cachopinrel –se agobiaba el Poeta–, ¿tú vas con las mujeres?

–Con las mujeres esciápodas sí, porque ellas no piensa mal.

–Y a tus esciápodas se la metes esa jodida cosa, maldición, ¿pero tú dónde la tienes?

–Aquí, detrás de pierna, como todos.

–Aparte del hecho de que yo no la tengo detrás de la pierna, y acabamos de ver a unos tipos que la tienen encima del ombligo; por lo menos, ¿sabes que los eunucos esa cosa no la tienen en absoluto y no van con mujeres?

–Quizá porque a eunucos no gusta mujeres. Quizá porque yo en Pndapetzim nunca ha visto mujeres eunucas. Pobrecitos, a lo mejor a ellos gusta, pero no encuentra mujer eunuca, ¿y no querrás que vaya con mujeres de blemias o panocios, que piensa mal?

–Pero ¿has notado que los gigantes tienen sólo un ojo?

–También yo. Vea, yo cierra este ojo y queda sólo el otro.

–Sujetadme, que si no, lo mato –decía el Poeta, con la cara roja.

–En fin –dijo Baudolino–, los blemias piensan mal, los gigantes piensan mal, todos piensan mal, excepto los esciápodos. ¿Y qué piensa vuestro Diácono?

–Diácono no piensa. Él manda.

Mientras hablaban, uno de los nubios se había abalanzado ante el caballo de Colandrino, se había arrodillado y, abriéndose de brazos y bajando la cabeza, había pronunciado unas palabras en una lengua desconocida, pero por el tono se notaba que se trataba de una afligida súplica.

–¿Qué quiere? –había preguntado Colandrino.

Gavagai había contestado que el nubio le pedía que le cortara la cabeza en nombre de Dios con esa bella espada que Colandrino llevaba en el costado.

–¿Quiere que lo mate? ¿Y por qué?

Gavagai parecía apurado.

–Nubios es gente muy rara. Tú sabe, ellos circunceliones.

Buenos guerreros sólo porque desea martirio. No hay guerra y él quiere martirio enseguida. Nubio es como niños, quiere enseguida lo que gusta a él.

Le dijo algo al nubio, y aquél se alejó con la cabeza gacha. Cuando le pidieron que explicara algo más sobre esos circunceliones, Gavagai dijo que los circunceliones eran los nubios. Luego observó que se avecinaba el ocaso, que estaban desmontando el mercado y era preciso ir a la torre.

En efecto, la muchedumbre se estaba dispersando, los vendedores recogían sus cosas en grandes canastos; desde los varios ojos que se abrían en las paredes de roca bajaban unas cuerdas y alguien, desde las distintas casas, tiraba para arriba las mercancías. Era todo un subir y bajar hacendoso, y en poco tiempo la ciudad quedó desierta. Parecía ahora un gran cementerio con innumerables nichos, pero, una tras otra, aquellas puertas o ventanas en la roca empezaban a iluminarse, señal de que los habitantes de Pndapetzim estaban encendiendo chimeneas y candiles para prepararse para la noche. En virtud de quién sabe qué huecos invisibles, los humos de aquellos fuegos salían todos por las cimas de los picos y de los espolones, y el cielo ya pálido estaba surcado por penachos negruzcos que iban a disolverse entre las nubes.

Recorrieron lo poco que quedaba de Pndapetzim, y llegaron a una explanada detrás de la cual los montes no dejaban ya paso visible alguno. Encajada a medias en la montaña se veía la única construcción artificial de toda la ciudad. Era una torre o, mejor dicho, la parte anterior de una torre de gradas, amplia en la base y cada vez más estrecha a medida que subía, pero no como una pila de hogazas que hubieran sido superpuestas, una más pequeña que la otra, para formar muchas capas, pues un camino espiraliforme subía ininterrumpidamente de grada en grada y se adivinaba que penetraba también dentro de la roca, envolviendo la construcción desde la base hasta la cima. La torre estaba completamente entretejida de grandes puertas de arco, una junto a la otra, sin ningún espacio libre entre ellas como no fuera la jamba que las separaba, y parecía un monstruo con mil ojos. Solomón dijo que así debía de ser la torre erigida en Babel por el cruel Nembroth, para desafiar al Santo, que por siempre fuera bendito.

–Y éste –dijo Gavagai con acento orgulloso–, éste es el palacio del Diácono Johannes. Ahora vosotros está quietos y espera, porque ellos sabe que vosotros llega y ha preparado solemne bienvenida. Yo ahora va.

–¿Dónde vas?

–Yo no puede entrar en torre. Después que vosotros ha sido recibido y ha visto Diácono, entonces yo vuelve donde vosotros. Yo vuestro guía en Pndapetzim, yo nunca deja vosotros. Atentos con eunucos, él es hombre joven... –e indicaba a Colandrino–, y a ellos gusta jóvenes. *Ave, evcharistó, salam.*

Saludó erguido en su pie, de manera vagamente marcial, se dio la vuelta y un segundo después estaba ya lejos.

# 30

## Baudolino se encuentra
## con el Diácono Juan

Cuando estuvieron a unos cincuenta pasos de la torre, vieron salir
un cortejo. En primer lugar una escuadrilla de nubios, pero ataviados más fastuosamente que los que estaban en el mercado: de
la cintura para abajo iban envueltos en bandas blancas que les
ceñían las piernas, cubiertas por una faldilla que les llegaba a
medio muslo; iban con el pecho desnudo, pero llevaban una capa
roja, y en el cuello ostentaban un collar de cuero en el que estaban fijadas piedras coloreadas, no gemas, sino piedrecillas de
lecho de río, pero dispuestas como un vivaz mosaico. En la cabeza llevaban una caperuza blanca con muchos lacitos. En los brazos, muñecas y dedos lucían brazaletes y anillos de cuerda trenzada. Los de la primera fila tocaban flautas y tambores, los de la
segunda llevaban su enorme maza apoyada al hombro, los de
la tercera llevaban sólo un arco en bandolera.

Seguía una hilera de los que sin duda eran los eunucos, envueltos en amplias y mullidas túnicas, maquillados como mujeres y con turbantes que parecían catedrales. El del centro llevaba una bandeja con unas hogazas. Por fin, escoltado a ambos
lados por dos nubios que le agitaban sobre la cabeza flabelos de
plumas de pavo real, avanzaba sin duda el máximo dignatario
de aquel desfile: la cabeza cubierta por un turbante que medía dos
catedrales, un entrelazado de cintas de seda de colores distintos;
en las orejas, pendientes de piedra coloreada; en los brazos, brazaletes de plumas variopintas. Llevaba también él una túnica
larga hasta los pies, pero ajustada a la cintura por una faja que
medía un palmo de ancho, de seda azul, y en el pecho le colgaba una cruz de madera pintada. Era un hombre entrado en años,
y el maquillaje de los labios y de los ojos contrastaba con su piel

ya fláccida y amarillenta, lo que hacía resaltar aún más una pa-
pada que le temblaba a cada paso. Tenía manos regordetas, uñas
larguísimas y afiladas como navajas, pintadas de rosa.

El cortejo se detuvo ante los visitantes, los nubios se dispusieron en dos filas, mientras los eunucos de rango menor se arrodillaban y el que llevaba la bandeja se inclinaba ofreciendo la comida. Baudolino y los suyos, dudando al principio sobre qué hacer,
bajaron del caballo y aceptaron pedazos de hogaza que masticaron
cabalmente, haciendo una reverencia. A su saludo, se adelantó por
fin el eunuco mayor, que se postró con la cara en el suelo, luego
se levantó y se dirigió a ellos en griego.

–Desde el nacimiento de Nuestro Señor Jesucristo esperábamos vuestro regreso, si vosotros sois ciertamente los que nosotros
pensamos, y me duele saber que el duodécimo de vosotros, aunque como vosotros primero entre todos los cristianos, ha sido
desviado a lo largo de su camino por la naturaleza inclemente.
Daré la orden a nuestros guardias de que escruten infatigable-
mente el horizonte en su espera, y mientras tanto os deseo una
feliz estancia en Pndapetzim –dijo con voz blanca–. Os lo digo, en
nombre del Diácono Juan, yo, Práxeas, jefe supremo de los eunucos de corte, protonotario de la provincia, legado único del
Diácono en la corte del Preste, máximo custodio y logoteta
del camino secreto.

Lo dijo como si también los Magos tuvieran que quedar impre-
sionados por tanta dignidad.

–¡To! –murmuró Aleramo Scaccabarozzi alias el Chula–, ¡lo que
hay que oír en este mundo!

Baudolino había pensado muchas veces cómo se presentaría
ante el Preste, pero nunca cómo había de hacerlo ante un jefe
eunuco al servicio del diácono de un preste. Decidió seguir la
línea que se habían marcado:

–Señor –dijo–, te expreso nuestro gozo por haber llegado a esta
noble, rica y maravillosa ciudad de Pndapetzim, que en nuestro
viaje nunca las hemos visto más bellas y florecientes. Venimos de
lejos, y le traemos al Preste Juan la máxima reliquia de la cristiandad, la copa en la que Jesús bebió en el curso de la Última
Cena. Desgraciadamente el demonio, envidioso, ha desencadena-
do contra nosotros las fuerzas de la naturaleza y ha hecho que se
perdiera por el camino uno de nuestros hermanos, y precisamen-

te el que llevaba el regalo, y con él otros testimonios de nuestro respeto hacia el Preste Juan...

–Esto es –añadió el Poeta–, cien lingotes de oro macizo, doscientos grandes monos, una corona de mil libras de oro con esmeraldas, diez hilos de perlas inestimables, ochenta cajas de marfil, cinco elefantes, tres leopardos domesticados, treinta perros antropófagos y treinta toros de combate, trescientos colmillos de elefante, mil pieles de pantera y tres mil vergas de ébano.

–Habíamos oído hablar de estas riquezas y sustancias desconocidas para nosotros de las que abunda la tierra donde se pone el sol –dijo Práxeas con los ojos relucientes–, ¡y sea alabado el cielo si antes de dejar este valle de lágrimas yo puedo verlas!

–¿Pero no puedes tener callada esa boca de mierda? –siseaba el Boidi a espaldas del Poeta, dándole puñetazos en la espalda–, ¿y si luego llega Zósimo y ven que está más repelado que nosotros?

–Calla –gruñía el Poeta con la boca torcida–, ya hemos dicho que el demonio anda por en medio, y el demonio se habrá comido todo. Menos el Greal.

–Pero por lo menos un presente, ahora, haría falta un presente, para mostrar que no somos unos muertos de hambre –seguía murmurando el Boidi.

–Quizá la cabeza del Bautista –sugirió en voz baja Baudolino.

–Nos quedan sólo cinco –dijo el Poeta, siempre sin mover los labios–, pero no importa, mientras estemos en el reino, las otras cuatro no podemos sacarlas, desde luego.

Baudolino era el único que sabía que, con la que él le había cogido a Abdul, seguía habiendo seis cabezas. Sacó una de la alforja y se la ofreció a Práxeas, diciéndole que mientras tanto –a la espera del ébano, de los leopardos y de todas las demás bellas cosas susodichas– querían que le entregara al Diácono el único recuerdo que quedaba en la tierra de quien había bautizado a Nuestro Señor.

Práxeas aceptó emocionado aquel regalo, inestimable a sus ojos por la teca refulgente, que consideró hecha, ciertamente, de esa preciosa sustancia amarilla de la que tanto había oído fantasear. Impaciente por venerar aquel sagrado resto, y con el aspecto de quien consideraba propio todo regalo hecho al Diácono, la abrió sin esfuerzo (era pues la cabeza de Abdul, con el sello ya

violado, se dijo Baudolino), cogió entre las manos el cráneo par-
duzco y reseco, obra del ingenio de Ardzrouni, y exclamó con voz
rota que nunca en su vida había contemplado una reliquia más
preciosa.

Luego el eunuco preguntó con qué nombres debía dirigirse a
sus venerables huéspedes, porque la tradición les había conferido muchísimos y nadie sabía ya cuáles eran los verdaderos. Con
mucha prudencia, Baudolino contestó que, por lo menos hasta
que estuvieran ante la presencia del Preste, deseaban ser llamados con los nombres con los que se los conocía en el lejano Occidente, y dijo los nombres verdaderos de cada uno. Práxeas apre-
ció el sonido evocador de nombres como Ardzrouni o Boidi,
encontró altisonantes Baudolino, Colandrino y Scaccabarozzi, y
soñó con países exóticos oyendo nombrar a Porcelli y Cùttica.
Dijo que respetaba su reserva, y concluyó:

–Ahora entrad. La hora es tardía y el Diácono podrá recibiros
sólo mañana. Esta noche seréis mis huéspedes y os aseguro que
nunca un banquete habrá sido más rico y suntuoso, y gustaréis
tales manjares que pensaréis con desprecio en los que os ofrecieran en las tierras donde se pone el sol.

–Pero si van vestidos con unos trapillos que cualquiera de nuestras mujeres crucificaría a su marido para conseguir unos mejores
–rezongaba el Poeta–. Nosotros nos pusimos en camino y hemos
soportado lo que hemos soportado para ver cascadas de esmeraldas; cuando escribíamos la carta del Preste, tú, Baudolino, tenías
náuseas de topacios, y hételos aquí: ¡con diez pedruscos y cuatro
cuerdecillas, piensan que son los más ricos del mundo!

–Calla y veamos –le murmuraba Baudolino.

Práxeas los precedió dentro de la torre, y los hizo entrar en un
salón sin ventanas, iluminado por trípodes encendidos, con una
alfombra central llena de copas y bandejas de barro, y una serie
de cojines a los lados, sobre los cuales los convidados se acurru-
caron con las piernas cruzadas. Servían la mesa jovencitos, ciertamente eunucos también ellos, medio desnudos y ungidos con
aceites olorosos. Tendían a los huéspedes cuencos con mezclas
aromáticas, donde los eunucos se mojaban los dedos para tocar-
se luego los lóbulos de las orejas y las fosas de la nariz. Después
de haberse aspergido, los eunucos acariciaban muellemente a los
jovencitos y les invitaban a ofrecerles los perfumes a los huéspe-

des, que se adaptaron a las costumbres de aquella gente, mientras el Poeta gruñía que si uno de ésos lo tocaba apenas, hacía que se le cayeran todos los dientes de un solo dedazo.

La cena fue así: grandes platos de pan, o de esas hogazas suyas; una enorme cantidad de verduras hervidas, entre las que abundaban los repollos, que no olían muy mal porque estaban rociados con varias especias; copas de una salsa negruzca calentísima, el *sorq*, donde se mojaban las hogazas, y como el Porcelli, que fue el primero en probar, empezó a toser como si le salieran llamas por la nariz, sus amigos se limitaron a probarla con moderación (y luego pasaron la noche requemados por una sed inextinguible); un pescado de río seco y macilento, que llamaban *thinsireta* (mira, mira, murmuraban nuestros amigos), empanado con sémola y literalmente ahogado en un aceite hirviendo que debía de ser el mismo desde hacía muchas comidas; una sopa de semillas de lino, que llamaban *marac*, y que según el Poeta sabía a mierda, en la que flotaban pedazos de volátil, pero tan mal cocidos que parecían cuero, y Práxeas dijo con orgullo que se trataba de methagallinario (mira, mira, se daban de nuevo codazos nuestros amigos); un salmorejo que llaman *cenfelec*, hecho con fruta escarchada, pero donde había más pimienta que fruta. A cada nuevo plato, los eunucos se servían golosamente, y al masticar hacían ruidos con los labios, para expresar su placer, y señas de entendimiento a los huéspedes, como si dijeran:

–¿Os gusta? ¿No es un don del cielo?

Comían cogiendo la comida con las manos, incluso la sopa, sorbiéndola de la palma doblada en forma de cuenco, mezclando en un solo puñado cosas distintas, y metiéndoselo todo en la boca de golpe. Pero sólo con la mano derecha, porque la izquierda la tenían en el hombro del muchacho que atendía a proveerles sin cesar de comida nueva. La quitaban sólo para beber: agarraban las jarras levantándolas por encima de la cabeza y se echaban el agua en la boca a chorro.

Sólo al final de aquella comida de pachás, Práxeas hizo una señal, y llegaron unos nubios que sirvieron un líquido blanco en copas minusculísimas. El Poeta ingirió la suya de un trago e inmediatamente se puso colorado, emitió una especie de rugido y cayó como muerto, hasta que unos jovencitos le rociaron agua en la cara. Práxeas explicó que allí no crecía el árbol del vino, y la

única bebida alcohólica que sabían producir venía de la fermen-
tación del *burq*, una baya muy común en esos lugares. Salvo que
la potencia de la bebida era tal que había que probarla a pequeños sorbos, mejor dicho, metiendo apenas la lengua en la copa.
Una verdadera desventura no tener ese vino del que se leía en los
Evangelios, porque los curas de Pndapetzim, cada vez que decían
misa, se hundían en la borrachera más indecorosa y les costaba
enormes esfuerzos llegar al saludo final.

–Por otra parte, ¿qué deberíamos esperarnos, si no, de estos
monstruos? –dijo con un suspiro Práxeas, apartándose en un rincón con Baudolino, mientras los otros eunucos examinaban entre gritos de curiosidad las armas de hierro de los viajeros.

–¿Monstruos? –preguntó Baudolino con fingida ingenuidad–.
Me había dado la impresión de que aquí nadie se daba cuenta de
las admirables deformidades de los demás.

–Habrás oído hablar a uno de ellos –dijo Práxeas con una sonrisa de desprecio–. Viven aquí juntos desde hace siglos, se han
acostumbrado los unos a los otros y, negándose a ver la mons-
truosidad de sus vecinos, ignoran la propia. Monstruos, sí; más
semejantes a bestias que a hombres, y capaces de reproducirse
más deprisa que los conejos. Éste es el pueblo que tenemos que
gobernar, y con mano despiadada, para evitar que se exterminen
unos a otros, cada uno obnubilado por la propia herejía. Por eso,
hace siglos, el Preste los puso a vivir aquí, en los límites del reino, para que no turbaran con su odiosa vista a sus súbditos, que
son –te lo aseguro, señor Baudolino– hombres bellísimos. Pero es
natural que la naturaleza genere también monstruos, y es bastante inexplicable por qué no se ha vuelto monstruoso todo el género
humano, puesto que ha cometido el crimen más horrendo de
todos, crucificando a Dios Padre.

Baudolino se estaba dando cuenta de que también los eunucos pensaban mal, y planteó algunas preguntas a su anfitrión.

–Algunos de estos monstruos –dijo Práxeas– creen que el Hijo
ha sido sólo adoptado por el Padre, otros se agotan discutiendo
quién procede de quién, y cada uno es arrastrado, monstruo cual
es, a su monstruoso error, multiplicando las hipóstasis de la divinidad, creyendo que el Bien Supremo es tres substancias distintas, e incluso cuatro. Hay una substancia divina única que se manifiesta en el curso de las vicisitudes humanas de varias maneras

o personas. La única substancia divina en cuanto que genera es Padre, en cuanto que es generada es Hijo, en cuanto que santifica es Espíritu, pero se trata siempre de la misma substancia divina: lo demás es como una máscara detrás de la cual Dios se esconde. Una substancia y una sola triple persona y no, como algunos herejes afirman, tres personas en una substancia. Pero si es así, y si Dios, todo entero, pon mientes en lo que te digo, y sin delegar en vástago adoptivo alguno, se ha hecho carne, entonces es el Padre mismo el que ha sufrido en la cruz. ¡Crucificar al Padre! ¿Pero tú comprendes? Sólo una raza maldita podía llegar a semejante ultraje, y la tarea del fiel es vengar al Padre. Sin piedad alguna para la estirpe maldita de Adán.

Desde que había empezado el relato del viaje, Nicetas había escuchado en silencio sin interrumpir a Baudolino. Pero ahora lo hizo, porque se dio cuenta de que su interlocutor titubeaba sobre la interpretación que había que dar a lo que estaba diciendo.

–¿Piensas –preguntó– que los eunucos odiaban al género humano porque había hecho sufrir al Padre, o que habían abrazado esa herejía porque odiaban al género humano?

–Es lo que me pregunté, aquella noche y después, sin saber qué responder.

–Sé cómo piensan los eunucos. He conocido a muchos en el palacio imperial. Intentan acumular poder para desahogar su livor contra todos aquellos a los que les es dado generar. Pero a menudo, en mi larga experiencia, he intuido que también muchos que no son eunucos usan el poder para expresar lo que no sabrían hacer de otra manera. Y quizá es pasión más arrolladora mandar que hacer el amor.

–Había otras cosas que me dejaban perplejo. Escucha: los eunucos de Pndapetzim constituían una casta que se reproducía por elección, visto que su naturaleza no permitía otras vías. Decía Práxeas que desde generaciones y generaciones los ancianos elegían a jóvenes apuestos y los reducían a su condición, haciendo de ellos primero sus siervos y luego sus herederos. ¿Dónde cogían a esos jóvenes, guapos y bien formados, si la provincia de Pndapetzim entera estaba habitada sólo por prodigios de la naturaleza?

–Ciertamente los eunucos venían de un país extranjero. Sucede en muchos ejércitos y administraciones públicas, que el que detenta el poder no debe pertenecer a la comunidad que gobierna, de suerte que no experimente sentimientos de ternura o complicidad hacia sus sometidos. Quizá eso había querido el Preste, para poder tener bajo control a esa gente deforme y pendenciera.

–Para poderlos condenar a muerte sin remordimientos. Porque por las palabras de Práxeas comprendí otras dos cosas. Pndapetzim era el último destacamento antes de que se iniciara el reino del Preste. Después había sólo una garganta entre las montañas que llevaba a otro territorio, y sobre las rocas que coronaban la garganta estaba permanentemente la guardia nubia, dispuesta a precipitar aludes de peñascos sobre quienquiera que se adentrara por aquella angostura. A la salida de la garganta empezaba una ciénaga sin límites, pero una ciénaga tan insidiosa que quien intentaba recorrerla era engullido por terrenos fangosos o arenosos en perpetuo movimiento, y en cuanto uno había empezado a hundirse a media pierna ya no podía salir de ahí, hasta que desaparecía del todo como si se ahogara en el mar. En la ciénaga había un único recorrido seguro, que permitía atravesarla, pero lo conocían sólo los eunucos, que habían sido educados para reconocerlo por ciertos signos. Por lo tanto, Pndapetzim era la puerta, la defensa, el pestillo que se debía violar si se quería llegar al reino.

–Visto que vosotros erais los primeros visitantes desde hacía quién sabe cuántos siglos, aquella defensa no constituía una empresa onerosa.

–Al contrario. Práxeas fue muy vago en ese punto, como si el nombre de quienes los amenazaban estuviera cubierto por una interdicción, pero luego, con la boca pequeña, se decidió a decirme que toda la provincia vivía bajo la pesadilla de un pueblo guerrero, los hunos blancos, que de un momento a otro habría podido intentar una invasión. Si los hunos hubieran llegado a las puertas de Pndapetzim, los eunucos habrían enviado a esciápodos, blemias y todos los demás monstruos a dejarse masacrar para detener un poco la conquista, luego habrían debido conducir al Diácono a la garganta, hacer precipitar tantos peñascos en el valle como para obstruir completamente el paso, y retirarse en el reino. Si no lo hubieran conseguido y hubieran sido capturados, puesto que los hunos blancos habrían podido obligar a uno de ellos, bajo tortura, a revelar el único camino para la tierra del Preste, todos habían sido adoctrinados para que, antes de caer prisioneros, se mataran con un veneno que llevaban en una bolsita colgada del cuello, bajo la túnica. Lo horrible es que Práxeas estaba seguro de que se habrían salvado en cualquier caso, porque en el último momento habrían tenido como escudo a los nubios. Es la suerte, decía Práxeas, de tener como guardia de corps a unos circunceliones.

–Yo he oído hablar de ellos, pero sucedió hace muchos siglos en las costas de África. Había allá unos herejes denominados donatistas, que consideraban que la iglesia debía ser la sociedad de los santos, pero que desgraciadamente todos sus ministros estaban corrompidos. Por lo tanto, según ellos, ningún sacerdote podía administrar los sacramentos, y estaban en guerra perenne con todos los demás cristianos. Los más decididos entre los donatistas eran, precisamente, los circunceliones, gente bárbara de raza mora, que iban por valles y campos buscando el martirio, se precipitaban desde las peñas sobre los caminantes gritando *«Deo laudes»* y los amenazaban con sus mazas, ordenándoles que los mataran para poder probar la gloria del sacrificio. Y como la gente, asustada, se negaba a hacerlo, los circunceliones primero los despojaban de todos sus haberes, luego les reventaban la cabeza. Pero creía que esos exaltados se habían extinguido.

–Evidentemente, los nubios de Pndapetzim eran sus descendientes. Habrían resultado preciosos en la guerra, me decía Práxeas, con su habitual desprecio hacia sus súbditos, porque se habrían dejado matar de buen grado por el enemigo, y, durante el tiempo que se necesitaba para abatirlos a todos, los eunucos habrían podido obstruir la garganta. Pero los circunceliones llevaban esperando desde hacía demasiados siglos esa ventura, nadie llegaba a invadir la provincia, mordían el freno no sabiendo vivir en paz; no podían saltear y despojar a los monstruos que tenían órdenes de proteger, y se desahogaban cazando y enfrentándose a cuerpo limpio con animales salvajes; a veces se aventuraban más allá del Sambatyón, en las pedreras donde prosperaban quimeras y mantícoras, y alguno había tenido la alegría de acabar como Abdul. Pero no les bastaba. A veces, los más convencidos enloquecían. Práxeas había sabido ya que uno de ellos por la tarde nos había implorado que lo decapitáramos; otros, mientras estaban de guardia en la garganta, se arrojaban desde los picos, y, en resumidas cuentas, era difícil refrenarlos. No les quedaba a los eunucos sino mantenerles en estado de vigilia, prefigurando cada día el peligro inminente, haciéndoles creer que los hunos blancos estaban de verdad a las puertas, y así, a menudo, los nubios vagaban por la llanura aguzando la vista, estremeciéndose de alegría por cada nubecilla de polvo que se divisaba en la lejanía, aguardando la llegada de los invasores, en una esperanza que los consumía desde siglos, generación tras generación. Y, mientras tanto, como no todos estaban preparados de verdad para el sacrificio, pero anunciaban en voz muy alta su deseo de martirio para estar bien alimentados y bien vestidos, había que mantenerlos a raya dándoles glotonerías, y mucho *burq*. Entendí que la acritud de los eunucos crecía de día en día, obligados a gobernar a unos monstruos que odiaban, y teniendo que encomendar su vida a unos crápulas exaltados y perennemente borrachos.

Era tarde, y Práxeas hizo que la guardia nubia los acompañara a sus alojamientos, enfrente de la torre, en una colmena de piedra de dimensiones reducidas, en cuyo interior había espacio para todos ellos. Subieron por aquellas escalerillas aéreas y, agotados por la singular jornada, durmieron hasta la mañana.

Les despertó Gavagai, listo para servirles. Había sido informado por los nubios de que el Diácono estaba dispuesto a recibir a sus huéspedes.

Volvieron a la torre y Práxeas en persona los hizo subir a lo largo de las gradas exteriores, hasta el último piso. Allí traspusieron una puerta y se encontraron en un pasillo circular al que daban muchas otras puertas, una junto a la otra como una fila de dientes.

–Entendí sólo después cómo había sido concebida aquella planta, señor Nicetas. Me cuesta trabajo describírtela, pero lo intentaré. Imagínate que ese pasillo circular es la periferia de un círculo, en cuyo centro hay un salón central igualmente circular.

Todas las puertas que se abren al pasillo dan a un corredor, y cada corredor debería de ser uno de los radios del círculo, que lleva al espacio central. Pero si los corredores fueran rectos, desde el pasillo circular periférico todos podrían ver qué sucede en el salón central y quienquiera que se encontrara en el salón central podría ver si alguien llega por un corredor. En cambio, cada corredor empezaba en línea recta, pero al final se doblaba haciendo una curva, y después se entraba en el salón central. Así desde el pasillo periférico nadie podía divisar el salón, lo que aseguraba la reserva de quien vivía en él...

–Pero tampoco el habitante del salón podía ver quién llegaba, hasta el último momento.

–Efectivamente, y este detalle me llamó enseguida la atención. Sabes, el Diácono, el señor de la provincia, estaba al resguardo de miradas indiscretas, pero al mismo tiempo podía ser sorprendido sin previo aviso por una visita de sus eunucos. Era un prisionero que no podía ser espiado por sus custodios, pero que no podía ni siquiera espiarles.

–Esos eunucos tuyos eran más astutos que los nuestros. Pero ahora háblame del Diácono.

Entraron. El gran salón circular estaba vacío, excepto por unos escritorios alrededor del trono. El trono estaba en el centro, era de madera oscura, cubierto por un baldaquín. En el trono había una figura humana, envuelta en una túnica oscura, con la cabeza cubierta por un turbante, y un velo que le caía sobre el rostro. Los pies estaban calzados con babuchas oscuras, y oscuros eran los guantes que le cubrían las manos, de manera que nada se podía ver de las facciones del que allí se sentaba.

A ambos lados del trono, acurrucadas a los lados del Diácono, otras dos figuras veladas. Una de ellas ofrecía, de vez en cuando, al Diácono una copa en la que ardían perfumes, para que aspirara sus vapores. El Diácono intentaba negarse, pero Práxeas le hacía una señal con la cual, implorando, le ordenaba que aceptara y, por lo tanto, debía de tratarse de una medicina.

–Deteneos a cinco pasos del trono, haced una reverencia y antes de presentar vuestro saludo esperad a que Él os invite –susurró Práxeas.

–¿Por qué está velado? –preguntó Baudolino.

–No se pregunta, así es porque así lo quiere.

Hicieron como se les había dicho. El Diácono levantó una mano y dijo, en griego:

–Desde niño me han preparado para el día de vuestra llegada. Mi logoteta ya me lo ha dicho todo, y seré feliz de asistiros y ayudaros a la espera de vuestro augusto compañero. He recibido también vuestro incomparable regalo. Es inmerecido, tanto más porque un objeto tan santo procede de donadores tan dignos de veneración como el objeto mismo.

Su voz era vacilante, de una persona que sufría, pero el timbre era juvenil. Baudolino se explayó en saludos tan reverenciales que nadie habría podido acusarles más tarde de haber fingido la dignidad que se les atribuía. Pero el Diácono observó que tanta humildad era signo evidente de su santidad, y no había nada que hacer.

Luego los invitó a que se acomodaran en una corona de once cojines que había hecho disponer a cinco pasos del trono, hizo que les ofrecieran *burq* con ciertas rosquillas dulces con un sabor algo rancio y dijo que estaba ansioso de saber por su boca, ellos que habían visitado el fabuloso Occidente, si de verdad existían acullá todas las maravillas de las que había leído en tantos y tantos libros que había tenido entre manos. Preguntó si realmente existía una tierra llamada Enotria, donde crece el árbol de donde mana la bebida que Jesús transformó en su propia sangre. Si de verdad acullá el pan no estaba aplastado y no tenía un grosor de medio dedo, sino que se inflaba milagrosamente cada mañana al canto del gallo, en forma de fruto blando y muelle bajo una corteza dorada. Si era verdad que acullá se veían iglesias construidas fuera de la roca; si el palacio del gran Preste de Roma tenía techos y vigas de madera perfumada de la legendaria Ínsula de Chipre. Si ese palacio tenía puertas de piedra azul mezcladas con cuernos de la serpiente ceraste que impiden a quien pasa que introduzca veneno, y ventanas de una piedra tal que la luz pasaba a través de ella. Si en aquella misma ciudad había una gran construcción circular donde ahora los cristianos se comían a los leones y en cuya bóveda aparecían dos imitaciones perfectas del sol y la luna, del tamaño que efectivamente tienen, que recorrían su arco celeste, entre pájaros hechos por manos humanas que cantaban melodías dulcísimas. Si bajo el suelo, también él de piedra transparente, nadaban peces de piedra de las amazonas que se movían solos. Si era verdad que se llegaba a la construcción por una escalera donde, en la base de un determinado escalón había un agujero desde donde se veía pasar todo lo que sucede en el universo, todos los monstruos de las profundidades marinas, el alba y la tarde, las muchedumbres que viven en la Última Thule, una telaraña de hilos del color de la luna en el centro de una negra pirámide, los copos de una sustancia blanca y fría que caen del cielo sobre el África Tórrida en el mes de agosto, todos los desiertos de este universo, cada letra de cada hoja de cada libro, ponientes sobre el Sambatyón que parecían reflejar el color de una rosa, el tabernáculo del mundo entre dos placas relucientes que lo multiplican sin fin, extensiones de agua como lagos sin orillas, toros, tempestades, todas las hormigas que hay en la tierra, una esfera que reproduce el movimiento de las estrellas, el secreto latir del propio corazón y de las propias vísceras, y el rostro de cada uno de nosotros cuando nos transfigure la muerte...

–¿Pero quién les cuenta estas patrañas a esta gente? –se preguntaba escandalizado el Poeta, mientras Baudolino intentaba contestar con prudencia, diciendo que las maravillas del lejano Occidente eran sin duda muchas, aunque a veces la fama, que trasvuela agigantando valles y montañas, ama amplificarlas.

Y desde luego, él podía dar testimonio de no haber visto nunca, allá donde se pone el sol, a cristianos que comen leones.

El Poeta se mofaba en voz baja:

–Por lo menos, no en los días de ayuno...

Se dieron cuenta de que su sola presencia había inflamado la fantasía de aquel joven príncipe perennemente recluido en su prisión circular y que, si vives allá donde se alza el sol, no puedes sino soñar las maravillas del ocaso. Sobre todo, seguía murmurando el Poeta, afortunadamente en teutónico, si vives en un lugar de mierda como Pndapetzim.

Luego el Diácono entendió que también sus huéspedes querían saber algo, y observó que, quizá, después de tantos años de ausencia, no se acordaban de cómo volver al reino de donde, según la tradición, procedían, entre otras cosas porque en los siglos una serie de terremotos y otras transformaciones de aque-

lla tierra suya habían modificado profundamente montañas y llanuras. Explicó lo difícil que era cruzar la garganta y superar la
ciénaga, advirtió que estaba empezando la estación de las lluvias
y que no era oportuno emprender el viaje enseguida.

–Además, mis eunucos –dijo– tendrán que mandar emisarios
a mi padre, para que le refieran vuestra visita, y ellos deberán
regresar con el permiso para vuestro viaje. El camino es largo, y
todo eso llevará un año o quizá más. Mientras tanto, vosotros
tenéis que esperar la llegada de vuestro hermano. Sabed que aquí
se os dará hospitalidad según vuestro rango.

Lo decía con voz casi mecánica, como si recitara una lección
recién aprendida.

Los huéspedes le preguntaron cuál era la función y el destino
de un Diácono Juan, y él explicó: quizá en sus tiempos las cosas
todavía no iban así, pero las leyes del reino habían sido modifi-
cadas precisamente después de la marcha de los Magos. No había que pensar que el Preste era una sola persona que había seguido reinando durante milenios, era, más bien, una dignidad.
A la muerte de cada Preste ascendía a su trono el propio Diácono. Entonces, inmediatamente, los dignatarios del reino iban a visitar a todas las familias y localizaban, por ciertos signos milagrosos, a un niño que no tuviera más de tres meses, que se convertía
en el futuro heredero e hijo putativo del Preste. El niño era cedido con gozo por la familia y se lo enviaba acto seguido a Pndapetzim, donde pasaba la infancia y la juventud preparándose para
suceder a su padre adoptivo, para temerlo, honrarlo y amarlo. El
joven hablaba con voz triste porque, decía, es destino de un Diácono no conocer jamás a su propio padre, ni al carnal, ni al putativo, que no veía ni siquiera en su catafalco, porque, desde el
momento de su muerte hasta el momento en que el heredero
alcanzaba la capital del reino pasaba, como había dicho, por lo
menos un año.

–Sólo veré –decía–, e imploro que suceda lo más tarde posible,
la efigie impresa en su sábana fúnebre, en la que habrá sido
envuelto antes del funeral, con el cuerpo cubierto de óleos y otras
sustancias milagrosas que estampan sus formas en el lino.

Luego dijo:

–Tendréis que estar aquí mucho tiempo, y os pido que me
vengáis a visitar de vez en cuando. Adoro oír narrar las maravi-

llas de Occidente, y también oír relatos de las mil batallas y asedios que acullá, se dice, hacen la vida digna de ser vivida. Veo en vuestros costados armas, mucho más bellas y poderosas que las que se usan aquí, e imagino que vosotros mismos habréis guiado ejércitos en batallas, como les corresponde a unos reyes, mientras aquí nosotros nos preparamos desde tiempos inmemoriales para la guerra, pero nunca he tenido el placer de mandar un ejército en campo abierto.

No invitaba, suplicaba casi, y con el tono de un jovencito que se había encendido la mente con libros de aventuras portentosas.

–Con tal de que no os fatiguéis demasiado, señor –dijo con gran reverencia Práxeas–. Ahora es tarde y estáis cansado; será mejor despedir a vuestros visitantes.

El Diácono asintió pero, por el gesto de resignación con el que acompañó su saludo, Baudolino y los suyos comprendieron quién mandaba verdaderamente en aquel lugar.

# 31

# Baudolino aguarda para salir hacia el reino del Preste Juan

Baudolino había estado contando durante demasiado tiempo, y Nicetas tenía hambre. Teofilacto lo acomodó en la cena, ofreciéndole caviar de distintos peces, seguido por una sopa con cebollas y aceite de oliva, servida en un plato lleno de migas de pan; a continuación, una salsa de moluscos triturados, aliñada con vino, aceite, ajo, cinamomo, orégano y jenabe. No mucho, según sus gustos, pero Nicetas le hizo honor. Mientras las mujeres, que habían cenado aparte, se disponían a dormir, Nicetas reanudó sus preguntas a Baudolino, ansioso de saber si por fin había llegado al reino del Preste.

–Tú quisieras que corriera, señor Nicetas, pero nosotros nos quedamos en Pndapetzim dos largos años, y el tiempo, al principio, discurría siempre igual. De Zósimo, ninguna noticia, y Práxeas nos hacía observar que, si no llegaba el duodécimo de nuestro grupo, sin el anunciado regalo para el Preste, era inútil ponerse en camino. Además, cada semana, nos daba nuevas y desalentadoras noticias: la estación de las lluvias había durado más de lo previsto y la ciénaga se había vuelto aún más intransitable, no había noticias de los embajadores enviados al Preste, quizá no conseguían encontrar el único sendero practicable... Después llegaba la buena estación y se vociferaba que estaban llegando los hunos blancos, un nubio los había avistado hacia el norte, y no se podían sacrificar hombres para acompañarnos en un viaje tan difícil, y así en adelante. No sabiendo qué hacer, aprendíamos, poco a poco, a expresarnos en las distintas lenguas de aquel país. Ya sabíamos que si un pigmeo exclamaba *Hekinah degul*, quería decir que estaba contento, y que el saludo que había que intercambiar con él era *Lumus kelmin pesso desmar lon empo-*

*so*, es decir, que uno se comprometía a no mover guerra contra él
y su pueblo; que si un gigante respondía *Bodh-koom* a una pregunta, significaba que no sabía; que los nubios llamaban *nek* al
caballo quizá por imitación de *nekbrafpfar*, que era el camello,
mientras los blemias indicaban al caballo como *houyhmhnm*, y
era la única vez que les oímos pronunciar sonidos que no fueran
vocales, signo de que inventaban un término jamás usado para un
animal nunca visto; los esciápodos rezaban diciendo *Hai coba*, que
para ellos significaba Pater Noster, y llamaban *deba* al fuego, *deta*
al arco iris y *zita* al perro. Los eunucos, durante su misa, alababan
a Dios cantando: *Khondinbas Ospamerostas, kamedumas karpa-
nemphas, kapsimunas Kamerostas perisimbas prostamprostamas.*
Nos estábamos convirtiendo en habitantes de Pndapetzim, tanto
que los blemias o los panocios ya no nos parecían tan distintos de
nosotros. Nos habíamos transformado en un tropel de gandules;
Boron y Ardzrouni se pasaban los días discutiendo sobre el vacío,
y es más, Ardzrouni había convencido a Gavagai para que lo pusiera en contacto con un carpintero de los poncios, y estaba elucu-
brando con él si era posible construir únicamente con madera, sin
metal alguno, una de sus bombas milagrosas. Cuando Ardzrouni
se dedicaba a su loca empresa, Boron se retiraba con Kyot, cabal-
gaban por la llanura y fantaseaban sobre el Greal, mientras mantenían los ojos despiertos para ver si en el horizonte aparecía el
fantasma de Zósimo. Quizá, sugería el Boidi, había tomado un
camino distinto, se había encontrado con los hunos blancos, quién
sabe qué les había contado a esos bárbaros que debían de ser unos
idólatras, y los estaba convenciendo para que atacaran el reino...
Al Porcelli, al Cùttica y a Aleramo Scaccabarozzi alias el Chula,
que habían participado en la fundación de Alejandría adquiriendo algún que otro saber edilicio, se les había metido en la cabeza
convencer a los habitantes de aquella provincia de que cuatro
murallas bien construidas eran mejores que sus palomares, y habían encontrado unos gigantes, que por oficio perforaban aquellos
nichos en la piedra, dispuestos a aprender cómo se trabaja la argamasa o se modelan ladrillos de arcilla dejándolos secar al sol. A
los márgenes de la ciudad habían surgido cinco o seis chocillas,
pero una buena mañana se las habían visto ocupar por los hombres sin lengua, vagabundos por vocación y comedores de pan a
traición. Intentaron desalojarlos a pedradas: aquéllos, firmes. El

Boidi miraba todas las tardes hacia la garganta, para ver si había vuelto el buen tiempo. En fin, cada uno se había inventado el propio pasatiempo, nos habíamos acostumbrado a aquella comida disgustosa y, sobre todo, no conseguíamos prescindir ya del *burq*. Nos consolaba el hecho de que al fin y al cabo el reino estaba a dos pasos, es decir, a un año de marcha, si nos iba bien; pero ya no teníamos el deber de descubrir nada, ni de encontrar camino alguno, teníamos tan sólo que esperar que los eunucos nos condujeran por el camino justo. Estábamos, cómo diríamos, dichosamente enervados y felizmente aburridos. Cada uno de nosotros, excepto Colandrino, tenía ya sus años; yo había superado los cincuenta, a esa edad la gente se muere, si no se ha muerto hace tiempo; dábamos gracias al Señor, y se ve que aquellos aires nos sentaban bien, porque parecíamos todos rejuvenecidos; decían que yo aparentaba diez años menos que cuando había llegado. Estábamos vigorosos de cuerpo y lánguidos de espíritu, si puedo decirlo así. Nos estábamos identificando hasta tal punto con la gente de Pndapetzim que incluso habíamos empezado a apasionarnos en sus debates teológicos.

–¿Con quién estabais?

–Pues mira, todo había surgido porque al Poeta le hervía la sangre y no conseguía estar sin una mujer. Y decir que lo conseguía incluso el pobre Colandrino, pero él era un ángel en la tierra, como su pobre hermana. La prueba de que también nuestros ojos se habían acostumbrado a aquèl lugar la tuve cuando el Poeta empezó a fantasear sobre una panocia. Se sentía atraído por sus orejas largas y sedosas, lo excitaba la blancura de su piel, la encontraba grácil y con labios bien dibujados. Había visto a dos panocios unirse en un campo y adivinaba que la experiencia debía de ser deliciosa: ambos se envolvían el uno en el otro con sus orejas y copulaban como si estuvieran dentro de una concha, o como si fueran aquella carne picada envuelta en hojas de vid que habíamos probado en Armenia. Debe de ser espléndido, decía. Luego, habiendo recibido reacciones esquivas de la panocia que había intentado seducir, se encaprichó de una mujer de los blemias. Encontraba que, aparte de la falta de cabeza, tenía una cintura de avispa y una vagina invitante, y además habría estado bien poder besar en la boca a una mujer como si se le besara el vientre. Y así había intentado frecuentar a aquella gente. Una noche nos llevaron a una reunión. Los blemias, como todos los monstruos de la provincia, no habrían admitido a ninguno de los demás seres en sus discusiones sobre los asuntos sagrados, pero nosotros éramos distintos, no se pensaba que pensábamos mal, es más, cada raza estaba convencida de que pensábamos como ellos. El único que habría querido demostrar su contrariedad por aquella familiaridad nuestra con los blemias era, evidentemente, Gavagai, pero el fiel esciápodo ya nos adoraba, y lo que hacíamos no podía sino estar bien hecho. Un poco por ingenuidad, un poco por amor, se había convencido de que íbamos a los ritos de los blemias para enseñarles que Jesús era hijo adoptivo de Dios.

La iglesia de los blemias se encontraba a ras del suelo; una sola fachada con dos columnas y un tímpano, y lo demás en la profundidad de la roca. Su sacerdote convocaba a los fieles golpeando con un martillete sobre una losa de piedra envuelta por cuerdas que daba un sonido de campana rota. Dentro, se veía sólo el altar iluminado por lámparas que, por el olor, no quemaban aceite sino mantequilla, quizá de leche de cabra. No había crucifijos, ni otras imágenes, porque, como explicaba el blemia que les hacía de guía, al juzgar ellos (los únicos que pensaban bien) que el Verbo no se había hecho carne, no podían adorar la imagen de una imagen. Ni, por las mismas razones, podían tomar en serio la eucaristía, y, por lo tanto, la suya era una misa sin consagración de las hostias. Tampoco podían leer el Evangelio, porque era el relato de un engaño.

Baudolino preguntó entonces qué tipo de misa podían celebrar, y el guía dijo que ellos se reunían para orar, luego discutían juntos sobre el gran misterio de la falsa encarnación, sobre la cual todavía no habían conseguido arrojar plena luz. Y, en efecto, después de que los blemias se arrodillaron y dedicaron media hora a sus extrañas vocalizaciones, el sacerdote dio principio a la que llamaba la sagrada conversación.

Uno de los fieles se había levantado y había recordado que quizá el Jesús de la Pasión no era un fantasma de verdad, con lo que se habría burlado de los apóstoles, sino que era una potencia superior emanada por el Padre, un Eón, que había entrado en el cuerpo ya existente de un carpintero cualquiera de Galilea.

Otro había hecho notar que quizá, como habían sugerido algunos, María había alumbrado de verdad a un ser humano, pero el Hijo, que no podía hacerse carne, había pasado a través de ella como agua a través de un tubo, o quizá le había entrado por una oreja. Se levantó entonces un coro de protestas, y muchos gritaban «¡Pauliciano, Bogomila!», para decir que el hablante había enunciado una doctrina herética. Y, cabalmente, se le expulsó del templo. Un tercero aventuraba que el que había sufrido en la cruz era el Cireneo, que había sustituido a Jesús en el último momento, pero los demás le habían hecho notar que, para sustituir a alguien, ese alguien debía existir. No, había replicado el fiel, el alguien sustituido era precisamente Jesús como fantasma, el cual como fantasma no habría podido padecer, y sin Pasión no habría habido redención. Otro coro de protestas, porque al decir eso se afirmaba que la humanidad había sido redimida por ese pobrecillo del Cireneo. Un cuarto hablante recordaba que el Verbo había descendido al cuerpo de Jesús en forma de paloma en el momento del bautismo en el Jordán, pero ciertamente así se confundía el Verbo con el Espíritu Santo, y aquel cuerpo invadido no era un fantasma; y entonces ¿por qué los blemias habrían sido, y rectamente, unos fantasiastas?

Capturado por el debate, el Poeta había preguntado:

–Pero si el Hijo no encarnado era tan sólo un fantasma, entonces ¿por qué en el Huerto de los Olivos pronuncia palabras de desesperación y en la cruz se lamenta? ¿Qué le importa a un divino fantasma que le hinquen unos clavos en un cuerpo que es pura apariencia? ¿Representaba sólo una escena, como un histrión?

Lo había dicho pensando en seducir a la mujer blemia en la que tenía puesto el ojo, dando muestras de agudeza y de ansia de conocimiento, pero surtió el efecto contrario. Toda la asamblea se puso a gritar:

–¡Anatema, anatema!

Y nuestros amigos entendieron que había llegado el momento de abandonar aquel sinedrio. Y así fue como el Poeta, por exceso de sutileza teológica, no consiguió satisfacer su densa pasión carnal.

Mientras Baudolino y los demás cristianos se dedicaban a estas experiencias, Solomón interrogaba uno a uno a todos los habitantes de Pndapetzim para saber algo sobre las tribus perdidas. La alusión de Gavagai a los rabinos, el primer día, le decía que seguía la pista buena. Pero, tanto si los monstruos no sabían nada de verdad como si el argumento era tabú, Solomón no conseguía sacar nada en limpio. Por fin, uno de los eunucos había dicho que sí, que la tradición quería que a través del reino del Preste Juan hubieran pasado unas comunidades de judíos, y de eso hacía muchos siglos, pero luego habían decidido reanudar su viaje, quizá por miedo de que la anunciada invasión de los hunos blancos les obligara a afrontar una nueva diáspora, y sólo Dios sabía dónde habían ido. Solomón decidió que el eunuco mentía, y siguió esperando el momento en que irían al reino, donde claramente habría encontrado a sus correligionarios.

A veces Gavagai intentaba convertirles al pensamiento justo. El Padre es lo más perfecto y lejano de nosotros que puede existir en el universo, ¿no? Y, por lo tanto, ¿cómo podría haber generado un Hijo? Los hombres generan hijos para prolongarse a través de la prole y vivir en ella también ese tiempo que no verán porque habrán sido presa de la muerte. Pero un Dios que necesita generar un hijo no sería ya perfecto desde el principio de los siglos. Y si el Hijo hubiera existido desde siempre junto al Padre, siendo de su misma divina substancia o naturaleza, como se la quiera llamar (aquí Gavagai se confundía citando términos griegos como *ousía*, *hyposthasis*, *physis* e *hyposopon*, que ni siquiera Baudolino conseguía descifrar), tendríamos el caso increíble de que un Dios, por definición no generado, está generado desde el principio de los siglos. Así pues, el Verbo, que el Padre genera para que se ocupe de la redención del género humano, no es de la substancia del Padre: es generado después, ciertamente antes del mundo y es superior a cualquier otra criatura, pero asimismo ciertamente es inferior al Padre. El Cristo no es potencia de Dios, insistía Gavagai; desde luego no es una potencia cualquiera como la langosta, es más, es gran potencia, pero es primogénito y no ingénito.

—Así pues, para vosotros el Hijo —le preguntaba Baudolino—, ha sido sólo adoptado por el Padre, y por consiguiente no es Dios.

—No, pero está igualmente santísimo, como santísimo está

Diácono que está hijo adoptivo de Preste. Si funciona con Preste, ¿por qué no funciona con Dios? Yo sabe que Poeta ha preguntado a blemias por qué, si Jesús fantasma, él tiene miedo en Huerto de los Olivos y llora en la cruz. Blemias, que piensa mal, no sabe responder. Jesús no fantasma, sino Hijo adoptivo, e Hijo adoptivo no sabe todo como su Padre. ¿Entiende tú? Hijo no es *homoousios*, de misma substancia que Padre, sino *homoiusios*, de parecida pero no igual substancia. Nosotros no está herejes como anomeos: ellos considera Verbo ni siquiera semejante a Padre, todo distinto. Pero por suerte en Pndapetzim no está anomeos. Ellos piensa más mal que todos.

Como Baudolino, al citar esta historia, había dicho que ellos seguían preguntando qué diferencia había entre *homoousios* y *homoiusios*, y si Dios Padre podía ser reducido a dos palabritas, Nicetas había sonreído:

–Hay diferencia, la hay. Quizá para vosotros de Occidente estas diatribas hayan sido olvidadas, pero en el imperio de nosotros los romanos han perdurado durante mucho tiempo, y ha habido gente que ha sido excomulgada, exiliada o incluso muerta por matices como ésos. Lo que me sorprende es que estas discusiones que aquí han sido reprimidas hace muchísimo tiempo, sobrevivan todavía en la tierra de la que me hablas.

Y luego pensaba: yo dudo siempre de que este Baudolino me cuente embustes, pero un semibárbaro como él, que ha vivido entre tudescos y milaneses, que a duras penas distinguen la Santísima Trinidad de San Carlomagno, no podría saber de esas sutilezas, si no las hubiera oído acullá. ¿O quizá las ha oído en otro sitio?

De vez en cuando, nuestros amigos eran invitados a las repelentes cenas de Práxeas. Alentados por el *burq*, debían de haber dicho, hacia el final de uno de esos banquetes, cosas harto inconvenientes para unos Magos, y, por otra parte, Práxeas ya había ido tomando confianza. Así una noche, borracho él y borrachos ellos, dijo:

–Señores y gratísimos huéspedes, he reflexionado durante largo tiempo sobre cada palabra que habéis pronunciado desde que llegasteis aquí, y me he dado cuenta de que nunca habéis afirmado ser los Magos que esperábamos. Yo sigo pensando que lo sois, pero si por casualidad, digo por casualidad, no lo fuerais, no sería culpa vuestra que todos lo crean. En cualquier caso, permitidme que os hable como un hermano. Habéis visto qué sentina de herejías es Pndapetzim, y lo difícil que es mantener tranquila a esa monstruosa chusma, por un lado con el terror de los hunos blancos, y, por el otro, haciéndonos intérpretes de la voluntad y de la palabra de ese Preste Juan que ellos nunca han visto. Os habéis dado cuenta también vosotros de para qué sirve nuestro joven Diácono. Si nosotros los eunucos podemos contar con el apoyo y la autoridad de los Magos, nuestro poder aumenta. Aumenta y se fortalece aquí, pero se podría extender también... a otro lugar.

–¿Al reino del Preste? –preguntó el Poeta.

–Si vosotros llegarais al reino, deberíais ser reconocidos como los legítimos señores. Vosotros para llegar allá nos necesitáis a nosotros, nosotros os necesitamos aquí. Nosotros somos una raza extraña, no como los monstruos de esta provincia que se reproducen según las miserables leyes de la carne. Uno se convierte en eunuco porque los demás eunucos le han elegido, y le han hecho tal. En la que muchos consideran una desventura, nosotros nos sentimos unidos en una sola familia; digo nosotros con todos los demás eunucos que gobiernan en otros lugares, y sabemos que los hay muy poderosos también en el lejano Occidente, por no hablar de muchos otros reinos de India o de África. Bastaría con que nosotros, desde un centro poderosísimo, pudiéramos vincular en una secreta alianza a todos nuestros hermanos de todas las tierras, y habríamos construido el más vasto de todos los imperios. Un imperio que nadie podría conquistar o destruir, porque no sería fruto de ejércitos y territorios, sino de una telaraña de recíprocos entendimientos. Vosotros seríais el símbolo y la garantía de nuestro poder.

Al día siguiente Práxeas vio a Baudolino y le confió que tenía la impresión de haber dicho, la noche antes, cosas malas y absurdas, que nunca había pensado. Pedía perdón, imploraba que olvidaran sus palabras. Lo había dejado repitiéndole:

–Os lo ruego, acordaos de olvidarlas.

–Con el Preste o sin él –había comentado ese mismo día el Poeta–, Práxeas nos está ofreciendo un reino.

–Tú estás loco –le había dicho Baudolino–; nosotros tenemos una misión, y se lo hemos jurado a Federico.

–Federico está muerto –contestó secamente el Poeta.


Con el permiso de los eunucos, Baudolino iba a visitar a menudo al Diácono. Se habían hecho amigos, Baudolino le contaba de la destrucción de Milán, de la fundación de Alejandría, de cómo se escalan las murallas y de lo que hay que hacer para incendiar los almajaneques y los maganeles de los asediadores. Ante estos relatos, Baudolino habría dicho que al joven Diácono le brillaban los ojos, aunque su rostro siguiera velado.

Después Baudolino le preguntaba al Diácono por las controversias teológicas que inflamaban su provincia, y le parecía que el Diácono al contestarle le sonreía con melancolía.

–El reino del Preste es antiquísimo, y en él han encontrado refugio todas las sectas que en el transcurso de los siglos fueron excluidas del mundo de los cristianos de Occidente –y estaba claro que para él también Bizancio, de la que poco sabía, era Extremo Occidente–. El Preste no ha querido quitar a ninguno de estos exiliados la propia fe y la predicación de muchos de ellos ha seducido a las distintas razas que habitan este reino. Pero en fin, ¿qué importa saber cómo es de verdad la Santísima Trinidad? Basta con que esta gente siga los preceptos del Evangelio, y no irán al Infierno únicamente porque piensan que el Espíritu procede sólo del Padre. Es gente buena, te habrás dado cuenta, y se me muere el corazón al saber que un día quizá deban morir todos, haciendo de baluarte contra los hunos blancos. Ves, mientras mi padre esté vivo, gobernaré un reino de seres destinados a la muerte. Pero quizá muera yo primero.

–¿Qué dices, señor? Por la voz, y por tu misma dignidad de preste heredero, sé que no eres viejo.

El Diácono meneaba la cabeza. Baudolino entonces, para animarlo, intentaba hacer que se riera contándole proezas de estudiantes en París, suyas y ajenas, pero se daba cuenta de que así agitaba en el corazón de aquel hombre deseos furiosos, y la rabia de no poderlos satisfacer jamás. Al hacerlo, Baudolino se mostraba por lo que era y había sido, olvidando ser uno de los Magos. Pero tampoco el Diácono reparaba en ello, y dejaba entender que en aquellos once Magos nunca había creído, y sólo había recitado la lección que los eunucos le habían sugerido.

Un día, Baudolino, ante la evidente desazón del Diácono por sentirse excluido de las alegrías que la juventud a todos permite, intentó decirle que también se puede tener el corazón lleno de amor por una amada inalcanzable, y le habló de su pasión por una dama nobilísima y de las cartas que le escribía. El Diácono interrogaba con voz excitada, luego estallaba en un lamento de animal herido:

–Todo me está prohibido, Baudolino, incluso un amor sólo soñado. Si tú supieras cómo querría cabalgar a la cabeza de un ejército, sintiendo el olor del viento y el de la sangre. Mil veces mejor morir en batalla susurrando el nombre de la amada que quedarme en este antro para esperar... ¿qué? Quizá nada...

–Pero tú, señor –le había dicho Baudolino–, tú estás destinado a convertirte en la cabeza de un gran imperio, tú (que Dios guarde a tu padre por mucho tiempo) saldrás un día de esta espelunca, y Pndapetzim será sólo la última y la más lejana de tus provincias.

–Un día haré, un día seré... –murmuró el Diácono–. ¿Quién me lo asegura? Ves, Baudolino, mi pena profunda, que Dios me perdone esta duda que me reconcome, es que el reino no existe. ¿Quién me ha hablado de él? Los eunucos, desde que yo era un niño. ¿Ante quién vuelven los emisarios que ellos, digo ellos, envían a mi padre? Ante ellos, los eunucos. Estos emisarios, ¿de verdad han partido?, ¿de verdad han vuelto?, ¿han existido nunca? Yo lo sé todo sólo gracias a los eunucos. ¿Y si todo, esta provincia, quizá el universo entero, fuera el fruto de una conjuración de los eunucos, que se burlan de mí como del último nubio o esciápodo? ¿Y si tampoco existieran siquiera los hunos blancos? A todos los hombres se les pide una fe profunda para creer en el creador del cielo y de la tierra y en los misterios más insondables de nuestra santa religión, incluso cuando repugnan a nuestro intelecto. Pero la petición de creer en este Dios incomprensible es infinitamente menos exigente que la que se me pide a mí, que se me pide que crea sólo en los eunucos.

–No, señor; no, amigo mío –lo consolaba Baudolino–; el reino de tu padre existe, porque yo he oído hablar de él no ya a los eunucos sino a personas que creían en él. La fe hace que las cosas se vuelvan verdaderas; mis conciudadanos creyeron en una ciudad nueva, que infundiera temor a un gran emperador, y la ciudad surgió porque ellos querían creer en ella. El reino del Preste es verdadero porque mis compañeros y yo hemos consagrado dos tercios de nuestra vida a buscarlo.

–Quién sabe –decía el Diácono–, pero incluso si existe, yo no lo veré.

–Bueno, basta –le había dicho un día Baudolino–. Temes que el reino no exista; a la espera de verlo, te descorazonas en un tedio sin fin, que te matará. En el fondo, no les debes nada ni a los eunucos ni al Preste. Ellos te han elegido, tú eras un niño de pecho y no podías elegirles a ellos. ¿Quieres una vida de aventura y de gloria? Márchate, monta en uno de nuestros caballos, llega a las tierras de Palestina, donde cristianos valientes se baten contra los moros. Conviértete en el héroe que quisieras ser, los castillos de Tierra Santa están llenos de princesas que darían la vida por una sonrisa tuya.

–¿Has visto alguna vez mi sonrisa? –preguntó entonces el Diácono.

Con un solo gesto se arrancó el velo del rostro, y a Baudolino se le apareció un máscara espectral, con los labios roídos que descubrían encías podridas y dientes cariados. La piel de la cara se había encogido y en algunos puntos se había retirado por completo, mostrando la carne, de un rosa repugnante. Los ojos traslucían bajo párpados legañosos y recomidos. La frente era toda una llaga. Tenía el pelo largo y una barba rala partida en dos que cubría lo que le había quedado de barbilla. El Diácono se quitó los guantes y aparecieron unas manos flacas manchadas de nódulos oscuros.

–Es la lepra, Baudolino, la lepra, que no perdona ni a los reyes ni a los demás poderosos de la tierra. Desde los veinte años llevo conmigo este secreto, que mi pueblo ignora. He pedido a los eunucos que manden mensajes a mi padre, que sepa que no llegaré a sucederle, y que, por lo tanto, se apresure a educar a otro heredero. Que digan que he muerto; me iría a esconder en alguna colonia con mis semejantes y nadie sabría ya nada de mí. Pero los eunucos dicen que mi padre quiere que me quede. Y yo no lo creo. A los eunucos les resulta útil un Diácono débil; quizá yo muera y ellos seguirán manteniendo mi cuerpo embalsamado en esta caverna, gobernando en nombre de mi cadáver. Quizá, a la muerte del Preste, uno de ellos ocupe mi lugar, y nadie podrá decir que no soy yo, porque aquí nadie me ha visto nunca la cara, y en el reino me vieron sólo cuando todavía tomaba la leche del pecho de mi madre. He aquí, Baudolino, por qué acepto la muerte por consunción, yo que estoy embebido de muerte hasta los huesos. Nunca seré caballero, nunca seré amante. También tú ahora, y ni siquiera te has dado cuenta, has dado tres pasos hacia atrás. Y, si te has fijado, Práxeas cuando me habla está por lo menos cinco pasos atrás. Ves, los únicos que osan estar a mi lado son estos dos eunucos velados, jóvenes como yo, heridos por mi mismo mal, y que pueden tocar los cubiertos que yo he tocado sin tener nada que perder. Deja que me cubra otra vez, quizá de nuevo no me considerarás indigno de tu compasión, cuando no de tu amistad.

–Buscaba palabras de consuelo, señor Nicetas, pero no conseguía encontrarlas. Callaba. Luego le dije que quizá, entre todos los caballeros que iban al asalto de una ciudad, él era el verdadero héroe, que consumía su suerte en silencio y dignidad. Me dio las gracias, y por aquel día me pidió que me fuera. Pero yo ya le había tomado afecto a aquel desventurado, había empezado a frecuentarlo todos los días, le contaba mis lecturas de un tiempo, las discusiones oídas en la corte, le describía los lugares que había visto, desde Ratisbona a París, de Venecia a Bizancio, y luego, Iconio y Armenia, y los pueblos que habíamos encontrado en nuestro viaje. Estaba destinado a morir sin haber visto nada excepto los nichos de Pndapetzim, y yo intentaba hacerle vivir a través de mis relatos. Y quizá también inventé, le hablé de ciudades que nunca había visitado, de batallas que nunca había combatido, de princesas que nunca había poseído. Le contaba las maravillas de las tierras donde muere el sol. Le hice disfrutar de ponientes en la Propóntide, de reflejos de esmeralda en la laguna veneciana, de un valle de Hibernia, donde siete iglesias blancas se extienden a orillas de un lago silencioso, entre rebaños de ovejas igual de blancas; le conté cómo los Alpes Pirineos están cubiertos siempre por una mullida sustancia cándida, que en verano se deshace en cataratas majestuosas y se desperdiga en ríos y arroyos a lo largo de pendientes lozanas de castaños; le dije de los desiertos de sal que se extienden en las costas de Apulia; le hice temblar evocando mares que nunca había navegado, donde saltan peces del tamaño de una ternera, tan mansos que los hombres pueden cabalgarlos; le referí de los viajes de San Brandán a las Ínsulas Afortunadas y cómo un día, creyendo arribar a una tierra en medio del mar, descendió al lomo de una ballena, que es un pez grande como una montaña, capaz de tragarse una nave entera; pero tuve que explicarle qué eran las naves, peces de madera que surcan las aguas moviendo alas blancas; le enumeré los animales prodigiosos de mis países, el ciervo, que tiene dos grandes cuernos en forma de cruz; la cigüeña, que vuela de tierra en tierra, y se hace cargo de sus propios padres senescentes llevándolos en su dorso por los cielos; la mariquita, que se parece a una pequeña seta, roja y punteada de manchas color leche; la lagartija, que es como un cocodrilo, pero tan pequeña que pasa por debajo de las puertas; el cuclillo, que pone sus huevos en los nidos de otros pájaros; la lechuza, con sus ojos redondos que en la noche parecen dos lámparas, y que vive comiendo el aceite de los candiles de las iglesias; el puerco espín, animal con el lomo erizado de acúleos que chupa la leche de las vacas; la ostra, cofre vivo, que produce a veces una belleza muerta pero de inestimable valor; el ruiseñor, que vela la noche cantando y vive en adoración de la rosa; la langosta, monstruo lorigado de un rojo flamante, que huye hacia atrás para sustraerse a la caza de los que desean sus carnes; la anguila, espantosa serpiente acuática de sabor graso y exquisito; la gaviota, que sobrevuela las aguas como si fuera un ángel del señor pero emite gritos estridentes como los de un demonio; el mirlo, pájaro negro con el pico amarillo que habla como nosotros, sicofante que dice lo que le ha confiado el amo; el cisne, que surca majestuoso las aguas de un lago y canta en el momento de su muerte una melodía dulcísima; la comadreja, sinuosa como una doncella; el halcón, que vuela en picado sobre su presa y se la lleva al caballero que lo ha educado. Me imaginé el esplendor de gemas que el Diácono nunca había visto –ni yo con él–, las manchas purpúreas y lechosas de la murrina, las venas cárdenas y blancas de algunas gemas egip-

cias, el candor del oricalco, la transparencia del cristal, el brillo
del diamante, y luego le celebré el esplendor del oro, metal tierno que se puede plasmar en hojas finas, el chirrido de las cuchillas al rojo vivo cuando se sumergen en el agua para templarlas;
le describí cuáles inimaginables relicarios se ven en los tesoros de las grandes abadías, lo altas y puntiagudas que son las
torres de nuestras iglesias, así como altas y derechas son las columnas del Hipódromo de Constantinopla, qué libros leen los judíos, sembrados de signos que parecen insectos, y qué sonidos pro-
nuncian cuando los leen, cómo un gran rey cristiano había recibido
de un califa un gallo de hierro que cantaba sólo cuando salía el sol,
qué es la esfera que gira eructando vapor, cómo queman los espejos de Arquímedes, lo espantoso que es ver por la noche un molino de viento; y luego le conté del Greal, de los caballeros que lo
estaban buscando en Bretaña, de nosotros que se lo habríamos
entregado a su padre en cuanto hubiéramos encontrado al infame Zósimo. Viendo que estos esplendores lo fascinaban, pero su
inaccesibilidad lo entristecía, pensé que sería bueno, para con-
vencerle de que su pena no era la peor, relatarle el suplicio de
Andrónico con tales detalles que superaran en mucho lo que se
le había hecho, las carnicerías de Crema, de los prisioneros con
la mano, la oreja, la nariz cortada; hice relampaguear ante sus
ojos enfermedades inenarrables con respecto a las cuales la lepra era un mal menor; le describí como horrendamente horribles
la escrófula, la erisipela, el baile de San Vito, el fuego de San
Antonio, el mordisco de la tarántula, la sarna que te lleva a ras-
carte la piel escama a escama, la acción pestífera del áspid, el
suplicio de Santa Ágata a quien le arrancaron los senos, el de
Santa Lucía a quien le sacaron los ojos, el de San Sebastián traspasado de flechas, el de San Esteban con el cráneo partido por las
piedras, el de San Lorenzo asado en la parrilla a fuego lento, e
inventé otros santos y otras atrocidades: cómo San Ursicino fue
empalado del ano hasta la boca, San Sarapión desollado, San
Mopsuestio atado por sus cuatro extremidades a cuatro caballos
encabritados y luego descuartizado, San Draconcio obligado a
tragar pez hirviendo... Me parecía que estos horrores lo alivia-
ban, luego temía haber exagerado y pasaba a describirle las otras
bellezas del mundo, cuyo pensamiento a menudo era el consuelo del prisionero, la gracia de las adolescentes parisinas, la pere-

zosa venustez de las prostitutas venecianas, el incomparable arrebol de una emperatriz, la risa infantil de Colandrina, los ojos de una princesa lejana. El Diácono se excitaba, pedía que le siguiera contando, preguntaba cómo eran los cabellos de Melisenda, condesa de Trípoli, los labios de aquellas fúlgidas bellezas que habían encantado a los caballeros de Brocelianda más que el santo Greal; se excitaba. Dios me perdone, pero creo que una o dos veces tuvo una erección y sintió el placer de derramar el propio semen. Y aún intentaba hacerle entender lo rico que era el universo de especias con perfumes enervantes, y, como no las llevaba conmigo, intentaba recordar el nombre de las que había conocido así como el de las que conocía sólo a través de su nombre, pensando que aquellos nombres lo embriagarían como olores, y le mencionaba el lauroceraso, el benjuí, el incienso, el nardo, el espicanardo, el olíbano, el cinamomo, el sándalo, el azafrán, el jengibre, el cardamomo, la cañafístula, la cedoaria, el laurel, la mejorana, el cilantro, el eneldo, el estragón, la malagueta, el ajonjolí, la amapola, la nuez moscada, la hierba de limón, la cúrcuma y el comino. El Diácono escuchaba en los umbrales del delirio, se tocaba el rostro como si su pobre nariz no pudiera soportar todas esas fragancias, preguntaba llorando qué le habían dado de comer hasta entonces los malditos eunucos, con el pretexto de que estaba enfermo, leche de cabra y pan mojado en *burq*, que decían que era bueno para la lepra, y él pasaba los días aturdido, casi siempre durmiendo y con el mismo sabor en la boca, día tras día.

–Acelerabas su muerte, llevándolo al extremo del frenesí y de la consunción de todos sus sentidos. Y satisfacías tu gusto por la fábula, estabas orgulloso de tus invenciones.

–Quizá, pero durante la poca vida que le quedaba todavía, lo hice feliz. Y además, te cuento estos coloquios nuestros como si hubieran sucedido en uno solo día, pero mientras tanto también en mí se había encendido una nueva llama, y vivía en un estado de exaltación continua, que intentaba trasmitirle, regalándole, enmascarado, parte de mi bien. Había encontrado a Hipatia.

# 32

# Baudolino ve a una dama
# con un unicornio

–Antes está la historia del ejército de los monstruos, señor Nicetas. El terror a los hunos blancos había aumentado, y era más
apremiante que nunca, porque un esciápodo, que se había alle-
gado hasta los confines extremos de la provincia (aquellos seres
gustaban, a veces, de correr al infinito, como si su voluntad estuviera dominada por aquel pie suyo incansable), pues bien, un
esciápodo había vuelto diciendo que los había visto: tenían la cara
amarilla, bigotes larguísimos y pequeña estatura. Montados sobre
caballos pequeños como ellos, pero rapidísimos, parecían formar
un solo cuerpo. Viajaban por desiertos y por estepas llevando sólo,
además de las armas, una cantimplora de cuero para la leche y
una pequeña cazuela de barro para cocer la comida que encontraban por el camino, pero podían cabalgar días y días sin comer
ni beber. Habían atacado la caravana de un califa, con esclavos,
odaliscas y camellos, que estaba acampada en tiendas suntuosas.
Los guerreros del califa habían marchado contra los hunos, y se
ofrecían bellos y terribles a la mirada, hombres gigantescos que
irrumpían sobre sus camellos, armados con terribles espadas
curvadas. Bajo aquel ímpetu, los hunos habían fingido la retirada, arrastrando tras de sí a los perseguidores, luego los habían
encerrado en un círculo, habían girado a su alrededor y, lanzando alaridos feroces, los habían exterminado. Acto seguido, habían
invadido el campamento y habían degollado a todos los supervivientes –mujeres, siervos, todos, incluidos los niños–, dejando
vivo sólo a un testigo de la matanza. Habían incendiado las tiendas y habían retomado su cabalgata sin ni siquiera abandonarse
al saqueo, signo de que destruían sólo para que se difundiera en
el mundo la fama de que donde ellos pasaban no volvía a crecer

la hierba y en el próximo enfrentamiento sus víctimas estuvieran
paralizadas ya por el terror. Quizá el esciápodo hablaba después
de haberse reconfortado con *burq*, pero ¿quién podía controlar si
refería cosas vistas o decía disparates? El miedo serpenteaba por
Pndapetzim; era posible sentirlo en el aire, en las voces bajas con
las que la gente hacía circular las noticias de boca en boca, como
si los invasores pudieran oírles ya. Llegados a este punto, el Poeta
decidió tomar en serio las ofertas, aun disfrazadas de desvaríos
de borracho, de Práxeas. Le había dicho que los hunos blancos
podían llegar de un momento a otro, y ¿qué les habrían opuesto?
Los nubios, desde luego, luchadores dispuestos al sacrificio, ¿y
luego? Excepto los pigmeos, que sabían manejar el arco contra
las grullas: ¿habrían combatido los esciápodos a cuerpo limpio?,
¿habrían ido al asalto los poncios con el miembro en ristre?, ¿habrían sido enviados los sinlengua en misiones de reconocimiento para que refirieran después lo que habían visto? Y, sin embargo, de aquella congerie de monstruos, aprovechando las po-
sibilidades de cada uno, se podía obtener un ejército temible.
Y si había alguien que sabía hacerlo era él, el Poeta.

   –Se puede aspirar a la corona imperial después de haber sido
un jefe victorioso. Así, por lo menos, ha sucedido varias veces
aquí, en Bizancio.

   –Claramente ése era el propósito de mi amigo. Los eunucos
aceptaron en el acto. Yo creo que, mientras hubieran estado en
paz, el Poeta con su ejército no constituía un peligro, y si se hubiera producido la guerra, podía retrasar por lo menos la entrada de aquellos energúmenos en la ciudad dejándoles más tiempo a ellos para cruzar los montes. Y además, la constitución de un
ejército mantenía a los súbditos en estado de vigilia obediente, y
está claro que eso era algo que ellos siempre habían querido.


   Baudolino, que no amaba la guerra, pidió quedar excluido. Los
demás no. El Poeta consideraba que los cinco alejandrinos eran
buenos capitanes, y con razón, puesto que había vivido el asedio
de su ciudad, y en el otro lado, es decir, el de los derrotados. Se
fiaba también de Ardzrouni, que quizá habría podido enseñar a
los monstruos a construir alguna máquina de guerra. No desde-
ñaba a Solomón: un ejército, decía, debe llevar consigo a un hom-

bre experto en medicina, porque no se hace una tortilla sin romper los huevos. Al final, había decidido que también Boron y Kyot, que consideraba unos soñadores, habrían podido tener alguna función en su plan, porque como hombres de letras podían llevar los libros del ejército, cuidar de la intendencia, proveer al rancho de los guerreros.

Había considerado atentamente la naturaleza y las virtudes de las distintas razas. Sobre los nubios y los pigmeos nada que decir, se trataba sólo de establecer en qué posición colocarlos en una posible batalla. Los esciápodos, con lo raudos que eran, podían usarse como escuadrones de asalto, con tal de que lograran acercarse al enemigo deslizándose rápidamente entre los helechos y los hierbajos, asomando de repente sin que aquellos hocicos amarillos con grandes bigotes hubieran tenido tiempo de darse cuenta. Bastaba con adiestrarlos en el uso de la cerbatana, es decir, de la fístula, como había sugerido Ardzrouni, fácil de construir, visto que la zona abundaba en cañaverales. Quizá Solomón, entre todas aquellas hierbas del mercado, habría podido encontrar un veneno con el cual empapar las flechas, y que no se hiciera el finústico porque la guerra es la guerra. Solomón respondía que su pueblo, en los tiempos de Masada, había dado sus quebraderos de cabeza a los romanos, porque los judíos no eran gente que aceptara las bofetadas sin decir nada, como creían los gentiles.

Los gigantes podían emplearse con provecho, no a distancia, debido a ese único ojo que tenían, sino para un choque cuerpo a cuerpo, quizá saliendo de entre las hierbas nada más producirse el ataque de los esciápodos. Con lo altos que eran, les habrían sacado muchos palmos a los caballitos de los hunos blancos y los habrían podido detener con un puñetazo en el hocico, cogerlos por las crines simplemente con las manos, sacudirlos lo suficiente para que el caballero cayera de la silla, y rematarlo de una patada, que en cuanto a tamaño, el pie de un gigante doblaba al de un esciápodo.

Un empleo más incierto quedaba reservado a los blemias, a los poncios y a los panocios. Ardzrouni había sugerido que estos últimos, con las orejas de que disponían, habrían podido emplearse para planear desde lo alto. Si los pájaros se sostienen en el aire agitando las alas, por qué no deberían hacerlo los panocios con las orejas, asentía Boron, y por suerte no las agitan en el vacío. Por lo tanto, los panocios habían de ser reservados para el momento desafortunado en que los hunos blancos, superadas las primeras defensas, hubieran entrado en la ciudad. Los panocios los habrían esperado en lo alto de sus refugios rupestres, les habrían caído sobre la cabeza y habrían podido degollarlos, con tal de estar bien adiestrados para usar un cuchillo, aunque fuera de obsidiana. Los blemias no podían ser empleados como vigías, porque para ver habrían tenido que asomar el busto, y eso, en términos bélicos, habría sido un suicidio. Ahora bien, oportunamente dispuestos, como mesnada de asalto no estaban mal, porque el huno blanco está acostumbrado (se presume) a apuntar a la cabeza, y, cuando te encuentras delante un enemigo sin cabeza, tienes por lo menos un instante de perplejidad. Ese instante era el que los blemias tenían que aprovechar, acercándose a los caballos con hachas de piedra.

Los poncios eran el punto débil del arte militar del Poeta, porque ¿cómo puedes mandar al frente a gente con el pene en el vientre, que al primer impacto les cae un buen toque en los cojones y se quedan tirados por los suelos llamando a sus madres? Se podían usar, con todo, como vigías, porque se había descubierto que ese pene era para ellos como la antena de ciertos insectos, que a la menor variación del viento o de la temperatura se ponía tieso y empezaba a vibrar. Así pues, podían desarrollar la función de informadores, enviados a la vanguardia, y, si luego los mataban los primeros, decía el Poeta, la guerra es la guerra y no deja espacio para la cristiana piedad.

Para los sinlengua habían pensado al principio en dejar que se cocieran en su propio caldo porque, con lo indisciplinados que eran, podían crear más problemas a un caudillo que el enemigo mismo. Luego se decidió que, debidamente azotados, podían trabajar en la retaguardia, ayudando a los más jóvenes entre los eunucos que, con Solomón, se habrían ocupado de los heridos, y habrían mantenido tranquilas a las mujeres y a los niños de todas las razas, vigilando que no sacaran la cabeza de sus agujeros.

Gavagai había nombrado también en su primer encuentro a los sátiros-que-no-se-ven-jamás, y el Poeta presumía que podían golpear con los cuernos, y saltar como cabras sobre sus cascos biforcudos, pero todas las preguntas sobre ese pueblo habían obtenido respuestas evasivas. Vivían en la montaña, más allá del lago (¿cuál?) y nadie los había visto nunca. Sometidos formalmente al Preste, vivían por su cuenta, sin mantener ningún tipo de comercio con los demás y, por lo tanto, era como si no existieran. Paciencia, decía el Poeta, además podrían tener los cuernos retorcidos, con la punta girada hacia dentro o hacia fuera, y para golpear habrían debido ponerse con la tripa al aire o a cuatro patas; seamos serios, no se hace la guerra con cabras.

–Se hace la guerra también con cabras –había dicho Ardzrouni.

Contó de un gran caudillo que había atado antorchas a los cuernos de las cabras y luego las había enviado de noche, miles y miles, por la llanura por donde llegaban los enemigos, haciéndoles creer que los defensores disponían de un ejército inmenso. Puesto que en Pndapetzim tenían a mano cabras con seis cuernos, el efecto habría sido imponente.

–Eso si los enemigos llegan de noche –había comentado escéptico el Poeta.

De todas maneras, que Ardzrouni preparara muchas cabras y muchas antorchas, nunca se sabe.

Según estos principios, desconocidos por Vegecio y por Frontino, habían iniciado los adiestramientos. La llanura estaba poblada de esciápodos que se ejercitaban en soplar en sus novísimas fístulas, con el Porcelli que emitía blasfemias cada vez que se equivocaban de blanco, y menos mal que se limitaba a invocar a Cristo, y para aquellos herejes nombrar en vano el nombre de uno que era sólo hijo adoptivo no era pecado. Colandrino se ocupaba de acostumbrar a los poncios a volar, cosa que nunca habían hecho, pero parecía que Dios Padre los hubiera creado sólo para eso. Era difícil circular por las calles de Pndapetzim porque, cuando menos te lo esperabas, te caía un panocio en la cabeza, pero todos habían aceptado la idea de que se estaba preparando una guerra y nadie se quejaba. Los más felices de todos eran los panocios, talmente asombrados de descubrir sus inauditas virtudes, que también las mujeres y los niños querían participar en la empresa, y el Poeta había accedido de buena gana.

El Scaccabarozzi ejercitaba a los gigantes en la captura del caballo, pero los únicos caballos del lugar eran los de los Magos, y después de dos o tres maniobras corrían el riesgo de encomendar el alma a Dios, por lo cual habían recurrido a los burros. Resultaban incluso mejores, porque los burros daban coces rebuznando, eran más difíciles de coger por el pescuezo que un caballo al galope, y los gigantes se habían vuelto ya maestros en ese arte. Ahora, también tenían que aprender a correr con la espalda doblada entre los helechos, para no dejarse ver inmediatamente por sus enemigos, y muchos de ellos se quejaban porque después de los ejercicios les dolían los riñones.

El Boidi hacía que se ejercitaran los pigmeos, porque un huno blanco no es una grulla y había que apuntar en medio de los ojos. El Poeta adoctrinaba directamente a los nubios que no esperaban sino morir en la batalla; Solomón buscaba pociones venenosas y las probaba embebiendo la punta de un acúleo, pero una vez consiguió que se durmiera un conejo durante pocos minutos, y otra indujo una gallina a volar. No importa, decía el Poeta, un huno blanco que se duerme lo que dura un Benedícite, o que se pone a aletear con los brazos, ya es huno muerto, sigamos.

El Cùttica se consumía con los blemias, enseñándoles a arrastrarse bajo un caballo y a abrirle el vientre de un hachazo, pero ensayarlo con los burros era toda una hazaña. En cuanto a los poncios, visto que formaban parte de los servicios y de la intendencia, se ocupaban de ellos Boron y Kyot.

Baudolino había informado al Diácono de lo que estaba sucediendo, y el joven parecía renacido. Se había hecho conducir, con el permiso de los eunucos, sobre las gradas exteriores y desde arriba había observado los escuadrones que se adiestraban. Había dicho que quería aprender a montar a caballo, para guiar a sus súbditos, pero acto seguido le había dado un desmayo, quizá por la excesiva emoción, y los eunucos lo habían llevado al trono a que se entristeciera de nuevo.

Fue en aquellos días cuando, un poco por curiosidad y un poco por aburrimiento, Baudolino se preguntó dónde podían vivir los sátiros-que-no-se-ven-jamás. Se lo preguntaba a todos, e interrogó incluso a uno de los poncios, cuya lengua no habían conseguido descifrar. El poncio respondió:

–Prug frest frinss sorgdmand strochdt drhds pag brlelang gravot chavygny rusth pkalhdrcg.

Y no era mucho. Incluso Gavagai se mantuvo vago. Allá, dijo, e indicó una serie de colinas azuladas hacia occidente, detrás de las cuales se recortaban lejanas las montañas; pero allá nunca ha ido nadie, porque los sátiros no aman a los intrusos.

–¿Qué piensan los sátiros? –había preguntado Baudolino.

Y Gavagai había contestado que pensaban peor que nadie, porque consideraban que nunca había habido pecado original. Los hombres no se habían vuelto mortales como consecuencia de ese pecado: lo serían aunque Adán nunca hubiera comido la manzana. Por lo tanto, no hay necesidad de redención, y cada uno puede salvarse con su propia buena voluntad. Todo el asunto de Jesús había valido para proponernos un buen ejemplo de vida virtuosa, y nada más.

–Casi como herejes de Mahumeth, que dice que Jesús es sólo profeta.

A la pregunta de por qué nadie iba nunca donde estaban los sátiros, Gavagai había contestado que a los pies de la colina de los sátiros había un bosque con un lago, y que a todos les estaba prohibido frecuentarlo, porque vivía una raza de malas mujeres, todas paganas. Los eunucos decían que un buen cristiano no va allá, porque podría incurrir en algún maleficio, y nadie iba. Pero Gavagai, socarrón, describía tan bien el camino para ir que dejaba pensar que él, o algún otro esciápodo, en sus carreras por doquier, habían metido las narices también en aquellos parajes.

Era lo que bastaba para excitar la curiosidad de Baudolino. Esperó a que nadie se fijara en él, montó a caballo, en menos de dos horas atravesó una vasta maleza y llegó a los límites del bosque. Ató el caballo a un árbol y penetró en aquella espesura, fresca y perfumada. Tropezando en las raíces que afloraban a cada paso, rozando setas enormes y de todos los colores, llegó por fin a la orilla de un lago, más allá del cual se elevaban las laderas de las colinas de los sátiros. Era la hora del ocaso, las aguas del lago, limpidísimas, se estaban ofuscando y reflejaban la sombra larga de los muchos cipreses que lo bordeaban. Reinaba por doquier un altísimo silencio, ni siquiera roto por el canto de los pájaros.

Mientras Baudolino meditaba a orillas de aquel espejo de agua, vio salir del bosque a un animal que nunca había encontrado en su vida, pero al que reconocía perfectamente. Parecía un caballo de tierna edad, era blanco todo él y sus movimientos delicados y gráciles. Sobre el morro bien formado, justo encima de la frente, tenía un cuerno, blanco también él, modelado en forma de espiral, que terminaba en una punta afilada. Era, como decía Baudolino de pequeño, el lioncornio, es decir, el unicornio, el monoceronte de sus fantasías infantiles. Lo admiraba conteniendo la respiración, cuando detrás de él salió de los árboles una figura femenina.

Erguida, envuelta en una larga túnica que dibujaba con gracia unos pequeños senos firmes, la criatura caminaba con paso de camelopardo indolente, y su túnica acariciaba la hierba que hermoseaba las orillas del lago como si revoloteara sobre el suelo. Tenía largos y suaves cabellos rubios, que le llegaban hasta las caderas, y un perfil purísimo, como si hubiera sido modelado sobre un dije de marfil. La tez era apenas sonrosada, y aquel rostro angélico estaba dirigido hacia el lago en actitud de muda plegaria. El unicornio pataleaba suavemente a su alrededor, levantando a veces el morro con las pequeñas aletas vibrantes para recibir una caricia.

Baudolino miraba extasiado.

–Tú pensarás, señor Nicetas, que llevaba desde el principio del viaje sin ver a una mujer digna de ese nombre. No me interpretes mal: no era deseo lo que me había arrebatado, sino más bien una sensación de serena adoración, no sólo ante ella, sino ante el animal, el lago tranquilo, los montes, la luz de aquel día que acababa. Me sentía como en un templo.

Baudolino intentaba describir, con las palabras, su visión; algo que ciertamente no se puede hacer.

–Ves, hay momentos en los que la perfección misma aparece en una mano o en un rostro, en algún matiz de la ladera de una colina o del mar, momentos en los que se te paraliza el corazón ante el milagro de la belleza... Aquella criatura me parecía en aquel momento un soberbio pájaro acuático, ahora una garza, ahora un cisne. He dicho que sus cabellos eran rubios, pero no, en cuanto movía ligeramente la cabeza adoptaban a veces reflejos azulados, a veces parecían recorridos por un fuego ligero. Le divisaba el seno de perfil, suave y delicado como el pecho de una paloma. Me había vuelto pura mirada. Veía algo antiguo, porque sabía que no estaba viendo algo bello sino la belleza misma, como sagrado pensamiento de Dios. Descubría que la perfección, si se la divisa una vez, y una sola vez, era algo ligero y donoso. Miraba aquella figura de lejos, pero sentía que no hacía presa en esa imagen, como sucede cuando estás entrado en años y te parece divisar signos claros sobre un pergamino, pero sabes que en cuanto te acerques se confundirán, y jamás podrás leer el secreto que esa página te prometía. O como en los sueños, que se te aparece algo que quisieras, alargas la mano, mueves los dedos en el vacío y no agarras nada.

–Te envidio ese embrujo.

–Para no romperlo, me había transformado en estatua.

# 33

# Baudolino encuentra a Hipatia

El embrujo, en cambio, había terminado. Como una criatura del bosque, la doncella había notado la presencia de Baudolino y se había vuelto hacia él. No había tenido un instante de susto, sólo una mirada sorprendida.

Había dicho en griego:

–¿Quién eres tú?

Como él no contestaba, se le había acercado osadamente, escrutándolo de cerca, sin vergüenza ni malicia, y también sus ojos eran como su pelo, de un color cambiante. El unicornio se había puesto a su lado, la cabeza inclinada como para tender su bellísima arma en defensa de su ama.

–Tú no eres de Pndapetzim –siguió diciendo ella–, tú no eres ni un eunuco, ni un monstruo, tú eres... ¡un hombre!

Daba a entender que reconocía a un hombre tal como él había reconocido al unicornio, por haber oído hablar de él muchas veces, sin haberlo visto nunca.

–Eres bello, es bello un hombre, ¿puedo tocarte?

Había extendido la mano y con sus dedos finos le había acariciado la barba, y acariciado la cicatriz de la cara, como aquel día Beatriz.

–Esto es una herida; ¿tú eres un hombre de esos que hacen la guerra? ¿Eso qué es?

–Una espada –respondió Baudolino–, pero la uso como defensa contra las fieras, no soy un hombre que hace la guerra. Me llamo Baudolino y vengo de las tierras donde se pone el sol, allá –e hizo una señal vaga. Se dio cuenta de que le temblaba la mano–. ¿Quién eres tú?

–Soy una hipatia –dijo ella, con el tono de quien se divierte oyendo una pregunta tan ingenua, y se rió, volviéndose aún más bella.

Luego, recordando que el que hablaba era un extranjero:

–En este bosque, más allá de esos árboles, vivimos sólo nosotras, las hipatias. ¿No tienes miedo de mí, como los de Pndapetzim?

Esta vez fue Baudolino el que sonrió: era ella la que temía que él tuviera miedo.

–¿Vienes al lago a menudo? –preguntó.

–No siempre –contestó la hipatia–, la Madre no desea que salgamos solas fuera del bosque. Pero el lago es tan hermoso, y Acacio me protege.

E indicaba al unicornio. Luego añadió, con una mirada preocupada:

–Es tarde. No debo estar lejos tanto tiempo. No debería ni siquiera encontrar a la gente de Pndapetzim, si se acercara por aquí. Pero tú no eres uno de ellos, tú eres un hombre, y nunca nadie me ha dicho que me mantenga alejada de los hombres.

–Volveré mañana –osó Baudolino–, pero cuando el sol esté alto en el cielo. ¿Estarás tú?

–No sé –dijo la hipatia turbada–, quizá.

Y desapareció ligera entre los árboles.


Aquella noche Baudolino no durmió, total –se decía– ya había soñado, y lo suficiente como para recordar ese sueño toda la vida. Pero al día siguiente, en pleno mediodía, cogió el caballo y volvió al lago.

Esperó hasta la tarde, sin ver a nadie. Desconsolado volvió a casa, y en los confines de la ciudad se topó con un grupo de esciápodos que se adiestraban con la fístula. Vio a Gavagai que le dijo:

–¡Tú mire!

Dirigió la caña hacia arriba, disparó un dardo y traspasó a un pájaro que cayó poco lejos.

–Yo gran guerrero –dijo Gavagai–, si llega huno blanco, ¡yo pasa a través de él!

Baudolino le dijo que bravo bravo, y se fue a dormir enseguida. Aquella noche soñó con el encuentro del día anterior, y por la mañana se dijo que un sueño no bastaba para toda la vida.

Volvió de nuevo al lago. Estuvo sentado cerca del agua escuchando el canto de los pájaros, que celebraban la mañana, luego a las cigarras, en la hora en la que arrecia el duende meridiano. Pero no hacía calor, los árboles difundían un frescor delicioso, y no le costó esperar algunas horas. Luego ella volvió a aparecer.

Se sentó a su lado, y le dijo que había vuelto porque quería saber más de los hombres. Baudolino no sabía por dónde empezar, y dio en describir el lugar donde había nacido, las peripecias de la corte de Federico, qué eran los imperios y los reinos, cómo se iba de caza con el halcón, qué era y cómo se construía una ciudad, lo mismo que le había contado al Diácono, pero evitando hablar de historias truculentas y licenciosas, y dándose cuenta, mientras hablaba, de que se podía ofrecer incluso un retrato afectuoso de los hombres. Ella lo escuchaba, y los ojos se le coloreaban de reflejos distintos según la emoción.

–Qué bien cuentas, tú. ¿Todos los hombres cuentan historia bellas como las tuyas?

No, admitió Baudolino, quizá él contaba más y mejor que sus congéneres, pero entre ellos estaban también los poetas, que sabían contar aún mejor. Y se puso a cantar una de las canciones de Abdul. Ella no entendía las palabras provenzales, pero, como los abcasios, quedó hechizada por la melodía. Ahora sus ojos estaban velados de rocío.

–Dime –dijo ruborizándose un poco–, con los hombres, ¿están también... sus mujeres?

Lo dijo como si hubiera sentido que lo que Baudolino cantaba se dirigía a una mujer. Y cómo no, le contestó Baudolino, como los esciápodos se unen a las esciápodas, así los hombres se unen a las mujeres, de otro modo no pueden generar hijos, y es así, añadió, en todo el universo.

–No es verdad –dijo la hipatia riendo–, las hipatias son sólo hipatias y no hay, cómo decir... ¡hipatios!

Y siguió riéndose, divertida por aquella idea. Baudolino se preguntaba qué había que hacer para oírla reír todavía, porque su risa era el sonido más suave que había oído jamás. Tuvo la tentación de preguntarle cómo nacían las hipatias puesto que no existían los hipatios, pero temió ofuscar su inocencia. Ahora bien, llegado a ese punto, se sintió con valor de preguntar quiénes eran las hipatias.

–Ah –dijo ella–, es una historia larga, yo no sé contar bien las historias como tú. Debes saber que hace mil y mil años, en una ciudad poderosa y lejana, vivía una mujer virtuosa y sabia llamada Hipatia. Daba lecciones de filosofía, que es el amor por la sabiduría. Pero en aquella ciudad vivían también hombres malos, que se llamaban cristianos, no temían a los dioses, tenían aborrecimiento por la filosofía y, sobre todo, no soportaban que la que conociera la verdad fuera una mujer. Éstos, un día, cogieron a Hipatia y la hicieron morir entre atroces tormentos. Ahora bien, a algunas de sus discípulas más jóvenes se les perdonó la vida, quizá porque las creyeron muchachas ignorantes, que estaban con ella sólo para servirla. Huyeron, pero los cristianos estaban ya por doquier, y tuvieron que viajar mucho antes de llegar a este lugar de paz. Aquí intentaron mantener vivo lo que habían aprendido de su maestra, pero la habían oído hablar cuando todavía eran jovencitas, no tenían su sabiduría y no recordaban bien todas sus enseñanzas. Se dijeron, pues, que vivirían juntas, separadas del mundo, para descubrir lo que verdaderamente había dicho Hipatia. Entre otras cosas, porque Dios ha dejado sombras de verdad en lo más hondo del corazón de cada uno de nosotros, y se trata sólo de hacer que afloren y reluzcan a la luz de la sabiduría, así como se libera la pulpa de una fruta de su piel.

Dios, los dioses, que si no eran el Dios de los cristianos eran a la fuerza falsos y mentirosos... ¿Qué contaba esta hipatia? Se preguntaba Baudolino. Pero poco le importaba, le bastaba con oírla hablar y estaba dispuesto ya a morir por su verdad.

–Dime una cosa, por lo menos –interrumpió–. Vosotras sois las hipatias, en nombre de aquella Hipatia, y lo entiendo. Pero tú, ¿cómo te llamas?

–Hipatia.

–No, quiero decir tú como tú, en cuanto distinta de otra hipatia... Quiero decir, ¿cómo te llaman tus compañeras?

–Hipatia.

–Pero tú esta tarde volverás al lugar donde vivís, y encontrarás a una hipatia antes que a las demás. ¿Cómo la saludarás?

–Le desearé las buenas tardes. Así se hace.

–Sí, pero si yo vuelvo a Pndapetzim, y veo, pongamos, a un eunuco, él me dirá: buenas tardes, Baudolino. Tú dirás: buenas tardes, ... ¿qué?

–Si quieres, diré: buenas tardes, Hipatia.

–Por lo tanto, vosotras os llamáis todas Hipatia.

–Es natural, todas las hipatias se llaman Hipatia; ninguna es distinta de las demás, o no sería una hipatia.

–Pero si una hipatia cualquiera te busca, justo ahora que no estás allá, y le pregunta a otra hipatia si ha visto a esa hipatia que vaga con un unicornio que se llama Acacio, ¿cómo dice?

–Como tú has dicho, busca a la hipatia que vaga con el unicornio que se llama Acacio.

Si hubiera contestado así Gavagai, Baudolino habría tenido la tentación de emprenderla a bofetadas con él. Con Hipatia no, Baudolino ya pensaba lo maravilloso que era un lugar donde todas las hipatias se llamaban Hipatia.


–Me llevó algunos días, señor Nicetas, entender quiénes eran de verdad las hipatias...

–Porque os visteis más veces, me imagino.

–Cada día, o casi. Que yo no pudiera pasarme sin verla o escucharla no debería sorprenderte, pero a mí me sorprendía, y era motivo de orgullo infinito entender que también ella era feliz de verme y escucharme. Me había... me había vuelto de nuevo como un niño que busca el pecho materno y, cuando la madre no está, llora porque tiene miedo de que no vuelva nunca más.

–Les pasa también a los perros con su amo. Pero esta historia de las hipatias me intriga. Porque quizá tú sepas, o no sepas, que Hipatia vivió de verdad, aunque no hace mil y mil años, sino hace casi ocho siglos; y vivió en Alejandría de Egipto, mientras el imperio era regido por Teodosio y luego por Arcadio. Era verdaderamente, así se cuenta, mujer de gran sabiduría, versada en la filosofía, en las matemáticas y en la astronomía, y los mismos hombres estaban pendientes de sus labios. Mientras ya nuestra santa religión había triunfado en todos los territorios del imperio, había todavía algunos revoltosos que intentaban mantener vivo el pensamiento de los filósofos paganos, como el divino Platón, y no niego que hicieran bien, transmitiéndonos también a nosotros los cristianos aquella sabiduría que de otro modo se habría perdido. Salvo que uno de los mayores cristianos de su tiempo, que luego se convirtió en santo de la iglesia, Cirilo, hombre de gran fe pero también de gran intransigencia, veía la enseñanza de Hipatia como contraria a los Evangelios, y desencadenó contra ella a una muchedumbre de cristianos ignorantes y enfurecidos, que no sabían ni siquiera qué predicaba, pero la consideraban ya, con el testimonio de Cirilo y otros, embustera y disoluta. Quizá fue calumniada, aunque también es verdad que las mujeres no deberían inmiscuirse en cuestiones divinas. En fin, la arrastraron a un templo, la desnudaron, la mataron e hicieron estragos de su cuerpo con añicos cortantes de jarrones rotos, luego arrojaron su cadáver a la hoguera... Muchas leyendas han florecido sobre ella. Dicen que era bellísima, pero que había hecho votos de virginidad. Una vez, un joven discípulo suyo se enamoró locamente de ella, y ella le enseñó un paño con la sangre de su menstruo, diciéndole que sólo aquello era el objeto de su deseo, no la belleza en cuanto tal... En realidad nadie ha sabido nunca exactamente lo que ella enseñaba. Todos sus escritos se perdieron, los que habían recogido su pensamiento de viva voz habían recibido la muerte, o habían intentado olvidar lo que habían oído. Todo lo que sabemos de ella nos lo han transmitido los santos padres que la condenaron y, honestamente, como escritor de crónicas y Estorias, tiendo a no prestar demasiada a fe a las palabras que un enemigo pone en la boca de su enemigo.

Tuvieron otros encuentros y muchos coloquios. Hipatia hablaba, y Baudolino habría querido que su doctrina fuera amplísima e infinita, para no dejar de estar colgado de su boca. Respondía a todas las preguntas de Baudolino con intrépido candor, sin ruborizarse nunca: nada para ella estaba sometido a sórdida interdicción, todo era transparente.

Baudolino se aventuró por fin a preguntarle cómo se perpetuaban las hipatias, desde hacía tantos siglos. Ella contestó que cada estación la Madre elegía a algunas de ellas que habrían debido procrear, y las acompañaba hasta los fecundadores. Hipatia había sido vaga al respecto, naturalmente nunca los había visto, pero tampoco los habían visto nunca las hipatias consagradas al rito. Las llevaban a un lugar de noche, bebían una poción que las embriagaba y aturdía, eran fecundadas, regresaban a su comunidad, y las que resultaban embarazadas quedaban al cuidado de sus compañeras hasta el parto: si el fruto de sus entrañas era varón, se lo devolvían a los fecundadores, que lo educarían para ser uno de ellos, si era mujer, se quedaba en la comunidad y crecía como una hipatia.

–Unirse carnalmente –decía Hipatia–, como hacen los animales, que no tienen un alma, es sólo una manera de multiplicar el error de la creación. Las hipatias que son enviadas a los fecundadores aceptan esta humillación sólo porque nosotras debemos seguir existiendo, para redimir al mundo de ese error. Las que han soportado la fecundación no recuerdan nada de aquella acción que, si no hubiera sido llevada a cabo por espíritu de sacrificio, habría alterado nuestra apatía...

–¿Qué es la apatía?

–Aquello en lo que cada hipatia vive y es feliz de vivir.

–¿Por qué el error de la creación?

–Pero Baudolino –decía ella, riendo de cándido estupor–, ¿te parece que el mundo es perfecto? Mira esta flor, mira la delicadeza de su tallo, mira esta especie de ojo poroso que triunfa en su centro, mira cómo sus pétalos son todos iguales, y un poco curvados para recoger por la mañana el rocío como en un cuenco, mira la alegría con la que se ofrece a este insecto que está chupando su linfa... ¿No es bella?

–Es bella, de verdad. Pero, precisamente, ¿no es bello que sea bella? ¿No es esto un milagro divino?

–Baudolino, mañana esta flor estará muerta, dentro de dos días será sólo podredumbre. Ven conmigo.

Lo llevaba al bosque y le mostraba una seta con la cúpula roja estriada de llamas amarillas.

–¿Es bella? –decía.

–Es bella.

–Es venenosa. El que la come, muere. ¿Te parece perfecta una creación en la que está agazapada la muerte? ¿Sabes que estaré muerta también yo, un día, y que también yo sería podredumbre, si no estuviera consagrada a la redención de Dios?

–¿La redención de Dios? Déjame entender...

–¿No serás tú también un cristiano, Baudolino, como los monstruos de Pndapetzim? Los cristianos que mataron a Hipatia creían en una divinidad cruel que había creado el mundo, y con él la muerte, el sufrimiento y, peor aún que el sufrimiento físico, el tormento del alma. Los seres creados son capaces de odiar, matar, hacer sufrir a sus semejantes. No creerás que un Dios justo ha podido condenar a sus hijos a semejante miseria...

–Pero eso lo hacen los hombres injustos, y Dios los castiga, salvando a los buenos.

–Pero entonces, ¿por qué ese Dios nos habría creado, para luego exponernos al riesgo de la condenación?

–Pues porque el bien supremo es la libertad de hacer el bien o el mal y, para darles a sus hijos ese bien, Dios debe aceptar que algunos de ellos lo usen mal.

–¿Por qué dices que la libertad es un bien?

–Porque si te la quitan, si te ponen cadenas, si no te dejan hacer lo que deseas, sufres, y, por lo tanto, la falta de libertad es un mal.

–¿Acaso tú puedes girar la cabeza para ver justo detrás de ti, pero darle la vuelta de verdad, de manera que puedas verte la espalda? ¿Puedes entrar en un lago y quedarte debajo del agua hasta la tarde, pero digo debajo, sin sacar nunca la cabeza? –decía, y se reía.

–No, porque si intentara girar la cabeza completamente, me partiría el cuello; si me quedara bajo el agua, el agua me impediría respirar. Dios me ha creado con estos constreñimientos para impedir que me haga daño.

–Y entonces dices que te ha quitado algunas libertades a fin de bien, ¿es verdad?

–Me las ha quitado para que no sufra.

–Y entonces, ¿por qué te ha dado la libertad de elegir entre el bien y el mal, de manera que tú corras el riesgo, después, de sufrir castigos eternos?

–Dios nos ha dado la libertad pensando que nosotros la usaríamos bien. Pero se produjo la rebelión de los ángeles, que introdujo el mal en el mundo, y fue la serpiente la que tentó a Eva, de modo que ahora todos sufrimos el pecado original. No es culpa de Dios.

–¿Y quién creó a los ángeles rebeldes y a la serpiente?

–Dios, cierto, pero antes de que se rebelaran eran buenos como Él los había hecho.

–¿Entonces el mal no lo crearon ellos?

–No, ellos lo cometieron, pero existía antes, como posibilidad de rebelarse a Dios.

–Así pues, el mal, ¿lo ha creado Dios?

–Hipatia, eres aguda, sensible, perspicaz, sabes llevar una *disputatio* mucho mejor que yo y eso que he estudiado en París, pero no me digas estas cosas del buen Dios. ¡Dios no puede querer el mal!

–Claro que no, un Dios que quiere el mal sería lo contrario de Dios.

–¿Y entonces?

–Y entonces, Dios el mal lo ha encontrado a su lado, sin quererlo, como la parte oscura de sí mismo.

–¡Pero Dios es el ser perfectísimo!

–Claro, Baudolino, Dios es lo más perfecto que pueda existir, ¡pero si tú supieras qué esfuerzo ser perfecto! Ahora, Baudolino, te digo quién es Dios, o mejor dicho, qué no es.

No le tenía de veras miedo a nada. Dijo:

–Dios es el Único, y es tan perfecto que no se parece a nada de lo que es y a nada de lo que no es; no puedes describirlo usando tu inteligencia humana, como si fuera alguien que se enfada si eres malo o que se ocupa de ti por bondad; alguien que tiene boca, orejas, rostro, alas, o que es espíritu, padre o hijo, ni siquiera de sí mismo. Del Único no puedes decir que está o que no está, todo lo abraza pero no es nada; puedes nombrarlo sólo a través de la desemblanza, porque es inútil llamarlo Bondad, Belleza, Sabiduría, Amabilidad, Potencia, Justicia, sería lo mismo que decirle Oso, Pantera, Serpiente, Dragón o Grifo, porque, digas lo que digas al respecto, no lo expresará jamás. Dios no es cuerpo, no es figura, no es forma, no tiene cantidad, cualidad, peso o ligereza; no ve, no oye, no conoce desorden o perturbación, no es alma, inteligencia, imaginación, opinión, pensamiento, palabra, número, orden, tamaño; no es igualdad y no es desigualdad, no es tiempo y no es eternidad, es una voluntad sin finalidad. Intenta entender, Baudolino, Dios es una lámpara sin llama, una llama sin fuego, un fuego sin calor, una luz oscura, un retumbar silencioso, un relámpago ciego, una calígine luminosísima, un rayo de la propia tiniebla, un círculo que se expande contrayéndose en el propio centro, una multiplicidad solitaria, es... es... –titubeó para encontrar un ejemplo que convenciera a ambos: ella la maestra, él el alumno–. Es un espacio que no es, donde tú y yo somos lo mismo, como hoy en este tiempo que no discurre.

Una llama ligera le titiló en la mejilla. Calló, espantada por aquel ejemplo incongruente, pero ¿cómo juzgar incongruente cualquier adición a una lista de incongruencias? Baudolino sintió la misma llama que le atravesaba el pecho, pero temió por el apuro de ella, se puso rígido sin permitir que un solo músculo de la cara traicionase los movimientos del corazón, ni que su voz temblara, y preguntó, con teológica firmeza:

–Pero, entonces, ¿la creación?, ¿el mal?

El rostro de Hipatia recobró su palidez rosada:

–Pero entonces el Único, a causa de su perfección, por generosidad de sí mismo tiende a difundirse, a dilatarse en esferas cada vez más amplias de la propia plenitud; es como una vela víctima de la luz que expande, más ilumina y más se derrite. Mira, Dios se licua en las sombras de sí mismo, se convierte en una muchedumbre de divinidades mensajeras, Eones que tienen mucho de su potencia, pero de forma ya más débil. Son muchos dioses, demonios, Arcontes, Tiranos, Fuerzas, Chispas, Astros, y esos mismos que los cristianos llaman ángeles o arcángeles... Pero no son creados por el Único, son su emanación.

–¿Emanación?

–¿Ves ese pájaro? Antes o después generará otro pájaro a través de un huevo, como una hipatia puede generar un hijo de su vientre. Pero, una vez generada, la criatura, sea hipatia o pajarillo, vive por su cuenta, sobrevive aunque la madre muera. Ahora, en cambio, piensa en el fuego. El fuego no genera calor, lo emana. El calor es lo mismo que el fuego, si tú apagaras el fuego, cesaría también el calor. El calor del fuego es fortísimo donde el fuego nace, y se va haciendo cada vez más débil a medida que la llama se convierte en humo. Así le sucede a Dios. A medida que se va efundiendo lejos del propio centro oscuro, de alguna manera pierde vigor, y lo sigue perdiendo más y más hasta que se convierte en materia viscosa y sorda, como la cera sin forma en que se deshace la vela. El Único no quisiera emanarse tan lejos de sí, pero no puede resistir a este derretirse suyo hasta la multiplicidad y el desorden.

–¿Y este Dios tuyo no consigue disolver el mal que... que se forma a su alrededor?

–Oh, sí, podría. El Único, continuamente, intenta reabsorber esta especie de aliento que puede volverse veneno, y setenta veces siete millares de años ha conseguido volver a hacer entrar en la nada sus desperdicios. La vida de Dios era una respiración regulada, él jadeaba sin esfuerzo. Así, escucha.

Aspiraba el aire vibrando sus delicadas fosas nasales, y luego emitía el aliento por la boca.

–Un día, sin embargo, no consiguió controlar una de sus potencias intermedias, que nosotros llamamos el Demiurgo, y que a lo mejor es Sabaoth o Ildabaoth, el falso Dios de los cristianos. Esta imitación de Dios, por error, por orgullo, por insipiencia creó el tiempo, allá donde antes existía sólo la eternidad. El tiempo es una eternidad que balbucea, ¿me sigues? Y con el tiempo creó el fuego, que da calor pero corre el riesgo de quemarlo todo; el agua, que quita la sed pero también ahoga; la tierra, que alimenta a las hierbas pero puede convertirse en alud y sofocarlas; el aire, que nos hace respirar pero puede convertirse en huracán... Se equivocó en todo, pobre Demiurgo. Hizo el sol, que da luz, pero puede agostar los prados; la luna, que no consigue dominar a la noche más que unos pocos días, luego se afila y muere; los demás cuerpos celestes, que son espléndidos pero pueden emitir influjos nefastos; y por fin, los seres dotados de inteligencia, pero incapaces de comprender los grandes misterios; los animales, que a veces nos son fieles y a veces nos amenazan; los vegetales, que nos alimentan pero tienen una vida brevísima; los minerales, sin vida, sin alma, sin inteligencia, condenados a no entender nunca nada. ¡El Demiurgo era como un niño, que juguetea con el fango para imitar la belleza de un unicornio, y le sale una cosa que se parece a un ratón!

–¿Así pues, el mundo es una enfermedad de Dios?

–Si eres perfecto, no puedes no emanarte; si te emanas, enfermas. Y además intenta entender que Dios, en su plenitud, es también el lugar, o el no-lugar, donde los contrarios se confunden, ¿no?

–¿Los contrarios?

–Sí, nosotros sentimos el calor y el frío, la luz y la oscuridad, y todas esas cosas que son la una lo contrario de la otra. A veces el frío nos disgusta, y nos parece mal con respecto al calor, pero a veces es demasiado el calor, y deseamos el frescor. Somos nosotros los que, ante los contrarios, creemos, según nuestro capricho, según nuestra pasión, que uno de ellos es el bien y el otro el mal. Ahora bien, en Dios los contrarios se componen y encuentran recíproca armonía. Pero cuando Dios empieza a emanarse, no consigue controlar ya la armonía de los contrarios, y éstos se rompen y luchan el uno contra el otro. El Demiurgo perdió el control de los contrarios, y creó un mundo donde silencio y fragor, el sí y el no, un bien contra otro bien se combaten entre sí. Esto es lo que nosotros sentimos como mal.

Apasionándose, movía las manos como una niña que, al hablar de un ratón, imita su forma, al nombrar una tormenta, dibuja sus remolinos de aire.

–Tú hablas del error de la creación, Hipatia, y del mal, pero como si a ti no te tocara, y vives en este bosque como si todo fuera bello como tú.

–Pues si también el mal procede de Dios, también habrá algo bueno en el mal. Escúchame, porque tú eres un hombre, y los hombres no están acostumbrados a pensar de manera correcta todo lo que es.

–Lo sabía, también yo pienso mal.

–No, piensas solamente. Y pensar no basta, no es éste el modo correcto. Ahora, intenta imaginar un manantial que no tiene principio alguno y que se expande en mil ríos, sin secarse jamás. El manantial permanece siempre tranquilo, fresco y límpido, mientras los ríos van hacia puntos distintos, se enturbian de arena, se estancan entre las rocas y tosen ahogados, a veces se resecan. Los ríos sufren mucho, ¿sabes? Y aun así, la de los ríos y la del más fangoso de los torrentes, es agua, y procede del mismo manantial que este lago. Este lago sufre menos que un río, porque en su limpidez recuerda mejor el manantial de donde nace; un estanque lleno de insectos sufre más que un lago y un torrente. Pero todos, de alguna manera, sufren porque quisieran regresar al lugar de donde proceden y han olvidado cómo se hace.

Hipatia cogió a Baudolino del brazo, e hizo que se diera la vuelta hacia el bosque. Al hacerlo, la cabeza de ella se acercó a la de él, y él sintió el perfume vegetal de aquella cabellera.

–Mira ese árbol. La vida que corre en él, desde las raíces hasta la última hoja, es la misma. Pero las raíces se refuerzan en la tierra, el tronco se robustece y sobrevive a todas las estaciones, mientras las ramas tienden a secarse y quebrarse, las hojas duran pocos meses y luego caen, los brotes viven unas semanas. Hay más mal entre las frondas que en el tronco. El árbol es uno, pero sufre al expandirse porque se convierte en muchos, y multiplicándose se debilita.

–Pero las frondas son hermosas, tú misma disfrutas de su sombra...

–¿Ves cómo tú también puedes volverte sabio, Baudolino? Si no existieran estas frondas, nosotros no podríamos estar sentados hablando de Dios; si no existiera el bosque, no nos habríamos encontrado nunca, y ése habría sido quizá el mayor de los males.

Lo decía como si fuera la verdad desnuda y sencilla, pero Baudolino se sentía una vez más traspasar el pecho, sin poder o querer mostrar su temblor.

–Pero entonces, explícame, ¿cómo pueden los muchos ser buenos, por lo menos en alguna medida, si son una enfermedad del Único?

–¿Ves cómo tú también puedes volverte sabio, Baudolino? Has dicho en alguna medida. A pesar del error, una parte del Único ha quedado en cada uno de nosotros, criaturas pensantes, y también en cada una de las demás criaturas, desde los animales a los cuerpos muertos. Todo lo que nos rodea está habitado por dioses, las plantas, las semillas, las flores, las raíces, las fuentes, cada uno de ellos, aun sufriendo por ser una mala imitación del pensamiento de Dios, no querría sino reunirse con él. Nosotros debemos encontrar la armonía entre los contrarios, debemos ayudar a los dioses, debemos avivar esas chispas, esos recuerdos del Único que yacen todavía enterrados en nuestro ánimo y en las cosas mismas.

Dos veces, dos, Hipatia había dejado escapar que era bello estar con él. Esto alentó a Baudolino a volver.

Un día Hipatia le explicó cómo conseguían ellas vivificar la chispa divina en todas las cosas, porque ellas por simpatía remitían a algo más perfecto que ellas, no directamente a Dios, sino a sus emanaciones menos extenuadas. Lo condujo a un punto distinto del lago, donde crecían unos girasoles, mientras sobre las aguas se extendían flores de loto.

–¿Ves lo que hace el heliotropo? Se mueve siguiendo el sol, lo

busca, lo invoca, y es una pena que todavía no sepas escuchar el
rurrú que hace en el aire mientras lleva a cabo su movimiento
circular a lo largo de la jornada. Te darías cuenta de que le canta su himno al sol. Mira ahora el loto: se abre al levantarse el sol,
se ofrece por entero en el cenit y se cierra cuando el sol se va.
Alaba al sol abriendo y cerrando sus pétalos, como nosotros abri-
mos y cerramos los labios cuando oramos. Estas flores viven en
simpatía con el astro y, por lo tanto, conservan una parte de su
potencia. Si actúas sobre la flor, actuarás sobre el sol, si sabes
actuar sobre el sol, podrás influir su acción, y desde el sol reunirte con algo que vive en simpatía con él y es más perfecto que el
sol. Pero esto no sucede sólo con las flores, sucede con las piedras
y con los animales. Cada uno de ellos está habitado por un dios
menor que intenta reunirse, a través de los dioses más poderosos, al origen común. Nosotros aprendemos desde la infancia a
practicar un arte que nos permita actuar sobre los dioses mayores y restablecer el vínculo perdido.

–¿Qué significa?

–Es fácil. Aprendemos a trenzar juntos piedras, hierbas, aromas, perfectos y deiformes, para formar... cómo podría decírte-
lo, unos vasos de simpatía que condensen la fuerza de muchos
elementos. Sabes, una flor, una piedra, incluso un unicornio, todos tienen carácter divino, pero por sí solos no consiguen evocar
a los dioses mayores. Nuestras mescolanzas reproducen gracias
al arte la esencia que se quiere invocar, multiplican el poder de
cada elemento.

–¿Y luego, cuando habéis evocado a esos dioses mayores?

–Eso es sólo el principio. Aprendemos a convertirnos en mensajeras entre lo que está en lo alto y lo que está en lo bajo, probamos que la corriente en la que Dios se emana puede remontarse hacia atrás, un poco, pero así mostramos a la naturaleza que
eso es posible. La tarea suprema, con todo, no es reunir un girasol con el sol, es reunirnos a nosotras mismas con el origen. Aquí
empieza la ascesis. Primero aprendemos a portarnos de manera
virtuosa, no matamos a criaturas vivas, intentamos difundir armonía sobre los seres que están a nuestro alrededor, y al hacerlo ya
podemos despertar por doquier chispas escondidas. ¿Ves estas
briznas de hierba? Ya han amarilleado, y se doblan hacia el suelo. Yo puedo tocarlas y hacerlas vibrar todavía, hacerles sentir lo

que han olvidado. Mira, poco a poco vuelven a adquirir su frescura, como si asomaran ahora de la tierra. Pero aún no basta. Para avivar esta brizna de hierba es suficiente practicar las virtudes naturales, alcanzar la perfección de la vista y del oído, el vigor del cuerpo, la memoria y la facilidad para aprender, la finura de los modales, a través de frecuentes abluciones, ceremonias lustrales, himnos, plegarias. Se da un paso adelante cultivando sabiduría, fortaleza, templanza y justicia, y se llega por fin a adquirir las virtudes purificadoras: probamos a separar el alma del cuerpo, aprendemos a evocar a los dioses. No a hablar de los dioses, como hacían los demás filósofos, sino a actuar sobre ellos, haciendo caer las lluvias mediante una esfera mágica, colocando amuletos contra los terremotos, experimentando los poderes adivinatorios de los trípodes, animando las estatuas para obtener oráculos, convocando a Asclepios para que cure a los enfermos. Pero, atención, al hacerlo tenemos que evitar siempre ser poseídas por un dios, porque en ese caso nos descomponemos y nos agitamos, y, por lo tanto, nos alejamos de Dios. Hay que aprender a hacerlo en la calma más absoluta.

Hipatia cogió la mano de Baudolino, que la mantenía inmóvil para que no cesara esa sensación de tibieza.

–Baudolino, quizá te estoy haciendo creer que ya estoy adelantada en la ascesis como mis hermanas mayores... Si supieras, en cambio, lo imperfecta que soy todavía. Todavía me confundo al poner una rosa en contacto con la potencia superior de la que es amiga... Y, además, ya lo ves, hablo todavía mucho, y esto es señal de que no soy sabia, porque la virtud se adquiere en el silencio. Pero hablo porque estás tú, que debes ser instruido, y si instruyo a un girasol, ¿por qué no debería instruirte a ti? Alcanzaremos un estadio más perfecto cuando consigamos estar juntos sin hablar, bastará con tocarnos y tú entenderás igualmente. Como con el girasol.

Acariciaba el girasol callando. Luego, callando, empezó a acariciar la mano de Baudolino, y dijo sólo, al final:

–¿Me oyes?


El día después le habló del silencio cultivado por las hipatias, para que pudiera aprenderlo también él, decía.

–Hay que crear alrededor una calma absoluta. Entonces nos ponemos en soledad remota ante lo que pensábamos, imaginábamos y sentíamos: se encuentra la paz y la tranquilidad. No experimentaremos ya ni ira ni deseo, ni dolor ni felicidad. Habremos salido de nosotras, extasiadas en absoluta soledad y profunda quietud. No miraremos ya lo bello y lo bueno, estaremos más allá de la belleza misma, más allá del coro de las virtudes, como quien, una vez entrada en los penetrales del templo, dejara atrás las estatuas de los dioses y su visión no fuera de imágenes sino de Dios mismo. No deberemos evocar ya potencias intermedias, superándolas habremos vencido su defecto; en ese retiro, en ese lugar inaccesible y santo, habremos llegado más allá de la estirpe de los dioses y de las jerarquías de los Eones; todo eso estará ya dentro de nosotras como recuerdo de algo que hemos curado de su propio mal de ser. Ése será el final del camino, la liberación, la disolución de todo vínculo, la fuga de quien está solo en dirección de lo Solo. En este regreso a lo absolutamente simple no veremos ya nada, como no sea la gloria de la oscuridad. Vaciadas de alma y de intelecto, habremos llegado más allá del reino de la mente, yaceremos en veneración allá arriba, como si fuéramos un sol que surge, con pupilas cerradas miraremos el sol de la luz, nos convertiremos en fuego, fuego oscuro en esa oscuridad, y por vías de fuego cumpliremos nuestro recorrido. Y en ese momento, habiendo remontado la corriente del río y habiendo mostrado no sólo a nosotras mismas sino también a los dioses y a Dios que la corriente puede remontarse, habremos curado al mundo, matado al mal, hecho morir a la muerte, habremos deshecho el nudo en que se habían enmarañado los dedos del Demiurgo. Nosotras, Baudolino, estamos destinadas a curar a Dios, es a nosotras a quienes ha sido encomendada su redención: haremos regresar la creación entera, a través de nuestro éxtasis, al corazón mismo del Único. Nosotros le daremos al Único la fuerza de hacer esa gran respiración que le permita reabsorber dentro de sí el mal que ha espirado.

–¿Vosotras lo hacéis, alguna de vosotras lo ha hecho?

–Esperamos conseguirlo, nos preparamos todas, desde hace siglos, para que alguna de nosotras lo consiga. Lo que hemos aprendido desde niñas es que no es necesario que todas lleguemos a este milagro: basta con que un día, aunque sea dentro mil años, una sola de nosotras, la elegida, alcance el momento de la perfección suprema cuando se sienta una cosa sola con el propio origen remoto, y el prodigio se habrá cumplido. Entonces, mostrando que de la multiplicidad del mundo que sufre se puede volver al Único, habremos devuelto a Dios la paz y la confianza, la fuerza para recomponerse en el propio centro, la energía para retomar el ritmo del propio aliento.

Los ojos le brillaban, la tez se le había como entibiado, las manos casi le temblaban, la voz se había vuelto compungida, y parecía que implorara a Baudolino que creyera también él en aquella revelación. Baudolino pensó que quizá el Demiurgo había cometido muchos errores, pero la existencia de aquella criatura hacía del mundo un lugar embriagador y refulgente de todas las perfecciones.

No resistió, osó cogerle la mano y acariciarla con un beso. Ella tuvo un sobresalto, casi como si hubiera experimentado una experiencia desconocida.

–También tú estás habitado por un dios.

Luego se cubrió el rostro con las manos y Baudolino la oyó murmurar, sorprendida:

–He perdido... He perdido la apatía...

Se dio la vuelta y corrió hacia el bosque sin decir nada más y sin volverse.


–Señor Nicetas, en aquel momento me di cuenta de que amaba como nunca había amado, pero que amaba, una vez más, a la única mujer que no podía ser mía. Una me había sido sustraída por lo sublime de su estado, la otra por la miseria de la muerte; ahora la tercera no podía pertenecerme porque estaba consagrada a la salvación de Dios. Me alejé, me fui a la ciudad pensando que quizá no habría debido regresar nunca más. Casi me sentí aliviado, al día siguiente, cuando Práxeas me dijo que, a los ojos de los habitantes de Pndapetzim, yo era sin duda el más reputado de los Magos, yo gozaba de la confianza del Diácono y era a mí a quien el Diácono quería al mando de aquel ejército que el Poeta, sin embargo, estaba adiestrando tan bien. Yo no podía eludir esa invitación, una fractura en el grupo de los Magos habría hecho insostenible nuestra situación a los ojos de todos, y todos se estaban dedicando ya tan apasionadamente a preparar la guerra que acepté. Entre otras cosas, para no desilusionar a los esciápodos, a los panocios, a los blemias y a toda la demás buena gente a la que ya me había afeccionado sinceramente. Sobre todo pensé que, dedicándome a esa nueva empresa, olvidaría lo que había dejado en el bosque. Durante dos días fui presa de mil cometidos. Pero me afanaba distraído, estaba aterrorizado por la idea de que Hipatia hubiera vuelto al lago y, al no verme, pensara que su fuga me había ofendido y había decidido no volver a verla. Estaba trastornado por la idea de que ella estuviera trastornada y no quisiera volver a verme. Si así era, ¿habría seguido sus huellas?, ¿habría llegado a caballo al lugar donde vivían las hipatias? ¿Qué habría hecho, la habría secuestrado, habría destruido la paz de aquella comunidad, habría turbado su inocencia haciéndole entender lo que no debía entender?, o no, ¿la habría visto compenetrada con su misión, libre ya de su momento, infinitesimal, de pasión terrena? ¿Pero había existido ese momento? Revivía todas y cada una de sus palabras, todos sus movimientos. Dos veces, para decirme cómo era Dios, había usado como ejemplo nuestro encuentro, pero quizá era su forma juvenil, completamente inocente, de hacerme comprensible lo que decía. Dos veces me había tocado, pero como habría tocado un girasol. Mi boca sobre su mano la había hecho estremecerse, lo sabía, pero era natural: ninguna boca humana la había acariciado jamás, había sido para ella como tropezarse con una raíz y perder por un instante la compostura que le habían enseñado; el momento había pasado, ella no reparaba ya en él... Discutía con los míos sobre cuestiones bélicas, tenía que decidir dónde alinear a los nubios, y no entendía ni siquiera dónde estaba yo. Tenía que salir de aquella angustia, tenía que saber. Para hacerlo, tenía que poner mi vida, y la suya, en las manos de alguien que nos mantuviera en contacto. Había recibido ya muchas pruebas de la devoción de Gavagai. Le hablé en secreto, haciéndole hacer muchos juramentos, le dije lo menos posible, pero lo suficiente como para que fuera al lago y esperara. El buen esciápodo era generoso de verdad, sagaz y discreto. Me preguntó poco, creo que entendió mucho, durante dos días volvió al ocaso diciéndome que no había visto a nadie, y se apenaba al verme palidecer. El tercer día llegó con una de sus sonrisas que parecían una guadaña de luna y me dijo que, mientras esperaba tumbado beatíficamente bajo la sombrilla de su pie, aquella criatura había aparecido. Se le había acercado confiada y solícita como si esperara ver a alguien. Había recibido con emoción mi mensaje («Ella parece que mucho quiere ver tú», decía Gavagai, con alguna malicia en la voz) y me hacía saber que volvería al lago todos los días, todos los días («Ella dicho dos veces»). Quizá, había comentado Gavagai con una pizca de sorna, también ella esperaba desde hacía tiempo a los Magos. Tuve que quedarme en Pndapetzim también el día siguiente, pero cumplía mis tareas de caudillo con un entusiasmo que sorprendió al Poeta, que me sabía poco propenso a las armas, y entusiasmó a mi ejército. Me sentía el dueño del mundo, habría podido enfrentarme a cien hunos blancos sin temor. Dos días después, volví temblando de miedo a aquel lugar fatal.

# 34

# Baudolino descubre el verdadero amor

–En aquellos días de espera, señor Nicetas, había experimentado sentimientos opuestos. Ardía por el deseo de verla, temía no volver a verla, la imaginaba presa de mil peligros, experimentaba, en definitiva, todas las sensaciones propias del amor, pero no sentía celos.

–¿No pensabas que la Madre habría podido mandarla a los fecundadores precisamente entonces?

–Es una duda que no se me presentó. Quizá, sabiendo hasta qué punto yo era suyo, pensaba que ella era mía a tal punto que se habría negado a dejarse tocar por otros. He reflexionado mucho, después, y me he convencido de que el amor perfecto no deja espacio para los celos. Los celos son sospecha, temor y calumnia entre amante y amada, y San Juan dijo que el amor perfecto ahuyenta todo temor. No sentía celos, pero intentaba evocar, a cada minuto, su rostro y no lo conseguía. Recordaba lo que sentía mirándola, pero no podía imaginarla. Y aun así, durante nuestros encuentros, no hacía sino mirarle la cara, no hacía sino...

–He leído que sucede a quien ama de intenso amor... –dijo Nicetas, con el apuro de quien quizá no ha experimentado nunca una pasión tan arrebatadora–. ¿No te había pasado con Beatriz y con Colandrina?

–No, no de una manera que me hiciera sufrir a tal punto. Creo que con Beatriz yo cultivaba la idea misma del amor, que no necesitaba una cara, y además me parecía un sacrilegio esforzarme por imaginar sus facciones carnales. En cuanto a Colandrina, me daba cuenta, después de haber conocido a Hipatia, de que con ella no había habido pasión, sino más bien alegría, ternura, afecto intensísimo, como habría podido sentir, Dios me perdone, hacia una hija o una hermana pequeña. Creo que les pasa a todos los que se enamoran, pero aquellos días estaba convencido de que Hipatia era la primera mujer a la que había amado de verdad, y ciertamente es la verdad, todavía ahora y para siempre. Luego he comprendido que el verdadero amor habita en el triclinio del corazón, y allí encuentra la calma, atento a los secretos más nobles, y raramente vuelve a las estancias de la imaginación. Por eso no consigue reproducir la forma corporal de la amante ausente. Es sólo el amor de fornicación, que nunca entra en lo más sagrado del corazón, y se alimenta sólo de fantasías voluptuosas, el que consigue reproducir tales imágenes.

Nicetas calló, dominando con esfuerzo su envidia.


Su reencuentro fue tímido y conmovido. Los ojos de ella relucían de felicidad, pero de inmediato bajaba pudorosamente la mirada. Se sentaron entre las hierbas. Acacio pastaba tranquilo a poca distancia. A su alrededor las flores perfumaban más de lo normal, y Baudolino se sentía como si acabara de tocar el *burq* con los labios. No osaba hablar, pero se resolvió a hacerlo, porque la intensidad de aquel silencio lo habría arrastrado a algún gesto poco conveniente.

Comprendía sólo entonces por qué había oído contar que los verdaderos amantes, en su primer coloquio de amor, palidecen, tiemblan y enmudecen. Es porque, visto que domina los reinos de la naturaleza y del alma, el amor atrae a sí todas sus fuerzas, se mueva como se mueva. Por eso, cuando los verdaderos amantes llegan a conciliábulo, el amor perturba y casi petrifica todas las funciones del cuerpo, tanto físicas como espirituales: la lengua se niega a hablar, los ojos a ver, las orejas a oír, y cada miembro se sustrae a su deber. Es la razón por la que el cuerpo, cuando el amor se demora demasiado en lo más profundo del corazón, falto de fuerzas, se consume. Pero llega un momento en que el corazón, por la impaciencia del ardor que siente, casi arroja fuera de sí su pasión, permitiendo que el cuerpo recupere sus propias funciones. Y entonces el amante habla.

–Y así –dijo Baudolino, sin explicar lo que experimentaba y lo que estaba comprendiendo–, todas las cosas bellas y terribles que me has contado son lo que Hipatia os ha transmitido...

–Oh, no –dijo ella–, te he dicho que nuestras progenitoras huyeron habiendo olvidado todo lo que Hipatia les había enseñado, excepto el deber del conocimiento. Es a través de la meditación que hemos ido descubriendo la verdad. Durante todos estos miles y miles de años cada una de nosotras ha reflexionado sobre el mundo que nos rodea, y sobre lo que sentía en su ánimo, y nuestra conciencia se ha enriquecido día a día, y la obra todavía no está acabada. Quizá en lo que te he dicho haya cosas que mis compañeras todavía no han entendido, y que yo he entendido intentando explicártelas. Así cada una de nosotras se hace sabia, amaestrando a las compañeras sobre lo que siente, y haciéndose maestra aprehende. A lo mejor, si tú no hubieras estado aquí conmigo, yo no me habría aclarado algunas cosas a mí misma. Has sido mi demonio, mi arconte benigno, Baudolino.

–Pero ¿todas tus compañeras son tan claras y elocuentes como tú, mi dulce Hipatia?

–Oh, yo soy la última de ellas. A veces me toman el pelo porque no sé expresar lo que siento. Todavía tengo que crecer, ¿sabes? Ahora bien, estos días me sentía orgullosa, como si poseyera un secreto que ellas no conocen, y, no sé por qué, he preferido que secreto siguiera siendo. No entiendo muy bien lo que me sucede, es como si... como si prefiriera decirte las cosas a ti en lugar de a ellas. ¿Piensas que está mal, que soy desleal con ellas?

–Eres leal conmigo.

–Contigo es fácil. Pienso que a ti te diría todo lo que me pasa por el corazón. Aunque todavía no estuviera segura de que sea correcto. ¿Sabes lo que me pasaba, Baudolino, estos días? Soñaba contigo. Cuando me despertaba por la mañana, pensaba que era un hermoso día porque tú estabas en algún sitio. Luego pensaba que el día era feo, porque no te veía. Es extraño, nos reímos cuando estamos contentas, lloramos cuando sufrimos, y a mí ahora me pasa que río y lloro al mismo tiempo. ¿Acaso estoy enferma? Y aun así, es una enfermedad bellísima. ¿Es justo amar la propia enfermedad?

–Eres tú la maestra, mi dulce amiga –sonreía Baudolino–, no debes preguntármelo a mí, porque creo que tengo tu misma enfermedad.

Hipatia había extendido una mano, y una vez más le acariciaba apenas la cicatriz:

–Tú tienes que ser una cosa buena, Baudolino, porque me gusta tocarte, como me sucede con Acacio. Tócame tú también, quizá puedas despertar alguna llama que todavía hay en mí y que yo no sé.

–No, mi dulce amor, tengo miedo de hacerte daño.

–Tócame aquí detrás de la oreja. Sí, así, más... Quizá a través de ti se pueda evocar a un dios. Deberías de tener por alguna parte el signo que te ata a algo...

Le había metido las manos bajo la túnica, dejaba correr los dedos entre el vello del pecho. Se acercó para olerlo.

–Estás lleno de hierba, de hierba rica –dijo. Luego seguía diciendo–: Qué bello eres aquí debajo, eres suave como un animal joven. ¿Eres joven tú? Yo no entiendo la edad de un hombre. ¿Eres joven tú?

–Soy joven, amor mío, empiezo a nacer ahora.

Él le acariciaba casi con violencia los cabellos, ella le había puesto las manos detrás de la nuca, luego había empezado a darle toquecitos en la cara con la lengua, lo estaba lamiendo como si fuera un cabritillo, luego se reía mirándole de cerca a los ojos y decía que sabía a sal. Baudolino nunca había sido un santo, la apretó contra sí y buscó con los labios sus labios. Ella emitió un gemido de susto y sorpresa, intentó retirarse, luego cedió. Su boca sabía a melocotón, a albaricoque, y con su lengua le daba pequeños golpecitos a la de él, que probaba por vez primera.

Baudolino la empujó hacia atrás, no por virtud, sino para liberarse de lo que lo cubría, ella le vio el miembro, lo tocó con los dedos, sintió que estaba vivo y dijo que lo quería: estaba claro que no sabía cómo y por qué lo quería, pero alguna potencia de los bosques o de las fuentes le estaba sugiriendo qué tenía que hacer. Baudolino volvió a cubrirla de besos, descendió de los labios al cuello, luego a los hombros, mientras le iba quitando lentamente la ropa; descubrió sus senos, hundió en ellos la cara, y con las manos seguía haciendo que el vestido se deslizara hacia las caderas, sentía el pequeño vientre terso, tocaba su ombligo, notó antes de lo que esperaba lo que debía de ser el vello que le ocultaba su bien supremo. Ella susurraba, llamándolo: mi Eón, mi Tirano, mi Abismo, mi Ogdóada, mi Pléroma...

Baudolino metió las manos bajo el vestido que todavía la velaba, y sintió que aquel vello que parecía anunciar el pubis se tupía, le cubría el principio de las piernas, la parte interior del muslo, se extendía hasta las nalgas...

–Señor Nicetas, le arranqué la túnica y vi. Desde el vientre para abajo, Hipatia tenía formas caprinas, y sus piernas acababan en dos cascos color marfil. De golpe entendí por qué, cubierta por la túnica hasta el suelo, no parecía caminar como quien apoya los pies, sino que transcurría ligera, casi como si no tocara el suelo. Y entendí quiénes eran los fecundadores, eran los sátiros-que-no-se-ven-jamás, con la cabeza humana cornuda y el cuerpo de macho cabrío, los sátiros que desde hacía siglos vivían al servicio de las hipatias, dándoles sus hembras y criando a los propios machos, éstos con su mismo rostro horrendo, aquéllas todavía testimonio de la venustez egipcia de la bella Hipatia, la antigua, y la de sus primeras pupilas.

–¡Qué horror! –dijo Nicetas.

–¿Horror? No, no fue eso lo que sentí en aquel momento. Sorpresa, sí, pero sólo por un instante. Luego decidí, mi cuerpo decidió por mi alma, o mi alma por mi cuerpo, que lo que veía y tocaba era bellísimo, porque aquélla era Hipatia, y también su naturaleza animal formaba parte de sus gracias, aquel pelo rizado y sedoso era lo más deseable que nunca hubiera anhelado, tenía un perfume de musgo, aquellas extremidades suyas antes escondidas estaban dibujadas por manos de artista, y yo amaba, quería a aquella criatura olorosa como el bosque, y habría amado a Hipatia aunque hubiera tenido facciones de quimera, de icneumón, de ceraste.

Fue así como Hipatia y Baudolino se unieron hasta el ocaso y, cuando estaban ya desfallecidos, se contuvieron, tumbados la una junto al otro, acariciándose y llamándose con apelativos tiernísimos, olvidados de todo lo que les rodeaba.

Hipatia decía:

–Mi alma se ha ido como un hálito de fuego... Me parece que formo parte de la bóveda estrellada...

No dejaba de explorar el cuerpo del amado:

–Qué bello eres, Baudolino. Pero también vosotros los hom-

bres sois monstruos –bromeaba–. ¡Tienes las piernas largas y
blancas sin pellejo y pies tan grandes como los de dos esciápodos!
Pero eres bello igualmente, mejor dicho, más...

Él le besaba los ojos en silencio.

–¿Tienen las piernas como las tuyas también las mujeres de
los hombres? –preguntaba ella mohína–. ¿Has... experimentado
el éxtasis junto a criaturas con las piernas como las tuyas?

–Porque no sabía que existías tú, amor mío.

–No quiero que vuelvas a mirar nunca más las piernas de las
mujeres de los hombres.

Él le besaba en silencio los cascos.

Estaba oscureciendo, y tuvieron que dejarse.

–Creo –susurró Hipatia rozándole aún los labios– que no les
contaré nada a mis compañeras. Quizá no lo entenderían, ellas
no saben que existe también esta manera para ascender más
arriba. Hasta mañana, amor mío. ¿Oyes? Te llamo como me has
llamado tú. Te espero.


Así transcurrieron algunos meses, los más dulces y los más
puros de mi vida. Iba hacia ella todos los días y, cuando no podía,
el devoto Gavagai nos hacía de trotaconventos. Yo esperaba que
los hunos no llegaran jamás y que aquella espera en Pndapetzim
durara hasta mi muerte, y más. Me sentía como si hubiera derrotado a la muerte.


Hasta que un día, pasados muchos meses, después de haberse entregado con el ardor de siempre, en cuanto se calmaron,
Hipatia le dijo a Baudolino:

–Me sucede una cosa. Sé lo que es, porque he oído las confi-
dencias de mis compañeras cuando volvían tras la noche con los
fecundadores. Creo que llevo una criatura en el vientre.

De buenas a primeras, Baudolino fue invadido sólo por una
alegría indecible, y le besaba aquel vientre bendito, por Dios o
por los Arcontes, no le importaba mucho. Luego se preocupó:
Hipatia no podría ocultar su estado a la comunidad, ¿qué iba a
hacer?

–Confesaré la verdad a la Madre –dijo–. Ella entenderá. Alguien, algo ha querido que lo que las demás hacen con los fecundadores yo lo hiciera contigo. Ha sido justo, según la parte buena de la naturaleza. No podrá regañarme.

–¡Pero durante nueve meses estarás bajo la custodia de la comunidad, y después nunca podré ver a la criatura que nazca!

–Vendré aquí todavía por mucho tiempo. Hace falta mucho antes de que la tripa esté muy hinchada y todos se den cuenta. Sólo no nos veremos en los últimos meses, cuando se lo diga todo a la Madre. Y en cuanto a la criatura, si es varón, te será dado; si es mujer, no te concierne. Así lo quiere la naturaleza.

–¡Así lo quieren ese gilipollas de tu Demiurgo y esas medias cabras con las que vives! –gritó Baudolino fuera de sí–. ¡La criatura también es mía, sea mujer o varón!

–Qué bello eres, Baudolino, cuando te enfadas, aunque nunca se debería –dijo ella, besándole la nariz.

–¿Pero te das cuenta de que, después de que hayas dado a luz, no te dejarán estar conmigo nunca más, así como tus compañeras nunca han vuelto a ver a su fecundador? ¿No es eso, según vosotras, lo que quiere la naturaleza?

Hipatia había caído en la cuenta en ese preciso momento, y se echó a llorar, con pequeños gemidos como cuando hacía el amor, con la cabeza inclinada sobre el pecho de su hombre, mientras lo rodeaba con los brazos y él sentía contra sí el pecho que se estremecía. Baudolino la acarició, le dijo palabras tiernísimas en el oído y luego hizo la única proposición que le parecía sensata: Hipatia huiría con él. Ante su mirada asustada, le dijo que de hacerlo no traicionaría a su comunidad. Simplemente a ella le había sido otorgado un privilegio distinto, y distinto se volvía su deber. Él la llevaría a un reino lejano, y allí ella crearía una nueva colonia de hipatias, habría hecho más fecunda la semilla de su madre remota, habría llevado a otro lugar su mensaje, salvo que él viviría a su lado, y habría encontrado una nueva colonia de fecundadores, en forma de hombre como habría sido probablemente el fruto de sus entrañas. Huyendo no haces el mal, le decía, es más, difundes el bien...

–Entonces le pediré permiso a la Madre.

–Espera, todavía no sé de qué pasta es esa Madre. Déjame pensar, iremos juntos a verla, sabré convencerla, dame unos días para que invente la manera adecuada.

–Amor mío, no quiero no verte más –sollozaba ahora Hipatia–.
Haré lo que quieras, pasaré por una mujer de los hombres, iré
contigo a esa ciudad nueva de la que me has hablado, me porta-
ré como los cristianos, diré que Dios ha tenido un hijo muerto en
la cruz, ¡si tú no estás, ya no quiero ser una hipatia!

–Calma, calma, amor. Verás que encontraré una solución. ¡He
convertido en santo a Carlomagno, he encontrado a los Magos,
sabré conservar a mi esposa!

–¿Esposa? ¿Qué es?

–Luego te lo enseño. Ahora ve, que es tarde. Nos vemos
mañana.

–No hubo un mañana, señor Nicetas. Cuando volví a Pndapetzim, todos salían a mi encuentro, y llevaban horas buscándome.
No había dudas: los hunos blancos estaban llegando, se podía
divisar en el extremo horizonte la nube de polvo que levantaban
sus caballos. Habrían llegado a los límites de la llanura de los
helechos a las primeras luces del alba. Quedaban, pues, pocas
horas para preparar la defensa. Fui inmediatamente a ver al Diácono, para anunciarle que asumía el mando de sus súbditos.
Demasiado tarde. Aquellos meses de espera espasmódica de la
batalla, el esfuerzo que había hecho para poder estar en pie y
participar en la empresa, quizá también la nueva linfa que había
infiltrado en sus venas con mis relatos, habían acelerado su fin.
No tuve miedo de estar a su lado mientras exhalaba el último
aliento, es más, le apreté la mano mientras me saludaba y me
deseaba la victoria. Me dijo que, si hubiera vencido, quizá habría
podido llegar al reino de su padre y, por lo tanto, me imploraba
que le hiciera un último servicio. En cuanto hubiera expirado, sus
dos acólitos velados prepararían su cadáver como si fuera el de
un Preste, ungiendo su cuerpo con aquellos óleos que imprimi-
rían su imagen en el lino en que habría sido envuelto. Que le lle-
vase al Preste aquel retrato suyo, y por muy pálido que resultara
en él, se habría mostrado a su padre adoptivo menos deshecho de
lo que estaba. Expiró poco después, y los dos acólitos hicieron lo
que debía hacerse. Decían que la sábana tardaría algunas horas
para impregnarse de sus facciones, y que la enrollarían y mete-
rían en un estuche. Me sugerían tímidamente que informara a los

eunucos de la muerte del Diácono. Resolví no hacerlo. El Diácono me había investido con el mando y sólo a ese precio los eunucos no habrían osado desobedecerme. Necesitaba que también ellos colaboraran de alguna manera en la guerra, preparando en la ciudad la acogida para los heridos. Si hubieran sabido en el acto de la desaparición del Diácono, como poco habrían turbado el espíritu de los combatientes difundiendo la aciaga noticia y distrayéndoles con ritos fúnebres. Como mucho, con lo traidores que eran, a lo mejor habrían tomado enseguida el poder supremo y habrían perturbado igualmente todos los planes de defensa del Poeta. Vayamos a la guerra, me dije. Aun habiendo sido siempre un hombre de paz, ahora se trataba de defender a la criatura que estaba naciendo.

# 35

# Baudolino contra los hunos blancos

El plan lo habían estudiado durante meses, en sus mínimos detalles. Si el Poeta se había demostrado un buen capitán en adiestrar a sus tropas, Baudolino había revelado dotes de estratega. Justo en las afueras de la ciudad se erguía la más alta de aquellas colinas semejantes a cúmulos de nata montada que habían visto a la llegada. Desde arriba se dominaba toda la llanura, hasta las montañas por un lado y más allá de la extensión de los helechos. Desde allí Baudolino y el Poeta dirigirían los movimientos de sus guerreros. Junto a ellos un escuadrón elegido de esciápodos, instruido por Gavagai, permitiría comunicaciones rapidísimas con las distintas escuadras.

Los poncios se dispersarían por los diferentes puntos de la llanura, listos para captar, con su sensibilísimo apéndice ventral, los movimientos del adversario y hacer, como estaba acordado, señales de humo.

Delante de todos, casi en el límite extremo de la llanura de los helechos, debían esperar los esciápodos, al mando del Porcelli, dispuestos a aparecer de repente ante los invasores, con sus fístulas y sus dardos envenenados. Cuando las columnas de los enemigos hubieran sido desbaratadas por aquel primer impacto, detrás de los esciápodos asomarían los gigantes, empujados por Aleramo Scaccabarozzi alias el Chula, haciendo estragos de sus caballos. Pero, repetía el Poeta, hasta que no hubieran recibido la orden de entrar en acción debían moverse a gatas.

Si una parte de los enemigos hubiera superado la barrera de los gigantes, debían entrar en acción desde lados opuestos de la llanura, por un flanco los pigmeos conducidos por el Boidi y por el otro, los blemias bajo las órdenes del Cùttica. Empujados hacia el lado opuesto por el nubarrón de flechas lanzado por los pigmeos, los hunos se moverían hacia los blemias y, antes de que los hubieran divisado en la hierba, habrían podido deslizarse bajo sus caballos.

Cada uno, con todo, no debía arriesgar mucho. Tenían que infligir pérdidas severas al enemigo, pero limitando al máximo las propias. En efecto, el verdadero puntal de la estrategia eran los nubios, que debían esperar concentrados en el centro de la llanura. No cabía duda de que los hunos superarían los primeros choques, pero habrían llegado ante los nubios ya reducidos en número, cubiertos de heridas, y sus caballos no podrían moverse demasiado deprisa entre aquellas hierbas altas. Entonces, los belicosos circunceliones habrían estado listos, con sus mortíferas clavas y su legendario desprecio del peligro.

–De acuerdo, escaramuzas vistas y no vistas –decía el Boidi–, la verdadera barrera insuperable serán los buenos circunceliones.

–Y vosotros –sugería el Poeta–, después de que hayan pasado los hunos, tenéis que recompactar inmediatamente a los vuestros y disponerlos en un semicírculo de por lo menos media milla. Así, si los enemigos recurrieran a ese artificio pueril de fingir la fuga para rodear después a los perseguidores, seréis vosotros los que los estrechéis en vuestra tenaza, mientras corren hacia vuestros brazos. Sobre todo, que ninguno quede vivo. Un enemigo derrotado, si sobrevive, antes o después trama una venganza. Que si luego algún superviviente consiguiera escapar de vosotros o de los nubios, y dirigirse hacia la ciudad, allí estarán dispuestos los panocios para volarles encima, y ante tal sorpresa ningún enemigo podría resistir.

Habiendo calculado la estrategia de manera que nada fuera dejado al azar, cuando cayó la noche, allí estaban las cohortes aglomerándose en el centro de la ciudad y marchando a la luz de las primeras estrellas hacia la llanura, precedida cada una por sus propios sacerdotes y cantando en su propia lengua el Pater Noster, con un majestuoso efecto sonoro que jamás se había oído ni en Roma en la más solemne de las procesiones:

*Mael nio, kui vai o les zeal, aepseno lezai tio mita. Veze lezai tio tsaeleda.*

*O fat obas, kel binol in süs, paisalidumöz nemola. Komömöd*
*monargän ola.*

*Pat isel, ka bi ni sieloes. Nom al zi bi santed. Klol alzi komi.*

*O baderus noderus, ki du esso in seluma, fakdade sankadus*
*hanominanda duus, adfenade ha rennanda duus.*

*Amy Pornio dan chin Orhnio viey, gnayjorhe sai lory, eyfodere*
*sai bagalin, johre dai domion.*

*Hai coba ggia rild dad, ha babi io sgymentea,*
*ha salta io velca...*

Últimos desfilaron los blemias, mientras Baudolino y el Poeta
se interrogaban sobre su retraso. Cuando llegaron, cada uno de
ellos llevaba encima de los hombros, atado bajo las axilas, un armazón de cañas en cuya cima estaba colocada una cabeza de
pájaro. Con orgullo dijo Ardzrouni que había sido su última invención. Los hunos habrían visto una cabeza, y a ella habrían
apuntado, y los blemias les habrían saltado encima, ilesos, en
pocos segundos. Baudolino dijo que la idea era buena, pero que
se apresuraran, porque tenían pocas horas para llegar a sus po-
siciones. Los blemias no parecían apurados por haber adquirido
una cabeza, es más, se pavoneaban como si llevaran un yelmo
emplumado.
Baudolino y el Poeta, con Ardzrouni, subieron al otero desde
donde tenían que dirigir la batalla, y esperaron la aurora. Habían
enviado a Gavagai a la primera línea, listo para ponerles al corriente sobre lo que estaba sucediendo. El buen esciápodo corrió
a su puesto de combate gritando:
–¡Viva los santísimos Magos, viva Pndapetzim!
Las montañas se iluminaban ya hacia oriente con los primeros rayos solares, cuando un hilo de humo alimentado por los
atentos poncios avisó de que los hunos iban a aparecer en el
horizonte.
Y en efecto, aparecieron, en una larga línea frontal, de manera
que desde lejos parecía que no avanzaran nunca, sino que ondea-

ran o temblaran, durante un tiempo que a todos les pareció interminable. Se podía notar su avance porque poco a poco dejaban de divisarse las patas de sus caballos, que los helechos ocultaban a las miradas de los que estaban en el otero, hasta el momento en que estuvieron a poca distancia de las filas escondidas de los primeros esciápodos, y todos esperaban ver, a renglón seguido, a aquellos buenos monópodos salir al descubierto. Pero el tiempo pasaba, los hunos se adentraban en la pradera, y se advertía que allá abajo ocurría algo raro.

Mientras los hunos eran visibilísimos ya y los esciápodos no daban todavía señales de vida, pareció entreverse a los gigantes que, antes de lo previsto, se levantaban, emergiendo enormes de la vegetación, pero, en lugar de enfrentarse con el enemigo, se tiraban entre las hierbas, empeñados en una lucha con los que debían de ser los esciápodos. Baudolino y el Poeta, de lejos, no podían entender bien qué estaba pasando, pero fue posible reconstruir las fases de la batalla paso a paso gracias al valiente Gavagai, que fulminantemente iba y venía de un extremo al otro de la llanura.

Por atávico instinto, en cuanto se alza el sol, el esciápodo se ve inducido a tumbarse y a extender su pie sobre su cabeza. Eso habían hecho los guerreros de su tropa de asalto. Los gigantes, aunque no fueran despiertísimos de mollera, habían notado que algo no funcionaba de la manera adecuada, y habían empezado a decírselo, pero, según su costumbre herética, los llamaban homousiastas de mierda, excrementos de Arrio.

–Esciápodo bueno y fiel –se desesperaba Gavagai al dar esas noticias–, está valeroso y no vil, ¡pero no puede soportar insulto de herético comequeso, tú intente entender!

En breve, había empezado primero una rápida bronca teológica, luego un intercambio de golpes a cuerpo limpio, y los gigantes se habían salido pronto con la suya. Aleramo Scaccabarozzi alias el Chula había intentado separar a sus monóculos de aquel malsano enfrentamiento, pero aquéllos habían perdido el bien del intelecto y lo alejaban con tales manotazos que lo hacían volar diez metros más allá. Así no se habían dado cuenta de que los hunos se les echaban encima, y había seguido una matanza. Caían los esciápodos y caían los gigantes, aunque algunos de éstos intentaban defenderse agarrando a un esciápodo por el pie

y usándolo, en vano, como si fuera una maza. El Porcelli y el
Scaccabarozzi se habían lanzado al ataque, para reanimar cada
uno a su propia escuadra, pero habían sido rodeados por los
hunos. Se habían defendido indómitamente, pero pronto habían
sido traspasados por cien flechas.

Se veía ahora a los hunos abrirse paso, aplastando las hierbas,
entre las víctimas de su masacre. El Boidi y el Cùttica, desde los
dos lados de la llanura, no conseguían entender qué sucedía, y
fue necesario mandarles a Gavagai para que anticiparan la intervención lateral de los blemias y de los pigmeos. Los hunos se
vieron asaltados desde bandas opuestas, pero tuvieron una idea
admirable: su vanguardia avanzó más allá de las filas de los esciápodos y de los gigantes caídos, la retaguardia se retiró, y he
aquí a los pigmeos por un lado y a los blemias por el otro corriendo los unos hacia los otros. Los pigmeos, al ver aquellas cabezas
de volátiles que sobresalían de la hierba, ajenos al invento de
Ardzrouni, se pusieron a gritar:

–¡Las grullas, las grullas!

Y, creyendo tener que enfrentarse con su enemigo milenario,
se olvidaron de los hunos y cubrieron de flechas las filas de los
blemias. Los blemias se defendían ahora de los pigmeos y, convencidos de una traición, gritaban:

–¡Muerte al hereje!

Los pigmeos a su vez creyeron en una traición de los blemias
y, al oírse tildar de herejía, considerándose los únicos guardianes
de la verdadera fe, gritaban:

–¡Muerte al fantasiasta!

Los hunos cayeron encima de aquella contienda y herían de
muerte uno a uno a sus enemigos, mientras ellos se herían entre sí. Gavagai refería ahora que había visto al Cùttica intentar
detener a los enemigos él solo. Luego, arrollado, había caído pi-
soteado por sus caballos.

El Boidi, ante la vista del amigo que moría, juzgó perdidas las
dos columnas, saltó a caballo e intentó acercarse hacia la barrera nubia para alertarla, pero los helechos detenían su carrera, al
igual que hacían difícil el avance de los enemigos. El Boidi llegó
con esfuerzo hasta los nubios, se colocó a su espalda y los incitó
a moverse compactos hacia los hunos. Pero en cuanto se encontraron a aquéllos de frente, sedientos de sangre, los condenados

circunceliones siguieron su naturaleza, es decir, su natural propensión al martirio. Pensaron que el momento sublime del sacrificio había llegado, y era mejor anticiparlo. Se colocaron uno tras otro de rodillas invocando:

–¡Mátame, mátame!

Los hunos no se lo podían creer, sacaron sus espadas cortas y afiladas, y se dedicaron a cortar las cabezas de los circunceliones que se agolpaban a su alrededor tendiendo el cuello e invocando el lavacro purificador.

El Boidi, alzando los puños al cielo, se dio a la fuga corriendo hacia la colina, y llegó justo antes de que la llanura se incendiara.

En efecto, Boron y Kyot, desde la ciudad, avisados del peligro, habían pensado en usar las cabras que Ardzrouni había preparado para aquella estratagema suya, inútil en pleno día. Habían hecho que los sinlengua empujaran a centenares de animales con los cuernos en llamas por la llanura. La estación estaba adelantada, las hierbas ya bastante secas, y prendieron fuego en un instante. El mar de hierba estaba transformándose en un mar de llamas. Quizá Boron y Kyot habían pensado que las llamas se limitarían a trazar una barrera, o empujarían hacia atrás a la caballería enemiga, pero no habían calculado la dirección del viento. El fuego iba tomando más y más vigor, pero se abría paso hacia la ciudad. Lo cual, sin duda, favorecía a los hunos, que sólo tenían que esperar a que las hierbas ardieran, las cenizas se enfriaran, y tendrían vía libre para el galope final. Pero, de alguna manera, detenía por lo menos durante una hora su avance. Los hunos, con todo, sabían que tenían tiempo. Se limitaron a quedarse en los márgenes del incendio y, levantando los arcos hacia el cielo, lanzaban tal cantidad de flechas que oscurecían el cielo y caían más allá de la barrera, no sabiendo todavía si los esperaban otros enemigos.

Una flecha cayó silbando desde arriba y se clavó en el cuello de Ardzrouni, que se desplomó con un singulto ahogado, perdiendo sangre por la boca. Al intentar llevarse las manos al cuello para arrancarse la flecha, vio que se estaba cubriendo de manchas blancuzcas. Baudolino y el Poeta se inclinaron sobre él y le susurraron que lo mismo le sucedía a su cara.

–Ves que Solomón tenía razón –le decía el Poeta–, existía un remedio. Quizá las flechas de los hunos estén embebidas con un tóxico que para ti es mano de santo y disuelve el efecto de aquellas piedras negras.

–Qué me importa a mí si me muero blanco o negro –dijo en un estertor Ardzrouni, y murió, todavía de color incierto.

Pero caían más flechas, bien tupidas, y había que abandonar la colina. Huyeron hacia la ciudad, con el Poeta petrificado que decía:

–Todo ha terminado, me he jugado un reino. No debemos esperar mucho de la resistencia de los panocios. Podemos esperar sólo en el tiempo que nos consienten las llamas. Recojamos nuestras cosas y huyamos. Hacia occidente el camino todavía está libre.

Baudolino tuvo en aquel instante un solo pensamiento. Los hunos habrían entrado en Pndapetzim, la habrían destruido, pero su carrera enloquecida no se habría detenido allí, habrían avanzado hacia el lago, habrían invadido el bosque de las hipatias. Debía precederles. Pero no podía abandonar a sus amigos; era preciso encontrarlos, recoger sus cosas, algunas provisiones, prepararse para una larga fuga.

–¡Gavagai, Gavagai! –gritó, y en el acto vio a su fiel amigo a su costado–. Corre al lago, encuentra a Hipatia, no sé cómo lo conseguirás, dile que esté preparada, ¡voy a salvarla!

–Yo no sé cómo hace, pero yo encuentra ella –dijo el esciápodo, y partió como una flecha.

Baudolino y el Poeta entraron en la ciudad. La noticia de la derrota ya había llegado, las mujeres de todas las razas, con sus pequeños en brazos, corrían sin meta por las calles. Los panocios, aterrorizados, pensando que ya sabían volar, se lanzaban al vacío. Pero habían sido educados a planear hacia abajo, no a librarse en el cielo, y enseguida daban con sus huesos por tierra. Los que intentaban agitar desesperadamente sus orejas para moverse por el aire, se precipitaban exhaustos y se estrellaban contra las rocas. Encontraron a Colandrino, desesperado por el fracaso de su adiestramiento, a Solomón, a Boron y Kyot, que preguntaron por los demás.

–Han muerto, que descansen en paz –dijo con rabia el Poeta.

–Pronto, a nuestros alojamientos –gritó Baudolino–, ¡y luego a occidente!

Llegados a sus alojamientos, recogieron todo lo que podían. Bajando deprisa, frente a la torre, vieron un trajín de eunucos, que cargaban sus bienes en acémilas. Práxeas se les encaró lívido:

–El Diácono ha muerto, y tú lo sabías –le dijo a Baudolino.

–Muerto o vivo, habrías huido igualmente.

–Nosotros nos vamos. Una vez llegados a la garganta, haremos que se precipite el alud, y el camino para el reino del Preste quedará cerrado para siempre. ¿Queréis venir con nosotros? Tendréis que ateneros a nuestros pactos.

Baudolino no le preguntó ni siquiera cuáles eran sus pactos.

–Pero qué me importa a mí de tu maldito Preste Juan –gritó–, ¡tengo cosas más importantes en las que pensar! ¡Vamos, amigos!

Los demás se quedaron de piedra. Luego Boron y Kyot admitieron que su verdadera finalidad era encontrar a Zósimo con el Greal, y Zósimo desde luego no había llegado todavía al reino ni llegaría nunca; Colandrino y el Boidi dijeron que con Baudolino habían venido y con él se habrían ido; Solomón observó que sus diez tribus podían estar tanto a éste como a aquel lado de las montañas y, por lo tanto, para él cualquier dirección era buena. El Poeta no hablaba, parecía haber perdido toda voluntad, y le tocó a alguien coger las bridas de su caballo para arrastrarlo con ellos.

Mientras iban a huir, Baudolino vio venir hacia él a uno de los dos acólitos velados del Diácono. Llevaba un estuche:

–Es la sábana con sus facciones –dijo–. Quería que la conservaras tú. Haz buen uso de ella.

–¿Huís también vosotros?

Dijo el velado:

–O aquí o allá, si hay un allá, para nosotros será lo mismo. Nos espera la suerte de nuestro señor. Nos quedaremos aquí y apestaremos a los hunos.

Nada más salir de la ciudad, Baudolino tuvo una visión atroz. En las colinas azules se insinuaban llamas. De alguna manera, una parte de los hunos había empezado a rodear el lugar de la batalla desde por la mañana, empleando algunas horas, y había llegado ya al lago.

–Pronto –gritaba Baudolino desesperado–, todos allá, ¡al galope!

Los demás no entendían.

–¿Por qué allá, si esos malditos ya están ahí? –preguntaba el Boidi–. Mejor por aquí, quizá el único pasaje que queda está hacia el sur.

–Haced lo que queráis, yo voy hacia allá –gritó Baudolino fuera de sí.

–Está enloquecido, sigámosle para que no se haga daño –imploraba Colandrino.

Pero Baudolino ya les había sacado mucha delantera, e invocando el nombre de Hipatia iba hacia una muerte segura.

Se detuvo tras media hora de galope furibundo, divisando una figura veloz que le salía al encuentro. Era Gavagai.

–Tú está tranquilo –le dijo–. Yo ha visto ella. Ahora ella está a salvo.

Esa buena noticia debía transformarse bien pronto en fuente de desesperación, porque esto es lo que decía Gavagai: las hipatias habían sido avisadas a tiempo de la llegada de los hunos, y precisamente por los sátiros, que habían bajado de sus colinas, las habían recogido y, cuando Gavagai llegó, estaban conduciéndolas con ellos allá arriba, más allá de las montañas, donde sólo ellos sabían cómo moverse y los hunos no habrían conseguido llegar jamás. Hipatia había esperado, era la última, con las compañeras que tiraban de ella por los brazos, para tener noticias de Baudolino, y no quería marcharse sin antes saber algo de su suerte. Al oír el mensaje de Gavagai se había calmado, sonriendo entre las lágrimas le había dicho que lo saludara, temblando le había encargado que le dijera que huyera, porque su vida corría peligro, sollozando le había dejado su último mensaje: lo amaba, y no se volverían a ver nunca más.

Baudolino le preguntó si estaba loco, no podía dejar que Hipatia se fuera a las montañas, quería llevarla consigo. Pero Gavagai le dijo que ya era tarde, que antes de que él llegara allá, donde entre otras cosas los hunos estaban haciendo soberanos sus correrías, las hipatias habrían estado ya quién sabe dónde. Luego, superando el respeto por uno de los Magos, y apoyándole una mano en el brazo, le repitió su último mensaje: ella lo habría esperado, pero su primer deber era proteger a su criatura.

–Ella ha dicho: yo por siempre ha conmigo una criatura que recuerda a mí a Baudolino –luego, mirándolo de abajo hacia arriba–. ¿Tú ha hecho criatura con esa mujer?

–No es asunto tuyo –le había dicho, ingrato, Baudolino.

Gavagai había callado.

Baudolino dudaba todavía, cuando sus compañeros lo alcanzaron. Se dio cuenta de que a ellos no podía explicarles nada, nada que pudieran entender. Luego intentó convencerse. Era todo tan razonable: el bosque era ya tierra de conquista, las hipatias afortunadamente habían alcanzado los despeñaderos donde estaba su salvación, Hipatia había sacrificado justamente su amor por Baudolino al amor por ese ser que había de nacer y que él le había dado. Era todo tan desgarradoramente sensato, y no había otra elección posible.

–Bien me habían avisado, señor Nicetas, de que el Demiurgo había hecho las cosas sólo a medias.

# 36

# Baudolino y los pájaros roq

–Pobre, infeliz Baudolino –dijo Nicetas, conmovido hasta tal punto que se olvidaba de probar la cabeza de cerdo hervida con sal, cebollas y ajo, que Teofilacto había conservado durante todo el invierno en un pequeño tonel de agua marina–. Una vez más, cada vez que te apasionabas por una cosa verdadera, la suerte te castigaba.

–A partir de aquella tarde cabalgamos durante tres días y tres noches, sin pararnos, sin comer ni beber. Supe después que mis amigos hicieron prodigios de astucia para evitar a los hunos, que se podían encontrar por doquier en un radio de millas y millas. Yo me dejaba llevar. Los seguía, pensaba en Hipatia. Es justo, me decía, que las cosas hayan ido así. ¿De verdad habría podido llevarla conmigo? ¿Se habría acostumbrado a un mundo desconocido, sustraída a la inocencia del bosque, a la tibieza familiar de sus ritos y a la sociedad de sus hermanas? ¿Habría renunciado a ser una elegida, llamada a redimir a la divinidad? La habría transformado en una esclava, en una infeliz. Y además nunca le había preguntado cuántos años tenía, pero quizá podría haber sido dos veces mi hija. Cuando abandoné Pndapetzim tenía, creo, cincuenta y cinco años. Le había parecido joven y vigoroso, porque era el primer hombre que veía, pero la verdad es que me estaba encaminando hacia la vejez. Habría podido darle poquísimo, quitándoselo todo. Intentaba convencerme de que las cosas habían seguido el curso que debían seguir: hacerme infeliz para siempre. Si lo aceptaba, quizá habría encontrado mi paz.

–¿No tuviste la tentación de volver atrás?

–Cada instante después de aquellos primeros tres días desmemoriados. Pero habíamos perdido el camino. El camino que tomamos no era el mismo por el que habíamos ido, dimos mil vueltas, y cruzamos tres veces la misma montaña, o quizá eran tres montañas distintas, pero ya no éramos capaces de distinguirlas. No bastaba el sol para encontrar la orientación, y no teníamos con nosotros ni a Ardzrouni ni a su mapa. Quizá habíamos dado la vuelta a ese gran monte que ocupa la mitad del tabernáculo, y estábamos en la otra parte de la tierra. Luego nos quedamos sin caballos. Los pobres animales llevaban con nosotros desde el principio del viaje, y habían envejecido con nosotros. No nos habíamos dado cuenta, porque en Pndapetzim no había otros caballos con los que compararlos. Aquellos tres últimos días de fuga precipitada los habían dejado exhaustos. Poco a poco fueron muriendo, y para nosotros casi fue una bendición, porque tuvieron el buen sentido de ir dejándonos, de uno en uno, en lugares donde no se encontraba comida, y comíamos sus carnes, lo poco que había quedado pegado a los huesos. Seguíamos a pie y con los pies llenos de llagas; el único que no se quejaba era Gavagai, que nunca había necesitado a los caballos, y en la planta del pie tenía un callo de dos dedos. Comíamos de verdad langostas, y sin miel, a diferencia de los santos padres. Luego perdimos a Colandrino.

–Precisamente el más joven...

–El más inexperto de nosotros. Buscaba comida entre las rocas, metió la mano en un recoveco traicionero, y le mordió una serpiente. Tuvo apenas el aliento para saludarme, y susurrarme que me mantuviera fiel al recuerdo de su amada hermana y mi amadísima esposa, de manera que por lo menos yo la hiciera vivir en mi memoria. Yo me había olvidado de Colandrina, y una vez más me sentí adúltero y traidor, de Colandrina y Colandrino.

–¿Y luego?

–Luego todo se vuelve oscuro. Señor Nicetas, salí de Pndapetzim, cuando, según mis cálculos, era el verano del año del Señor 1197. Llegué aquí, a Constantinopla, el pasado mes de enero. En medio ha habido, pues, seis años y medio de vacío, vacío de mi espíritu y quizá vacío del mundo.

–¿Seis años vagando por los desiertos?

–Un año, quizá dos, ¿quién llevaba ya la cuenta del tiempo? Después de la muerte de Colandrino, quizá unos meses más tarde, nos encontramos a los pies de unas montañas, que no sabíamos cómo escalar. De doce que habíamos salido, habíamos quedado seis; seis hombres y un esciápodo. La ropa hecha harapos, consumidos, quemados por el sol, nos quedaban sólo nuestras armas y nuestras alforjas. Nos dijimos que quizá habíamos llegado al final de nuestro viaje y nos tocaba morir allá. De repente, vimos venir hacia nosotros una cuadrilla de hombres a caballo. Llevaban ropa suntuosa, tenían armas relucientes, cuerpo humano y cabezas de perro.

–Eran cinocéfalos. Así pues, existen.

–Como que Dios es verdadero. Nos interrogaron emitiendo ladridos, nosotros no entendíamos, el que parecía el jefe sonrió. Quizá era una sonrisa, o un gruñido, que le descubría los caninos afilados, dio una orden a los suyos, y nos ataron, en fila india. Nos hicieron cruzar la montaña por un sendero que conocían; luego, después de algunas horas de camino, bajamos a un valle que rodeaba por todos sus lados a un monte altísimo, con un castillo poderoso sobre el que volteaban pájaros rapaces que de lejos parecían enormes. Me acordé de la antigua descripción de Abdul y reconocí el castillo de Aloadin.

Así era. Los cinocéfalos los hicieron subir por tortuosísimas escalinatas excavadas en la piedra hasta aquel inasequible refugio y los introdujeron en el castillo, tan grande casi como una ciudad, donde, entre atalayas y torres del homenaje, se podían ver jardines colgantes y pasajes cerrados por rejas poderosas. Los tomaron en custodia otros cinocéfalos armados con látigos. Pasando por un pasillo, Baudolino vio fugazmente, desde una ventana, una especie de patio entre paredes altísimas donde languidecían encadenados muchos jóvenes, y se acordó de cómo Aloadin educaba a sus sicarios para el delito, hechizándoles con la miel verde. Introducidos en una sala suntuosa, vieron sentado en cojines bordados a un viejo que parecía tener cien años, con la barba blanca, las cejas negras y la mirada hosca. Ya vivo y poderoso cuando había capturado a Abdul, casi medio siglo antes, Aloadin todavía estaba allá, gobernando a sus esclavos.

Los miró con desprecio, evidentemente se daba cuenta de que aquellos desventurados no eran buenos para enrolarlos entre sus jóvenes asesinos. Ni siquiera les habló. Hizo un gesto aburrido a uno de sus siervos, como para decir: haced lo que os plazca. Sólo sintió curiosidad al ver detrás de ellos al esciápodo. Hizo que se moviera, le invitó con gestos a que extendiera el pie sobre la cabeza, se rió. Los seis hombres fueron sacados de allí, y Gavagai se quedó a su lado.

Así empezó la larguísima prisión de Baudolino, Boron, Kyot, el rabí Solomón, el Boidi y el Poeta, perennemente con una cadena en los pies, que terminaba en una bola de piedra, empleados en trabajos serviles, a veces para lavar las baldosas de los suelos y los azulejos, a veces para darles vueltas a las muelas de los molinos, a veces encargados de llevar cuartos de carnero a los pájaros roq.

–Eran –le explicaba Baudolino a Nicetas– animales voladores del tamaño de diez águilas juntas, con un pico adunco y cortante, con el que podían descarnar a un buey en pocos instantes. Sus patas tenían garras que parecían rostros de una nave de batalla. Merodeaban inquietos en una jaula amplia colocada en un torreón, dispuestos a asaltar a quien fuera, excepto a un eunuco que parecía hablar su lenguaje y los tenía a raya moviéndose entre ellos como si estuviera con los pollos de su gallinero. Era también el único que podía enviarlos como emisarios de Aloadin: a uno de ellos le ponía, en el dorso y en el cuello, unas correas recias que hacía pasar bajo las alas, y de ellas colgaba una cesta, u otro peso, luego abría una compuerta, daba una orden y el pájaro así enjaezado, y sólo ése, volaba fuera de la torre y desaparecía en el cielo. También los vimos volver; el eunuco hacía que entraran, y les quitaba de su albarda un saco o un cilindro de metal, que evidentemente contenía un mensaje para el señor del lugar.

Otras veces los prisioneros pasaban días y días en el ocio, porque no había nada que hacer; a veces les encargaban que sirvieran al eunuco que llevaba la miel verde a los jóvenes encadenados, y se horrorizaban viendo sus rostros devastados por el sueño que los consumía. Si no un sueño, una sutil desgana devastaba a nuestros prisioneros, que engañaban el tiempo contándose sin cesar las peripecias pasadas. Recordaban París, Alejandría, el alegre mercado de Gallípoli, la estancia serena con los gimnosofistas. Hablaban de la carta del Preste, y el Poeta, cada día más sombrío, parecía repetir las palabras del Diácono como si las hubiera oído:

–La duda que me corroe es que el reino no exista. ¿Quién nos habló del reino, en Pndapetzim? Los eunucos. ¿A quién referían los emisarios que enviaban donde el Preste? A ellos, a los eunucos. Y aquellos mensajes, ¿de verdad habían salido?, ¿de verdad habían vuelto? El Diácono jamás había visto a su padre. Todo lo que llegamos a saber, lo supimos por los eunucos. Quizá era todo una confabulación de los eunucos, que se mofaban del Diácono, de nosotros y del último nubio o esciápodo. A veces me pregunto si existieron también los hunos blancos...

Baudolino le decía que se acordara de sus compañeros muertos en la batalla, pero el Poeta meneaba la cabeza. Mejor que repetirse a sí mismo que había sido derrotado, prefería creer que había sido víctima de un hechizo.

Luego volvían al día de la muerte de Federico, y cada vez se inventaban una nueva explicación para darse razón de aquella muerte inexplicable. Había sido Zósimo, estaba claro. No, Zósimo había robado el Greal, pero sólo después; alguien, esperando apoderarse del Greal, había actuado antes. ¿Ardzrouni? ¿Y quién podía saberlo? ¿Uno de sus compañeros desaparecidos? Qué pensamiento atroz. ¿Uno de los que habían sobrevivido? Pero en tanta desgracia, decía Baudolino, ¿tenemos que sufrir también las congojas de la recíproca sospecha?

–Mientras viajábamos al descubrimiento del reino del Preste, no nos atenazaban estas dudas; cada uno ayudaba al otro con espíritu de amistad. Era la cautividad la que nos agriaba, no podíamos mirarnos a la cara el uno al otro, y durante años nos odiamos mutuamente. Yo vivía retirado en mí mismo. Pensaba en Hipatia, pero no conseguía recordar su cara, recordaba sólo el gozo que me daba; ocurría que de noche movía las manos inquietas sobre el vello de mi pubis, y soñaba con tocar su vello que sabía a musgo. Podía excitarme porque, si el espíritu decaía desvariando, nuestro cuerpo se iba recuperando gradualmente de los efectos de nuestra peregrinación. Allá arriba, no nos alimentaban mal, teníamos comida en abundancia dos veces al día. Quizá era la manera en que Aloadin, que no nos admitía en los misterios de su miel verde, nos mantenía tranquilos. En efecto, habíamos recobrado vigor, pero, a pesar de los duros trabajos a los que teníamos que doblegarnos, engordábamos. Me miraba la panza prominente y me decía: eres bello, Baudolino, ¿son bellos como tú todos los hombres? Luego me reía como un alelado.

Los únicos momentos de consuelo se producían cuando les visitaba Gavagai. Su excelente amigo se había convertido en el bufón de Aloadin, lo divertía con sus movimientos inopinados, le hacía pequeños encargos volando por salas y pasillos para llevar sus órdenes, había aprendido la lengua sarracena, gozaba de mucha libertad. A sus amigos les llevaba manjares de las cocinas del señor, los mantenía informados sobre los asuntos del castillo, sobre las luchas sórdidas entre los eunucos para asegurarse el favor del amo, sobre las misiones homicidas a las que se mandaba a los jóvenes alucinados.

Un día le dio a Baudolino un poco de miel verde, pero muy poca, decía, si no, habría acabado como aquellas bestias asesinas. Baudolino se la tomó y vivió una noche de amor con Hipatia. Pero hacia el final del sueño, la joven había cambiado su naturaleza, tenía las piernas ágiles, blancas y amables como las mujeres de los hombres, y cabeza de cabra.

Gavagai les advertía de que sus armas y alforjas habían sido arrojadas en un cuchitril, y que él las sabía encontrar cuando intentaran la fuga.

–Pero, Gavagai, ¿de verdad piensas que un día podremos huir? –le preguntaba Baudolino.

–Yo cree que sí. Yo cree que muchas buenas maneras para huir. Yo sólo debe encontrar la mejor. Pero tú vuelve tú gordo como eunuco, y si tú gordo tú huye mal. Tú debe hacer movimientos de cuerpo, como yo, tú ponga tu pie sobre la cabeza y vuelve muy ágil.

El pie sobre la cabeza no, pero Baudolino había entendido que la esperanza de una fuga, aun vana, lo habría ayudado a soportar el cautiverio sin enloquecer y, por lo tanto, se preparaba para el acontecimiento, moviendo los brazos, haciendo flexiones con las piernas decenas y decenas de veces hasta que caía exhausto sobre su vientre redondo. Se lo había aconsejado a los amigos, y con el Poeta fingía movimientos de lucha; pasaban a veces toda una tarde intentando derribarse al suelo. Con la cadena en el pie no era fácil, y habían perdido la soltura de otro tiempo. No sólo a causa del cautiverio. Era la edad. Pero les sentaba bien.

El único que había olvidado completamente su cuerpo era el rabí Solomón. Comía poquísimo, estaba demasiado débil para los distintos trabajos, y los amigos los hacían por él. No tenía ningún rollo que leer, ningún instrumento para escribir. Pasaba las horas repitiendo el nombre del Señor, y cada vez era un sonido distinto. Había perdido los dientes que le quedaban, ahora tenía sólo encías, tanto a la derecha como a la izquierda. Comía mascujando y hablaba silbando. Se había convencido de que las diez tribus perdidas no podían haberse quedado en un reino donde la mitad de sus habitantes eran nestorianos, todavía soportables, porque también para los judíos aquella buena mujer de María no podía haber generado dios alguno, pero cuya otra mitad eran idólatras que aumentaban o disminuían a su gusto el número de las divinidades. No, decía desconsolado, quizá las diez tribus pasaran a través del reino, pero luego siguieron su vagabundeo; nosotros los judíos buscamos siempre una tierra prometida, con tal de que esté en otro lugar, y ahora quién sabe dónde estarán; a lo mejor a pocos pasos de este lugar donde estoy acabando mis días. Yo he abandonado toda esperanza de encontrarlas. Soportemos las pruebas que el Santo, que sea bendito por siempre, nos envía. Job soportó cosas mucho peores.

–Se había ido de la cabeza, se veía a simple vista. Y fuera de sí me parecían Boron y Kyot, que no dejaban de fantasear sobre ese Greal que habrían vuelto a encontrar; es más, pensaban que el Greal se habría hecho encontrar por ellos, y más hablaban, más sus virtudes milagrosas se volvían milagrosísimas, y más soñaban con poseerlo. El Poeta repetía: dejadme que le ponga las manos encima a Zósimo y me vuelvo dueño del mundo. Olvidad a Zósimo, decía yo: ni siquiera llegó a Pndapetzim, quizá se perdiera por el camino, su esqueleto se estará transformando en

polvo en algún lugar polvoriento, su Greal lo cogieron unos nómadas infieles que lo usarán para mear en él. Calla, calla, me
decía Boron palideciendo.

–¿Cómo conseguisteis libraros de aquel infierno? –preguntó
Nicetas.

–Un día Gavagai vino a decirnos que había encontrado la vía
de fuga. Pobre Gavagai, también él había envejecido mientras
tanto, nunca he sabido cuánto vivía un esciápodo, pero ya no se
precedía a sí mismo como un rayo. Llegaba como el trueno, un
poco después, y al final de la carrera, jadeaba.

El plan era el siguiente: había que sorprender armados al
eunuco de guardia de los pájaros roq, obligarle a enjaezarlos
como siempre, pero de manera que las correas que aseguraban
su equipaje estuvieran atadas a los cinturones de los fugitivos.
Luego el eunuco debía dar la orden a los pájaros de que volaran
hasta Constantinopla. Gavagai había hablado con el eunuco, y
había sabido que enviaba a menudo los roq a aquella ciudad, a
un agente de Aloadin que vivía en una colina cerca de Pera. Tanto
Baudolino como Gavagai comprendían la lengua sarracena y
podían controlar que el eunuco diera la orden correcta. Una vez
llegados a la meta, los pájaros habrían descendido ellos solos.

–¿Cómo ha hecho yo no pensar antes esto? –se preguntaba
Gavagai, dándose cómicamente puñetazos en la cabeza.

–Sí –decía Baudolino–, ¿pero cómo podemos volar con una
cadena en el pie?

–Yo encuentra lima –decía Gavagai.

De noche, Gavagai había encontrado sus armas y sus alforjas
y las había llevado a su dormitorio. Espadas y puñales estaban
oxidados, pero se pasaron las noches limpiándolos y moliéndolos,
usando las piedras de las paredes para frotarlos. Les llegó la lima.
No valía casi nada y perdieron semanas para fresar el anillo que
les apretaba los tobillos. Lo consiguieron, por debajo de la anilla
vulnerada pasaron una cuerda, atada a la cadena, y parecían
deambular por el castillo impedidos como siempre. Bien mirado,
se descubría el engaño, pero estaban allí desde hacía tantos años
que nadie les prestaba atención, y los cinocéfalos los consideraban ya animales domésticos.

Una noche supieron que el día siguiente habrían debido retirar de las cocinas ciertos sacos de carne pasada para llevárselos a los pájaros. Gavagai les advirtió de que era la ocasión que esperaban. Por la mañana fueron a coger los sacos, con el aire de quien hace las cosas de mala gana, pasaron por su dormitorio, metieron las armas entre las carnes. Llegaron a las jaulas cuando ya Gavagai había llegado, y estaba divirtiendo al eunuco guardián dando volteretas. Lo demás fue fácil, abrieron los sacos, sacaron sus puñales, y seis puñales pusieron en la garganta del guardián (Solomón los miraba como si no le importara nada de lo que estaba sucediendo). Baudolino le explicó al eunuco lo que tenía que hacer. Parecía que no había jaeces suficientes, pero el Poeta aludió al corte de las orejas y el eunuco, que ya había recibido bastantes cortes, se declaró dispuesto a colaborar. Preparó siete pájaros para sostener el peso de siete hombres, o de seis hombres y un esciápodo.

–Yo quiero el más robusto –dijo el Poeta–, porque tú –y se dirigía al eunuco– desgraciadamente no puedes quedarte aquí, porque darías la alarma, o gritarías a tus bichos que volvieran atrás. A mi cintura se asegurará otra lazada y de ella colgarás tú. Así pues, mi pájaro debe soportar el peso de dos personas.

Baudolino tradujo, el eunuco se dijo feliz de acompañar a sus capturadores hasta el fin del mundo, pero preguntó qué sería de él. Lo tranquilizaron: una vez en Constantinopla, podría seguir su camino.

–Y démonos prisa –conminó el Poeta–, porque la fetidez de esta jaula es insoportable.

Fue necesaria, en cambio, casi una hora para disponerlo todo según las reglas del arte. Cada uno se colgó como es debido de su propio rapaz, y el Poeta aseguró a su cintura la correa que sostendría al eunuco. Gavagai era el único que todavía estaba desatado, pues espiaba desde la esquina de un pasillo si llegaba alguien a echarlo todo a rodar.

Alguien vino. Unos guardias se habían maravillado de que los prisioneros, enviados a alimentar a los animales, no hubieran vuelto al cabo de tanto tiempo. Llegó al fondo del pasillo un grupo de cinocéfalos, ladrando preocupado.

–¡Llega cabezas de perro! –gritó Gavagai–. ¡Vosotros marcha enseguida!

–Nosotros marcha enseguida un cuerno –gritó Baudolino–.
¡Ven, que nos da tiempo de ponerte tu jaez!

No era verdad, y Gavagai lo entendió. Si él huía, los cinocéfalos habrían llegado a la jaula antes de que el eunuco hubiera
podido abrir la compuerta y hacer que los pájaros se alzaran en
vuelo. Gritó a los demás que abrieran la jaula y se fueran. Había
metido en los sacos de las carnes también su fístula. La cogió, con
los tres dardos que le habían quedado.

–Esciápodo muere, pero sigue fiel a los santísimos Magos
–dijo.

Se tumbó, levantó el pie sobre la cabeza, y con la cabeza en el
suelo se llevó la fístula a la boca, sopló: el primer cinocéfalo cayó
muerto. Mientras aquéllos se retiraban, a Gavagai le dio tiempo
de tumbar a otros dos, luego se quedó sin flechas. Para entretener a sus asaltantes, mantuvo la fístula como si fuera a seguir
soplando en ella, pero el engaño fue breve. Aquellos monstruos
le saltaron encima y lo traspasaron con sus espadas.

Mientras tanto el Poeta había hecho que su puñal penetrara
ligeramente bajo la barbilla del eunuco que, al perder la primera sangre, había entendido qué se le pedía y, aun impedido por
sus ataduras, había conseguido abrir la compuerta. Cuando vio
que Gavagai sucumbía, el Poeta gritó:

–¡Todo ha acabado, vamos, vamos!

El eunuco dio una orden a los roq, que salieron y se alzaron
en vuelo. Los cinocéfalos estaban entrando en la jaula precisamente en ese momento, pero su ímpetu fue frenado por los pájaros que habían quedado; enfurecidos por aquel trajín, la emprendieron a picotazos con ellos.

Se hallaron los seis en pleno cielo.

–¿Ha dado la orden correcta para Constantinopla? –preguntó
gritando el Poeta a Baudolino, y Baudolino hizo señal de que sí.

–Entonces ya no nos sirve –dijo el Poeta.

Con una sola puñalada cortó la correa que lo ataba al eunuco, y éste se precipitó en el vacío.

–Volaremos mejor –dijo el Poeta–, Gavagai está vengado.


–Volamos, señor Nicetas, altos sobre llanuras desoladas marca-
das sólo por las heridas de ríos resecos desde quién sabe cuándo,

campos cultivados, lagos, bosques, manteniéndonos agarrados a las patas de los pájaros, porque temíamos que la albarda no soportara nuestro peso. Volamos durante un tiempo que no sé calcular, y teníamos las palmas de las manos ulceradas. Veíamos pasar por debajo de nosotros extensiones de arena, tierras fecundísimas, prados y despeñaderos montañosos. Volábamos bajo el sol, pero a la sombra de aquellas largas alas que agitaban el aire sobre nuestras cabezas. No sé cuánto volamos, también de noche, y a una altura que desde luego les es negada a los ángeles. Un día, vimos debajo de nosotros, en una llanura desierta, diez columnas, así nos pareció, de personas (¿o eran hormigas?) que avanzaban casi paralelas hacia quién sabe dónde. El rabí Solomón se puso a gritar que eran las diez tribus perdidas y quería alcanzarlas. Intentaba que su pájaro descendiera tirándole de las patas, intentaba dirigir su vuelo como se hace con los cabos de una vela o la barra de un timón, pero el pájaro se enfurecía, se había librado de su presa e intentaba clavarle sus garras en la cabeza. Solomón, no me seas cojonazos, le gritaba el Boidi, que ésos no son los tuyos, ¡son unos nómadas cualesquiera que van por ahí sin norte! Aliento malgastado. Presa de una mística locura, Solomón se agitaba a tal punto que se soltó de su albarda, y se precipitó; mejor dicho, no, volaba con los brazos extendidos cruzando los cielos como un ángel del Altísimo, que por siempre sea el Santo bendito, pero era un ángel atraído por una tierra prometida. Lo vimos empequeñecerse, hasta que su imagen se confundió con la de las hormigas allá abajo.

Transcurrido un tiempo, los pájaros roq, absolutamente fieles a la orden recibida, llegaron a la vista de Constantinopla y de sus cúpulas que relucían al sol. Bajaron donde tenían que bajar, y los nuestros se libraron de sus ataduras. Una persona, quizá el sicofante de Aloadin, les salió al encuentro, asombrado de aquel descenso de demasiados emisarios. El Poeta le sonrió, cogió la espada y le dio un cimbronazo en la cabeza.

–Benedico te in nomine Aloadini –dijo seráfico, mientras aquél se desplomaba como un saco.

–¡Sus, sus! –les hizo después a los pájaros.

Éstos parecieron entender el tono de la voz, se alzaron en vuelo y desaparecieron en el horizonte.

–Estamos en casa –dijo feliz el Boidi, aunque estaba a mil millas de su casa.

–Esperemos que por alguna parte estén todavía nuestros amigos genoveses –dijo Baudolino–. Busquémoslos.

–Veréis que nos resultarán útiles nuestras cabezas del Bautista –dijo el Poeta, que parecía rejuvenecido de golpe–. Hemos vuelto entre los cristianos. Hemos perdido Pndapetzim, pero podríamos conquistar Constantinopla.


–No sabía –comentó Nicetas con una sonrisa triste– que otros cristianos ya lo estaban haciendo.

# 37

# Baudolino enriquece los tesoros
# de Bizancio

–En cuanto intentamos cruzar el Cuerno de Oro y entrar en la ciudad, entendimos que nos hallábamos en la situación más extraña que hubiéramos visto nunca. No era una ciudad asediada, porque los enemigos, aunque sus naves estuvieran en la rada, estaban acuartelados en Pera, y muchos de ellos merodeaban por la ciudad. No era aún una ciudad conquistada, porque junto a los invasores con la cruz en el pecho deambulaban soldados del emperador. En fin, los crucíferos estaban en Constantinopla, pero Constantinopla no era suya. Y cuando llegamos junto a los amigos genoveses, que eran los mismos con los que has vivido tú, ni siquiera ellos sabían explicar bien qué había sucedido ni qué era lo que iba a ocurrir.

–Era difícil de entender también para nosotros –dijo Nicetas con un suspiro de resignación–. Y aun así, un día deberé escribir la historia de este periodo. Después del mal resultado de la conquista de Jerusalén, intentada por tu Federico y por los reyes de Francia y de Inglaterra, los latinos habían querido, al cabo de más de diez años, intentarlo de nuevo, bajo la guía de grandes príncipes como Balduino de Flandes y Bonifacio de Montferrato. Pero necesitaban una flota y se la encargaron a los venecianos. Te he oído hablar con sorna de la avidez de los genoveses, pero en comparación con los venecianos, los genoveses son la generosidad en persona. Los latinos habían recibido sus naves, pero no tenían el dinero para pagarlas y el dux veneciano Dandolo (el destino quería que fuera ciego también él, pero entre todos los ciegos de esta historia era el único que veía lejos) les pidió que, para saldar su deuda, antes de ir a Tierra Santa lo ayudaran a someter Zara. Los peregrinos aceptaron, y fue el primer crimen, porque no se toma la cruz para ir a conquistar una ciudad para los venecianos. Mientras tanto, Alejo, hermano de aquel Isaac el Ángel que había depuesto a Andrónico para arrebatarle el poder, lo había privado de la vista, exiliándolo a orillas del mar, y se había proclamado basileo.

–Eso me lo contaron enseguida los genoveses. Era una historia confusa, porque el hermano de Isaac se había convertido en Alejo III, pero había también un Alejo, hijo de Isaac, que consiguió huir, y fue a Zara, ya en manos de Venecia, y les pidió a los peregrinos latinos que lo ayudaran a reconquistar el trono de su padre, prometiendo a cambio ayudas para la campaña de Tierra Santa.

–Fácil es prometer lo que todavía no se tiene. Alejo III, por otra parte, habría debido entender que su imperio corría peligro. Pero, aunque todavía tenía ojos, estaba cegado por la desidia, y por la corrupción que lo rodeaba. Imagínate que, en cierto momento, quería hacer construir otras naves de guerra, pero los guardianes de las selvas imperiales no habían permitido que se cortaran los árboles. Por otra parte, Miguel Estrifino, general de la armada, había vendido velas y jarcias, timones y otras piezas de las naves existentes, para llenar sus arcas. Mientras tanto, en Zara, el joven Alejo era saludado como emperador por aquellas poblaciones, y en junio del año pasado los latinos llegaron aquí, ante la ciudad. Ciento diez galeas y setenta naves que transportaban mil hombres de armas y treinta mil soldados, con los escudos en los flancos, los estandartes al viento y los confalones en los alcázares, desfilaron por el Brazo de San Jorge, haciendo resonar las trompetas y redoblar los tambores, y los nuestros estaban en las murallas viendo el espectáculo. Sólo algunos tiraban piedras, pero más para armar jaleo que para perjudicarles. Sólo cuando los latinos atracaron justo delante de Pera, aquel enajenado de Alejo III hizo salir al ejército imperial. Pero era un desfile también ése, en Constantinopla se vivía como en duermevela. Quizá sepas que la entrada del Cuerno estaba defendida por una gran cadena que unía una orilla a la otra, pero los nuestros la defendieron con desgana: los latinos la rompieron, entraron en el puerto y desembarcaron el ejército justo delante del palacio imperial de las Blaquernas. Nuestro ejército salió fuera de las murallas, guiado por el emperador; las damas miraban el espectáculo desde los glacis y decían que los nuestros parecían ángeles, con sus bellas armaduras que refulgían al sol. Sólo entendieron que algo no marchaba cuando el emperador, en lugar de atacar, volvió a entrar en la ciudad. Y lo entendieron mejor algunos días después, cuando los venecianos atacaron las murallas desde el mar, algunos latinos consiguieron escalarlas y prendieron fuego a las casas más cercanas. Mis conciudadanos empezaron a entender después de este primer incendio. ¿Qué hizo entonces Alejo III? Con nocturnidad, puso diez mil monedas de oro en una nave y abandonó la ciudad.

–Y volvió al trono Isaac.

–Sí, pero ya estaba viejo, y ciego por añadidura, y los latinos le recordaron que debía compartir el imperio con su hijo, que se había convertido en Alejo IV. Con ese chiquillo los latinos habían hecho pactos que nosotros todavía ignorábamos: el imperio de Bizancio volvía a la obediencia católica y romana, el basileo les daba a los peregrinos doscientos mil marcos de plata, víveres para un año, diez mil caballos para marchar sobre Jerusalén y una guarnición de quinientos caballeros en Tierra Santa. Isaac se dio cuenta de que no había bastante dinero en el tesoro imperial, y no podía ir a contarle al clero y al pueblo que de repente nos sometíamos al papa de Roma... Empezó así una farsa que duró meses. Por un lado, Isaac y su hijo expoliaban las iglesias para recoger dinero suficiente, cortaban las imágenes de Cristo con hachas y, después de haberlas despojado de sus ornamentos, las arrojaban al fuego, fundían todo lo que encontraban de oro y plata. Por el otro lado, los latinos encastillados en Pera se dedicaban a hacer correrías por esta parte del Cuerno, se sentaban a la mesa con Isaac, mangoneaban por doquier y hacían de todo para retrasar su salida. Decían que esperaban a cobrar hasta el último cuarto, y el que más apremiaba de todos era el dux Dandolo con sus venecianos, pero la verdad es que creo que aquí habían encontrado el Paraíso y vivían felizmente a cargo nuestro. No contentos con extorsionar a los cristianos, y quizá para justificar el hecho de que tardaban en medirse con los sarracenos de Jerusalén, algunos de ellos fueron a saquear las casas de los sarracenos de Constantinopla, que aquí vivían tranquilos, y en este choque provocaron el segundo incendio, en el cual yo perdí también la más bella de mis casas.

–¿Y los dos basileos no protestaban con sus aliados?

–Eran dos rehenes en manos de los latinos, que habían hecho de Alejo IV su hazmerreír: una vez, mientras estaba en su campo, divirtiéndose como un hombre de armas cualquiera, le quitaron el sombrero dorado de la cabeza y se lo pusieron ellos. ¡Jamás había sido humillado hasta tal punto un basileo de Bizancio! En cuanto a Isaac, se alelaba entre monjes glotones, desvariaba que se convertiría en emperador del mundo y recobraría la vista... Hasta que el pueblo se sublevó y eligió como basileo a Nicolás Canabos. Una buena persona, pero a esas alturas el hombre fuerte era Alejo Ducas Murzuflo, apoyado por los jefes del ejército. Así le fue fácil apoderarse del poder. Isaac murió de pena, Murzuflo hizo decapitar a Canabos y estrangular a Alejo IV, y se convirtió en Alejo V.

–Eso; nosotros llegamos aquellos días, cuando nadie sabía ya quién mandaba, si Isaac, Alejo, Canabos, Murzuflo, o los peregrinos, y no entendíamos si los que hablaban de Alejo se referían al tercero, al cuarto o al quinto. Encontramos a los genoveses, que seguían viviendo todavía donde los has encontrado tú también, mientras las casas de los venecianos y de los pisanos habían sido quemadas en el segundo incendio, por lo que se habían retirado a Pera. En esa desdichada ciudad, el Poeta decidió que debíamos reconstruir nuestra fortuna.

Cuando reina la anarquía, decía el Poeta, cualquiera puede convertirse en rey. De momento hacía falta conseguir dinero. Nuestros cinco sobrevivientes estaban harapientos, sucios, carecían de recursos. Los genoveses los acogieron de corazón, pero decían que el huésped es como el pescado y al cabo de tres días apesta. El Poeta se lavó con esmero, se cortó el pelo y la barba, pidió a nuestros anfitriones que le prestaran una ropa decente, y una buena mañana se fue a recoger noticias por la ciudad.

Volvió por la tarde y dijo:

–A partir de hoy Murzuflo es el basileo, se ha quitado de en medio a todos los demás. Parece ser que, para darse postín ante sus súbditos, quiere provocar a los latinos, y éstos lo consideran un usurpador, porque ellos los pactos los habían hecho con el pobre Alejo IV, que descanse en paz, tan joven, pero ya se ve que tenía al

destino en su contra. Los latinos esperan que Murzuflo dé un paso
en falso; por ahora siguen emborrachándose en las tabernas, pero
saben bien que antes o después le darán el patadón y saquearán la
ciudad. Saben ya cuáles oros se encuentran en cuáles iglesias, saben también que la ciudad está llena de reliquias escondidas, pero
saben perfectamente que con las reliquias no se bromea, y sus jefes querrán cogérselas ellos para llevárselas a sus ciudades. Ahora bien, como estos grecanos no son mejores que ellos, los peregrinos están cortejando a éste o a aquél, para asegurarse ahora, y por
poco dinero, las reliquias más importantes. Moraleja, el que quiere
hacer fortuna en esta ciudad vende reliquias, quien quiere hacerla
volviendo a casa, las compra.

–¡Entonces ha llegado el momento de sacar nuestras cabezas
del Bautista! –dijo el Boidi esperanzado.

–Tú Boidi hablas sólo porque tienes boca –dijo el Poeta–. Ante
todo, en una sola ciudad, como mucho vendes una cabeza, porque después la voz se extiende. En segundo lugar, he oído decir que aquí en Constantinopla hay ya una cabeza del Bautista, y
quizá incluso dos. Pon que las hayan vendido ya las dos, y nosotros llegamos con una tercera: nos cortan la garganta. Así pues,
cabezas del Bautista, nada. Ahora bien, lo de buscar reliquias
requiere tiempo. El problema no es encontrarlas, es fabricarlas,
iguales a las que ya existen, pero que nadie ha encontrado todavía. Dando vueltas por ahí, he oído hablar de la capa púrpura de
Cristo, de la caña y de la columna de la flagelación, de la esponja impregnada de hiel y vinagre que ofrecieron a Nuestro Señor
moribundo, salvo que ahora está seca; de la corona de espinas,
de una custodia donde se conservaba un trozo del pan consagrado en la Última Cena, de los pelos de la barba del Crucificado, de
la túnica inconsútil de Jesús, que los soldados se jugaron a los
dados, de la túnica de la Virgen...

–Habrá que ver cuáles son más fáciles de rehacer –dijo Baudolino, pensativo.

–Precisamente –dijo el Poeta–. Una caña la encuentras en cualquier sitio; una columna mejor no pensar en ella porque no puedes venderla de extranjis.

–¿Pero por qué arriesgarnos con duplicados, que, si luego alguien encuentra la reliquia verdadera, los que han comprado la
falsa pretenden que les devolvamos el dinero? –dijo sensatamente

Boron–. Pensad en cuántas reliquias podrían existir. Pensad, por
ejemplo, en las doce cestas de la multiplicación de los panes y de
los peces; cestas se encuentran por doquier, basta ensuciarlas un
poco, eso hace antiguo. Pensad en el hacha con que Noé construyó el arca, habrá una que nuestros genoveses han tirado porque
está roma.

–No es una mala idea –dijo el Boidi–, vas a los cementerios y
encuentras la mandíbula de San Pablo; no la cabeza sino el bra-
zo izquierdo de San Juan Bautista, y quién da más: los restos de
Santa Ágata, de San Lázaro, los de los profetas Daniel, Samuel,
Isaías, el cráneo de Santa Elena, un fragmento de la cabeza de
San Felipe apóstol.

–Si es por eso –dijo Pèvere, arrastrado por la bella perspecti-
va–, basta con hurgar aquí abajo, y os encuentro como nada un
fragmento del pesebre de Belén, pequeño, pequeño, que no se
entiende de dónde viene.

–Haremos reliquias nunca vistas –dijo el Poeta–, pero haremos
de nuevo las que existen ya, porque es de ellas de las que se habla
por ahí, y su precio sube de día en día.


La casa de los genoveses se transformó durante una semana
en un laborioso taller. El Boidi, tropezando entre el serrín, encontraba un clavo de la Santa Cruz; Boiamondo, después de una
noche de dolores atroces, se había atado un incisivo cariado a
una cuerda, se lo había sacado como si nada, y he ahí un diente
de Santa Ana; Grillo hacía secar el pan al sol y ponía miguitas en
ciertas cajetillas de madera vieja que Taraburlo acababa de construir. Pèvere los había convencido para que renunciaran a los
cestos de los panes y de los peces, porque, decía, después de un
milagro semejante, la muchedumbre se los habría repartido, sin
duda, y ni siquiera Constantino habría podido recomponerlos. Si
se vendía sólo uno, no quedaba muy bien, y, en cualquier caso,
era difícil hacerlo pasar a hurtadillas de mano en mano, porque
Jesús había dado de comer a muchísimas personas, y no podía
tratarse de una cestita que escondes bajo la capa. Paciencia con
las cestas, había dicho el Poeta, pero el hacha de Noé me la encuentras. Y cómo no, había contestado Pèvere, y aparecía una con
un filo que parecía una sierra, y el mango todo quemado.

Después de lo cual, nuestros amigos se vistieron de mercaderes armenios (a esas alturas los genoveses estaban dispuestos a financiar la empresa) y empezaron a vagar solapadamente por tabernas y campamentos cristianos, dejando caer media palabra, aludiendo a las dificultades del asunto, subiendo el precio porque arriesgaban la vida, y cosas por el estilo.

El Boidi volvió una noche diciendo que había encontrado a un caballero monferrín que se habría quedado con el hacha de Noé. Pero quería asegurarse de que de verdad fuera ella.

–Pues sí –decía Baudolino–, vamos a ver a Noé y le pedimos una declaración jurada con su sello y todo.

–Y además, ¿Noé sabía escribir? –preguntaba Boron.

–Noé no sabía más que trincar vino del bueno –decía el Boidi–; debía de estar más borracho que una canica cuando cargó a los animales en el arca, anda que no exageró con los mosquitos y se olvidó de los unicornios, que ya no se los ve por el mundo.

–Se los ve, se los ve todavía... –murmuró Baudolino, que de pronto había perdido su buen humor.

Pèvere dijo que en sus viajes había aprendido un poco la escritura de los judíos y con el cuchillo podía grabar en el mango del hacha uno o dos de sus garabatos.

–Noé era judío, ¿no?

Judío, judío confirmaban los amigos: pobre Solomón, menos mal que ya no está; si no, imagínate qué sufrimiento. Pero de esa manera el Boidi consiguió colocar el hacha.

Ciertos días era difícil encontrar compradores, porque la ciudad estaba soliviantada, y los peregrinos eran llamados de repente al campo, en estado de alerta. Por ejemplo, corría la voz de que Murzuflo había atacado Filea, allá en la costa, los peregrinos habían intervenido con huestes compactas, había habido una batalla, o quizá una escaramuza, pero Murzuflo se había llevado un buen varapalo, y le habían conquistado el confalón con la Virgen que su ejército llevaba como insignia. Murzuflo había vuelto a Constantinopla, pero había dicho a los suyos que no confesaran a nadie esa vergüenza. Los latinos habían sabido de su reticencia, y he ahí que una mañana habían hecho desfilar justo por delante de las murallas una galea, con el confalón bien a la vista, haciéndoles gestos obscenos a los romeos, como el de mostrar las higas o golpear con la mano izquierda el brazo derecho. Murzuflo había quedado fatal, y los romeos le cantaban coplillas por las calles.

Brevemente, entre el tiempo que hacía falta para hacer una buena reliquia y el que servía para encontrar al besugo de turno, nuestros amigos habían tirado adelante desde enero hasta marzo pero, entre la barbilla de San Eobán hoy y la tibia de Santa Cunegunda mañana, habían juntado una buena suma, reembolsando a los genoveses y redondeándose como es debido.

–Y eso te explica, señor Nicetas, por qué los días pasados aparecieron en tu ciudad tantas reliquias dobles, que ya sólo Dios sabe cuál será la verdadera. Pero, por otra parte, ponte en nuestra posición, teníamos que sobrevivir, entre los latinos dispuestos a la rapiña y tus grecanos, es decir, perdona, tus romanos, dispuestos a engañarlos. En el fondo, hemos estafado a unos estafadores.

–Pues bien –dijo resignado Nicetas–, quizá muchas de esas reliquias inspiren santos pensamientos a esos bárbaros latinos que se las encontrarán en sus barbarísimas iglesias. Santo el pensamiento, santa la reliquia. Las vías del Señor son infinitas.


Podían calmarse ya y regresar hacia sus tierras. Kyot y Boron no tenían ideas, habían renunciado ya a encontrar el Greal, y a Zósimo con él; el Boidi decía que con ese dinero en Alejandría se compraría unas viñas y acabaría sus días como un señor; Baudolino tenía menos ideas que nadie: terminada la búsqueda del Preste Juan, perdida Hipatia, vivir o morir le importaba poco. Pero el Poeta no, el Poeta había sido arrebatado por fantasías de omnipotencia, estaba distribuyendo las cosas del Señor por el universo mundo, habría podido empezar a ofrecer algo, no a los peregrinos de ínfimo rango, sino a los poderosos que los guiaban, conquistando su favor.

Un día llegó a referirnos que en Constantinopla estaba el Mandylion, la Faz de Edesa, una reliquia inestimable.

–¿Pero qué es ese mandilón? –había preguntado Boiamondo.

–Es un paño para secarse la cara –había explicado el Poeta–, y lleva impreso el rostro del Señor. No está pintado, está impreso, por virtud natural: es una imagen *acheiropoieton*, que no está hecha por la mano del hombre. Abgar V, rey de Edesa, era leproso, y mandó a su archivista Hanan a que invitara a Jesús para que fuera a curarlo. Jesús no podía ir, entonces cogió ese trapo, se secó la cara y dejó impresas sus facciones. Naturalmente, al recibir el paño, el rey se curó y se convirtió a la verdadera fe. Hace siglos, mientras los persas asediaban Edesa, el Mandylion fue izado sobre las murallas de la ciudad y la salvó. Luego el emperador Constantino adquirió el paño y lo trajo aquí; estuvo primero en la iglesia de las Blaquernas, luego en Santa Sofía, luego en la capilla del Faro. Y ése es el verdadero Mandylion, aunque se dice que existen otros: en Camulia en Capadocia; en Menfis en Egipto y en Anablatha cerca de Jerusalén. Lo cual no es imposible, porque Jesús, durante su vida, habría podido secarse la cara más de una vez. Pero éste es sin duda el más prodigioso de todos, porque el día de Pascua el rostro cambia según la hora del día, y al alba adopta los rasgos de Jesús recién nacido; en la hora tercera, los de Jesús niño, y así en adelante, hasta que en la hora novena aparece como Jesús adulto, en el momento de la Pasión.

–¿Dónde has aprendido todas estas cosas? –preguntó el Boidi.

–Me las ha contado un monje. Ahora, ésta es una reliquia verdadera, y con un objeto de ese tipo se puede volver a nuestras tierras recibiendo honores y prebendas, basta con encontrar al obispo adecuado, como hizo Baudolino con Reinaldo para sus tres Reyes Magos. Hasta ahora hemos vendido reliquias, ahora es el momento de comprar una, pero una que hará nuestra fortuna.

–¿Y a quién le compras el Mandylion? –preguntó cansado Baudolino, asqueado de tanta simonía.

–Lo ha comprado ya un sirio con el que pasé una noche bebiendo, y que trabaja para el duque de Atenas. Pero me ha dicho que este duque daría el Mandylion y quién sabe qué más, con tal de tener la Sydoine.

–Pues ahora nos dices qué es la Sydoine –dijo el Boidi.

–Se dice que en Santa María de las Blaquernas habría estado el Santo Sudario, ése donde aparece la imagen del cuerpo entero de Jesús. Se habla de él en la ciudad, se dice que lo vio aquí Amalrico, el rey de Jerusalén, cuando visitó a Manuel Comneno. Otros, después, me han dicho que su custodia habría sido encomendada a la iglesia de la Beata Virgen del Bucoleón. Ahora bien, nadie lo ha visto nunca y, si existía, ha desaparecido desde quién sabe cuándo.

–No entiendo dónde quieres ir a parar –dijo Baudolino–. Alguien tiene el Mandylion, vale, y lo daría a cambio de la Sydoine, pero tú no tienes la Sydoine, y me daría grima preparar aquí y nosotros una imagen de Nuestro Señor. ¿Y entonces?

–Yo la Sydoine no la tengo –dijo el Poeta–, pero tú sí.

–¿Yo?

–¿Recuerdas cuando te pregunté qué había en aquel estuche que te entregaron los acólitos del Diácono antes de huir de Pndapetzim? Me dijiste que estaba la imagen de aquel desventurado, impresa en su sábana fúnebre, nada más morir. Enséñamela.

–¡Tú estás loco, es un legado sagrado, me la encomendó el Diácono para que se la entregara al Preste Juan!

–Baudolino, tienes sesenta y pico años, ¿y todavía crees en el Preste Juan? Hemos palpado que no existe. Déjame ver esa cosa.

Baudolino sacó a regañadientes el estuche de su alforja, extrajo un rollo y, desenrollándolo, sacó a la luz una tela de grandes dimensiones; les hizo señas a los demás de que apartaran mesas y sillares, porque se necesitaba mucho espacio para estirarla completamente por el suelo.

Era una sábana verdadera, grandísima, que llevaba impresa una doble figura humana, como si el cuerpo envuelto en ella hubiera dejado su huella dos veces, por la parte del pecho y por la parte de la espalda. Se podía entrever muy bien un rostro, los cabellos que caían sobre los hombros, los bigotes y la barba, los ojos cerrados. Tocado por la gracia de la muerte, el infeliz Diácono había dejado en el paño una imagen de rasgos serenos y de un cuerpo poderoso, sobre el cual sólo con esfuerzo podían reconocerse signos inciertos de heridas, morados o llagas, las huellas de la lepra que lo había destruido.

Baudolino se quedó parado, conmovido y reconoció que, en ese lino, el difunto había recobrado los estigmas de su doliente majestad. Luego murmuró:

–No podemos vender la imagen de un leproso, y nestoriano por añadidura, como la de Nuestro Señor.

–Primero, el duque de Atenas no lo sabe –respondió el Poeta–, y es a él a quien debemos largársela, no a ti. Segundo, no la vendemos sino que hacemos un cambio y, por lo tanto, no es simonía. Yo voy a ver al sirio.

–El sirio te preguntará por qué haces el cambio, visto que una Sydoine es incomparablemente más preciosa que un Mandylion –dijo Baudolino.

–Porque es más difícil de transportar a escondidas fuera de Constantinopla. Porque vale demasiado, y sólo un rey podría permitirse adquirirla, mientras que para la Faz podemos encontrar compradores de menor importancia, pero que pagan a tocateja. Porque, si ofreciéramos la Sydoine a un príncipe cristiano, diría que la hemos robado y nos haría ahorcar, mientras que la Faz de Edesa podría ser la de Camulia, o la de Menfis, o la de Anablatha. El sirio entenderá mis argumentos, porque somos de la misma raza.

–Vale –dijo Baudolino–. Tú le pasas este lienzo al duque de Atenas, y no me importa nada si él se lleva a casa una imagen que no es la del Cristo. Pero tú sabes que esta imagen es para mí mucho más preciosa que la de Cristo, tú sabes qué me recuerda, y no puedes traficar con una cosa tan venerable.

–Baudolino –dijo el Poeta–, no sabemos qué encontraremos allá arriba, cuando volvamos a casa. Con la Faz de Edesa nos atraemos a un arzobispo a nuestra parte, y nuestra fortuna estará hecha de nuevo. Y además, Baudolino, si no te hubieras llevado este sudario de Pndapetzim, a estas horas los hunos lo estarían usando para limpiarse el culo. Tenías afecto por ese hombre, me contabas su historia mientras vagábamos por los desiertos y cuando estábamos prisioneros, y llorabas su muerte inútil y olvidada. Pues bien, su último retrato será venerado en algún lugar como el de Cristo. ¿Qué sepulcro más sublime podías desear para un difunto que has amado? Nosotros no humillamos el recuerdo de su cuerpo, sino más bien... ¿cómo podría decirlo, Boron?

–Lo transfiguramos.

–Eso.

–Será porque en el caos de aquellos días había perdido el sentido de lo que era justo y de lo que estaba equivocado; será porque estaba cansado, señor Nicetas. Accedí. El Poeta se alejó para

cambiar la Sydoine, la nuestra, mejor dicho la mía o, mejor dicho
aún, la del Diácono, por el Mandylion.

Baudolino se echó a reír, y Nicetas no entendía por qué.

–La burla, la supimos por la noche. El Poeta fue a la taberna
que conocía, hizo su infame mercado; para emborrachar al sirio
se emborrachó también él, salió, le siguió alguien que estaba al
corriente de sus tejemanejes, quizá el sirio mismo (que, como el
Poeta había dicho, era de su misma raza), le asaltaron en un
callejón, lo molieron a golpetazos, y volvió a casa, más ebrio que
Noé, sangrando, contusionado, sin Sydoine y sin Mandylion. Yo
quería matarlo a patadas, pero era un hombre acabado. Por segunda vez perdía un reino. Los días siguientes hubo que alimen-
tarlo a la fuerza. Yo me decía feliz por no haber tenido nunca
demasiadas ambiciones, si la derrota de una ambición podía re-
ducirle a uno a aquel estado. Luego reconocía que yo también
era víctima de muchas ambiciones frustradas, había perdido a
mi padre amadísimo, no le había encontrado el reino con el que
él soñaba, había perdido para siempre a la mujer que amaba...
Simplemente yo había aprendido que el Demiurgo había hecho
las cosas a medias, mientras que el Poeta seguía creyendo que
en este mundo era posible alguna victoria.


A principios de abril, los nuestros se dieron cuenta de que
Constantinopla tenía los días contados. Había habido un contras-
te muy dramático entre el dux Dandolo, erguido en la proa de
una galea, y Murzuflo, que lo apostrofaba desde tierra firme, im-
poniendo a los latinos que dejaran sus tierras. Estaba claro que
Murzuflo se había vuelto loco, y los latinos, si querían, se lo comían de un bocado. Se veían, más allá del Cuerno de Oro, los
preparativos en el campo de los peregrinos, y en la toldilla de las
naves ancladas había todo un movimiento de marineros y de
hombres de armas que se preparaban para el ataque.

El Boidi y Baudolino dijeron que, ya que un poco de dinero lo
tenían, era el momento de dejar Constantinopla, porque ellos,
ciudades expugnadas, habían visto más que suficientes. Boron y
Kyot estaban de acuerdo, pero el Poeta pidió algún día más. Se
había recobrado del batacazo y evidentemente quería aprovechar
las últimas horas para dar su golpe final, y ni siquiera él sabía

cuál. Ya empezaba a tener la mirada de un loco, pero precisamente con los locos no se puede discutir. Lo contentaron, diciéndose
que bastaba con vigilar las naves para entender cuándo habría
llegado el momento de tomar el camino de tierra adentro.

El Poeta estuvo fuera dos días, y era demasiado. En efecto, la
mañana del viernes de Ramos todavía no había vuelto y los peregrinos habían empezado a atacar desde el mar, entre las Blaquernas y el monasterio del Benefactor, más o menos en la zona
llamada Petria, al norte de las murallas de Constantino.

Era demasiado tarde para salir de las murallas, vigiladas ya
por todas partes. Maldiciendo a aquel vagabundo de su compañero, Baudolino y los demás decidieron que era mejor permanecer emboscados en casa de los genoveses, porque esa zona no
parecía amenazada. Esperaron, y hora tras hora sabían las noticias que llegaban de Petria.

Las naves de los peregrinos estaban erizadas de construcciones obsidionales. Murzuflo estaba en una pequeña colina detrás
de la muralla, con todos sus jerifaltes y cortesanos, estandartes y
trompeteros. A pesar de aquel desfile, los imperiales se estaban
batiendo bien; los latinos habían intentado varios asaltos, pero
siempre habían sido rechazados, con los grecanos que exultaban
sobre las murallas y mostraban los traseros desnudos a los derrotados, mientras Murzuflo se exaltaba como si todo lo hubiera
hecho él y ordenaba dar voz a las trompetas de la victoria.

Pareció así que Dandolo y los demás jefes hubieran renunciado a expugnar la ciudad, y el sábado y el domingo pasaron tranquilos, aunque todos seguían tensos. Baudolino aprovechó para
recorrer Constantinopla de arriba abajo, para encontrar al Poeta, pero en vano.

Era ya la noche del domingo cuando volvió su compañero.
Tenía la mirada más alucinada que antes, no dijo nada y se puso
a beber en silencio hasta la mañana siguiente.

Fue a las primeras luces del alba del lunes cuando los peregrinos retomaron el asalto, que duró toda la jornada: las escalas
de las naves venecianas habían conseguido engancharse a algunas torres de las murallas, los crucíferos habían entrado; no,
había sido uno solo, gigantesco y con un yelmo guarnecido con
torres, que había atemorizado y hecho huir a los defensores. Otra
posibilidad era que alguien había desembarcado, había encontra-

do una poterna tapiada, la había destruido a piconazos haciendo un agujero en la muralla, sí, pero habían sido repelidos, aunque algunas torres ya habían sido conquistadas...

El Poeta iba de un lado a otro de la habitación como un animal enjaulado; parecía ansioso de que la batalla se resolviera de una manera u otra, miraba a Baudolino como para decirle algo, luego renunciaba, y escrutaba con ojos sombríos los movimientos de sus otros tres compañeros. En determinado momento, llegó la noticia de que Murzuflo se había dado a la fuga abandonando a su ejército, los defensores habían perdido el poco valor que les quedaba, los peregrinos habían desfondado y superado las murallas; no osaban entrar en la ciudad porque estaba anocheciendo, habían incendiado las primeras casas para desencovar a los eventuales defensores escondidos.

–El tercer incendio en poquísimos meses –se quejaban los genoveses–, ¡pero si esto ya no es una ciudad, se ha convertido en un montón de estiércol que se quema cuando sobra!

–¡Que se te lleven los muertos! –le gritaba el Boidi al Poeta–. ¡Si no hubiera sido por ti, ya estaríamos fuera de este estercolero! ¿Y ahora?

–Ahora calla, que bien sé yo por qué –le siseaba el Poeta.

Durante la noche se veían los primeros resplandores del incendio. Al alba, Baudolino, que parecía dormido pero tenía ya los ojos abiertos, vio al Poeta acercarse primero al Boidi, luego a Boron y por último a Kyot para susurrarles algo en el oído. Luego desapareció. Poco después Baudolino vio que Kyot y Boron se consultaban, cogían algo de sus alforjas y dejaban la casa intentando no despertarle.

Poco después se acercó a él el Boidi, que lo zarandeó de un brazo. Estaba trastornado:

–Baudolino –dijo–, yo no sé qué está pasando aquí pero se están volviendo todos locos. Se me ha acercado el Poeta y me ha dicho estas precisas palabras: he encontrado a Zósimo y ahora sé dónde está el Greal, no intentes hacerte el listo, coge tu cabeza del Bautista y llégate a Katabates, al lugar donde Zósimo recibió al basileo aquella vez, antes de la tarde; ya sabes el camino. Pero ¿qué es eso de Katabates? ¿De qué basileo hablaba? ¿A ti no te ha dicho nada?

–No –dijo Baudolino–, es más, parece como si quisiera mantenerme a oscuras de todo. Y estaba tan confundido que no se ha acordado de que Boron y Kyot estaban con nosotros hace años, cuando fuimos a capturar a Zósimo a Katabates, pero tú no. Ha llegado la hora de poner en claro este asunto.

Buscó a Boiamondo.

–Escucha –le dijo–, ¿te acuerdas de aquella noche, hace muchos años, cuando nos condujiste a aquella cripta que está debajo del antiguo monasterio de Katabates? Ahora debo regresar.

–Bueno estás tú. Tienes que alcanzar aquel pabellón cerca de la Iglesia de los Santísimos Apóstoles. Y quizá lo consigas sin toparte con los peregrinos, que no deben de haber llegado todavía hasta allá. Si luego vuelves, quiere decir que tenía razón.

–Sí, pero debería llegar sin llegar. O sea, no puedo explicártelo, pero debo seguir o preceder a alguien que recorrerá ese mismo camino, y no quiero que me vean. Recuerdo que allá abajo se abrían muchas galerías. ¿Se puede llegar también por otro sitio?

Boiamondo se echó a reír:

–Si no tienes miedo de los muertos... Se puede entrar desde otro pabellón cerca del Hipódromo, y también hasta allí creo que todavía se llega. Luego sigues bajo tierra un buen trecho, y estás en el cementerio de los monjes de Katabates, que nadie sabe ya que existe, pero sigue existiendo. Las galerías del cementerio llegan hasta la cripta, pero si quieres, puedes pararte antes.

–¿Y tú me llevas?

–Baudolino, la amistad es sagrada, pero el pellejo aún lo es más. Yo te explico todo y bien, tú eres un chico inteligente, y te encuentras el camino tú solito. ¿Vale?

Boiamondo describió el camino que había que tomar, le dio también dos pedazos de madera bien resinados. Baudolino volvió junto al Boidi y le preguntó si tenía miedo de los muertos. Figúrate, dijo él, yo sólo tengo miedo de los vivos.

–Hagamos lo siguiente –le dijo Baudolino–, tú coges tu cabeza del Bautista, y yo te acompaño hasta allá. Tú irás a tu cita y yo me esconderé un poco antes para descubrir qué le pasa por la cabeza a ese loco.

–Hagamos que vamos –dijo el Boidi.

Cuando iban a salir, Baudolino se lo pensó un instante, y cogió también él su cabeza del Bautista, que envolvió en un harapo y se puso bajo el brazo. Luego se lo pensó un poco más, y se colocó en el cinto los dos puñales árabes que había comprado en Gallípoli.

# 38

## Baudolino a capítulo

Baudolino y el Boidi habían llegado al área del Hipódromo, mientras ya avanzaban las llamas del incendio, surcando una muchedumbre de romeos aterrorizados que no sabían hacia dónde escapar, porque unos gritaban que los peregrinos estaban llegando por ese lado, otros que por el otro. Encontraron el pabellón, forzaron una puerta cerrada por una débil cadena y entraron en el túnel subterráneo encendiendo las antorchas que Boiamondo les había dado.

Caminaron durante mucho tiempo, porque evidentemente la galería iba desde el Hipódromo hasta las murallas de Constantino. Luego subieron unos escalones impregnados de humedad, y empezaron a notar un hedor mortífero. No era hedor de carne muerta desde hacía poco: era, cómo decir, hedor de hedor, hedor de carne que se había corrompido y luego se había como resecado.

Entraron en un pasillo (y a lo largo de él veían abrirse otros a la derecha y a la izquierda) en cuyas paredes se abrían multitud de nichos apiñados, habitados por una población subterránea de muertos casi vivientes. Eran muertos, ciertamente aquellos seres completamente vestidos que se mantenían erguidos en sus agujeros, quizá sostenidos por varillas de hierro que aseguraban la espalda; pero el tiempo no parecía haber llevado a cabo su obra de destrucción, porque aquellos rostros resecos y de color del cuero, en los que se abrían órbitas vacías, a menudo marcados por una mueca desdentada, daban una impresión de vida. No eran esqueletos, sino cuerpos que una fuerza hubiera succionado y secado desde dentro, desmenuzando sus entrañas y dejando intactos no sólo los huesos, sino también el cutis y quizá parte de los músculos.

–Señor Nicetas, habíamos llegado a un entramado de catacumbas donde durante siglos y siglos los monjes de Katabates habían depositado los cadáveres de sus hermanos, sin enterrarlos, porque alguna milagrosa conjunción del suelo, del aire, de alguna sustancia que goteaba de las paredes tobáceas de aquel subterráneo los conservaba casi íntegros.

–Creía que ya no se usaba, y lo ignoraba todo sobre el cementerio de Katabates, signo de que Constantinopla conserva todavía misterios que ninguno de nosotros conoce. Pero he oído hablar de cómo ciertos monjes de antaño, para ayudar a la acción de la naturaleza, dejaban macerar los cadáveres de sus hermanos entre los humores de la toba durante ocho meses, después los sacaban, los lavaban con vinagre, los exponían al aire durante algunos días, los volvían a vestir y los colocaban otra vez en sus nichos, de suerte que el aire de alguna manera balsámico de aquel ambiente los entregara a su desecada inmortalidad.

Avanzando entre aquellas hileras de monjes difuntos, cada uno vestido con paramentos litúrgicos, como si todavía tuvieran que oficiar besando con sus labios lívidos iconos deslumbrantes, divisaban rostros con la sonrisa estirada y ascética, otros a los que la piedad de los supervivientes había encolado barbas y mostachos para que resultaran hieráticos como en otro tiempo, cerrando sus párpados para que parecieran durmientes, otros más con la cabeza reducida ya a pura calavera, pero con jirones coriáceos de piel pegados a los pómulos. Algunos se habían deformado a lo largo de los siglos, y se presentaban como prodigios de la naturaleza, fetos mal salidos del vientre materno, seres no humanos sobre cuya figura contraída resaltaban innaturalmente casullas arabescadas y con los colores ya mortecinos, dalmáticas que se habrían dicho bordadas pero estaban corroídas por la acción de los años y por algún gusano de las catacumbas. A otros aún, la ropa se les había caído, desintegrada ya por los siglos, y debajo de los colgajos de sus paramentos se veían cuerpecillos flacos, todas las costillas cubiertas por una epidermis tensa como una piel de tambor.

–Si había sido la piedad la que había concebido esa sagrada representación –le decía Baudolino a Nicetas–, ninguna piedad habían tenido los supervivientes, que habían impuesto la memoria de aquellos difuntos como una amenaza continua y amedrentadora, sin posibilidad de entenderla como reconciliación de los vivos con la muerte. ¿Cómo puedes rezar por el alma de alguien que te está mirando desde esas paredes y te dice aquí estoy y de aquí no me moveré jamás? ¿Cómo puedes esperar en la resurrección de la carne, y en la transfiguración de nuestros cuerpos terrenales después del Juicio, si esos cuerpos todavía están ahí y cada día que pasa se vuelven más aviesos? Yo, desgraciadamente, había visto muchos cadáveres durante mi vida, pero por lo menos podía esperar que, habiéndose disuelto en la tierra, un día podrían refulgir bellos y rubicundos como una rosa. Si allá arriba, después del final de los tiempos, tuviera que pasearse gente como ésta, me decía, mejor el Infierno que, quema por aquí, descuartiza por allá, por lo menos debería parecerse a lo que sucede aquí entre nosotros. El Boidi, menos sensible que yo a los novísimos, intentaba levantar esas ropas para ver en qué estado estaban las vergüenzas, pero claro, si te hacen ver semejantes espectáculos, ¿cómo quejarse si a alguien se le ocurren semejantes ideas?

Antes de que el entramado de pasillos acabara, se encontraron en una zona circular, donde la bóveda estaba perforada por un conducto que mostraba, en lo alto, el cielo de la tarde. Evidentemente, un pozo a ras del suelo servía para airear aquel lugar. Apagaron las antorchas. Iluminados no ya por una llama sino por esa luz lívida que se difundía entre los nichos, los cuerpos de los monjes parecían aún más inquietantes. Se tenía la impresión de que, tocados por el día, iban a resucitar. El Boidi se santiguó.

Por fin, el pasillo que habían tomado acababa en el deambulatorio, detrás de las columnas que hacían de corona a la cripta donde Baudolino había visto a Zósimo la primera vez. Se habían acercado de puntillas, porque ya se divisaban unas luces. La cripta estaba como aquella noche, iluminada por dos trípodes encendidos. Faltaba sólo la jofaina circular usada por Zósimo para su nigromancia. Delante del iconostasio esperaban ya Boron y Kyot, nerviosos. Baudolino sugirió al Boidi que entrara saliendo por en medio de las dos columnas junto al iconostasio, como si hubiese seguido su mismo camino, mientras él se mantendría escondido.

Así hizo el Boidi, y los otros dos lo acogieron sin sorpresa.

–Así pues, el Poeta te ha explicado también a ti cómo venir hasta aquí –dijo Boron–. Creemos que no se lo ha dicho a Baudolino, porque si no, ¿para qué tantas precauciones? ¿Tú tienes una idea de por qué nos ha convocado?

–Ha hablado de Zósimo, del Greal, me ha hecho extrañas amenazas –dijo el Boidi.

–También a nosotros –dijeron Kyot y Boron.

Oyeron una voz, y parecía salir de la boca del Pantocrátor del iconostasio. Baudolino se dio cuenta de que los ojos del Cristo eran dos almendras negras, signo de que desde detrás del icono alguien estaba observando lo que sucedía en la cripta. Aunque deformada, la voz era reconocible, y era la del Poeta.

–Bienvenidos –dijo la voz–. Vosotros no me veis, pero yo os veo. Tengo un arco, podría traspasaros a mi antojo antes de que pudierais huir.

–Pero, por qué, Poeta, ¿qué te hemos hecho? –preguntó Boron asustado.

–Lo que habéis hecho lo sabéis vosotros mejor que yo. Pero lleguemos al punto. Entra, miserable.

Se oyó un gemido sofocado, y desde la parte de atrás del iconostasio apareció una figura que se movía a tientas.

Aunque el tiempo hubiera pasado, aunque ese hombre se arrastrara encorvado y agarrotado, aunque los cabellos y la barba se hubieran vuelto blancos, reconocieron a Zósimo.

–Sí, es Zósimo –dijo la voz del Poeta–. Di con él ayer, por pura casualidad, mientras mendigaba por un callejón. Está ciego, tiene las extremidades tullidas, pero es él. Zósimo, cuéntales a nuestros amigos lo que te pasó cuando huiste del castillo de Ardzrouni.

Zósimo, con voz quejumbrosa, empezó a narrar. Había robado la cabeza en la que había escondido el Greal, se había dado a la fuga, pero nunca había, no digo tenido, ni siquiera visto mapa alguno de Cosme, y no sabía dónde ir. Había vagado hasta que se le había muerto el mulo, se había arrastrado por las tierras más inhóspitas del mundo, con los ojos quemados por el sol que hacían que confundiera el oriente con el occidente, y el septentrión con el mediodía. Había dado con sus huesos en una ciudad habitada por cristianos, que lo habían socorrido. Había dicho que era el último de los Magos, porque los demás habían alcanzado ya la paz del Señor y yacían en una iglesia del lejano Occidente. Había dicho, con tono hierático, que en su relicario llevaba el santo Greal para entregárselo al Preste Juan. Sus anfitriones, de alguna manera, habían oído hablar de ambos, se habían prosternado ante él, le habían hecho entrar en procesión solemne en su templo, donde él había empezado a sentarse en una sede obispal, dando cada día oráculos, consejos sobre el curso de las cosas, comiendo y bebiendo todo lo que quería, entre el respeto de todos.

Brevemente, como último de los santísimos Reyes y custodio del santo Greal, se había convertido en la máxima autoridad espiritual de esa comunidad. Cada mañana decía misa, y en el momento de la elevación, además de las especies sacramentales, mostraba también su relicario, y los fieles se arrodillaban diciendo que olían perfumes celestiales.

Los fieles le llevaban también a las mujeres perdidas, para que las recondujera al recto camino. Él les decía que la misericordia de Dios es infinita, y las convocaba a la iglesia al caer la tarde, para transcurrir con ellas, decía, la noche en continua plegaria. Había corrido la voz de que había transformado a esas desgraciadas en muchas Magdalenas, que se habían dedicado a su servicio. Durante el día, le preparaban las comidas más exquisitas, le llevaban los vinos más selectos, le aplicaban óleos perfumados; por la noche, velaban con él ante el altar, decía Zósimo, tanto que a la mañana siguiente se presentaba con los ojos marcados por aquella penitencia. Zósimo había encontrado, por fin, su paraíso, y había decidido que no abandonaría nunca aquel lugar bendito.

Zósimo dio un largo suspiro, luego se pasó las manos por los ojos, como si en aquella oscuridad viera todavía una escena penosísima.

–Amigos míos –dijo–, a cada pensamiento que se os ocurra preguntadle siempre: ¿eres de los nuestros o procedes del enemigo? Yo olvidé seguir esta santa máxima, y prometí a toda la ciudad que para la santa Pascua abriría el relicario y enseñaría por fin el santo Greal. El Viernes Santo, yo solo, abrí la teca, y encontré una de aquellas asquerosas cabezas de muerto que había colocado Ardzrouni. Juro que había escondido el Greal en el primer relicario de la izquierda, y aquél había cogido antes de huir. Pero alguien, sin duda alguno de vosotros, había cambiado el orden de los relicarios, y el que yo cogí no contenía el Greal. El que golpea un bloque de hierro, piensa antes en lo que quiere hacer, si una hoz, una espada o un hacha. Yo decidí callar. El padre Agatón vivió tres años con una piedra en la boca, hasta que consiguió practicar el silencio. Dije, pues, a todos que me había visitado un ángel del Señor, el cual me había dicho que en la ciudad había todavía demasiados pecadores, por lo que nadie era digno todavía de ver aquel santo objeto. La noche del Sábado Santo la pasé, como debe hacer un monje honesto, en excesivas mortificaciones, creo, porque a la mañana siguiente me sentía exhausto, como si hubiera pasado la noche, Dios me perdone sólo el pensamiento, entre libaciones y fornicaciones. Oficié tambaleándome, en el momento solemne en que debía mostrar el relicario a los devotos, tropecé con el escalón más alto del altar y rodé hacia abajo. El relicario se me escapó de las manos, en el choque contra el suelo se abrió y todos vieron que no contenía Greal alguno, sino una calavera disecada. No hay nada más injusto que el castigo al justo que ha pecado, amigos míos, porque al peor de los pecadores se le perdona el último de los pecados, pero al justo ni siquiera el primero. Aquella gente devota se consideró defraudada por mí, que hasta tres días antes, Dios me fue testigo, había actuado de perfecta buena fe. Me saltaron encima, me arrancaron las ropas, me golpearon con unos bastones que me desarticularon para siempre piernas, brazos y espalda, luego me arrastraron hasta su tribunal, donde decidieron arrancarme los ojos. Me echaron fuera de las puertas de la ciudad, como a un perro sarnoso. No sabéis lo que he sufrido. He vagado como un mendigo, ciego y tullido, y, tullido y ciego, después de largos años baldíos, me recogió una caravana de mercaderes sarracenos que iban a Constantinopla. La única piedad la he recibido de los infieles, que Dios los recompense evitando que se condenen como se merecerían. Volví hace algunos años a esta ciudad, donde he vivido pidiendo limosna, y suerte que un alma buena un día me trajo de la mano hasta las ruinas de este monasterio, donde reconozco a tientas los lugares, y desde entonces he podido transcurrir las noches al amparo del frío, el calor y la lluvia.

–Ésta es la historia de Zósimo –dijo la voz del Poeta–. Su estado testimonia, por lo menos por una vez, su sinceridad. Así pues, uno de nosotros, viendo dónde había escondido Zósimo el Greal, cambió las cabezas de lugar, para consentirle a Zósimo correr hacia su ruina y alejar de sí toda sospecha. Pero ése, el que cogió la cabeza justa, es el mismo que mató a Federico. Y yo sé quién es.

–Poeta –exclamó Kyot–, ¿por qué dices eso?, ¿por qué nos has convocado sólo a nosotros tres y no a Baudolino?, ¿por qué no nos has dicho nada en casa de los genoveses?

–Os he llamado aquí porque no podía arrastrar conmigo a un desecho de hombre por una ciudad invadida por el enemigo. Porque no quería hablar delante de los genoveses. Baudolino no tiene nada que ver ya con nuestra historia. Uno de vosotros me dará el Greal, y será sólo asunto mío.

–¿Por qué no piensas que el Greal lo tiene Baudolino?

–Baudolino no puede haber matado a Federico. Lo amaba. A Baudolino no le interesaba robar el Greal, era el único entre nosotros que verdaderamente quería llevárselo al Preste en nombre del emperador. Por último, intentad recordar qué sucedió con las seis cabezas que quedaron después de la fuga de Zósimo. Cogimos una cada uno, Boron, Kyot, el Boidi, Abdul, Baudolino y yo. Ayer yo, después de encontrar a Zósimo, abrí la mía. Había dentro un cráneo ahumado. En cuanto a la de Abdul, recordaréis, Ardzrouni la había abierto para ponerle el cráneo entre las manos como amuleto, o lo que fuera, en el momento en que moría, y ahora está con él en su sepulcro. Baudolino le dio la suya a Práxeas, quien la abrió delante de nosotros, y dentro había un cráneo. Así pues, quedan tres relicarios, y son los vuestros. Los de vosotros tres. Yo sé ya quién de vosotros tiene el Greal, y sé que lo sabe. Sé que no lo tiene por azar, sino porque lo había planeado todo desde el momento en que había asesinado a Federico. Pero quiero que tenga el valor de confesar, de confesarnos a todos nosotros que nos ha estado engañando durante años y años. Después de confesar, lo mataré. Así pues, decidíos, el que tenga que hablar que hable. Hemos llegado al final de nuestro viaje.

–Aquí sucedió algo extraordinario, señor Nicetas. Yo, desde mi escondite, intentaba ponerme en lugar de mis tres amigos. Supongamos que uno de ellos, y lo llamaremos Ego, sabía que tenía el Greal y que era culpable de algo. Se habría dicho que, a esas alturas, le convenía jugarse el todo por el todo, desenvainar la espada o el puñal, arrojarse en la dirección de donde había venido, huir hasta alcanzar la cisterna y luego la luz del sol. Eso es, creo, lo que esperaba el Poeta. Quizá no sabía todavía cuál de los tres tenía el Greal, pero aquella fuga se lo habría revelado. Ahora bien, imaginemos que Ego no estuviera seguro de tener el Greal, porque nunca había mirado en su relicario, y aun así tuviera algo en la conciencia por lo que concernía a la muerte de Federico. Ego, pues, habría debido esperar, para ver si alguien antes que él, sabiendo que tenía el Greal, daba un salto hacia la fuga. Ego, por lo tanto, esperaba y no se movía. Y aun así veía que tampoco los otros dos se movían. Por consiguiente, pensaba, ninguno de ellos tiene el Greal, y ninguno de ellos se siente mínimamente digno de sospecha. Por lo tanto, debía llegar a la conclusión de que el Poeta está pensando en mí, y soy yo el que tengo que huir. Perplejo, se lleva la mano a la espada o al puñal, y apunta a dar un primer paso. Pero ve que cada uno de los otros dos hace lo mismo. Entonces se detiene otra vez, sospechando que los otros dos se sienten más culpables que él. Así sucedió en aquella cripta. Cada uno de los tres, cada uno de ellos pensando como el que yo he llamado Ego, primero se quedó parado, luego movió un paso, luego se detuvo otra vez. Y eso era signo evidente de que nadie estaba seguro de tener el Greal, pero que los tres tenían algo que recriminarse. El Poeta lo entendió perfectamente, y les explicó lo que yo había entendido y lo que ahora te acabo de explicar a ti.

Dijo entonces la voz del Poeta:

–Miserables los tres. Cada uno de vosotros sabe que es culpable. Yo sé (lo he sabido siempre) que los tres intentasteis matar a Federico, y quizá lo matarais los tres, de modo que ese hombre murió tres veces. Aquella noche, yo salí muy pronto de la sala de guardia y volví el último. No conseguía dormir, quizá había bebido demasiado, oriné tres veces aquella noche, me entretenía fuera para no molestaros a todos. Mientras estaba fuera, oí salir a Boron. Tomó la escalera hacia el piso inferior, y lo seguí. Fue a la sala de las máquinas, se acercó al cilindro que produce el vacío y maniobró con la palanca una y otra vez. Yo no conseguía entender qué quería, pero lo comprendí al día siguiente. O Ardzrouni le había confiado algo, o lo había entendido él solo, pero evidentemente la habitación en la que el cilindro creaba el vacío, aquélla en donde había sido sacrificado el pollo, era precisamente aquélla donde dormía Federico, y que Ardzrouni usaba para liberarse de los enemigos que hipócritamente alojaba. Tú, Boron, maniobraste aquella palanca hasta que en el cuarto del emperador se creó el vacío, o por lo menos, puesto que tú no creías en el vacío, ese aire denso y espeso donde tú sabías que se apagan las velas y los animales se asfixian. Federico sintió que le faltaba el aire; al principio pensó en un veneno, y cogió el Greal para beber el contraveneno que contenía. Pero cayó al suelo sin aliento. A la mañana siguiente tú estabas preparado para sustraer el Greal, aprovechando la confusión, pero Zósimo te precedió. Tú lo viste, y viste dónde lo escondía. Te resultó fácil cambiar de sitio las cabezas y, en el momento de marcharnos, cogiste la buena.

Boron estaba cubierto de sudor.

–Poeta –dijo–, tú viste bien, estuve en la cámara de la bomba. El debate con Ardzrouni me había intrigado. Intenté accionarla, sin saber, te lo juro, cuál era el cuarto en que entraba en función. Pero, por otra parte, estaba convencido de que la bomba no podía funcionar. Jugué, es verdad, pero sólo jugué, sin intenciones homicidas. Y además, si hubiera hecho lo que tú has dicho, ¿cómo explicas que en el cuarto de Federico la madera de la chimenea estuviera completamente consumida? Aun pudiendo hacer el vacío y matar a alguien, en el vacío no ardería ninguna llama...

–No te preocupes por la chimenea –dijo severa la voz del Poeta–, para eso hay otra explicación. Más bien, abre tu relicario si estás tan seguro de que no contiene el Greal.

Boron, murmurando que Dios los fulminara si jamás había pensado que tenía el Greal, rompió rabioso el sello con su puñal, y de la teca salió rodando por los suelos un cráneo, más pequeño que los que habían visto hasta entonces, porque quizá Ardzrouni no había vacilado en profanar también tumbas de niños.

–No tienes el Greal, está bien –dijo la voz del Poeta–, pero eso no te absuelve de lo que hiciste. Ocupémonos de ti, Kyot. Saliste inmediatamente después, con el aire de quien necesita aire, pero mucho necesitabas si fuiste hasta la explanada, allí donde estaban los espejos de Arquímedes. Te seguí y te vi. Los tocaste, manejaste el que actuaba a pequeña distancia, como nos había explicado Ardzrouni, lo inclinaste de una manera que no era casual, porque prestabas mucha atención. Predispusiste el espejo para que a las primeras luces del sol concentrara sus rayos en la ventana del cuarto de Federico. Así sucedió, y aquellos rayos encendieron la leña de la chimenea. El vacío hecho por Boron ya había cedido el campo a aire nuevo, después de tanto tiempo, y la llama pudo alimentarse. Tú sabías qué habría hecho Federico, despertándose medio sofocado por el humo de la chimenea. Se habría creído envenenado y habría bebido del Greal. Ya lo sé, también tú bebiste, aquella noche, pero no te observamos atentamente mientras lo colocabas en el arcón. De alguna manera tú habías comprado un veneno en el mercado de Gallípoli y dejaste caer algunas gotas en la copa. El plan era perfecto. Sólo que no sabías lo que había hecho Boron. Federico había bebido de tu copa envenenada, pero no cuando se encendió el fuego, sino mucho antes, cuando Boron le estaba quitando el aire.

–Tú estás loco, Poeta –gritó Kyot, pálido como un muerto–, yo no sé nada del Greal, mira, ahora abro mi cabeza... ¡Mira, hay un cráneo!

–No tienes el Greal, está bien –dijo la voz del Poeta–, pero no niegues que moviste los espejos.

–No me sentía bien, tú lo has dicho, quería respirar el aire de la noche. Jugué con los espejos, ¡pero que Dios me fulmine en este mismo instante si sabía que habrían encendido el fuego en aquel cuarto! No creas que en estos largos años no he pensado nunca en mi imprudencia, preguntándome si no habría sido por mi culpa que el fuego se encendió, y si ello no habría tenido nada que ver con la muerte del emperador. Años de dudas atroces. ¡De alguna manera tú ahora me alivias, porque me dices que entonces, en cualquier caso, Federico ya estaba muerto! Pero, por lo que respecta al veneno, ¿cómo puedes decir semejante infamia? Yo aquella noche bebí con buena fe, me sentía como una víctima propiciatoria...

–Sois todos unos corderillos inocentes, ¿verdad? Corderillos inocentes que durante casi quince años han vivido con la sospecha de haber matado a Federico, ¿no es verdad también para ti, Boron? Pero aquí tenemos a nuestro Boidi. Eres tú el único que puede tener el Greal. Tú aquella noche no saliste. Encontraste a Federico tirado en el cuarto como todos los demás, a la mañana siguiente. No te lo esperabas, pero aprovechaste la ocasión. La cultivabas desde hacía tiempo. Por otra parte, eras el único que tenía razones para odiar a Federico, que bajo las murallas de Alejandría había hecho morir a tantos compañeros tuyos. En Gallípoli dijiste que habías comprado aquel anillo con el cordial en el engaste. Pero nadie te vio mientras tratabas con el mercader. ¿Quién dice que contenía de verdad el cordial? Tú estabas preparado desde hacía tiempo con tu veneno, y entendiste que aquél era el momento adecuado. Quizá Federico, pensabas, sólo ha perdido los sentidos. Le vertiste el veneno en la boca diciendo que lo querías reanimar y sólo después, fijaos, sólo después, Solomón se dio cuenta de que estaba muerto.

–Poeta –dijo el Boidi arrodillándose–, si tú supieras cuántas veces en estos años me he preguntado si de verdad aquel cordial mío no era por casualidad venenoso. Pero tú ahora me dices que Federico estaba ya muerto, asesinado por uno de estos dos, o por ambos, gracias a Dios.

–No importa –dijo la voz del Poeta–, cuenta la intención. Pero por lo que me concierne, de tus intenciones darás cuentas a Dios. Yo sólo quiero el Greal. Abre la teca.

El Boidi intentó abrir temblando el relicario; el lacre resistió tres veces. Boron y Kyot se habían alejado de él, inclinado sobre aquel receptáculo fatal, como si fuera ya la víctima designada. Al cuarto intento la teca se abrió, y apareció, una vez más, un cráneo.

–Por todos los malditísimos santos –gritó el Poeta, saliendo de detrás del iconostasio.

–Era el retrato mismo del furor y de la demencia, señor Nicetas, y yo no reconocía ya al amigo de otro tiempo. Pero en aquel instante me acordé del día que había ido a observar los relicarios, después de que Ardzrouni nos propusiera llevárnoslos, y después de que Zósimo hubiera escondido ya, sin saberlo nosotros, el Greal en uno de ellos. Había cogido una cabeza, si bien recuerdo la primera a la izquierda, y la había observado bien. Luego la había dejado. Ahora revivía aquel momento de quince años antes, y me veía mientras apoyaba la cabeza a la derecha, la última de las siete. Cuando Zósimo bajó para huir con el Greal, acordándose de haberlo colocado en la primera cabeza por la izquierda, cogió aquélla, que en cambio, era la segunda. Cuando nosotros nos repartimos las cabezas a la hora de partir, yo cogí la mía el último. Era, evidentemente, la de Zósimo. Te acordarás de que había llevado conmigo, sin decírselo a nadie, también la cabeza de Abdul, después de su muerte. Cuando luego le regalé una de las dos cabezas a Práxeas, evidentemente le di la de Abdul, y ya lo había comprendido entonces, porque se había abierto con facilidad, dado que el sello ya lo había roto Ardzrouni. Así pues, yo, durante casi quince años, había llevado el Greal conmigo sin saberlo. Estaba tan seguro que no necesitaba ni siquiera abrir mi cabeza. Pero lo hice, intentando no hacer ruido. Aunque detrás de la columna estaba oscuro, conseguí ver que el Greal estaba ahí, encajado en la teca con la boca hacia delante, con el fondo que sobresalía redondo como un cráneo.

El Poeta estaba ahora agarrando a cada uno de los otros tres por la túnica, cubriéndolos de insultos, gritando que no le tomaran el pelo, como si un demonio se hubiera apoderado de él. Baudolino entonces dejó su relicario detrás de una columna y salió de su escondite:

–Soy yo quien tiene el Greal –dijo.

El Poeta se quedó de una pieza. Enrojeció violentamente y dijo:

–Nos has mentido, durante todo este tiempo. ¡Y yo que te creía el más puro de nosotros!

–No he mentido. No lo sabía, hasta esta noche. Eres tú el que te has equivocado con la cuenta de las cabezas.

El Poeta extendió las manos hacia el amigo y dijo con espuma en la boca:

–¡Dámelo!

–¿Por qué a ti? –preguntó Baudolino.

–El viaje acaba aquí –repitió el Poeta–. Ha sido un viaje desafortunado, y ésta es mi última posibilidad. Dámelo o te mato.

Baudolino dio un paso hacia atrás, apretando los puños en los pomos de sus dos puñales árabes.

–Serías muy capaz, si por ese objeto asesinaste a Federico.

–Tonterías –dijo el Poeta–. Acabas de oír confesar a estos tres.

–Tres confesiones son demasiadas para un solo homicidio –dijo Baudolino–. Podría decir que, aunque cada uno hubiera hecho lo que hizo, tú se lo dejaste hacer. Habría bastado, cuando viste que Boron iba a accionar la palanca del vacío, con que tú se lo hubieras impedido. Habría bastado, cuando Kyot movió los espejos, con que tú hubieras advertido a Federico antes de que se levantara el sol. No lo hiciste. Querías que alguien matara a Federico para sacar tu propio provecho de ello. Pero yo no creo que ninguno de estos tres pobres amigos haya causado la muerte del emperador. Al oírte hablar detrás del iconostasio, me he acordado de la cabeza de Medusa que hacía que se oyera en el cuarto de Federico lo que se murmuraba en la caracola de abajo. Ahora te digo qué sucedió. Desde antes de la salida de la expedición para Jerusalén, tú mordías el freno, y querías dirigirte hacia el reino del Preste, con el Greal, por tu cuenta. Esperabas sólo la ocasión buena para desembarazarte del emperador. Luego, seguro, nosotros habríamos ido contigo, pero evidentemente para ti no éramos fuente de preocupación. O quizá pensabas hacer lo que, en cambio, Zósimo, precediéndote hizo. No lo sé. Pero debería haberme dado cuenta desde hacía tiempo de que tú ya soñabas por tu cuenta, salvo que la amistad velaba mi agudeza.

–Sigue –se rió con sarcasmo el Poeta.

–Sigo. Cuando Solomón en Gallípoli compró el contraveneno, recuerdo perfectamente que el mercader nos ofreció otra ampolla igual, pero que contenía veneno. Cuando salimos de aquel emporio, durante un rato te perdimos de vista. Luego volviste a aparecer, pero no tenías dinero, dijiste que te lo habían robado. En cambio, mientras nosotros paseábamos por el mercado, tú volviste allá y compraste el veneno. No te habrá resultado difícil sustituir la ampolla de Solomón por la tuya, durante el largo viaje a través de la tierra del sultán de Iconio. La noche antes de la muerte de Federico fuiste tú quien le aconsejaste, en voz alta, que se dotara de un contraveneno. Así le diste la idea al buen Solomón, que ofreció el suyo, o es decir, tu veneno. Debes haber experimentado un momento de terror cuando Kyot se ofreció para probarlo, pero quizá sabías ya que ese líquido, tomado en pequeñas dosis, no hacía nada, y había que beberlo todo para morir. Pienso que durante la noche Kyot necesitaba tanto aire porque aquel pequeño sorbo lo había trastornado, pero de eso no estoy seguro.

–¿Y de qué estás seguro? –preguntó el Poeta, riéndose aún.

–Estoy seguro de que, antes de ver trajinar a Boron y a Kyot, ya tenías en la mente tu plan. Fuiste a la sala donde estaba la caracola, en cuyo agujero central se hablaba para hacerse oír en el cuarto de Federico. Entre otras cosas, has dado prueba también esta noche de que este juego te gusta, y desde que te he oído hablar allá atrás he empezado a entender. Te acercaste a la oreja de Dionisio y llamaste a Federico. Pienso que te hiciste pasar por mí, confiando en el hecho de que la voz, al pasar de un piso al otro, llegaba alterada. Dijiste que era yo, para resultar más creíble. Avisaste a Federico de que habíamos descubierto que alguien había puesto veneno en su comida, quizá le dijiste que uno de nosotros estaba empezando a sufrir atroces dolores, y Ardzrouni ya había desatado a sus sicarios. Le dijiste que abriera el arca y se bebiera enseguida el contraveneno de Solomón. Mi pobre padre te creyó, bebió y murió.

–Bonita historia –dijo el Poeta–. Pero, ¿y la chimenea?

–Quizá se encendió de verdad con los rayos del espejo, pero cuando Federico era ya cadáver. La chimenea no tenía nada que ver, no formaba parte de tu proyecto pero, fuera quien fuese el que la encendió, te ayudó a confundirnos las ideas. Tú mataste a Federico, y sólo hoy me has ayudado a comprenderlo. Que tú seas maldito: ¿cómo pudiste cometer ese delito, ese parricidio del hombre que te había beneficiado, sólo por sed de gloria? ¿No te dabas cuenta de que una vez más te estabas apropiando de la gloria ajena, como hiciste con mis poesías?

–Ésta sí que es buena –dijo riendo el Boidi, que ya se había recobrado de su miedo–. ¡El gran poeta se hacía escribir las poesías por los demás!

Esta humillación, después de las muchas frustraciones de aquellos días, unida a la desesperada voluntad de obtener el Greal, empujó el Poeta al último exceso. Desenvainó la espada y se arrojó sobre Baudolino gritando:

–Te mato, te mato.

–Te he dicho siempre que yo era un hombre de paz, señor Nicetas. Era indulgente conmigo mismo. En realidad, soy un cobarde, tenía razón Federico. Yo en aquel momento odiaba al Poeta con toda mi alma, lo quería muerto y, aun así, no pensaba en matarlo, sólo quería que él no me matara a mí. Di un salto hacia atrás, hacia las columnas, luego tomé el pasillo por donde había llegado. Escapaba en la oscuridad, y oía sus amenazas mientras me perseguía. El pasillo no tenía luz, caminar a tientas quería decir tocar los cadáveres de las paredes; en cuanto encontré una apertura a la izquierda me lancé en esa dirección. El Poeta seguía el ruido de mis pasos. Por fin vi una claridad, y me encontré en el fondo del pozo abierto hacia arriba, por donde había pasado ya al llegar. Había anochecido, y casi de milagro veía la luna sobre mi cabeza, que clareaba el lugar donde estaba, y arrojaba reflejos plateados en los rostros de los muertos. Quizá fueran ellos los que me dijeron que no se podía engañar a la propia muerte, cuando te pisa los talones. Me detuve. Vi llegar al Poeta, se cubrió los ojos con la mano izquierda, para no ver a aquellos huéspedes inesperados. Yo agarré uno de aquellos ropajes carcomidos y tiré con fuerza. Un cadáver cayó justo entre el Poeta y yo, levantando una nube de polvo y de jirones diminutos del traje que se disolvía al tocar el suelo. La cabeza de aquel despojo se había separado del busto y había rodado a los pies de mi perseguidor, bajo el rayo lunar, mostrándole su sonrisa atroz. El Poeta se detuvo un instante, aterrorizado, luego le dio una patada a la calavera. Yo aferré dos despojos más del otro lado, empujándolos contra su cara. Quítame esta muerte de encima, gritaba el Poeta, mientras escamas de piel reseca le revoloteaban alrededor de la cabeza. Yo no podía seguir aquel juego hasta el infinito, me precipitaría más allá del círculo luminoso y volvería a caer en la oscuridad. Apreté en los puños mis dos puñales árabes, y apunté las hojas rectas ante mí, como un espolón. El Poeta se me echó encima con la espada levantada, empuñándola con las dos manos, para partirme en dos la cabeza, pero tropezó con el segundo esqueleto, que había hecho rodar justo delante de sí, se me vino encima, y yo me desplomé, sosteniéndome con los codos; él cayó encima de mí, mientras la espada se le escapaba de las manos... Vi su cara sobre la mía, sus ojos inyectados de sangre contra los míos, olía el olor de su rabia, de animal que hinca sus colmillos en su presa, sentí sus manos que se cerraban en torno a mi cuello, oí el crujido de sus dientes... Reaccioné instintivamente, levanté los codos y vibré dos puñaladas, por una parte y por otra, contra sus costados. Oí el ruido de un paño que se rasga, tuve la impresión de que, en el centro de sus entrañas, mis dos hojas se encontraron. Luego le vi ponerse blanco, y un reguero de sangre le salió de la boca. Su frente tocó la mía, su sangré goteó en mi boca. No recuerdo cómo me sustraje a aquel abrazo, le dejé los puñales en el vientre y me quité de encima aquel peso. El Poeta resbaló a mi lado, con los ojos abiertos fijos en la luna, allá arriba, y estaba muerto.

–La primera persona que matas en tu vida.

–Y quiera Dios que sea la última. Había sido el amigo de mi juventud, el compañero de mil aventuras durante más de cuarenta años. Yo quería llorar, luego me acordaba de lo que había hecho y habría querido volverlo a matar. Me levanté con esfuerzo, porque he empezado a matar cuando ya no tengo la agilidad de mis años mejores. Fui a tientas hasta el fondo del pasillo, jadeando, entré de nuevo en la cripta, vi a los otros tres, blancos y temblorosos, me sentí investido de mi dignidad de ministerial y de hijo adoptivo de Federico. No debía mostrar debilidad alguna. Erguido, dando la espalda al iconostasio como si fuera un arcángel entre los arcángeles, dije: se ha hecho justicia, he dado muerte al asesino del sacro y romano emperador.

Baudolino fue a recoger su relicario, sacó el Greal, se lo enseñó a los demás, como se hace con una hostia consagrada. Dijo sólo:

–¿Alguno de vosotros abriga alguna pretensión?

–Baudolino –dijo Boron, sin conseguir todavía tener quietas las manos–, esta noche he vivido más que todos los años que hemos pasado juntos. Desde luego no es culpa tuya, pero algo se ha roto entre nosotros, entre tú y yo, entre Kyot y yo, y entre el Boidi y yo. Hace poco, aun por pocos instantes, cada uno de nosotros ha deseado ardientemente que el culpable fuera el otro, para poner fin a una pesadilla. Esto ya no es amistad. Después de la caída de

Pndapetzim, hemos seguido juntos sólo por casualidad. Lo que nos unía era la búsqueda del objeto que tienes en la mano. La búsqueda digo, no el objeto. Ahora sé que el objeto había estado siempre con nosotros, y ello no nos ha impedido correr más de una vez hacia nuestra ruina. Esta noche he entendido que yo no debo poseer el Greal, ni dárselo a nadie, sino sólo mantener viva la llama de su búsqueda. Así pues, quédate con esa escudilla, que tiene el poder de arrastrar a los hombres sólo cuando no se la encuentra. Yo me voy. Si puedo salir de la ciudad, lo haré cuanto antes, y empezaré a escribir sobre el Greal, y en mi relato estará mi único poder. Escribiré de caballeros mejores que nosotros, y los que me lean soñarán la pureza, y no nuestras miserias. Adiós a todos, amigos míos que habéis sobrevivido. No pocas veces ha sido hermoso soñar a vuestro lado.

Desapareció por donde había llegado.

–Baudolino –dijo Kyot–. Creo que Boron ha hecho la mejor elección. Yo no soy docto como él, no sé si sabría escribir la historia del Greal, pero desde luego encontraré a alguien a quien contársela para que la escriba. Tiene razón Boron, permaneceré fiel a mi búsqueda de tantos y tantos años si logro empujar a los demás a desear el Greal. No hablaré siquiera de esa copa que tienes en las manos. Quizá diga, como decía un tiempo, que es una piedra caída del cielo. Piedra, o copa, o lanza, qué importa. Lo que cuenta es que nadie la encuentre, si no, los demás dejarían de buscarla. Si quieres oír mi consejo, esconde ese objeto: que nadie mate su sueño poniéndole las manos encima. Y, con respecto al resto, también yo me sentiría a disgusto moviéndome entre vosotros, me atenazarían demasiados recuerdos dolorosos. Tú, Baudolino, te has convertido en un ángel exterminador. Quizá tenías que hacer lo que has hecho. Pero yo no quiero volver a verte. Adiós.

Y también él salió de la cripta.

Habló entonces el Boidi, y al cabo de tantos años volvió a hablar en la lengua de la Frascheta.

–Baudolino –dijo–, yo no tengo la cabeza entre las nubes como ésos, y no sé contar historias. Que la gente vaya por ahí buscando una cosa que no existe a mí me da risa. Lo que cuenta es lo que existe, lo que pasa es que no debes enseñárselo a todos porque la envidia es un mal bicho. Ese Greal es algo santo, crée-

me, porque es simple como todo lo santo. Yo no sé dónde irías a
ponerlo tú, pero cualquier sitio sería el sitio equivocado menos el
que ahora te diré yo. Oye lo que se me ha ocurrido. Después
de que murió tu pobre padre Gagliaudo que en paz descanse, recordarás que todos en Alejandría se pusieron a decir que a quien
salva una ciudad se le hace una estatua. Luego ya sabes cómo van
las cosas: se habla, se habla y nunca se hace nada. En cambio, yo
encontré, cuando iba por esos mundos para vender el trigo, en
una pequeña iglesia que se caía en pedazos cerca de Villa del
Foro, una estatua muy bonita, que quién sabe de dónde venía.
Representa un viejecito encorvado, que sujeta con las manos una
especie de piedra de molino por encima de la cabeza, una piedra
de construcción, quizá una gran quesera, vete tú a saber, y parece
que se dobla en dos porque no consigue aguantarla. Me dije que
una imagen así querría decir algo, aunque no sé en absoluto qué
querrá decir, pero ya sabes, tú haces una figura y los demás se
inventan lo que quiere decir, cualquier cosa va bien. Pero mira
qué casualidad, me dije entonces, ésta podría ser la estatua de
Gagliaudo, la encajas encima de la puerta o en los lados de la
catedral, como una columnilla, y esa piedra en la cabeza le hace
de capitel. Es igualita que Gagliaudo, él solo aguantando el peso
de todo el asedio. La llevé a casa y la puse en mi pajar. Cuando
se lo decía a los demás, todos decían que era muy buena idea.
Luego salió el asunto de que si uno era un buen cristiano había
de ir a Jerusalén, y me lancé a la empresa también yo, y parecía
quién sabe qué maravilla. Pecho, a lo hecho. Ahora vuelvo a casa,
y verás que después de todo este tiempo los nuestros que todavía queden en este mundo me harán cantidad de festejos, y para
los más jóvenes seré el que siguió al emperador a Jerusalén, y
que tiene para contar en torno al hogar más que el mago Virgi-
lio, y a lo mejor antes de morir me hacen incluso cónsul. Yo vuelvo a casa, sin decirle nada a nadie voy al pajar, encuentro la estatua, le hago como puedo un agujero en eso que lleva en la
cabeza y le meto dentro el Greal. Luego lo tapo con argamasa, le
vuelvo a poner encima unas lascas de piedra que no debe verse
ni siquiera una raja y llevo la estatua a la catedral. La colocamos
bien emparedada, y allí se queda *per omnia saecula saeculorum*,
que nadie la baja ya de ahí, ni puede ir a ver qué lleva tu padre
en la mollera. Nosotros somos una ciudad joven y sin demasia-

dos grillos por la cabeza, pero la bendición del cielo no le sienta mal a nadie. Yo moriré, morirán mis hijos, y el Greal estará siempre allí, protegiendo la ciudad, sin que nadie lo sepa, basta con que los sepa Dios Padre. ¿Qué te parece?

–Señor Nicetas, aquél era el final justo para la escudilla, entre otras cosas porque yo, aun habiendo fingido olvidarlo durante años, era el único que sabía de dónde venía de verdad. Después de lo que acababa de hacer, no sabía ni siquiera para qué había estado en este mundo, visto que no había hecho bien una sola cosa en la vida. Con aquel Greal en la mano habría hecho otras tonterías. Tenía razón el buen Boidi. Me habría gustado volver con él, pero ¿qué hacía yo en Alejandría, entre mil recuerdos de Colandrina, soñando con Hipatia cada noche? Le di las gracias al Boidi por aquella buena idea, envolví el Greal en el trapo en que lo había llevado, pero sin relicario. Si tienes que viajar, y encontrarte a lo mejor con los bandidos, le dije, un relicario que parece de oro te lo quitan enseguida, mientras una vulgar escudilla ni siquiera la tocan. Ve con Dios, Boidi, que te ayude en tu empresa. Déjame aquí, que necesito quedarme solo. Así se fue también él. Yo miré a mi alrededor, y me acordé de Zósimo. Ya no estaba. Cuándo se escapó, no lo sé; había oído decir que uno quería matar a otro, y la vida ya le había enseñado a evitar los líos. A tientas, él, que conocía de memoria aquellos lugares, se había largado, mientras nosotros teníamos cosas más importantes que hacer. Había cometido todo tipo de fechorías, pero había sido castigado. Que siguiera haciendo el buscón por las calles, y que el Señor se apiadara de él. Así, señor Nicetas, recorrí mi pasillo de los muertos, pasando por encima del cadáver del Poeta, y salí a la luz del incendio, cerca del Hipódromo. Lo que me sucedió acto seguido, ya lo sabes, pues acto seguido te encontré a ti.

# 39

# Baudolino estilita

Nicetas callaba. Y callaba Baudolino, que permanecía con las manos abiertas en el regazo, como diciendo: «Eso es todo.»

–Hay algo en tu historia –dijo al cabo de un rato Nicetas– que no me convence. El Poeta había formulado acusaciones extravagantes a tus compañeros de viaje, como si cada uno de ellos hubiera matado a Federico, y luego no era verdad. Tú has creído reconstruir lo que sucedió aquella noche pero, si me lo has contado todo, el Poeta nunca dijo que las cosas hubieran sido así de verdad.

–¡Intentó matarme!

–Había enloquecido, eso está claro; quería el Greal a toda costa y para conseguirlo se había convencido de que quien lo tenía era culpable. De ti pudo sólo pensar que, teniéndolo, se lo habías mantenido escondido, y eso le bastaba para pasar sobre tu cadáver, con tal de arrebatarte aquella copa. Pero nunca dijo que el asesino de Federico era él.

–¿Y quién fue entonces?

–Os habéis pasado quince años pensando que Federico murió por un mero accidente...

–Nos obstinábamos en pensarlo para no tener que sospechar los unos de los otros. Y luego estaba el fantasma de Zósimo, un culpable lo teníamos.

–Será, pero créeme, en los palacios imperiales he asistido a muchos delitos. Aunque nuestros emperadores se han deleitado siempre ostentando ante los visitantes extranjeros máquinas y autómatas milagrosos, nunca he visto a nadie usar esas máquinas para matar. Escucha, recordarás que, cuando aludiste por vez primera a Ardzrouni, te dije que lo había conocido en Constantinopla

y que uno de mis amigos de Selimbria había estado una o más veces en su castillo. Es un hombre, el tal Pafnucio, que sabe mucho
de los artilugios de Ardzrouni, porque él mismo ha construido
muchos semejantes para los palacios imperiales. Y conoce muy
bien sus límites, porque una vez, en tiempos de Andrónico, le había prometido al emperador un autómata que giraba sobre sí mismo y agitaba un estandarte cuando el basileo daba palmadas. Lo
hizo, Andrónico se lo enseñó a unos embajadores extranjeros durante una comida de gala, dio sus palmadas, el autómata no se
movió, y a Pafnucio le sacaron los ojos. Le diré si quiere venir a
visitarnos. En el fondo, aquí exiliado en Selimbria, se aburre.


Pafnucio vino, acompañado por un muchacho. A pesar de la
desventura, y la edad, era un hombre despierto y agudo. Se en-
tretuvo con Nicetas, al que no veía desde hacía tiempo, y luego
preguntó en qué podía serle útil a Baudolino.

Baudolino le contó la historia, a grandes líneas desde el principio, después más detalladamente, desde el mercado de Gallípoli
hasta la muerte de Federico. No podía no referirse a Ardzrouni,
pero ocultó la identidad de su padre adoptivo, diciendo que era
un conde flamenco, que él amaba de verdad. No citó ni siquiera
el Greal, sino que habló de una copa cuajada de piedras preciosas, que el asesinado tenía en gran aprecio y que podía suscitar
la avidez de muchos. Mientras Baudolino contaba, Pafnucio lo
interrumpía de vez en cuando.

—¿Eres un franco, verdad? —le preguntaba, y explicaba que esa
manera de pronunciar ciertas palabras griegas era típica de los
que vivían en Provenza. O también—: ¿Por qué te tocas siempre la
cicatriz de la mejilla mientras hablas?

Y a Baudolino, que ya lo creía un falso ciego, le explicaba que
a veces su voz perdía sonoridad, como si se pasara la mano por
delante de la boca. Si se hubiera tocado, como les pasa a muchos,
la barba, no habría tapado la boca. Por lo tanto, se tocaba la
mejilla y, si uno se toca la mejilla es porque le duelen los dientes, o tiene una verruga o una cicatriz. Como Baudolino era un
hombre de armas, le había parecido que la hipótesis de la cicatriz era la más razonable.

Baudolino acabó de contarle todo, y Pafnucio dijo:

–Ahora tú querrías saber qué es lo que verdaderamente le sucedió en aquel cuarto cerrado al emperador Federico.

–¿Cómo sabes que hablaba de Federico?

–Vamos, todos saben que el emperador se ahogó en el Kalikadnos, a pocos pasos del castillo de Ardzrouni, tanto que Ardzrouni desde entonces desapareció, porque su príncipe León quería cortarle la cabeza, al considerarlo responsable de no haber hecho buena guardia de un huésped tan ilustre. Siempre me había sorprendido que ese emperador tuyo, tan acostumbrado a nadar en los ríos, como decía la fama pública, se hubiera dejado arrastrar por la corriente de un riachuelo como el Kalikadnos, y ahora tú me estás explicando muchas cosas. Así pues, intentemos ver claro.

Y lo decía sin ironía alguna, como si de verdad estuviera siguiendo una escena que se desarrollaba ante sus ojos apagados.

–Ante todo, eliminemos la sospecha de que Federico muriera a causa de la máquina que crea el vacío. Conozco esa máquina; en primer lugar, funcionaba con un cuartucho sin ventanas del piso de arriba, y desde luego no con el cuarto del emperador, donde había una campana de chimenea y quién sabe cuántos resquicios más por donde el aire podía entrar como quería. En segundo lugar, la máquina misma no podía funcionar. Yo la probé. El cilindro interior no llenaba completamente el exterior, y también ahí el aire pasaba por mil partes. Mecánicos más expertos que Ardzrouni intentaron experimentos semejantes, hace siglos y siglos, y sin resultados. Una cosa es construir una esfera que gira o esa puerta que se abría en virtud del calor; son juegos que conocemos desde los tiempos de Ctesibio y Herón. Pero el vacío, querido amigo, absolutamente no. Ardzrouni era vanidoso y amaba sorprender a sus huéspedes, eso es todo. Lleguemos ahora a los espejos. Que el gran Arquímedes incendiara verdaderamente las naves romanas lo quiere la leyenda, pero no sabemos si es verdad. Toqué los espejos de Ardzrouni: eran demasiado pequeños y estaban molados toscamente. Aun admitiendo que fueran perfectos, un espejo remite rayos solares de alguna potencia sólo en pleno mediodía, no por la mañana, cuando los rayos del sol son débiles. Añade que los rayos habrían debido pasar por una ventana con los cristales de colores, y ves que tu amigo, aun habiendo apuntado uno de los espejos hacia la habitación del emperador, no habría conseguido nada. ¿Estás convencido?

–Lleguemos al resto.

–Los venenos y contravenenos... Vosotros los latinos sois inge-
nuos de verdad. ¿Pero cómo podéis imaginar que en el mercado
de Gallípoli se vendieran sustancias tan poderosas que un basileo mismo consigue sólo de alquimistas de confianza y a peso de
oro? Todo lo que allí se vende es falso, sirve para los bárbaros que
llegan de Iconio, o de la selva búlgara. En las dos ampollas
que os enseñaron había agua fresca, y que Federico se bebiera el
líquido que procedía de la ampolla de ese judío tuyo, o de tu amigo que llamas Poeta, habría sido lo mismo. Y lo mismo podemos
pensar de ese cordial portentoso. Si un cordial de ese tipo existiera, se lo acapararían todos los estrategas, para reanimar y
empujar de nuevo a la batalla a sus soldados heridos. Por otra
parte, me has contado a qué precio os vendieron esas maravillas:
era tan ridículo que pagaba apenas el esfuerzo de coger el agua de
la fuente y verterla en las ampollas. Ahora déjame que te diga
de la oreja de Dionisio. La de Ardzrouni nunca la he oído funcionar. Juegos de este tipo pueden resultar cuando la distancia entre
la hendidura en la que se habla y aquélla por donde sale la voz es
muy breve, como cuando te llevas las manos a la boca como un
embudo, para que te oigan un poco más lejos. Pero en el castillo
el conducto que llevaba de un piso al otro era complejo y tortuoso, y pasaba a través de paredes gruesas... ¿Acaso Ardzrouni os
hizo probar su dispositivo?

–No.

–¿Lo ves? Se lo enseñaba a sus huéspedes, se vanagloriaba, y
basta. Aun cuando tu poeta hubiera intentado hablar con Federico, y Federico hubiera estado despierto, a lo sumo habría oído
llegar un zumbido indistinguible de la boca de la Medusa. Quizá
Ardzrouni haya usado ese artificio alguna vez para asustar a
quien había hecho dormir allá arriba, para hacerle creer que
había fantasmas en el cuarto, pero nada más. Tu amigo poeta no
puede haber enviado mensaje alguno a Federico.

–Pero la copa vacía por los suelos, el fuego en la chimenea...

–Me has dicho que aquella noche Federico no se sentía bien.
Había cabalgado todo el día, bajo el sol de aquellas tierras, que
abrasa y les sienta mal a los que no están acostumbrados; llegaba de días y días de peregrinaciones incesantes y batallas... Sin
duda estaba cansado, debilitado, quizá le subiera la fiebre. ¿Qué

haces si tienes escalofríos de fiebre durante la noche? Intentas taparte pero, si tienes fiebre, sientes los escalofríos incluso bajo las mantas. Tu emperador encendió la chimenea. Luego se sintió peor que antes, y le asaltó el miedo de haber sido envenenado, y bebió su inútil contraveneno.

–Pero entonces, ¿por qué se sintió aún peor?

–Aquí ya no tengo certidumbres, pero si se razona bien se ve enseguida que la conclusión no puede ser sino una. Descríbeme de nuevo esa chimenea, de manera que pueda verla bien.

–Había leña encima de un lecho de broza seca, había ramas con bayas olorosas, y luego trozos de una sustancia oscura, creo que era carbón, pero recubiertos de algo oleoso...

–Era *naphta*, o *bitumen*, que se encuentra, por ejemplo, en grandes cantidades en Palestina, en el mar llamado Muerto, donde la que crees agua es tan densa y pesada que si entras en ese mar no te hundes, sino que flotas como una barca. Plinio escribe que esta sustancia tiene tal parentesco con el fuego, que en cuanto se le acerca lo inflama. En cuanto al carbón, sabemos todos lo que es; como nos dice una vez más nuestro buen Plinio, se extrae de las encinas quemando ramas frescas en un montón en forma de cono, recubierto por arcilla mojada, donde se han practicado pequeños agujeros para dejar salir toda la humedad durante la combustión. Pero a veces se extrae de otra madera, cuyas virtudes no siempre se conocen. Ahora bien, muchos médicos han observado lo que les sucede a los que aspiran los vapores de un mal carbón cuya unión con ciertos tipos de *bitumen* vuelve aún más peligroso. Exhalan efluvios benéficos, mucho más sutiles e invisibles que el humo que suele emanar de un fuego encendido, pues en ese caso intentas hacerlo salir abriendo la ventana. Estos efluvios no los ves, se difunden y, si el lugar está cerrado, se estancan. Podrías percibirlos porque, cuando estas exhalaciones entran en contacto con la llama de una linterna, la colorean de azul. Pero normalmente, cuando uno se da cuenta, es demasiado tarde, ese aliento maligno ha devorado ya el aire puro que lo rodeaba. El desgraciado que aspira ese aire mefítico siente una gran pesadez de cabeza, un campanilleo en las orejas, respira con dificultad y se le ofusca la vista... Buenas razones para creerse envenenado y beber un contraveneno, y eso hizo tu emperador. Pero si después de advertir esos trastornos no sales enseguida del lugar infecto, o alguien no te saca a rastras de allí, sucede una cosa mucho peor. Notas que te invade un sueño profundo, caes al suelo y, ante los ojos de quien te encuentre después, parecerás muerto, sin respiración, sin calor, sin latidos del corazón, con las extremidades rígidas y la cara con una palidez extrema... Incluso el médico más experto creerá que está viendo un cadáver. Se sabe de personas que fueron enterradas en ese estado, mientras habría sido suficiente curarlas con paños húmedos en la cabeza, baños en los pies y refriegas en todo el cuerpo con aceites que avivan los humores.

–Tú, tú –dijo entonces Baudolino, pálido como el rostro de Federico aquella mañana–, ¿acaso quieres decirme que creímos muerto al emperador, y estaba vivo?

–Casi seguramente sí, mi pobre amigo. Murió cuando se lo arrojó al río. El agua helada, de alguna manera, empezó a reanimarlo, y aquél habría sido incluso un buen tratamiento, pero, sin haber recuperado todavía los sentidos, empezó a respirar, tragó agua y se ahogó. Cuando lo sacasteis a la orilla habríais debido ver si presentaba el aspecto de un ahogado...

–Estaba hinchado. Yo sabía que no podía ser así, y creí que se trataba de una impresión, ante aquellos pobres restos arañados por las piedras del río...

–Un muerto no se infla estando bajo el agua. Sucede sólo con un vivo que muere bajo el agua.

–Entonces ¿Federico fue víctima de un trastorno extraordinario y desconocido, y no fue asesinado?

–Alguien le quitó la vida, desde luego, pero fue quien lo tiró al agua.

–¡Pero si fui yo!

–Es una verdadera pena. Te noto excitado. Cálmate. Tú lo hiciste creyendo hacer bien, y desde luego no para obtener su muerte.

–¡Pero hice que muriera!

–A eso yo no lo llamo matar.

–Pero yo sí –gritó Baudolino–. ¡Yo hice que mi padre amadísimo se ahogara mientras todavía estaba vivo! Yo...

Se puso aún más pálido, murmuró algunas palabras inconexas y se desmayó.

Se despertó mientras Nicetas le aplicaba unos paños fríos en la cabeza. Pafnucio se había ido, quizá sintiéndose culpable de haberle revelado a Baudolino, para demostrar lo bien que veía las cosas, una terrible verdad.

–Ahora intenta estar tranquilo –le decía Nicetas–, entiendo que estés trastornado, pero fue una fatalidad; ya has oído a Pafnucio, todos habrían juzgado muerto a aquel hombre. También yo he oído contar de casos de muerte aparente que han engañado a todos los médicos.

–Yo maté a mi padre –seguía repitiendo Baudolino, agitado ahora por un temblor febril–, yo sin saberlo lo odiaba, porque había deseado a su esposa, a mi madre adoptiva. Yo he sido primero adúltero, después parricida, y llevando encima esta lepra he mancillado con mi semilla incestuosa a la más pura de las vírgenes, haciéndole creer que era el éxtasis que le habían prometido. Yo soy un asesino, porque he matado al Poeta que era inocente...

–No era inocente, estaba invadido por un anhelo imparable; él intentaba matarte, tú te defendiste.

–Le acusé injustamente del homicidio que yo había cometido, le maté para no reconocer que tenía que castigarme a mí mismo, he vivido toda mi vida en la mentira, quiero morir, hundirme en el Infierno y sufrir toda la eternidad...

Era inútil intentar calmarlo, y no se podía hacer nada para curarlo. Nicetas hizo que Teofilacto preparase una infusión de hierbas somníferas y se la hizo beber. Pocos minutos después, Baudolino dormía el más intranquilo de sus sueños.

Cuando se despertó al día siguiente, rechazó una taza de caldo que le ofrecían, salió al aire libre, se sentó bajo un árbol y allá permaneció en silencio, con la cabeza entre las manos, durante todo el día, y por la mañana aún seguía ahí. Nicetas decidió que en esos casos el mejor remedio es el vino, y lo convenció para que bebiera en abundancia, como si fuera una medicina. Baudolino permaneció en estado de sopor continuo bajo el árbol durante tres días y tres noches.

Al alba de la cuarta mañana, Nicetas fue a buscarlo, y ya no estaba. Rebuscó a fondo en el jardín y en casa, pero Baudolino había desaparecido. Temiendo que hubiera decidido llevar a cabo un gesto desesperado, Nicetas envió a Teofilacto y a sus hijos a que lo buscaran por toda Selimbria, y por los campos de los alrededores. Volvieron al cabo de dos horas gritándole a Nicetas que fuera a ver. Lo llevaron a aquel prado, justo fuera de la ciudad, donde al entrar habían visto la columna de los antiguos ermitaños.

Un grupo de curiosos se había aglomerado a los pies de la columna e indicaba hacia arriba. La columna era de piedra blanca, y medía casi como una casa de dos pisos. En lo alto se ensanchaba en una pequeña terraza cuadrada, rodeada por un parapeto formado por escasas columnas y una barandilla, también ellas de piedra. En medio se erguía un pequeño pabellón. Lo que sobresalía de la columna era muy poco: si uno estaba sentado en la terracilla, tenía que dejar colgar las piernas; el pabellón contenía a duras penas a un hombre acurrucado y encogido sobre sí mismo. Con las piernas fuera, estaba sentado allá arriba Baudolino, y se veía que estaba desnudo como un gusano.

Nicetas lo llamó, le gritó que bajara, intentó abrir la portezuela que a los pies de la columna, como en todas las construcciones parecidas, daba a una escalera de caracol que subía hasta la terraza. Pero la puerta, aunque poco firme, había sido atrancada desde dentro.

–Baja, Baudolino, ¿qué quieres hacer allá arriba?

Baudolino contestó algo, pero Nicetas no oía bien. Pidió que fueran a buscarle una escalera bastante alta. La obtuvo, subió con esfuerzo y se encontró con la cabeza contra los pies de Baudolino.

–¿Qué quieres hacer? –le volvió a preguntar.

–Quedarme aquí. Ahora empieza mi expiación. Rezaré, meditaré, me anularé en el silencio. Intentaré alcanzar la soledad remota ante toda opinión e imaginación; intentaré no experimentar ya ni ira ni deseo, y ni siquiera razonamiento y pensamiento; intentaré desvincularme de todo vínculo, volver a lo absolutamente sencillo para no ver ya nada, como no sea la gloria de la oscuridad. Me vaciaré de alma y de intelecto, llegaré más allá del reino de la mente, en la oscuridad llevaré a cabo mi trayecto por vías de fuego...

Nicetas se dio cuenta de que estaba repitiendo cosas que le había oído a Hipatia. Este infeliz quiere escapar de toda pasión a tal punto, pensó, que está aquí arriba aislado para intentar volverse igual a aquella que todavía ama. Pero no se lo dijo. Le preguntó sólo cómo pensaba sobrevivir.

–Me contaste que los ermitaños bajaban una cesta con una cuerdecilla –dijo Baudolino–, y que los fieles dejaban como limosna la comida que les sobraba, mejor aún si eran las sobras de sus animales. Y un poco de agua, aunque se puede sufrir la sed y esperar que de vez en cuando caiga la lluvia.

Nicetas suspiró, bajó, hizo que le buscaran una cesta con una cuerda, que la llenaran con pan, verduras cocidas, aceitunas y algunos pedazos de carne; uno de los hijos de Teofilacto tiró la cuerda hacia arriba, Baudolino la agarró y subió la cesta.

–Ahora déjame, te lo ruego –gritó a Nicetas–. Lo que quería entender contándote mi historia lo he entendido. No tenemos ya nada que decirnos. Gracias por haberme ayudado a llegar adonde ahora estoy.

Nicetas iba a verlo todos los días, Baudolino lo saludaba con un gesto y callaba. Con el pasar del tiempo, Nicetas se dio cuenta de que ya no era necesario llevarle comida, porque en Selimbria había corrido la voz de que, después de siglos, otro santo varón se había aislado en la cima de una columna, y todos iban a santiguarse debajo, poniendo en la cesta algo para comer y beber. Baudolino tiraba de la cuerda, se quedaba con lo poco que le habría bastado ese día, y desmenuzaba lo demás para los muchos pájaros que habían dado en posarse en la barandilla. Se interesaba sólo por ellos.

Baudolino se quedó allá arriba todo el verano sin proferir una palabra, quemado por el sol y atormentado por el calor, aunque se retiraba a menudo dentro del pabellón. Defecaba y orinaba evidentemente de noche, más allá de la barandilla, y se veían sus heces a los pies de la columna, pequeñas como las de una cabra. Le estaban creciendo la barba y el pelo y estaba tan sucio que se veía, y ya se empezaba a notar, incluso desde abajo.

Nicetas tuvo que ausentarse dos veces de Selimbria. En Constantinopla, Balduino de Flandes había sido nombrado basileo, y los latinos poco a poco iban invadiendo todo el imperio, pero Nicetas tenía que ocuparse de sus propiedades. Mientras tanto, en

Nicea, se estaba constituyendo el último baluarte del imperio bizantino, y Nicetas pensaba que habría debido mudarse allá, donde habrían necesitado un consejero con su experiencia. Por lo cual era preciso hacer contactos y preparar aquel nuevo y peligrosísimo viaje.

Cada vez que volvía, veía una muchedumbre cada vez más densa a los pies de la columna. Alguien había pensado que un estilita, tan purificado por su sacrificio continuo, no podía no poseer una profunda sabiduría, y subía con la escalera a pedirle consejo y consuelo. Le contaba sus desgracias, y Baudolino contestaba, por ejemplo:

–Si estás orgulloso, eres el diablo. Si estás triste, eres su hijo. Y si te preocupas por mil cosas, eres su servidor sin descanso.

Otro le pedía su opinión para dirimir un conflicto con su vecino de casa. Y Baudolino:

–Sé como un camello: lleva la carga de tus pecados y sigue los pasos de quien conoce los caminos del Señor.

Otro más le decía que la nuera no podía tener un hijo. Y Baudolino:

–Todo lo que puede pensar un hombre sobre lo que está bajo el cielo y lo que está sobre el cielo es inútil. Sólo el que persevera en el recuerdo de Cristo está en la verdad.

–Qué sabio que es –decían aquéllos, y le dejaban alguna moneda, marchándose llenos de consuelo.

Llegó el invierno, y Baudolino casi siempre estaba encogido en el pabellón. Para no tener que escuchar las largas historias de los que venían a él, empezó a anticiparlas.

–Tú amas a una persona con todo tu corazón, pero a veces te asalta la duda de que esa persona no te ame con igual calor –decía.

Y el otro:

–¡Es la pura verdad! ¡Has leído en mi alma como en un libro abierto! ¿Qué debo hacer?

Y Baudolino:

–Calla, y no te midas a ti mismo.

A un hombre gordo, que llegaba después subiendo con mucho esfuerzo, le dijo:

–Te despiertas todas las mañanas con el cuello dolorido, y te cuesta tu buen trabajo ponerte los zapatos.

–Es así –respondía aquél, admirado.

Y Baudolino:

–No comas durante tres días. Pero no te enorgullezcas por tu ayuno. Mejor que engreírte, come carne. Es mejor comer carne, que jactarte. Y acepta tus dolores como tributo por tus pecados.

Vino un padre y le dijo que su hijo estaba cubierto de llagas dolorosas. Le contestó:

–Lávalo tres veces al día con agua y sal, y cada vez pronuncia las palabras: Virgen Hipatia cuida de tu hijo.

Aquél se fue y al cabo de una semana volvió diciendo que las llagas estaban cerrándose. Le dio unas monedas, un pichón y una garrafa de vino. Todos gritaron milagro, y los que estaban enfermos iban a la iglesia rezando: «Virgen Hipatia, cuida de tu hijo.»

Subió la escalera un hombre pobremente vestido y con la cara sombría. Baudolino le dijo:

–Yo sé lo que tienes. Llevas en tu corazón rencor hacia alguien.

–Tú lo sabes todo –dijo aquél.

Baudolino le dijo:

–Si alguien quiere devolver mal por mal, puede herir a un hermano incluso con un solo gesto. Mantén siempre las manos detrás de la espalda.

Vino otro con los ojos tristes y le dijo:

–No sé qué mal tengo.

–Yo lo sé –dijo Baudolino–. Eres un perezoso.

–¿Cómo puedo curarme?

–La pereza se manifiesta por primera vez cuando se nota la extrema lentitud del movimiento del sol.

–¿Y entonces?

–No mires nunca al sol.

–No se le puede ocultar nada –decía la gente de Selimbria.

–¿Cómo puedes ser tan sabio? –le preguntó uno.

Y Baudolino:

–Porque me escondo.

–¿Cómo consigues esconderte?

Baudolino extendió una mano y le enseñó la palma.

–¿Qué ves delante de ti? –preguntó.

–Una mano –respondió aquél.
–Ves que sé esconderme bien –dijo Baudolino.

Volvió la primavera. Baudolino estaba cada vez más sucio y peludo. Estaba recubierto de pájaros, que acudían en bandadas y picoteaban los gusanos que habían empezado a habitar su cuerpo. Como tenía que alimentar a todas aquellas criaturas, la gente llenaba más y más veces al día su cesta.

Una mañana llegó un hombre a caballo, jadeante y cubierto de polvo. Le dijo que, durante una partida de caza, un noble señor había disparado malamente su flecha y había herido al hijo de su hermana. La flecha había entrado por un ojo y había salido por la nuca. El muchacho respiraba todavía y aquel señor le pedía a Baudolino que hiciera todo lo que podía hacer un hombre de Dios.

Baudolino dijo:

–Tarea del estilita es ver llegar desde lejos sus propios pensamientos. Sabía que ibas a venir, pero has empleado demasiado tiempo, e igual lo emplearás para volver. Las cosas en este mundo van como deben ir. Has de saber que el muchacho está muriendo en este momento, es más, acaba de morir; que Dios tenga misericordia de él.

El caballero volvió, y el muchacho había muerto. Cuando se supo la noticia, muchos en Selimbria gritaban que Baudolino tenía el don de la clarividencia y había visto lo que sucedía a millas de distancia.

Sin embargo, no muy lejos de la columna, estaba la iglesia de San Mardonio, cuyo cura odiaba a Baudolino, que le estaba sustrayendo desde hacía meses las ofertas de sus antiguos fieles. El tal cura dio en decir que el de Baudolino había sido un gran milagro de veras, y que milagros así eran capaces de hacerlos todos. Fue al pie de la columna y le gritó a Baudolino que si un estilita no era capaz ni siquiera de sacar una flecha de un ojo, era como si el muchacho lo hubiera matado él.

Baudolino contestó:

–La preocupación por complacer a los hombres hace que se pierda toda floridez espiritual.

El cura le tiró una piedra, y a renglón seguido algunos exaltados se unieron a él llenando la terraza de piedras y terrones de

tierra. Lanzaron piedras durante todo el día, con Baudolino agazapado en el pabellón con las manos sobre la cara. Se fueron sólo
cuando se hizo de noche.

A la mañana siguiente, Nicetas fue a ver qué le había pasado
a su amigo y no lo vio. La columna estaba deshabitada. Volvió a
casa inquieto, y descubrió a Baudolino en el establo de Teofilacto. Había llenado de agua una cuba y con un cuchillo se estaba
rascando de encima toda la suciedad que había acumulado. Se
había cortado como había podido la barba y el pelo. Estaba tos-
tado por el sol y por el viento, no parecía haberse enjugado demasiado, sólo le costaba trabajo estar erguido y movía los brazos
y los hombros para distender los músculos de la espalda.

–Has visto, la única vez en mi vida que he dicho la verdad y
sólo la verdad, me han lapidado.

–Les sucedió también a los apóstoles. ¿Te habías convertido en
un santo varón y te desanimas por tan poco?

–Quizá esperaba una señal del cielo. Durante estos meses he
acumulado no pocas monedas. He mandado a un hijo de Teofilacto a que me compre ropa, un caballo y un mulo. Por algún
lugar de esta casa deben de estar todavía mis armas.

–Así pues, ¿te vas? –preguntó Nicetas.

–Sí –dijo–, estando en esa columna he entendido muchas cosas. He entendido que he pecado, pero nunca para obtener poder
y riquezas. He entendido que, si quiero ser perdonado, tengo que
saldar tres deudas. Primera deuda: me había prometido que haría erigir una lápida a Abdul, y para eso había conservado su
cabeza del Bautista. El dinero ha llegado por otra parte, y es
mejor, porque no procede de simonía sino de donativos de buenos cristianos. Encontraré el lugar donde enterramos a Abdul y
haré que le construyan una capilla.

–¡Pero ni siquiera recuerdas donde murió!

–Dios me guiará, y recuerdo de memoria el mapa de Cosme.
Segunda deuda: le había hecho una sagrada promesa a mi buen
padre Federico, por no hablar del obispo Otón, y hasta ahora no
la he mantenido. Tengo que llegar al reino del Preste Juan. Si no,
habré malgastado mi vida en vano.

–¡Pero si comprobasteis que no existe!

–Comprobamos que no llegamos. Es distinto.

–Pero os habíais dado cuenta de que los eunucos mentían.

–Que quizá mentían. Pero no podía mentir el obispo Otón, y la voz de la tradición, que quiere que el Preste esté en algún lugar.

–¡Pero ya no eres joven como cuando lo intentaste por vez primera!

–Soy más sabio. Tercera deuda: tengo un hijo, o una hija, allá. Y allá está Hipatia. Quiero encontrarlos, y protegerlos como es mi deber.

–¡Pero han pasado más de siete años!

–La criatura tendrá más de seis. ¿Acaso un hijo de seis años ya no es tu hijo?

–¡Pero podría ser un varón, y, por lo tanto, un sátiro-que-no-se-ve-jamás!

–Y podría ser también una pequeña hipatia. Amaré a esa criatura en cualquier caso.

–¡Pero no sabes dónde están las montañas en las que se refugiaron!

–Las buscaré.

–Pero Hipatia podría haberse olvidado de ti; ¡quizá no quiera volver a ver a aquél con quien perdió su apatía!

–No conoces a Hipatia. Me espera.

–¡Pero ya eras viejo cuando te amó, ahora le parecerás un anciano!

–Nunca vio a hombres más jóvenes.

–¡Pero te harán falta años y años para volver a aquellos lugares y seguir adelante!

–Nosotros los de la Frascheta tenemos la cabeza más dura que la pija.

–¿Y quién te dice que vivirás hasta el término de tu viaje?

–Viajar rejuvenece.

No hubo manera. Al día siguiente Baudolino abrazó a Nicetas, a toda su familia, a sus anfitriones. Montó con cierto trabajo a caballo, arrastrando tras de sí al mulo con muchas provisiones, la espada colgada de la silla.

Nicetas lo vio desparecer en la lejanía, agitando todavía la mano, pero sin darse la vuelta, recto recto hacia el reino del Preste Juan.

# 40

## Baudolino ya se ha ido

Nicetas fue a visitar a Pafnucio. Le refirió todo de cabo a rabo, desde el momento en que había encontrado a Baudolino en Santa Sofía, y todo lo que Baudolino le había contado a él.

–¿Qué debo hacer? –le preguntó.

–¿Por él? Nada, va al encuentro de su destino.

–No por él, por mí. Soy un escritor de Estorias, antes o después tendré que decidirme a redactar la crónica de los últimos días de Bizancio. ¿Dónde colocaré la historia que me ha contado Baudolino?

–En ninguna parte. Es una historia completamente suya. Y además, ¿estás seguro de que es verdadera?

–No, todo lo que sé lo he sabido de él, como de él he sabido que era un mentiroso.

–Ves, pues –dijo el sabio Pafnucio–, que un escritor de Estorias no puede prestar fe a un testimonio tan incierto. Borra a Baudolino de tu relato.

–Pero al menos en los últimos días tuvimos una historia en común, en la casa de los genoveses.

–Borra también a los genoveses; si no, tendrías que hablar de la reliquias que fabricaban, y tus lectores perderían la fe en lo más sagrado. Te hará falta poco para alterar ligeramente los acontecimientos, dirás que te ayudaron unos venecianos. Sí, lo sé, no es la verdad, pero en una gran Estoria se pueden alterar pequeñas verdades para que resalte la verdad más grande. Tú debes contar la historia verdadera del imperio de los romanos, no unos pequeños trabajos que nacieron en una ciénaga lejana, en países bárbaros y entre gentes bárbaras. Y además, ¿querrías meterles en la cabeza a tus lectores futuros que existe un Greal allá entre las nieves y el hielo, y el reino del Preste Juan en las tierras tórridas? Quién sabe cuántos dementes se pondrían a vagar sin descanso por siglos y siglos.

–Era una buena historia. Es una pena que nadie llegue a saberla.

–No te creas el único autor de historias de este mundo. Antes o después alguien, más mentiroso que Baudolino, la contará.

# Notas al margen de la traducción

Leo *Baudolino* y pienso inmediatamente en el paso del *Tratado de semiótica general* donde se dice que la función de la semiótica es explicar la mentira. Pero también hay mucho de *Arte y belleza en la estética medieval*, de *Las poéticas de Joyce*, del *Segundo diario mínimo*. En cambio, del *Nombre de la rosa* no; por lo menos no me lo parece, allí el estilo era alto, mientras que aquí es bajo, no hay latín...

Sí, es verdad, el primer capítulo tiene un lenguaje inventado, pero es un ejercicio lúdico, no es un ejercicio filológico. Y de ahí se derivan las dos almas del libro, por una parte, el diálogo elevado, directamente con Nicetas Coniates, e indirectamente con las crónicas de Villehardouin, con las disputas medievales, con Rabelais, con el Pseudo Dionisio Areopagita, con Rudel. Por la otra, el diálogo «llano» con el lector, donde incluso la cita culta es invención de Baudolino, que es un campesino, un pícaro que habla con su buen piamontés alejandrino, y se rodea de mercaderes genoveses.

Otra vez una traducción complicada, pienso. El trabajo de la traducción suele realizarse en los límites de la lengua (y de la cultura) para adaptarla, para hacer que refleje algo que le es ajena, para enriquecerla. Eco ha necesitado inventar una lengua, así que me tocará inventarla también a mí, pero la invención del lenguaje debe extenderse, no puede limitarse al primer capítulo, porque, al fin y al cabo, los elementos de piamontés o de genovés los entienden pocos en Italia.

Hay un movimiento que va desde una lengua inventada a una lengua real contaminada con patrimonio «dialectal», de uso y consumo personal, lengua de la infancia, lengua de lo que constitutivamente uno es. El uso del piamontés no implica reivindicaciones ideológicas o culturales. Su valor lingüístico es subjetivo.

Dante, en el *De vulgari eloquentia,* se refería a la lengua de Alejandría, y la maltrataba

> Las ciudades de Trento y Turín, además de Alejandría, están situadas tan cerca de los confines de Italia que no pueden tener hablas puras; tanto que, aunque tuvieran una bellísima lengua rústica –y la tienen feísima–, su lengua está tan mezclada con las de otros pueblos que deberíamos negar que se trate de una lengua verdaderamente italiana.

A lo cual había respondido ya Eco en *El segundo diario mínimo*: «Está bien, somos bárbaros. Pero también ésta es una vocación.»

Efectivamente, para contar la alejandrinidad hay que seguir caminos humildes, el punto de vista monumental está equivocado, es preciso «contar epifanías» que son, si le hacemos caso a Joyce «una subitánea manifestación espiritual, en un discurso o en un gesto, o en un vuelo de pensamientos dignos de recordarse».

Lo interesante de la epifanía es que el lector participa directamente en la producción del significado, está obligado a zambullirse en el escalofrío literario. Un poco como lo que hizo Cortázar en el capítulo 68 de *Rayuela:*

> Apenas a él le amalaba el noema, a ella se le agolpaba el clémiso y caían en hidromurias, en salvajes ambonios, en sustalos exasperantes. (...) Volposados en la cresta del murelio, se sentían balparamar, perlinos y márulos. Temblaba el troc, se vencían las marioplumas, y todo se resolviraba en un profundo pínice, en nio-

lamas de argutendidas gasas, en carinias casi crueles que los ordopenaban hasta el límite de las gunfias.

En esta traducción, pues, más que intentar trasponer funcionalmente un sentido hay que proponérselo al lector. El objetivo es conseguir crear epifanías humildes mediante un lenguaje llano, modesto, bárbaro y veraz. El piamontés en *Baudolino* como el lenguaje de Pozzo de San Patrizio en la *Isla del día de antes*, el lenguaje imprescindible del Padre: «En mi tierra no se miente.»

Descarto totalmente la idea de traducir variedades regionales italianas con variedades peninsulares de origen romance (gallego o catalán), o con desviaciones de la norma, que podrían indicar una categoría social. Decido mantenerme en el ámbito del castellano castizo y arcaico. Pero no arrincono la contaminación con el italiano y con el «dialecto».

Decido que el lector bien puede enfrentarse a un proceso de apropiación de un lenguaje y de un texto, en un doble movimiento de distanciamiento y acercamiento. Me acuerdo de lo que decía Renan en 1882, aun no siendo verdad:

en la infancia de la filosofía domina el sistema de las versiones literales. El Oriente y la Edad Media apenas si han concebido la traducción como otra cosa que un mecanismo superficial en que el traductor, abrigándose, por decirlo así, tras de la obscuridad del texto, descargaba en el lector el cuidado de encontrar allí un sentido.

Me siento un poco como el traductor medieval: lo que intento es preservar la materialidad, la otredad del texto original.

Mi traducción se me presenta como una mezcla de sustitución y recreación. Una suerte de reconquista de la multiculturalidad inherente a toda traducción. Me apoyo en la idea de Benjamin de que la traducción «sirve para poner de relieve la íntima relación que guardan los idiomas entre sí»; relación que puede representarse si la traducción se realiza «en una forma embrionaria e intensiva».

Así pues, para todo lo que concierne a los dialectos me decido por la asonancia, la transliteración, la creación de híbridos (adaptando la grafía al español), el calco de formas nuevas. Creo neologismos y dejo la responsabilidad de su interpretación al lector.


En cambio, el primer capítulo lo escribiré en un español inventado que recuerde sobre todo al *Cantar de mio Cid* y a la *Fazienda de Ultramar*. Debe ser un modelo reconocible, porque el texto paródico no puede sostenerse si no se apoya en un patrimonio lingüístico y literario compartido, que permita la activación instantánea de la memoria.

Elijo la *Fazienda* de Almerich porque está en prosa, mientras que el *Cantar* está en verso, como en verso está Berceo, y porque está relacionada con el arzobispo don Raimundo, inspirador de una escuela de traducción, anterior incluso a la de Toledo. El original perdido se remonta a antes de 1152 (la cronología funciona, pues) y estaba en latín, lemosín o gascón. Y además la versión castellana parece ser de 1220: «de todos modos es muy arcaica (...) y con forasterismos atribuibles a una traducción chapucera de un orginal gascón, o a intervención de un traductor gascón o catalán», según Lapesa. También yo juego un poco.


Hay un problema más, que atañe al patrimonio reconocible sobre el que se construye la parodia, y es que normalmente las ediciones destinadas a los que no son especialistas de literatura medieval usan o bien una modernización total de la ortografía, o bien una versión intermedia, con la introducción de acentos y una normalización parcial. Por ejemplo, se suele arreglar la confusión entre *l* y *ll*; *n*, *nn* y *ñ*; *c* y *ch*; *s* y *ss*; se suele cambiar la *th* con *t*; *r*, *R* y *rr* siguen la ortografía corriente; se suprime la *h* pleonástica y se la inserta antes de *ue*; se cambia la *g* palatal ante *a, o, u* por *j* (*j*uego y no *g*uego); la *y* se conserva para la consonante pero se pone *i* cuando su sonido es de vocal; la *u* y la *v* se normalizan en la *u* para vocal, *v* para consonante. Y además se introduce puntuación con normas modernas...

Yo hago exactamente lo contrario: me imagino lo que podía pasarle por la cabeza a un aldeano que a sus catorce años se ve arrojado al centro del mundo, que aprende a escribir en Alemania, pero intenta escribir en la lengua que sabe. Y aparece también la *k*, que es típica de las glosas silenses, pero también puede ser un rasgo de la cultura alemana...

Para inventarme la lengua, me armo del *Manual de gramática histórica del español,* de los *Orígenes del español* de Ramón Menéndez Pidal, consulto la *Historia de la lengua de española* de Rafael Lapesa; pero construyo un texto filólogico hasta un cierto punto: tampoco Eco se inspira en los *Sermones Subalpinos*, que son el primer documento del piamontés (de los siglos XII-XIII), sino más bien en la *Sentencia Capuana*, primer documento del italiano que se remonta a 960: «sao ko kelle terre, per kelle fini que ki contene, trenta anni le possette parte s(an)c(t)i Benedicti»; y no menosprecia la cita culta, como la *Adivinanza de Verona* («calamus ke alba pratalia ...») porque es menester no dejar de jugar.

El juego está entonces en recrear la sonoridad del original; no consiste en escribir en un español medieval, sino en una lengua vehicular que podía escribir alguien como Baudolino, nacido en la niebla de la llanura padana.


En el relato de un mentiroso, las epifanías no mienten (o por lo menos, no deberían). Y aún menos la traducción. Así pues, si el lector descubre extrañezas, que no se inquiete, que disfrute de ellas porque el único que miente en la novela es Baudolino.

# Índice

# Palabra en el Tiempo

Este libro se imprimió en
A&M Gràfic, S. L.
Santa Perpètua de Mogoda
(Barcelona)